KB068404

MICHAEL CONNELLY

The Black Echo

The Black Echo

블랙 에코

The Black Echo

BOSCH

MICHAEL CONNELLY

마이클 코넬리 지음 | 김승욱 옮김

Media Review

1993년 에드거 상(데뷔소설 부문) 수상작
1993년 해밋 상 후보작

"절대 손가락을 쉴 수 없다. 끝날 때까진 어떻게든 매달릴 수밖에 없는 책. 스릴 넘치는 멋진 소설이다."_**뉴욕 타임스**

"코넬리는 그의 데뷔소설에서 실제보다 더 진짜 같은 현실 기반의 LA 경찰을 표현해낸다."_**퍼블리셔스 위클리**

"절대 놓치지 말아야 할 책. 데뷔작가의 작품이라고 믿을 수 없을 만큼 놀랍고 재미있는 소설이다. 후속작이 빨리 나오기를 진심으로 바라는 책."_**애틀랜타 저널 앤드 컨스티튜션**

"좀처럼 독서를 멈출 수 없는 속도감과 재미를 갖추고 있을 뿐만 아니라 부조리한 조직사회에 대항하는 아웃사이더의 투쟁이라는 주제의식도 훌륭하다."_**올랜도 센티널**

"모두를 놀라게 한 경이로운 데뷔작. 심장이 멈출 것 같은 충격과 흥분이 느껴진다."_**에드너 뷰캐넌(작가)**

"빌 그랜저의 데뷔작《The November Man》의 히어로 '데버로' 이후 해리 보슈는 크라임 픽션의 새로운 최고 캐릭터로 떠올랐다."_**피플**

"마이클 코넬리는 그의 첫 소설에서 전형적인 LA 경찰의 모습에 화가 '히에로니머스 보슈'의 모습을 덧입힌 포스가 넘치는 캐릭터를 탄생시켰다."_**퍼블리셔스 위클리**

"부검실의 모습, 살인사건 현장, 경찰조직에 대한 마이클 코넬리의 묘사는 생생하고 현실적이다. 경찰조직의 은어나 약어 표현 역시 새롭고 신선하다. 하류인생에 대한 리얼리즘과 범상치 않은 반전도 매우 인상적이다."_**스쿨 라이브러리 저널**

"퓰리처 상 수상자이자 LA 타임스의 범죄 담당 기자라는 이력에 걸맞게 코넬리는 자신이 가장 잘 아는 세계를 만족스럽게 구현했다. 크라임 픽션을 좋아하는 독자라면 필독도서."_**라이브러리 저널**

"이성적이고 날카롭지만 뜨거운 가슴을 가진 해리 보슈의 캐릭터는 더티 해리의 그것과도 닮아 있다. 더 이상 놀라울 것도 없는 잔인한 세상 속에서 미친 듯이 범인을 쫓는 보슈의 모습은 영웅을 원하는 독자의 갈증을 해소해준다."_**커커스 리뷰**

Contents

땅굴은 검은 메아리였다.
그 안에 있는 것은 죽음뿐이었다.

1부.

5월 20일 일요일

어두워서 사방이 보이지 않았지만, 사실 굳이 앞을 보려고 애쓸 필요가 없었다. 오랜 경험과 연습을 통해 소년은 지금 자신의 상태가 좋다는 것을 알 수 있었다. 고르고 깨끗했다. 소년은 팔 전체를 움직이면서 손목을 부드럽게 굴려서 매끈하게 움직였다. 손을 계속 움직여라. 페인트가 흘러내리면 안 된다. 좋았어.

공기가 쉿쉿거리며 빠져나가는 소리와 함께 손의 움직임이 느껴졌다. 이 소리와 느낌이 그에게 위안을 주었다. 냄새는 주머니에 들어 있는 양말을 생각나게 했다. 한번 취해볼까 하는 생각이 들었다. 아냐, 나중에. 그는 지금 멈추고 싶지 않았다. 끊기지 않고 단번에 작품을 끝내기 전에는 그러고 싶지 않았다.

하지만 그는 멈췄다. 스프레이 페인트 통에서 가스가 빠져나가는 소리에 엔진 소리가 섞여서 들려왔기 때문이다. 소년은 주위를 둘러보았지만, 저수지에 비친 은색 달빛과 펌프실 문 위의 희미한 전구 불빛 외에는 아무런 빛도 보이지 않았다. 펌프실은 댐을 가로지르는 길 중간쯤에 있었다.

하지만 소리는 거짓말을 하는 법이 없었다. 틀림없이 엔진 소리가 다가오고 있었다. 트럭 소리 같았다. 이제는 저수지에 접한 도로의 자갈 위로 타이어가 구르는 소리도 들리는 것 같았다. 점점 다가오고 있어. 새벽 3시가 거의 다 됐는데 사람이 오고 있어. 왜지? 소년은 일어서서 스프레이 페인트 통을 울타리 너머 물 쪽으로 던졌다. 깡통이 덤불 속에 털썩 떨어지는 소리가 들렸다. 물까지 미처 도달하지 못한 모양이었다. 소년은 용기를 얻기 위해 주머니에서 양말을 꺼내 딱 한 번만 재빨리 마시기로 했다. 그는 양말에 코를 묻고 페인트 냄새를 깊이 빨아들였다. 그리고 발꿈치를 축으로 뒤로 몸을 흔들었다. 자기도 모르게 눈꺼풀이 퍼덕거렸다. 소년은 양말을 울타리 너머로 던졌다.

그는 오토바이를 일으켜 세워 도로 건너편으로 끌고 가서 껑충한 풀, 쇠뜨기, 소나무가 자라는 언덕 기슭 쪽으로 돌아가기로 했다. 그곳에 가면 몸을 숨기기도 편하고, 다가오는 차를 지켜볼 수도 있을 것이다. 엔진 소리가 조금 전보다 크게 들렸다. 겨우 몇 초밖에 남지 않았다는 확신이 들었지만, 헤드라이트 불빛은 여전히 보이지 않았다. 혼란스러웠다. 도망치기에는 이미 늦었다. 소년은 키가 큰 갈색 풀 속에 오토바이를 눕히고, 저절로 돌고 있는 앞바퀴를 손으로 세웠다. 그러고는 땅바닥에 웅크리고 앉아 다가오는 차를 기다렸다.

해리 보슈는 저 위에서 나는 헬리콥터 소리를 들을 수 있었다. 머리 위 어둠 속 어딘가에서 환한 불빛 속에 선회하고 있는 헬리콥터. 왜 착륙하지 않지? 왜 지원대를 데려오지 않는 거야? 해리는 연기가 자욱하고 어두운 굴 속에서 움직이고 있었다. 배터리가 바닥을 드러내고 있기 때문에 손전등 불빛이 시시각각 어두워졌다. 도움이 필요했다. 지금보다 더 빨리 움직일 필요가 있었다. 손전등 불빛이 사라져서 어둠 속에 혼자 남기 전에 굴 끝까지 가야 했다. 헬리콥터가 한 번 더 선회하는 소리가 들렸다. 왜 착륙하지 않지? 지원대는 어디 있는 거야? 헬리콥터 프로펠러 소리가 다시 멀어지자 점점 두려움이 차올라서 그는 긁히고 까져서 피투성이가 된 무릎으로 한층 속도를 높여 기었다. 한 손으로는 희미한 손전등을 들고, 다른 손으로는 균형을 잡기 위해 바닥을 짚었다. 뒤를 돌아보지는 않았다. 저 등 뒤의 검은 안개 속에 적이 있다는 걸 이미 알고 있었으니까. 눈에 보이지는 않지만 분명히 있었다. 적이 점점 가까이 다가오고 있었다.

부엌에서 전화벨이 울리자마자 보슈는 깨어났다. 그는 벨소리를 세며 자기가 자느라고 놓친 벨소리가 한 개인지 두 개인지 모르겠다고 생각했다. 자동응답기를 켜 놓았는지도 확실치 않았다.

기계가 자동으로 전화를 받지 않는 걸 보니 자동응답기를 켜 놓지 않은 모양이었다. 벨소리는 기계가 켜지는 데 필요한 여덟 번이 지난 뒤에도 그치지 않고 계속 울렸다. 보슈는 벨소리를 여덟 번으로 정하는 관습이 어떻게 생겨난 건지 모르겠다고 멍하니 생각했다. 여섯 번으로 하면 안 되나? 열 번으로 하면 어때서? 그는 눈을 비비며 주위를 둘러보았다. 또 거실 의자에 축 늘어져 잠든 모양이었다. 이 부드러운 가죽 의자는 보잘것없는 그의 가구 중에서 그나마 핵심을 차지하고 있었다. 그는 속으로 이 의자에 대기 의자라는 이름을 붙였다. 하지만 그건 틀린 이름이었다. 일 때문에 대기 중이 아닐 때에도 이 의자에서 잠들 때가 많았기 때문이다.

아침 햇빛이 커튼 틈새를 뚫고 들어와 하얗게 탈색한 소나무를 깐 바닥에 사선 무늬를 그렸다. 보슈는 미닫이 유리문 근처의 빛 속에서 먼지 알갱이들이 게으르게 둥둥 떠다니는 걸 지켜보았다. 그가 앉아 있는 곳 옆의 램프에는 불이 켜져 있고, 벽에 붙여 놓은 텔레비전에서는 아주 작은 소리로 일요일 아침의 예배 쇼가 방송되고 있었다. 의자 옆의 탁자에는 불면증 환자의 친구들이 있었다. 트럼프 카드, 잡지, 문고판 추리소설…. 그는 추리소설을 대충 뒤적이기만 하고 그냥 버려두었다. 다 구겨진 담뱃갑 하나와 빈 맥주 병 세 개도 있었다. 예전에는 각자 브랜드별로 여섯 개씩 묶여 있었겠지만, 지금은 모두 혼자 떨어져 있었다. 보슈는 완전히 정장을 갖춰 입은 상태였다. 심지어 구겨진 넥타이까지 하얀 와이셔츠에 은색 187 넥타이핀으로 고정되어 있었다.

보슈는 허리띠로 손을 뻗어 콩팥 근처를 잡고 기다렸다. 호출기가 울리기 시작하자 그는 1초도 안 돼서 그 짜증스러운 소리를 껐다. 그리고 호출기를 허리띠에서 떼어내 번호를 확인했다. 예상대로였다. 그는 의자에서 일어나 기지개를 켰다. 목과 등의 관절들이 뚝뚝 소리를 내며 펴졌다. 그는 부엌으로 갔다. 조리대에 전화기가 있었다. 그는 양복저고리에서 꺼내온 수첩에 "일요일, 8:53 AM"이라고 쓴 뒤 전화를 걸었다. 벨이 두 번 울리고 나서 목소리가 흘러나왔다. "로스앤젤레스 경찰국 할리우드 경찰서 펠치 경관입니다. 무엇을 도와드릴까요?"

보슈가 말했다. "그 말을 끝까지 다 듣는 동안 숨이 넘어가는 사람도 있겠군. 오늘 당직 형사를 바꿔 주시오."

보슈는 부엌 수납장에서 새 담뱃갑을 찾아내 오늘의 첫 담배에 불을 붙였다. 그리고 유리잔에서 먼지를 씻어낸 뒤 수돗물을 받아 아스피린 두 알을 먹었다. 아스피린이 든 플라스틱 병도 역시 수납장 안에서 꺼낸 것이었다. 그가 두 번째 아스피린을 삼키고 있을 때, 크롤리라는 형사가 마침내 전화를 받았다.

"뭐야, 교회에라도 간 거요? 집으로 전화했더니 전화를 안 받던데."

"크롤리, 무슨 일이오?"

"어젯밤에 우리가 그 여장남자 사건 때문에 당신을 늦게까지 붙들어 둔 건 알아요. 그래도 당신은 여전히 대기 상태잖아. 당신 파트너도. 주말 내내. 그래서 말인데, 레이크 할리우드 쪽에 시체가 있어요. 그쪽 굴 안에. 멀홀랜드 댐 진입로 쪽. 알죠?"

"거기가 어딘지는 알아요. 자세히 말해봐요."

"순찰대가 나갔어요. 검시관실이랑 감식반에도 통보가 갔고. 우리 쪽 친구들은 아직 뭐가 뭔지 몰라요. 시체가 있다는 것만 알지. 시체는 굴 안으로 9미터쯤 들어간 지점에 있어요. 혹시 범죄가 일어났다면, 현장을 망칠 수도 있으니까 우리가 끝까지 들어갈 생각은 없어요. 내가 그 친구들을 시켜서 당신 파트너를 호출하게 했는데, 아직 응답이 없네. 전화를 걸어도 안 받고. 그래서 당신들 둘이 같이 있나 했지. 그런데 다시 생각해 보니, 에이, 그 친구는 당신 스타일이 아니다 싶어요. 당신도 그 친구 스타일이 아니고."

"내가 그 친구한테 연락하겠소. 굴 안으로 끝까지 안 들어갔다면서 시체가 있다는 건 어떻게 안 거요? 누가 거기서 그냥 자고 있는 걸 수도 있는데."

"아, 그래도 조금 들어가 보기야 했죠. 그래서 막대기 같은 걸로 그 친구를 확실하게 찔러봤어요. 첫날밤 신랑 거시기처럼 뻣뻣하더래요."

"범죄현장을 망치기 싫다면서 막대기로 시체를 찔렀다고? 그거 잘했군. 그 친구들 대학은 제대로 나온 거요?"

"이봐요, 보슈, 신고를 받았으니 확인은 해야지. 안 그래요? 시체가 있다고 들어오는 신고전화를 전부 살인전담반으로 돌리게 할까? 당신들이 다 확인할 거요? 그랬다간 1주일도 안 돼서 당신들 전부 돌아버릴걸."

보슈는 스테인리스 싱크대에 담배꽁초를 눌러 바스라뜨린 뒤 부엌 창문 밖을 내다보았다. 언덕 아래쪽에서 관광용 전차 한 대가 유니버설 시티의 거대한 베이지 색 음향 스튜디오들 사이로 움직이는 것이 보였다. 한 블록을 몽땅 차지한 그 건물들 중 한 곳의 측면에 솜털 같은 하얀 구름이 떠 있는 푸른 하늘이 그려져 있었다. LA 공기가 스모그 때문에 갈색으로 변해버렸을 때 야외장면을 찍을 수 있게 그려놓은 그림이었다.

보슈가 말했다. “신고전화가 어떻게 들어왔소?”

“911로 들어온 익명의 전화예요. 04시 조금 지나서. 교환원 말로는 대로변의 공중전화에서 걸려온 거래요. 누가 거기서 놀다가 굴 안에서 그걸 발견한 거지. 이름을 안 밝혔다고 하던데. 굴 속에 시체가 있다는 말만 하고 끊어버렸어요. 녹음테이프를 통신센터로 보내줄 거요.”

보슈는 점점 화가 났다. 그는 수납장에서 아스피린 병을 꺼내 주머니에 넣었다. 그리고 04시에 걸려왔다는 전화를 생각하면서 냉장고 문을 열고 허리를 구부려 안을 들여다보았다. 뭔가 눈길이 가는 물건이 전혀 없었다. 그는 손목시계를 확인했다.

“크롤리, 신고가 새벽 4시에 들어왔다면서 왜 이제야 나한테 알려주는 거요? 거의 다섯 시간이나 지났잖소.”

“이봐요, 보슈, 고작 익명의 신고전화 한 통뿐이었잖아요. 그게 전부였다고요. 게다가 교환원 말로는 어린애였대요. 그런 정보만으로 한밤중에 부하들을 굴 안으로 들여보낼 수는 없지. 장난전화일 수도 있으니까. 누가 기습을 하려고 기다리고 있을 수도 있고. 무슨 일이 있을 줄 알고 사람을 보내겠소? 그래서 날이 밝은 뒤에 이쪽이 좀 차분해질 때까지 기다린 거요. 그리고 근무시간이 끝난 친구를 그리 올려 보냈지. 근무시간 얘기가 나왔으니 말인데, 나도 지금 여기 남아 있어요. 거기 올려 보낸 친구들이랑 당신 연락을 기다리느라고. 또 궁금한 거 있소?”

보슈는 04시든 08시든 굴 안은 똑같이 어두울 거라는 생각도 안 해봤냐고 묻고 싶었지만 그냥 넘기기로 했다. 그래봤자 무슨 소용이 있겠는가?

“또 궁금한 거 있소?” 크롤리가 다시 물었다.

보슈는 달리 생각나는 것이 없었다. 하지만 크롤리가 빠진 부분을 보충해주었다.

"아마 약을 하다가 저절로 숨이 넘어간 녀석일 거요. 정당한 사유가 있는 187(살인사건을 뜻하는 경찰 암호 – 옮긴이) 사건이 아니란 말이지. 늘 있는, 그런 일. 젠장, 작년에도 우리가 바로 그 굴에서 시체를 하나 끄집어냈는데. 기억나요? …아, 참, 그건 당신이 할리우드로 오기 전이지…. 어쨌든, 내 말은 그때 어떤 녀석이 그 파이프로 들어갔는데, 그 왜 떠돌이들이 항상 거기서 자거든, 근데 그놈이 약을 하는 놈이라 아주 뜨끈뜨끈한 걸로 주사를 놨는데, 그걸로 끝나버린 거요. 우리가 확인한 결과도 그렇고. 다만 우리가 이번처럼 그놈을 빨리 발견하지 못한 게 문제였지. 햇볕이 쨍쨍 내리쬐는 데다가 굴 안에 한 이틀 있다 보니 아주 익어버렸거든. 칠면조 구이처럼. 냄새는 영 달랐지만."

크롤리는 자기가 한 농담에 스스로 웃음을 터뜨렸다. 보슈는 웃지 않았다. 크롤리가 말을 계속했다.

"우리가 그놈을 꺼내고 보니까 주삿바늘이 아직도 팔에 꽂혀 있었어요. 이번에도 똑같아. 그냥 통계에도 안 들어가는 귀찮은 일이지. 당신도 거기 나갔다가 정오도 되기 전에 돌아올 수 있을 거요. 낮잠도 한숨 자고, 나중에 다저스 경기도 볼 수 있을걸. 그럼 다음 주에는? 누가 또 드럼통 안에 들어가 있겠지. 당신은 비번일 테고. 게다가 사흘 연휴야. 다음 주에는 현충일이 끼어 있으니까. 그러니까 내 부탁 좀 들어줘요. 현장에 나가서 한번 살펴보기만 하면 돼요."

보슈는 잠시 생각해 본 뒤 전화를 끊으려다가 이렇게 말했다. "크롤리, 작년의 그 친구를 빨리 발견하지 못했다는 건 무슨 뜻이오? 이번에는 시체를 빨리 발견했다고 생각하는 이유는?"

"그쪽에 나간 이쪽 친구들이 오줌 냄새가 조금 나는 것 말고는 아무 냄새도 안 난다고 했어요. 그러니 얼마 안 된 거지."

"내가 15분 뒤에 그리로 가겠다고 전해요. 내 사건 현장을 더 이상 망치지 말라는 말도 하고."

"그 친구들은…."

보슈는 크롤리가 또 자기 부하들을 옹호하는 말을 할 것임을 알고 있었으므로 그냥 전화를 끊어버렸다. 그리고 현관 앞 계단에 떨어져 있는 〈LA 타임스〉를 가지러 나가면서 또 담배에 불을 붙였다. 그는 묵직한 일요일자 신문을 부엌 조리대에 펼쳐 놓고, 이 신문을 만드느라 나무가 몇 그루나 죽었을지 궁금하다는 생각을 했다. 그는 신문에서 부동산 기사가 실린 별지를 찾아내 커다랗게 실린 '밸리 프라이드 부동산' 광고가 눈에 띌 때까지 뒤졌다. 그는 그곳에 실린 개방 예정 주택의 목록에서 '제리에게 연락하세요'라는 표시가 달려 있는 주소를 발견하고, 제리의 번호로 전화를 걸었다.

"밸리 프라이드 부동산입니다. 무엇을 도와드릴까요?"

"제리 에드거 좀 부탁합니다."

몇 초가 흐른 뒤 전화를 돌리느라 딸깍거리는 소리가 두어 번 나더니 보슈의 파트너가 전화를 받았다.

"제리입니다. 무엇을 도와드릴까요?"

"제드, 신고가 들어왔어. 멀홀랜드 댐이야. 자네 호출기를 안 차고 있는 것 같던데."

"젠장." 에드거는 이 말만 하고 침묵을 지켰다. 보슈는 그가 무슨 생각을 하는지 알 것 같았다. 오늘 집을 보여줄 손님이 셋이나 되는데…. 계속 침묵이 흐르자 보슈는 900달러짜리 양복을 입고 파산한 사람처럼 인상을 쓴 채 앉아 있을 파트너의 모습을 상상해보았다. "무슨 신고인데 그래?"

보슈는 자기가 아는 내용을 말해주었다.

"나더러 혼자 이걸 맡으라고 하면 그렇게 하지." 보슈가 말했다. "형사과장이 문제를 삼아도 내가 알아서 할 수 있을 거야. 그쪽에다가는 자네가 여장남자 일을 맡았기 때문에 내가 이 사건을 맡기로 했다고 말하지, 뭐."

"자네라면 그렇게 해줄 사람이라는 건 알지만, 괜찮아. 나도 나갈게. 일단 내 대신 일해줄 사람부터 좀 찾아놓고."

두 사람은 시체가 있는 곳에서 만나기로 하고 전화를 끊었다. 보슈는 자동응답기를 켠 뒤 부엌 수납장에서 담배 두 갑을 꺼내 겉옷 주머니에 넣었다. 그리고 또 다른 수납장에서 총이 들어 있는 나일론 총집을 꺼냈다. 스미스 앤드 웨슨 9밀리미터 권총이었다. 새틴과 스테인리스로 마감돼 있고, XTP 총알 여덟 발이 장전돼 있었다. 보슈는 예전에 경찰 잡지에서 본 광고를 떠올렸다. 완전히 끝장을 내주는 성능Extreme Terminal Performance. 목표물에 충돌하는 순간 폭이 1.5배로 늘어나 몸 안으로 끝까지 깊이 들어가 최대의 상처 궤적을 남기는 총알이었다. 광고를 작성한 사람이 누구인지는 몰라도, 이건 맞는 말이었다. 보슈는 1년 전 6미터 거리에서 이것 한 발로 사람을 죽인 적이 있었다. 총알은 상대의 오른쪽 겨드랑이 밑으로 들어가 왼쪽 젖꼭지 밑으로 나오면서 심장과 허파를 박살냈다. XTP. 최대의 상처 궤적. 그는 총집을 허리띠 오른쪽에 찼다. 왼손으로 몸을 가로질러 총을 꺼낼 수 있게.

그는 화장실로 들어가 치약도 없이 이를 닦았다. 들어올 때 치약을 사오는 걸 깜박한 탓이었다. 그는 물에 적신 빗으로 머리를 빗은 뒤, 빨갛게 충혈된 마흔 살의 눈을 한참 동안 빤히 들여다보았다. 그러고는 갈색 곱슬머리 속에서 꾸준히 고개를 내미는 흰머리들을 유심히 살폈다. 심지어 콧수염도 하얗게 세고 있었다. 면도를 하다 보면 세면대에 희끗희끗한 털들이 보였다. 그는 한 손으로 턱을 만져보고는 면도를 하지 않기로 했다. 그리고 넥타이조차 바꿔 매지 않은 채 그대로 집을 나섰다. 자신의 의뢰인은 그런 걸 신경 쓸 사람이 아니라는 걸 알기 때문이었다.

보슈는 멀홀랜드 댐 꼭대기에 죽 이어져 있는 난간에서 비둘기 똥이 없는 자리를 찾아 팔꿈치를 기댔다. 담배 한 개비를 입술에 대롱대롱 매단 채로 그는 산과 산 사이의 갈라진 틈을 통해 저 아래쪽 시내를 바라보았다. 하늘은 화약 같은 잿빛이고, 스모그는 몸에 꼭 맞는 수의처럼 할리우드를 덮고 있었다. 저 멀리 시내에서 고층건물 몇 채가 스모그를 뚫고 고개를 내밀었지만, 그 밖의 도시 풍경은 모두 담요 같은 스모그 밑에 가려져 있었다. 마치 유령의 도시 같았다.

따뜻한 산들바람에 화학약품 냄새가 살짝 배어 있었다. 얼마쯤 시간이 지난 뒤에야 보슈는 그 냄새의 정체를 알아차릴 수 있었다. 말라티온. 헬리콥터들이 밤에 날아올라서 노스할리우드에서부터 저 아래 캐훙거 패스까지 농약을 뿌렸다는 이야기를 라디오에서 들은 적이 있었다. 그는 꿈에서 헬리콥터들이 끝내 착륙하지 않았던 것을 떠올렸다.

그의 뒤쪽으로 청록색 할리우드 저수지가 넓게 펼쳐져 있었다. 시민들의 식수로 쓰일 6천만 갤런의 물이 오래전 할리우드 힐스의 협곡에 세워진 훌륭한 댐에 갇혀 있었다. 약 2미터 너비의 마른 진흙 길이 물가를 따라 쭉 뻗어 있었다. LA가 4년째 가뭄을 겪고 있음을 일깨워주는 풍경이었다. 저 멀리 위쪽의 저수지 둑에는 사슬을 엮어서 만든 3미터 높이의 울타리가 저수지 전체를 완전히 둘러싸고 있었다. 보슈는 처음 이곳에 왔을 때 그 울타리를 자세히 조사해보았지만, 그것이 사람의 출입을 막으려는 것인지 물이 흘러넘치지 않게 막으려는 것인지 결론을 내리지 못했다.

보슈는 구겨진 양복 위에 파란색 점프슈트를 입고 있었다. 겨드랑이에서 배어나온 땀이 양복과 점프슈트에 모두 얼룩을 만들었다. 머리카락도 축축하게 젖었고, 콧수염은 축 처져 있었다. 이미 굴 안에 들어갔다 나온 길이었다. 샌타애나에서 살짝 불어온 따뜻한 바람이 그의 목덜미를 간질이며 땀을 말려주는 것이 느껴졌다. 올해는 바람이 일찍부터 시작됐다.

보슈는 몸집이 크지 않았다. 키는 180센티미터에 많이 모자랐고, 몸도 가느다란 편이었다. 기자들은 기사에서 그를 호리호리하다고 표현했다. 하지만 점프슈트 밑의 근육은 마치 나일론 끈 같았다. 자그마한 몸집 때문에 힘이 가려져 있을 뿐이었다. 머리를 희끗희끗하게 물들인 흰머리는 대개 왼쪽에 더 치우쳐 있었다. 그의 눈은 거무스름한 갈색이고, 감정이나 속내를 드러내는 경우가 거의 없었다.

굴은 저수지의 접근로를 따라 땅 위로 약 50미터쯤 뻗어 있었다. 안팎이 모두 녹이 슬었고, 안은 비어 있었다. 노숙을 하거나, 바깥쪽에 스프레이 페인트로 낙서를 하는 녀석들 외에는 이곳을 이용하는 사람도 없었다. 보슈는 도대체 이 굴의 목적이 무엇인지 알 수 없었다. 저수지 관리인이 스스로 나서서 설명해준 뒤에야 비로소 의문이 풀렸다. 이 굴은 진흙 차단장치였다. 폭우가 내리면 지표가 물렁물렁해져서 진흙이 능선을 따라 흘러내려 저수지로 흘러들 가능성이 있었다. 원래 어디서 무엇을 하던 물건을 가져온 건지는 몰라도, 어쨌든 폭이 1미터쯤 되는 이 굴, 아니 파이프는 진흙이 흘러내릴 자리를 막고 선, 이 저수지 유일의 방어막이었다. 사람들은 굵기가 1센티미터가 넘는 철근으로 굴을 한 바퀴 감은 뒤, 그 끝을 바닥의 콘크리트 속에 묻어 굴을 제자리에 고정시켰다.

보슈는 굴에 들어가기 전에 점프슈트를 입었다. 등판에 하얀색으로

LAPD라는 글자가 찍혀 있는 옷이었다. 그는 자기 차 트렁크에서 그 옷을 꺼내 발을 집어넣은 뒤에야 양복보다 점프슈트가 더 깨끗할지도 모른다는 생각이 들었다. 그래도 그는 그 옷을 입었다. 항상 입던 옷이니까. 그는 꼼꼼하고, 전통적이고, 미신을 잘 믿는 형사였다.

손전등을 들고, 축축한 냄새가 나는 좁은 원통 안으로 기어들어가다 보니 목구멍이 졸아들고 심장박동이 빨라졌다. 뱃속이 텅 빈 것 같은 익숙한 느낌이 그를 사로잡았다. 공포였다. 그가 재빨리 손전등을 켜자 어둠이 물러나면서 불안감도 함께 사라졌다. 그는 움직이기 시작했다.

이제 그는 댐 위에 서서 담배를 피우며 이런저런 생각을 하고 있었다. 당직형사인 크롤리의 말이 옳았다. 굴 안의 남자는 확실히 죽어 있었다. 하지만 크롤리의 말 중에 틀린 것도 있었다. 이 사건은 쉽게 풀릴 것 같지 않았다. 보슈가 일찌감치 집에 돌아가 낮잠을 자거나 다저스의 야구 경기 중계를 듣는 일은 없을 것이다. 뭔가가 이상했다. 굴 안으로 3미터도 채 들어가기 전에 그는 이런 결론을 내렸다.

굴 안에 흔적이 전혀 없었다. 아니, 정확히 말해서 쓸모 있는 흔적이 전혀 없었다. 굴 바닥에는 말라비틀어진 오렌지색 진흙 먼지, 종이가방, 빈 포도주 병, 솜뭉치, 쓰고 버린 주사기, 신문지로 만든 잠자리 등이 널려 있었다. 노숙자와 중독자가 남기고 간 쓰레기들이었다. 보슈는 손전등 불빛으로 모든 물건들을 유심히 살피며 천천히 시체를 향해 나아갔다. 그런데 죽은 남자의 것으로 보이는 흔적이 전혀 없었다. 남자는 머리를 굴 안쪽으로 향한 채 누워 있었다. 뭔가가 이상했다. 만약 이 남자가 스스로 기어들어왔다면, 기어들어온 흔적이 남았을 것이다. 그가 끌려 들어왔다 해도, 역시 흔적이 남았을 것이다. 그런데 아무것도 없었다. 이상한 점은 이것만이 아니었다.

마침내 시체에 도달해서 살펴보니, 죽은 남자의 셔츠(옷깃이 벌어져 있는, 검은색 승무원 셔츠)가 머리 위까지 끌어 올려져 있고, 양팔이 그 안에 엉켜 있었다. 보슈는 이미 시체를 본 경험이 많기 때문에 사람이 마지막 숨을 거둘 때는 사실상 불가능한 일이 전혀 없다는 것을 알고 있었다. 그는 어떤 남자가 자살하려고 머리에 총을 쏘고도 죽기 전에 바지를 갈아입은 사건을 다룬 적이 있었다. 아마 그 남자는 바지가 배설물에 흠뻑 젖은 채로 발견되는 게 싫었던 모양이었다. 하지만 이 굴 안에 죽어 있는 남자의 셔츠와 팔 모양은 납득할 수 없었다. 마치 누군가가 죽은 남자의 옷깃을 잡고 이 굴 안으로 끌고 들어온 것 같았다.

보슈는 시체를 건드리지도, 얼굴을 가린 셔츠를 치우지도 않았다. 남자가 백인이라는 건 확인했다. 치명적인 부상은 눈에 띄지 않았다. 조사를 마친 뒤 보슈는 조심스레 시체를 넘어갔다. 그의 얼굴과 시체 사이의 거리는 겨우 15센티미터도 안 되었다. 그는 굴 끝까지 나머지 40미터를 계속 기어갔다. 역시 아무런 흔적도, 증거가 될 만한 것도 전혀 없었다. 20분 만에 그는 다시 햇빛 속으로 나왔다. 그리고 도노반이라는 감식반원을 들여보내 굴 안의 쓰레기 위치를 기록하고, 시체를 지금 상태 그대로 촬영하게 했다. 도노반은 자신이 이미 약물과용으로 결론내린 사건 때문에 굴 안으로 들어가야 한다는 사실에 놀란 표정을 지었다. 아마 다저스 경기 입장권을 사둔 모양이었다.

굴 작업을 도노반에게 맡긴 뒤 보슈는 담배에 불을 붙이고 댐의 난간으로 걸어가서 더러워진 도시를 내려다보며 생각에 잠겼다.

난간 근처에서는 할리우드 프리웨이를 달리는 자동차 소리가 희미하게 들렸다. 거리가 워낙 멀어서 거의 부드럽게 느껴질 정도였다. 고요한 파도소리처럼. 협곡 사이로 수영장의 푸른 물과 스페인식 타일 지붕이 보였다.

하얀 탱크탑에 라임 색 조깅용 반바지를 입은 여자가 그의 옆을 지나 뛰어갔다. 휴대용 라디오가 허리띠에 매달려 있고, 얇은 노란색 전선이 귀에 꽂은 이어폰과 연결되어 있었다. 여자는 저 앞쪽에 몰려 있는 경찰들을 의식하지 못한 채 자기만의 세계에 빠져 있는 것 같았다. 하지만 댐 끝 부분을 가로지르는 노란색 경찰 테이프 앞에 다다르자 여자는 잠시 제자리 뛰기를 했다. 테이프에는 멈추라는 말이 두 가지 언어로 적혀 있었다. 여자의 긴 금발이 땀에 젖어 어깨에 찰싹 달라붙었다. 여자는 경찰들을 지켜보았고, 경찰들은 대부분 그녀를 지켜보았다. 마침내 그녀가 돌아서서 다시 보슈 옆을 지나쳤다. 보슈는 눈으로 여자의 뒤를 쫓았다. 여자가 펌프실 옆을 지나면서 뭔가를 피하려는 듯 둥글게 돌아가는 모습이 보였다. 그쪽으로 가 보니 포장된 길 위에 유리조각이 있었다. 그는 고개를 들어 위쪽을 살펴보았다. 펌프실 문 위쪽의 소켓에 끼워진 전구가 깨져 있었다. 보슈는 이곳 관리인에게 최근에 이 전구를 확인한 적이 있는지 물어봐야겠다고 머릿속으로 메모를 해두었다.

보슈가 아까 서 있던 난간 옆 자리로 돌아왔을 때, 저 아래쪽에서 뭔가가 재빠르게 움직이는 것이 그의 시선을 끌었다. 코요테 한 마리가 댐 앞의 숲 바닥을 뒤덮은 솔잎과 쓰레기 속에서 킁킁거리고 있었다. 녀석은 몸집이 작았고, 털은 지저분했다. 군데군데 털이 전혀 없는 곳도 눈에 띄었다. 이 도시의 보호구역에는 코요테가 겨우 몇 마리밖에 남아 있지 않았다. 녀석들은 인간쓰레기들이 남긴 쓰레기를 뒤져 먹고 사는 수밖에 없었다.

“지금 꺼낸답니다.” 뒤에서 누군가가 말했다.

보슈가 뒤를 돌아보니 현장을 지키던 제복경관 중 한 명이 서 있었다. 보슈는 고개를 끄덕이고는 그 경찰관을 따라 댐을 벗어나서 노란 테이프 밑을 통과해 다시 굴로 갔다.

끙 하고 힘을 주는 소리와 무겁게 숨을 내뱉는 소리가 불협화음으로 뒤섞여 낙서투성이 굴 입구에서 울려나왔다. 셔츠를 벗어 긁힌 상처와 땟자국이 가득한 근육질 등을 드러낸 남자가 뒷걸음질로 모습을 드러냈다. 그가 끌고 있는 무거운 검은색 비닐 위에 시체가 누워 있었다. 죽은 남자는 여전히 검은 셔츠 속에 머리와 팔이 대부분 가려진 채로 하늘을 향하고 있었다. 보슈는 도노반을 찾아 주위를 두리번거렸다. 도노반은 파란색 감식반 승합차 뒤에 비디오카메라를 싣고 있었다. 보슈는 그쪽으로 다가갔다.

"자네가 다시 들어가줬으면 좋겠어. 저 안에 있는 모든 쓰레기, 신문, 깡통, 봉지, 그리고 주사기도 좀 있는 것 같던데, 솜뭉치랑 병도, 그걸 전부 증거물로 채취해줘."

"그러죠." 도노반이 말했다. 그리고 잠시 가만히 있다가 말을 덧붙였다. "별 뜻이 있는 건 아니지만, 선배, 정말로 이게 진짜 사건이라고 생각해요? 우리가 이렇게 애쓸 가치가 있어요?"

"그거야 시체를 잘라보기 전에는 모르겠지."

보슈는 자리를 뜨려다가 다시 멈춰 섰다.

"이봐, 도니, 오늘이 일요일인 건 나도 알아. 그러니까, 저, 다시 들어가겠다고 해줘서 고마워."

"에이, 괜찮아요. 어차피 죽 초과근무를 하고 있는데요, 뭐."

웃통을 벗은 남자와 검시관실 직원이 바닥에 앉아 시체를 들여다보고 있었다. 둘 다 하얀 라텍스장갑을 끼고 있었다. 검시관실 직원은 래리 사카이라는 친구로, 보슈는 그와 오래전부터 아는 사이지만 한 번도 마음에 든 적이 없었다. 사카이 옆의 바닥에는 낚시도구상자처럼 생긴 플라스틱 상자가 열려 있었다. 사카이는 상자에서 메스를 꺼내 시체의 옆구리를 2.5센티미터쯤 절개했다. 왼쪽 엉덩이 바로 위쪽이었다. 상처에서는 피가 전혀 배어나오지 않았다. 사카이는 상자에서 온도계를 꺼내 둥글게 휜 탐침 끝에 부착했다. 그리고 그것을 절개한 곳으로 집어넣어 능숙하지만 거친 손놀림으로 돌리면서 간까지 밀어 넣었다.

웃통을 벗은 남자가 인상을 찌푸렸다. 오른쪽 눈 꼬리 쪽에 파란색 눈물 문신이 새겨져 있었다. 보슈는 그 문신이 왠지 지금 상황과 잘 어울린다는 생각이 들었다. 죽은 남자가 여기서 얻을 수 있는 동정은 그 눈물이 전부일 터였다.

"사망시각을 알아내기가 쉽지 않겠는데요." 사카이가 말했다. 그는 고개를 들지 않고 작업을 계속하면서 말을 이었다. "기온이 점점 오르고 있는데 저 굴 안에 있었으니, 간 온도가 제대로 떨어지지 않죠. 오시토가 저 안에서 간 온도를 재봤는데, 섭씨 27도였어요. 그런데 10분 뒤에 다시 쟀더니 그땐 28도더라고요. 시체도 저 굴도 온도가 일정하지 않아요."

"그래서?" 보슈가 말했다.

"그래서 지금은 아무 말도 해드릴 수 없어요. 시체를 가지고 돌아가서 계산을 좀 해봐야 돼요."

"계산하는 법을 아는 사람한테 맡기겠다는 얘기지?" 보슈가 물었다.

"부검 때 오시면 알려드릴 테니 걱정 마세요."

"부검 얘기가 나왔으니 말인데, 오늘 누가 부검할 거야?"

사카이는 대답하지 않았다. 그는 죽은 남자의 다리를 살피느라 정신이 없었다. 그는 먼저 양쪽 신발을 차례로 잡고 발목을 움직였다. 그리고 손으로 다리를 더듬어 올라오다가 허벅지 아래쪽에 다다르자 양다리를 차례로 들어 올려 무릎이 어떻게 구부러지는지 살펴보았다. 그러고는 혹시 밀수품이라도 들어 있지 않은지 조사하는 것처럼 양손으로 시체의 배를 눌렀다. 마지막으로 그는 셔츠 밑으로 손을 넣어 죽은 남자의 머리를 돌리려고 했다. 머리는 꿈쩍도 하지 않았다. 보슈는 사후경직이 머리부터 시작해서 몸통을 거쳐 말단부로 내려간다는 것을 알고 있었다.

"이 친구 목이 완전히 굳었지만 상태는 좋아요." 사카이가 말했다. "배도 굳는 중이고요. 하지만 말단부는 아직 잘 움직여요."

사카이는 귀 뒤에서 연필을 꺼내 지우개가 달린 쪽으로 죽은 남자의 옆구리 피부를 눌렀다. 땅과 접한 시체의 아래쪽 절반에 자주색 얼룩 같은 것이 있었다. 마치 시체 속에 적포도주가 절반쯤 차 있는 것 같았다. 그건 시반이었다. 심장이 멈추면 피는 낮은 곳으로 모인다. 사카이가 거무스름하게 얼룩진 피부를 연필로 눌러도 피부는 하얗게 변하지 않았다. 피가 완전히 굳은 것이다. 남자가 죽은 지 몇 시간이 지났다는 뜻이었다.

"시반이 고정됐어요." 사카이가 말했다. "이거랑 사후경직 상태를 보면, 이놈이 죽은 건 아마 여섯 시간 내지 여덟 시간 전일 거예요. 우리가 체온으로 계산을 마칠 때까지는 그 정도로 만족하세요, 보슈 형사님."

사카이는 이 말을 하면서도 고개를 들지 않았다. 그는 오시토라는 친구와 함께 죽은 남자의 초록색 작업복 바지에 달린 주머니들을 뒤집기 시작했다. 주머니는 비어 있었다. 허벅지에 덧달린 커다란 주머니도 마찬가지였다. 두 사람은 시체를 옆으로 돌려 뒷주머니를 확인했다. 두 사람이 이 작업을 하는 동안 보슈는 허리를 숙여 죽은 남자의 등을 자세히 살폈다. 피부가 시반 때문에 자주색으로 변했을 뿐만 아니라 더러웠다. 하지만 긁힌 자국이나 상처가 전혀 없어서 누군가가 시체를 굴 안에 끌어다 놓았다고 보기는 어려웠다.

"바지에는 아무것도 없어요. 신분증도 없고요." 사카이가 말했다. 여전히 시선을 들지 않은 채였다.

이제 두 사람은 남자의 검은 셔츠를 머리에서 몸통 쪽으로 살살 내리기 시작했다. 죽은 남자의 머리카락은 제멋대로 헝클어져 있었고, 원래 색깔인 검은 머리보다 흰머리가 더 많았다. 턱수염도 헝클어져 있었다. 나이는 대략 쉰 살쯤 되어 보였지만, 보슈는 아마 마흔 살쯤 되었을 거라고 짐작했다. 셔츠 가슴 주머니 안에 뭔가가 있었다. 사카이가 그것을 꺼내 잠시 살펴보고는 파트너가 입구를 벌려서 들고 있는 비닐봉투에 넣었다.

"빙고." 사카이가 이렇게 말하며 봉투를 보슈에게 건네주었다. "필요한 게 다 있네요. 이러면 우리 일이 훨씬 쉬워지죠."

사카이는 죽은 남자의 말라붙은 눈꺼풀을 크게 벌렸다. 눈동자는 파란색이었지만, 그 위에 흐릿한 막 같은 것이 씌워져 있는 것 같았다. 동공 크기는 연필심만 하게 줄어든 상태였다. 그 눈동자가 멍하니 보슈를 올려다보았다. 각각의 동공은 작고 검은 심연이었다.

사카이는 클립보드에 뭐라고 메모를 했다. 이 시체에 대해 나름대로 결론을 내렸다는 뜻이었다. 그는 자기 옆의 도구상자에서 잉크판과 지문카드를 꺼냈다. 그리고 시체의 왼손 손가락에 잉크를 묻혀 카드에 찍기 시작했다. 보슈는 그의 재빠르고 능숙한 솜씨에 감탄했다. 그런데 사카이가 갑자기 작업을 멈췄다.

"여기 이것 좀 봐요."

사카이가 집게손가락을 부드럽게 움직였다. 손가락은 어느 방향으로든 쉽게 잘 움직였다. 관절이 아주 깨끗하게 부러져 있었다. 하지만 부어오른 곳도, 멍이 든 곳도 보이지 않았다.

"사후에 이렇게 된 것 같은데요." 사카이가 말했다.

보슈는 더 자세히 들여다보았다. 사카이가 쥐고 있던 시체의 손을 잡고 장갑을 끼지 않은 자신의 손으로 만져보기도 했다. 그는 사카이와 오시토를 차례로 바라보았다.

"보슈 형사님, 그러지 마세요." 사카이가 버럭 소리를 질렀다. "이 친구가 그런 거 아니에요. 이 친구도 알 건 다 안다고요. 제가 직접 훈련시켰으니까."

보슈는 몇 달 전 바퀴가 달린 들것에 묶인 시체를 벤츄라 프리웨이에 내던져버린 검시관실 소속 왜건을 운전한 사람이 바로 사카이라는 사실을 그에게 일깨워주지 않았다. 그건 러시아워에 벌어진 일이었다. 들것은 랭커심 대로 쪽 출구로 굴러가다가 주유소에서 어떤 자동차 꽁무니를 들이받았다. 짐칸과 운전석 사이에 섬유유리 칸막이가 있었기 때문에 사카이는 시체 안치소에 도착해서야 비로소 시체가 없어졌다는 걸 알아차렸다.

보슈는 죽은 남자의 손을 다시 사카이에게 넘겨주었다. 사카이는 오시토에게 스페인어로 뭔가를 물었다. 오시토의 자그마한 갈색 얼굴이 몹시 진지해지더니, 그가 고개를 저었다.

"이 친구는 저 안에서 이놈 손을 만지지도 않았대요. 그러니까 공연히 잘 알지도 못하는 소리를 떠들면서 돌아다니지 말고, 부검이 끝날 때까지 기다리세요."

사카이는 지문을 다 찍은 뒤 지문카드를 보슈에게 건네주었다.

"손을 봉지로 감싸." 보슈가 말했다. 굳이 그럴 필요가 없는데도. "발도 감싸고."

그는 다시 일어서서 잉크가 마르게 지문카드를 흔들어댔다. 다른 손으로는 사카이에게서 받은 비닐 증거봉지를 들고 있었다. 주사바늘 하나, 더러운 물 같은 것이 반쯤 차 있는 자그마한 유리병 하나, 솜뭉치 하나, 종이성냥 한 벌이 고무줄에 묶여 그 안에 들어 있었다. 꽤 새것처럼 보이는 마약 투여도구 일체였다. 바늘은 녹슨 곳 하나 없이 깨끗했다.

솜뭉치는 여과기로 한두 번 사용한 것이 전부인 것 같았다. 솜뭉치 섬유 속에 흰 빛이 감도는 갈색의 자그마한 결정체들이 있었다. 봉지의 방향을 바꾸자 종이성냥 양옆을 통해 안을 들여다볼 수 있었다. 사용한 성냥은 두 개뿐이었다.

그때 도노반이 굴에서 기어 나왔다. 그는 광부처럼 전등이 달린 헬멧을 쓰고 있었다. 한 손에 든 여러 개의 비닐봉지에는 각각 누렇게 변한 신문, 음식 포장지, 찌그러진 맥주 캔이 들어 있었다. 다른 손에 들고 있는 클립보드에는 각각의 물건이 발견된 위치를 그가 직접 표시한 도표가 그려져 있었다. 헬멧 양쪽에 거미줄이 늘어져 있었다. 도노반의 얼굴을 타고 흘러내린 땀이 그의 입과 코를 덮은 마스크에 얼룩을 남겼다. 보슈는 마약 투여도구가 든 비닐봉지를 들어 보였다. 도노반이 걸음을 멈췄다.

"그 안에 화덕이 있었어?" 보슈가 물었다.

"젠장, 약쟁이예요?" 도노반이 말했다. "내 그럴 줄 알았어. 그럼 지금까지 헛고생만 한 거잖아요."

보슈는 아무 말도 하지 않고, 그냥 도노반이 말을 잇기를 기다렸다.

"있었어요. 콜라 깡통이요." 도노반이 말했다.

그는 손에 쥔 증거물 봉지를 살피다가 하나를 골라 보슈를 향해 들어 보였다. 반으로 가른 콜라 깡통이 그 안에 들어 있었다. 깡통은 비교적 새것인 것 같았고, 깡통을 자른 도구는 칼이었다. 아래쪽 절반을 뒤집어서 바닥의 오목한 표면에 헤로인과 물을 넣고 끓인 모양이었다. 이게 화덕이었다. 이제 대부분의 중독자들은 숟가락을 사용하지 않았다. 숟가락을 들고 다니는 것만으로도 체포사유가 되기 때문이었다. 깡통은 구하기도 쉽고, 다루기도 쉽고, 버리기도 쉬웠다.

"여기 이 마약 도구랑 화덕에서 가능한 한 빨리 지문을 떠야 돼." 보슈가 말했다. 도노반은 고개를 끄덕이고는 비닐봉지들을 든 채 경찰 승합차 쪽으로 움직였다. 보슈는 다시 사카이에게 주의를 돌렸다.

"이 친구 몸에 칼은 없지?" 보슈가 물었다.

"없어요." 사카이가 말했다. "왜요?"

"칼이 있어야 되는데. 그게 없으면 현장을 제대로 구성할 수 없어."

"그까짓 게 무슨 문제라고. 이놈은 약쟁이예요. 약쟁이들은 서로 물건을 훔쳐 쓰잖아요. 그러니까 다른 놈들이 칼을 훔쳐갔겠죠."

사카이가 장갑을 낀 손으로 죽은 남자의 셔츠 소매를 말아 올렸다. 양팔에 흉터가 그물처럼 얼기설기 나 있었다. 오래된 주사바늘 자국, 종기와 감염으로 생긴 움푹한 흉터 등이었다. 왼쪽 팔오금에는 새로 생긴 바늘자국과 노란색과 자주색이 섞인 커다란 멍이 있었다.

"빙고." 사카이가 말했다. "이놈이 팔에다 잔뜩 찔러 넣고는, 푸시시, 골로 가버린 모양인데요. 아까도 말했지만, 이건 그냥 약쟁이예요. 오늘은 일이 일찍 끝나겠어요. 가서 다저스 경기나 보시죠."

보슈는 다시 쭈그리고 앉아 시체를 자세히 들여다보았다.

"다들 똑같은 말만 하는군." 그가 말했다.

하지만 사카이가 옳을지도 모른다는 생각이 들었다. 그래도 아직은 이 사건을 접어버리고 싶지 않았다. 맞아 떨어지지 않는 것들이 너무 많았다. 굴 안에 사람이 움직인 흔적이 없는 것. 셔츠가 머리를 덮은 것. 부러진 손가락. 칼이 없는 것.

"왜 이것만 빼고 다른 건 전부 오래된 흔적이지?" 그가 물었다. 사카이에게 던지는 질문이라기보다는 혼잣말에 가까웠다.

"그걸 누가 알겠어요?" 사카이가 대답했다. "한동안 약을 끊었다가 다시 하기로 했나보죠, 뭐. 약쟁이는 약쟁이예요. 이유 같은 건 없다고요."

보슈는 죽은 남자의 팔에 난 흉터들을 빤히 바라보다가 팔꿈치 위쪽까지 말아 올린 왼쪽 소매 바로 밑의 피부에 파란 잉크가 묻어 있는 것을 보았다. 하지만 소매 때문에 글자를 읽을 수 없었다.

"소매 좀 걷어봐." 그가 팔을 가리키며 말했다.

사카이가 소매를 어깨까지 걷어 올리자 파란색과 빨간색으로 새긴 문신이 드러났다. 쥐가 뒷다리로 서서 광기 어린 표정으로 이를 드러내고 천박하게 웃고 있는 모습을 만화체로 그린 것이었다. 쥐의 한쪽 손에는 권총이, 다른 손에는 XXX라고 적힌 술병이 들려 있었다. 그림 위아래에 파란 잉크로 새긴 글자는 세월이 흐르면서 피부가 늘어지는 바람에 번진 것처럼 변해 있었다. 그래도 사카이는 그 글자를 읽으려고 애써보았다.

"자일… 아니, 제일이네요. '제일 보병사단.' 군인이었나 봐요. 아래쪽 글자는 무슨 소리인지… 외국어예요. 'Non…Gratum…Anum…Ro…' 이 뒤는 뭔지 모르겠어요."

"Rodentum." 보슈가 말했다.

사카이가 그를 바라보았다.

"변칙적인 라틴어야." 보슈가 말했다. "쥐새끼 엉덩이만도 못하다. 이 친구 땅굴쥐였군. 베트남에서."

"그러거나 말거나." 사카이는 시체와 굴을 다시 평가하려는 듯 바라보았다. 그리고 말을 이었다. "어쨌든 마지막도 굴 속이었네요. 그렇죠?"

보슈는 맨손을 죽은 남자의 얼굴로 뻗어 이마와 텅 빈 눈 위로 흘러내린 희끗희끗한 머리칼을 쓸어 올려 주었다. 그가 장갑도 끼지 않고 이런 행동을 하는 것을 본 다른 사람들이 하던 일을 멈추고, 이 비위생적이고 이례적인 행동을 지켜보았다. 보슈는 개의치 않았다. 그는 남자의 얼굴을 한참 동안 빤히 바라보았다. 아무 말도 하지 않고, 남들이 하는 말도 듣지 않았다. 그 순간 그는 자기가 이 얼굴을 안다는 사실을 깨닮았다. 문신도 그가 아는 것이었다. 그의 머릿속에 한 젊은이의 얼굴이 번쩍 나타났다 사라졌다. 앙상하게 마르고 갈색으로 그을린 몸. 짧게 깎은 머리. 살아 있는 얼굴. 죽은 얼굴이 아니었다. 보슈는 일어서서 곧장 시체에서 시선을 거뒀다.

이렇게 갑자기 방향을 돌리다가 그는 제리 에드거와 정면으로 부딪혔다. 에드거는 이제야 도착해서 현장으로 올라와 시체를 들여다보려던 참이었다. 두 사람 모두 순간적으로 깜짝 놀라서 한 걸음씩 뒤로 물러났다. 보슈는 손으로 이마를 짚었고, 그보다 훨씬 키가 큰 에드거는 손으로 턱을 만졌다.

"젠장, 해리." 에드거가 말했다. "괜찮아?"

"응. 자네는?"

에드거는 손에 피가 묻었는지 살펴보았다.

"괜찮아. 미안해. 왜 그렇게 펄쩍 뛴 거야?"

"나도 모르겠어."

에드거는 보슈의 어깨 너머로 시체를 바라보다가 파트너의 뒤를 따라 사람들 옆을 떠났다.

"미안해, 해리." 에드거가 말했다. "내 약속에 대신 나가줄 사람을 기다리느라고 한 시간 동안이나 사무실에 앉아 있었어. 이제 말해봐. 무슨 사건이야?"

에드거는 이 말을 하면서도 계속 턱을 문질렀다.

"아직은 나도 잘 모르겠어." 보슈가 말했다. "MCT(mobile computer terminal - 옮긴이)가 달린 순찰차를 자네가 한번 찾아봐. 제대로 작동하는 걸로. 그걸로 메도우스에 관한 자료를 찾아보라고. 이름은 빌리, 아니, 윌리엄으로 해. 대략 1950년생쯤 돼. 면허증 기록으로 그 친구 주소를 알아내야 돼."

"그게 시체 이름이야?"

보슈는 고개를 끄덕였다.

"자료가 없어? 주소가 있는 신분증 같은 거?"

"신분증은 없어. 내가 그냥 알아본 거야. 그러니까 자료를 찾아봐. 지난 몇 년 동안 무슨 기록이 있을 거야. 최소한 밴나이스 경찰서 쪽에 마약으로 붙잡힌 기록이라도."

에드거는 대시보드에 MCT가 장착된 차를 찾으려고 흑백 경찰차들이 일렬로 주차되어 있는 곳으로 걸어갔다. 덩치가 컸기 때문에 걸음걸이가 굼떠 보였지만, 보슈는 에드거와 보조를 맞춰 걷기가 쉽지 않다는 걸 경험으로 알고 있었다. 에드거는 가느다란 선이 그려진 갈색 양복을 흠 잡을 데 없이 깔끔하게 입은 모습이었다. 머리는 짧게 깎았고, 피부는 마치 가지처럼 매끈하고 검었다. 보슈는 에드거가 걸어가는 모습을 지켜보면서, 혹시 점프슈트를 입고 굴 안을 기어다니느라 양복이 구겨지는 게 싫어서 딱 그 일을 피할 만큼 시간을 맞춰 일부러 늦게 온 게 아닌가 하는 생각을 떨쳐버릴 수 없었다.

보슈는 자기 차의 트렁크로 가서 폴라로이드 카메라를 꺼냈다. 그리고 시체가 있는 곳으로 돌아가 시체 양옆에 발을 벌리고 서서 상체를 구부리고 시체의 얼굴을 사진으로 찍었다. 세 장이면 충분할 것 같았다. 그는 카메라에서 튀어나온 종이들을 굴 위에 올려놓고 사진이 현상되기를 기다렸다. 그동안 그는 시체의 얼굴에서 눈을 뗄 수 없었다. 세월에 변해버린 모습이라니. 보슈는 제1보병사단 땅굴쥐들이 모두 사이공의 문신가게에 갔던 날 밤에, 술에 취해 그 가게를 나서며 활짝 웃던 그의 얼굴을 떠올렸다. 전쟁에 지친 그들이 모두 문신을 새기는 데는 네 시간이 걸렸지만, 그렇게 어깨에 같은 낙인을 찍음으로써 그들은 모두

피를 나눈 형제가 되었다. 보슈는 메도우스가 동료들과 함께 있으면서 느꼈던 기쁨, 그리고 그들 모두 느끼고 있던 두려움을 떠올렸다.

보슈는 시체에서 물러섰다. 그동안 사카이와 오시토는 중앙에 지퍼가 달린 무거운 검은색 비닐백을 펼쳤다. 그들은 시체가방의 지퍼를 연 뒤 메도우스를 들어 안에 넣었다.

“저 친구 무슨 도깨비 같은데.” 에드거가 다가오며 말했다.

사카이가 시체가방의 지퍼를 올렸다. 메도우스의 하얗게 센 곱슬머리 몇 가닥이 지퍼에 걸린 것이 보였다. 하지만 메도우스는 개의치 않을 것이다. 예전에 그는 보슈에게 자기가 시체가방에 들어갈 운명이라고 말한 적이 있었다. 자기뿐만 아니라 모든 사람이 그런 운명이라고.

에드거는 한 손에는 자그마한 메모지, 다른 손에는 황금색 크로스 펜을 들고 있었다.

“윌리엄 조지프 메도우스, 50/7/21. 이 사람 맞지, 해리?”

“응, 맞아.”

“뭐, 자네 말이 맞았어. 기록이 여러 개 있더라고. 마약사건뿐만이 아냐. 은행강도, 강도미수, 헤로인 소지도 있어. 1년쯤 전에 여기 이 댐에서 빈둥거리다 잡힌 적도 있고. 물론 마약 사건도 두어 건 있지. 아까 자네가 말했던 밴나이스 사건도 있고. 그나저나 저 친구하고는 무슨 사이야? 정보원?”

“아냐. 주소도 있어?”

“밸리에 살아. 세풀베다. 양조장 옆에. 거긴 집 팔기 힘든 동넨데. 정보원이 아니면, 자네가 저 친구를 어떻게 알아?”

“몰라. 적어도 최근에는 몰랐어. 전생에 알던 사이야.”

“그게 무슨 소리야? 그게 언젠데?”

“내가 빌리 메도우스를 마지막으로 본 게 대략 20년쯤 전이야. 저 친구는… 사이공이었어."

"그래, 그럼 20년 전쯤 되겠네." 에드거는 폴라로이드 사진이 있는 곳으로 가서 빌리 메도우스의 얼굴을 찍은 사진 세 장을 내려다보았다. "잘 아는 사이야?"

"별로. 거기서 사람을 사귀었을 때 알 수 있는 만큼은 알지. 거기서는 자기 목숨도 맡길 수 있을 만큼 사람들을 믿지만, 전쟁이 끝나고 나면 사실 그 사람들에 대해 아는 게 없다는 걸 깨닫게 돼. 나도 여기로 돌아온 뒤로는 저 친구를 한 번도 본 적이 없어. 작년에 통화를 한 번 한 적은 있지. 그게 다야."

"그런데 어떻게 알아봤어?"

"몰랐어, 처음에는. 그러다 팔에 있는 문신을 봤지. 그랬더니 얼굴이 기억나더라고. 아마 자네도 저런 친구는 기억할 수 있을 거야. 어쨌든 난 기억이 났어."

"그러게…."

두 사람은 잠시 침묵을 내버려두었다. 보슈는 이제 어떻게 해야 할지 생각해보려고 했지만, 시체가 발견된 현장에 불려와서 메도우스를 보게 된 우연이 기막히다는 생각밖에 들지 않았다. 에드거가 상념을 깨뜨렸다.

"이제 여기서 마음에 걸리는 게 뭔지 얘기해봐. 저기 도노반은 아주 기가 막혀 죽겠다는 표정이네. 자네 때문에 온갖 잡일을 해서."

보슈는 에드거에게 문제가 뭔지 말해주었다. 굴 안에 눈에 띄는 흔적이 없다는 점, 셔츠가 머리를 덮고 있었다는 점, 손가락이 부러진 점, 칼이 없다는 점.

"칼이 없어?" 에드거가 물었다.

"깡통을 반으로 잘라서 화덕을 만들려면 뭔가 도구가 필요했을 거야.

그 화덕이 그 친구 거라면."

"처음부터 화덕을 가지고 들어왔을 수도 있잖아. 아니면 저 친구가 죽은 다음에 누가 안에 들어왔다가 칼을 가져갔을 수도 있고. 애당초 칼이 있었다면 말이지만."

"그래, 그랬을 수도 있어. 하지만 흔적이 없으니 뭘 알 수가 있어야지."

"글쎄, 전과기록을 보면 저 친구는 망가질 대로 망가진 약쟁이야. 옛날에도 그런 친구였어?"

"어느 정도는. 약을 하기도 하고 팔기도 했지."

"거 봐, 경력이 긴 중독자네. 그런 놈들은 무슨 짓을 할지, 언제 약을 끊기는 할지 알 길이 없어. 그런 놈들은 이미 버린 몸이야, 해리."

"저 친구는 약을 끊었어. 적어도 내가 보기에는 그래. 팔에 새 바늘자국이 하나밖에 없다고."

"해리, 사이공을 떠난 뒤로 저 친구를 본 적이 없다며. 저 친구가 약을 끊었는지 어쨌는지 자네가 어떻게 알아?"

"저 친구를 본 적은 없지만, 통화는 했어. 저 친구가 나한테 전화를 했어. 작년에. 7월이나 8월쯤이었을 거야. 밴나이스에서 바늘자국 때문에 마약단속에 걸렸다더군. 그런데 신문에서 봤는지 어쨌는지, 그때가 인형사 사건 무렵이니까, 내가 경찰이라는 걸 알아내고는 강력계에 전화해서 나를 찾은 거야. 밴나이스 유치장에서. 나더러 도와달라고 했지. 아마 기껏해야 구치소에서 30일 정도 살다 나오면 됐을 텐데 못 견디겠다고 하는 거야. 뭐라더라, 어, 이번에는 할 수 없대, 그렇게 혼자 발버둥칠 수는 없다고…."

보슈는 이야기를 끝맺지 않고 말꼬리를 흐렸다. 한참 시간이 흐른 뒤 에드거가 그를 재촉했다.

"그래서? …얼른 말해봐, 해리. 자네가 어떻게 했는데?"

"그 말을 믿었지. 그래서 담당 경찰관하고 얘기를 해봤어. 이름이 너클스였을걸. 거리를 담당하는 경찰관 이름으로 딱이라고 생각한 기억이 나. 그다음에는 세풀베다의 퇴역군인회에 전화해서 저 친구가 재활 프로그램에 들어갈 수 있게 주선했어. 너클스도 장단을 맞춰줬고. 그 친구도 퇴역군인이었거든. 그래서 구류 대신 재활을 할 수 있게 판사에게 부탁해달라고 검사를 설득했어. 그렇게 해서 퇴역군인 병원이 메도우스를 받아들였어. 그러고 6주쯤 있다가 확인해봤더니, 그 친구가 프로그램을 끝낸 뒤 잘 지내고 있다고 하더군. 어쨌든 그쪽 얘기로는 그랬어. 유지 2단계에 접어들었다나. 정신과의사랑 상담하고, 그룹 상담에 참여하고… 메도우스가 처음 나한테 전화한 뒤로 내가 그 친구랑 직접 통화한 적은 없어. 그 뒤로 다시는 전화가 없었거든. 나도 그 친구를 찾아볼 생각이 없었고."

에드거는 자신의 메모철을 살펴보았다. 보슈가 흘깃 보니, 에드거는 아무것도 없는 백지를 바라보고 있었다.

"이봐, 해리." 에드거가 말했다. "그래도 그게 거의 1년 전이잖아. 약쟁이한테는 긴 시간이지. 안 그래? 누가 알겠어? 저 친구가 다시 바닥으로 떨어졌는지. 지금 우리가 걱정할 일은 그게 아냐. 문제는, 자네가 이번 일을 어떻게 하고 싶은가야. 어떻게 하고 싶어?"

"자네는 우연을 믿어?" 보슈가 물었다.

"글쎄. 나는…."

"우연 같은 건 없어."

"해리, 도대체 무슨 소리를 하는 거야? 내가 어떻게 하고 싶은지 말해줄까? 난 이 사건에서 아무래도 마음에 걸리는 점이 하나도 안 보여. 저 친구가 굴 안으로 기어 들어갔어. 아마 어두워서 아무것도 안 보였겠지. 그래서 팔에 약을 너무 많이 꽂아서 죽어버렸어. 그게 전부야. 어쩌면 누가 저 친구랑 같이 있다가 밖으로 나오면서 흔적을 지워버렸는지도 모르지. 칼도 가져가고. 가능성이야 얼마든지…."

"가끔은 이상한 점이 눈에 확 띄지 않을 때도 있어, 제리. 그게 이 사건의 문제야. 오늘은 일요일이라 다들 빨리 집에 가고 싶어 해. 골프도 치고, 집도 팔고, 야구도 보고 싶어 하지. 그래서 아무도 신경을 안 써. 그냥 정해진 대로 일하는 시늉만 하는 거야. 놈들도 바로 그 점을 계산했다는 걸 모르겠어?"

"놈들이라니 누구?"

"누구든 이 일을 저지른 놈이지."

그는 잠시 입을 다물었다. 아무도 그의 말을 받아들이지 않았다. 사실 그 자신도 거의 마찬가지였다. 에드거의 사명감에 호소하려 든 건 잘못이었다. 그는 20년을 채우자마자 이 일을 그만둘 것이다. 그러고는 조합 회보에 명함 크기만 한 광고를 낼 것이다. "LAPD 퇴직경찰. 동료 경찰관들에게 수수료를 깎아드립니다." 샌퍼낸도 밸리든 샌타클래리타 밸리든 앤틸롭 밸리든 하여튼 개발이 이루어지는 곳에서 그렇게 경찰관들에게 집을 팔거나 경찰관들의 집을 팔아주면서 1년에 25만 달러쯤 벌 것이다.

"왜 굴 속으로 들어갔지?" 보슈가 말했다. "저 친구 집은 밸리인데. 세풀베다. 근데 왜 여기까지 내려왔지?"

"해리, 그걸 누가 알아? 약쟁이잖아. 마누라한테 쫓겨났나 보지. 아니면 거기서 죽었는데, 친구들이 사람들한테 설명하기 귀찮아서 시체를 이리 끌어다놓은 건지도 모르고."

"그것도 범죄야."

"그래, 범죄지. 그런데 그걸 기소하려는 검사가 있겠어?"

"마약 도구가 깨끗해 보였어. 새것 같았다고. 팔에 난 다른 주사바늘

자국들은 오래된 거였고. 아무래도 저 친구가 다시 시작한 것 같지는 않아. 일상적으로 하지는 않았을 거야. 뭔가가 이상해."

"글쎄, 난 잘 모르겠는데…. 이봐, 에이즈니 뭐니 해서 요새는 다들 도구를 깨끗하게 쓴대."

보슈는 마치 모르는 사람을 보듯이 파트너를 바라보았다.

"해리, 내 말 좀 들어. 저 친구가 20년 전에는 자네랑 같이 굴 속을 누비던 친구였는지 몰라도, 지금은 약쟁이야. 그러니 저 친구가 한 짓을 일일이 설명하는 건 불가능해. 도구나 흔적에 대해서는 잘 모르겠지만, 이게 우리가 달려들어야 할 일이 아닌 것 같다는 건 확실히 알아. 이건 그냥 평범한 사건이야."

보슈는 포기했다. 당분간은.

"난 세풀베다로 올라가 봐야겠어." 그가 말했다. "같이 가겠어? 아니면 손님한테 집을 보여주러 갈 건가?"

"내 일을 해야지, 해리." 에드거가 부드럽게 말했다. "우리가 의견이 서로 다르다고 해서 내가 할 일을 안 하지는 않아. 월급을 받고 하는 일인데. 난 지금까지도 그런 적이 없고, 앞으로도 절대 안 그럴 거야. 그래도 내가 사업을 하는 게 싫으면, 내일 아침에 파운즈를 찾아가서 파트너를 바꿔달라고 하든지."

보슈는 에드거에게 천박한 수작을 부린 것이 미안해졌지만, 내색하지는 않았다. "그럼, 자네가 먼저 그리 올라가서 사람들을 만나봐. 난 여기를 좀 더 살피고 갈 테니까."

에드거는 굴 쪽으로 걸어가서 폴라로이드 사진 한 장을 집어 들었다. 그는 사진을 겉옷 주머니에 넣은 다음, 보슈에게 더 이상 아무 말도 않고 자기 차를 세워둔 곳으로 걸어갔다.

보슈는 점프슈트를 벗어 잘 접어서 자동차 트렁크에 넣은 뒤 사카이와 오시토가 시체를 들것에 실어 거칠게 밀고 가서 파란색 승합차 뒤에 싣는 것을 지켜보았다. 그는 이번 사건의 부검이 우선적으로 처리되게 하려면 어떻게 해야 할지 생각하면서 걷기 시작했다. 나흘이나 닷새 뒤가 아니라, 늦어도 내일까지는 부검이 이루어지게 해야 했다. 그는 운전석 문을 열고 있는 사카이에게 다가갔다.

"우린 이제 갈 거예요, 보슈 형사님."

보슈는 문을 손으로 잡아 사카이가 안으로 들어갈 수 없게 했다.

"오늘 누가 부검하지?"

"이 시체 말이에요? 아무도 안 하죠."

"누가 당직이야?"

"샐리 선생님이요. 하지만 이 시체 근처에도 안 올 걸요."

"조금 전에도 내 파트너랑 똑같은 얘기를 하다 오는 길이야. 자네까지 이러지 말았으면 좋겠군."

"형사님이나 제 말을 좀 들으세요. 저는 어제 저녁 6시부터 지금까지 계속 일하고 있어요. 이게 벌써 일곱 번째 현장이라고요. 차를 타고 지나가면서 총을 쏜 사건, 물에 뜬 시체, 강간사건…. 사람들이 계속 죽어서 우리한테 와요. 피곤해 죽겠는데 쉴 틈도 없어요. 그러니까 형사님이 사건이라고 생각하시는 이번 일에 쓸 시간은 없어요. 한 번만이라도 파트너 말을 들으세요. 이 사건은 일상적인 스케줄대로 갈 거예요. 그러니까 수요일이나 목요일에 우리가 손을 댈 거라는 얘기예요. 아무리 늦어도 금요일은 안 넘기겠다고 약속하죠. 하지만 약물검사 결과는 적어도 열흘은 기다려야 해요. 그건 아시죠? 그러니 이렇게 서두를 필요 없잖아요."

"그냥 샐리 선생한테 오늘 중으로 예비검사를 해달라고 해. 나중에 들를 테니."

"제발 제 말 좀 들으시라니까요. 복도에까지 시체가 쌓여 있어요. 벌써 187사건으로 판명돼서 부검해야 하는 시체만 그 정도라고요. 형사님만 빼면 저를 포함해서 모든 사람이 약쟁이 사건으로 보고 있는 일에 샐리 선생님이 시간을 낼 수가 없어요. 이건 그저 그렇고 그런 사건이잖아요. 아니 도대체 무슨 핑계로 샐리 선생님한테 오늘 부검을 하라고 하겠어요?"

"손가락을 보여줘. 굴 안에 흔적이 전혀 없었다는 말도 하고. 뭐든 할 말을 생각해봐. 이 시체는 바늘을 다루는 데 워낙 익숙해서 약물과용으로 죽을 리가 없는 사람이었다고 해."

사카이는 승합차의 측면 패널에 머리를 기대고 큰 소리로 웃었다. 그러고는 마치 어린애의 농담을 들은 사람처럼 고개를 절레절레 저었다.

"그럼 샐리 선생님이 뭐라고 하실지 알아요? 이 친구가 언제부터 약을 했든 아무 상관없다고 말할 걸요. 전부 이미 망가진 놈들이라면서. 약쟁이들 중에 예순다섯 살을 넘긴 사람 본 적 있어요? 그 나이까지 사는 사람이 하나도 없잖아요. 결국은 바늘을 꽂은 채로 가죠. 굴 속에 있던 이 친구처럼요."

보슈는 고개를 돌려 이쪽을 지켜보거나 대화에 귀를 기울이는 제복 경찰이 없는지 둘러보았다. 그러고는 다시 사카이에게 시선을 돌렸다.

"그냥 내가 나중에 가겠다고 해." 그가 조용히 말했다. "예비검사에서 아무것도 안 나오면, 이 시체를 복도 맨 끝으로 밀어버려도 돼. 아예 랭커심의 주유소에 갖다 놓아도 되고. 그때는 나도 아무 말 안 할 테니까. 어쨌든 내가 갈 거라고 분명히 말해. 결정은 샐리 선생이 내리는 거지 자네가 내리는 게 아냐."

보슈는 문을 잡고 있던 손을 놓고 뒤로 물러섰다. 사카이는 승합차에 올라 쾅 하고 문을 닫았다. 그리고 시동을 걸더니 창문을 통해 한참 동안 보슈를 바라보았다.

"형사님은 진짜 골칫덩이예요. 내일 아침에 오세요. 그 이상은 안 돼요. 오늘은 절대 불가능해요."

"내일 첫 번째로 부검하는 거야?"

"그냥 오늘만은 더 이상 귀찮게 마세요. 아셨죠?"

"내일 첫 번째야?"

"네, 네. 첫 번째요."

"좋아, 그럼 귀찮게 안 하지. 내일 보자고."

"저는 아니에요. 자고 있을 테니까."

사카이는 창문을 다시 올리고 승합차를 출발시켰다. 보슈는 차가 지나가게 뒤로 물러났다. 차가 사라진 뒤 그는 굴을 뚫어져라 바라보았다. 그때야 비로소 낙서가 제대로 눈에 들어왔다. 굴의 외부가 사실상 낙서로 도배돼 있는 걸 지금까지 몰랐던 것은 아니지만, 이번에는 각각의 낙서를 차례로 바라보았다. 오래돼서 희미해진 것이 많았다. 누군가가 갈겨 쓴 저 협박의 말들은 이미 오래전에 잊혔거나, 당사자들이 화해한 지 오래일 것이다. 슬로건도 있었다. 'LA를 떠나라.' 이름도 보였다. 오존. 보머. 스트라이커…. 그런데 비교적 최근의 낙서 하나가 그의 시선을 끌었다. 굴의 끝에서 3~4미터쯤 되는 곳에 써 있는 세 글자였다. Sha. 이 세 글자를 누군가가 단번에 흐르듯이 갈겨 쓴 것 같았다. S자 맨 꼭대기가 들쭉날쭉한 모양이다가 매끈한 선으로 이어졌기 때문에 마치 입을 그려놓은 것 같았다. 쩍 벌린 입. 치아는 없었지만, 보슈는 치아가 눈에 보이는 듯했다. 미완성 작품 같았다. 그런데도 훌륭했다. 독창적이고 깔끔했다. 보슈는 폴라로이드 카메라를 들어 그 낙서를 찍었다.

그는 경찰 승합차로 걸어가서 사진을 주머니에 넣었다. 도노반은 장비를 선반에 올리고, 증거물 봉투를 내퍼밸리의 목재 포도주 상자에 넣고 있었다.

"저 안에 불 탄 성냥이 있던가?"

"네. 아주 최근 것이 하나 있던데요." 도노반이 말했다. "끝까지 다 탔어요. 3미터쯤 들어간 지점에서. 도표에 표시해뒀어요."

보슈는 클립보드를 집어 들었다. 거기 끼워진 종이에 시체의 위치와 그 밖의 물건들 위치를 표시해둔 그림이 있었다. 성냥은 시체에서 약 4.5미터 떨어진 곳에 있었다. 도노반이 증거물 봉투에 들어 있는 성냥을 보여주었다. "이게 마약 도구에 있던 종이성냥과 같은 건지 나중에 알려드릴게요." 도노반이 말했다. "지금 그걸 생각하시는 거죠?"

보슈가 말했다. "제복경찰들은 뭐래? 그쪽에서 뭐 찾은 게 있나?"

"전부 이 안에 있어요." 도노반은 나무 상자를 가리키며 말했다. 그 안에 비닐 증거물 봉투가 많이 들어 있었다. 순찰경관들이 굴에서부터 반경 50미터 안을 수색하며 수거한 쓰레기들이 들어 있는 봉투였다. 봉투마다 물건이 발견된 장소도 적혀 있었다. 보슈는 봉투를 하나씩 꺼내서 그 안에 든 것을 자세히 살폈다. 시체와는 아무 상관이 없을 것 같은 쓰레기가 대부분이었다. 신문, 넝마가 된 옷, 하이힐, 파란 페인트가 말라붙은 하얀 양말 한 짝. 누가 이 양말로 페인트 냄새를 마신 모양이었다.

보슈는 스프레이 페인트 통의 뚜껑이 들어 있는 봉투를 들어올렸다. 그다음 봉투에는 스프레이 페인트 통이 들어 있었다. 크릴론 상표의 라벨에는 '대양의 푸른색'이라고 돼 있었다. 무게를 가늠해 보니 안에 아직 페인트가 남아 있는 것 같았다. 보슈는 그 봉투를 들고 굴로 가서 봉투를 연 뒤 펜으로 노즐을 건드려 Sha라는 글자 옆에 파란 선을 하나 분사했다. 그런데 분사한 양이 너무 많았다. 페인트가 둥글게 휘어진 굴의 외벽을 따라 흘러내려 자갈 위로 뚝뚝 떨어졌다. 어쨌든 Sha라는 글자와 색깔이 똑같다는 건 알 수 있었다.

보슈는 잠시 생각해보았다. 낙서를 한 사람이 왜 절반이나 남은 페인트를 그냥 버렸을까? 그는 증거물 봉투의 꼬리표를 보았다. 저수지 끝 근처에서 발견되었다고 적혀 있었다. 누군가가 이 통을 호수로 던지려 했지만, 거리가 모자랐던 모양이었다. 왜? 보슈는 굴 옆에 쭈그리고 앉아서 글자들을 열심히 살펴보았다. 그리고 이 세 글자의 뜻이 무엇이든, 이 낙서는 미완성이라는 결론을 내렸다. 뭔가 일이 일어나는 바람에 낙서를 하던 사람이 작업을 멈추고 페인트 통을 울타리 너머로 던져버린 것이다. 뚜껑과 양말까지 함께. 경찰이 온 걸까? 보슈는 수첩을 꺼내 자정이 지난 뒤 크롤리에게 전화해서 혹시 경찰이 저수지로 야간순찰을 나간 적이 있는지 물어보아야겠다고 적었다.

하지만 경찰이 아니라면? 만약 낙서를 하던 사람이 누군가가 시체를 굴로 가져오는 모습을 본 거라면? 보슈는 익명의 신고자가 시체가 있다는 전화를 걸었다던 크롤리의 말을 생각해보았다. 아이의 목소리였다고 했다. 낙서를 하던 아이가 전화를 건 것일까? 보슈는 페인트 통을 다시 감식반 트럭으로 가져가서 도노반에게 건네주었다.

"목록을 정리할 때 이걸 마약도구와 화덕 다음에 적어 놔." 그가 말했다. "어쩌면 목격자의 물건인지도 몰라."

"그러죠." 도노반이 말했다.

보슈는 차를 몰고 산 속을 빠져나와 바햄 대로 출구를 통해 할리우드 프리웨이 북행 차선으로 들어섰다. 캐흉거 패스를 통과한 뒤 그는 벤츄라 프리웨이에서 서쪽으로 달리다가 샌디에이고 프리웨이에서 다시 북쪽으로 방향을 바꿨다. 16킬로미터를 달리는 데 대략 20분이 걸렸다.

일요일이라 차가 별로 없었다. 보슈는 로스코에서 고속도로를 벗어나 동쪽으로 두어 블록 달려서 행던에 있는 메도우스의 동네로 들어갔다.

로스앤젤레스 일원의 근교 마을들이 대개 그렇듯이 세풀베다에도 좋은 동네와 나쁜 동네가 다 있었다. 보슈는 메도우스가 사는 거리에서 깔끔하게 정리된 잔디밭과 길가에 늘어선 볼보자동차들을 보게 될 거라고는 기대하지 않았다. 예상대로였다. 이곳의 아파트들은 매력을 잃은 지 최소한 10년은 지난 낡은 건물이었다. 맨 아래층 창문에는 방범창이 달려 있었고, 차고문이란 차고문에는 온통 낙서투성이였다. 로스코 양조장의 독한 냄새가 이 동네로 흘러왔다. 동네 전체에서 마치 새벽 4시의 술집 같은 냄새가 났다.

메도우스는 1950년대에 지어진 U자 형 아파트에 살았다. 그때만 해도 사방에 술 냄새가 배어 있지도 않았고, 폭력배들이 거리에 죽치고 있지도 않았으며, 이 동네에 아직 희망이 남아 있었다. 아파트 건물 중앙의 마당에 수영장이 하나 있었지만, 모래와 흙으로 메워진 지 이미 오래였다. 이제 마당에는 콩팥 모양의 땅에서 갈색으로 시들어버린 풀과 그 땅을 둘러싼 더러운 콘크리트 바닥뿐이었다. 메도우스의 집은 2층 구석에 있었다. 계단을 올라가 아파트 전면의 통로를 걸어가는 동안 프리웨이에서 차들이 달리는 소리가 계속 들려왔다. 메도우스가 살던 7B호의 문은 잠겨 있지 않았을 뿐만 아니라, 거실 겸 식당 겸 부엌인 작은 방을 향해 열려 있었다. 에드거가 조리대에 몸을 기울이고 수첩에 뭔가를 적고 있다가 보슈에게 말했다. "집 좋지?"

"그러게." 보슈는 집 안을 둘러보았다. "아무도 없어?"

"응. 옆집 사람한테 물어봤는데, 그저께 무렵부터 아무도 못 봤대. 여기 살던 남자는 이웃집 여자한테 자기 이름이 필즈라고 했다는군. 메도우스가 아니라. 귀엽지? 이웃집 여자 말로는 남자 혼자 살았대. 이사 온

지 1년쯤 됐는데, 말도 별로 없이 혼자 지냈다면서 자기가 아는 건 그게 전부라고 했어."

"사진도 보여줬어?"

"응. 그 친구가 맞다고 확인해줬어. 죽은 남자 사진을 보는 게 기분 좋은 것 같지는 않았지만."

보슈는 욕실과 침실로 이어진 짧은 복도로 접어들었다. "자네가 문을 땄어?"

"아니. 원래 안 잠겨 있었어. 두어 번 문을 두드려본 뒤에 차에서 도구를 가져다가 자물쇠를 따야지 하다가 혹시나 싶어서 문을 열어봤지."

"그랬더니 열렸군."

"맞아."

"집주인은 만나봤어?"

"여주인인데 지금 없어. 원래 집에 있을 시간인데, 아마 점심을 먹으러 나갔거나 약을 구하러 나갔겠지. 이 동네 사람들은 전부 약쟁이인 것 같아."

보슈는 거실로 돌아와 주위를 둘러보았다. 볼 것이 별로 없었다. 초록색 비닐을 덮은 소파는 한쪽 벽에 붙어 있고, 두툼하게 속을 채운 의자 하나가 반대편 벽에 놓여 있었다. 그리고 그 의자 바로 옆에는 작은 컬러텔레비전이 카펫 위에 놓여 있었다. 식당에는 상판이 포마이카로 된 식탁이 있었다. 식탁 주위에는 의자가 세 개밖에 없고, 네 번째 의자는 벽 앞에 혼자 따로 떨어져 있었다. 보슈는 오래된 담뱃불 자국들이 있는 커피 탁자를 바라보았다. 소파 앞에 놓인 그 탁자 위에는 꽁초가 흘러넘칠 지경인 재떨이와 크로스워드 퍼즐 책이 있었다. 솔리테어 게임을 하다 말았는지, 트럼프 카드도 펼쳐져 있었다. 〈TV 가이드〉 잡지도 한 권 보였다. 메도우스가 담배를 피웠는지는 알 수 없지만, 시체에서는 담배가 전혀 발견되지 않았다. 보슈는 나중에 확인해보아야겠다 고 머릿속에 메모를 해두었다.

에드거가 말했다. "해리, 누가 여길 뒤진 것 같아. 문이 열려 있는 것뿐만 아니라, 다른 징후들도 있어. 누가 여길 샅샅이 뒤졌어. 흔적이 안 남게 하려고 애를 쓰기는 했는데 완벽하지는 않았지. 서둘렀던 모양이야. 가서 침대랑 벽장을 확인해봐. 그럼 내 말이 무슨 뜻인지 알 거야. 난 여주인이 있는지 한 번 더 가볼게."

에드거가 나가자 보슈는 다시 거실을 가로질러 침실로 갔다. 가는 길에 오줌 냄새가 나는 것을 알아차렸다. 침실에는 머리판이 없는 퀸사이즈 침대가 벽에 붙어 있었다. 메도우스가 침대에 앉아 머리를 댔을 것으로 짐작되는 높이의 하얀 벽에 기름기 얼룩이 있었다. 침대 맞은편에는 서랍이 여섯 개인 낡은 서랍장이 역시 벽에 붙어 있었다. 침대 옆에는 싸구려 등나무 협탁이 있고, 그 위에는 램프가 있었다. 방 안에 있는 물건이라고는 그것이 전부였다. 심지어 거울도 없었다.

보슈는 먼저 침대를 자세히 살폈다. 베개와 이불이 침대 중앙에 덩어리로 뭉쳐서 헝클어져 있었다. 이불 한 귀퉁이가 매트리스 밑에 접혀 들어가 있는 것이 보였다. 침대 왼편 중간쯤이었다. 침대를 그런 식으로 정리하는 사람은 당연히 없을 것이다. 보슈는 매트리스 밑에서 이불 귀퉁이를 꺼내 침대 옆에 늘어뜨렸다. 그리고 매트리스 밑을 수색하려는 것처럼 매트리스를 들어올렸다가 다시 내려놓았다. 이불 귀퉁이가 다시 매트리스 밑으로 들어가 있었다. 에드거가 옳았다.

보슈는 이제 서랍장을 열었다. 몇 벌 되지 않는 옷가지들, 그러니까 속옷, 하얀 양말과 검은 양말, 티셔츠 몇 벌이 깔끔하게 개켜져 있었다. 아무도 손대지 않은 것처럼 보였다. 하지만 맨 아래 서랍을 닫다가 그는 서랍이 덜컹거리며 밀릴 뿐만 아니라 끝까지 들어가지도 않는다는 것을 깨달았다. 그는 서랍을 완전히 빼버렸다. 다른 서랍들도 모두 뺐다. 그러고 나서 혹시 테이프로 붙여둔 것이 있는지, 아니면 테이프를 붙였던 흔적이 있는지 보려고 서랍 아래쪽을 일일이 살폈다. 아무것도 없었다. 그는 서랍의 순서를 바꿔가며 다시 서랍장에 넣었다. 마침내 모든 서랍이 매끈하게 끝까지 닫히게 할 수 있었다. 서랍의 순서가 처음과는 달랐다. 이것이 맞는 순서였다. 누군가가 서랍 아래와 뒤를 살피려고 서랍을 꺼냈다가 집어넣으면서 순서를 바꿔버렸음이 확인된 것이다.

보슈는 사람이 서서 걸어 들어갈 수 있을 만큼 큰 붙박이장 안으로 들어갔다. 장 안의 공간 중 4분의 1에만 물건이 차 있었다. 바닥에는 신발 두 켤레가 있었다. 한 켤레는 검은색 리복 운동화로 모래와 회색 흙먼지가 묻어 더러웠고, 다른 한 켤레는 끈으로 묶게 되어 있는 작업용 부츠로 누군가가 최근에 깨끗이 닦아 기름칠까지 해놓은 것 같았다. 바닥의 카펫에는 신발에서 떨어진 회색 흙먼지가 묻어 있었다. 보슈는 쪼그리고 앉아서 손가락으로 흙먼지를 조금 집었다. 콘크리트 가루 같았다. 그는 주머니에서 자그마한 증거물 봉지를 꺼내 흙먼지를 넣었다. 그리고 봉지를 잘 챙긴 뒤에 일어섰다. 옷걸이에는 셔츠 다섯 벌이 걸려 있었다. 단추를 잠그게 되어 있는 흰색 옥스퍼드 셔츠 한 벌과 단추가 없는 검은색 긴소매 티셔츠 네 벌이었다. 아까 메도우스가 입고 있던 옷과 비슷했다. 그 옆의 옷걸이에는 색이 많이 바랜 청바지 두 벌, 잠옷인지 가라테 도복인지 알 수 없는 검은 바지 두 벌이 걸려 있었다. 모두 주머니가 뒤집힌 모습이었다. 바닥에 놓인 플라스틱 빨래바구니에는 더러운 검은색 바지, 티셔츠, 양말, 팬티 등이 들어 있었다.

보슈는 붙박이장에서 나와 복도로 나갔다. 그리고 욕실로 들어가 약장을 열었다. 반쯤 쓰다 만 치약 하나, 아스피린 한 병, 비어 있는 인슐린 주사기 상자 하나가 있었다. 보슈가 약장을 닫은 뒤 거울에 비친 자신의 얼굴을 보니 눈이 피곤해 보였다. 그는 머리카락을 매끈하게 정리했다.

그는 다시 거실로 돌아와 솔리테어 카드게임이 펼쳐져 있는 탁자 앞의 소파에 앉았다. 에드거가 들어왔다.

"메도우스는 이 집을 작년 7월 1일에 빌렸어." 그가 말했다. "여주인이 돌아와 있더라고. 원래는 한 달 단위 계약이었는데, 메도우스가 11개월치 방세를 한꺼번에 냈대. 현찰로 거의 5천 달러야. 여주인이 메도우스한테 추천장을 요구하지는 않았대. 그냥 돈을 받은 거지. 메도우스는…."

"11개월치를 미리 냈다고?" 보슈가 끼어들었다. "혹시 11개월치를 미리 내면 한 달은 공짜로 해주기로 한 건가?"

"아냐. 나도 그걸 물어봤는데 아니래. 그냥 그 친구가 돈을 낸 거야. 자발적으로. 그러면서 올해 6월 1일에 방을 비우겠다고 했대. 앞으로… 어디 보자… 열흘 뒤인가? 메도우스가 일자리 때문에 임시로 여기서 살게 됐다고 하더래. 여주인은 메도우스가 원래 피닉스 출신이 아닌가 보고 있어. 시내의 지하철 공사장에서 땅파기 작업을 감독하는 일을 하고 있었다고 하던데. 11개월이면 그 일이 다 끝나서 피닉스로 돌아갈 건가 보다 했대."

에드거는 여주인과 이야기를 나누면서 수첩에 메모한 내용을 다시 살펴보았다.

"대충 이 정도야. 폴라로이드 사진을 보여줬더니 여주인도 그 친구가 맞다고 확인해줬어. 여주인도 그 친구 이름을 필즈로 알고 있던데. 빌 필즈. 야간근무를 하는지, 생활리듬이 다른 사람들이랑 달랐대. 지난주에는 아침에 베이지 색인지 황갈색인지 하여튼 지프에서 내리는 걸 봤고. 자동차 번호는 안 봐서 모르겠대. 하지만 메도우스가 아주 더러웠다는 얘기는 했어. 그래서 일을 끝내고 퇴근하는 길인가 보다 했다는 거야."

두 사람은 잠시 생각에 잠겨 말이 없었다.

마침내 보슈가 말했다. "J. 에드거, 내가 제안 하나 할까?"

"무슨 제안인데? 어디, 말해 봐."

"지금 돌아가서 손님한테 집을 보여주든지 어쩌든지 마음대로 해. 이제부터는 내가 혼자 수사할 테니까. 통신센터에서 신고전화 녹음테이프를 받아가지고 사무실로 돌아가서 서류작업을 할 거야. 사카이가 친척을 찾아내서 알렸는지도 물어보고. 내 기억이 맞다면, 메도우스는 루이지애나 출신이야. 어쨌든, 내일 8시에 부검을 하겠다는 약속을 받았으니까, 그것도 내일 출근길에 내가 들러서 보고 가지. 자네는 내일 어젯밤에 했던 여장남자 일을 마무리해서 지방검사한테 제출해. 별로 힘들지 않을 거야."

"자네가 골치 아픈 일을 맡을 테니, 나는 그냥 쉽게 가라? 그 여장남자끼리 죽고 죽인 사건은 그냥 그렇고 그런 사건이야."

"맞아. 대신 내가 부탁하고 싶은 게 하나 있어. 내일 출근길에 세풀베다의 퇴역군인회에 들러서 혹시 메도우스의 파일을 구할 수 있는지 알아봐. 어쩌면 수사에 도움이 될 만한 사람들 이름이 거기 있을지도 모르니까. 아까도 말했지만, 메도우스는 정신과의사랑 상담도 하고, 약쟁이들이랑 그룹 상담도 하기로 되어 있었어. 어쩌면 그 약쟁이들 중에 메도우스랑 같이 약을 하던 놈이 있는지도 모르지. 그렇다면 이게 어떻게 된 일인지 그놈이 알 거야. 가능성이 희박한 일이라는 건 나도 알아. 만약 그쪽에서 빡빡하게 굴거든 나한테 전화해. 그러면 내가 수색영장을 신청할 테니까."

"그 정도면 괜찮은 제안인데. 하지만 자네가 걱정이야, 해리. 우리가 파트너가 된 지는 얼마 안 됐지만, 자네가 본청 강력계로 돌아가고 싶어 한다는 건 나도 알아. 그런데 이 사건은 그렇게 매달릴 가치가 없는 것 같아. 그래, 누가 이 집을 수색한 건 사실이야. 근데 지금 문제는 그게 아냐. 이 집을 수색한 이유가 문제지. 겉으로 보기에는 그다지 수상한 점이 없어. 내가 보기에는 메도우스가 죽은 뒤에 누가 그 친구를 저수지에 갖다 버리고는, 약이라도 숨겨두었나 싶어서 집을 뒤진 것 같아."

"아마 그 말이 맞겠지." 보슈는 잠시 가만히 있다가 대답했다. "근데 두어 가지 마음에 걸리는 게 있어. 그래서 확신이 들 때까지 수수께끼 놀이를 좀 해보려고."

"뭐, 아까도 말했지만, 난 불만 없어. 자네가 나한테 유리한 제안을 했으니까 말이지."

"난 좀 더 살펴보다 갈 테니, 자네는 먼저 가. 내일 부검을 보고 나서 사무실에서 보자고."

"그러지, 파트너."

"제드?"

"응?"

"이번 일은 내가 본청으로 다시 가는 것과는 아무 상관 없어."

보슈는 혼자 앉아서 생각을 하며 이 방에 숨은 비밀이 없는지 훑어보고 있었다. 마침내 그의 눈이 커피 탁자에 펼쳐진 카드에 이르렀다. 솔리테어 게임. 에이스 네 장이 모두 펼쳐져 있었다. 그는 남아 있는 카드 더미를 들어 한 번에 세 장씩 카드를 떼며 죽 살펴보았다. 스페이드 2와 3, 하트 2가 눈에 들어왔다. 게임을 하던 중에 누가 방해를 했다는 뜻이었다.

보슈는 가만히 앉아 있을 수가 없었다. 그는 초록색 유리 재떨이를 내려다보았다. 꽁초는 모두 필터가 없는 카멜 담배였다. 이건 메도우스의 담배일까, 아니면 살인자의 것일까? 보슈는 일어서서 방 안을 한 바퀴 돌았다. 희미한 오줌 냄새가 또 났다. 그는 침실로 다시 들어가서 서랍장의 서랍들을 열고 그 안의 물건들을 다시 바라보았다. 머릿속에서 움직이는 것이 하나도 없었다. 그는 창가로 가서 골목 맞은편의 다른 아파트 건물 뒤편을 바라보았다. 어떤 남자가 골목에서 슈퍼마켓 카트를 끌고 있었다. 그가 막대기로 커다란 쓰레기통을 쿡쿡 찔러댔다. 카트에는 알루미늄 캔이 절반쯤 차 있었다. 보슈는 창가를 떠나 침대 위에 앉아서 머리판이 있어야 할 자리에 머리를 기댔다. 하얀 벽이 거무죽죽한 회색으로 변한 곳이었다. 머리에 닿은 벽이 서늘했다.

"뭔가 얘기 좀 해 봐." 그는 혼자 속삭였다.

뭔가가 메도우스의 카드게임을 방해했고, 그는 여기서 죽었다. 보슈는 그렇게 믿었다. 메도우스가 죽은 뒤 누군가가 그를 굴에 갖다 버린 것이다. 하지만 왜? 왜 여기에 그를 그냥 내버려두지 않았을까? 보슈는 벽에 머리를 기댄 채 방 맞은편을 똑바로 바라보았다. 그 순간 벽에 박힌 못이 눈에 들어왔다. 서랍장에서 약 1미터쯤 되는 높이였다. 아주 오래전에 누군가가 못을 벽과 똑같은 하얀색으로 칠해 놓은 모양이었다. 그래서 그 못을 일찍 발견하지 못한 것이다. 보슈는 일어서서 서랍장 뒤를 살펴보러 갔다. 서랍장과 벽 사이의 7센티미터쯤 되는 공간에 사진 액자 하나가 떨어져 있는 것이 보였다. 그는 어깨로 무거운 서랍장을 밀어내고 액자를 집었다. 그리고 사진을 들여다보며 뒷걸음질을 쳐서 침대 가장자리에 앉았다. 액자의 유리는 깨져서 복잡한 거미줄처럼 변해 있었다. 십중팔구 액자가 떨어질 때 깨졌을 것이다. 깨진 유리 때문에 8×10 크기의 흑백사진 일부가 잘 보이지 않았다. 원래 화질도 좋지 않고, 가장자리가 누렇게 변한 사진이었다. 적어도 20년이 넘은 것 같았다. 보슈가 사진이 찍힌 시기를 알아차린 것은, 유리에 난 두 개의 금 사이에서 젊은 시절의 자신이 웃고 있었기 때문이었다.

보슈는 액자를 뒤집어 뒷면의 마분지를 고정시키고 있는 주석 고정쇠를 조심스레 돌렸다. 그가 누렇게 변한 사진을 꺼내는 순간 결국 유리가 바스라지면서 유리조각들이 바닥으로 떨어졌다. 그는 유리조각을 피해 발을 옮겼지만 일어서지는 않았다. 그리고 사진을 유심히 살펴보았다. 언제 어디서 이 사진을 찍었는지 알려주는 표시가 사진 앞뒤 어디에도 없었다. 하지만 그는 1969년 말이나 1970년 초에 찍은 사진이라고 확신했다. 사진 속의 남자들 중 몇 명이 그 뒤로 세상을 떠났기 때문이었다.

사진 속에는 일곱 명이 있었다. 모두 땅굴쥐들이었다. 다들 웃통을 벗고, 티셔츠 자국 그대로 그을린 몸과 문신을 자랑스레 내보이고 있었다. 인식표는 굴 속을 기어 다닐 때 딸랑딸랑 소리가 나지 않게 줄을 테이프로 묶어두었다. 사진을 찍은 장소는 쿠치 지역의 에코 섹터임이 분명하지만, 구체적으로 어떤 마을인지는 알 수 없었다. 사진 속 병사들은 땅굴 입구 양편에 있는 참호 중 한 곳에 서 있었다. 땅굴의 폭은 메도우스가 오늘 시체로 발견된 굴과 비슷했다. 보슈는 사진 속 자신을 바라보며 미소 짓는 모습이 바보 같다는 생각을 했다. 이제 보니 당혹스러웠다. 그 사진을 찍은 뒤 어떤 일들이 벌어졌는지 알기 때문에. 그는 사진 속의 메도우스를 바라보았다. 미소는 희미하고, 눈빛은 공허했다. 사람들은 메도우스의 눈빛이 언제나 저 멀리 1천 미터쯤 떨어진 곳을 바라보는 것 같다고 말하곤 했다.

보슈는 양발 사이에 흩어진 유리조각을 내려다보았다. 야구카드만 한 크기의 분홍색 종이가 눈에 띄었다. 그는 그 종이의 가장자리를 잡고 들어올려서 자세히 살펴보았다. 시내에 있는 전당포에서 받은 전당표였다. 손님의 이름은 윌리엄 필즈로 돼 있었다. 저당 잡힌 물건은 한 가지였다. 황금에 옥을 상감한 골동품 팔찌. 전당표의 날짜는 6주 전이었다. 필즈는 팔찌를 맡기고 800달러를 받았다. 보슈는 주머니에서 증거물 봉지를 꺼내 전당표를 집어넣고 침대에서 일어섰다.

다저 스태디엄으로 향하는 차들이 많아서 시내로 들어오는 데 한 시간이 걸렸다. 보슈는 그동안 메도우스의 아파트에 대해 곰곰이 생각해 보았다. 누가 수색을 한 건 확실한데, 에드거의 말처럼 아주 급하게 대충 수색을 한 모양이었다. 바지 주머니들이 뒤집어져 있는 것이 분명한 증거였다. 서랍장의 서랍을 제대로 넣는 것도 그리 어려운 일이 아니었을 것이다. 서랍장 뒤에 떨어진 사진과 그 속의 전당표 또한 수색 중에 반드시 발견했어야 하는 물건이었다. 왜 그렇게 서둘렀을까? 보슈는 메도우스의 시체가 아파트 안에 있었기 때문이라는 결론을 내렸다. 빨리 시체를 옮겨야 했기 때문에 그렇게 서둘렀을 것이다.

보슈는 브로드웨이로 빠져나와 타임스 광장을 지나 브래드베리 건물에 있는 전당포를 향해 남쪽으로 달렸다. LA 시내는 대개 주말이면 묘지처럼 조용했다. '행복한 전당포'가 문을 열었을 것 같지는 않았다. 하지만 보슈는 그냥 호기심에 통신센터로 향하기 전에 그 전당포 앞을 차로 지나가면서 한번 구경이나 하고 싶었다. 그런데 지나면서 보니 가게 앞에서 어떤 남자가 합판에 검은색 스프레이 페인트로 'OPEN'이라는 단어를 쓰고 있었다. 합판은 가게의 전면 진열창을 대신하고 있었다. 합판 아래쪽 더러운 길바닥에 유리조각들이 떨어져 있는 것이 보였다. 보슈는 길가에 차를 세웠다. 그가 가게 문에 다다랐을 때, 스프레이 페인트를 들고 있던 남자는 이미 안으로 들어간 뒤였다. 보슈는 전자 감지 장치 아래를 지나갔다. 천장에 매달려 있는 온갖 악기들 위쪽 어딘가에서 벨 소리가 울렸다.

"영업 안 합니다. 일요일에는요." 어떤 남자가 뒤에서 소리쳤다. 그는 유리 계산대 위에 놓인 크롬 현금등록기 뒤에 서 있었다.

"방금 합판에 쓴 말은 다르던데…."

"그건 내일 쓰려고 만든 겁니다. 창문에 유리 대신 합판을 놓으면, 우리가 영업을 그만둔 걸로 사람들이 오해할 테니까요. 전 가게 문을 닫을 생각이 없습니다. 가게를 열 거예요. 주말만 빼고. 합판을 놓아두는 건 며칠뿐입니다. 그래서 사람들이 잘 볼 수 있게 'OPEN'이라고 쓴 겁니다. 그건 내일부터 해당되는 거예요."

"이 가게가 선생 겁니까?" 보슈는 경찰 신분증을 꺼내 보여주면서 말했다. "그냥 몇 분이면 됩니다."

"아, 경찰이시군요. 진작 그렇게 말씀하시죠. 하루 종일 경찰을 기다렸는데요."

보슈는 어리둥절해서 주위를 둘러본 뒤 상황을 알아차렸다.

"저 창문 말입니까? 그것 때문에 온 게 아닌데요."

"그게 무슨 소리입니까? 순찰경관이 조금 기다리면 형사가 올 거라고 했어요. 그래서 기다린 겁니다. 새벽 5시부터 나와 있었다고요."

보슈는 가게를 둘러보았다. 평범한 전당포처럼 금관악기, 고물 전자제품, 장신구, 수집품 등이 가득했다. "저, 선생 성함이…."

"오비나입니다. 오스카 오비나. 로스앤젤레스와 컬버시티에 전당포를 갖고 있죠."

"오비나 씨, 형사들이 주말에 이런 기물파손 건을 직접 조사하러 나오는 경우는 없습니다. 사실 이제는 주중에도 그런 수사는 안 할지도 몰라요."

"기물파손이라니요? 이건 강제침입입니다. 엄연한 강도사건이에요."

"강도라고요? 뭐가 없어졌습니까?"

오비나는 현금 등록기 양옆의 유리 계산대를 가리켰다. 진열장도 겸

하고 있는 계산대의 상판이 산산조각으로 부서져 있었다. 보슈가 가까이 다가가서 보니 자그마한 장신구들, 싸구려처럼 보이는 귀걸이와 반지 등이 유리조각들 속에 앉아 있었다. 벨벳으로 덮은 보석 진열대, 거울 달린 쟁반, 나무로 만든 반지 걸이 등도 보였다. 하지만 거기 진열되어 있어야 할 물건은 하나도 보이지 않았다. 그는 주위를 둘러보았지만, 그 밖의 피해는 없는 것 같았다.

"오비나 씨, 제가 당직형사한테 전화를 걸어서 오늘 누가 나올 수 있는지, 그럴 수 있다면 언제 올 건지 물어봐드릴 수는 있습니다. 하지만 애당초 저는 이 일 때문에 온 게 아닙니다."

보슈는 전당표가 들어 있는 비닐봉투를 꺼내 오비나가 볼 수 있게 들었다.

"이 팔찌를 좀 볼 수 있을까요?" 그는 이 말을 하는 순간 불길한 예감이 들었다. 몸집이 작고 둥글둥글하며 피부가 가무잡잡하고 검은 머리카락을 벗어진 머리 위에 국수처럼 늘어뜨린 전당포 주인이 황당하다는 표정으로 보슈를 바라보았다. 텁수룩한 검은 눈썹이 가운데로 몰려 있었다.

"여기 강도사건의 신고를 받지 않겠다는 겁니까?"

"그래요. 저는 살인사건을 수사 중입니다. 그러니까 여기 전당표에 적혀 있는 이 팔찌 좀 보여주시죠. 그러면 제가 형사과에 전화해서 오늘 누가 이리로 나올 수 있는지 알아봐드리겠습니다. 협조해주셔서 감사합니다."

"에잇! 경찰관들은 정말! 내가 얼마나 협조를 하는데. 내가 매주 내 물건 목록을 보내잖아요. 심지어 거기 전당포 담당자를 위해서 사진까지 찍어 보낸단 말입니다. 그러다 내 가게에 강도가 들어서 형사를 한 명만 보내달라는데, 기껏 사람이 나와서 한다는 소리가 살인사건을 조사한다고요? 난 새벽 5시부터 여기서 기다렸어요."

"전화기 좀 쓰겠습니다. 누굴 이리로 불러드리죠."

오비나는 깨진 계산대 뒤의 벽에 걸린 전화기에서 수화기를 들어 보슈에게 건넸다. 보슈는 그에게 번호를 불러주었다. 보슈가 파커 센터의 당직형사와 통화하는 동안, 오비나는 자기 장부에서 보슈의 전당표를 찾아보았다. 당직형사는 보슈가 알기로 강력계에 근무하면서도 현장조사를 한 번도 나온 적이 없는 여자였다. 그녀는 보슈에게 안부를 물은 뒤, 전당포 강제침입 사건을 그 지역 경찰서에 이첩했다고 말해주었다. 오늘은 거기에 형사가 한 명도 없을 거라는 사실을 알면서도 말이다. 이 지역은 센트럴 경찰서 담당이었다. 보슈는 계산대 뒤로 돌아가서 센트럴 경찰서 형사과로 전화를 걸었다. 전화를 받는 사람이 없었다. 전화벨이 계속 울리는 동안 보슈는 혼자 통화하는 척 연기를 하기 시작했다.

"그래요, 나는 해리 보슈요. 할리우드 소속. 브로드웨이에 있는 행복한 전당포의 강제침입 사건이 어떻게 됐는지 알아보려고 하는데… 맞아요. 언제인지 아시오? …이런, 이런… 맞아요, 오비나, O-B-I-N-N-A."

그가 오비나를 바라보자 오비나는 철자가 맞다고 고개를 끄덕였다.

"그래요, 여기서 지금 기다리고 있소…. 그렇지…. 그렇게 말하겠소. 고맙소."

그는 전화를 끊었다. 오비나가 텁수룩한 눈썹을 아치형으로 만들며 그를 바라보았다.

"오늘 하루 종일 바빴답니다, 오비나 씨." 보슈가 말했다. "형사들이 전부 나가고 없대요. 하지만 곧 올 겁니다. 조금만 더 기다리면 돼요. 내가 당직 경관에게 선생 이름을 알려주고, 가능한 한 빨리 사람을 보내라고 했습니다. 이제 그 팔찌를 좀 볼 수 있겠습니까?"

"아뇨."

보슈는 외투 주머니에서 꺼낸 담뱃갑에서 담배를 한 개비 꺼냈다. 오비나가 깨진 계산대 위로 한쪽 팔을 내밀기도 전에 그는 이미 오비나가 무슨 말을 할지 알고 있었다.

"그 팔찌가 사라졌어요. 여기 기록을 찾아봤는데, 좋은 물건이라 여기 진열대에 두었더라고요. 나한테는 아주 귀한 물건이라서요. 그런데 사라졌습니다. 강도 때문에 우리 둘 다 피해를 본 셈이네요. 맞죠?"

오비나는 미소를 지었다. 함께 피해를 당한 동지가 생긴 것이 기쁜 모양이었다. 보슈는 진열대 바닥에서 반짝거리는 날카로운 유리조각들을 바라보았다. 그리고 고개를 끄덕이며 말했다. "그렇군."

"형사님이 좀 늦으셨습니다. 아쉽네요."

"강도가 여기 진열대 두 개만 손을 댔다고 했습니까?"

"네. 유리를 깨고 물건을 가져갔죠. 빨리, 빨리."

"시간은요?"

"경찰이 새벽 4시 30분에 저한테 전화를 걸어서 알려주었습니다. 경보가 울렸다고요. 그래서 제가 당장 달려왔죠. 알람은 창문이 깨지면 울리게 돼 있거든요. 경찰관들은 가게 안에 아무도 없다고 했습니다. 제가 올 때까지 가게를 지키고 있더라고요. 그때부터 제가 형사를 기다렸는데, 아무도 안 온 겁니다. 형사들이 와서 조사를 마치기 전에는 진열대를 정리할 수도 없어요."

보슈는 시간대를 생각하고 있었다. 시체는 새벽 4시에 911로 신고전화가 걸려오기 전에 유기되었다. 전당포에 강도가 든 시각도 대략 비슷했다. 그리고 죽은 남자가 저당 잡힌 팔찌가 사라졌다. 이건 우연이 아니었다.

"오비나 씨, 아까 사진 얘기를 했는데, 저당 잡은 물건의 목록과 사진이 있다고요?"

"네, LAPD로 보내죠. 정말입니다. 제가 받은 모든 물건의 목록을 전당포 담당형사한테 넘긴다고요. 법에 그렇게 돼 있거든요. 저는 전적으로 협조하고 있습니다."

오비나는 고개를 끄덕이더니 깨진 진열대를 들여다보며 슬픈 표정을 지었다.

"사진은요?" 보슈가 물었다.

"사진도 있죠. 전당포 담당형사들은 저더러 제일 좋은 물건들을 사진으로 찍어달라고 합니다. 도난당한 물건을 찾아내는 데 도움이 된다면서요. 법에는 그런 규정이 없지만, 저는 전적으로 협조하고 있습니다. 그래서 폴라로이드 같은 카메라를 샀어요. 그리고 형사들이 찾아올 때를 대비해서 사진을 보관해둡니다. 그런데 한 번도 안 왔어요. 전부 헛소리였던 거죠."

"그럼 이 팔찌 사진도 있습니까?"

오비나가 다시 눈썹을 아치형으로 만들었다. 사진을 찾아볼 생각을 전혀 못했다는 표정이었다.

"아마 있을 겁니다." 그는 이렇게 말하고 나서 계산대 뒤의 검은 커튼 뒤로 사라졌다. 그리고 잠시 후 폴라로이드 사진이 가득 든 구두상자를 들고 나타났다. 노란색 먹지가 클립으로 사진에 붙어 있었다. 그는 사진을 뒤적이며 가끔 한 장씩 꺼내서 눈썹을 올리며 바라보다가 다시 제자리에 넣었다. 마침내 그가 원하는 사진을 찾아냈다.

"여기 있습니다. 이거예요."

보슈는 사진을 받아서 유심히 살펴보았다.

"금에 옥을 새겨 넣은 골동품이죠. 아주 좋은 물건입니다." 오비나가 말했다. "기억나요. 최고급이었습니다. 우리 가게 창문을 깨고 들어온 나쁜 놈이 그걸 가져간 것도 무리가 아니죠. 1930년대에 멕시코에서 만든 물건입니다…. 그걸 맡기러 온 사람한테 800달러를 줬는데… 제가 보석에 그만한 가격을 쳐주는 건 흔한 일이 아닙니다. 옛날에 몸집이 아주 큰 남자가 슈퍼볼 반지를 들고 온 적이 있습니다. 1983년 것이었죠. 아주 좋은 물건이었습니다. 저는 그 남자한테 1천 달러를 줬습니다. 그 뒤로 그 남자는 물건을 찾으러 오지 않았고요."

그는 왼손을 내밀어 그 커다란 금반지를 보여주었다. 손가락이 작아서 반지가 더욱 더 커 보였다.

"이 팔찌를 맡긴 남자 말인데, 그 사람도 자세히 기억합니까?" 보슈가 물었다.

오비나는 곤혹스러운 표정을 지었다. 그의 두 눈썹이 서로에게 돌진하는 송충이 두 마리 같았다. 보슈는 자신이 폴라로이드로 찍은 메도우스의 사진을 주머니에서 꺼내 오비나에게 건네주었다. 그는 사진을 자세히 들여다보았다.

"죽은 사람이네요." 잠시 후 오비나가 말했다. 송충이 두 마리는 두려움에 부들부들 떠는 것 같았다. "죽은 사람처럼 보여요."

"그건 선생이 말해주지 않아도 이미 압니다." 보슈가 말했다. "그 사람이 팔찌를 맡겼는지, 그걸 알고 싶은 거예요."

오비나는 사진을 돌려주며 말했다. "맞는 것 같습니다."

"혹시 팔찌를 맡기기 전이나 후에 다른 물건을 맡기러 온 적이 있습니까?"

"아뇨. 이 남자가 기억이 나는데, 그런 적은 없었습니다."

"제가 이걸 가져가야겠습니다." 보슈는 팔찌 사진을 들어올렸다. "이게 필요해지면 저한테 전화를 하세요."

그는 명함을 현금 등록기 위에 올려놓았다. 이름과 전화번호를 손으로 쓴 싸구려 명함이었다. 그는 줄줄이 걸려 있는 밴조 아래를 지나 출입구로 걸어가면서 손목시계를 확인했다. 그리고 다시 오비나에게 시선을 돌렸다. 그는 폴라로이드 사진이 들어 있는 구두상자를 다시 뒤적이고 있었다.

"오비나 씨, 당직 경관 말이, 만약 형사가 30분 안에 오지 않으면 집에 가서 기다리랍니다. 형사가 내일 오전에나 들를 거라고요."

오비나는 아무 말 없이 그를 바라보았다. 송충이 두 마리가 서로를 향해 돌진해서 충돌했다. 보슈가 고개를 들어 보니, 머리 위에 걸린 색소폰의 반짝이는 팔꿈치가 보였다. 보슈는 몸을 돌려 밖으로 나가 녹음테이프를 받으려고 통신센터로 향했다.

시청 아래쪽에 있는 통신센터의 당직 경사는 언제나 멈추지 않고 돌아가며 이 도시의 외침을 녹음하고 있는 대형 녹음테이프에서 문제의 911 신고전화를 보슈가 따로 녹음하게 해주었다. 전화를 받은 교환원은 흑인 여자였고, 신고자는 백인 남자였다. 목소리를 들어 보니 신고자는 아직 어린 청소년인 것 같았다.

"911 구급대입니다. 무슨 일이십니까?"

"저, 저…."

"무슨 일이십니까? 신고내용을 말씀하세요."

"저, 그게, 굴 안에 시체가 있다고 신고하려고요."

"시체가 있다는 말씀입니까?"

"네, 그래요."

"굴이라는 건 무슨 뜻이죠?"

"댐 옆의 굴 속에 있어요."

"어떤 댐이요?"

"저, 그거 있잖아요. 저수지도 있고 뭐 그런 거. 할리우드 간판도 있고요."

"멀홀랜드 댐 말씀이십니까? 할리우드 위쪽에 있는 거요?"

"네, 그거요. 맞아요. 멀홀랜드. 이름이 기억이 안 났어요."

"시체는 어디 있습니까?"

"그 위에 크고 낡은 굴이 하나 있어요. 사람들이 들어가서 잠도 자는 굴이요. 시체는 그 안에 있어요. 거기에."

"선생님이 아시는 분입니까?"

"아뇨, 전혀 몰라요."

"혹시 주무시고 있는 것 아닐까요?"

"젠장, 그런 게 아니라니까요." 소년은 신경질적인 웃음을 터뜨렸다. "죽었어요."

"어떻게 확신하시죠?"

"확실해요. 제가 잘 알아요. 믿고 싶지 않으면…."

"성함을 말씀해주세요."

"왜요? 내 이름이 왜 필요한데요? 난 시체를 봤을 뿐이에요. 내가 안 그랬어요."

"선생님의 전화가 장난전화가 아니라는 걸 확인해야 합니다."

"굴에 가보면 되잖아요. 난 더 이상 할 말 없어요. 내 이름이 무슨 상관이에요?"

"기록을 위해서예요. 성함을 말씀해주시겠습니까?"

"어, 싫어요."

"선생님, 경찰이 갈 때까지 그곳에 계시겠습니까?"

"아뇨, 난 이미 다른 데 와 있어요. 거기 없다고요. 난 아래쪽에…."

"알고 있습니다. 발신번호를 보니 선생님은 지금 할리우드 대로 근처의 가워 거리에 있는 공중전화를 이용하고 계시네요. 경찰이 갈 때까지 기다리시겠습니까?"

"그걸 어떻게…? 아냐, 상관없어요. 난 가봐야 돼요. 댁들이 가서 확인해보세요. 시체가 있으니까. 남자예요."

"선생님, 저희가 여쭤볼 것이…."

전화가 끊겼다. 보슈는 테이프를 주머니에 넣고 통신센터 출입구로 향했다.

해리 보슈가 파커 센터 3층에 마지막으로 발을 들여놓은 것은 10개월 전이었다. 그는 이곳의 강력계에서 거의 10년 동안 일했지만, 정직처분을 받고 살인전담반에서 할리우드 경찰서 형사과로 전출된 뒤로는 결코 이곳에 와본 적이 없었다. 그가 전출통보를 들은 날 내사과에서 나온 루이스와 클락이라는 불한당들이 그의 책상을 치워버렸다. 그들은 보슈의 소지품들을 할리우드 경찰서의 살인전담반 탁자 위에 쏟아버리고는 그의 집 전화에 물건을 거기 가져다 두었다는 메시지를 남겨두었다. 10개월이 지난 지금, 그는 경찰국의 엘리트 형사들이 모여 있는 이 신성한 건물에 다시 발을 들여놓았다. 오늘이 일요일이라 다행이었다. 아는 사람을 만날 위험이 없으니까. 사람들의 시선을 피할 필요도 없었다.

321호에는 주말 당직형사밖에 없었다. 보슈가 모르는 사람이었다. 그는 사무실 뒤쪽을 가리키며 이렇게 말했다. "할리우드 형사과의 보슈요. 저걸 좀 써야 하는데…."

당직 형사는 해병대에서 나올 때의 머리모양을 그대로 고수하고 있는 젊은 친구로 책상 위에 권총 카탈로그를 펼쳐 놓고 있었다. 그가 뒤쪽 벽에 늘어서 있는 컴퓨터들을 뒤돌아보았다. 마치 그것들이 아직도 제자리에 있는지 확인하려는 것 같았다. 그가 다시 보슈에게 시선을 돌렸다.

"형사님 사무실에 있는 걸 쓰셔야죠." 그가 말했다.

보슈는 그의 옆으로 걸어가며 말했다. "할리우드까지 갈 시간이 없어요. 20분 뒤에 부검을 보러 가야 하거든." 그는 거짓말을 했다.

"저기요, 저도 형사님 얘기를 들었어요. 텔레비전 드라마니 뭐니…. 형사님도 옛날에는 여기서 일하셨죠? 옛날에요."

이 마지막 말이 스모그처럼 허공에 걸려 있었다. 보슈는 그 말을 무시하려고 애썼다. 하지만 컴퓨터가 있는 곳으로 걸어가면서 자신이 옛날에 쓰던 책상 쪽으로 시선이 돌아가는 것을 어쩔 수 없었다. 지금은 누가 저 자리의 주인인지 궁금했다. 책상 위는 어질러져 있었다. 명함철에 꽂힌 명함들은 빳빳한 새것이었다. 새것. 보슈는 고개를 돌려 당직 형사를 바라보았다. 그는 여전히 보슈를 지켜보고 있었다.

"일요일 당직이 아닐 때 이 자리를 쓰나?"

청년은 미소를 지으며 고개를 끄덕였다.

"자네한테 잘 맞는군. 아주 딱 맞아. 그 머리 모양 하며, 멍청한 웃음까지. 자네 아주 출세할 거야."

"혼자서 무슨 군대라도 거느린 것처럼 행세하다가 여기서 쫓겨났다는 이유만으로 그렇게…. 아, 젠장, 보슈 형사님, 형사님은 이미 내리막길이잖아요."

보슈는 사무실 안의 책상 중 하나에서 바퀴 달린 의자를 빼내 뒤쪽 벽 앞의 탁자 위에 놓여 있는 IBM 컴퓨터 앞으로 밀고 갔다. 그가 전원을 켜자 금방 호박 색깔의 글자들이 화면에 나타났다. "살인사건 정보 추적관리 자동 네트워크Homicide Information Tracking Management Automated Network."

보슈는 이곳 사람들이 약자를 만들었을 때의 뜻까지 생각해서 이름을 짓는 버릇을 아직도 버리지 못한 것을 보고 빙그레 웃었다. 모든 부서, 모든 특수팀, 모든 컴퓨터 파일에 약자로 만들었을 때 엘리트 분위기가 나는 이름이 붙어 있는 것 같았다. 그 약자들은 시민들이 보기에 많은 사람들이 아주 중요한 문제에 매달려 열심히 일하고 있는 것 같은 분위기를 풍겼다. HITMAN, COBRA, CRASH, BADCATS, DARE… 이런 약자들이 수백 개나 되었다. 파커 센터 어딘가에 이렇게 근사한 약자를 짓는 일만 전담하는 사람이 있는 게 분명했다. 사람들은 컴퓨터에도 약자로 된 이름을 붙이고, 심지어 직원들의 아이디어에도 그런 이름을 붙였다. 그런 이름이 붙지 않은 부서라면, 강력계 내에서 똥만도 못한 존재라고 봐야 했다.

보슈가 HITMAN 시스템에 접속하자 사건에 관한 정보를 입력하는 화면이 떴다. 그는 빈 칸을 채운 뒤, 핵심 검색어 세 개를 입력했다. '멀홀랜드 댐', '약물과용', '약물과용 위장'. 30초 뒤 컴퓨터는 하드디스크에 저장된 8천 건의 살인사건(약 10년치) 자료 중 겨우 여섯 건이 검색어와 관련되어 있다고 알려주었다. 보슈는 그 사건들을 하나씩 차례로 불러냈다. 처음 세 사건은 아직 미제로 남아 있는 젊은 여성들의 살인사건이었다. 이 여자들은 1980년대 초에 멀홀랜드 댐에서 시체로 발견되었다. 모두 교살이었다. 보슈는 이 사건들에 관한 정보를 재빨리 살펴본 뒤 다음 사건으로 넘어갔다. 네 번째는 5년 전에 저수지에 떠 있던 시체가 발견된 사건이었다. 익사가 아니라는 점만 밝혀졌을 뿐, 정확한 사인은 알아낼 수 없었다. 마지막 두 사건은 약물과용인데, 그 중 첫 번째 사건의 사망자는 저수지 위쪽의 공원으로 소풍을 나온 사람이었다. 아주 뻔한 사건 같았기 때문에 보슈는 그냥 다음으로 넘어갔다. 마지막 사건은 14개월 전에 굴 속에서 시체가 발견된 건이었다. 사인은 나중에 타르 헤로인 과용으로 인한 심장정지로 밝혀졌다.

"사망자는 자주 댐 근처에 나타나 굴 속에서 잠을 자는 것으로 알려졌음. 수사종결." 컴퓨터 자료에는 이렇게 적혀 있었다.

할리우드 경찰서에서 당직근무를 하던 크롤리가 아침에 보슈를 깨웠을 때 말한 사건이 바로 이거였다. 보슈는 이 사건이 자기 사건과 관련되어 있을 것 같지 않았지만, 어쨌든 관련 정보를 프린트했다. 그리고 접속을 끊은 뒤 컴퓨터를 껐다. 하지만 그 뒤로도 잠시 그대로 앉아 생각에 잠겼다. 그는 앉은 채로 의자를 밀어 다른 컴퓨터로 가서 전원을 켠 뒤 자신의 암호를 입력했다. 그리고 주머니에서 팔찌 사진을 꺼내 장물자료 검색란에 팔찌의 모양을 입력했다. 그런데 팔찌의 모양을 설명하는 것 자체가 예술이었다. 다른 경찰관들, 즉 강도에게 도난당한 보석 목록을 작성한 경찰관들이 과연 이런 물건을 어떻게 설명했을지 짐작해서 그대로 입력해야 했기 때문이다. 그는 간단히 '황금에 옥으로 돌고래 문양을 상감한 골동품 팔찌'라고 입력했다. 30분 뒤 화면에는 '자료 없음'이라는 말이 떴다. 보슈는 '금과 옥으로 된 팔찌'라고 입력한 뒤 다시 검색 버튼을 눌렀다. 이번에는 436건의 자료가 떴다. 너무 많았다. 자료를 줄일 필요가 있었다. 그는 '옥 물고기가 있는 금팔찌'라고 입력한 뒤 검색 버튼을 눌렀다. 여섯 건의 자료가 떴다. 이 정도면 괜찮을 것 같았다.

검색결과에 따르면, 옥으로 물고기를 새긴 금팔찌가 등장하는 자료는 범죄 신고 네 건, 경찰국 회보 자료 두 건이었다. 모두 1983년에 컴퓨터 시스템이 개발된 뒤로 입력된 자료들이었다. 경찰서의 모든 부서들이 원래 같은 자료를 중복해서 입력하는 경우가 워낙 많기 때문에, 보슈는 이 여섯 건이 모두 같은 사건일 수 있다는 사실을 알고 있었다. 범죄 신고서 요약본을 화면에 불러내 읽어보니, 역시 짐작이 맞았다. 네

건의 범죄 신고는 모두 시내의 6번가와 힐 거리 모퉁이에서 9월에 발생한 절도사건에 관한 것이었다. 피해자는 해리엇 비첨이라는 일흔한 살의 여성으로 실버레이크에 살고 있었다. 보슈는 머릿속으로 이 건물의 위치를 더듬어 보았지만, 전혀 생각이 나지 않았다. 컴퓨터에 범죄 내용 요약본은 없었다. 기록실로 가서 서류를 직접 꺼내 보아야 한다는 뜻이었다. 하지만 금과 옥으로 만든 팔찌에 대한 간략한 설명은 있었다. 비첨 씨가 도난당한 다른 보석류 여러 점에 대한 설명도 역시 포함되어 있었다. 비첨이 도난당했다고 신고한 팔찌와 메도우스가 전당포에 맡긴 팔찌가 같은 물건일 수도 있고 아닐 수도 있었다. 설명이 너무 모호해서 판단하기가 힘들었다. 컴퓨터 자료에 보충 보고서 번호가 여러 개 나와 있어서 보슈는 모두 수첩에 적었다. 해리엇 비첨의 도난사건에 관련된 서류가 이상할 정도로 많은 것 같다는 느낌이 들었다.

보슈는 이제 회보에 실린 두 건의 자료를 불러냈다. 둘 다 출처가 FBI였는데, 첫 번째 자료는 비첨의 도난사건이 있은 지 2주 뒤의 것이었다. 그리고 3개월 뒤 비첨의 보석이 여전히 어디서도 나타나지 않자 다시 보고서가 발행되었다. 보슈는 회보 자료의 번호를 수첩에 적은 뒤 컴퓨터를 껐다. 그리고 사무실을 가로질러 강도/절도 자료보관대로 갔다. 뒤쪽 벽에 길게 설치된 강철 선반에 검은 바인더 수십 권이 꽂혀 있었다. 과거의 회보들과 BOLO(Be on the lookout의 약자. 전국 지명수배를 뜻하는 ABP와 같은 뜻 - 옮긴이) 자료가 거기 있었다. 보슈는 9월이라고 표시된 바인더를 내려서 살펴보기 시작했다. 하지만 회보가 시간 순서대로 정리되어 있지 않기 때문에 이 바인더 안에 다른 달의 자료도 포함되어 있음을 금방 알 수 있었다. 자료는 아무런 순서도 없이 뒤죽박죽 섞여 있었다. 그가 원하는 자료를 찾으려면 비첨의 도난사건이 발생한 시점부터 지금까지 10개월치 자료를 모두 뒤져야 할 것 같았다. 그는 선반에서 바인더를 한 아름 꺼내 탁자에 앉았다. 잠시 후 누군가가 탁자 맞은편에 와 있는 것이 느껴졌다.

"무슨 일인가?" 그는 고개를 들지 않은 채 말했다.

"원하시는 게 뭡니까?" 당직 형사가 말했다. "도대체 뭘 하시는 건지 말씀 좀 해보세요, 보슈 형사님. 여긴 이제 형사님이 근무하는 곳이 아닙니다. 이렇게 아무 때나 불쑥불쑥 들어올 수 없어요. 그거 당장 선반에 올려놓으세요. 자료를 살피고 싶으면 내일 다시 와서 정식으로 요청하셔야죠. 부검이 어쩌고저쩌고 하는 헛소리는 하지 마세요. 여기 온 지 벌써 30분이 지났으니까요."

보슈는 시선을 들어 그를 바라보았다. 나이가 스물여덟 살쯤 되어 보였다. 어쩌면 스물아홉 살일 수도 있었다. 어쨌든 보슈가 처음 강력계에 배치되었을 때보다 어린 나이였다. 강력계 형사 선발기준이 내려갔거나, 아니면 강력계가 예전 같지 않은 모양이었다. 보슈는 사실 둘 다 진실이라는 것을 알고 있었다. 그는 다시 바인더를 내려다보았다.

"내 말이 말 같지 않아!" 형사가 고함을 질렀다.

보슈는 탁자 밑에서 다리를 들어올려 맞은편 의자를 찼다. 탁자 밑에서 튀어나간 의자의 등받이가 형사의 사타구니를 들이받았다. 그는 윽 하는 소리와 함께 허리를 접으며 자신을 때린 의자를 움켜쥐고 몸을 지탱했다. 보슈는 이제 저 형사의 머릿속에 자신의 이미지가 확실히 박혔음을 알 수 있었다. 해리 보슈: 혼자 노는 사람, 싸움꾼, 살인자. 이봐, 젊은이, 반격해봐. 보슈의 행동은 사실 이런 뜻이었다.

하지만 젊은 형사는 그냥 보슈를 노려보기만 했다. 분노와 굴욕감을 참는 눈치였다. 그는 권총을 꺼내들 수는 있어도 방아쇠까지 당길 성격은 아니었다. 이걸 알아차리자 보슈는 젊은 형사가 그냥 가버릴 거라는 확신이 들었다.

젊은 형사는 고개를 흔들더니 이젠 지긋지긋하다는 듯 양손을 흔들고는 당직 데스크로 돌아갔다.

"내 행동을 보고하고 싶으면 해, 젊은이." 보슈가 그의 등을 향해 말했다.

"시끄러워요." 청년은 힘없이 대꾸했다.

보슈는 이제 아무것도 걱정할 필요가 없다는 확신이 들었다. 목격자나 녹음테이프 같은 증거가 없는 한, 내사과는 경찰관들 사이의 다툼을 거들떠보지도 않을 것이다. 경찰관이 다른 경찰관을 고발하는 사건은 내사과도 건드리기 싫어했다. 경찰관의 말이 사실은 아무런 가치도 없다는 것을 그들 역시 속으로는 알고 있기 때문이었다. 내사과 형사들이 항상 둘씩 짝을 지어 다니는 이유도 바로 그것이었다.

한 시간 동안 담배 일곱 개비를 피우며 자료를 뒤진 끝에 보슈는 원하는 것을 찾아냈다. 금과 옥으로 된 팔찌를 폴라로이드로 찍은 사진의 복사본이 6번가와 힐 거리 모퉁이의 웨스트랜드 내셔널 은행에서 발생한 절도사건의 피해물품을 상세히 설명하고 사진까지 첨부한 50쪽짜리 문서에 들어 있었다. 이제야 보슈는 사건이 일어난 장소가 어딘지 알 수 있었다. 유리벽을 검게 코팅한 건물 모습이 머릿속에 떠올랐다. 그가 은행 안에 들어가 본 적은 없었다. 은행에 강도가 들어와서 장신구를 가져가다니. 앞뒤가 맞지 않았다. 그는 피해물품 목록을 살펴보았다. 거의 전부 보석 장신구 종류였다. 강도가 차도 없이 그냥 가져가기에는 양도 너무 많았다. 해리엇 비첨이 잃어버린 물건만 해도 골동품 반지 여덟 개, 팔찌 네 개, 귀걸이 네 개였다. 게다가 이 물건들은 강도사건이 아니라 절도사건의 피해물품으로 기록되어 있었다. 보슈는 혹시 사건 요약본이 있을까 해서 BOLO 자료를 뒤져봤지만 허사였다. 그냥 FBI의 담당 요원 이름이 적혀 있을 뿐이었다. E. D. 위시 특수요원.

그때 BOLO 자료에 범죄가 발생한 날짜로 세 개의 날짜가 적혀 있는 것이 눈에 띄었다. 9월 첫째 주에 사흘 동안 벌어진 한 건의 절도사건이라니. 노동절이 낀 주말이었다. 그때는 연휴라서 시내 은행들은 사흘 동안 문을 닫는다. 그렇다면 안전금고 절도사건임이 분명했다. 굴을 파고 들어갔나? 보슈는 의자에 등을 기대고 생각에 잠겼다. 내가 왜 이 사건을 기억하지 못했지? 이런 사건이라면 언론에서 며칠 동안 떠들어댔을 것이다. 그리고 경찰국 내부에서는 그보다 더 오랫동안 화제가 되었을 것이다. 그 순간 그는 자신이 노동절에 멕시코에 있었음을 떠올렸다. 그는 노동절부터 3주 동안 그곳에 있었다. 그가 인형사 사건으로 1개월 정직을 당했을 때 이 은행절도 사건이 일어난 것이다. 그는 앞으로 몸을 기울여 전화기를 들고 번호를 눌렀다.

"〈LA 타임스〉 브레머입니다."

"보슈야. 아직도 일요일에 일하나 보지?"

"2시부터 10시까지야. 일요일마다. 예외는 없어. 그래, 어쩐 일이야? 이렇게 통화하는 게, 어디 보자, 음, 그 인형사 사건으로 당신이 곤란해진 뒤 처음인 것 같은데. 할리우드 경찰서는 마음에 들어?"

"괜찮아. 적어도 한동안은." 그는 당직 형사가 엿듣지 못하게 목소리를 낮춰서 말했다.

브레머가 말했다. "그래? 듣자니 오늘 아침에 댐에서 시체가 나왔다면서?"

조엘 브레머는 보슈를 포함해서 웬만한 경찰관들의 근속년수보다 더 오랫동안 〈로스앤젤레스 타임스〉에서 경찰기사를 맡고 있는 기자였다. 경찰국 일과 관련해서 그가 듣지 못하는 소식은 별로 없었다. 그리고 웬만한 일은 전화 한 통으로 모두 알아낼 수 있는 능력도 있었다. 1년 전 그가 22일 무급 정직을 당한 보슈에게 전화를 걸어 코멘트를 요청했다. 보슈가 정직 통보를 받기도 전이었다. 경찰국 사람들은 대개 〈로스앤젤레스 타임스〉를 싫어했다. 〈로스앤젤레스 타임스〉도 경찰국을 비판하는 데 인색하게 구는 법이 없었다. 하지만 그 한가운데에 브레머가 있었다. 브레머는 모든 경찰관이 신뢰해도 되는 기자였고, 보슈를 포함한 많은 경찰관들은 실제로 그를 믿었다.

"그래, 그거 내 사건 맞아." 보슈가 말했다. "지금은 별것 아니지만. 부탁이 하나 있어. 이 사건이 내 생각대로 풀린다면, 자네도 관심이 갈 만한 일이거든."

보슈는 브레머에게 굳이 미끼를 던질 필요가 없다는 사실을 알고 있었다. 하지만 나중에 뭔가가 나올 수도 있다는 점을 미리 알려주고 싶었다.

"필요한 게 뭔데?" 브레머가 말했다.

"자네도 알다시피, 작년 노동절에 내가 어디 다른 데서 아주 긴 휴가를 보냈잖아. 내사과 덕분에. 그래서 이 사건을 놓쳤는데…."

"그 땅굴 사건? 설마 그 땅굴 사건 얘기야? 여기 시내에서 일어난 거? 온갖 보석이랑, 양도성 채권, 주식증서에다가, 어쩌면 도난물품에 마약까지 포함되었을 수도 있는 그 사건?"

브레머의 목소리가 크고 절박해졌다. 보슈의 짐작이 옳았다. 범인들은 땅굴을 파서 은행으로 들어갔고, 언론에서도 많이 떠들어댄 모양이었다. 브레머가 이렇게 관심을 보일 정도라면, 대단한 사건이었다. 보슈가 10월에 복귀한 뒤 이 사건에 대한 얘기를 전혀 듣지 못한 것이 놀라웠다.

"맞아, 그거야." 그가 말했다. "그때는 내가 여기 없어서 그걸 놓쳤어. 그 뒤로 범인이 체포됐나?"

"아니, 아직 미결이야. FBI가 맡고 있어. 내가 알기로는."

"오늘 밤에 그 사건 관련 보도를 좀 보고 싶은데, 괜찮겠어?"

"내가 복사해줄게. 언제 올 건데?"

"조금 있다가."

"그 사건이 오늘 아침의 그 시체랑 관련돼 있는 거지?"

"그런 것 같아. 아마도. 지금은 뭐라고 말할 수 없어. 연방에서 수사를 맡고 있으니 내일 만나러 가봐야지. 그래서 오늘 밤에 기사를 좀 보려는 거야."

"여기서 기다리고 있을게."

전화를 끊은 뒤 보슈는 FBI 자료에 첨부된 팔찌 사진 복사본을 내려다보았다. 메도우스가 전당포에 맡겼던 그 팔찌가 틀림없었다. FBI 사진 속의 팔찌는 기미가 낀 여자의 팔목에 끼워져 있었다. 황금 파도 속에서 자그마한 물고기 세 마리가 둥글게 헤엄치는 모습이었다. 보슈는 팔목의 주인이 일흔한 살의 해리엇 비첨일 것이고, 이 사진은 십중팔구 보험사 제출용으로 찍은 것일 거라고 추측했다. 그는 당직 형사를 살폈다. 그는 여전히 권총 카탈로그를 뒤적이고 있었다. 보슈는 영화에서 잭 니콜슨이 했던 것처럼 큰 소리로 기침을 하면서 BOLO 자료를 바인더에서 찢어냈다. 젊은 형사가 보슈 쪽을 바라보더니 다시 카탈로그로 시선을 돌렸다.

보슈가 BOLO 자료를 접어서 주머니에 넣는데 호출기가 울렸다. 그는 수화기를 들고 할리우드 경찰서로 전화를 걸었다. 시체가 또 나왔다는 소리를 듣게 될 것 같았다. 모두들 데이비라고 부르는 아트 크로켓이 당직 데스크에서 전화를 받았다.

"해리 선배, 아직도 현장에 계세요?" 그가 말했다.

"파커 센터에 있어. 몇 가지 확인할 게 있어서."

"잘됐네요. 검시관실이 가까우니까요. 거기서 일하는 사카이라는 직원이 전화했는데, 선배를 만나고 싶대요."

"날 만나?"

"뭔가 새로운 게 발견돼서 부검을 오늘 한다고 전해달라던데요. 지금 당장 할 거래요."

보슈는 카운티-USC 병원까지 5분 만에 달려갔지만 주차장에서 자리를 찾는 데 15분이 걸렸다. 검시관실은 1987년의 지진 이후 폐쇄된 병원건물 뒤편에 있었다. 2층짜리 노란색 조립식 건물로, 건축 양식 같은 걸 따질 수준이 아니었다. 산 사람들을 위한 유리문을 지나 로비로 들어간 보슈는 1980년대 초에 밤의 스토커 사건을 수사할 때 한동안 같이 일했던 보안관서 형사와 마주쳤다.

"어이, 버니." 보슈는 미소를 지었다.

"꺼져, 보슈." 버니가 말했다. "수사는 자네만 하는 줄 알아?"

보슈는 잠시 멈춰 서서 버니가 주차장으로 걸어가는 모습을 지켜보았다. 그러고는 안으로 들어가서 오른쪽으로 방향을 꺾어 정부기관 특유의 초록색 복도를 걸어갔다. 문을 두 개 지나고 나니 냄새가 점점 심해졌다. 죽음의 냄새와 공업용 소독제 냄새였다. 죽음의 냄새가 더 강했다. 보슈는 노란색 타일이 깔린 준비실로 들어갔다. 래리 사카이가 거기서 파란색 수술복 위에 종이 가운을 덧입고 있었다. 종이 마스크와 덧신은 이미 착용한 상태였다. 보슈는 스테인리스 대 위의 마분지 상자에서 사카이의 것과 똑같은 종이 가운 세트를 꺼내 입기 시작했다.

"버니 슬로터는 여기 웬일이야?" 보슈가 물었다. "여기서 무슨 일이 있었기에 그렇게 화가 난 거지?"

"형사님 때문이에요." 사카이가 시선을 그에게 돌리지 않은 채 말했다. "어제 아침에 신고전화를 하나 받았대요. 어떤 열여섯 살짜리가 친구를 쏜 사건이에요. 랭커스터에서. 우발적인 사건 같은데, 버니 형사님이 시체에 남은 화약 흔적과 총알의 경로를 확인하려고 우리를 기다리고 있었어요. 사건을 종결하려고요. 제가 오늘 늦게 그 사건을 다룰 거라고 아까 말해줬더니 버니 형사님이 직접 들어오신 거예요. 그런데 오늘 그 일을 못하게 됐잖아요. 샐리 선생님이 보슈 형사님 일을 해야 한다고 안달이 났으니까요. 저한테 이유는 묻지 마세요. 제가 가져온 시체를 한 번 보더니 오늘 해야 한다고 하셨어요. 그래서 제가 그러려면 다른 시체를 뒤로 미뤄야 한다고 했더니, 버니 형사님 것을 미루라고 하시더라고요. 그런데 제가 버니 형사님한테 연락을 하기도 전에 직접 오신 거예요. 그러니까 화가 난 거죠. 버니 형사님 저기 다이아몬드 바에 사시잖아요. 그 먼 길을 왔는데 허사가 됐으니…."

보슈는 마스크, 가운, 덧신을 모두 착용하고 사카이의 뒤를 따라 타일이 깔린 복도를 걸어 부검실로 향했다. "그럼 샐리 선생한테 화를 내야지 왜 나한테 화를 내?" 보슈가 말했다.

사카이는 대답하지 않았다. 두 사람은 첫 번째 부검대로 향했다. 빌리 메도우스가 그 위에 알몸으로 누워 있었다. 목 아래에는 나무 받침대가 괴어져 있었다. 부검실 안에는 스테인리스 부검대가 여섯 개 있었다. 부검대마다 가장자리에 배수로가 만들어져 있고, 귀퉁이에는 배수구가 있었다. 비어 있는 부검대가 하나도 없었다. 첫 번째 부검대에서 헤수스 살라자 박사가 보슈와 사카이에게 등을 돌린 채 메도우스의 가슴 위로 허리를 숙이고 있었다.

"어서 와, 해리. 기다리고 있었어." 살라자가 시선을 들지 않은 채 말했다. "래리, 이걸 슬라이드로 만들어야겠는데."

살라자가 허리를 펴고 몸을 돌렸다. 라텍스 장갑을 낀 손에 분홍색 근육과 살덩이처럼 보이는 정사각형 조각을 들고 있었다. 그는 브라우니를 구울 때 쓰는 것 같은 강철 팬에 그것을 담아 사카이에게 건넸다. "수직으로 해. 구멍이 뚫린 경로를 보여주는 것 하나, 그리고 비교를 위해 그 양편의 것 각각 하나씩."

사카이는 팬을 받아 들고 부검실을 나가 실험실로 향했다. 보슈는 그 살덩이가 메도우스의 가슴에서 떼어낸 것임을 알 수 있었다. 왼쪽 젖꼭지 위로 2센티미터쯤 되는 지점에 자국이 남아 있었다.

"뭘 좀 찾았어?" 보슈가 물었다.

"아직은 확실치 않아. 두고 봐야지. 문제는, 자네가 뭘 찾아냈느냐는 거야. 현장 직원 말로는 자네가 이 시체를 반드시 오늘 부검해야 한다고 했다던데. 이유가 뭐야?"

"그거야 늦어도 내일까지는 부검을 끝내라는 뜻에서 한 말이지. 그 친구도 그렇게 알아들은 것 같던데."

"그래, 나도 그렇게 들었어. 그런데 내가 호기심이 동해서 말이야. 난 수수께끼를 좋아하거든. 형사들 표현대로, 이 사건에서 냄새가 난다고 생각한 이유가 뭐야?"

요새는 그런 말 안 써. 보슈는 속으로 생각했다. 영화에서 이 말이 몇 번 나온 뒤로 살라자 같은 사람들이 따라하기 시작했지만, 그건 이미 옛날 일이었다.

"그냥 몇 가지 들어맞지 않는 게 있어서." 보슈가 말했다. "지금은 이상한 게 더 늘었고. 내가 보기에는 살인 같아. 수수께끼가 아니라."

"이상한 거라니?"

보슈는 수첩을 꺼내 뒤적이면서 현장에서 이상하게 생각했던 점들을 열거했다. 부러진 손가락, 굴 속에 사람이 움직인 흔적이 없는 것, 셔츠가 머리를 덮고 있던 것.

"주머니에 마약 도구가 있고, 굴 속에서 화덕도 나왔어. 그런데 뭔가 이상하더란 말이지. 내가 보기에는 누가 일부러 갖다 놓은 것 같아. 팔에 난 그 자국이 이 친구를 죽인 것 같고. 다른 흉터들은 아주 오래 됐거든. 오랫동안 약을 안 했다는 뜻이지."

"그건 맞아. 최근에 팔에 생긴 주삿바늘 자국 하나를 제외하면, 사타구니 근처에만 새로운 자국이 있을 뿐이야. 허벅지 안쪽 말이야. 대개는 마약중독자라는 사실을 숨기려고 기를 쓰는 사람들이 그쪽에 주사를 놓지. 그러니 그냥 팔에 주사를 놓은 게 오랜만에 처음이었을 수도 있어. 그 밖에 또 뭐가 있나?"

"이 친구는 흡연자였어. 확실해. 그런데 몸에 담뱃갑이 없었어."

"누가 훔쳐가지 않았을까? 시체가 발견되기 전에. 쓰레기를 주워서 사는 사람들이라면…."

"그럴 수도 있지. 그럼 왜 마약도구는 그냥 뒀을까? 이 친구 아파트도 이상해. 누가 뒤진 흔적이 있어."

"이 사람을 아는 사람이 그랬을 수도 있지. 이 사람이 숨겨둔 약을 찾으려고."

"그것 역시 그럴 수 있지." 보슈는 수첩을 몇 장 더 넘겼다. "이 친구 몸에서 발견된 솜뭉치 속에 흰색이 도는 갈색 결정체들이 있었어. 나도 타르 헤로인을 많이 봤기 때문에, 솜뭉치가 짙은 갈색으로 변하다 못해 때로는 검게 변하기도 한다는 걸 알아. 그러니 아주 좋은 물건을 쓴 거겠지. 십중팔구 외제였을걸. 그런데 그게 이 친구 사는 꼴하고 어울리지 않아. 그런 건 부자들이나 쓰는 거거든."

살라자는 잠시 생각을 해본 뒤 입을 열었다. "전부 다 추측뿐이잖아, 해리."

"아니, 아직 하나가 더 있어. 이건 나도 이제야 조사하기 시작한 건데, 이 친구가 절도사건에 연루돼 있어."

보슈는 팔찌에 대해 자신이 아는 사실을 간략하게 들려주었다. 은행 금고에서 도난당해 전당포로 흘러갔다는 이야기. 살라자는 감식 전문가지만, 보슈는 항상 그를 신뢰했다. 때로는 그에게 사건을 자세히 이야기해주는 것이 수사에 도움이 되기도 했다. 두 사람이 처음 만난 것은 1974년이었다. 그때 보슈는 순찰경관이었고, 샐리는 검시관의 신참 조수였다. 보슈는 심바이어니즈 해방군(1970년대 초에 미국 캘리포니아 주에서 활동하던 좌익 과격파 조직 – 옮긴이)을 상대로 벌어진 총격전 때문에 주택 한 채가 불타고 그 화재로 다섯 명이 사망한 사우스센트럴의 이스트 54번가에서 경비를 서면서 군중을 통제하는 임무를 맡았다. 그리고 샐리는 잿더미 속에 또 다른 시체(패티 허스트)가 없는지 살피는 일을 맡았다. 두 사람은 사흘 동안 그곳에서 일하면서 패티 허스트가 죽었는지 살았는지를 놓고 내기를 걸었다. 사흘 뒤 샐리가 마침내 수색을 포기하자, 패티 허스트가 살았다고 주장한 보슈가 내기에서 이겼다.

보슈가 팔찌 이야기를 끝내자 빌리 메도우스의 죽음이 평범한 약물 남용 사건이 아닌가 하는 샐리의 우려가 가라앉은 것 같았다. 그는 기운이 나는 표정으로 부검도구가 쌓여 있는 카트를 부검대 옆으로 끌어당겼다. 그리고 소리로 작동되는 녹음기를 켜고 메스와 평범한 전지가위를 집어 들었다. "그럼 일을 시작해볼까."

보슈는 혹시 피가 튈까 봐 몇 걸음 뒤로 물러나서 칼과 톱과 메스가 가득 든 쟁반이 놓여 있는 카운터에 몸을 기댔다. 쟁반 옆구리에 테이프로 붙여 놓은 글귀가 눈에 띄었다. '날카롭게 갈아 놓을 것.'

살라자는 빌리 메도우스의 시체를 내려다보며 입을 열었다. "시체는 잘 발달된 백인 남성으로 키는 175센티미터, 몸무게는 75킬로그램이며, 마흔 살이라고 알려진 나이와 전반적으로 일치하는 모습이다. 시체는 차갑게 식었고, 방부처리가 되어 있지 않으며, 완전한 사후경직 상태이고, 후방부는 납빛으로 고정되어 있다."

보슈는 살라자를 지켜보다가 메도우스의 옷가지를 담은 비닐봉지가 도구 쟁반 옆에 나란히 놓여 있는 것을 보았다. 그는 봉지를 끌어당겨 열었다. 오줌 냄새가 즉시 그의 코를 강타했다. 순간적으로 메도우스의 아파트 거실이 생각났다. 살라자가 시체에 대한 묘사를 계속 녹음하는 가운데, 보슈는 라텍스 고무장갑을 꼈다.

"왼쪽 집게손가락은 확실한 골절 상태를 보여주지만, 열상이나 점상출혈 타박상이나 출혈 흔적은 보이지 않는다."

보슈가 어깨 너머로 흘깃 바라보니, 살라자는 메스의 뭉툭한 쪽 끝으로 부러진 손가락을 흔들며 녹음기를 향해 말하고 있었다. 그는 피부에 난 구멍들에 대한 언급을 마지막으로 시체의 외형에 대한 묘사를 마무리했다.

"허벅지 상부 안쪽과 왼팔 안쪽에 피하주사기 자국과 비슷한, 출혈흔적이 있는 구멍들이 있다. 팔의 구멍에서는 피가 섞인 액체가 나오고 있으며, 가장 최근의 것인 듯하다. 딱지는 앉지 않았다. 왼쪽 가슴 상부에 또 다른 구멍이 있는데, 피가 섞인 액체가 소량 흘러나왔으며 주사바늘로 인한 상처보다 약간 크게 보인다."

살라자는 녹음기 스피커를 손으로 가리고 보슈에게 말했다. "가슴에 난 이 구멍을 슬라이드로 만들어 오라고 아까 사카이한테 준 거야. 아주 흥미로운 상처야."

보슈는 고개를 끄덕인 뒤 카운터로 다시 눈을 돌려 메도우스의 옷가지를 그 위에 늘어놓기 시작했다. 뒤에서 살라자가 전지가위로 시체의 가슴을 여는 소리가 들렸다.

보슈는 옷에 있는 주머니란 주머니를 모두 뒤집어 보풀을 자세히 살펴보았다. 양말도 뒤집어 조사하고, 바지와 셔츠의 안쪽도 확인했다. 아무것도 없었다. 그는 '날카롭게 갈아 놓을 것' 쟁반에서 메스를 집어 메도우스의 가죽 허리띠 실밥을 뜯어 해체했다. 역시 아무것도 없었다. 어깨 너머에서 살라자의 말소리가 들렸다. "비장의 무게는 190그램이다. 피막에는 손상이 없고, 약간 주름이 졌다. 연조직은 연한 자주색이며 섬유주가 보인다."

보슈가 이미 수백 번도 더 들은 이야기였다. 병리학자들이 녹음기에 대고 말하는 내용 중 대부분은 옆에 서 있는 형사에게 아무 의미도 없었다. 형사가 기다리는 것은 최종적인 결과였다. 이 차가운 강철 테이블 위에 누워 있는 남자가 죽은 원인이 무엇인가? 어떻게 죽었나? 누가 죽였나?

"쓸개에는 얇은 벽이 있다." 살라자가 말했다. "초록색이 감도는 담즙 몇 cc가 들어 있으며, 결석은 보이지 않는다."

보슈는 옷가지를 다시 비닐봉지에 밀어 넣고 봉지를 봉했다. 그리고 메도우스가 신고 있던 가죽 작업화를 다른 비닐봉지에서 쏟았다. 불그스름한 오렌지색 먼지가 신발 안에서 떨어지는 것이 눈에 띄었다. 누군가가 시체를 굴 속으로 끌고 갔다는 또 다른 증거였다. 신발 굽이 굴 바닥의 말라붙은 진흙에 긁히면서 흙먼지가 신발 안으로 들어간 것이다.

살라자가 말했다. "방광 점막에는 손상이 없고, 연한 노란색 소변이 겨우 57그램 들어 있을 뿐이다. 외부 성기와 질(膣)은 이렇다 할 특징이 없다."

보슈는 획 돌아섰다. 살라자는 녹음기 스피커를 손으로 가리고 있었다. 그가 말했다. "검시관들이 하는 농담이야. 자네가 내 말을 듣고 있는지 시험해보고 싶어서. 언젠가 오늘 일에 대해 증언을 하게 될지도 모르잖아. 내 말을 뒷받침하는 증인으로."

“그럴 것 같지 않은데.” 보슈가 말했다. “배심원들을 죽도록 지루하게 만드는 걸 좋아하는 사람이 없거든.”

살라자는 두개골을 열 때 사용하는 자그마한 원형톱을 작동시켰다. 치과의 드릴 같은 소리가 났다. 보슈는 다시 신발로 시선을 돌렸다. 기름을 발라서 잘 관리한 신발이었다. 고무 밑창도 조금밖에 닳지 않았다. 오른쪽 신발 바닥의 깊은 홈 속에 하얀 돌멩이 하나가 끼어 있었다. 보슈는 메스로 그것을 긁어냈다. 작은 시멘트 조각이었다. 메도우스의 벽장 안 카펫에 떨어져 있던 하얀 먼지가 생각났다. 그 먼지나 이 시멘트 조각이 웨스트랜드 은행 금고의 콘크리트 벽과 일치하는지 조사해보면 좋겠다는 생각이 들었다. 하지만 신발 관리를 이렇게 잘 한 사람이 9개월 전 금고 침입 때 박힌 시멘트 조각을 그냥 두었을까? 그럴 것 같지는 않았다. 어쩌면 이 시멘트 조각은 메도우스가 일하던 지하철 공사장에서 묻은 것인지도 모른다. 정말로 그가 그런 일을 했는지는 확인해봐야 하겠지만. 보슈는 시멘트 조각을 작은 비닐봉지에 넣어 오늘 하루 종일 모은 다른 봉지들이 있는 주머니에 넣었다.

살라자가 말했다. “머리와 두개골 내부를 조사한 결과 상처나 기존의 병증이나 선천적인 기형은 보이지 않는다. 해리, 이제부터는 손가락을 볼 거야.”

보슈는 신발을 비닐봉지에 다시 넣은 뒤 부검대 옆으로 돌아왔다. 살라자가 메도우스의 왼손을 찍은 X선 사진을 벽에 걸었다.

“여기, 부러진 것 보이지?” 그는 작고 날카로운 흰 점들을 짚으며 말했다. 뼈가 부러진 곳 근처에 하얀 점이 세 개 있었다. “만약 이게 부러진 지 오래 된 거라면, 이 점들이 관절 속으로 들어가 있을 거야. X선 사진에서는 흉터가 눈에 띄지 않는데, 이제 직접 살펴봐야지.”

살라자는 다시 시체로 돌아가서 메스로 손가락 관절 맨 위의 피부를

T자 모양으로 절개했다. 그리고 자른 피부를 뒤로 접은 뒤 메스로 분홍색 살 속을 헤집으며 말했다. "아냐… 아냐…. 아무것도 없어. 이거 죽은 다음에 부러진 거야, 해리. 혹시 우리 직원들 실수일까?"

"글쎄." 보슈가 말했다. "그렇지는 않은 것 같은데. 사카이가 자기랑 조수가 다 같이 조심했다고 말했으니까. 내 실수가 아닌 건 확실하고. 그런데 어떻게 피부는 멀쩡하지?"

"그게 재미있는 부분이야. 나도 모르겠어. 외부가 손상되지 않은 채 손가락이 부러졌다는 건데…. 나도 답을 몰라. 하지만 그다지 어려운 일은 아닐 거야. 그냥 손가락을 잡고 아래로 홱 꺾으면 되니까. 뭐, 먼저 그럴 배짱이 있어야겠지만."

살라자는 테이블 옆을 돌아 나와서 메도우스의 오른손을 들어올려 뒤로 홱 꺾었다. 하지만 필요한 만큼 지렛대 효과를 낼 수 없어서 관절을 부러뜨리지는 못했다.

"생각보다 힘드네." 그가 말했다. "어쩌면 저 손가락이 일종의 둔기에 맞았는지도 모르겠어. 피부에는 상처를 남기지 않는 둔기."

사카이가 15분 뒤 슬라이드를 가지고 돌아왔을 때는 이미 부검이 끝나서 살라자가 메도우스의 가슴을 기름을 먹인 굵은 실로 꿰매는 중이었다. 봉합을 마친 뒤 그는 머리 위의 호스를 이용해서 몸에 묻은 찌꺼기들을 씻어냈다. 젖은 머리카락이 아래로 처졌다. 사카이가 양다리를 하나로 묶고, 양팔은 몸에 붙여 밧줄로 묶었다. 사후경직이 계속 진행되는 동안 팔다리가 제멋대로 움직이는 것을 방지하기 위해서였다. 보슈가 보기에는 밧줄이 메도우스의 팔에 문신으로 새긴 쥐의 목을 자르고 지나간 것처럼 보였다.

살라자는 엄지와 검지로 메도우스의 눈을 감겨주었다.

"보관함에 넣어." 그가 사카이에게 말했다. 그리고 보슈에게 시선을 돌렸다. "이제 이 슬라이드를 한번 보자고. 일반적인 주삿바늘 자국보다 구멍이 크고, 위치도 가슴이라서 이상했거든. 이 구멍은 틀림없이 죽기 전에 생긴 거야. 아마 죽기 직전이겠지. 출혈이 아주 조금밖에 없으니까. 상처에 딱지도 앉지 않았어. 그러니까 죽기 직전이거나, 어쩌면 죽는 도중에 생긴 건지도 몰라. 어쩌면 이게 사인일 수도 있고."

살라자는 방 뒤쪽의 카운터에 있는 현미경으로 슬라이드를 가져갔다. 그리고 여러 슬라이드 중 하나를 골라 현미경에 올려놓았다. 그는 허리를 수그리고 30초쯤 현미경을 들여다보더니 마침내 이렇게 말했다. "재미있는걸."

그는 다른 슬라이드들을 잠깐씩 들여다보았다. 조사가 끝난 뒤에는 첫 번째 슬라이드를 다시 현미경에 올려놓았다.

"좋아. 우선 나는 이 구멍이 난 가슴 부위를 사방 2.5센티미터 길이의 정사각형으로 떼어냈어. 깊이는 대략 4센티미터쯤 됐을 거야. 이 슬라이드는 그 샘플을 수직으로 잘라서 만든 거라, 구멍의 궤적을 볼 수 있어. 무슨 소리인지 알겠지?"

보슈는 고개를 끄덕였다.

"그래. 벌레가 먹고 지나간 자국을 보려고 사과를 얇게 자르는 것과 같아. 이 슬라이드는 구멍의 궤적과 구멍이 생기면서 조직이 받은 충격 또는 상처를 보여줘. 자네가 한번 봐."

보슈는 허리를 숙여 현미경 렌즈에 눈을 댔다. 약 2.5센티미터 깊이까지 똑바로 뻗은 구멍이 보였다. 피부를 뚫고 근육까지 들어간 구멍은 못 자국처럼 아래로 갈수록 폭이 좁아졌다. 구멍 속 가장 깊은 곳에서는 원래 분홍색인 근육이 어두운 갈색으로 변해 있었다.

"이게 무슨 뜻이야?" 그가 물었다.

"그게 무슨 뜻이냐면…." 살라자가 말했다. "구멍이 피부를 뚫고 들어가서 근막, 그러니까 섬유질 지방층을 지나 흉근까지 곧장 이어졌다는 거야. 구멍 주위의 근육 색깔이 짙어진 거 보이지?"

"그래, 보여."

"그건 근육이 화상을 입었기 때문이야."

보슈는 현미경에서 눈을 떼고 살라자를 바라보았다. 살라자가 마스크 밑에서 희미한 미소를 짓고 있는 것 같았다.

"화상?"

"스턴건이야." 살라자가 말했다. "전극 다트를 피부조직 속으로 깊숙이 쏘아 보낼 수 있는 제품을 찾아봐. 대략 3~4센티미터 깊이쯤 쏠 수 있는 걸로. 지금 이 경우에는 사람이 직접 손으로 전극을 가슴에 꽂은 것 같지만 말이야."

보슈는 잠시 생각을 해보았다. 스턴건이라면 사실상 추적하기가 불가능할 터였다. 사카이가 부검실로 다시 들어와 문 옆의 카운터에 기대서서 두 사람을 지켜보았다. 살라자는 피가 들어 있는 유리 병 세 개와 노란색 액체가 들어 있는 병 두 개를 도구 카트에서 집어 들었다. 갈색 덩어리 같은 것이 놓여 있는 작은 강철 팬도 하나 있었다. 보슈는 그 갈색 덩어리가 간이라는 것을 경험으로 알 수 있었다.

"래리, 독성 검사 표본이야." 살라자가 말했다. 사카이는 그것들을 받아 다시 밖으로 나갔다.

"자네 말은 이 친구가 전기 충격으로 고문을 당했다는 뜻이야." 보슈가 말했다.

"그런 것 같아." 살라자가 말했다. "목숨을 잃을 정도로 심하지는 않았어. 상처가 너무 작거든. 하지만 이 친구한테서 정보를 알아낼 정도는 됐겠지. 전기 충격은 대단히 효과적이니까 말이야. 찾아보면 사례가 아주 많을걸. 가슴에 전극을 꽂고 충격을 주면, 심장이 직접 충격을 받는 것처럼 느껴질 거야. 그러면 몸이 마비되겠지. 이 친구도 그렇게 해서 상대방이 원하는 걸 다 말해주고, 놈들이 자기 팔에 치사량의 헤로인을 주사하는 걸 무기력하게 지켜볼 수밖에 없었을 거야."

"그걸 증명할 수 있나?"

살라자는 타일이 깔린 바닥을 내려다보며 마스크에 손가락을 대고 그 밑의 입술을 긁었다. 보슈는 담배를 피우고 싶어서 죽을 지경이었다. 부검실에 들어온 것이 거의 두 시간 전이었다.

"증명할 수 있냐고?" 살라자가 말했다. "의학적으로는 안 돼. 독성 검사는 1주일이면 될 거야. 설사 거기서 헤로인 과용이라는 결과가 나온다 해도, 이 친구 본인이 아니라 다른 사람이 주사를 놨다는 걸 어떻게 증명하지? 의학적으로는 불가능해. 하지만 죽음의 순간이나 죽기 직전에 피해자가 몸에 전기충격을 받아 상처가 남았다는 걸 증명할 수는 있지. 고문을 당했다는 것 말이야. 그리고 죽은 뒤에 왼손 집게손가락에 원인을 알 수 없는 부상을 당했다는 것도."

그는 마스크를 다시 손가락으로 문지르며 결론을 내렸다. "이것이 살인이었다고 내가 증언할 수는 있을 거야. 의학적인 증거를 종합하면, 타인의 손에 의한 죽음을 암시한다고. 하지만 지금으로서는 사인을 모르겠어. 우선 독성 검사 결과가 나온 뒤에 다시 머리를 모아봐야 할 것 같아."

보슈는 살라자가 방금 한 말을 자기 식으로 바꿔서 수첩에 적었다. 보고서를 쓸 때 이 말을 적어 넣어야 하기 때문이었다.

"물론…." 살라자가 말했다. "지금 내가 말한 것들을 배심원들 앞에서 의심의 여지 없이 증명하는 건 또 다른 문제야. 아마 해리 자네가 그 팔찌를 찾아내서 그게 왜 사람을 고문하고 죽일 만큼 가치 있는 물건인지 알아내야 할 거야."

보슈는 수첩을 닫고 종이가운을 벗기 시작했다.

석양이 하늘을 분홍색과 오렌지색으로 달궜다. 서핑을 하는 사람들의 수영복과 똑같이 밝은색이었다. 보슈는 할리우드 프리웨이에서 집을 향해 북쪽으로 차를 몰면서 아름다운 속임수라는 생각을 했다. 석양의 색깔이 그토록 눈부신 건 스모그 때문이라는 걸 석양이 잊게 만들어 버리는 것. 아름다운 그림 뒤에 추악한 사연이 숨어 있을 가능성은 항상 존재했다.

해는 운전석 쪽 창밖에 구리로 만든 공처럼 걸려 있었다. 보슈가 라디오 주파수를 재즈 방송국에 맞춰 놓았기 때문에, 콜트레인의 '소울 아이즈'가 흘러나오고 있었다. 그의 옆 조수석에는 브레머에게서 받아온 신문기사철이 놓여 있었다. 그리고 기사철 위에는 헨리스에서 산 여섯 개 들이 맥주가 놓여 있었다. 보슈는 바햄에서 프리웨이를 벗어나 우드로 윌슨으로 접어들어 스튜디오 시티 위쪽의 산으로 올라갔다. 그의 집은 나무로 틀을 짠 외팔보 집으로, 침실은 하나였으며, 기껏해야 비벌리힐스 저택들의 차고 정도와 비슷한 크기였다. 산 가장자리 밖으로 불쑥 튀어나온 집을 세 개의 강철 기중이 중간에서 받치고 있었다. 집 안에 있을 때 지진이 일어난다면 간담이 서늘해질 것이다. 어머니 자연이 강철 기둥들을 튕겨서 집이 썰매처럼 산 아래로 미끄러질지도 모르니까 말이다. 하지만 그 대가로 보슈는 둘도 없는 전망을 즐길 수 있었다. 북동쪽으로는 버뱅크와 글렌데일까지 볼 수 있었고, 패서디나와 앨터디나 너머의 자줏빛 산들도 볼 수 있었다. 가끔 산 속 덤불에 불이라도 나면 뭉게뭉게 피어오르는 연기와 오렌지색 불꽃도 볼 수 있었다. 밤이면 저 아래 프리웨이의 소음이 부드럽게 변하고, 유니버설 시티의 탐조등들이 하늘을 훑었다. 밸리를 바라볼 때마다 보슈는 자신도 알 수 없는 힘을 느꼈다. 그는 자기가 애당초 이 집을 산 이유가 바로 그것이라는 걸 알고 있었다. 바로 그 이유 때문에 이 집을 결코 떠나지 않으리라는 것도.

보슈가 이 집을 산 것은 8년 전이었다. 아직 부동산 붐이 심각한 풍토병이 되기 전이라, 그는 계약금으로 5만 달러를 지불했다. 대출금은 매달 1천400달러씩 갚기로 했다. 그가 돈을 쓰는 곳이라고 해봤자 음식, 술, 재즈음반밖에 없었기 때문에 1천400달러는 쉽게 마련할 수 있는 돈이었다.

계약금은 로스앤젤레스의 미용실 주인들이 살해된 연쇄살인사건을 바탕으로 한 텔레비전 미니시리즈에 그의 이름을 사용하게 해주는 대가로 받은 돈으로 해결했다. 중간급의 텔레비전 배우들이 보슈와 파트너 역을 맡았다. 파트너는 제작사에서 받은 5만 달러와 연금을 챙겨서 엔세나다로 이주했다. 보슈는 지진을 견뎌낼 수 있을지 의심스럽지만, 마치 이 도시의 왕이 된 것 같은 기분을 맛보게 해주는 집의 계약금으로 5만 달러를 썼다.

보슈는 결코 이사를 가지 않겠다고 마음을 굳게 먹고 있었지만, 현재의 파트너이자 부업으로 부동산 중개업을 하고 있는 제리 에드거의 말에 따르면 이 집의 가격이 살 때보다 세 배로 올랐다고 했다. 에드거는 부동산 얘기를 자주 꺼내곤 했는데, 그런 이야기가 나올 때마다 보슈에게 이 집을 팔고 더 좋은 곳으로 옮기라고 조언했다. 에드거는 이 집을 매물 목록에 올리고 싶어 했지만, 보슈는 그냥 이 집에서 죽 살고 싶을 뿐이었다.

그가 집에 도착했을 때는 이미 날이 어두워져 있었다. 그는 집 뒤쪽 베란다에 서서 발아래에 담요처럼 펼쳐진 불빛들을 바라보며 우선 맥주 한 병을 마셨다. 그리고 두 번째 맥주병을 들고 대기 의자에 앉았다.

무릎에 놓인 신문기사철은 아직 열어보지 않았다. 하루 종일 아무것도 먹지 않았기 때문에 술기운이 빨리 돌았다. 몸은 둔해지고 머리는 예민해졌다. 몸은 음식을 요구하고 있었다. 보슈는 의자에서 일어나 부엌으로 가서 누른 칠면조고기로 샌드위치를 만들고 맥주를 또 한 병 꺼내서 의자로 돌아왔다.

샌드위치를 다 먹은 뒤 그는 신문기사철 위에 떨어진 빵 부스러기를 손으로 쓸어버리고 기사철을 열었다. 〈로스앤젤레스 타임스〉는 웨스트랜드 은행 도난사건에 대해 네 건의 기사를 썼다. 보슈는 날짜 순서대로 그 기사들을 읽었다. 첫 번째 기사는 메트로 섹션 3면에 실린 단신이었다. 안전금고실에 누군가가 침입했음이 밝혀진 화요일에는 이미 많은 정보가 확보된 모양이었다. 당시 LA 경찰국과 FBI는 이 사건과 관련해서 기자들에게 정보를 주거나 시민들에게 상황을 알릴 생각이 전혀 없었다.

은행 침입사건 당국이 조사 중

지난 주말 사흘간의 연휴 동안 시내의 웨스트랜드 내셔널 은행에 도난사건이 발생했다고 당국이 화요일 밝혔다. 피해액은 아직 알려지지 않았다.

FBI의 존 루크 특수요원에 따르면, FBI와 로스앤젤레스 경찰국이 수사 중인 이번 사건은 화요일에 힐 거리와 6번 애버뉴 모퉁이에 위치한 은행에 출근한 은행직원들이 안전금고가 털린 것을 보고 처음으로 알게 되었다.

루크 요원은 피해규모에 대한 추산도 아직 이루어지지 않았다고 말했다. 그러나 정통한 소식통들은 안전금고에 보관 중이던 보석과 귀중품의 피해규모가 1백만 달러를 넘는다고 말했다.

루크 요원은 범인들이 안전금고실에 침입한 경로에 대해서도 밝히기를 거절했으나, 경보시스템이 제대로 작동하지 않았다는 사실은 말해주었다. 그러나 그 이상 자세한 설명은 거부했다.

웨스트랜드 은행 대변인도 화요일 이번 도난사건에 대한 언급을 피했다. 당국은 이번 사건과 관련해서 아직 체포된 사람이나 용의선상에 오른 사람이 없다고 말했다.

보슈는 존 루크라는 이름을 수첩에 적은 뒤 그다음 기사로 넘어갔다. 이 기사는 앞의 것보다 훨씬 더 길었다. 첫 번째 기사의 바로 다음 날 게재된 이 기사는 메트로 섹션 1면 위쪽을 다 차지하고 있었다. 헤드라인도 두 단이고, 남자 한 명과 여자 한 명이 안전금고실 바닥에 뚫린 맨홀 크기만 한 구멍을 내려다보며 서 있는 사진도 실려 있었다. 두 사람 뒤로 안전금고 상자들이 쌓여 있는 것이 보였다. 뒤쪽 벽의 금고 문들은 대부분 열려 있었다. 이 기사의 작성자는 브레머였다.

땅굴 도난사건으로 최소한 200만 달러 피해

범인들은 연휴기간 중 땅굴을 파고 침입

이 기사는 첫 번째 기사를 바탕으로 더 자세한 내용을 담고 있었다. 범인들이 힐 거리 밑을 지나가는 빗물 배수관에서부터 대략 150미터의 땅굴을 파서 은행으로 침입했다는 내용이었다. 기사에 따르면, 범인들은 안전금고실 바닥을 뚫는 데 폭발물을 사용했다. FBI는 범인들이 연휴기간 중 대부분을 금고실에서 보내면서 안전금고들을 드릴로 뚫어 열었을 것이라고 말했다. 범인들이 배수관에서 안전금고실까지 땅굴을 파는 데는 대략 7~8주가 걸렸을 것으로 짐작되었다.

보슈는 범인들이 땅굴을 어떻게 팠는지 FBI에 물어보기로 하고 수첩에 메모를 했다. 만약 범인들이 중장비를 동원했다면, 소리뿐만 아니라 지면의 진동도 감지하게 되어 있는 경보장치가 울렸을 것이다. 또한 범인들이 폭발물을 사용했는데도 경보가 울리지 않은 이유도 궁금했다.

보슈는 이제 세 번째 기사로 넘어갔다. 두 번째 기사 다음 날 실린 것이었다. 브레머가 쓴 것은 아니지만, 여전히 메트로 섹션 1면을 차지한 이 기사는 자신의 안전금고가 도난당했는지 알아보려고 은행 앞에 길게 늘어선 사람들 수십 명의 이야기를 담은 기획기사였다. FBI 요원들이 이 사람들을 차례로 금고 안으로 데려가 진술을 받았다. 보슈는 기사를 훑어보았지만 계속 같은 얘기만 반복될 뿐이었다. 집보다 안전할 것 같아서 은행에 귀중품을 맡겼다가 잃어버렸기 때문에 사람들이 화를 내거나 흥분하고 있다는 이야기. 기사의 거의 끝부분에 이르렀을 때 해리엇 비첨의 이름이 나왔다. 기자가 은행에서 나오는 그녀를 붙들고 인터뷰를 시도했는데, 그녀는 세상을 떠난 남편 해리와 함께 세계를 여행하면서 평생 동안 모은 귀중품을 몽땅 잃어버렸다고 말했다. 기사에 따르면, 비첨은 이 말을 하면서 레이스 손수건으로 눈물을 찍어냈다.

"프랑스에서 남편이 사준 반지, 멕시코에서 산, 금과 옥으로 된 팔찌를 잃어버렸어요." 비첨이 말했다. "범인이 누군지는 몰라도, 제 추억을 몽땅 가져가버린 거예요."

아주 신파가 따로 없군. 이 마지막 말은 혹시 기자가 지어낸 것인지도 모른다는 생각이 들었다.

네 번째 기사는 그로부터 1주일 뒤에 실린 것이었다. 브레머가 작성한 이 기사는 메트로 섹션 맨 뒷면에 처박힌 아주 짧은 단신이었다. 브레머는 웨스트랜드 사건 수사를 FBI가 전담하게 되었다고 보도했다. LA 경찰국은 초동수사 때 지원을 해줬지만, 점점 단서가 사라지면서 FBI가 전적으로 수사를 맡게 되었다는 것이다. 이번에도 루크 요원의 말이 인용되어 있었다. 그는 요원들이 여전히 이 사건에 전적으로 매달려 있지만 아직 이렇다 할 진전도 없고 용의자도 떠오르지 않았다고 말했다. 금고에서 도난당한 물건들 또한 어디서도 발견되지 않았다.

보슈는 기사철을 닫았다. 사건이 워낙 커서 FBI도 평범한 은행강도 사건처럼 간단히 처리하지 못한 모양이었다. 용의자가 없다는 루크의 말이 사실이었을지 의구심이 들었다. 수사과정에서 메도우스의 이름이 언급된 적이 있는지도 궁금했다. 20년 전 메도우스는 남베트남의 마을들 밑에 뚫린 땅굴 속에서 전투를 치렀다. 때로는 아예 거기서 살기도 했다. 땅굴 속에서 싸우던 모든 병사들과 마찬가지로 메도우스도 폭발물을 다룰 줄 알았다. 하지만 그건 땅굴을 무너뜨리기 위해서였다. 땅굴이 안으로 내려앉게 하려고. 그것 말고 콘크리트와 강철로 지은 은행금고 바닥을 폭파해서 무너뜨리는 법도 배운 걸까? 하지만 그때 메도우스가 굳이 그런 방법을 배울 필요가 없었을 거라는 생각이 들었다. 웨스트랜드 사건은 결코 혼자 힘으로 저지를 수 있는 일이 아니었다.

보슈는 일어나서 냉장고에서 맥주를 또 한 병 꺼냈다. 하지만 대기의자로 돌아가기 전에 침실로 가서 책상 맨 아래 서랍에 있던 낡은 앨범을 꺼냈다. 다시 의자로 들어온 그는 새로 가져온 맥주를 반 병쯤 꿀꺽꿀꺽 마시고 나서 앨범을 펼쳤다. 페이지 사이에 그냥 끼워 놓은 사진들이 여러 다발 있었다. 나중에 사진을 끼울 생각이었지만, 어쩌다 보니 세월이 흘러버렸다. 사실 이 앨범을 펼쳐볼 일이 거의 없었다. 종이는 누렇게 변했고, 가장자리는 아예 갈색이었다. 사진을 보면 떠오르는 추억들처럼 앨범 종이도 금방 바스라질 것 같았다. 보슈는 사진들을 한 장씩 차례로 들고 자세히 살펴보았다. 그러다가 사진을 이렇게 한 장씩 손에 들고 그 질감을 느끼는 게 좋아서 사진을 제대로 끼우지 않았다는 사실을 알게 되었다.

이 앨범 속의 사진들은 모두 베트남에서 찍은 것이었다. 메도우스의 아파트에서 발견된 사진과 마찬가지로, 이 사진들도 대부분 흑백이었다. 당시 사이공에서는 흑백사진 현상비가 더 쌌다. 보슈가 나온 사진도 있었지만, 대부분의 사진은 보슈 자신이 베트남으로 떠나기 전 양아버지에게서 받은 낡은 라이카 카메라로 찍은 것이었다. 양아버지는 보슈가 베트남으로 떠나는 것을 싫어했기 때문에, 둘이서 그 문제로 다툰 적이 있었다. 양아버지가 카메라를 주고, 보슈가 그것을 받은 것은 바로 그 때문이었다. 하지만 보슈는 베트남에서 돌아온 뒤 그곳에서 있었던 일을 이야기할 수 있는 상태가 아니었다. 그래서 이 사진들도 앨범에 제대로 꽂지 않고 페이지 사이에 아무렇게나 끼워둔 채 거의 찾아보지 않았다.

사진 속에 가장 자주 등장하는 것은 미소 짓는 사람들과 땅굴이었다. 거의 모든 사진 속에서 병사들은 땅굴 입구에 도전적인 자세로 서 있었다. 십중팔구 등 뒤의 땅굴을 방금 정복하고 나온 길이었을 것이다. 사정을 모르는 사람의 눈에는 이 사진들이 이상하게 보일 것이다. 어쩌면 사람을 홀리게 만들지도 모른다. 하지만 보슈의 눈에는 무서운 사진들이었다. 찌그러진 차 속에 갇혀서 소방대원의 구조를 기다리는 사람들을 찍은 신문의 보도사진처럼. 사진 속에서 미소 짓고 있는 젊은이들은 지옥 속으로 떨어졌다가 돌아와 카메라를 향해 웃고 있었다. 그들은 땅굴 속으로 들어갈 때, 파란 세상에서 암흑 속으로 들어간다고 말하곤 했다. 땅굴은 검은 메아리였다. 그 안에 있는 것이라고는 죽음뿐이었다. 그런데도 그들은 그 안으로 들어갔다.

보슈는 낡아서 갈라진 앨범 페이지를 넘겼다. 빌리 메도우스가 그를 빤히 바라보고 있었다. 보슈가 메도우스의 아파트에서 본 사진을 찍은 지 몇 분 뒤에 다시 찍은 사진임이 분명했다. 함께 사진을 찍은 병사들이 똑같았다. 참호와 땅굴도 똑같았다. 쿠치 지역, 에코 섹터. 보슈는 사진을 찍는 사람이었기 때문에 이 사진 속에는 없었다. 그의 라이카 카메라가 메도우스의 텅 빈 시선과 돌 같은 미소를 잡아냈다. 창백한 피부는 밀랍 같으면서도 팽팽하게 긴장해 있었다. 자신이 메도우스의 진정한 모습을 잡은 것 같다고 보슈는 생각했다. 그는 사진을 앨범 속에 내려놓고 다음 사진으로 시선을 옮겼다. 보슈 혼자서 찍은 사진이었다. 자신이 초가집 안에서 나무 탁자 위에 카메라를 설치하고 시간을 설정하던 기억이 생생했다. 사진 속의 그는 웃통을 벗은 모습이라, 검게 탄 어깨의 문신이 창문으로 들어온 석양빛을 받아 빛났다. 그의 뒤쪽에 어두운 땅굴 입구가 흐릿하게 보였다. 초가집의 지푸라기 바닥에 땅굴 입구가 입을 벌리고 있었다. 흐릿한 땅굴은 에드바르 뭉크의 그림 〈절규〉 속의 무시무시한 입처럼 무서운 어둠이었다.

그 땅굴은 병사들이 팀북2라고 부르던 마을에 있었다. 사진을 빤히 바라보는 보슈의 머릿속에 이런 기억들이 떠올랐다. 그 땅굴은 그가 마지막으로 들어간 곳이었다. 사진 속의 그는 웃고 있지 않았다. 그의 눈은 검은 눈구멍 속에서 굳어 있었다. 지금 그 사진을 바라보는 그도 미소를 짓지 않았다. 그는 두 손으로 사진을 들고, 양쪽 엄지손가락으로 사진 가장자리를 멍하니 문지르고 있었다. 그는 사진을 계속 뚫어지게 바라보았다. 마침내 피로와 술기운이 졸음을 몰고 왔다. 머릿속이 몽롱해져서 마치 꿈을 꾸는 것 같았다. 보슈는 자신이 마지막으로 들어갔던 이 땅굴과 빌리 메도우스를 떠올렸다.

셋이 들어가서 둘이 나왔다.

그들은 E 섹터의 작은 마을에서 일상적인 수색작업을 하다가 땅굴을 발견했다. 정찰 지도에 이름도 없는 마을이라 병사들은 팀북2라고 불렀다. 땅굴은 사방에 있었기 때문에, 땅굴을 수색할 병사들이 모자랐다. 어떤 초가집의 쌀바구니 밑에서 땅굴 입구가 발견되자 최고참 하사는 헬리콥터가 새로운 병사들을 싣고 올 때까지 기다리려 하지 않았다. 하지만 땅굴 안으로 들어가기 전에 일단 정찰을 해야 한다는 것은 그도 알고 있었다. 그래서 전쟁터의 수많은 병사들과 마찬가지로, 그도 결단을 내렸다. 부하 세 명을 들여보내기로. 이번이 첫 경험인 세 명은 금방 죽을 것처럼 겁에 질려 있었다. 이 나라에 온 지 이제 6주나 되었을까 싶은 녀석들이었다. 하사는 그들에게 멀리 가지 말고 폭약만 설치한 뒤 곧바로 나오라고 말했다. 서로 엄호하면서 빨리 해치워. 세 졸병들은 명령대로 구멍 속으로 들어갔다. 그리고 30분 뒤 둘만 밖으로 나왔다.

밖으로 나온 두 명은 안에서 세 명이 헤어졌다고 말했다. 땅굴이 여러 방향으로 갈라져 있어서 어쩔 수 없었다는 것이다. 그들이 이렇게 보고를 하고 있을 때, 폭음이 들리더니 터널 입구가 엄청난 기침을 하는 것처럼 소음과 연기와 흙먼지를 토해냈다. C-4 폭약이 터진 것이다. 그때 중위가 나서서 실종된 병사를 버려두고 떠날 수 없다고 말했다. 그래서 부대 전체가 땅굴 속 연기와 먼지가 가라앉을 때까지 하루를 기다렸다. 그다음에 헬리콥터가 땅굴쥐 두 명을 내려놓았다. 해리 보슈와 빌리 메도우스였다. 중위는 실종된 병사가 죽었든 살았든 상관없다고 말했다. 무조건 그를 데리고 나오라는 것이었다. 자기 부하를 구멍 속에 두고 갈 수는 없다면서. "가서 녀석을 데리고 나와. 하다못해 우리가 제대로 묻어주기라도 하게." 중위가 말했다.

메도우스가 대꾸했다. "저기는 우리도 우리 편을 남겨두고 싶지 않은 곳입니다."

보슈와 메도우스는 굴 안으로 들어갔다. 입구에서 이어지는 교차로 방에는 쌀 바구니들이 보관되어 있었고, 거기서 길이 세 개로 갈라졌다. 그 중 두 개는 C-4 폭약의 폭발로 무너져 있었다. 아직 열려 있는 길이 바로 실종된 병사가 간 곳이었다. 그래서 두 사람도 그 길로 갔다.

두 사람은 어둠 속을 기었다. 메도우스가 앞에서 불을 아껴가며 비췄다. 막다른 길이었다. 메도우스는 땅굴의 흙바닥을 여기저기 찔러보다가 비밀의 문을 찾아냈다. 그가 그 문을 억지로 연 뒤 두 사람은 그 아래층의 또 다른 미로 속으로 들어갔다. 메도우스는 한 마디 말도 없이 한쪽을 가리키더니 그쪽으로 기어갔다. 보슈는 자신이 반대쪽 길로 가야 한다는 것을 알고 있었다. 이제 둘 다 혼자서 움직여야 했다. 베트콩이 앞에서 기다리고 있을지도 모르는데. 보슈의 길은 구불구불했고, 증기탕만큼 더웠다. 축축한 냄새와 희미한 변소 냄새가 났다. 실종된 병사의 모습이 눈에 보이기도 전에 보슈는 냄새로 먼저 그의 존재를 느꼈다. 병사는 죽어 있었다. 벌써 부패하기 시작한 시체는 양다리를 똑바로 뻗어서 벌린 자세로 굴 한가운데에 앉아 있었다. 군화 끝이 위를 향했다. 그의 시체는 땅굴 바닥에 꽂아둔 말뚝에 기대어져 있었다. 그의 목을 2~3센티미터쯤 파고 들어간 철사가 말뚝에 둘둘 감겨 그를 고정시켰다. 혹시 함정일지도 몰라서 보슈는 그를 건드리지 않고 손전등으로 목의 상처 위쪽을 살핀 뒤 말라붙은 핏자국을 따라 시체의 전면을 훑어내려왔다. 죽은 병사는 앞에 흰색으로 이름이 써 있는 초록색 티셔츠를 입고 있었다. 핏속에서 보이는 이름은 앨 크로프턴이었다. 가슴에 말라붙은 피 속에서 파리들이 버둥거리고 있었다. 순간적으로 보슈는 저 파리들이 이렇게 깊은 곳까지 어떻게 찾아 내려왔는지 궁금하다는 생각이 들었다. 죽은 병사의 사타구니 쪽으로 손전등을 돌렸더니 그쪽도 역시 말라붙은 피 때문에 검게 변해 있었다. 바지가 찢어져 있고, 야생동물이 할퀸 것 같은 상처가 있었다. 땀방울이 보슈의 눈을 찔러대고 숨소리도 거칠어졌다. 그는 자기 숨소리가 너무 크다는 걸 즉시 알아차렸지만 어쩔 도리가 없다는 것도 알고 있었다. 크로프턴의 왼손은 허벅지 옆의 바닥에 손바닥을 위로 한 채 놓여 있었다. 그곳을 손전등으로 비췄더니 피투성이 고환이 보였다. 보슈는 토하고 싶은 것을 억지로 참았지만, 숨이 자꾸만 가빠지는 것은 어쩔 수 없었다.

그는 손을 오목하게 구부려서 입을 막고 가쁜 숨을 가라앉히려고 애썼다. 소용이 없었다. 그는 점점 공황상태에 빠져들고 있었다. 이제 스무 살인 그는 겁에 질려 있었다. 땅굴 벽이 그를 향해 죄어드는 것 같았다. 그는 몸을 굴려 시체에서 멀어지려다가 손전등을 떨어뜨렸다. 불빛은 여전히 크로프턴에게 맞춰진 채였다. 보슈는 땅굴의 진흙 벽을 발로 차고, 태아처럼 몸을 웅크렸다. 눈 속에는 이제 땀 대신 눈물이 차올랐다. 처음에는 소리 없는 눈물이었지만, 이내 흐느낌 소리가 그의 온몸을 뒤흔들었다. 그 소리가 어둠 속에서 사방으로 메아리치는 것 같았다. 베트콩이 앉아서 기다리고 있는 곳까지 곧바로. 지옥까지 곧바로.

2부.

5월 21일 월요일

보슈는 새벽 4시쯤 대기 의자에서 깨어났다. 베란다의 미닫이 유리문을 열어놓았기 때문에 샌타애나의 바람이 유령처럼 커튼을 뒤흔들며 방을 가로질렀다. 따뜻한 바람과 꿈 때문에 그는 땀을 흘렸다. 하지만 바람이 이내 땀을 말려버려서 피부가 짠 조개껍질 같았다. 보슈는 베란다로 나가 나무 난간에 몸을 기대고 밸리의 불빛들을 내려다보았다. 유니버설의 탐조등들은 이미 꺼진 지 오래였고, 저 아래 프리웨이에서도 자동차 소리가 들려오지 않았다. 헬리콥터 소리가 저 멀리서 들려왔다. 아마 글렌데일 쪽인 것 같았다. 사방을 둘러보니 빨간 불빛이 분지 속으로 내려가는 것이 보였다. 불빛은 둥글게 돌지도 않았고, 탐조등도 없었다. 경찰 헬리콥터가 아니라는 얘기였다. 빨간 바람 속에서 강하고 씁쓸한 말라티온 냄새가 살짝 나는 것 같았다.

보슈는 안으로 들어가 미닫이문을 닫았다. 침대에 누울까 생각해보았지만, 오늘 밤에는 더 이상 잠을 잘 수 없을 것 같았다. 보슈에게는 흔한 일이었다. 초저녁에 잠깐 잠이 들었다가 깨면 다시 잠들지 못하는 것. 어떤 때는 초저녁잠도 없었는데 아침 안개 속에서 해가 산들의 윤곽을 부드럽게 가르고 올라올 때까지 전혀 잠이 오지 않기도 했다.

세풀베다의 퇴역군인 시설에 있는 수면장애 클리닉에 다닌 적도 있지만 도움이 되지 않았다. 의사들은 그의 수면 패턴에 주기가 있다고 말했다. 무아지경에 빠진 것처럼 깊은 수면 상태가 오래 지속되는데, 그

때 바로 고통스러운 꿈들이 침입해 들어온다는 것이다. 이런 잠을 경험하고 나면, 몇 달 동안 불면증이 이어졌다. 잠이 들면 그 공포를 또 보게 될까 봐 정신이 스스로 방어를 하는 것이었다. 의사는 이렇게 말했다. 환자 분은 전쟁에서 자신이 수행한 역할에 대해 스스로 느끼고 있는 불안을 억압해 왔습니다. 깨어 있을 때 그 불안감을 진정시켜야만 편안한 잠을 잘 수 있습니다. 하지만 의사는 과거를 돌이킬 수 없다는 사실을 이해하지 못했다. 과거로 돌아가서 이미 일어난 일을 바로잡을 방법은 없었다. 반창고로 상처 받은 영혼을 치료할 수는 없는 법이다.

보슈는 샤워와 면도를 한 뒤 거울에 비친 자신의 얼굴을 자세히 살폈다. 세월이 빌리 메도우스에게 참으로 거칠게 굴었다는 생각이 들었다. 보슈의 머리카락도 조금씩 하얗게 세기 시작했지만, 머리숱은 아직 풍성했고, 곱슬머리도 여전했다. 얼굴 역시 눈 밑에 생긴 다크서클을 제외하면 아직 주름이 없고 말끔했다. 보슈는 얼굴에 남아 있던 면도크림을 닦아내고 하늘색 옥스퍼드 셔츠에 베이지 색 여름 양복을 입었다. 그리고 벽장 안의 옷걸이에서 밤색 넥타이를 찾아냈다. 검투사의 투구들이 자잘하게 그려져 있는 넥타이는 비교적 주름도 없고 얼룩도 없었다. 보슈는 187 넥타이핀으로 넥타이를 고정시킨 뒤, 허리띠에 총을 차고 아직 동이 트지 않은 어둠 속으로 나갔다. 그는 오믈렛, 토스트, 커피를 먹으려고 시내의 피게로아에 있는 팬트리로 차를 몰았다. 대공황 이전부터 24시간 영업을 하고 있는 곳이었다. 간판에는 그 오랜 세월 동안 단 1분도 가게가 텅 빈 적이 없다는 자랑이 적혀 있었다. 보슈는 카운터에서 주위를 둘러보았다. 이 가게의 기록을 이어나갈 책임이 온전히 자신의 어깨에 걸려 있다는 것을 알 수 있었다. 가게에 손님이라고는 보슈뿐이었다.

커피를 마시고 담배를 피우고 나니 다시 하루를 맞이할 준비가 되었다. 보슈는 식당에서 나와 프리웨이를 타고 할리우드로 올라갔다. 이미 자동차들이 얼어붙은 바다처럼 길게 늘어서서 시내로 들어가려고 몸부림치고 있었다.

할리우드 경찰서는 대로에서 남쪽으로 겨우 두어 블록 떨어진 윌콕스 거리에 있었다. 이 경찰서의 사건들은 대로에서 일어나는 것이 대부분이었다. 보슈는 안에 들어갔다가 금방 나올 생각이었기 때문에 경찰서 앞 길가에 차를 세웠다. 뒤쪽 주차장에 들어갔다가 경찰관들의 교대 시간과 맞물려 체증을 겪고 싶지 않았다. 좁은 로비를 걸어가는 동안 눈에 시커멓게 멍이 든 여자가 보였다. 여자는 울면서 경찰관과 함께 신고서를 작성하고 있었다. 하지만 복도 끝 왼쪽에 있는 형사과는 조용했다. 야간 당직이 신고를 받고 나갔거나 위층의 '신혼부부방'에 가 있는 모양이었다. 신혼부부방은 침상 두 대를 들여놓은 2층의 창고로 먼저 가서 침상을 차지하는 사람이 임자였다. 지금 형사과는 얼어붙은 듯 조용했다. 사람은 하나도 보이지 않았지만, 절도, 자동차, 청소년, 강도, 살인 등 각각의 전담반에 할당된 긴 탁자들은 서류와 각종 잡동사니들로 온통 뒤덮여 있었다. 이곳을 드나드는 형사들은 바뀌어도 탁자 위의 서류들은 결코 바뀌지 않았다.

보슈는 커피포트를 켜려고 사무실 뒤쪽으로 갔다. 그리고 뒷문을 통해 복도 저 아래쪽을 흘깃 바라보았다. 유치장이 있는 곳이었다. 복도 중간쯤에 금발을 레게머리로 땋은 백인소년이 벤치에 수갑이 채워진 채 앉아 있었다. 소년범이었다. 기껏해야 열일곱 살쯤으로 보였다. 소년범을 성인들과 함께 유치장에 넣는 것은 캘리포니아 주법에 어긋나는 일이었다. 도베르만 우리에 코요테를 집어넣는 것이 코요테에게 위험한 일이라고 말하는 꼴이라고나 할까.

"뭘 봐, 멍청아?" 소년이 복도 아래쪽에서 보슈에게 소리쳤다.

보슈는 아무 말도 하지 않았다. 그는 커피 한 봉지를 종이필터에 쏟았다. 제복경관 한 명이 복도 저 아래쪽의 당직실에서 고개를 내밀었다.

"내가 말했지?" 그가 소년에게 고함을 질렀다. "한 번만 더 그러면 수갑을 한 칸 더 조일 거야. 그렇게 30분만 지나면 손에 감각이 없어질걸. 그럼 화장실에 가서 어떻게 엉덩이를 닦을래?"

"그럼 네 그 잘난 얼굴로 닦지, 뭐."

제복경관이 복도로 나와 소년에게 향했다. 단단한 검은 구두를 신은 발이 성큼성큼 비열하게 다가왔다. 보슈는 필터 그릇을 커피메이커 속으로 넣고 스위치를 눌렀다. 그리고 복도로 통하는 문에서 떨어져 살인전담반 탁자로 갔다. 그 소년이 어떻게 될지 지켜보고 싶지 않았다. 그는 탁자에서 의자를 하나 잡아당겨 공동 타자기 쪽으로 끌고 갔다. 그에게 필요한 서류 양식은 타자기 위 벽에 붙어 있는 선반에 있었다. 그는 범죄현장 보고서 양식 한 장을 꺼내 타자기에 넣었다. 그리고 주머니에서 수첩을 꺼내 첫 번째 페이지를 펼쳤다.

두 시간 동안 맛없는 커피를 마시고 담배를 피워대며 타자기를 두들겨댄 결과, 푸른빛이 감도는 연기구름이 살인전담반 탁자 위 천장의 전구들 주위에 자리를 잡았고 보슈는 살인사건 수사에 필요한 수많은 서류들을 완성했다. 그는 일어서서 뒤쪽 복도에 있는 복사기로 서류들을 복사했다. 레게머리 소년은 보이지 않았다. 보슈는 사무용품 캐비닛(문을 열기 위해 LA 경찰국 신분증으로 재주를 좀 부렸다)에서 파란색 새 바인더를 꺼내 타자기로 작성한 보고서들을 끼웠다. 복사한 서류는 자신의 파일 서랍에 들어 있던 낡은 파란색 바인더에 끼웠다. 오래된 미제사건 이름이 라벨에 적혀 있는 바인더였다. 일을 마친 뒤 그는 자신이 작성한 서류를 다시 읽어보았다. 서류 덕분에 사건이 질서 있게 정돈된 것이 마음에 들었다. 예전에도 사건을 수사할 때 그는 아침마다 사건서류들을 버릇처럼 다시 읽곤 했다. 그러면 범인에 대한 여러 가지 가설들을 세울 수 있었다. 새 바인더의 플라스틱 냄새를 맡으니 예전 사건들이 생각나서 기운이 났다. 그는 다시 사냥에 나선 사냥꾼이었다. 하지만 그가 타자기로 쳐서 정리한 보고서들은 아직 완성품이 아니었다. '수사 담당자의 활동 보고서'에 그는 자신이 일요일 오후와 저녁에 한 여러 가지 일들을 일부러 적지 않았다. 메도우스와 웨스트랜드 은행 절도사건의 연관성, 전당포에 갔던 일, 〈LA 타임스〉에서 브레머를 만난 일. 두 사람과의 대화를 요약한 자료도 당연히 없었다. 오늘은 월요일이었다. 겨우 수사 이틀째. 보슈는 그 일들을 보고서에 적는 건 일단 FBI에 다녀온 뒤로 미루고 싶었다. 우선 뭐가 어떻게 돌아가고 있는지 정확히 알고 싶었다. 그는 사건을 다룰 때마다 항상 이렇게 신중을 기했다. 그는 다른 형사들이 출근하기 전에 사무실을 빠져나왔다.

9시에 보슈는 이미 차를 몰고 웨스트우드까지 가서 윌셔 대로에 있는 연방청사 17층에 올라가 있었다. FBI의 대기실은 금욕적이었다. 비닐을 씌운 평범한 소파, 흉터투성이 커피탁자, 그리고 나무를 흉내낸 그 탁자의 합판 상판 위에 부채꼴로 펼쳐 놓은 철지난 FBI 회보들. 보슈는 소파에 앉지도, 회보를 읽지도 않았다. 그는 천장부터 바닥까지 이어진 창문을 가린 새하얀 커튼 앞에 서서 창밖의 풍경을 바라보았다. 북쪽으로는 태평양에서부터 동쪽으로 샌타모니카 산악지대를 돌아서 할리우드까지 내다보였다. 커튼은 스모그를 가리는 안개 같은 구실을 했다. 보슈는 부드러운 거즈 같은 커튼에 코가 거의 닿을 정도로 가까이 다가서서 저 아래쪽 윌셔 대로 건너편의 퇴역군인 묘지를 내려다보았다. 잘 다듬어진 잔디밭에서 하얀 묘비들이 젖먹이의 치아처럼 줄줄이 늘어서 있었다. 묘지 입구 근처에서는 장례식이 한창 진행 중이었고, 의장대가 부동자세로 서 있었다. 하지만 추도객은 그다지 많지 않았다. 그보다 북쪽, 그러니까 묘비가 하나도 없는 산꼭대기에서 인부들 여럿이 잔디를 걷어내고 포크레인으로 땅을 파는 것이 보였다. 보슈는 풍경을 바라보면서 가끔 인부들의 작업이 얼마나 진행됐는지 확인해보았다. 하지만 인부들이 무엇 때문에 그 작업을 하는 건지는 알아낼 수 없었다. 무덤이라고 하기에는 그들이 파고 있는 땅이 너무 넓었다.

10시 30분이 되자 장례식이 끝났지만, 인부들은 여전히 산 위에서 땀을 흘리고 있었다. 보슈도 여전히 커튼 앞에서 기다리는 중이었다. 마침내 뒤에서 누군가의 목소리가 들려왔다.

"그 수많은 무덤들이 그렇게 깔끔하게 줄줄이 늘어서 있다니. 저는 그래서 그쪽 창문을 절대 내다보지 않아요."

보슈는 뒤로 돌아섰다. 키가 크고 유연한 몸매에 구불구불한 갈색 머리를 어깨까지 늘어뜨리고 군데군데 금발로 하이라이트를 준 여자가 서 있었다. 보기 좋게 그을린 피부에 화장기는 거의 없었다. 고집스러운 인상이었지만, 아직 시간이 이른데도 조금 피곤해 보이는 것 같기도 했다. 여자 경찰관들과 매춘부들에게서 자주 볼 수 있는 모습이었다. 그녀는 갈색 정장에 하얀 블라우스를 받쳐 입고, 초콜릿 색 웨스턴보타이(가느다란 넥타이를 나비 모양으로 묶은 것 - 옮긴이)를 맨 차림이었다. 재킷 속의 엉덩이 양쪽이 비대칭을 이루고 있는 것이 눈에 띄었다. 왼편에 뭔가 자그마한 걸 차고 있다는 뜻이었다. 루거 권총일 수도 있었다. 이례적인 일이었다. 여자 형사들은 항상 가방 속에 무기를 넣어서 가지고 다니는 줄 알았는데.

"저기는 퇴역군인 묘지예요." 여자가 말했다.

"압니다."

그는 미소를 지었다. 하지만 여자의 말 때문이 아니라, 특수요원 E.

D. 위시가 남자일 거라고 지레짐작한 자신 때문이었다. 은행 사건에 배정된 요원들이 대부분 남자라는 점 외에는 사실 그녀를 남자로 단정할 근거가 없었다. 여자들은 FBI의 새로운 면모 중 하나였고, 업무가 힘든 부서에는 배치되지 않는 것이 보통이었다. 은행 사건 부서는 화이트칼라 범죄, 간첩사건, 마약수사 등 FBI가 중점을 두는 사건에 끼어들 수 없거나 끼어들 생각이 없는 노땅들과 아웃사이더들로 구성된 남학생회 같았다. 멜빈 퍼비스(1930년대에 활약한 FBI 요원. 유명한 은행 강도 존 딜린저를 체포해서 유명해졌다-옮긴이)의 시대는 이미 끝난 거나 마찬가지였다. 이제 은행 강도 사건은 화려한 주목을 받지 못했다. 대부분의 은행 강도들은 전문적인 도둑이 아니었다. 약값을 구하려는 약쟁이들일 뿐이었다. 물론 은행을 터는 것은 지금도 연방범죄였다. FBI가 은행 사건에 지금도 신경을 쓰는 것은 오로지 그 이유 때문이었다.

"그렇죠." 그녀가 말했다. "당연히 아시겠네요. 그래, 무슨 일로 저를 찾아오셨나요, 보슈 형사님? 저는 위시 요원입니다."

두 사람은 악수를 했다. 하지만 위시는 자신의 방으로 보슈를 안내할 생각이 전혀 없는 것 같았다. 그녀의 사무실로 통하는 문은 잠금장치까지 잠겨 있었다. 보슈는 잠시 머뭇거리다가 입을 열었다. "요원을 만나려고 오전 내내 기다렸습니다. 은행 사건 때문인데… 요원이 맡고 있는 사건이에요."

"네, 접수직원한테 그렇게 말씀하셨죠? 기다리시게 해서 죄송합니다. 하지만 미리 약속을 하지 않으신 데다가, 다른 바쁜 일이 있어서요. 오시기 전에 미리 전화를 하지 그러셨어요."

보슈는 이해한다는 듯 고개를 끄덕였지만, 위시는 이번에도 그를 사무실로 안내할 기색이 전혀 없었다. 이거 조짐이 안 좋은데. 그는 속으로 생각했다.

"저쪽에 커피가 좀 있습니까?" 그가 물었다.

"어… 네. 아마 그럴 걸요. 하지만 정말 빨리 끝내주셔야 해요. 지금 뭘 한창 하던 중이라서요."

누군 안 그런가. 보슈는 속으로 생각했다. 위시는 카드키로 문을 열고, 보슈가 들어갈 수 있게 문을 붙잡아주었다. 그리고 앞장서서 문 안쪽의 복도를 내려갔다. 문마다 옆에 플라스틱 명패가 붙어 있었다. FBI는 경찰국처럼 약자를 만드는 일에는 흥미가 없었다. 명패에는 단순히 그룹 1, 그룹 2 하는 식으로 숫자가 붙은 이름들만 적혀 있었다. 복도를 걷는 동안 보슈는 위시의 말씨를 통해 출신지를 짐작해보려고 애썼다. 살짝 콧소리가 섞인 말씨이긴 해도 뉴욕은 아니었다. 아무래도 필라델피아 같았다. 아니면 뉴저지거나. 캘리포니아 남부는 확실히 아니었다. 피부가 구릿빛으로 그을린 건 아무 상관이 없는 일이었다.

"블랙인가요?" 그녀가 말했다.

"크림과 설탕을 넣어주세요."

위시는 돌아서서 자그마한 주방처럼 꾸며진 방으로 들어갔다. 조리대와 수납장이 있고, 네 잔 분량의 커피메이커, 전자렌지, 냉장고도 갖춰져 있었다. 그곳을 보니 보슈 자신이 진술을 하러 갔던 여러 수사기관 사무실들이 떠올랐다. 훌륭하고, 깔끔하고, 값비싸게 꾸며진 곳들. 위시가 검은 커피가 담긴 스티로폼 잔을 그에게 건네주고는 크림과 설탕은 알아서 넣으라는 시늉을 했다. 자기한테는 크림과 설탕이 없다는 것이었다. 그를 불편하게 만들려고 그녀가 일부러 수를 쓴 거라면, 효과적인 방법이었다. 보슈는 대형 사건을 해결할 수 있는 좋은 단서를 가져온 사람이 아니라 사기꾼이 된 것 같은 기분이었다. 그는 위시의 뒤를 따라 다시 복도로 나가서 옆방 문으로 들어갔다. 그룹 3이라고 적힌 방이었다. 은행 강도-납치 사건 담당부서가 그곳에 있었다. 사무실 크기는 편의점만 했다. 보슈가 FBI 개별 사무실에 들어와본 건 이번이 처음이었다. 그런데 자기 사무실과 비교해보니 정말 풀이 죽었다. 이곳의 가구들은 LA 경찰국에서 본 그 어떤 가구보다 새것이었다. 바닥에는 정말로 카펫이 깔려 있고, 거의 모든 책상에 타자기 아니면 컴퓨터가 놓여 있었다. 책상이 다섯 개씩 세 줄로 늘어서 있었는데, 하나만 빼고 모두 비어 있었다. 회색 양복을 입은 남자가 가운데 줄 첫 번째 책상에 앉아 수화기를 귀에 대고 있었다. 보슈와 위시가 안으로 들어왔는데도 그는 시선을 들지 않았다. 뒤쪽의 파일 캐비닛 위에 놓인 무전기의 소음을 제외하면, 진짜 부동산 중개소 사무실이라고 해도 믿을 수 있을 정도였다.

위시는 첫 번째 줄 첫 번째 책상에 앉더니 보슈에게 자기 옆에 앉으라는 시늉을 했다. 그렇다면 통화 중인 회색 양복과 위시 사이에 보슈가 앉게 되는 셈이었다. 보슈는 위시의 책상에 커피 잔을 내려놓는 순간, 회색 양복이 가끔 한 번씩 "어어, 어어" 소리를 내고 있지만 사실은 통화 중인 게 아니라는 사실을 알아차렸다. 위시는 책상의 파일 서랍을 열어 플라스틱 물병을 꺼내더니 종이컵에 물을 조금 따랐다.

"샌타모니카의 어떤 저축은행에서 211 사건(강도를 뜻하는 경찰 암호–옮긴이)이 있었어요. 그래서 거의 모두 거기 나가 있어요." 보슈가 거의 텅 빈 사무실을 훑어보는 것을 보고 위시가 설명했다. "저는 여기서 현장을 통제하던 중이었어요. 그래서 형사님이 그렇게 오래 기다리신 거예요. 죄송합니다."

"괜찮습니다. 놈은 잡았나요?"

"왜 남자 혼자라고 생각하시죠?"

보슈는 어깨를 으쓱했다. "통계적으로 그러니까요."

"범인은 사실 둘이었어요. 남녀 한 쌍. 그리고 질문에 대답하자면, 네,

저희가 놈들을 잡았어요. 범인들은 어제 레스다에서 도난신고 된 차를 타고 은행에 왔죠. 여자가 은행 안으로 들어가서 일을 벌였고, 남자는 운전대를 잡았어요. 일이 끝난 뒤에는 먼저 10번 도로를 타고 가다 405번 도로로 빠져서 LA 공항으로 들어갔어요. 거기 유나이티드 항공 수하물 카운터 앞에 차를 버리고 안으로 들어가서 에스컬레이터를 타고 도착층으로 올라간 다음에, 셔틀버스를 타고 밴나이스의 플라이어웨이 역으로 가서 다시 택시를 타고 베니스까지 내려갔어요. 거기서 또 어떤 은행에 들어갔는데, 우리는 LA 경찰국 헬리콥터로 처음부터 줄곧 범인들을 추적하고 있었어요. 두 사람 다 한 번도 위를 쳐다보지 않더라고요. 여자가 두 번째 은행에 들어가는 걸 보고 우리는 또 211 사건이 벌어지겠다 싶어서 서둘러 뒤따라 들어갔는데, 여자가 글쎄 창구 앞에 줄을 서 있는 거예요. 남자는 주차장에서 잡았고요. 알고 보니 첫 번째 은행에서 빼앗아 온 돈을 예금하려던 거였어요. 은행간 현금이전을 그렇게 어려운 방법으로 하다니. 요새는 이쪽에 멍청한 사람들이 좀 있다니까요, 보슈 형사님. 이제 제가 무엇을 도와드리면 될까요?"

"그냥 해리라고 부르세요."

"그럼 저는 무엇을 해드리면 되는데요?"

"수사공조죠." 보슈가 말했다. "오늘 오전에 여기 요원들과 우리 헬레콥터가 한 것처럼."

보슈는 커피를 한 모금 마시고 입을 열었다. "어제 BOLO에서 요원의 이름을 봤습니다. 시내에서 1년 전에 일어난 사건인데, 제가 흥미가 있어서요. 저는 할리우드 경찰서 살인전담…."

"네, 알아요." 위시 요원이 말을 잘랐다.

"반에 있습니다."

"접수직원이 형사님 명함을 보여줬어요. 혹시, 명함을 돌려받고 싶으신 건가요?"

이건 싸구려 농담이었다. 보슈는 슬퍼 보이는 자신의 명함이 그녀의 깨끗한 초록색 책상덮개 위에 놓여 있는 것을 보았다. 몇 달 동안이나 그의 지갑 속에 있던 물건이라 네 귀퉁이가 돌돌 말려 있었다. 경찰국이 형사들에게 나눠주는 일반 명함이었다. 올록볼록하게 새겨진 경찰 배지가 있고, 할리우드 경찰서 전화번호만 있을 뿐 형사의 이름은 없는 명함. 스탬프를 사고 도장을 파서 책상에 앉아 매주 한 번씩 수십 장의 명함에 직접 이름을 찍든지, 아니면 그냥 펜으로 이름을 써서 들고 다니면서 꼭 필요한 사람에게만 나눠주든지 알아서 하라는 식이었다. 보슈는 후자의 방법을 택했다. 경찰국의 처사 중에 이것만큼 창피한 일은 없었다.

"아뇨, 갖고 계셔도 됩니다. 혹시 요원도 명함이 있습니까?"

위시는 시간도 없는데 짜증스럽다는 듯이 책상의 중간 서랍을 열어 자그마한 판에 담긴 명함을 한 장 꺼내 보슈가 책상에 괴고 있는 팔꿈치 바로 옆에 놓았다. 보슈는 커피를 한 모금 더 마시면서 명함을 흘깃 보았다. E는 엘리노어의 약자였다.

"내 소개는 충분한 것 같군요." 보슈가 말했다. "나도 요원에 대해 조금은 압니다. 예를 들어, 작년에 발생한 은행 절도 사건을 수사했다는 사실 같은 것. 혹시 지금도 수사 중이신가요? 범인들이 땅을 파고 들어온 사건인데… 웨스트랜드 내셔널 은행 말입니다."

위시가 이 말을 듣자마자 바짝 긴장하는 것이 보였다. 심지어 회색 양복도 숨을 죽이는 것 같았다. 보슈가 낚싯바늘을 제대로 던진 것이다.

"요원의 이름이 회보에 있었습니다. 그런데 내가 지금 수사 중인 살인사건이 그 사건과 관련돼 있는 것 같아서 혹시나 하고… 그러니까 그

동안 알아낸 것에 대해 물어보고 싶어서 말이죠…. 용의자들이나 용의자로 올려도 될 만한 사람들에 대해 이야기도 좀 나누고… 내 생각에는 우리가 찾는 범인이 같은 사람일 가능성도 있습니다. 내 사건의 범인이 이쪽 사건의 범인 일당 중 한 명일 수 있어요."

위시는 잠시 가만히 앉아서 책상덮개 위에 있던 연필을 들고 만지작거렸다. 연필의 지우개로 보슈의 명함을 초록색 책상덮개 위에서 이리저리 밀기도 했다. 회색 양복은 여전히 통화하는 시늉을 했다. 보슈가 흘깃 뒤를 돌아보는 순간 두 사람의 시선이 잠시 마주쳤다. 보슈가 고개를 끄덕이자 회색 양복은 시선을 피했다. 보슈는 저 남자가 바로 신문기사에 인용됐던 그 요원이라는 결론을 내렸다. 특수요원 존 루크.

"고작 그건가요, 보슈 형사님?" 위시가 말했다. "그냥 이리로 들어와서 협조하자고 깃발을 흔들어대면, 제가 수사기록을 활짝 펼쳐줄 줄 아셨어요?"

그녀는 연필로 책상을 세 번 톡톡 치더니 마치 아이를 훈계할 때처럼 고개를 절레절레 저었다.

"먼저 이름부터 말씀해보시죠?" 그녀가 말했다. "아니면 두 사건이 연결됐다고 보는 이유를 대시든지요. 대개는 이런 요청을 처리하는 채널이 따로 있어요. 다른 수사기관에서 사건기록이나 정보를 공유하자는 요청이 들어오면 그걸 평가하는 사람이 따로 있다고요. 형사님도 아실 텐데요. 제가 보기에는 그게 최선의…."

보슈는 FBI 회보에서 뽑아온 팔찌 사진을 주머니에서 꺼내 책상 위에 펼쳐 놓았다. 그리고 다른 주머니에서 전당포 폴라로이드 사진도 꺼내 책상 위에 놓았다.

"웨스트랜드 내셔널." 그가 회보 사진을 손가락으로 두드리며 말했다. "이 팔찌가 6주 전 시내 전당포에 나타났어요. 내 피해자가 저당 잡힌 겁니다. 그 친구는 지금 시체가 됐고요."

위시는 폴라로이드로 찍은 팔찌 사진에서 눈을 떼지 않았다. 그 팔찌를 알아보는 기색이 역력했다. 그녀가 그 사건을 아직도 마음에 두고 있다는 뜻이었다.

"이름은 윌리엄 메도우스예요. 어제 아침에 저기 멀홀랜드 댐 위의 굴에서 시체로 발견됐습니다."

회색 양복이 가짜 통화를 끝내려는 모양이었다. "정보를 주셔서 감사합니다. 이제 그만 가봐야겠네요. 211 사건을 마무리해야 하니까요. 네네…. 감사합니다…. 그렇죠, 이만 끊겠습니다."

보슈는 그를 바라보지 않았다. 위시만 지켜보았다. 위시는 회색 양복 쪽을 바라보고 싶어 하는 것 같았다. 그녀의 눈동자가 그쪽으로 재빨리 움직였다가 다시 사진으로 되돌아갔다. 뭔가가 이상했다. 보슈는 그녀의 침묵 속으로 그냥 뛰어들기로 했다.

"헛소리는 다 집어치웁시다, 위시 요원. 내가 보건대, 요원은 그 은행에서 도난당한 물건을 하나도 찾아내지 못했습니다. 주식증서도, 동전도, 보석도, 금과 옥으로 만든 팔찌도. 아무것도 손에 쥔 게 없어요. 그러니 공식채널 어쩌고 하는 소리는 집어치우고, 이걸 한번 봐요. 내 사건의 피살자가 이 팔찌를 저당 잡힌 뒤 시체가 됐습니다. 왜죠? 우리 수사가 겹치는 것 같지 않습니까? 아니, 같은 걸 수사한다고 해야겠죠."

아무런 반응이 없었다.

"피살자는 은행 사건 범인에게서 이 팔찌를 받았거나, 놈들한테서 훔쳤을 겁니다. 아니면 피살자가 범인 일당이었을 수도 있죠. 그렇다면 피살자가 팔찌를 벌써 이렇게 내놓아서는 안 되는 상황이었을 겁니다. 다른 물건은 전혀 나타나지 않았으니까요. 그런데 피살자가 규칙을 깨고 이걸 저당 잡힌 겁니다. 그래서 놈들이 피살자를 처치하고 전당포로 가서 그 물건을 다시 훔쳤습니다. 중요한 건, 우리가 같은 놈들을 쫓고 있다는 겁니다. 그리고 나는 수사를 시작하기 위한 방향설정이 필요한 상황이고요."

위시는 여전히 침묵을 지켰다. 하지만 보슈는 그녀가 결정을 내리기 직전임을 감지할 수 있었다. 그래서 이번에는 그녀의 결정을 기다리기로 했다.

"피살자에 대해 말씀해보세요." 마침내 위시가 말했다.

보슈는 그녀의 요청에 따랐다. 익명의 신고전화, 시체 발견, 아파트가 수색당한 것, 사진 뒤에 숨겨 놓은 전당표를 찾아낸 것, 전당포에 갔다가 팔찌가 도난당한 사실을 알게 된 것. 하지만 자신이 메도우스와 아는 사이였다는 말은 하지 않았다.

"전당포에서 다른 물건도 도난당했나요, 아니면 이 팔찌만 없어졌나요?" 그의 얘기가 끝나자 위시가 물었다.

"물론 다른 물건도 없어졌죠. 하지만 순전히 자기들이 진짜 원하는 물건을 감추기 위해서였을 겁니다. 이 팔찌 말이에요. 내가 보기에는, 메도우스가 살해당한 건, 살인범이 이 팔찌를 원했기 때문인 것 같습니다. 메도우스는 죽기 전에 고문을 당했습니다. 팔찌가 어디 있는지 알아내려고 그랬겠죠. 그래서 원하는 정보를 알아낸 뒤 메도우스를 죽이고 전당포에 가서 팔찌를 손에 넣은 겁니다. 담배를 좀 피워도 될까요?"

"아뇨. 이 팔찌 하나가 왜 그렇게 중요했을까요? 그 은행에서 없어졌다가 아직 나타나지 않은 다른 물건들에 비하면, 이 팔찌는 그저 새 발의 피에 불과한데요."

보슈도 그 문제를 생각해보았지만 답을 알 수 없었다. "그건 나도 모르죠."

"형사님 말씀대로 피살자가 고문을 당했다면, 전당표가 왜 그대로 남아 있었을까요? 그리고 범인들은 왜 굳이 전당포에 침입해야 했을까요? 형사님 말씀대로라면, 피살자가 팔찌의 위치를 알려주면서 전당표는 내놓지 않았다는 거잖아요."

보슈는 이 문제도 역시 이미 생각해보았다. "나도 모릅니다. 어쩌면 피살자는 놈들이 자기를 살려주지 않으리라는 걸 알고 있었는지도 모르죠. 그래서 필요한 정보를 절반만 준 겁니다. 놈들한테 감춘 정보를 단서로 남겨둔 거예요. 전당표를 단서로 남겨둔 겁니다."

보슈는 방금 자신이 한 말을 생각해보았다. 그가 이 시나리오를 처음으로 생각해낸 건 자신의 메모와 타자기로 작성한 보고서를 다시 읽을 때였다. 그는 이제 카드를 한 장 더 내놓을 때가 됐다는 판단을 내렸다.

"나는 20년 전에 메도우스와 아는 사이였습니다."

"피살자랑 아는 사이였다고요, 보슈 형사님?" 그녀가 그를 비난하듯 언성을 높였다. "그럼 처음부터 그렇다고 말씀하셨어야죠. LA 경찰국이 언제부터 친구의 죽음을 수사하며 돌아다니는 형사들을 그냥 내버려두기 시작한 거예요?"

"내 말은 그런 뜻이 아닙니다. 그냥 메도우스랑 아는 사이였다고 했을 뿐이에요. 그것도 20년 전에. 게다가 내가 이 사건을 자청해서 맡은 게 아닙니다. 내 차례가 돼서 맡았을 뿐이에요. 신고를 받고 나가보니…."

그는 우연이라는 말은 하고 싶지 않았다.

"이야기가 점점 재미있어지네요." 위시가 말했다. "변칙적이기도 하고요. 우리가… 제가 형사님을 도와드릴 수 있을 것 같지 않아요. 제 생각에는…."

"이봐요, 내가 피살자랑 아는 사이가 된 건 미국 육군에 있을 땝니다. 베트남 제1보병사단에 있었어요. 우리 둘 다. 피살자는 이른바 땅굴쥐였습니다. 그게 무슨 뜻인지 압니까? …나도 땅굴쥐였습니다."

위시는 아무 말도 하지 않았다. 그녀는 다시 팔찌를 내려다보고 있었다. 그러고 보니 보슈는 지금까지 회색 양복을 까맣게 잊어버리고 있었다.

"베트남 사람들 마을 밑에 땅굴이 있었습니다." 보슈가 말했다. "개중에는 100년이나 된 것도 있었죠. 땅굴은 초가집에서 초가집으로, 마을에서 마을로, 정글에서 정글로 이어져 있었습니다. 우리가 있던 캠프 밑에도 땅굴이 있었습니다. 없는 데가 없었으니까. 우리 같은 땅굴 병사들은 그 안으로 내려가는 게 임무였습니다. 땅 밑에서 완전히 다른 전쟁이 벌어지고 있었어요."

보슈는 세풀베다의 퇴역군인 그룹과 정신과의사 외에는 누구에게도 지금처럼 땅굴과 그 속에서 자신이 한 일에 대해 이야기한 적이 없다는 것을 깨달았다.

"메도우스는 실력이 좋았습니다. 손전등 하나와 45구경 총 한 자루만 들고 그 새카만 어둠 속으로 들어가는 걸 좋아하는 사람이 있다면, 메도우스가 바로 그런 사람이었습니다. 어떤 때는 한 번 내려가면 몇 시간씩 있다가 올라오기도 했습니다. 며칠씩 걸릴 때도 있었고요. 그런데 메도우스는, 글쎄요, 내가 거기서 알았던 사람들 중에 땅굴로 내려가는 걸 겁내지 않은 유일한 사람이었습니다. 오히려 땅 위의 생활을 무서워했죠."

위시는 아무 말도 하지 않았다. 보슈는 회색 양복 쪽을 바라보았다. 그는 노란색 판에 뭐라고 글을 쓰고 있었지만, 보슈가 있는 곳에서는 내용이 보이지 않았다. 무전기에서 누군가가 죄수 두 명을 메트로 구치소로 이송 중이라고 보고하는 소리가 들렸다.

"그로부터 20년이 흐른 지금, 요원은 땅굴을 이용한 도난사건을 맡았고, 나는 땅굴 전사의 죽음을 조사하게 됐습니다. 그 친구의 시체 역시 굴에서 발견됐죠. 그리고 요원의 사건에서 도난당한 물건을 갖고 있었고요." 보슈는 담배를 찾으려고 주머니를 뒤지다가 위시가 담배를 피우지 말라고 했던 것을 떠올렸다. "요원과 내가 협조해야 합니다. 당장 지금부터."

보슈는 위시의 표정을 보고 자신의 말이 전혀 효과가 없음을 깨달았다. 그는 커피 잔을 비우고 자리에서 일어서려 했다. 이제는 위시를 바라보지 않았다. 회색 양복이 다시 수화기를 들고 번호를 누르는 소리가 들렸다. 보슈는 컵 바닥에 남은 설탕 찌꺼기를 빤히 바라보았다. 그는 커피에 설탕을 넣는 것이 아주 싫었다.

"보슈 형사님." 위시가 입을 열었다. "오전에 로비에서 그렇게 오랫동안 기다리시게 해서 죄송합니다. 형사님과 아는 사이라는 그 메도우스라는 군인이 죽은 것도 유감이고요. 그게 20년 전 일이든 아니든, 어쨌든 유감입니다. 저도 그 군인이 안됐다고 생각합니다. 형사님도 마찬가지고요. 두 분이 겪었을 일을 생각하면…. 하지만 지금은 형사님을 도와드릴 수 없어서 유감입니다. 저는 정해진 절차에 따라 상관에게 먼저 보고해야 합니다. 나중에 다시 연락드리죠. 가능한 한 빨리. 지금 제가 드릴 수 있는 말씀은 이것뿐입니다."

보슈는 컵을 책상 옆의 쓰레기통에 넣고 폴라로이드 사진과 회보 출력물을 집으려고 손을 뻗었다.

"사진은 저희가 갖고 있으면 안 될까요?" 위시 요원이 물었다. "제 상관한테 보여줘야 할 것 같은데요."

보슈는 폴라로이드 사진을 그대로 쥔 채 자리에서 일어나 회색 양복의 책상 앞으로 갔다. 그리고 사진을 그의 면전에 들이댔다. "이제 상관이 봤으니까 됐죠?" 그는 어깨 너머로 이렇게 말하면서 밖으로 나갔다.

어빈 어빙 차장은 자기 자리에 앉아 이를 갈면서 턱 근육에 힘을 주어 턱을 단단한 고무공처럼 만들었다. 그는 지금 심기가 불편했다. 이렇게 이를 악물고 갈아대는 것은 지금처럼 심기가 불편하거나, 혼자서 생각에 빠져 있을 때의 버릇이었다. 그래서 그의 턱 근육이 얼굴에서 가장 눈에 띄는 부위가 되어버렸다. 정면에서 봤을 때 어빙의 턱선은 실제로 양쪽 귀보다 넓게 퍼져 있었다. 머리카락을 모두 밀어버린 머리에 납작하게 붙어 있는 귀는 마치 날개 같은 모양이었다. 이 귀와 턱 때문에 어빙은 이상하다고까지는 할 수 없어도 어쨌든 위협적인 모습이 되었다. 그 널찍한 턱을 보면, 어금니로 대리석도 박살낼 수 있을 것 같았다. 어빙 자신도 누군가의 어깨나 다리에 이를 박아 넣고 소프트볼 크기만 한 살점을 물어뜯을 수 있는 무시무시한 개 같은 자신의 이미지를 더욱 부추기려고 최선을 다했다. 이 이미지 덕분에 그는 로스앤젤레스의 경찰관으로서 유일하게 갖고 있는 약점(웃기는 이름)을 극복할 수 있었다. 이 이미지는 또한 그가 오랜 계획을 바탕으로 6층의 차장실을 차지하는 데에도 도움이 되었다. 그래서 그는 이를 악무는 습관에 마음껏 빠져들었다. 그 버릇 때문에 18개월마다 2천 달러를 들여서 어금니 임플란트를 새로 해 넣어야 하는데도.

어빙은 넥타이를 목에 바짝 당겨 매고 번들거리는 머리를 한 손으로 쓸었다. 그리고 인터콤을 향해 손을 뻗었다. 그는 스피커 버튼을 누르고 고함을 지르듯 명령을 내릴 수 있는데도, 신임 부관이 대답할 때까지 기다렸다. 이건 그가 새로 얻은 버릇이었다.

"네, 차장님."

어빙은 이 소리가 너무 좋았다. 그는 미소를 지으며 그 크고 널찍한 턱과 인터콤 스피커 사이의 거리가 겨우 몇 센티미터도 안 될 만큼 몸을 숙였다. 그는 기술을 믿지 못하는 사람이었다. 그래서 스피커에 직접 입을 대고 고함을 질러야 마음이 놓였다.

"메리, 해리 보슈의 서류를 가져와. 진행 중인 사건 서류 중에 있을 거야."

그는 부관을 위해 보슈의 이름 철자를 차례로 불러주었다.

"알겠습니다, 차장님."

어빙은 의자에 등을 기대고 이를 악문 채 미소를 짓다가 뭔가가 이상하다는 생각을 했다. 그래서 왼쪽 아래의 제일 안쪽 어금니를 혀로 능숙하게 쓸면서 그 매끈한 표면에 혹시 금이라도 살짝 가지 않았는지 살펴보았다. 아무렇지도 않았다. 그는 책상서랍을 열고 작은 거울을 꺼냈다. 그리고 입을 벌려 그 어금니를 살펴보았다. 그는 거울을 다시 넣은 뒤 연한 파란색 포스트잇을 꺼내 치과 예약을 해야겠다고 메모했다. 그는 서랍을 닫은 뒤 전에 웨스트사이드 출신의 시의원과 식사를 하면서 행운의 쿠키를 입에 넣은 순간 오른쪽 아래의 제일 안쪽 어금니가 너무 오래 돼서 딱딱해진 쿠키 때문에 바스라졌던 것을 떠올렸다. 그때 그는 시의원에게 약점을 내보이느니 차라리 깨진 치아 조각을 삼켜버리기로 했다. 언젠가 그가 시의회의 인준을 받아야 하는 자리에 올라가게 되면, 시의원의 표가 필요해질 터였다. 식사를 하는 동안 그는 LA 경찰국의 오토바이 순찰경관인 자기 조카가 아직 커밍아웃을 하지 않은 동성애자라는 점을 시의원에게 알렸다. 그리고 조카의 정체가 드러나지 않게 보호하려고 자신이 최선을 다하고 있다고 말했다. 경찰국은 교회만큼이나 동성애자를 혐오했기 때문에, 만약 소문이 새어나가서 윗선의 귀에 들어간다면 조카는 승진의 희망을 모두 접어야 할 것이라는 점도 설명했다. 그뿐만 아니라 조카는 다른 경찰관들에게서 잔인할 정도로 괴롭힘을 당하게 될 터였다. 만약 그런 추문이 시민들에게 알려지는 경우 어떤 일이 벌어질지에 대해서는 어빙이 굳이 설명할 필요도 없었다. 웨스트사이드의 분위기가 아무리 자유로운 편이라 해도, 시장의 꿈을 품은 시의원에게 그런 사건은 전혀 도움이 되지 않을 터였다.

어빙이 시의원과의 대화를 떠올리며 미소를 짓고 있는데, 메리 그로소 경관이 문을 두드리더니 안으로 들어왔다. 2~3센티미터 두께의 서류철이 그녀의 손에 들려 있었다. 그녀는 유리로 덮은 어빙의 책상 위에 서류를 내려놓았다. 반짝거리는 책상 위에는 아무것도 없었다. 심지어 전화기도 보이지 않았다.

"차장님 짐작이 맞았어요. 진행 중인 사건 서류 중에 있었습니다."

내사과 차장을 맡고 있는 어빙은 몸을 앞으로 기울이며 이렇게 말했다. "그래, 보슈 형사를 앞으로도 또 보게 될 것 같아서 내가 그걸 기록실로 넘기지 않았을 거야. 어디 보자. 루이스와 클락이었던가."

그는 서류철을 열고 표지 안쪽의 메모를 읽었다.

"맞군. 메리, 루이스와 클락을 이리로 불러."

"차장님, 아까 두 분을 사무실에서 뵈었는데요, BOR 준비를 하고 계셨습니다. 어떤 사건인지는 분명치 않지만요."

"메리, 그 권리위원회Board of Rights는 취소하라고 해. 그리고 나한테 약자로 얘기하지 마. 난 신중하게 천천히 움직이는 경찰관이야. 지름길은 좋아하지 않는다고. 약자도 좋아하지 않고. 잘 알아둬. 이제 가서 루이스와 클락에게 청문회를 연기하고 당장 이리 오라고 해."

그는 턱 근육에 힘을 줘서 딱딱한 테니스공처럼 만들어 턱이 최대한 넓어지게 했다. 그로소는 허둥지둥 밖으로 나갔다. 어빙은 턱에서 힘을 빼고 서류철을 뒤적이며, 해리 보슈 사건의 개요를 다시 익혔다. 보슈의 군대경력과 경찰국에 들어온 뒤의 고속승진 기록이 눈에 띄었다. 순찰경관에서 형사로, 거기서 다시 본청 강력계의 엘리트 형사로 올라가는데 8년밖에 걸리지 않았다. 그러고는 몰락이었다. 작년에 본청 강력계에서 할리우드 경찰서 살인전담반으로 전출된 것이다. 그때 해고했어야 하는 건데. 어빙은 보슈의 경력을 훑어보며 한탄했다.

어빙은 보슈가 비무장 상태인 남자를 죽인 사건이 있은 뒤 그에게 업무 복귀를 허락해도 되는지 검토하기 위해 작년에 실시한 심리평가 보고서도 훑어보았다. 경찰국 소속 심리학자의 보고서 내용은 다음과 같았다.

> 전쟁 경험과 경찰 경험을 통해 대상자는 폭력에 대단히 무감각해졌다. 앞에서 언급한, 인명을 앗아간 총격사건이 특히 눈에 띄는 예이다. 대상자는 폭력적인 측면이 평생 동안 자신의 일상에서 당연한 듯 일부를 차지했다고 말한다. 따라서 그가 자신 또는 타인을 보호하기 위해 치명적인 힘을 행사해야 하는 상황에 다시 놓일 경우 전에 일어난 사건이 심리적인 억제제로 작용할 가능성은 희박하다. 나는 대상자가 지체 없이 행동에 나설 것이라고 본다. 그는 충분히 방아쇠를 당길 수 있을 것이다. 사실 그의 대화 내용을 보면, 그 총격사건이 아무런 영향을 미치지 못했음을 알 수 있다. 그 사건의 결과, 즉 용의자의 죽음에 대해 그가 부적절한 만족감을 느끼고 있다는 사실을 제외한다면 말이다.

어빙은 서류철을 닫고 잘 손질한 손톱으로 톡톡 두드렸다. 그러고는 긴 갈색 머리카락 한 가닥(메리 그로소 경관의 것이라고 짐작되었다)을 책상의 유리 위에서 들어올려 책상 옆의 쓰레기통에 버렸다. 해리 보슈는 골칫거리였다. 좋은 경찰관이고 좋은 형사인 건 사실이었다. 어빙은 강력계에서 그가 보여준 실력, 특히 연쇄살인사건 수사에 유능하다는 점을 마지못해 인정할 수밖에 없었다. 하지만 장기적인 관점에서 볼 때, 보슈 같은 아웃사이더들은 체제 안에서 잘 어울리지 못한다는 것이 어빙의 생각이었다. 해리 보슈는 앞으로도 영원히 아웃사이더로 남을 사람이었다. 그는 LA 경찰국 가족의 일원이 아니었다. 그런데 이제 그가 최악의 일을 벌이고 있음을 어빙이 알게 되었다. 보슈는 가족을 버리고 떠났을 뿐만 아니라, 오히려 가족에게 해가 되고 가족을 망신시킬 수도 있는 일을 하고 있는 것 같았다. 어빙은 신속하고 확실하게 조치를 취해야겠다고 마음먹었다. 그는 회전의자를 획 돌려서 로스앤젤레스 거리 건너편의 시청을 바라보았다. 그러다 항상 그렇듯이, 파커 센터 앞의 대리석 분수로 시선을 떨어뜨렸다. 그것은 업무 수행 중에 목숨을 잃은 경찰관들을 기리는 기념물이었다. 저것이 바로 가족이고 명예라는 생각이 들었다. 어빙은 의기양양해져서 이를 악물고 턱에 힘을 주었다. 바로 그때 문이 열렸다.

피어스 루이스 형사와 돈 클락 형사가 사무실로 성큼성큼 들어왔다. 두 사람 모두 아무 말도 하지 않았다. 두 사람은 형제라고 해도 될 것 같은 모습이었다. 모두 갈색 머리를 짧게 깎았고, 역도선수처럼 어깨가 떡 벌어졌으며, 보수적인 회색 실크 양복을 입고 있었다. 루이스의 양복에는 목탄 색깔의 가느다란 줄무늬가, 클락의 양복에는 밤색 줄무늬가 있다는 점만 다를 뿐이었다. 두 사람 모두 움직이기 쉬운 땅딸막한 체형이었으며, 몸이 앞으로 약간 쏠린 것 같은 자세였다. 마치 얼굴로 파도를 헤치며 바다로 나아가는 사람들 같았다.

"문제가 생겼어." 어빙이 말했다. "무엇보다 우선적으로 다뤄야 하는 문제야. 전에도 우리와 마주쳤던 친구인데, 너희들 둘이 전에 어느 정도 성공을 거뒀던 상대지."

루이스와 클락은 서로를 흘깃 바라보았다. 클락의 얼굴에 희미한 미소가 순간적으로 나타났다가 사라졌다. 그는 어빙이 누구를 말하는 건지 짐작도 할 수 없었지만, 전에 다뤘던 사람들을 또 뒤쫓는 것을 좋아했다. 그런 사람들은 아주 필사적이기 때문이었다.

"해리 보슈." 어빙은 이렇게 말하고 나서 두 형사가 이 이름을 완전히 인식할 때까지 잠깐 기다렸다가 말을 이었다. "할리우드 경찰서까지 다녀와야겠어. 당장 그 친구에 대해 1.81 양식(로스앤젤레스 경찰국 소속 경찰관의 행동에 대한 불만이 제기되었을 때, 그 내용을 정식으로 기재하는 서류양식 – 옮긴이)을 작성해. 불만을 제기한 사람 이름으로는 연방수사국을 넣고."

"FBI요?" 루이스가 말했다. "보슈가 그쪽 사람들한테 무슨 짓을 한 겁니까?"

어빙은 연방수사국을 약자로 말하지 말라고 주의를 준 뒤 두 사람에게 자기 책상 앞의 의자 두 개에 앉으라고 말했다. 그리고 몇 분 전에 연방수사국에서 걸려온 전화 내용을 10분 동안 설명해주었다.

"연방수사국 말로는 단순히 우연의 일치라고 볼 수 없다는 거야." 그가 이야기를 마무리하며 말했다. "나도 같은 생각이고. 보슈가 이번 사건과 관련해서 수상쩍은 구석이 있기 때문에 연방수사국이 그자를 메도우스 사건에서 쫓아내려는 건지도 모르지. 어쨌든, 그자가 옛날 군대 동료라는 이 용의자가 작년에 감옥에 가지 않게 손을 써준 것 같아. 그 덕분에 그 용의자가 은행을 털 수 있었는지도 모르지. 보슈가 그런 계획을 알고 있었는지, 그 범죄에 더 깊숙이 관련되어 있는지는 나도 몰라. 보슈 형사가 무슨 일을 꾸미고 있는지 이제부터 알아봐야지."

어빙은 여기서 잠시 말을 멈추고 턱에 최대한 힘을 주어 자신의 말을 힘껏 강조했다. 루이스와 클락은 이럴 때 끼어들면 안 된다는 것을 알고 있었다. 어빙은 말을 이었다. "이 일을 기회로 경찰국이 이번에는 보슈한테 제대로 조치를 취할 수 있을 거야. 그 친구를 제거해버리는 거지. 너희 둘은 나한테 직접 보고해. 그리고 보슈의 상관인 파운즈 과장이라는 자한테도 너희 일일 보고서를 복사해주고. 조용히 해야 돼. 너희는 일일 보고서 외에도 매일 두 차례씩 아침저녁으로 나한테 전화보고도 해."

"당장 출발하겠습니다." 루이스가 일어서면서 말했다.

"목표는 높게 잡되 신중해야 돼." 어빙이 충고했다. "해리 보슈 형사는 이제 옛날처럼 유명인사가 아니야. 그래도 그 친구가 미꾸라지처럼 빠져나가게 하면 안 돼."

보슈는 위시 요원이 그토록 무례하게 자신을 내친 것에 대해 처음에는 당황했지만, 엘리베이터를 타고 내려오면서 점점 화가 나기 시작했다. 엘리베이터가 점점 아래로 내려갈수록 뭔가가 목구멍 속으로 뛰어들어가 가슴을 답답하게 짓누르는 것 같았다. 엘리베이터 안에 다른 사람은 없었다. 허리띠에 찬 호출기가 울리기 시작하자 그는 호출기를 끄는 대신 설정대로 15초간 경보가 울리도록 내버려두었다. 그리고 분노와 당혹스러움을 억눌러 결의로 바꿔 놓았다. 엘리베이터에서 내리면서 그는 호출기에 뜬 전화번호를 내려다보았다. 지역번호가 818인 걸 보니 밸리인 것 같은데, 그가 모르는 번호였다. 그는 연방청사 앞마당의 공중전화에 들러 번호를 눌렀다. 90센트입니다. 전자 음성이 그에게 알려주었다. 잔돈이 있어서 다행이었다. 그가 동전을 넣자 벨이 한 번 다 울리기도 전에 제리 에드거가 전화를 받았다.

"해리." 제리는 인사도 없이 곧바로 용건으로 들어갔다. "내가 아직 여기 퇴역군인회에 있는데 사람들이 날 슬슬 피하고 있어. 메도우스에 관한 서류도 전혀 없다고 하고. 나더러 D.C. 쪽을 통하든지 영장을 가져오래. 나는 자네 말을 근거로 서류가 있다는 걸 알고 왔다고 말했어. 그리고 만약 내가 수색영장을 가져오면 그 서류가 어디 있는지 금방 찾아줄 수 있느냐고 물었지. 그런데 그 사람들이 한참 동안 서류를 찾더니만 나와서 한다는 말이 서류가 있었는데 지금은 없대. 작년에 누가 법원 명령서를 들고 와서 그걸 가져갔는지 알아?"

"FBI겠지."

"그새 새로 알아낸 거라도 있는 거야?"

"나도 가만히 죽치고 있었던 건 아니니까. FBI가 언제 무슨 이유로 가져갔대?"

"이유는 자기들도 모른대. 그냥 FBI 요원이 영장을 들고 와서 가져갔다는 거야. 작년 9월에 가져가서 여지껏 안 가져왔어. 이유도 말 안 해주고. 망할 놈의 FBI는 그런 건 말해줄 필요가 없거든."

보슈는 조용히 생각에 잠겼다. FBI는 처음부터 알고 있었다. 메도우스와 땅굴에 대해, 그리고 보슈가 방금 들려준 모든 이야기에 대해 위시가 처음부터 알고 있었다는 뜻이었다. 그녀의 행동은 처음부터 끝까지 쇼에 불과했다.

"해리, 듣고 있어?"

"응. 거기 사람들이 자네한테 영장 사본을 보여줬어? 혹시 그 요원 이름은 모른대?"

"모른대. 영장 수령증도 어디 있는지 모르고, 요원 이름을 기억하는 사람도 없어. 요원이 여자였다는 것밖에는."

"지금 내가 건 이 전화번호를 적어둬. 그리고 거기 기록실 사람들한테 다시 가서 다른 서류를 찾아달라고 해. 거기 있는지 확인만 하게. 내 서류 말이야."

그는 에드거에게 지금 자기가 사용하고 있는 공중전화 번호, 자신의 생년월일, 사회보장번호, 정식 이름 철자를 모두 불러주었다.

"세상에, 그게 원래 이름이야?" 에드거가 말했다. "해리는 짧게 줄인 거로군. 자네 어머니는 도대체 어떻게 그런 이름을 생각해내신 거야?"

"15세기 화가들을 좋아하셨거든. 내 성이랑 잘 어울린다나. 가서 내

서류를 찾아본 뒤에 이리로 다시 전화해. 여기서 기다리고 있을 테니."

"자네 이름은 발음도 못하겠어."

"끝 발음이 'anonymous'랑 같아."

"알았어. 한번 해보지, 뭐. 그런데 거기가 어디라고?"

"공중전화. FBI 건물 밖에 있는."

보슈는 파트너가 또 뭐라고 질문을 던지기 전에 전화를 끊었다. 그리고 담배에 불을 붙인 뒤 전화박스에 몸을 기대고 건물 앞의 긴 잔디밭에서 원을 그리며 걷고 있는 사람들을 바라보았다. 그들은 직접 만든 피켓과 플래카드를 들고 있었다. 샌타모니카 만에 새로운 유전 사용권을 설정하는 것에 항의하는 내용이었다. '기름은 무조건 거부', '바다 오염은 이미 충분하지 않은가?', '미국은 엑손 공화국'이라고 적힌 피켓들이 보였다.

텔레비전 뉴스 팀이 잔디밭에서 시위모습을 찍고 있는 것도 보였다. 저게 바로 핵심이라는 생각이 들었다. 언론에 노출되는 것. 기자들이 나타나 6시 뉴스에 보도해주기만 하면, 시위는 성공한 거나 마찬가지였다. 핵심적인 성공. 시위대의 대변인으로 보이는 사람이 카메라 앞에서 인터뷰를 하는 것이 보였다. 그를 인터뷰하는 기자는 보슈도 채널 4에서 본 적이 있는 여기자였다. 대변인의 얼굴도 눈에 익었지만, 어디서 봤는지는 알 수 없었다. 하지만 그가 카메라 앞에서 편안하고 능숙하게 인터뷰하는 모습을 잠시 지켜본 끝에 기억이 떠올랐다. 그는 보슈가 한두 번 본 적이 있는 인기 시트콤에서 주정뱅이 역할을 하던 배우였다. 그는 지금도 주정뱅이처럼 보였지만, 그 시트콤은 이미 종영된 지 오래였다.

보슈는 전화박스에 기대서서 두 번째 담배를 피워 물었다. 점점 날이 더워지는 것이 느껴졌다. 그러다 문득 고개를 들어 연방청사의 유리문을 바라보니, 엘리노어 위시 요원이 밖으로 나오고 있었다. 그녀는 아래를 바라보며 가방을 뒤지는 중이라 보슈를 발견하지 못했다. 보슈는 이유를 분석해볼 생각도 없이 재빨리 전화박스 뒤로 몸을 숨겼다. 위시가 가방 속에서 찾고 있던 것은 선글라스였다. 그녀는 이제 선글라스를 쓰고 시위대에게는 눈길 한 번 주지 않은 채 그들 옆을 지나갔다. 그녀는 베터런 애버뉴를 올라가 윌셔 대로로 향했다. 보슈는 연방청사 주차장이 건물 지하에 있다는 것을 알고 있었다. 그런데 위시는 주차장의 반대방향을 향하고 있었다. 근처 어딘가에 갈 일이 있는 모양이었다. 그때 전화벨이 울렸다.

"해리, 그쪽에서 자네 서류도 갖고 있어. FBI 말이야. 도대체 어떻게 된 거야?"

에드거의 목소리는 다급하고 혼란스러웠다. 그는 파도도 싫어하고, 수수께끼도 싫어했다. 그는 9시에 출근해서 5시에 퇴근하는 단순한 생활을 좋아하는 사람이었다.

"나도 몰라. 그쪽에서 말을 안 해줘." 보슈가 대답했다. "자네도 사무실로 들어와. 나도 갈 테니 거기서 만나서 얘기하자고. 혹시 나보다 먼저 도착하거든 지하철 공사장에 전화를 한 통 걸어봐. 인사부 쪽에. 거기 메도우스라는 사람이 일한 적이 있는지 물어보라고. 필즈라는 이름도 물어보고. 그러고 나서 여장남자 칼부림 사건의 서류작업만 하면 돼. 우리가 합의한 대로 말이야. 사무실에서 봐."

"해리, 자네가 이 메도우스라는 친구랑 아는 사이였다고 했잖아. 혹시 우리가 형사과장한테 미리 말해야 하는 것 아닐까? 이 사건을 본청 강력계나 누구 다른 사람한테 넘겨야 할지도 몰라."

"그건 좀 있다 얘기하자고. 내가 갈 때까지 이 사건에 대해서는 아무것도 하지 말고, 다른 사람한테 얘기하지도 마."

보슈는 전화를 끊고 윌셔 쪽으로 걸어갔다. 위시가 이미 동쪽으로 방향을 꺾어 웨스트우드 빌리지를 향하고 있는 것이 보였다. 그는 그녀와의 거리를 좁힌 뒤 길을 건너 그녀의 뒤를 쫓았다. 지나치게 가까이 다가가면 가게 진열창에 자신의 모습이 비칠 수도 있기 때문에 그는 주의를 기울였다. 위시는 웨스트우드 대로에서 북쪽으로 방향을 꺾어 윌셔 대로를 건너서 보슈가 있는 쪽으로 왔다. 보슈는 어떤 은행 로비로 몸을 숨겼다. 잠시 후 그가 인도로 다시 나가 보니 위시는 이미 사라진 뒤였다. 그는 좌우를 살핀 뒤 길모퉁이로 뛰어갔다. 위시가 웨스트우드를 반 블록쯤 올라가 빌리지 안으로 들어가는 것이 보였다.

위시는 어떤 가게 진열창 앞에서부터 걸음을 늦추더니 스포츠용품점 앞에서 걸음을 멈췄다. 진열창에 여자 마네킹들이 연두색 반바지와 셔츠를 입고 서 있는 것이 보였다. 작년에 유행했던 옷을 세일로 파는 모양이었다. 위시는 그 옷을 잠시 바라보다가 그 자리를 떠나 극장 밀집 지역까지 곧장 걸어갔다. 그리고 스트래튼의 바&그릴로 들어갔다.

거리 반대편에서 그녀의 뒤를 따르던 보슈는 그 식당을 바라보지 않은 채 그 앞을 지나쳐 다음 모퉁이까지 갔다. 그리고 낡은 극장인 브루인의 간판 앞에 서서 뒤를 돌아보았다. 위시는 아직 안에 있는 모양이었다. 혹시 식당에 뒷문이 있지는 않은지 궁금했다. 보슈는 손목시계를 확인했다. 점심을 먹기에는 조금 이른 시간이었지만, 그녀가 붐비는 시간을 피하고 싶었던 건지도 모를 일이었다. 어쩌면 혼자 먹는 것을 좋아하는 사람일 수도 있었다. 보슈는 길을 건너 다른 길모퉁이로 가서 폭스 극장의 차양 밑에 섰다. 스트래튼 식당의 앞쪽 창문을 통해 안이 들여다보였지만, 위시의 모습은 보이지 않았다. 보슈는 식당 옆의 주차장을 통과해서 뒷골목으로 들어갔다. 식당 뒤편에 문이 하나 있었다. 위시가 보슈를 발견하고 이 식당을 이용해서 미행을 따돌린 걸까? 그가 혼자서 미행에 나선 것이 아주 오랜만이기는 해도, 위시가 그를 발견한 것 같지는 않았다. 보슈는 골목을 내려가 식당 뒷문으로 들어갔다.

엘리노어 위시는 식당 오른쪽 벽을 따라 죽 늘어서 있는 나무 칸막이 좌석에 혼자 앉아 있었다. 신중한 경찰관답게 전면 출입구를 바라보는 자세였기 때문에 그녀는 보슈가 자기 맞은편 의자에 앉아 메뉴판을 집어들 때까지 그를 알아차리지 못했다.

보슈가 말했다. "이 집은 처음인데, 잘하는 음식이 뭡니까?"

"무슨 짓이에요?" 위시가 말했다. 놀란 표정이 역력했다.

"글쎄요, 말동무가 필요할 것 같아서 말이죠."

"날 미행한 거예요? 미행했군요."

"적어도 난 미행한 걸 숨길 생각은 없습니다. 요원은 아까 사무실에서 실수를 했어요. 너무 차분했단 말이죠. 9개월 만에 처음으로 단서라고 할 만한 걸 내가 들고 들어갔는데, 공식적인 채널을 통하라느니 하는 헛소리만 하다니. 아무래도 이상하다 싶었지만, 이제는 나도 압니다."

"무슨 소리예요? 아뇨, 말씀하지 마세요. 알고 싶지도 않으니까."

위시는 칸막이 좌석 밖으로 빠져나가려 했지만, 보슈가 손을 뻗어 그녀의 손목을 단단히 잡았다. 여기까지 걸어온 탓에 그녀의 피부가 따뜻하고 촉촉했다. 위시는 고개를 돌려 갈색 눈으로 보슈를 쏘아보았다. 뜨거운 분노가 가득해서 그 눈빛만으로도 그의 묘비에 이름을 새겨줄 수 있을 것 같았다.

"놓으세요." 위시가 말했다. 강하게 억제된 목소리였지만, 금방이라도 폭발할 것 같은 분위기가 느껴졌다. 보슈는 손을 놓았다.

"가지 마세요. 부탁입니다." 위시가 잠시 머뭇거리는 사이에 보슈는 재빨리 작업을 시작했다. "괜찮습니다. 처음부터 왜 그랬는지 이해해요. 접수직원의 차가운 반응부터 시작해서 모든 걸 다. 솔직히 훌륭한 작전이었습니다. 그러니 그걸 가지고 요원을 비난할 순 없어요."

"보슈 형사님, 무슨 말씀인지 모르겠군요. 제 생각에는…."

"요원이 메도우스에 대해, 굴에 대해 이미 알고 있었다는 걸 나도 이젠 압니다. 모든 걸 알고 있었어요. 그 친구의 군대 기록을 빼가고, 내 기록도 빼갔습니다. 아마 당시 그곳을 살아서 빠져나온 모든 땅굴쥐의 기록을 다 갖고 있겠죠. 웨스트랜드 사건과 그때의 땅굴을 연결시켜주는 뭔가가 틀림없이 있었을 겁니다."

위시는 한참 동안 보슈를 바라보다가 뭔가 말을 하려고 했다. 그런데 바로 그때 웨이트리스가 주문서와 펜을 들고 다가왔다.

"우선은 커피 한 잔, 블랙으로 주시고, 에비앙 생수도 하나 줘요." 보슈는 위시나 웨이트리스가 뭐라고 입을 열기도 전에 서둘러 말했다. 웨이트리스는 주문서에 주문내용을 적으면서 멀어져갔다.

"크림과 설탕을 넣어서 드시는 줄 알았는데요." 위시가 말했다.

"사람들이 내가 어떤 인물인지 가늠하려 들 때만 그렇게 먹습니다."

위시의 눈빛이 조금 부드러워지는 것 같았다. 하지만 아주 조금일 뿐이었다.

"보슈 형사님, 형사님이 지금 안다고 말씀하시는 그런 사실들을 어떻게 알아냈는지는 모르지만, 저는 형사님과 웨스트랜드 사건에 대해 이야기할 마음이 없습니다. 제가 아까 사무실에서 말씀드린 그대로예요. 제가 할 수 없는 일이라고요. 죄송합니다. 진심이에요."

보슈가 말했다. "아마 내가 그 말을 듣고 분개해야 맞는 거겠죠. 그런데 화가 안 납니다. 수사를 하다 보면 당연히 그 방향으로 나아갈 수밖에 없었을 겁니다. 나라도 똑같이 했을 거예요. 프로필에 맞는 사람, 그러니까 땅굴쥐들의 자료를 몽땅 가져다가 증거와 맞춰보는 것 말입니다."

"보슈 형사님은 용의자가 아닙니다. 아시겠어요? 그러니까 이제 그만

하세요."

"내가 용의자가 아니라는 건 나도 압니다." 보슈는 짧게 억지웃음을 웃었다. "나는 정직을 당해서 멕시코에 가 있었으니까요. 그걸 증명할 수도 있고요. 요원도 그 정도는 이미 알고 있겠죠. 그러니까 나와 관련된 문제는 나도 더 이상 손 댈 생각이 없습니다. 하지만 요원이 메도우스에 관해 갖고 있는 정보가 필요합니다. 요원은 지난 9월에 그 친구 자료를 가져갔습니다. 그리고 그 친구에 대해 샅샅이 조사했을 겁니다. 감시도 붙이고, 그 친구랑 관련된 사람들도 찾아보고, 배경조사도 하고…. 어쩌면… 틀림없이 그 친구를 불러다가 이야기도 나눠봤을 겁니다. 난 그 자료가 모두 필요합니다. 오늘 당장. 공식적인 채널을 통해서 3주나 4주 후에 받아보면 너무 늦어요."

웨이트리스가 커피와 생수를 가지고 왔다. 위시는 자신의 잔을 가까이 잡아당겼지만 물을 마시지는 않았다.

"보슈 형사님, 형사님은 사건에서 제외됐습니다. 죄송합니다. 제가 이런 말씀을 해드리면 원래 안 되는 거지만, 어쨌든 형사님은 제외됐어요. 사무실로 돌아가면 아시게 될 겁니다. 형사님이 나가신 뒤에 우리 쪽에서 그쪽으로 전화를 걸었거든요."

보슈는 탁자에 양쪽 팔꿈치를 괴고 양손으로 커피 잔을 들고 있다가 이 말을 듣고 받침접시 위에 잔을 조심스레 내려놓았다. 혹시라도 손이 떨릴까 싶어서였다.

"무슨 짓을 한 겁니까?" 보슈가 물었다.

"죄송합니다." 엘리노어 위시가 말했다. "형사님이 나가신 뒤에, 루크 요원, 그러니까 형사님이 사진을 불쑥 보여줬던 그 사람 기억하시죠? 그 루크 요원이 형사님의 명함에 적힌 번호로 전화를 걸어서 파운즈 과장이라는 사람과 통화했습니다. 형사님이 오늘 우리를 찾아왔는데, 친구의 죽음을 수사하고 있다고 한다, 문제가 있는 것 같다고 말했어요. 그 밖에 다른 말도 몇 가지 하고…."

"다른 말이라니 뭡니까?"

"보슈 형사님, 저는 형사님에 대해 잘 압니다. 우리가 형사님 자료를 가져온 건 저도 인정하겠습니다. 우리가 형사님을 조사한 것도요. 하기야 조사라고 해봤자 그 당시 신문을 읽는 것만으로도 충분했지만요. 그래서 저는 형사님이 내사과 사람들한테 무슨 일을 당했는지 압니다. 이번 일이 형사님한테 도움이 되지 않을 거라는 사실도요. 하지만 루크 요원이 결정을 내렸습니다. 루크 요원은…."

"다른 말이라니 무슨 말을 한 겁니까?"

"진실을 말했습니다. 형사님 이름과 메도우스가 우리 수사과정에서 등장했다고요. 두 사람이 서로 아는 사이였다는 말도 했습니다. 그리고 형사님을 사건에서 제외시켜달라고 부탁했죠. 그러니까 형사님이 지금 아시고 싶어 하는 정보는 중요하지 않습니다."

보슈는 칸막이 좌석 바깥의 먼 곳을 바라보았다.

"분명히 대답해 주시오." 그가 말했다. "내가 용의자입니까?"

"아닙니다. 적어도 오늘 오전에 저희를 찾아오시기 전까지는 아니었습니다. 지금은 모르겠습니다. 전 지금 솔직하게 말씀드리는 겁니다. 저희 입장이 돼서 한번 생각해보세요. 작년에 우리가 조사했던 사람이 우리를 찾아와서 그때 우리가 아주 샅샅이 조사했던 또 다른 사람의 살인사건을 수사하고 있다고 말했습니다. 그러면서 '당신들 기록을 좀 보여달라'고 했어요."

위시는 보슈에게 이렇게 많은 이야기를 굳이 해줄 필요가 없는 입장이었다. 보슈도 그것을 알고 있었다. 보슈와 이야기를 나눴다는 사실만으로도 그녀의 처지가 불리해질 가능성이 높았다. 비록 지금 스스로 똥을 밟은 건지 남한테 떠밀려서 똥을 밟은 건지 알 수 없는 상황에 처해 있지만, 해리 보슈는 차갑고 성실한 엘리노어 위시가 점점 마음에 들기 시작했다.

"메도우스에 대해 말해줄 수 없다면, 나에 대해 한 가지만 묻겠습니다. 날 조사해본 뒤 제외시켰다고 했죠? 그 이유가 뭡니까? 멕시코까지 가서 조사한 겁니까?"

"그것도 있고 다른 것도 있어요." 위시는 잠시 그를 바라보다가 말을 이었다. "형사님은 아주 일찍부터 용의선상에서 제외되었습니다. 처음에는 저희도 잔뜩 흥분했죠. 베트남에서 땅굴을 경험한 사람들의 자료를 조사하고 있는데, 서류철 맨 꼭대기에 저 유명한 슈퍼스타 형사 해리 보슈의 이름이 떡 하니 버티고 있었으니까요. 형사님이 수사한 사건을 주제로 책도 두어 권 나와 있는 유명인사인데 말입니다. 텔레비전 드라마에 스핀오프 시리즈까지 나왔잖아요. 게다가 마침 바로 그 시기에 신문들이 형사님 이야기로 거의 도배되다시피 했죠. 별처럼 빛나는 자리에 있다가 1개월 정직을 당하고, 엘리트들이 모인 본청 강력계에서 전출…." 그녀는 말을 잇지 못하고 머뭇거렸다.

"하수처리반으로 간 거죠." 보슈가 그녀의 말을 대신 해주었다.

위시는 자신의 잔을 들여다보며 말을 이었다.

"그래서 형사님 이름을 보자마자 루크 요원은 형사님이 남는 시간에 은행으로 통하는 굴을 팠을지도 모른다는 생각을 했습니다. 영웅의 자리에서 밑바닥으로 떨어진 형사님이 이런 식으로 사회에 복수하려는 거다, 뭐 그런 말도 안 되는 생각을 해낸 거죠. 하지만 형사님의 배경을 조사하고 조용히 수소문해본 결과 형사님이 정직기간 1개월을 멕시코에서 보내고 있다는 걸 알게 되었습니다. 저희가 사람을 엔세나다까지 보내서 확인도 했습니다. 그래서 형사님이 제외된 겁니다. 그 무렵에 세풀베다의 퇴역군인회에서 형사님의 진료기록도 입수했고요…. 아, 그거로군요. 오늘 오전에 형사님이 확인하신 게. 그렇죠?"

보슈는 고개를 끄덕였다. 위시의 이야기가 이어졌다.

"어쨌든, 진료기록에 정신과의사의 보고서가 있었습니다…. 죄송합니다. 제가 심한 사생활 침해를 하는 것 같네요."

"괜찮습니다. 나는 답을 알고 싶어요."

"외상 후 스트레스 장애(PTS) 치료였는데, 형사님이 기능적으로 아무런 문제가 없다는 내용이었습니다. 하지만 가끔 불면증, 폐쇄공포증 등 PTS 증세를 나타내기는 했습니다. 의사의 기록 중에는 심지어 형사님이 굴 같은 곳에는 결코 들어가려 하지 않는다는 내용도 있었습니다. 그래도 어쨌든 저희는 형사님의 프로필을 콴티코의 행동과학실에 보냈습니다. 그쪽 프로파일러들은 형사님이 고작 금전적인 이득을 위해 그 선을 넘었을 가능성이 없다면서 용의자일 가능성이 희박하다고 말했습니다."

위시는 자신의 이야기를 보슈가 완전히 이해할 수 있게 잠시 가만히 있었다.

"그 퇴역군인회 자료는 오래전의 겁니다." 보슈가 말했다. "지금 그 얘기 전체가 다 오래전 거예요. 물론 이 자리에서 나를 용의선상에 올려야 한다며 그 이유를 열거할 생각은 없지만, 어쨌든 그 자료는 오래됐습니다. 내가 퇴역군인회 쪽이든 어디서든 정신과의사를 만난 건 5년 전입니다. 그리고 그 공포증 어쩌고저쩌고 하는 헛소리 말인데, 나는 어제도 메도우스의 시체를 살피려고 굴 속에 들어갔습니다. 콴티코의 그 심리학자들이 이 얘기를 들으면 뭐라고 할 것 같습니까?"

보슈는 자신의 얼굴이 붉게 달아오르는 것을 느낄 수 있었다. 위시에게 너무 많은 말을 했다는 사실이 당혹스러웠다. 하지만 얼굴이 붉어지는 것을 막고 숨기려고 애를 쓰면 쓸수록 얼굴로 더 많은 피가 몰려들었다. 그런데 바로 그 순간에 엉덩이가 펑퍼짐한 아까의 그 웨이트리스가 다시 나타나 커피를 새로 따라주었다.

"이제 주문하시겠어요?" 그녀가 물었다.

"아뇨." 위시는 보슈에게서 전혀 눈을 떼지 않은 채 대답했다. "아직이에요."

"이봐요, 조금 있으면 점심시간이라 사람들이 잔뜩 몰려올 텐데, 그 사람들이 앉을 자리가 있어야죠. 저는 배고픈 사람들 덕분에 먹고 사는 사람이에요. 화가 나서 식사고 뭐고 없는 사람들은 저한테 아무 소용없다고요."

웨이트리스가 멀어져가는 동안 보슈는 웨이트리스들이 사람의 행동을 보고 판단하는 능력이 대부분의 경찰관보다 뛰어난 것 같다고 생각했다. 위시가 말했다. "이번 일은 정말 죄송하게 생각합니다. 아까 제가 가겠다고 했을 때 그냥 보내주셨으면 좋았을 걸…."

당혹감은 사라졌지만, 분노는 아직 남아 있었다. 그는 이제 칸막이 좌석 바깥의 먼 곳 대신 위시를 똑바로 바라보고 있었다.

"자료 몇 장 읽어보고 날 잘 안다고 한 겁니까? 요원은 날 모릅니다. 도대체 뭘 안다는 겁니까?"

"전 형사님을 모릅니다. 형사님에 대해 알 뿐이죠." 위시는 생각을 정리하려는 듯 잠시 가만히 있다가 다시 말을 이었다. "형사님은 제도권 안의 인물입니다. 평생 동안 그랬어요. 청소년 쉼터, 임시 가정 전전, 군대, 그 다음에는 경찰. 제도와 체제 밖으로 나가신 적이 없습니다. 결함이 많은 사회적 제도와 체제를 차례로 옮겨 다니며 겪으셨죠."

위시는 물을 몇 모금 마신 뒤 이야기를 계속할지 말지 고민하는 눈치더니 다시 입을 열었다. "히에로니머스 보슈…. 형사님 어머니가 형사님에게 주신 건 500년 전에 죽은 화가의 이름밖에 없었습니다. 하지만 형사님이 지금까지 목격하신 것들에 비하면, 그 화가가 그린 꿈 속의 기괴한 광경들은 디즈니랜드 수준에 불과할지도 모릅니다. 형사님 어머니는 혼자였습니다. 그래서 형사님을 포기할 수밖에 없었죠. 형사님은 임시가정과 청소년 쉼터를 전전하며 자랐습니다. 그 시기를 간신히 거친 다음에는 베트남에서 또 생존을 위해 투쟁했고, 그다음에는 경찰국에서 같은 일을 반복했습니다. 그래도 아직까지는 모든 걸 이기고 살아남으셨죠. 하지만 형사님은 제도권 내부의 일을 하면서도 사실은 아웃사이더입니다. 본청 강력계까지 올라가서 신문 헤드라인을 장식하는 사건들을 다루셨지만, 처음부터 형사님은 아웃사이더였습니다. 형사님이 자기만의 방식대로 일을 처리했기 때문에, 결국 그 사람들이 형사님을 쫓아버린 겁니다."

그녀는 잔을 비웠다. 보슈에게 자신의 이야기를 막을 기회를 주려는 것 같았지만, 보슈는 그냥 가만히 있었다.

"딱 한 번의 실수로 충분했습니다." 위시가 말했다. "형사님은 작년에 사람을 죽였습니다. 그자는 살인자였지만, 그런 건 중요하지 않았습니다. 보도에 따르면, 형사님은 그자가 베개 밑에 둔 총을 꺼내려는 줄 알았다고 하더군요. 그런데 사실 그자가 꺼내려던 건 부분가발이었습니다. 정말 웃음이 나올 일이죠. 그런데 내사과가 찾아낸 증인은, 용의자가 베개 밑에 가발을 두었다고 자기가 형사님에게 미리 말해주었다고 증언했습니다. 하지만 그 증인이라는 여자가 거리의 창녀였기 때문에 증언의 신뢰성이 의심스러운 상황이라 형사님을 완전히 내쫓을 수는 없었습니다. 그래도 다른 곳으로 전출시킬 수는 있었죠. 이제 형사님은 할리우드 경찰서 소속입니다. 경찰국 사람들이 대개 하수도라고 부르는 곳이죠."

위시의 목소리가 잦아들었다. 이제 할 말을 다 했다는 뜻이었다. 보슈는 아무 말도 하지 않았다. 한참 동안 침묵이 흘렀다. 웨이트리스가 옆을 지나갔지만, 지금은 말을 걸면 안 된다는 걸 알아차린 모양이었다.

"이따가 사무실로 돌아가거든…." 마침내 보슈가 입을 열었다. "루크 요원에게 전화를 한 통 더 걸라고 해요. 그 친구가 날 이 사건에서 쫓아냈다면, 내가 다시 이 사건을 맡게 해줄 수도 있을 겁니다."

"저는 그렇게 못합니다. 루크 요원이 그렇게 하지도 않을 테고요."

"아뇨, 그렇게 할 겁니다. 내일 아침까지 그렇게 하라고 해요."

"그렇게 안 하면요? 형사님이 뭘 어쩌실 건데요? 솔직히 인정하세요. 형사님은 과거 그런 기록도 있으니까 내일이면 십중팔구 정직처분을 받을 겁니다. 파운즈는 루크 요원과 전화를 끊자마자 내사과에 연락했을 거예요. 어쩌면 루크 요원이 직접 내사과에 연락했을 수도 있고요."

"상관없습니다. 내일 아침까지 아무런 조치를 취하지 않으면, 대형 은행 도난사건의 용의자, 그것도 FBI가 감시하고 있던 용의자가 바로 FBI 코앞에서 살해당하는 바람에 저 유명한 웨스트랜드 사건을 해결할 단서를 놓쳤다는 기사를 〈LA 타임스〉에서 읽게 될 거라고 루크 요원에게 말해요. 신문에 실린 사실 중에 일부가 정확하지 않을 수도 있겠지만, 그래도 기사 자체는 상당히 사실에 가까울 겁니다. 하지만 그보다 더 중요한 건, 독자들이 그 기사를 아주 재미있게 읽을 거라는 점이죠. 그래서 저 멀리 워싱턴까지 파장이 미칠 겁니다. 루크 요원에게는 당혹스러운 일이죠. 메도우스를 죽인 범인에게는 일종의 경고가 될 수도 있고요. 그러면 댁들은 결코 그 범인들을 잡지 못할 겁니다. 그리고 루크 요원은 앞으로 영원히 범인을 놓친 사람으로 기억되겠죠."

위시는 고개를 절레절레 저으며 그를 바라보았다. 마치 자신은 이 진흙탕과 거리가 먼 사람이라고 말하는 듯했다. "그건 제가 결정할 수 있는 일이 아니에요. 일단 루크 요원에게 말을 전달한 뒤에는 루크 요원이 결정을 내릴 겁니다. 하지만 제가 루크 요원이라면, 형사님의 말을 허풍으로 치부할 겁니다. 지금 분명히 말씀드리지만, 루크 요원에게도 그렇게 말할 거예요."

"허풍이 아닙니다. 날 조사해봤다니 내가 언론사에 연락할 만한 인물이라는 걸 알 텐데요. 기자들은 내 말을 듣고 좋아할 겁니다. 머리를 써봐요. 루크 요원한테 절대 허풍이 아니라고 전하란 말입니다. 난 언론사에 연락해서 기사를 흘려도 잃을 게 없는 사람입니다. 그리고 루크 요원은 날 수사에 복귀시켜도 잃을 게 없는 사람이고요."

보슈는 칸막이 좌석 밖으로 나가려다가 잠시 동작을 멈추고 1달러 지폐 두 장을 탁자 위에 놓았다.

"내 서류를 갖고 있으니, 내 연락처도 알고 있겠죠?"

"네, 알고 있습니다." 위시는 잠시 가만히 있다가 보슈를 불렀다. "보슈 형사님?"

보슈는 다시 밖으로 나가려다가 그녀를 뒤돌아보았다.

"그 거리의 창녀 말인데요, 그 여자 말이 사실입니까? 베개 밑에 가발을 뒀다고 말해줬다는 얘기 말입니다."

"언제는 사실이 아닌 게 있던가요?"

보슈는 윌콕스 거리의 경찰서 뒤편 주차장에 차를 세우고 뒷문 앞에 다다를 때까지 담배를 피웠다. 그리고 바닥에 꽁초를 비벼 끈 뒤 안으로 들어갔다. 경찰서 유치장 뒤편의 철망 달린 창문에서 새어나오던 토사물 냄새가 문 뒤로 사라졌다. 제리 에드거가 뒤쪽 복도를 서성거리며 그를 기다리고 있었다.

"해리, 형사과장이 난리가 났어."

"그래? 무슨 일로?"

"나도 몰라. 어쨌든 과장이 10분마다 밖으로 나와서 자네를 찾고 있어. 자네 호출기를 꺼놨지? 내사과 양복쟁이 두어 명도 아까 시내에서 여기까지 와서 과장 사무실로 들어갔어."

보슈는 파트너에게 위안이 될 만한 말은 한 마디도 안 한 채 고개만 끄덕였다.

"도대체 무슨 일이야?" 에드거가 불쑥 물었다. "할 얘기가 있으면, 안에 들어가기 전에 속 시원히 털어놔. 자네는 저쪽 사람들하고 과거가 있잖아."

"나도 어떻게 된 일인지 잘 몰라. 아무래도 우릴 이번 사건에서 쫓아내려는 것 같은데. 적어도 나만이라도 쫓아내려는 것 같아." 그는 아무래도 상관없다는 표정이었다.

"해리, 고작 그런 일로 내사과가 출동하진 않아. 분명히 무슨 일이 있는 거야. 자네가 무슨 짓을 했는지는 모르지만, 괜히 나까지 말려들게 하지는 마."

에드거는 이 말을 하자마자 당황한 표정을 지었다.

"미안해, 해리. 그런 말을 할 생각은 없었는데."

"걱정 마. 일단 들어가서 얘기나 들어보자고."

보슈는 형사과로 향했다. 에드거는 당직 형사 앞을 지나서 앞쪽 복도로 다시 들어오겠다고 말했다. 그래야 둘이 미리 입을 맞춘 것처럼 보이지 않을 거라면서. 보슈가 자신의 자리로 가서 가장 먼저 알아차린 것은, 메도우스 사건의 기록을 모아둔 파란색 서류철이 사라졌다는 사실이었다. 하지만 그걸 가져간 사람이 누군지는 몰라도, 911 신고전화를 녹음한 테이프는 깜박 잊은 모양이었다. 보슈가 그 테이프를 들어

외투 주머니에 넣는 순간 형사과 앞쪽의 유리 사무실에서 과장의 목소리가 우렁차게 울려 나왔다. 그가 한 말은 딱 한 마디였다. "보슈!" 사무실에 있던 다른 형사들이 주위를 둘러보았다. 보슈는 일어나서 천천히 유리 사무실로 갔다. 별명이 '98 파운드'인 하비 파운즈 과장이 일하는 그 사무실을 형사들은 유리상자라고 불렀다. 파운즈와 함께 앉아 있는 양복쟁이 두 명의 뒷모습이 유리창을 통해 보였다. 보슈는 내사과에서 나온 그 두 형사가 인형사 사건을 맡았던 루이스와 클라크임을 알 수 있었다.

에드거가 앞쪽 복도에서 안으로 들어오는 순간 마침 보슈가 그 앞을 지나가고 있었다. 두 사람은 함께 유리상자 안으로 들어갔다. 파운즈는 탁한 눈빛으로 자기 자리에 앉아 있었다. 내사과 형사들은 꼼짝도 하지 않았다.

"먼저, 담배는 안 돼, 보슈. 알았나?" 파운즈가 말했다. "사실 오늘 오전에는 형사과 전체가 무슨 재떨이 같은 악취를 풍기고 있어. 내가 자네라면, 담배를 피워도 되냐는 말은 아예 꺼내지도 않을 거야."

경찰국과 시청의 방침에 따라 형사과처럼 시민들이 드나드는 모든 사무실에서는 흡연이 금지되어 있었다. 자기만의 개인 사무실이 있는 사람이거나, 아니면 개인 사무실 주인에게 허락을 받았을 경우에만 담배를 피울 수 있었다. 파운즈는 담배를 피우다가 개심한 사람으로, 흡연을 철저히 금지했다. 그의 밑에서 일하는 형사들 32명 중 대부분은 줄담배를 피워대는 사람들이었다. 98 파운드가 없을 때는 바깥의 주차장까지 나가는 대신 그의 사무실로 들어가 재빨리 담배를 피우고 나오는 형사들이 많았다. 밖에 나갔다가는 걸려오는 전화를 놓칠 수도 있고, 주차장에서는 유치장의 주정뱅이들에게서 나는 오줌냄새와 토사물 냄새를 맡아야 하기 때문이었다. 파운즈는 이런 형사들을 막기 위해 서장실에 잠깐 다녀올 때도 반드시 자기 사무실 문을 잠그는 버릇을 들였다. 하지만 편지봉투를 여는 칼만 있으면 누구든 3초 만에 그 문을 열 수 있었다. 그래서 과장이 나갔다 돌아올 때마다 사무실에서는 항상 고약한 담배 냄새가 났다. 과장은 사방의 길이가 겨우 3미터인 방에 환풍기를 두 개나 설치하고, 책상 위에는 방향제도 놓아두었다. 보슈가 파커센터에서 이곳 할리우드 경찰서로 배치된 뒤에는 방 안 공기가 고약해지는 경우가 더욱 늘어났기 때문에 98 파운드는 보슈가 자기 방을 망가뜨리는 주범이라고 확신했다. 옳은 생각이었지만, 보슈는 결코 현장에서 과장에게 들킨 적이 없었다.

"그 일 때문입니까?" 보슈가 물었다. "사무실에서 담배 피운 거요?"

"일단 앉아." 파운즈가 쏘아붙였다.

보슈는 담배가 없다는 것을 보여주려고 양손을 들어올렸다. 그러고는 내사과에서 나온 두 사람에게 시선을 돌렸다.

"이런, 제드, 우리가 또 모험을 떠나게 생겼는데. 저 두 사람 때문에 멕시코로 무급휴가를 다녀온 뒤로 이 두 모험가를 본 적이 없는데 말이야. 그때는 이 두 사람이 일을 참 잘 했어. 신문기사며 인터뷰며 전부. 내사과의 스타들이야."

두 내사과 형사의 얼굴이 금세 분노로 붉게 달아올랐다.

"그 잘난 주둥이를 닥치는 게 당신 신상에 좋을걸." 클락이 말했다. "이번에는 문제가 심각하다고, 보슈. 알았어?"

"그래, 알려줘서 고맙군. 나도 알려줄 게 하나 있는데. 어빙의 시녀가 되기 전에 그냥 옛날처럼 편안한 옷을 입어도 되는 자리로 돌아가지 그래. 자네 이빨 색깔이랑 똑같은 노란색 옷 있잖아. 비단 양복보다는 폴리에스터가 자네한테 잘 어울려. 사실 저기 유치장에 있는 어떤 녀석한테 들었는데, 자네 양복바지 엉덩이가 번들거린다더군. 책상에 하도 앉아 있어서 말이야."

"그만, 그만." 파운즈가 끼어들었다. "보슈, 에드거, 그만 앉아서 입 좀 다물어. 이건…."

"과장님, 저는 아무 말도 안 했어요." 에드거가 입을 열었다. "저는…."

"조용! 다들 조용히 해! 입 좀 다물어." 파운즈가 고함을 질렀다. "정말 죽겠네! 에드거, 우선 정식으로 소개하지. 여기 두 사람은 내사과에서 나왔어. 이미 알고 있는지도 모르지만. 루이스 형사와 클락 형사. 이번…."

"변호사를 불러주십시오." 보슈가 말했다.

"저도 그래야 할 것 같은데요." 에드거가 말을 덧붙였다.

"아, 젠장." 파운즈가 말했다. "우리끼리 얘기해서 해결할 거야. 경찰보호위원회에서 헛소리나 지껄이는 놈들을 불러들일 생각은 하지도 마. 변호사를 원한다면 나중에 자네가 직접 구해. 지금은 우선 여기 앉아. 자네들 둘 다. 그리고 묻는 말에 대답이나 하라고. 안 그러면, 에드거, 그 800달러짜리 양복을 벗고 다시 제복을 입어야 할 거야. 그리고 보슈, 젠장, 보슈, 자네는 이번에야 말로 KO패를 당할걸."

작은 사무실 안에 잠시 침묵이 흘렀다. 하지만 다섯 남자들 사이의 긴장감은 금방이라도 유리창을 산산조각 낼 것처럼 팽팽했다. 파운즈는 형사과 사무실을 내다보았다. 10여 명의 형사들이 일하는 척하고 있었지만, 사실은 과장의 사무실 안에서 오가는 말을 유리벽 너머에서 한 마디라도 들으려고 귀를 쫑긋 세우고 있었다. 과장의 입술을 읽으려고 애쓰는 형사도 있었다. 과장은 일어나서 창문에 블라인드를 내렸다. 이건 드문 일이었다. 따라서 그가 블라인드를 내렸다는 건 정말 큰일이 벌어졌다는 뜻이었다. 에드거도 걱정이 되는지 큰 소리로 숨을 내쉬었다. 파운즈는 다시 자리에 앉아 자기 책상 위에 놓여 있는 파란색 플라스틱 바인더를 긴 손톱으로 톡톡 두드렸다.

"좋아, 이제 이야기를 해보지." 그가 입을 열었다. "자네 둘은 메도우스 사건에서 손 떼. 그게 첫 번째 주제야. 질문 같은 건 해봤자 소용없어. 그 이야기는 그걸로 끝이야. 이제 처음부터 끝까지 모든 걸 다 털어놔 봐."

이 말이 떨어지자 루이스가 딱 하는 소리와 함께 서류가방을 열어 녹음기를 꺼냈다. 그리고 그것을 켜서 파운즈의 티끌 하나 없는 책상 위에 놓았다.

보슈가 에드거와 파트너가 된 지 이제 겨우 8개월이었다. 따라서 에드거가 이런 식의 우격다짐을 어떻게 받아들일지, 이 불한당들 앞에서 얼마나 버틸 수 있을지 확신할 수 없었다. 하지만 에드거가 마음에 들었기 때문에 이런 일에 휘말리게 내버려두고 싶지는 않았다. 이번 일과 관련해서 에드거에게 죄가 있다면, 일요일 오후에는 경찰 일을 쉬고 부동산 중개인으로서 집을 팔고 싶어 했다는 것밖에 없었다.

"웃기는 짓 하지 마." 보슈는 녹음기를 가리키며 말했다.

"그거 꺼." 파운즈도 녹음기를 가리키며 루이스에게 말했다. 녹음기의 위치도 파운즈 본인보다는 루이스 쪽에 더 가까웠다. 루이스가 일어나서 녹음기를 들고 녹음 기능을 끈 뒤 되감기 버튼을 눌러 다시 책상 위에 놓았다.

루이스가 자리에 앉은 뒤 파운즈가 말했다. "보슈, 오늘 FBI에서도 전화가 와서 그 망할 놈의 은행 사건과 관련해서 자네가 용의자 물망에 올랐다고 했어. 이 메도우스라는 친구도 같은 사건의 용의자였다며? 그러니까 이제 자네는 메도우스 살인사건의 용의자이기도 하다는 거야. 우리가 그 사건에 대해서도 자네한테 물어봐야 하겠지?"

에드거의 숨소리가 커졌다. 이건 그가 처음 듣는 얘기였다.

"녹음기를 계속 꺼두면 내가 전부 이야기하죠." 보슈가 말했다.

파운즈는 잠시 생각해본 뒤 대답했다. “우선은 테이프 없이 가지. 말해 봐.”

“먼저, 에드거는 이번 일에 대해 아무것도 모릅니다. 어제 나랑 거래를 했어요. 내가 메도우스 사건을 맡고, 에드거는 집에 가기로. 스피비 사건, 그러니까 그 전날 밤에 칼에 찔린 여장남자 사건 마무리도 에드거가 하기로 했습니다. FBI 얘기나 은행 사건에 대해 이 친구는 아무것도 몰라요. 그러니까 일단 에드거는 보내주시죠.”

파운즈는 일부러 루이스나 클락이나 에드거를 보지 않으려고 애쓰는 것 같았다. 이 결정은 그가 혼자 내려야 했다. 그의 모습을 바라보는 보슈의 눈 속에 존경심이 아주 희미하게 반짝였다. 마치 무능력이라는 허리케인의 눈 속에 촛불이 하나 세워진 것 같았다. 파운즈는 자기 책상 서랍을 열어 낡은 나무 자를 꺼냈다. 그리고 양손으로 그걸 만지작거리다가 마침내 에드거를 바라보았다.

“보슈 말이 맞아?”

에드거는 고개를 끄덕였다.

“그게 보슈한테 불리한 건 알지? 보슈가 사건의 정확한 내용을 자네한테 숨기고 혼자서 사건을 해결하려고 했던 것처럼 보이잖아.”

“보슈가 메도우스랑 아는 사이라는 얘기는 나한테 해줬어요. 처음부터 끝까지 거짓말을 한 적은 없습니다. 어차피 일요일이었기 때문에, 우리가 누굴 불러내거나 보슈가 20년 전에 피살자랑 아는 사이였다는 이유로 다른 사람한테 사건을 넘길 수 있는 상황이 아니었어요. 게다가 할리우드에서 시체로 발견되는 사람들은 대부분 어떻게든 경찰과 아는 사이잖아요. 그 은행 사건인지 뭔지에 대해서는 보슈도 나랑 헤어진 뒤에야 알게 됐을 겁니다. 나는 지금 여기서 처음 듣는 얘기고요.”

“알았어.” 파운즈가 말했다. “이번 사건과 관련해서 무슨 서류 같은 거 갖고 있어?"

에드거는 고개를 저었다.

"됐어, 그럼. 아까 뭐라고 했지? 스피비? 그래, 그 스피비 사건이나 끝내. 나중에 자네한테 새 파트너를 붙여줄게. 누가 될지는 아직 모르지만, 정해지면 알려주지. 이제 가봐."

에드거는 누구나 들을 수 있을 만큼 큰 소리로 숨을 내쉬고는 자리에서 일어섰다.

하비 98 파운즈는 에드거가 나간 뒤 잠시 가만히 앉아서 분위기가 정돈되기를 기다렸다. 보슈는 담배를 피우고 싶어 미칠 지경이었다. 하다못해 불을 붙이지 않은 담배를 입에 물고 있기라도 하고 싶었다. 하지만 저들에게 그런 약점을 내보일 수는 없었다.

"자, 보슈." 파운즈가 말했다. "이제 할 말 있으면 해 봐."

"그러죠. 저 친구들 수작은 다 헛소리예요."

클락이 능글맞게 웃었다. 보슈는 전혀 개의치 않았다. 하지만 파운즈는 오금을 저리게 하는 시선으로 클락을 쏘아보았다. 파운즈에 대한 보슈의 존경심이 또 한 계단 올라갔다.

"오늘 FBI가 나는 용의자가 아니라고 확인해줬습니다." 보슈가 말했다. "9개월 전에 그쪽에서 나를 조사한 건 사실입니다. 베트남 땅굴에서 활동했던 사람이라면 누구든 조사대상이었으니까요. 은행 사건에서 베트남 땅굴과의 관련성을 발견했기 때문입니다. 그뿐이에요. 범인들 솜씨가 워낙 좋았기 때문에, FBI는 모든 사람을 조사하는 수밖에 없었습니다. 그래서 나도 조사대상이 된 거예요. 하지만 그 은행 사건이 터졌을 때 나는 멕시코에 있었습니다. 이 자리의 두 불한당 덕분에 말이죠. FBI는 그저…"

"멕시코에 있었다는 건 당신 주장이지." 클락이 말했다.

"그만 좀 해, 클락. 내 행적을 확인한다면서 시민들의 세금으로 멕시코에서 휴가를 즐길 방법이 없나 머리를 굴리는 모양인데, FBI에 직접 확인해보면 돈을 아낄 수 있어."

보슈는 다시 파운즈에게 시선을 돌리고 의자의 방향을 바꿔 내사과 형사들을 등지고 앉았다. 그리고 오로지 파운즈만이 자신의 대화상대임을 분명히 하기 위해 목소리를 낮췄다. "FBI가 이번 사건에서 나를 쫓아내려는 건, 첫째, 오늘 내가 그쪽 사무실에 가서 은행 사건에 대해 물어본 것이 야구로 치면 일종의 변화구 같은 사건이었기 때문입니다. 과거에 조사대상이었던 내가 나타나서 질문을 던져대니까 그쪽 사람들이 당황해서 과장님한테 전화를 건 거예요. 그리고 둘째, 작년에 그쪽에서 메도우스를 놓치는 바람에 아마 수사가 벽에 부딪혔을 겁니다. 메도우스를 상대로 사실을 캐낼 수 있었던 단 한 번의 기회를 날려버리고는, 외부사람한테 그걸 들키고 싶지 않았던 거죠. 자기들이 9개월 동안 해결하지 못한 걸 외부 사람이 해결하는 걸 보고 싶지 않았을 수도 있고요."

"아냐, 보슈. 자네 말이야말로 헛소리야." 파운즈가 말했다. "오늘 아침에 그 사건 수사팀을 맡고 있는 특수요원이 전화를 했어. 이름이…."

"루크죠."

"자네도 아는군. 그 친구 말이…."

"앞으로 메도우스 사건에서 나를 제외시키라고 했겠죠. 내가 메도우스랑 아는 사이였다면서. 그리고 메도우스가 공교롭게도 그 은행 사건의 가장 유력한 용의자라는 말도 했을 겁니다. 그 친구가 시체로 발견됐는데, 내가 그 사건을 맡았다, 그게 우연의 일치일까? 루크는 그렇지 않다고 봅니다. 솔직히 나도 장담할 수 없는 처지고요."

"그래, 그렇게 말했어. 그러니까 거기서부터 시작하자고. 우선 메도우스에 대해 이야기해 봐. 그자를 어떻게 알게 됐으며, 그게 언제인지. 하나도 빼지 말고 다 얘기해."

보슈는 한 시간 동안 파운즈에게 메도우스와 땅굴에 대해서, 거의 20년의 세월이 흐른 뒤 메도우스에게서 걸려온 전화에 대해서, 그리고 자신이 메도우스를 한 번 만나보지도 않은 채 그냥 세풀베다의 퇴역군인 병원에 소개해준 것에 대해서 이야기했다. 그가 메도우스와 접촉한 것은 순전히 전화를 통해서였다. 이야기를 하는 동안 내내 그는 내사과 형사들을 거들떠보지도 않았다. 아예 그들이 같은 사무실 안에 있다는 사실 자체를 인정하지도 않았다.

"나는 메도우스와 아는 사이라는 사실을 숨긴 적이 없습니다." 그가 이야기를 끝내며 말했다. "에드거한테 미리 말했어요. FBI를 찾아갔을 때도 곧바로 말했고요. 만약 내가 메도우스를 처치했다면 그런 짓을 했겠습니까? 아무리 루이스와 클락이라 해도 그렇게까지 멍청하지는 않을 겁니다."

"그럼 도대체 왜 나한테는 얘기를 안 한 거야, 보슈?" 파운즈가 우렁찬 목소리로 언성을 높였다. "이 서류철의 보고서들 속에 그 얘기는 왜 없는 거냐고. 내가 왜 그 얘기를 FBI한테서 들어야 하는 거야? 그리고 내사과는 또 왜 FBI한테서 그 사실을 처음으로 들어야 하는 거야?"

그렇다면 파운즈가 내사과를 불러들인 게 아니라는 얘기였다. 이것도 루크의 소행이었다. 보슈는 엘리노어 위시가 이 사실을 알면서도 거짓말을 한 건지, 아니면 루크가 혼자만의 판단으로 이 불한당들을 끌어들인 건지 궁금했다. 그와 위시는 서로 거의 모르는 사이, 아니 전혀 모르는 사이나 마찬가지였지만 그는 자기도 모르게 그녀가 거짓말한 것이 아니기를 바라고 있었다.

"오늘 아침에야 겨우 보고서를 쓰기 시작했습니다." 보슈가 말했다. "그래서 FBI를 만나고 와서 새로운 이야기를 보충할 생각이었어요. 그런데 그럴 기회가 사라져버린 것 같군요."

"좋아, 쓸데없이 시간낭비를 하지 않게 분명히 이야기해주지." 파운즈가 말했다. "이 사건은 FBI로 넘어갔어."

"이 사건이라니요? 이 사건은 FBI 관할이 아닙니다. 이건 살인사건이에요."

"루크 말로는, 이 살인사건이 자기네 수사랑 직접적으로 관련되어 있대. 그 은행 사건 말이야. 그래서 이번 사건을 자기네 수사에 포함시킬 거래. 우리 쪽에서도 수사공조 연락관을 통해서 담당자를 배정할 거야. 이 살인사건과 관련해서 나중에 누군가를 기소하게 된다면, 우리 쪽 담당자가 지방검사에게 사건을 넘길 거야."

"세상에, 과장님, 저쪽에 분명히 무슨 꿍꿍이가 있습니다. 모르시겠어요?"

파운즈는 나무 자를 다시 서랍에 넣고 서랍을 닫았다.

"그래, 꿍꿍이가 있지. 하지만 난 자네랑 생각이 달라. 이 이야기는 이걸로 끝이야, 보슈. 이건 명령이야. 이번 사건에서 손 떼. 그리고 여기 두 사람이 자네랑 이야기를 하고 싶어 하니까, 내사과 조사가 끝날 때까지 자네는 내근이야."

파운즈는 잠시 가만히 있다가 엄숙한 목소리로 다시 입을 열었다. 자기가 하려는 말이 마음에 안 드는 기색이었다.

"작년에 자네가 이쪽으로 전출됐을 때, 난 자네를 어디든 마음대로 배치할 수 있었어. 절도사건 담당부서로 보내서 1주일에 50건씩 보고서를 처리하며 서류더미에 푹 파묻히게 만들 수도 있었다고. 하지만 그렇게 하지 않았어. 자네의 재주를 알아보고 살인전담반에 배치했지. 자네도 그걸 원하는 것 같았고. 작년에 윗선에서는 나더러 자네가 실력은 좋지만 제멋대로 군다고 말했어. 이제 보니 그 사람들 말이 맞았던 것 같아. 이번 일로 내가 어떤 피해를 입게 될지는 나도 몰라. 하지만 이제는 가능하면 자네한테 좋은 방향으로 일을 처리해줄 생각이 없어. 그러니까 이 친구들이랑 이야기를 하든지 말든지 자네 마음대로 해. 난 상관없으니까. 그리고 자네와 나 사이는 이걸로 끝이야. 만약 자네가 이번 일에서 무사히 벗어난다면, 다른 곳으로 전출을 신청하는 게 좋을 거야. 앞으로는 여기 살인전담반에서 일할 수 없을 테니까."

파운즈는 책상 위에 놓여 있던 파란색 바인더를 들고 일어섰다. 그리고 사무실을 나가면서 이렇게 말했다. "난 이걸 FBI에 넘겨줘야 해. 자네들은 이 사무실을 마음껏 써도 좋아."

그는 밖으로 나가 문을 닫았다. 보슈는 잠시 생각해본 결과 파운즈의 말에서 잘못을 찾을 수 없다는 결론을 내렸다. 그는 담배를 꺼내 불을 붙였다.

"이봐, 금연이야. 아까 과장이 그랬잖아." 루이스가 말했다.

"시끄러." 보슈가 말했다.

"보슈, 자넨 이제 죽은 목숨이야." 클락이 말했다. "이번에는 우리가 자네를 아주 통구이로 만들어버릴 거야. 옛날과 달리 이젠 자네가 영웅도 아니니까, 경찰국 이미지를 신경 쓸 필요도 없어. 자네가 어떻게 되든 아무도 신경 쓰지 않을 테니까."

그러고 나서 그는 자리에서 일어나 다시 녹음기를 켰다. 그는 녹음기를 향해 오늘 날짜, 이 자리에 참석한 세 사람의 이름, 이번 사건에 할당된 내사과 사건번호를 말했다. 보슈가 9개월 전 내사과 조사를 받을 때의 번호보다 700번 정도 높아진 번호였다. 9개월 동안 700명의 경찰관들이 이 엉터리 불한당들의 손을 거쳐 갔다는 얘기였다. 이런 식이라면,

언젠가 모든 순찰차 옆구리에 써 있는 경찰의 임무, 즉 '시민에게 봉사하고 시민을 보호한다'는 임무를 수행할 사람이 한 명도 남지 않을 것 같았다.

"보슈 형사." 이제 루이스가 앞으로 나서서 절제되고 차분한 목소리로 입을 열었다. "윌리엄 메도우스의 변사사건 수사와 관련해서 형사에게 몇 가지 질문을 던지겠습니다. 과거에 고인과 어떤 식으로든 관계를 맺거나 알고 지낸 적이 있는지 말씀해주시죠."

"변호사 없이는 어떤 질문에도 대답하지 않겠소." 보슈가 말했다. "캘리포니아의 경찰관 권리장전에 따라 변호사를 선임할 권리를 주장합니다."

"보슈 형사, 경찰국은 경찰관 권리장전 중 그 조항을 인정하지 않습니다. 우리 질문에 대답할 것을 명령합니다. 만약 대답하지 않는다면, 정직 조치가 내려질 것이며, 파면될 수도 있습니다. 형사는…."

"이 수갑 좀 느슨하게 해줄 수 없소?" 보슈가 말했다.

"뭐?" 루이스가 차분하고 자신감 넘치는 목소리를 잃어버리고 놀란 소리로 외쳤다.

클락이 일어나 녹음기 옆으로 다가가 허리를 굽히고 말했다.

"보슈 형사는 수갑을 차고 있지 않으며, 그 사실을 증언할 수 있는 목격자 두 사람이 이 자리에 있다."

"바로 그 두 사람이 내게 수갑을 채웠습니다." 보슈가 말했다. "그리고 날 구타했어요. 이건 내 인권을 직접적으로 침해하는 행위입니다. 조합 대변인과 변호사가 이 자리에 배석해주기를 요청합니다."

클락은 테이프를 앞으로 되감은 뒤 녹음기를 껐다. 녹음기를 파트너의 서류가방에 다시 넣는 그의 얼굴이 분노로 시뻘게져 있었다. 두 사람은 잠시 말문이 막혀서 아무 말도 하지 못했다.

마침내 클락이 말했다. "당신을 처리하는 게 우리한테는 아주 즐거운 일이 될 거야, 보슈. 오늘이 가기 전에 과장 책상 위에 당신 정직서류를 올려놓겠어. 당신은 내사과 내근직으로 배치돼서 줄곧 우리의 감시를 받게 될 거야. 우선 CUBO부터 시작해서 차근차근 올라가야지. 어쩌면 살인혐의까지 밝혀질지 누가 알겠어. 어쨌든 당신은 이제 경찰국에서 끝났어. 끝장이라고."

보슈가 일어서자 내사과 형사들도 일어섰다. 보슈는 마지막으로 담배를 깊이 빨아들인 뒤 클락 앞의 바닥에 꽁초를 던지고 발로 짓이겼다. 루이스와 클락이 이번 심문을 주도하지 못했다는 사실을 파운즈에게 들키기 싫어서 그 반짝이는 바닥에서 담배꽁초 찌꺼기를 직접 닦아내리라는 것을 그는 알고 있었다. 보슈는 두 사람 사이로 끼어들어가 담배 연기를 내뿜고는 한 마디 말도 없이 밖으로 나갔다. 클락이 화를 참지 못하고 외치는 소리가 들렸다.

"이 사건 근처에도 가지 마, 보슈!"

자신을 따라 움직이는 시선들을 무시하며 보슈는 형사과 사무실을 가로질러 살인전담반에 있는 자기 자리에 털썩 주저앉았다. 그리고 에드거를 바라보았다. 그도 자기 자리에 앉아 있었다.

"아까 잘했어." 보슈가 말했다. "자네는 괜찮을 거야."

"그럼 자네는?"

"난 사건에서 쫓겨났어. 저 두 망할 놈이 내 서류를 만들어서 가져올 거고. ROD를 당할 때까지 오늘 오후밖에 시간이 없어."

"젠장."

보슈에게 처분을 내리려면 내사과 차장이 직무정지, 즉 ROD 명령서와 일시 정직 명령서에 모두 서명해야 했다. 그보다 더 엄한 처벌을 내리려면 경찰 임명 소위원회의 승인이 필요했다. 루이스와 클락은 우선 '경찰관의 품위에 어긋나는 행동conduct unbecoming an officer', 일명 CUBO를 했다는 이유로 보슈에게 일시적인 ROD 처분을 내리는 것으로 만족할 것이다. 일단 상황을 그렇게 정리한 뒤 그들은 소위원회에 더 중한 처벌을 요청할 수 있는 사유를 찾아낼 것이다. 차장이 보슈에 대한 ROD 명령서에 서명하면, 조합 규정에 따라 보슈에게도 그 사실을 알려주어야 했다. 그를 직접 만나 알려줄 수도 있고, 전화통화를 하면서 통화내용을 녹음하는 방식으로 알려줄 수도 있었다. 일단 통보가 이루어진 뒤에는 보슈를 파커 센터의 내사과 내근직에 배치하거나 조사가 종결될 때까지 자택에 머무르라는 명령을 내릴 수 있었다. 루이스와 클락은 보슈에게 장담한 대로, 그를 내사과 내근직에 배치할 터였다. 그러면 그를 트로피처럼 남들에게 전시할 수 있을 테니까.

"스피비 사건에 대해 내가 뭐 해줄 일 없어?" 보슈가 에드거에게 물었다.

"아니. 그 일은 다 끝났어. 타자기가 비는 대로 서류를 작성할 거야."

"혹시 내 부탁대로 메도우스가 정말로 지하철 공사장에서 일했는지 확인해봤어?"

"해리, 저기…." 에드거는 하려던 말을 안 하는 편이 낫겠다는 결론을 내린 모양이었다. "그래, 확인해봤어. 그게 무슨 소용이 있을지는 모르겠지만, 그쪽 사람들 말로는 현장에 메도우스라는 사람이 없대. 필즈는 있지만, 그 친구는 흑인이고 오늘 출근했다는 거야. 메도우스는 다른 이름으로도 거기서 일하지 않았을 가능성이 높아. 거긴 야간 근무조가 없거든. 공사가 예정보다 빨리 진척되고 있대. 진짜 믿을 수 없는 소리이긴 해도." 에드거는 여기서 목소리를 높였다. "이봐, 그 타자기는 내가 찜한 거야."

"안 돼." 자동차 사건을 맡고 있는 밍클리라는 형사가 마주 외쳤다. "내가 아까부터 기다리고 있었어."

에드거는 다른 타자기가 없는지 주위를 둘러보았다. 늦은 시간이라 사무실 안의 타자기들은 황금처럼 귀했다. 형사는 32명인데, 타자기는 12대였다. 그것도 자판의 키들이 발작하는 것처럼 움직이는 전동타자기와 수동타자기까지 모두 합해서 12대였다.

"할 수 없지, 그럼." 에드거가 소리쳤다. "자네 다음이 나야, 밍크." 그러고 나서 에드거는 목소리를 낮춰 보슈에게 말했다. "과장이 내 파트너로 누굴 붙여줄 것 같아?"

"과장이? 나야 모르지." 이건 마치 내가 이승의 출근부에 마지막 도장을 찍은 뒤에 내 마누라가 누구랑 결혼할 것 같은지 맞춰보라는 식이었다. 보슈는 누가 에드거의 다음 파트너가 될지 추측해보고 싶은 마음이 별로 없었다. 그래서 이렇게 말했다. "난 할 일이 있어."

"그렇겠지, 해리. 내가 도울 일은 없어?"

보슈는 고개를 젓고는 수화기를 들었다. 그리고 자신의 변호사에게 전화를 걸어 메시지를 남겼다. 대개 변호사는 보슈가 세 번쯤 메시지를 남긴 뒤에야 비로소 전화를 걸어오기 때문에, 보슈는 다시 전화를 해야겠다고 머릿속에 메모를 해두었다. 그러고는 롤로덱스에서 세인트루이스에 있는 미군복무기록보관소의 번호를 찾아 전화를 걸었다. 그가 수사기관 담당 사무원을 바꿔달라고 하자 제시 세인트존이라는 여자가 나왔다. 그는 빌리 메도우스의 복무기록 일체를 지급으로 복사해달라고 요청했다. 세인트존은 사흘이 걸린다고 말했다. 보슈는 전화를 끊으면서 그 자료를 결코 볼 수 없겠다는 생각을 했다. 자료가 오기야 하겠지만, 그때쯤이면 그는 이 자리에서 그 사건을 담당하고 있지 않을 것이다. 그는 감식반의 도노반에게도 전화를 걸었다. 도노반은 메도우스의 셔츠 주머니에서 발견된 주사기에 잠재지문이 전혀 없고, 스프레이 페인트 통에 뭉개진 지문만 있을 뿐이라고 말해주었다. 마약도구와 함께 발견된 솜뭉치 속의 밝은 갈색 결정체는 순도 55퍼센트의 아시아산 헤로인이었다. 보슈는 거리에서 거래되는 헤로인의 순도가 대개 15퍼센트 가량이라는 것을 알고 있었다. 특히 멕시코인들이 만든 타르 헤로인이 대부분이었다. 따라서 누군가가 메도우스에게 최고급품을 주었다는 뜻이었다. 앞으로 나올 독극물 검사결과는 이제 그냥 절차에 불과하다는 생각이 들었다. 메도우스의 죽음은 살인임이 분명했다.

현장에서 나온 다른 물건들은 그다지 쓸모가 없었다. 다만, 굴 안에서 발견된, 사용한 지 얼마 안 된 성냥이 메도우스의 마약도구에 포함된 종이성냥과 일치하지 않는다는 말을 도노반이 하기는 했다. 보슈는 도노반에게 메도우스의 아파트 주소를 말해주고, 감식반을 그곳으로 보내 조사해달라고 부탁했다. 특히 커피탁자 위의 재떨이에 있는 성냥들을 그 종이성냥과 비교해보라고 했다. 보슈는 전화를 끊으면서, 자신이 이번 사건에서 쫓겨났다는 소식이나 정직을 당했다는 소식이 퍼지기 전에 도노반이 감식반을 보내주면 좋겠다고 생각했다.

그가 마지막으로 전화를 건 곳은 검시관실이었다. 사카이가 메도우스의 가족에게 사실을 통보했다고 말했다. 루이지애나 주 뉴아이베리아에 살고 있는 메도우스의 어머니에게 연락이 닿았다는 것이다. 메도우스의 어머니는 아들의 시신을 운구해갈 돈도, 아들을 매장할 돈도 없다고 했다. 아들을 만난 지도 18년이었다. 빌리 메도우스가 도무지 집에 들를 생각을 하지 않은 탓이었다. 따라서 LA 카운티가 메도우스를 묻어줘야 할 것 같았다.

"퇴역군인회는 어때?" 보슈가 물었다. "메도우스도 퇴역군인이잖아."

"그렇죠. 그쪽에 한번 물어봐야겠네요." 사카이는 이렇게 말하고 전화를 끊었다.

보슈는 자리에서 일어나 파일 캐비닛에 있는 자기 서랍에서 작은 휴대용 녹음기를 꺼냈다. 파일 캐비닛은 강력계 탁자 뒤쪽 벽에 죽 늘어서 있었다. 보슈는 911 신고전화 녹음테이프와 함께 녹음기를 외투 주머니에 넣고 뒤쪽 복도를 통해 밖으로 나갔다. 그리고 유치장을 지나 CRASH 사무실로 향했다. 그 작은 사무실은 형사과보다 더 북적거렸다. 남자 다섯 명과 여자 한 명이 쓰는 책상들과 서류함들이 고작해야 아파트의 보조침실만 한 방을 가득 채우고 있었다. 한쪽 벽에는 서랍이 네 개인 파일 캐비닛이 죽 늘어서 있고, 반대편 벽에는 컴퓨터와 텔레타이프가 있었다. 그리고 그 두 벽 사이에 두 개씩 나란히 붙여 놓은 책상들이 세 줄로 놓여 있었다. 뒤쪽 벽에는 다른 사무실과 마찬가지로 18개 경찰서의 관할구역을 검은 선으로 자세히 표시해 놓은 시내 지도가 걸려 있었다. 그 지도 위에 할리우드 경찰서 관할구역의 10대 골칫덩이 명단이 있었다. 현재 이 일대에서 가장 말썽을 피우고 있는 사람 10명의 컬러 사진을 붙여 놓은 표였다. 그 중 한 장은 시체 안치실에서 찍은 사진이었다. 그 사진의 주인공이 이미 죽었는데도 이 명단에 포함된 걸 보면 정말 어지간한 놈인 모양이었다. 10장의 사진들 위에는 검은색으로 '거리의 불량배들을 막기 위한 시민의 자산'(Community Resources Against Street Hoodlums. 이 이름의 머리글자를 따서 만든 약자가 위에 나오는 CRASH – 옮긴이)이라고 적혀 있었다.

사무실 안에는 컴퓨터 앞에 앉아 있는 텔리아 킹밖에 없었다. 보슈가 바라던 바였다. 사람들은 그녀를 그냥 킹이라고 부르기도 하고, 엘비스라고 부르기도 했다. 그녀는 킹이라는 별명을 무척 싫어했지만, 엘비스라는 별명에는 개의치 않았다. 그녀는 이 CRASH 사무실의 컴퓨터 전문가였다. 어떤 폭력조직의 계보를 추적하거나 할리우드 일대를 떠돌아다니는 청소년 범죄자를 찾고 싶다면, 엘비스를 찾아가는 것이 최고의 방법이었다. 하지만 그녀가 사무실에 혼자 있는 것은 조금 의외였다. 보슈는 자신의 손목시계를 확인했다. 2시가 막 지났으니, 이 조직폭력 전담반 형사들이 거리로 나가기에는 너무 이른 시간이었다.

"다들 어디 갔나?"

"어머, 보슈 선배." 엘비스가 화면에서 시선을 돌려 그를 바라보며 말했다. "장례식에 갔어요. 전쟁을 벌이고 있는 두 조직이 오늘 밸리 쪽에 있는 공동묘지에서 각각 자기네 조직원 장례식을 치르고 있거든요. 거기서 문제가 생기지 않게 전부 매달려 있어요."

"그럼 자네는 왜 거기 안 나간 거야?"

"방금 법원에 갔다 왔거든요. 그러는 선배는 여기 웬일이세요? 오늘 98 파운드의 사무실에서 무슨 일이 있었는지나 얘기해주시죠."

보슈는 미소를 지었다. 경찰서 안에서 소문이 퍼지는 속도는 거리보다 빨랐다. 보슈는 텔리아에게 조금 전의 일을 간략하게 들려주고, 아무래도 내사과와 전투를 벌이게 될 것 같다고 말했다.

"선배는 매사에 너무 진지해요." 엘비스가 말했다. "취미나 부업 같은 걸 좀 만드시지 그래요? 세상의 흐름을 따라 움직이면서 머리를 식힐 수 있는 걸로. 선배 파트너처럼요. 그 선배가 결혼만 안 했으면 진짜 좋은데. 우리가 여기서 머리가 터지도록 일하고 받는 돈보다 그 선배가 부업으로 집을 팔아 버는 돈이 세 배는 되잖아요. 저도 그런 부업을 하고 싶어요."

보슈는 고개를 끄덕였다. 하지만 속으로는 너무 세상 흐름을 따라가는 건 하수구로 향하는 길이라는 생각을 하고 있었다. 가끔 그는 자기만 세상을 올바로 바라보고 있고, 다른 사람들은 전부 세상을 너무 가볍게 보고 있다고 확신했다. 그게 문제였다. 다들 진지하게 매진해야 하는 일 대신 취미나 부업을 갖고 있다는 것.

"제가 뭘 도와드릴까요?" 엘비스가 말했다. "선배의 징계서류가 처리되기 전에 빨리 해치우는 게 나을 거예요. 서류가 처리되고 나면, 다들 선배를 슬슬 피할 테니까요."

"잠깐 그대로 있어." 보슈는 이렇게 말하고 나서 의자를 끌어다 앉은 뒤 텔리아에게 필요한 것을 말해주었다.

CRASH 컴퓨터에는 GRIT라는 프로그램이 있었다. GRIT는 폭력조직 관련 정보추적Gang-Related Information Tracking의 약자로, LA 일대에서 이미 신원이 밝혀진 조직폭력배와 청소년 범죄자들 5만 5천 명의 신상정보가 담겨 있는 프로그램이었다. 이 프로그램은 또한 조직폭력배 3만 명의 정보가 담겨 있는 보안관서의 폭력조직 자료와도 연계되어 있었다. 이 GRIT 프로그램 중에 조직폭력배의 별명이 수록된 파일을 이용하면, 그들이 거리에서 쓰는 이름으로 본명, 생년월일, 주소 등을 알아낼 수 있었다. 경찰은 현장 불심검문이나 체포를 통해 알게 된 별명들을 모두 이 프로그램에 입력했다. 사람들은 이 프로그램에 수록된 별명이 9만 개가 넘을 거라고들 했다. 그러니 이 프로그램을 제대로 이용할 줄만 알면 정보를 얼마든지 찾아낼 수 있다는 것이다. 엘비스가 바로 그걸 아는 사람이었다.

보슈는 엘비스에게 자신이 알고 있는 세 글자를 불러주었다. "이게 전부인지, 아니면 별명의 일부인지는 나도 몰라." 그가 말했다. "아무래도 별명의 일부 같아."

엘비스는 GRIT 파일을 열어 보슈가 불러준 세 글자 S-H-A를 입력했다. 검색결과가 나오는 데는 약 13초쯤 걸렸다. 그런데 화면을 본 텔리아 킹의 검은 얼굴에 주름이 잡혔다. "343명이나 되네요." 그녀가 말했다. "한참 걸리겠는데요."

보슈는 흑인과 라틴계를 제외하라고 말했다. 911 신고전화 녹음테이프 속의 목소리가 백인 같았기 때문이다. 엘비스가 키를 몇 개 누르자 컴퓨터의 명단이 바뀌었다.

"이제 좀 낫네요. 19명이에요." 킹이 말했다.

Sha 세 글자로만 된 별명은 없었다. 섀도가 다섯 명, 샤Shah가 네 명, 샤키Sharkey가 두 명, 또 다른 샤키Sharkie가 두 명, 그리고 샤크, 섀비, 섈로, 섕크, 섀봇, 쉐임이 각각 한 명씩이었다. 보슈는 댐 위의 굴에서 본 낙서를 재빨리 떠올렸다. 들쭉날쭉하게 그려진 S자가 마치 크게 벌린 입 같았다. 혹시 상어(shark－옮긴이)의 입?

"샤크의 변형들을 불러내 봐." 보슈가 말했다.

킹이 키를 두어 개 누르자 화면 상단 3분의 1에 새로운 글자들이 떴다. 샤크라는 별명을 쓰는 녀석은 밸리의 소년으로 경찰에 자주 잡히는 상습범은 아니었다. 타자나의 벤투라 대로에서 버스 정류장 벤치에 낙서를 하다 붙잡혀서 집행유예 처분과 함께 낙서를 지우는 벌을 받은 것이 전부였다. 나이는 열다섯 살. 이 녀석이 일요일 새벽 3시에 댐에 올라가 있었을 것 같지는 않았다. 킹은 샤키Sharkie라는 별명을 쓰는 두 녀석 중 한 명의 기록을 화면에 불러냈다. 현재 이 녀석은 청소년 범죄자들을 수용하는 말리부 소방캠프(가벼운 범죄를 저지른 사람들을 모아 소방서의 화재진압 작업이나 재난구조 현장에 투입하는 시설－옮긴이)에 있었다. 두 번째 샤키Sharkie는 1989년에 KGB(Kids Gone Bad)라는 폭력조직과 바인랜드 보이즈라는 폭력조직 사이에 전쟁이 벌어졌을 때 싸움에서 목숨을 잃었다. 그런데도 컴퓨터가 아직 이름을 지워버리지 않은 탓에 명단에 남아 있었다.

킹이 또 다른 샤키Sharkey 두 명 중 한 명의 정보를 불러내자 화면에 글자가 가득 뜨더니 맨 밑에 "계속"이라는 글자가 깜박거렸다. "이 녀석은 진짜 골칫덩이인 모양인데요." 킹이 말했다.

컴퓨터 기록에 따르면, 본명이 에드워드 니즈인 이 녀석은 열일곱 살의 백인 소년으로, 번호가 JVN138인 노란색 오토바이를 타고 다니며, 폭력조직에 소속되어 있지는 않지만, 낙서를 할 때 Sharkey라는 이름을 쓰는 것으로 알려져 있었다. 채츠워스에서 어머니와 함께 살고 있지만 가출이 잦았다. 이 녀석이 경찰에 체포된 기록만도 두 페이지 분량이었다. 보슈는 이 녀석이 체포되거나 경찰의 불심검문을 받은 위치를 통해, 이 녀석이 가출했을 때 주로 할리우드와 웨스트 할리우드로 향한다는 사실을 짐작할 수 있었다. 두 번째 페이지 맨 끝에는 이 녀석이 3개월 전 할리우드 저수지 근처를 배회하다 체포된 기록이 있었다.

"이 녀석이야." 보슈가 말했다. "나머지 놈은 볼 것도 없어. 서류는?"

킹은 출력 버튼을 누른 뒤 파일 캐비닛이 늘어서 있는 벽을 가리켰다. 그는 그쪽으로 가서 N이라고 적힌 서랍을 열었다. 에드워드 니즈의 파일이 보였다. 그것을 꺼내 펼쳐 보니 체포했을 때 찍은 컬러 사진이 있었다. 요즘 10대들의 얼굴에서 여드름만큼이나 흔히 볼 수 있는, 상처 받은 마음과 반항심이 뒤섞인 표정이었다. 그런데 그 얼굴이 너무 낯익었다. 어디서 본 얼굴인지 생각이 나지는 않았지만. 보슈는 사진을 뒤집어 보았다. 2년 전의 날짜가 적혀 있었다. 킹에게서 컴퓨터 출력물을 건네받은 보슈는 빈 책상에 앉아 그 자료와 니즈의 파일을 자세히 살펴보기 시작했다.

샤키라는 별명을 쓰는 이 녀석이 저지른 범죄(경찰에 체포된 것만 따져서) 중 가장 심각한 것이라고 해봤자 가게에서 물건 슬쩍하기, 기물파손, 으슥한 곳 배회하기, 마리화나와 각성제 소지 등이었다. 마약 때문에 체포됐을 때 한 번 실마 소년원에 20일 동안 구류된 적이 있지만, 결국은 집행유예로 풀려났다. 그 외에는 항상 체포되자마자 어머니에게 인계되었다. 밥 먹듯이 가출하는 이 녀석을 사회도 제대로 돌보지 않은 것 같았다.

컴퓨터 출력물과 비교했을 때, 파일에 그다지 많은 자료가 있는 건 아니었다. 체포 정황이 좀 더 자세히 설명되어 있는 것이 전부였다. 보슈는 종이를 대충 넘기며 살피다가 배회 혐의에 관한 보고서를 발견했다. 샤키는 이때도 어머니가 있는 집으로 돌아가서 가출하지 않겠다고 약속했기 때문에 재판까지 가지 않고 훈방되었다. 하지만 샤키가 약속을 오래 지키지는 못한 모양이었다. 아이 어머니가 2주 뒤 집행유예 담당관에게 아이가 사라졌다고 보고했다는 기록이 있었다. 이 기록에 따르면, 그 뒤로 샤키는 아직 잡히지 않았다.

보슈는 배회 혐의에 관한 담당 경찰관의 요약 보고서를 읽어보았다.

> 멀홀랜드 댐 관리자 도널드 스마일리 탐문결과. 오늘 아침 7시에 저수지 접근로를 따라 놓여 있는 굴을 청소하러 들어갔다고 함. 그 안에서 신문지를 깔고 자고 있는 소년을 발견. 소년은 더러웠으며, 깨웠을 때 횡설수설함. 마약을 한 듯 보였음. 본관이 신고를 받고 출동하였음. 소년은 자기가 집에 있는 것을 어머니가 싫어하기 때문에 굴에서 잘 때가 많다고 본관에게 진술. 본관은 소년이 가출신고 된 자임을 확인하고, 배회 혐의로 오늘 그를 유치함.

샤키는 항상 습관대로 행동하는 녀석이라는 생각이 들었다. 두 달 전 댐에서 체포됐으면서도 일요일 새벽에 잠잘 곳을 찾아 또 그곳으로 갔다. 보슈는 녀석을 찾는 데 도움이 될 만한 다른 버릇이 있나 싶어서 파일을 계속 뒤져보았다. 탐문 보고서를 보니, 1월에 웨스트 할리우드 근처의 샌타모니카 대로에서 경찰이 샤키를 불러 세워 질문을 던졌으나 체포하지는 않았다고 되어 있었다. 당시 경찰관은 샤키가 새 리복 운동화의 끈을 묶고 있는 것을 보고 혹시 훔친 물건인가 싶어서 영수증을 제시하라고 말했다. 샤키가 영수증을 제시했으므로, 일은 거기서 일단락될 수 있었다. 하지만 그가 오토바이에 매달린 가죽 주머니에서 영수증을 꺼낼 때, 경찰관은 그 안에 들어 있는 비닐봉지를 언뜻 보고 그것도 꺼내보라고 말했다. 봉지에는 샤키의 사진 10장이 들어 있었다. 사진 속에서 샤키는 알몸으로 여러 가지 포즈를 취하고 있었다. 자신의 몸을 쓰다듬는 사진도 있고, 성기가 발기한 사진도 있었다. 경찰관은 사진을 빼앗아 파기했지만, 샤키가 샌타모니카 대로에서 동성애자들에게 자신의 사진을 판매하고 있다고 웨스트 할리우드 보안관서에 알렸다고 탐문 보고서에 적어두었다.

이것이 마지막 기록이었다. 보슈는 샤키의 사진을 꺼내 챙긴 뒤 서류철을 닫았다. 그리고 텔리아 킹에게 고맙다고 인사하고 그 작은 사무실을 나섰다. 그는 경찰서 뒤편 복도를 따라 유치장 앞의 벤치를 지나다가 사진 속 얼굴이 낯익은 이유를 깨달았다. 지금은 머리가 좀 더 길고 레게 스타일로 바뀐 데다가 반항심 때문에 상처 받은 표정이 눌려버리긴 했지만, 아침에 유치장 앞 벤치에 수갑으로 묶여 있던 아이가 바로 샤키였다. 확실했다. 그 기록이 아직 컴퓨터에 입력되지 않았기 때문에 텔리아의 검색 화면에 뜨지 않았을 뿐이었다. 보슈는 당직실로 들어가 당직 경찰관에게 자신이 누구를 찾고 있는지 말했다. 당직 경찰관은 '오전 경비 기록'이라고 적힌 상자 앞으로 그를 데려다주었다. 보슈는 그 상자 안에 쌓인 보고서들을 뒤져 에드워드 니즈의 서류를 찾아냈다.

샤키는 바인의 신문판매대 근처를 배회하다가 새벽 4시에 체포되었다. 순찰경관이 그가 성매매를 하고 있다고 생각하고 체포한 것이다. 경관은 컴퓨터로 검색해본 뒤 샤키가 가출청소년임을 알게 되었다. 보슈가 당일 체포기록을 확인해 보니, 샤키는 아침 9시까지 유치장에 있다가 집행유예 담당관에게 인계되었다. 보슈는 실마 소년원의 그 집행유예 담당관에게 전화를 걸었다. 그는 샤키가 소년법정 조정관 앞에서 범죄인부절차를 이미 끝내고 어머니에게 인계되었다고 말했다.

"그게 그 녀석의 가장 큰 문제죠." 담당관이 말했다. "오늘 밤이면 또 거리로 나올 겁니다. 틀림없어요. 조정관에게도 그 얘기를 했지만, 아이가 거리를 배회하다 붙잡혔고 아이 어머니가 전화 창녀라는 이유만으로 아이를 철창에 집어넣을 수는 없다고 하더군요."

"전화 뭐라고요?" 보슈가 물었다.

"거기 자료에 있을 텐데요. 샤키가 거리를 배회하는 동안, 친애하는 모친께서는 집에서 전화로 남자들을 상대한답니다. 자기가 그자들 입에 오줌을 쌀 거라는 둥, 그자들 거시기를 고무줄로 묶을 거라는 둥, 그런 소리를 하면서요. 살색 잡지에 광고도 합니다. 15분 통화하면 40달러를 벌어요. 신용카드도 받고요. 전화를 걸어온 남자들한테 잠깐 기다리라고 하고는 다른 전화로 신용카드 번호가 확실한지 확인해서 돈을 받는 겁니다. 어쨌든, 내가 아는 한, 그 여자가 그 일을 한 게 벌써 5년째입니다. 에드워드는 인격이 형성되는 시기에 쓰레기 같은 소리를 들으며 자란 거예요. 그러니 그 애가 만날 가출해서 사고만 치고 다니는 것도 무리가 아니죠. 당연한 일 아닙니까?"

"아이가 어머니랑 같이 나간 게 언제쯤입니까?"

"정오쯤입니다. 아이를 붙잡고 싶으면 빨리 가보셔야 할 겁니다. 주소는 아십니까?"

"네."

"아, 보슈 형사님, 한 가지 더 있습니다. 그 집에 갔을 때 매춘부 같은 여자가 나올 거라고는 생각하지 마세요. 그 애 엄마는 전혀 그런 일을 하는 사람처럼 안 보이니까요. 무슨 말인지 아시겠습니까? 목소리는 그 일에 잘 맞는지 몰라도, 생김새는 장님조차 놀라서 도망갈 정도예요."

보슈는 미리 알려줘서 고맙다고 말하고 전화를 끊었다. 그리고 101번 도로를 타고 밸리까지 간 다음, 405번 도로로 들어가 북쪽으로 가서 118번 도로에서 서쪽으로 방향을 꺾었다. 그는 채츠워스에서 118번 도로를 벗어나 밸리 꼭대기의 바위 지대로 들어갔다. 예전에 영화 촬영장이 있었다고 알려진 땅에 지금은 아파트가 들어서 있었다. 이곳은 찰리 맨슨이 일당과 함께 은신처로 사용했던 장소 중 하나이기도 했다. 그 일당 중 한 명의 신체 일부가 지금도 그곳 어딘가에 묻혀 있다는 이야기도 있었다. 보슈가 그곳에 도착한 것은 어스름 무렵이었다. 일터로 갔던 사람들이 돌아오는 시간. 주택단지의 좁은 도로에 차들이 아주 많았다. 문을 닫고 있는 가게들도 많았다. 샤키의 어머니에게 걸려오는 손님들의 전화가 많을 시간이었다. 보슈가 너무 늦게 온 것이다.

"더 이상 경찰하고 이야기할 시간이 없어요." 샤키의 엄마 베로니카 니즈가 문을 열어주러 나와서 보슈의 경찰 배지를 보고 말했다. "내가 애를 집으로 데려오자마자 애가 다시 나가버렸어요. 어디로 갔는지는 몰라요. 형사님이 한번 말씀해보시죠. 그런 걸 알아내는 게 직업이잖아요. 지금 손님 세 명이 대기 중이예요. 그 중 하나는 장거리 전화고요. 그만 들어가야 돼요."

베로니카는 40대 후반으로, 뚱뚱하고 쭈글쭈글했다. 머리카락은 가발임이 분명했다. 눈동자 색깔과 머리 색깔이 일치하지 않았다. 각성제 중독자들 특유의, 더러운 양말 냄새가 났다. 이 여자를 찾는 고객들이 목소리만 듣고 얼굴과 몸매를 멋대로 상상하면서 공상에 빠지는 것이 다행이었다.

"니즈 부인, 아드님이 무슨 잘못을 저질렀기 때문에 찾아온 게 아닙니다. 아이가 목격한 사건 때문에 물어볼 것이 있어요. 어쩌면 아이가 위험에 처했을 수도 있습니다."

"그래요, 어련하시겠어요. 만날 똑같은 타령이죠."

베로니카는 문을 닫아버렸다. 보슈는 그냥 그 자리에 서 있었다. 얼마 뒤 베로니카가 전화를 받는 소리가 들렸다. 프랑스 식 발음이 섞인 것 같았지만 확실치는 않았다. 그가 알아들을 수 있는 것은 고작 몇 문장에 불과했는데도, 그것만으로도 얼굴이 붉어졌다. 샤키를 생각해보니, 사실상 가출청소년으로 지칭할 수 없다는 것을 깨달았다. 이런 걸 가출이라고 할 수는 없었다. 보슈는 문 앞을 떠나 자기 차로 돌아갔다. 오늘은 그만 일을 접어야 할 것 같았다. 게다가 이제 그에게는 시간도 없었다. 루이스와 클락이 지금쯤 징계 서류를 완성했을 것이다. 그리고 내일 아침이면 보슈는 내사과의 내근직으로 전출될 것이다. 보슈는 차를 몰고 경찰서로 돌아가서 퇴근 준비를 했다. 다들 이미 퇴근한 뒤라 사람이 없었다. 그의 책상에 남아 있는 메시지도 없었다. 심지어 변호사에게서도 연락이 없었다. 집으로 가는 길에 그는 가게에 들러 맥주 네 병을 샀다. 멕시코산 두 병, 영국산 라거인 올드 닉 한 병, 헨리스 한 병이었다.

그는 집 전화에 루이스와 클락의 메시지가 녹음되어 있을 거라고 생각했다. 그의 예상은 틀리지 않았다. 그런데 내용은 기대와 딴판이었다.

"당신이 듣고 있는 거 알아. 그러니까 잘 들어." 클락의 목소리였다. "그쪽 사람들은 생각을 바꿀 수 있어도, 우리는 아냐. 나중에 보자고."

다른 메시지는 없었다. 보슈는 클락의 메시지를 세 번 연거푸 들었다. 그들이 하려던 일이 생각대로 풀리지 않은 모양이었다. 누군가가 다른 지시를 내렸음이 틀림없었다. 보슈가 언론에 알리겠다고 FBI를 서투르게 협박한 것이 효과를 발휘한 걸까? 하지만 이런 생각을 떠올리는 순간에도 설마 그렇지는 않을 것 같았다. 그럼 어떻게 된 거지? 그는 대기 의자에 앉아 맥주를 마시기 시작했다. 멕시코산부터 먼저. 그렇게 술을 마시면서 그는 깜박 잊고 치우지 않은, 전쟁 때의 앨범을 보았다. 일요일 밤에 그 앨범을 펼쳤을 때는 어두운 기억들이 함께 펼쳐졌다. 하지만 지금은 자기도 모르게 사진들에 홀린 듯 빠져들었다. 세월의 흐름 속에서 사진만 바랜 것이 아니라 전쟁터에서 느낀 위험도 바랜 모양이었다. 날이 어두워지고 어느 정도 시간이 흐른 뒤 전화벨이 울렸다. 보슈는 자동응답기가 돌아가기 전에 수화기를 들었다.

"음." 하비 파운즈 과장의 목소리였다. "FBI가 자네한테 너무 심하게 대했다고 생각하는 모양이야. 다시 생각해보니 자네가 수사에 참여하는 게 낫겠다고 하는군. 그쪽에서 요구하는 대로 수사를 돕는 역할이야. 파커 센터의 행정부서에서 그렇게 지시가 내려왔어."

파운즈의 목소리에는 결정이 뒤집힌 것에 놀란 심정이 그대로 드러나 있었다.

"내사과 쪽은 어때요?" 보슈가 물었다.

"그쪽에서는 아무 서류도 안 넘어왔어. 방금 말했듯이, FBI가 뒤로 물러났으니 내사과도 같이 물러난 거겠지. 당분간은."

"그럼 제가 다시 수사를 하게 된 거군요."

"그래, 맞아. 내가 원한 일은 아니지만. 그자들이 나를 무시하고 내 윗선과 상대했다는 건 자네도 알아둬. 내가 그자들더러 엿이나 먹으라고 했거든. 아무래도 구린 냄새가 나. 하지만 그걸 파보는 건 나중으로 미뤄야겠지. 당분간 자네는 우리와 따로 일하게 될 거야. 다른 지시가 있을 때까지 그쪽 사람들하고 같이 일해."

"에드거는요?"

"에드거는 걱정하지 마. 이젠 자네가 신경 쓸 일이 아냐."

"과장님, 제가 파커 센터에서 쫓겨난 뒤에 날 여기 강력계에 앉혀준

걸 가지고 나한테 무슨 호의라도 베푼 것처럼 이야기하는데, 솔직히 호의를 베푼 건 납니다. 그러니까 나한테서 사과 같은 걸 기대했다면, 그냥 포기하세요."

"보슈, 난 자네한테 기대하는 건 하나도 없어. 자네를 망친 사람은 자네 자신이야. 나한테 문제가 되는 건, 자네가 그 과정에서 나까지 망쳤을지도 모른다는 것뿐이야. 내가 마음대로 할 수 있는 일이라면, 자네가 이번 사건 근처에는 얼씬도 못하게 했을 거야. 그러면 자네는 전당포 목록이나 확인하고 있었겠지."

"어쨌든 지금은 과장님 마음대로 할 수 있는 상황이 아니잖습니까."

보슈는 파운즈가 뭐라고 대답하기 전에 전화를 끊었다. 그리고 여전히 수화기에서 손을 떼지 않은 채 잠시 가만히 서서 생각에 잠겼다. 이내 전화벨이 다시 울렸다.

"또 뭡니까?"

"힘든 하루였죠?" 엘리노어 위시가 말했다.

"다른 사람인 줄 알았습니다."

"소식을 들은 모양이네요."

"그래요."

"형사님은 저랑 함께 일하게 될 거예요."

"왜 그놈들을 떼어준 겁니까?"

"간단해요. 우리 수사를 기록으로 남기고 싶지 않아서예요."

"그게 다가 아닐 텐데요."

위시는 아무 말도 하지 않았지만, 전화를 끊지도 않았다. 마침내 보슈는 할 말을 생각해냈다.

"내일 나는 뭘 하면 됩니까?"

"내일 아침에 저한테 오세요. 그때 얘기하죠."

보슈는 전화를 끊었다. 그리고 위시에 대해서 생각해보았다. 지금 뭐가 어떻게 돌아가는 건지 자신이 모르고 있다는 사실에 대해서도 생각해보았다. 마음에 들지 않았지만, 이제 와서 물러날 수는 없었다. 그는 부엌으로 가서 냉장고에 넣어두었던 올드 닉을 꺼냈다.

루이스는 지나가는 차들을 등지고 서서 그 널찍한 몸으로 거리의 소음을 막으며 공중전화를 걸고 있었다.

"그자는 FBI… 아니, 연방수사국이랑 같이 일을 시작할 겁니다. 내일 아침에요. 저희는 뭘 할까요?"

어빙은 금방 대답하지 않았다. 루이스는 턱에 힘을 잔뜩 주고 있는 어빙의 모습을 상상해보았다. 뽀빠이 같은 얼굴이라는 생각이 들어서 실없이 웃음이 났다. 차에 있던 클락이 다가와 속삭였다. "뭐가 그렇게 재미있어? 차장이 뭐래?"

루이스는 그에게 저리 가라는 시늉을 하며 귀찮게 굴지 말라는 표정을 지었다.

"누구야?" 어빙이 물었다.

"클락입니다, 차장님. 저희 임무가 뭔지 알고 싶어서요."

"파운즈 과장이 조사대상한테 알려줬어?"

"네, 차장님." 루이스는 어빙이 이 대화를 녹음하고 있을지 궁금해졌다. "과장 말로는, 어, 조사대상에게 F… 연방수사국과 함께 일하라고 말했답니다. 살인사건과 은행 사건 수사를 합치려는 모양이에요. 조사대상은 엘리노어 위시 특수요원과 함께 일할 겁니다."

"이건 도대체 무슨 수작이지…?" 어빙이 말했다. 물론 루이스의 대답을 기대하고 한 말은 아니었다. 루이스도 대답하지 않았다. 한동안 침묵이 흘렀다. 루이스는 어빙의 생각을 방해하면 안 된다는 것을 알고 있었다. 클락이 또 공중전화 쪽으로 다가오는 것이 보여서 그는 저리 가라고 손짓을 하며 성미 급한 아이에게 하듯이 고개를 절레절레 저었다. 문이 없는 이 공중전화 박스는 우드로윌슨 드라이브 맨 아래쪽에 있었다. 할리우드 프리웨이를 가로지르는 바햄 대로 옆이었다. 프리웨이에서 차들이 천둥 같은 소리를 내며 지나가자 따뜻한 공기가 전화박스 안으로 들어왔다. 루이스는 비탈길 위의 집들에 켜진 불빛을 올려다보며 어떤 것이 보슈의 집에서 흘러나오는 불빛인지 찾아보려고 했다. 하지만 불가능한 일이었다. 집들이 들어찬 산은 전등을 지나치게 많이 달아 놓은 거대하고 뚱뚱한 크리스마스트리 같았다.

“놈이 뭔가 그쪽 친구들 약점을 쥐고 있을 거야.” 어빙이 마침내 말했다. “힘으로 밀고 들어갔겠지. 이제부터 너희 둘이 할 일은, 그놈을 따라다니는 거야. 그놈이 모르게. 옆에서 떨어지지 마. 놈은 분명히 뭔가 꿍꿍이가 있어. 그게 뭔지 찾아내야 해. 그러면서 1.81 사건을 만들어. 연방수사국은 불만을 철회했을지 몰라도, 우린 뒤로 물러나지 않아.”

“파운즈는요? 그쪽에 계속 자료를 복사해서 보내줄까요?”

“파운즈 과장이라고 해야지, 루이스 형사. 그래, 감시일지를 매일 복사해서 보내줘. 그 친구한테는 그걸로 충분할 거야.”

어빙은 더 이상 한 마디 말도 없이 전화를 끊었다.

“알겠습니다, 과장님.” 루이스는 이미 죽어버린 수화기를 향해 말했다. 과장이 자기를 그런 식으로 무시했다는 걸 클락에게 알리고 싶지 않았다. “계속 조사하겠습니다. 감사합니다, 과장님.”

그는 이 말을 한 뒤에야 전화를 끊었다. 상관이 자신에게 저녁인사조차 하지 않았다는 사실이 내심 당혹스러웠다. 클락이 재빨리 다가왔다.

“뭐래?”

“내일 아침에 그자를 다시 뒤쫓아야 돼. 오줌병을 가져와.”

"그것뿐이야? 감시만 하는 거야?"

"이번에는 그래."

"젠장. 그 망할 놈의 집을 수색하고 싶은데. 거기서 뭐든 부러뜨리든지 해야지 원. 은행에서 훔쳐온 물건이 십중팔구 거기 있을걸."

"그자가 그 일에 연루됐다 해도 그렇게 멍청하지는 않을걸. 당분간은 우리가 드러나게 행동하면 안 돼. 그자가 정말로 더러운 짓을 했는지 어디 두고 보자고."

"당연히 더러운 짓을 했지. 그건 걱정 마."

"두고 보자고."

샤키는 샌타모니카 대로변의 주차장 앞을 가린 콘크리트 차단벽에 앉아 있었다. 그는 길 건너편에 환하게 불이 켜진 세븐일레븐 편의점을 자세히 관찰하면서 드나드는 사람들을 확인했다. 관광객들과 커플들이 대부분이었다. 혼자 온 사람은 없었다. 조건에 맞는 사람도 없었다. 아슨이라고 불리는 소년이 다가와 말했다. "이래봤자 아무 소용 없어, 짜샤."

아슨은 빨간 머리에 왁스를 발라 삐죽삐죽한 불꽃처럼 다듬어 놓은 모습이었다. 검은 진바지와 더러운 검은색 티셔츠 차림인 그는 살렘 담배를 피우고 있었다. 약에 취하지는 않았지만 배가 고픈 상태였다. 샤키는 그를 바라보다가 시선으로 그를 지나쳐 그 뒤에 있는 또 다른 아이를 바라보았다. 모조라고 불리는 그 아이는 오토바이 근처의 바닥에 주저앉아 있었다. 모조는 아슨보다 키가 작고 옆으로 더 퍼져 있었다. 검은 머리는 뒤로 모조리 넘겨서 작은 손잡이처럼 하나로 뭉쳐 놓았다. 얼굴은 여드름 흉터 때문에 항상 뚱하게 보였다.

"몇 분만 더 기다려보자." 샤키가 말했다.

"배가 고프니까 그렇지." 아슨이 말했다.

"그러니까 지금 이러고 있는 거잖아. 누군 배 안 고파?"

"베티제인이나 만나러 갈까?" 모조가 말했다. "혹시 우리가 충분히 먹을 만큼 음식을 많이 만들어놨을지도 모르잖아."

샤키는 모조를 바라보며 말했다. "그럼 너희는 가 봐. 난 여기서 기다릴래. 그래야 확실히 뭘 먹을 수 있으니까."

이 말을 하면서 그는 밤색 재규어 XJ6 한 대가 편의점 주차장으로 들어서는 것을 지켜보았다.

"굴 속의 그놈은 어떻게 됐어?" 아슨이 물었다. "경찰이 찾아냈을까? 우리가 올라가서 한번 보자. 혹시 빵이라도 좀 있나 보게. 네가 어젯밤에 배짱이 있었으면 그렇게 했을 텐데 말이야, 샤크."

"혼자 올라가서 확인해보고 싶으면 마음대로 해." 샤키가 말했다. "누가 배짱이 있는지 어디 보자고."

그는 자신이 911에 전화해서 시체가 있다고 말했다는 이야기는 아직 하지 않았다. 두 녀석은 그가 무서워서 굴 속에 들어가지 못한 것보다 그것을 더 용서하지 못할 것이다. 남자 한 명이 재규어에서 내렸다. 나이는 30대 후반인 것 같았고, 머리는 짧았으며, 헐렁한 하얀 바지와 셔츠를 입고 어깨에 스웨터를 걸친 차림이었다. 차 안에 남아 있는 사람은 없었다.

"야, 저 재규어 좀 봐." 그가 말하자 두 녀석이 가게 쪽을 바라보았다. "바로 저거야. 나 간다."

"우린 여기 있을게." 아슨이 말했다.

샤키는 잰 걸음으로 대로를 건넜다. 그리고 가게 창문을 통해 재규어 주인을 지켜보았다. 남자는 손에 아이스크림 하나를 들고 잡지 진열대를 바라보고 있었다. 그는 가게 안의 다른 남자들을 바라보며 계속 시선을 이리저리 굴렸다. 샤키는 남자가 아이스크림 값을 내러 카운터로 가는 것을 보고 마음이 놓였다. 가게 앞에 웅크리고 앉은 그와 재규어의 그릴 사이의 거리는 1미터 남짓했다.

남자가 밖으로 나왔을 때, 샤키는 남자와 눈이 마주치고 남자가 미소를 지을 때까지 기다렸다가 입을 열었다.

"저, 아저씨." 샤키가 일어서면서 말했다. "제가 부탁 하나만 드려도 될까요?"

남자는 주차장을 한 번 둘러본 뒤 대답했다.

"그래. 무슨 부탁인데?"

"저, 안에 들어가서 맥주 하나만 사다 주실 수 있어요? 돈은 제가 드릴게요. 그냥 맥주를 마시고 싶어서 그래요. 편히 쉬려고요. 아시죠?"

남자는 머뭇거렸다. "글쎄··· 그건 불법일 텐데, 안 그래? 넌 아직 스물한 살이 안 됐잖니. 내가 곤란해질 수도 있어."

"그럼···." 샤키는 미소를 지으며 말했다. "혹시 집에 맥주 있어요? 그럼 아저씨가 가게에서 맥주를 안 사도 되잖아요. 다른 사람한테 맥주를 주는 건 죄가 아니죠."

"글쎄다···."

"오래 안 있을게요. 저랑 같이 조금만 편히 쉬시면 돼요."

남자는 주차장을 한 번 더 둘러보았다. 두 사람을 지켜보는 사람은 하나도 없었다. 샤키는 이제 됐다는 생각이 들었다.

"그러지, 뭐." 남자가 말했다. "네가 원한다면 나중에 내가 널 이리로 다시 데려다주마."

"그래주시면 고맙죠."

두 사람은 샌타모니카 거리를 따라 동쪽 플로레스까지 가서 남쪽으로 두어 블록을 내려가 타운하우스 개발지역으로 들어갔다. 샤키는 뒤를 돌아보거나 백미러를 보지 않았다. 저 뒤에 친구들이 분명히 따라오고 있을 터였다. 확실했다. 남자의 집 바깥쪽에는 보안용 울타리가 있었다. 남자는 열쇠로 울타리 문을 열고 들어가, 문을 닫은 다음 집 안으로 들어갔다.

"난 잭이야." 남자가 말했다. "뭘로 마실래?"

"전 필이에요. 혹시 먹을 것 좀 있어요? 배도 좀 고프거든요." 샤키는 경비회사 인터콤이 있는지 보려고 주위를 둘러보았다. 울타리 문을 열 수 있는 버튼도 보아둘 필요가 있었다. 남자의 타운하우스 바닥에는 살짝 회색이 도는 흰색의 두툼한 카펫이 깔려 있고, 가구들도 대부분 밝은색이었다. "집이 좋네요."

"고맙다. 어디, 뭐가 있나 보자. 옷을 빨고 싶으면 네가 여기 있는 동안 세탁을 맡겨줄 수도 있어. 내가 원래 이런 짓을 잘 안 하는데. 그래도 남을 도울 기회가 생기면 노력은 하지."

샤키는 남자를 따라 부엌으로 들어갔다. 경비회사와 연결된 버튼이 전화기 옆 벽에 붙어 있었다. 잭이 냉장고를 열고 안을 들여다보려고 허리를 숙였을 때, 샤키는 바깥쪽 울타리 문을 여는 버튼을 눌렀다. 잭은 알아차리지 못했다.

"참치가 있네. 샐러드도 만들어줄 수 있고. 너 거리에서 얼마나 지낸 거니? 네 이름은 필이 아니지? 네가 진짜 이름을 말하기 싫다면, 말 안 해도 돼."

"저, 참치가 좋겠어요. 오래는 안 있을 거예요."

"너 몸은 깨끗하니?"

"네, 그럼요. 전 괜찮아요."

"그래도 혹시 모르니까 조심해야지."

이제 때가 되었다. 샤키는 뒷걸음질로 복도로 나갔다. 잭은 냉장고에서 고개를 들었다. 손에는 플라스틱 그릇을 들고, 입을 살짝 벌린 모습이었다. 그의 얼굴에 무슨 일인지 알겠다는 표정이 떠오른 것 같았다. 이제부터 무슨 일이 일어날지 알겠다는 표정. 샤키는 잠금장치를 돌려 문을 열었다. 아슨과 모조가 들어왔다.

"야, 이거 뭐야?" 잭이 말했다. 하지만 자신감이 전혀 없는 목소리였다. 그가 복도로 달려나오자 넷 중에 덩치가 가장 큰 아슨이 주먹으로 잭의 콧잔등을 때렸다. 연필이 부러지는 것 같은 소리가 나면서 참치가 든 플라스틱 그릇이 바닥으로 챙그랑 하고 떨어졌다. 그리고 연한 회색 카펫에 피가 엄청나게 번졌다.

3부.

5월 22일 화요일

엘리노어 위시가 화요일 아침에 다시 전화를 했을 때, 해리 보슈는 화장실 거울 앞에서 넥타이를 만지작거리던 중이었다. 위시는 사무실로 오지 말고 웨스트우드의 커피숍에서 먼저 만나자고 말했다. 보슈는 이미 커피를 두 잔이나 마신 뒤였지만 그리로 가겠다고 말했다. 그는 전화를 끊은 뒤 하얀 와이셔츠의 맨 위 단추를 잠그고, 넥타이를 목까지 깔끔하게 잡아당겼다. 옷차림에 이렇게 세심하게 신경을 쓰는 게 도대체 얼마만인지 기억도 나지 않았다.

그가 커피숍에 도착했을 때, 위시는 앞쪽 창가에 죽 늘어선 칸막이 좌석 중 한 곳에 앉아 있었다. 양손은 물 잔을 쥐었고, 얼굴에는 만족스러운 표정이 떠올라 있었다. 옆으로 밀쳐둔 접시에는 머핀을 감쌌던 종이 포장지가 있었다. 위시는 자리에 앉는 보슈에게 간단한 목례를 했다. 보슈는 손짓으로 웨이트리스를 불렀다.

"그냥 커피만 줘요." 보슈가 말했다.

"아침을 벌써 드셨어요?" 웨이트리스가 간 뒤 위시가 말했다.

"어, 아뇨. 그래도 괜찮습니다."

"많이 드시는 편이 아닌가 봐요."

형사라기보다 어머니 같은 느낌이 드는 말이었다.

"그래, 누가 나한테 사정 얘기를 해줄 겁니까? 위시 요원인가요, 루크 요원인가요?"

"저요."

웨이트리스가 커피 잔을 내려놓았다. 바로 옆의 칸막이 좌석에서 영업사원 네 명이 아침식사 값을 치르는 문제를 놓고 설왕설래하는 소리가 들렸다. 보슈는 뜨거운 커피를 살짝 한 모금 마셨다.

"FBI가 내 도움을 요청한다는 사실을 문서로 작성해서, 로스앤젤레스 지부를 맡고 있는 선임요원이 서명해주시면 좋겠습니다."

위시는 잠시 머뭇거리다가 물 잔을 내려놓고는 처음으로 보슈를 똑바로 바라보았다. 그녀의 눈동자 색깔이 어찌나 진한지 속내가 전혀 드러나지 않았다. 눈가의 구릿빛 피부에 부드러운 거미줄 같은 주름살이 이제 막 생기기 시작한 것이 보였다. 턱에는 하얀 초승달 모양의 작은 흉터가 있었다. 아주 오래된 것이라 알아보기 힘들 만큼 희미했다. 보슈는 이 여자도 저 흉터와 주름살에 신경을 쓸지 궁금했다. 웬만한 여자들이라면 그럴 테니까 말이다. 그가 보기에 위시의 얼굴에는 슬픔이 살짝 배어 있는 것 같았다. 그녀의 마음속에 숨어 있는 모종의 비밀 같은 것이 밖으로 조금 드러난 것 같았다. 하지만 피곤해서 그렇게 보이는 것일 수도 있다는 생각이 들었다. 어쨌든 위시는 매력적인 여자였다. 나이는 대략 30대 초반쯤인 것 같았다.

"그건 가능할 것 같아요." 위시가 말했다. "일을 시작하기 전에 또 원하시는 게 있나요?"

보슈는 미소를 지으며 아니라고 고개를 저었다.

"보슈 형사님, 어제 형사님이 정리하신 기록을 받아서 밤에 읽어봤어요. 그 정도 단서를 가지고 하루 만에 그 정도 성과를 올리셨으니 정말 대단해요. 다른 형사가 그 사건을 맡았다면, 시체는 아직도 안치소에서 부검 대기 목록에 올라 있을 거예요. 사인도 우발적인 약물남용 가능성이 크다고 기록되어 있겠죠."

보슈는 아무 말도 하지 않았다.

"오늘은 어디서부터 시작할까요?" 위시가 물었다.

"그 바인더에 포함시키지 않은 일들이 몇 가지 있습니다. 우선 요원이 은행 절도사건에 대해 나한테 얘기해주는 게 어떨까요. 나도 배경지식이 필요하니까요. 내가 아는 거라고는 FBI가 서류와 BOLO에 기록해놓은 것 밖에 없습니다. 요원이 나한테 자초지종을 설명해주면, 나도 메도우스에 대해 말씀드리죠."

웨이트리스가 와서 보슈와 위시의 잔을 확인했다. 웨이트리스가 간 뒤 엘리노어 위시가 은행 사건에 대한 이야기를 시작했다. 보슈는 그 이야기를 들으면서 몇 가지 묻고 싶은 것이 있었지만, 나중에 물어보려고 머릿속에 메모만 해두었다. 위시는 범인들이 은행 금고를 털기 위해 계획을 세우고 실행한 과정에 감탄하고 있는 것 같았다. 범인들이 누구인지는 몰라도, 위시에게서 감탄을 이끌어내는 데는 성공한 셈이었다. 보슈는 왠지 질투가 느껴졌다.

"LA의 땅 속에는 차를 몰고 지나갈 수도 있을 만큼 널찍하고 높은 빗물 배수관이 640킬로미터가 넘게 깔려 있어요. 거기서 뻗어나간 지선은 그보다 훨씬 더 길죠. 사람이 걸을 수 있거나 최소한 기어서라도 지나갈 수 있는 굴이 대략 1천800킬로미터 가까이 되니까요. 그러니까 길만 알면 누구든 지하로 내려가서 시내의 모든 건물에 가까이 접근할 수 있어요. 게다가 길을 찾는 게 어렵지도 않아요. 그 배수관 지도가 공개 기록이라 카운티 기록보관소에 파일로 보관되어 있거든요. 어쨌든 범인들은 이 배수관을 이용해서 웨스트랜드 내셔널 은행으로 들어갔어요."

보슈도 그 정도는 이미 짐작하고 있었지만 굳이 말하지는 않았다. 위시는 FBI가 지하에서 작업한 사람은 최소한 세 명, 위에서 파수를 보면서 여러 가지 기능을 수행한 사람은 최소한 한 명일 것으로 보고 있다고 말했다. 지상의 파수꾼은 지하의 공범들과 무전기로 교신했을 가능성이 높았다. 작업이 거의 끝나갈 무렵에는 무전기의 전파가 폭발물을 터뜨릴 위험이 있어서 다른 방법을 썼겠지만.

지하의 작업자들은 혼다의 전천후 차량(ATV) 여러 대로 배수관 안을 돌아다녔다. 시내 북동쪽의 로스앤젤레스 강 분지에 있는 도랑에 빗물 배수관으로 차를 몰고 들어갈 수 있는 입구가 있었다. 범인들은 어둠을 틈타 그리로 들어간 뒤, 기록보관소의 지도를 따라 시내의 윌셔 대로 지하의 어느 지점까지 갔을 것이다. 웨스트랜드 내셔널 은행에서 서쪽으로 약 150미터, 지하로 약 9미터 지점이었다. 입구에서 거기까지의 거리는 약 3킬로미터쯤 되었다.

범인들은 맨 끝에 다이아몬드가 부착되었을 가능성이 높은 60센티미터 원형 날이 달린 산업용 드릴을 ATV의 발전기에 연결해 배수관의 15센티미터 두께 콘크리트 벽을 뚫었다. 그리고 거기서부터 땅굴을 파기 시작했다.

"범인들이 실제로 금고에 침입한 건 노동절이 낀 주말이었어요." 위시가 말했다. "땅굴을 파기 시작한 건 틀림없이 그보다 서너 주 전이었을 거예요. 작업은 밤에만 했을 테고요. 안으로 들어가서 굴을 파다가 동틀 무렵에 다시 나온 거죠. 낮에는 DWP(Department of Water & Power, 로스앤젤레스 수도전력국 - 옮긴이)의 조사원들이 정기적으로 배수관에 들어가 금이 간 곳이나 다른 문제가 생긴 곳이 없는지 살펴보거든요. 그러니까 범인들은 굳이 들킬 위험을 무릅쓰지 않았을 거예요."

"놈들이 벽에 뚫어 놓은 구멍 말인데, 수도전력국 조사원들이 그 구멍을 발견했을 수도 있잖습니까?" 보슈가 물었다. 하지만 이 말을 입 밖에 내자마자 위시의 이야기가 다 끝나기 전에 질문을 던진 자신에게 화가 났다.

"아뇨." 위시가 말했다. "범인들은 정말 치밀했어요. 합판을 지름 60센티미터의 원으로 잘라서 그 위에 콘크리트를 입힌 게 나중에 배수관 안에서 발견됐거든요. 아마 매일 아침 현장을 떠날 때 그 합판으로 구멍을 막아두었을 거예요. 그때마다 합판 가장자리의 틈을 콘크리트로 메웠겠죠. 그러면 배수관과 연결된 파이프를 막아둔 것처럼 보였을 거예요. 배수관 안에는 그런 곳이 흔하거든요. 저도 내려가 봤기 때문에 알아요. 그렇게 막아둔 파이프가 사방에 있어요. 지름 60센티미터가 표준 크기고요. 그러니 범인들이 막아둔 구멍도 전혀 이상하게 보이지 않았겠죠. 그래서 범인들은 전혀 들키지 않은 채 밤에 다시 돌아와서 은행을 향해 계속 땅굴을 팔 수 있었던 거예요."

위시는 범인들이 굴을 팔 때 삽, 곡괭이, 자동차의 발전기에 전원을 연결한 드릴 등 손으로 들고 사용할 수 있는 도구들을 주로 사용했다고 말했다. 조명으로는 십중팔구 손전등을 사용했겠지만, 촛불을 켠 흔적도 있었다. 심지어 사건이 알려진 뒤에도 굴 속에서 촛불 몇 개가 여전히 타고 있는 것이 발견되기도 했다. 초는 벽에 파놓은 작은 구멍에 세워져 있었다.

"어디서 들은 얘기 같지 않아요?" 위시가 물었다.

보슈는 고개를 끄덕였다.

"아마 하룻밤에 3~6미터 정도 굴을 팠던 것 같아요." 위시가 말했다. "나중에 굴 속에서 외바퀴 손수레 두 대가 발견됐어요. 범인들은 지름 60센티미터의 구멍에 맞게 그 손수레를 먼저 반으로 잘라서 해체한 뒤, 구멍 속으로 가지고 들어가서 다시 끈으로 묶어 사용했어요. 범인들 중 한두 명이 굴 밖으로 나가서 중앙 배수관에 흙을 버리고 오는 일을 맡았겠죠. 배수관 바닥에는 항상 물이 흐르니까 범인들이 버린 흙은 강여울까지 씻겨 갔어요. 지상에서 망을 보던 공범이 가끔 힐 거리의 소방전을 열어 아래로 더 많은 물을 흘려보내기도 했을 거예요."

"그러니까 가뭄 때에도 그 아래에는 물이 흘렀다는 얘기군요."

"맞아요, 가뭄 때에도…."

위시는 범인들이 마침내 은행 지하까지 굴을 판 뒤 거기에 깔려 있던 은행의 전기선과 전화선에 침투했다고 말했다. 주말에는 시내가 유령 도시처럼 변하는 데다가 토요일은 은행이 문을 닫는 날이므로, 범인들은 금요일 업무시간이 끝난 뒤 경보장치를 해제했다. 하지만 메도우스가 그 작업을 맡지는 않았을 것이다. 그는 폭발물 담당이었을 가능성이 높았다.

"웃기는 건, 굳이 경보장치를 해제할 필요가 없었다는 거예요." 위시가 말했다. "금고의 경보장치가 그 주 내내 자꾸 울렸거든요. 범인들이 계속 드릴로 굴을 판 것이 경보장치를 망가뜨린 모양이에요. 그래서 나흘 밤 연속 경찰이 출동하고 지점장도 급히 나왔어요. 하룻밤에 경보가 세 번이나 울린 적도 있고요. 하지만 은행에 누가 침입한 흔적이 없었기 때문에 다들 경보장치가 고장 난 모양이라고 생각하게 됐어요. 소리와 동작을 감지하는 기계에 탈이 난 모양이라고요. 그래서 지점장이 경비회사에 연락을 했지만, 그쪽에서는 연휴가 지난 뒤에야 사람을 보낼 수 있다고 했어요. 노동절이었으니까요. 그래서 지점장은…."

"경보장치를 꺼버렸군요." 보슈가 대신 말을 마무리했다.

"맞았어요. 연휴 동안 밤마다 불려나오기 싫었던 거죠. 주말에 팜스프링스에 있는 콘도에 가서 골프를 치기로 되어 있었거든요. 그래서 경보장치를 꺼버렸어요. 물론 사건이 있은 뒤에 지점장은 해고됐죠."

금고실 지하에서 범인들은 수냉식 산업용 드릴을 이용했다. 1.5미터 두께의 콘크리트와 강철로 만들어진 금고실 밑바닥에 드릴을 거꾸로 붙이고 약 6.5센티미터 크기의 구멍을 뚫은 것이다. FBI 현장감식반원들은 그 구멍을 뚫는 데 다섯 시간이 걸렸을 것이라고 추정했다. 물론 드릴이 과열되지 않았을 때의 이야기였다. 드릴을 식히는 데 필요한 물은 지하의 수도관에서 끌어왔다. 은행의 물을 이용한 셈이었다.

"범인들은 구멍을 판 뒤에 거기에 C-4 폭약을 채웠어요." 위시가 말했다. "전선은 자기들이 판 땅굴을 통해 배수관까지 뺐고요. 그리고 거기서 폭약을 터뜨렸어요."

위시는 LA 경찰국의 긴급출동 기록에 따르면, 토요일 오전 9시 14분에 웨스트랜드 내셔널 은행 건너편의 또 다른 은행과 반 블록 아래의 보석상에서 경보장치가 울렸다는 신고가 들어왔다고 말했다.

"그때 폭약이 터진 것 같아요." 위시가 말했다. "순찰차가 출동해서 경찰관이 주위를 둘러봤지만 수상한 점이 전혀 없어서 지진 때문에 경보기가 울렸나보다 하고는 그냥 가버렸어요. 웨스트랜드 내셔널 은행을 확인해볼 생각은 전혀 하지도 않았죠. 그쪽 경보장치는 아무 소리도 없었으니까요. 경찰은 그게 꺼져 있다는 걸 몰랐어요."

범인들은 일단 금고실 안으로 들어간 뒤 3일 연휴기간 동안 내내 그 안에 머무르면서 안전금고의 잠금장치를 드릴로 뚫고 그 안의 상자들을 꺼내 내용물을 몽땅 비웠다.

"빈 통조림 통, 감자칩 봉지, 냉동건조식품 포장지 등이 발견됐어요. 비상용 식량으로 사람들이 비축해두는 것들 말이에요." 위시가 말했다. "범인들이 죽 거기 머무른 것 같아요. 잠은 교대로 잤겠죠. 굴 안에 좀 널찍한 부분이 있어요. 작은 방처럼. 거기가 잠자는 곳이었던 것 같아요. 흙바닥에 침낭자국이 있었거든요. 모래 위에서 M-16의 개머리판 자국도 여러 개 발견됐어요. 자동화기를 가져왔던 거예요. 만약 일이 잘못되는 경우 쉽게 항복할 생각이 아니었어요."

위시는 보슈에게 생각할 시간을 주기 위해 잠시 이야기를 멈췄다가 다시 입을 열었다. "우리 추정으로는 놈들이 금고실 안에 머무른 시간이 60시간쯤 되는 것 같아요. 어쩌면 그보다 더 될 수도 있고요. 놈들은 464개의 안전금고를 드릴로 열었어요. 총 750개의 금고 중에서 말이에요. 만약 범인이 세 명이었다고 가정하면, 한 명이 대략 155개의 금고를 열었다는 얘기예요. 범인들이 금고실 안에서 머무른 사흘 동안 휴식과 식사에 열다섯 시간을 썼다고 가정하면, 각자 한 시간에 서너 개씩 안전금고를 열었다는 계산이 나와요."

위시는 범인들이 미리 시한을 정해놓았음이 분명하다고 말했다. 아마 화요일 새벽 3시쯤이었을 것이다. 그때부터 훔친 물건을 정리하기 시작했다면, 밖으로 나갈 시간이 충분했다. 팜스프링스에서 보기 좋게 얼굴을 태우고 돌아온 지점장은 화요일 아침에 영업준비를 위해 금고실 문을 열었다가 도난사실을 알게 되었다.

"이게 간단히 요약한 정황이에요." 위시가 말했다. "제가 이 일을 시작한 뒤 이렇게 솜씨 좋은 놈들은 처음 봤어요. 실수는 몇 개밖에 안 돼요. 우리는 범인들의 수법에 대해서는 많이 알아냈지만, 범인들의 정체에 대해서는 알아낸 게 별로 없어요. 메도우스가 그나마 가장 유력한 용의자였는데, 이젠 죽어버렸으니… 어제 형사님이 보여주신 사진 말이에요. 그 팔찌 사진. 형사님이 옳았어요. 우리가 아는 한, 은행에서 도난당한 물건 중에 가장 처음으로 나온 물건이에요."

"그런데 이젠 그것도 사라졌죠."

보슈는 위시가 뭐라고 말하기를 기다렸지만, 그녀는 이제 할 말을 다 했다고 생각하는 모양이었다.

"놈들이 드릴로 뚫을 금고를 선택할 때는 어떤 방법을 썼습니까?" 그가 물었다.

"그냥 임의로 고른 것 같아요. 사무실에 비디오테이프가 있는데, 이

따가 보여드릴게요. 그걸 보면, 놈들이 '네가 저쪽 벽을 맡아. 난 이쪽을 맡을 테니. 넌 저쪽 다른 벽을 맡고' 등등의 이야기를 하는 것 같아요. 어떤 금고들은 범인들이 드릴로 뚫은 금고와 나란히 있는데도 전혀 피해를 입지 않았어요. 이유는 저도 몰라요. 어떤 패턴이 있는 것 같지는 않아요. 어쨌든, 놈들이 뚫은 금고들 중 90퍼센트에서 물건이 도난당했다는 신고가 들어와 있어요. 대부분 추적이 불가능한 물건들이에요. 범인들이 선택을 잘한 셈이죠."

"어떻게 범인이 세 명이라는 걸 알아냈습니까?"

"그렇게 많은 금고를 뚫으려면 적어도 그 정도는 필요할 것 같았어요. 게다가 거기 있던 ATV도 세 대였고요."

위시는 미소를 지었고, 보슈는 약이 올랐다. "그건 그렇다 치고, ATV에 대해서는 어떻게 알게 된 거죠?"

"배수관 진흙 속에 타이어자국이 남아 있었거든요. 그걸로 알아냈어요. 배수관이 휘어지는 곳에서 페인트 자국도 발견했고요. 파란색 페인트였어요. 아마 자동차 한 대가 진흙에 미끄러져서 벽을 들이받은 모양이에요. 콴티코에서 페인트를 감식한 결과 자동차 연식과 제조사가 밝혀졌어요. 그래서 캘리포니아 남부의 모든 혼다 대리점을 조사했더니 노동절 4주 전에 터스틴의 한 대리점에서 파란색 ATV 세 대가 팔렸다고 하더라고요. 차를 산 사람은 현찰로 지불하고, 트레일러에 차를 싣고 갔대요. 이름과 주소는 가짜였고요."

"뭐라고 했던가요?"

"이름요? 프레더릭 B. 아이즐리. 약자로 만들면 FBI예요. 그 이름은 나중에도 등장했어요. 어쨌든 우리는 차를 판 사람에게 메도우스와 형사님을 포함해서 여섯 명의 사진을 보여줬는데, 그 사람은 그 중에 아이즐리가 없다고 했어요."

위시는 냅킨으로 입가를 닦은 뒤 탁자 위에 냅킨을 놓았다. 립스틱이 전혀 묻어 있지 않은 것이 눈에 띄었다.

"어쨌든…." 위시가 말했다. "1주일치 물을 한꺼번에 마신 것 같네요. 이따가 사무실로 오세요. 그때 지금까지의 수사결과와 형사님이 메도우스에 대해 알고 계신 것들에 대해 이야기하죠. 루크 요원과 제가 보기에는 이게 맞는 길 같아요. 은행 사건에 더 이상의 단서가 없어서 그동안 머리를 쥐어뜯고 있었거든요. 어쩌면 이번 메도우스 사건이 돌파구를 마련해줄지도 모르죠."

위시가 계산서를 집어 들었다. 보슈는 팁을 탁자 위에 놓았다.

두 사람은 각자 자기 차를 타고 연방청사로 향했다. 가는 동안 보슈가 생각한 것은 사건이 아니라 위시 요원이었다. 턱에 있는 작은 흉터에 대해 물어보고 싶었다. 웨스트랜드 은행에서 땅굴을 판 범인들과 베트남의 땅굴쥐들을 어떻게 연결시켰는지도 묻고 싶었다. 그녀가 어쩌다가 그렇게 달콤하고 슬픈 표정을 짓게 된 건지도 궁금했다. 보슈는 위시의 차를 따라 UCLA 근처의 학생용 아파트 밀집지역을 지나 윌셔대로를 건넜다. 두 사람은 연방청사 주차장의 엘리베이터 앞에서 다시 만났다.

"형사님이 기본적으로 저만 상대하는 게 제일 좋을 것 같아요." 위시가 보슈와 함께 엘리베이터를 타고 올라가면서 말했다. 엘리베이터 안에는 두 사람뿐이었다. "루크 요원…. 형사님과 루크 요원은 서로 첫 만남이 좋지 않은 편이었으니까…."

"첫 만남이라고 할 만한 것도 없었죠." 보슈가 말했다.

"뭐, 가만히 두고 보시면 루크 요원이 좋은 사람이라는 걸 아시게 될 거예요. 루크 요원은 그때 수사를 위해 옳다고 생각하는 일을 한 것뿐이에요."

엘리베이터 문이 17층에서 열렸다. 루크가 그 앞에 서 있었다.

"올라오셨군." 그가 말했다. 그가 보슈를 향해 손을 내밀자 보슈는 긴가민가하면서도 그 손을 잡았다. 루크가 자기소개를 했다.

"커피랑 빵이나 좀 사오려고 내려가던 길이었습니다." 그가 말했다. "같이 가시겠습니까?"

"저, 선배, 우린 지금 커피숍에서 오는 길인데요." 위시가 말했다. "갔다 와서 우리랑 같이 얘기해요."

이제 보슈와 위시는 엘리베이터 밖에 있었고, 루크는 엘리베이터 안에 있었다. 그는 그냥 고개만 끄덕했다. 엘리베이터 문이 닫힌 뒤 보슈와 위시는 사무실로 향했다.

"어떤 면에서 루크 요원은 형사님과 많이 비슷해요. 전쟁을 겪은 것도 그렇고요." 위시가 말했다. "루크 요원한테 기회를 한 번 주세요. 두 분 사이가 냉랭하면 사건에도 도움이 안 돼요."

보슈는 이 말을 그냥 흘려들었다. 두 사람은 복도를 내려가 그룹 3 사무실로 들어갔다. 위시가 자기 자리 뒤의 책상을 가리켰다. 그 자리에서 일하던 요원이 포르노 담당인 그룹 2로 전출되었기 때문에 지금은 그 자리가 비어 있다고 했다. 보슈는 서류가방을 책상에 놓고 의자에 앉았다. 그리고 주위를 둘러보았다. 어제보다 사람이 훨씬 많았다. 대략 6명쯤 되는 요원들이 책상에 앉아 있고, 파일 캐비닛 주위에 서 있는 요원이 세 명 더 있었다. 그 근처에 도넛이 한 상자 있었다. 사무실 뒤쪽 선반에서 텔레비전과 VCR이 눈에 들어왔다. 어제는 없던 물건들이었다.

"아까 비디오 얘길 하셨죠." 보슈가 위시에게 말했다.

"아, 그랬죠. 제가 준비해드릴 테니까 보세요. 그동안 저는 다른 일과 관련된 전화 메시지들을 좀 처리할게요."

위시는 자기 책상 서랍에서 비디오테이프를 하나 꺼냈다. 두 사람은 함께 뒤쪽으로 걸어갔다. 그 근처에 서 있던 세 사람은 도넛을 들고 조용히 물러났다. 외부인을 보고 경계심을 품은 것 같았다. 위시는 테이프를 틀어준 뒤 자기 자리로 돌아갔다.

손으로 들고 찍을 수 있는 카메라로 찍었음이 분명한 그 테이프는 화면이 자꾸 튀는 것이, 비전문가가 범인들의 자취를 따라 걸어가면서 찍은 듯했다. 첫 장면에 나오는 것은 빗물 배수관인 것 같았다. 사각형 굴이 둥글게 휘어 있고, 그 너머는 어둠이었다. 카메라 플래시도 그곳까지는 닿지 않았다. 위시의 말대로 굴은 상당히 컸다. 트럭을 몰고 들어갈 수도 있을 것 같았다. 작은 물줄기가 콘크리트 바닥 한가운데를 천천히 흘렀다. 바닥과 벽 아랫부분에는 곰팡이와 이끼가 끼어 있었다. 화면만 봐도 축축한 냄새가 나는 것 같았다. 카메라가 초록색과 회색이 섞인 바닥을 훑었다. 진흙 속에 타이어자국이 있었다. 그다음 장면은 범인들이 판 굴로 들어가는 입구였다. 배수관 벽에 깔끔하게 구멍이 뚫려 있었다. 손 한 쌍이 위시가 말했던 원형 합판을 화면 속으로 들어 보였다. 그 손이 점점 화면 속으로 깊숙이 들어오더니 마침내 검은 머리카락과 머리가 나타났다. 루크였다. 그는 등에 하얀 글씨가 적힌 검은색 점프슈트를 입고 있었다. FBI. 그가 합판을 구멍에 맞춰보았다. 꼭 맞았다.

여기서 화면이 훌쩍 뛰더니 범인들이 판 굴 안에서 찍은 장면이 나왔다. 보슈가 보기에 으스스한 광경이었다. 베트남에서 기어다녔던, 손으로 판 땅굴들이 생각났다. 이 굴은 오른쪽으로 휘어 있었다. 대략 6미터 간격을 두고 벽에 판 작은 홈에서 촛불들이 초현실적으로 너울거렸다. 굴은 대략 18미터쯤 곡선을 그리며 휘어지다가 급하게 왼쪽으로 꺾어졌다. 그다음부터는 거의 30미터 정도 직선으로 쭉 이어졌다. 벽에서는 여전히 촛불들이 너울거렸다. 마침내 카메라가 막다른 길에 이르렀다.

콘크리트 잔해, 뒤틀린 철근, 금속 피복 등이 더미로 쌓여 있었다. 카메라가 굴 천장에 뻥 뚫린 구멍을 향했다. 그 위의 금고실에서 빛이 쏟아져 들어왔다. 루크가 점프슈트 차림으로 그 위에 서서 카메라를 내려다보고 있었다. 그가 손가락으로 목을 긋는 시늉을 하자 화면이 다시 끊겼다. 그다음 장면에서 카메라는 금고실 안에 들어가 있었다. 금고 전체를 광각으로 찍은 장면이었다. 보슈가 신문에서 본 사진과 마찬가지로, 안전금고 수백 개의 문이 열려 있었다. 그리고 금고에서 꺼낸 상자들이 바닥에 텅 빈 채 쌓여 있었다. 감식반원 두 명이 지문을 채취하려고 바닥에 가루를 뿌리고 있었다. 엘리노어 위시와 다른 요원 한 명은 벽을 가득 채운 강철 안전금고 문들을 바라보며 수첩에 메모를 했다. 카메라가 바닥으로 내려가 굴로 내려가는 구멍을 보여주었다. 그리고 화면이 검게 변했다. 보슈는 테이프를 되감은 뒤 위시의 책상으로 가져다주었다.

"재미있네요." 보슈가 말했다. "예전의 특징들이 몇 가지 보입니다. 거기 땅굴에서 본 것들. 하지만 특별히 땅굴쥐들을 조사해야겠다는 생각이 들 정도는 아니에요. 메도우스나 나 같은 사람들을 떠올리게 된 계기가 뭐였습니까?"

"먼저 C-4 폭약이 있었어요." 위시가 말했다. "주류담배총기단속국(ATF)이 팀을 보내 폭발 구멍에서 나온 콘크리트와 강철을 조사했죠. 거기에 폭발물 잔해가 묻어 있었거든요. ATF가 그걸 가지고 실험을 한 결과 C-4라는 결과가 나온 거예요. 그건 베트남에서 사용되던 폭약이에요. 특히 땅굴쥐들이 굴을 안으로 무너뜨릴 때 사용했죠. 사실 요새는 그것보다 훨씬 좋은 폭약이 많아요. 충격파가 미치는 범위도 넓고, 다루기도 쉬운 것들. 게다가 값도 싸요. 덜 위험하고 구하기도 쉽죠. 그래서 우리는, 아니 그 ATF 감식반 사람들은 범인들이 C-4를 사용한 건 전에 사용해본 적이 있어서 익숙하기 때문이라는 결론을 내렸어요. 그때부터 베트남 참전용사가 범인일 거라는 생각을 하게 된 거예요. 부비트랩도 이번 사건을 베트남과 연결시켜 주었어요. 범인들은 금고로 올라가기 전에 자기들 후방을 보호하려고 굴에 전선을 연결해둔 것 같아요. 우리는 혹시 몰라서 ATF 소속의 개 한 마리를 미리 풀었어요. 혹시 C-4 폭약이 어딘가에 더 뒹굴고 있지나 않은지 확인하려고요. 개는 굴 안의 두 곳에서 폭약의 징후를 찾아냈어요. 중간 지점과 배수관에서 굴로 들어오는 입구. 하지만 그 두 곳에는 폭약이 전혀 남아 있지 않았어요. 범인들이 도망칠 때 가져간 거예요. 그런데 두 곳 모두 바닥에 작은 구멍들이 나 있고, 철사 조각들이 떨어져 있더라고요. 철사를 자를 때 자투리로 떨어지는 조각들 있잖아요."

"인계철선이군요." 보슈가 말했다.

"맞아요. 범인들이 침입자를 대비해서 철선을 깔아둔 것 같아요. 누가 후방에서 치고 들어갔어도 굴이 폭발해버렸겠죠. 그래서 다들 힐 거리 밑에 묻혀버렸을 거예요. 그래도 범인들이 도망치면서 폭약을 가져갔으니 다행이에요. 혹시 폭약을 잘못 건드릴지도 모르는 위험에서 우릴 구해준 거죠."

"하지만 그런 식으로 폭약이 터진다면 침입자뿐만 아니라 범인들도 죽었을 겁니다." 보슈가 말했다.

"알아요. 그래도 이 범인들은 만일의 경우를 대비한 것 같아요. 중무장을 하고 각오를 단단히 한 거죠. 성공 아니면 자살이라는…. 어쨌든, 그것만으로는 특별히 땅굴쥐로 용의자의 범위를 좁힐 이유가 못 됐어요. 그런데 배수관의 타이어자국에서 발견된 것이 상황을 바꿔 놓았죠. 타이어자국은 여기저기 흩어져 있어서 완전한 게 없었어요. 그래서 굴에서부터 배수관 입구까지 타이어자국을 추적하는 데 이틀이 걸렸어요. 그 아래에는 직선으로 뻗은 길이 없어요. 온통 미로죠. 그러니까 이미 길을 아는 사람이 아니면 길을 찾기가 힘들어요. 범인들도 매일 밤 손전등으로 지도를 비춰가며 ATV를 몰고 헤매기는 싫었을 테니 다른 방법을 강구했을 거예요."

"헨젤과 그레텔처럼 말입니까? 길에 빵부스러기를 떨어뜨려 놓은 건가요?"

"그런 셈이죠. 배수관 벽에 페인트가 많이 묻어 있어요. 수도전력국 사람들이 표시해 놓은 거예요. 그 안에서 길을 잃지 않으려고, 어떤 선이 어디로 통하는지 표시한 거죠. 자기들이 조사한 날짜도 써 놓았고요. 그런 표시가 하도 많아서 어떤 벽은 라틴계 주민들이 많이 사는 LA 동부의 편의점 벽 같아요. 그래서 우리는 범인들도 길을 표시해놓았을 거라고 추정하고 범인들이 움직인 길을 따라 걸으면서 반복적으로 나타나는 표시를 찾아보았어요. 그랬더니 그런 표시는 딱 하나밖에 없더라고요. 평화의 상징과 비슷한데, 원이 없는 거였어요. 그냥 짧은 사선만 세 개 그어놓은 모양이에요."

보슈도 아는 표시였다. 그도 20년 전에 땅굴에서 그 표시를 사용했었다. 칼로 땅굴 벽에 사선 세 개를 재빨리 긋기. 그건 나중에 다시 와도 길을 찾을 수 있게 표시하는 방법이었다.

위시가 말했다. "그날 현장에 있던 경찰관 중 한 명이, 그때는 아직 LA 경찰국이 사건을 우리한테 완전히 넘기기 전이라 경찰이 나와 있었어요. 거기 절도사건 전담반 경찰관 한 명이 그걸 베트남에서 봤다고 하더라고요. 그 사람은 땅굴쥐가 아니었지만, 우리한테 땅굴쥐에 대해 이야기해주었어요. 그래서 그 사건을 땅굴쥐와 연결시키게 된 거예요. 그 뒤로 우리는 국방부와 퇴역군인회를 찾아가서 명단을 확보했어요. 메도우스, 형사님, 그리고 다른 사람들."

"전부 몇 명이나 됩니까?"

위시는 15센티미터 높이의 마닐라 파일 더미를 자기 책상 위에서 보슈 쪽으로 밀었다.

"이게 전부예요. 보고 싶으면 보셔도 돼요."

그때 루크가 다가왔다.

"보슈 형사가 정식 서류를 요청했다는 얘기를 위시 요원한테서 들었습니다." 그가 말했다. "그거야 문제 될 것이 전혀 없죠. 내가 대략 초안을 만들었으니까 오늘 중으로 휘트콤 선임특수요원에게서 서명을 받아 보겠습니다."

보슈가 아무 말도 하지 않자 루크가 말을 이었다.

"어제 우리가 조금 과잉반응을 보였는지도 모르겠습니다. 내가 그쪽 과장님과 내사과 사람들에게 다시 이야기를 했는데, 일이 잘됐으면 좋겠습니다." 그는 정치가도 부러워할 만한 미소를 지었다. "그건 그렇고, 댁의 기록을 보고 정말 감탄했습니다. 군대시절 기록 말입니다. 저는 세 번이나 갔다 왔지만, 그 무시무시한 땅굴에는 한 번도 내려간 적이 없어요. 그래도 끝까지 거기 있기는 했습니다. 참 아쉬운 일이죠."

"뭐가 아쉽다는 겁니까? 전쟁이 끝난 게요?"

루크는 한참 동안 그를 바라보았다. 검은 눈썹이 하나로 모인 지점에서부터 그의 얼굴 전체로 붉은 기운이 번져나갔다. 루크는 피부가 유난히 창백하고 안색이 나빠서 항상 못마땅한 표정을 짓고 있는 것처럼 보였다. 나이는 보슈보다 몇 살 위였다. 키는 보슈와 같았지만, 루크 쪽이 무게가 더 나가 보였다. FBI 요원들의 전통적인 복장인 파란 점퍼와 하늘색 와이셔츠에 빨간색의 몹시 보수적인 넥타이를 매고 있었다.

"이봐요, 보슈 형사, 당신이 날 꼭 좋아할 필요는 없습니다. 그건 괜찮아요." 루크가 말했다. "하지만 부탁이니 이번 일에 협조 좀 해줘요. 우리 둘 다 같은 걸 원하잖습니까."

보슈는 당분간 그의 말을 들어주기로 했다.

"그럼 내가 뭘 하면 되겠습니까? 정확히 말해주세요. 내가 그냥 따라가기만 하면 되는 겁니까, 아니면 정말로 일하기를 원하는 겁니까?"

"보슈 형사, 형사들 중 최고라니 우리한테 실력을 한번 보여주시죠. 댁이 맡은 사건을 그냥 수사하면 됩니다. 어제 당신이 말했듯이, 그쪽은 메도우스의 살인범을 찾아내고 우리는 웨스트랜드를 턴 놈들을 찾아내는 겁니다. 그러니까 최선을 다해 줘요. 평소와 똑같이 수사를 하되, 위시 특수요원과 파트너로 움직이기만 하면 됩니다."

루크는 두 사람 옆을 떠나 밖으로 나갔다. 보슈는 조용한 복도 저편 어딘가에 그의 사무실이 따로 있을 거라고 짐작했다. 그는 위시의 책상을 향해 돌아서서 파일 더미를 들고 말했다. "좋습니다. 그럼 한번 해보죠."

위시는 FBI 차를 한 대 빌려서 운전을 맡았고, 보슈는 무릎 위에 놓인 군대 기록들을 살펴보았다. 보슈 자신의 것이 맨 위에 있었다. 그는 다른 사람들 기록을 몇 개 대충 살펴보았지만 아는 이름은 메도우스뿐이었다.

"어디로 갈까요?" 위시가 주차장을 빠져나와 베터런 애버뉴를 올라가 윌셔로 향하면서 물었다.

"할리우드." 보슈가 말했다. "루크 요원은 항상 그렇게 빳빳합니까?"

위시는 동쪽으로 방향을 꺾으면서 묘한 미소를 지었다. 보슈는 그녀와 루크 사이에 뭔가가 있는 게 아닌지 궁금해졌다.

"본인이 그렇게 굴고 싶을 때는 그래요." 위시가 말했다. "하지만 행정가로서 뛰어난 사람이에요. 저희 그룹을 잘 운영하고 있어요. 옛날부터 항상 지도자 타입이었던 것 같아요. 군대에 있을 때도 부대 전체를 책임지고 있었다나, 그런 말을 했던 것 같아요. 사이공에서요."

보슈는 두 사람 사이에 뭔가가 있을 리가 없다는 결론을 내렸다. 자기 연인을 옹호할 때 그 사람이 훌륭한 행정가라고 말하는 사람은 없는 법이다. 두 사람 사이에는 아무것도 없었다.

"행정가라면 직업을 잘못 택한 거 아닙니까." 보슈가 말했다. "할리우드 대로로 올라가요. 차이니즈 극장 남쪽 동네로."

거기까지 가는 데는 15분이 걸릴 것이다. 보슈는 맨 위의 파일(자신의 것)을 펼쳐 서류들을 살펴보기 시작했다. 정신과의사의 평가서들 사이에 흑백사진이 한 장 있었다. 체포 수속을 할 때 찍는 범죄자 사진과 비슷한 그 사진 속에는 군복을 입은 젊은이가 있었다. 얼굴에는 세월이나 경험의 주름살이 아직 하나도 없었다.

"그렇게 짧은 머리가 잘 어울려요." 위시가 그의 생각을 방해했다. "그 사진을 보고 제 남자 형제 생각이 났어요."

보슈는 그녀를 바라보았지만 아무 말도 하지 않았다. 그는 사진을 내려놓고 다시 서류들을 뒤지며 이런저런 정보를 여기저기서 조금씩 읽었다. 자신에 관한 이야기인데도 낯설었다.

위시가 말했다. "베트남에서 땅굴을 경험한 사람을 캘리포니아 남부에서 아홉 명 찾아냈어요. 우리가 전부 조사해봤는데, 그 중에 용의자 단계까지 올라간 사람은 메도우스뿐이었어요. 중독자이고, 전과도 있으니까요. 전쟁에서 돌아온 뒤에도 굴에서 일한 경험이 있고요." 위시는 그 뒤로 몇 분 동안 침묵을 지키며 운전만 했다. 보슈는 서류를 읽었다. 얼마 뒤 위시가 다시 입을 열었다. "우리가 메도우스를 한 달 내내 감시했어요. 그 도난사건 이후로요."

"그 친구가 뭘 하던가요?"

"이렇다 할 게 없었어요. 뭔가 거래를 했던 것 같기도 한데, 도무지 확인할 길이 없었거든요. 사흘에 한 번씩 베니스로 가서 타르 헤로인을 사더라고요. 그런데 그걸 그냥 자기가 쓰는 것 같았어요. 손님이 오는 걸 본 적이 없으니까요. 한 달 내내 메도우스를 찾아온 사람이 전혀 없었어요. 사실 그자가 마약을 판다는 걸 증명할 수 있었다면 일단 잡아 넣었겠죠. 그다음에 은행 이야기를 꺼내면서 점잖게 그자를 속이면 되니까요."

위시는 다시 침묵을 지키다가 잠시 후 입을 열었다. 보슈가 보기에는 그를 설득하기보다 자신을 납득시키고 싶어 하는 것 같았다. "그자는 마약을 팔지 않았어요."

"나도 그렇게 믿고 있습니다." 보슈가 말했다.

"할리우드에 왜 가는지 말 안 해주실 거예요?"

"목격자를 찾을 겁니다. 목격자가 될 수 있는 사람. 요원들이 감시하던 한 달 동안 메도우스는 어떻게 살았습니까? 그러니까, 돈 말입니다. 베니스에 가서 쓸 돈을 어떻게 벌었죠?"

"우리가 아는 한 그자는 영세민 지원금을 받고 있었어요. 퇴역군인회의 장애연금도 있었고요. 그게 수입의 전부였어요."

"왜 한 달 만에 감시를 그만둔 겁니까?"

"건진 게 없었거든요. 그자가 사건과 관계가 있는지도 확인하지 못했으니까요. 우리는…."

"누가 결정했습니까?"

"루크 요원이요. 선배는…"

"행정가께서 하셨군요."

"제 말을 끝까지 들으세요. 루크 요원은 아무런 성과도 없이 계속 감시하는 데 비용을 들여야 하는 이유를 대지 못했어요. 사실 우리는 그때 순전히 육감으로 움직이고 있었거든요. 형사님은 지금 결과를 알고 계시니까 그런 말을 할 수 있는 거예요. 하지만 그때는 사건이 있은 지 거의 두 달이 됐는데도 메도우스를 범인으로 지목해주는 것이 하나도 없었어요. 사실 어느 정도 시간이 흐른 뒤에는 우리도 그저 수사하는 시늉만 했을 뿐이에요. 범인이 이미 모나코나 아르헨티나에 가 있을 거라고 생각했거든요. 베니스 해변에서 타르 헤로인이나 사고, 밸리의 초라한 아파트에서 살고 있을 리가 없죠. 그때는 메도우스가 도무지 범인 같지 않았어요. 그래서 루크 요원이 감시 중단을 결정했고, 저도 동의했어요. 지금이야 그게 실수였다는 걸 알지만요. 이제 아시겠어요?"

보슈는 대답하지 않았다. 루크가 감시를 중단시킨 것이 옳은 결정이라는 건 그도 알고 있었다. 수사를 하다 보면 원래 앞일을 알 수 없는 법이다. 보슈는 화제를 바꿨다.

"그런데 왜 그 은행이었을까요? 그건 생각해본 적이 있습니까? 왜 웨스트랜드 내셔널 은행이었는지. 왜 웰스파고 은행이나 비벌리힐스 은행이 아니었을까요? 비벌리힐스 쪽 은행에는 현금이 더 많았을 텐데 말입니다. 지하의 그 배수관이 사방으로 연결되어 있다면서요."

"맞아요. 저도 왜 그 은행이었는지는 몰라요. 어쩌면 처음부터 꼬박 사흘 동안 은행 안에 머무르면서 마음 놓고 안전금고들을 열려고 일부러 시내 은행을 골랐는지도 모르죠. 시내 은행들은 토요일에 문을 닫으니까요. 답을 아는 사람은 메도우스 일당밖에 없을 거예요. 그런데 이 동네에서 목격자를 찾는다고요? 형사님 보고서에 그런 내용은 없던데요. 무슨 목격자예요?"

두 사람은 목적지에 와 있었다. 거리 양편에는 완공된 날부터 이미 우울해 보였던 낡은 모텔들이 서 있었다. 보슈는 그 모텔들 중 블루샤토를 가리키며 그곳에 차를 세우라고 말했다. 다른 모텔들과 마찬가지로 우울하기 짝이 없는 곳이었다. 1950년대 초에 유행했던 디자인의 콘크리트 블록 건물. 전체적인 색깔은 하늘색이고 가장자리는 짙은 파란색이지만, 페인트가 벗겨지고 있었다. 중앙에 안뜰이 있는 이 2층짜리 건물에는 거의 모든 창문마다 수건이나 옷가지가 걸려 있었다. 모텔 내부도 외부 못지않게 흉하다는 걸 보슈는 알고 있었다. 가출한 아이들이 한 방에 8~10명씩 우글거리는 이곳에서는 가장 힘센 놈이 침대를 차지하고, 다른 아이들은 바닥이나 욕조에서 잤다. 이곳 대로 근처에는 이런 곳이 많았다. 옛날에도 그랬고, 앞으로도 그럴 것이다.

연방정부 소유의 차에 앉아 모텔을 바라보며 보슈는 저수지의 굴 속에서 반쯤 그리다 만 페인트 낙서를 발견한 이야기와 익명의 911 신고 전화 이야기를 해주었다. 그 전화를 건 사람이 낙서를 하다 만 아이인 것 같다는 말도 했다. 에드워드 니즈, 일명 샤키.

"이렇게 가출한 애들은 거리에서 패거리를 이룹니다." 보슈가 차에서 내리며 말했다. "폭력조직하고는 좀 달라요. 영역을 지키려는 게 아니니까요. 자신을 보호하고 거래를 하기 위해서입니다. CRASH 파일에 따르면, 샤키 일당은 지난 두 달 동안 여기 샤토에서 지냈어요."

보슈가 자동차 문을 닫는데, 어떤 차 한 대가 반 블록 떨어진 길가에 서는 것이 보였다. 그는 재빨리 그 차를 살펴보았지만 본 적이 없는 차였다. 차 안에 두 사람이 있는 것 같았지만 너무 멀어서 확신할 수 없었다. 두 사람이 루이스와 클락인지도 물론 알 수 없었다. 보슈는 판석을 깐 인도를 걸어서 깨진 네온사인 밑의 통로로 들어가 모텔 관리실로 향했다.

관리실 유리창 뒤에는 노인 한 명이 앉아 있고, 창문 아래쪽에는 안으로 밀어넣을 수 있는 접시가 있었다. 노인은 샌타애니타에서 나온 오늘자 광고신문을 읽는 중이었다. 그는 보슈와 위시가 창문 앞에 다가갈 때까지도 광고신문에서 눈을 떼지 않았다.

"네, 형사님들, 어쩐 일이시오?"

그는 이미 지쳐 빠져서 매사에 무관심해진 노인이었다. 그는 형사들이 배지를 보여주기도 전에 형사들을 알아보았다. 그리고 공연히 소란 피우지 말고 형사들이 원하는 대로 해줘야 한다는 사실도 알고 있었다.

"샤키라는 아이." 보슈가 말했다. "몇 호실이요?"

"7호실이요. 그런데 지금 없어요. 아마도. 녀석이 있을 때는 녀석의 오토바이가 대개 저기 복도에 서 있거든. 지금은 오토바이가 없으니까 녀석도 없겠지. 거의 확실해요."

"거의 확실하다고요? 7호실에 누구 다른 사람도 있소?"

"그럼요. 항상 사람이 있죠."

"1층이요?"

"네."

"뒷문이나 창문은?"

"둘 다 있어요. 뒷문은 미닫이인데, 다시 끼우려면 엄청 비싸요."

노인은 열쇠걸이에서 7이라고 적힌 열쇠고리를 꺼내 창문 밑의 접시에 담아서 밀어주었다.

피어스 루이스 형사는 주머니에서 현금자동지급기 영수증을 찾아내서 그걸 이쑤시개 대용으로 썼다. 아침에 먹은 소시지가 아직도 입안 어딘가에 있는 것 같았다. 그는 깨끗한 느낌이 들 때까지 종이를 이 사이에 넣었다 빼기를 반복했다. 그리고 입맛을 다시며 불만에 찬 소리를 냈다.

"왜 그래?" 돈 클락 형사가 말했다. 그는 파트너의 행동이 무슨 뜻인지 알고 있었다. 이를 쑤시고 입맛을 다시는 건 뭔가가 마음에 걸린다는 뜻이었다.

"저놈이 우리를 본 것 같아서 그래." 루이스가 종이를 창밖의 거리로 던져버린 뒤 말했다. "차에서 내리면서 이쪽을 살짝 봤잖아. 금방 스쳐 지나가는 시선이었지만, 우리를 알아본 것 같아."

"그럴 리가 없어. 우릴 알아봤다면 이쪽으로 달려와서 소란을 피우든지 했을걸. 원래 그런 게 그쪽 방식이니까. 소란을 피우고, 소송을 내고… 경찰보호위원회를 벌써 불러들였을 거야. 분명히 말하지만, 경찰관들은 미행을 절대 눈치 못 채."

"글쎄… 그럴지도 모르지." 루이스가 말했다.

그는 일단 그 문제는 생각하지 않기로 했다. 하지만 걱정스럽기는 매한가지였다. 그는 이번 일을 망치고 싶지 않았다. 지난번에도 보슈를 다 잡았는데, 그 날아다니는 턱돌이 어빙이 그와 클락을 빼버리는 바람에 그놈이 미꾸라지처럼 빠져나가버렸다. 하지만 이번에는 절대 그럴 수 없었다. 루이스는 혼자 속으로 그렇게 다짐했다. 이번에는 저놈이 반드시 무너지게 해주겠다고.

"메모는 하고 있어?" 그가 파트너에게 물었다. "저 쓰레기장에는 왜 온 걸까?"

"뭘 찾으러 왔겠지."

"웃기는 소리. 정말로 그렇게 생각해?"

"젠장, 어디서 뺨을 맞고 와서 화풀이를 하는 거야?"

루이스는 샤토에서 시선을 돌려 클락을 바라보았다. 클락은 양손을 무릎 위에 포개놓고 의자를 60도쯤 젖힌 채 앉아 있었다. 거울 안경이 눈을 가리고 있어서 설사 자고 있다 해도 알 수 없을 것 같았다.

"메모를 하는 거야, 마는 거야?" 루이스가 큰 소리로 말했다.

"메모를 하고 싶으면 자네가 직접 해."

"난 운전을 맡았잖아. 항상 그랬던 것처럼. 운전을 하기 싫은 자네가 메모도 하고 사진도 찍어야지. 그러니까 얼른 메모를 해. 그래야 나중에 어빙한테 보여줄 게 있을 거 아냐. 안 그러면 어빙이 우리를 181로 걸어버릴걸. 보슈 일은 까맣게 잊어버리고서 말이야."

"1.81이라고 해야지. 말을 줄여서 하지 말자고. 우리끼리 얘기할 때도 말이야."

"시끄러."

클락은 킬킬거리며 겉옷 안주머니와 셔츠 주머니에서 수첩과 황금색 크로스 펜을 각각 꺼냈다. 클락이 메모를 하는 걸 확인한 루이스가 흡족한 기분으로 모텔을 다시 바라보니, 금발을 레게 스타일로 딴 10대 남자아이가 노란색 오토바이를 타고 길에서 원을 두 바퀴 그리는 것이 보였다. 아이는 보슈와 FBI 여자가 방금 내린 차 바로 옆에 오토바이를 세웠다. 그리고 손으로 눈 위에 그늘을 만들어 그 자동차의 운전석 창문을 들여다보았다.

"저건 또 뭐야?" 루이스가 말했다.

"대단한 녀석이네." 클락이 메모를 하다가 고개를 들어 아이를 보더니 말했다. "스테레오라도 훔칠까 하는 거겠지. 저 녀석이 정말로 도둑질을 하면 우리는 어떻게 하지? 감시를 집어치우고 저 망할 놈의 스테레오를 구해줘?"

"우린 아무 짓도 안 하고 가만히 있으면 돼. 그리고 저 녀석은 물건을 훔치지 않을 거야. 모토롤라 양방향 무전기를 봤으니 경찰이 타고 온 차라는 걸 알걸. 벌써 뒷걸음질을 치고 있잖아."

아이는 오토바이에 시동을 걸더니 거리에서 또 원을 두 바퀴 그렸다. 그동안 아이는 모텔 전면에서 눈을 떼지 않았다. 그러고는 건물 측면의 주차장을 통과해 다시 거리로 나갔다. 아이는 길가에 서 있던 낡은 폴크스바겐 버스 뒤에 오토바이를 세우고 몸을 숨겼다. 낡아빠진 버스 창문을 통해 샤토의 입구를 지켜보는 것 같았다. 아이는 자기 뒤쪽으로 반 블록 거리에 세워진 차 안에 내사과 형사 두 명이 있는 것은 알아차리지 못했다.

"야, 이 녀석아, 움직여 봐." 클락이 말했다. "너 때문에 순찰차를 부르기는 싫단 말이다. 망할 놈의 부랑아 같으니."

"카메라로 저 녀석 사진을 찍어." 루이스가 말했다. "혹시 또 모르잖아. 나중에 무슨 일이 일어나서 그 사진이 필요해질지. 나중에 이쪽으로 전화를 걸어서 보슈랑 그 FBI 여자가 여기 왜 왔는지도 알아봐야 할 거야."

루이스 자신도 좌석에 놓인 카메라를 들어서 얼마든지 사진을 찍을 수 있었지만, 그랬다가는 이런 잠복근무를 할 때 둘 사이에 유지되고 있는 섬세한 균형을 깨뜨릴 위험한 선례가 생길 터였다. 운전대를 잡은 사람은 운전만 하고, 조수석에 앉은 사람은 메모를 비롯해서 여러 가지 관련 작업을 하는 것이 규칙이었다.

클락은 얌전히 카메라를 집어 들었다. 망원렌즈가 달린 카메라였다. 그는 오토바이를 탄 아이의 사진을 여러 장 찍었다.

"오토바이 번호판도 찍어." 루이스가 말했다.

"그 정도는 나도 알아." 클락이 카메라를 내려놓으며 말했다.

"모텔 전화번호도 적었어? 나중에 전화해야 하잖아."

"알았어. 지금 적고 있다고. 보여? 왜 그렇게 수선이야? 보슈는 아마 저기서 신나게 떡을 치고 있을걸. 멋진 여자 연방요원이랑. 나중에 전화해보면 주인은 아마 보슈가 그냥 방을 빌리러 왔다고 할 거야."

루이스는 클락이 감시일지에 모텔 전화번호를 적는지 지켜보았다.

"그렇지 않을 수도 있지." 루이스가 말했다. "두 사람은 바로 얼마 전에 만난 사이잖아. 게다가 보슈가 그렇게까지 멍청하지는 않아. 틀림없이 누굴 찾으러 온 거야. 목격자인지도 모르지."

"하지만 그자가 만든 사건 자료철에는 목격자 얘기가 전혀 없었어."

"그걸 감춘 거지. 보슈니까. 원래 그렇게 일하는 인간이잖아."

클락은 아무 말도 하지 않았다. 루이스는 저쪽의 샤토를 다시 바라보았다. 아이가 사라져버린 것이 그 때야 눈에 들어왔다. 오토바이 역시 어디서도 보이지 않았다.

보슈는 엘리노어 위시가 7호실 뒤편의 미닫이문을 살펴보기 위해 뒤쪽으로 돌아갈 때까지 1분 정도 기다렸다. 그동안 그는 문에 귀를 대고 안에서 나는 소리에 귀를 기울였다. 뭔가가 바스락거리는 소리와 가끔 누가 웅얼거리는 소리가 들리는 것 같았다. 방에 누가 있는 게 틀림없었다. 시간이 되자 그는 문을 세게 두드렸다. 문 뒤편에서 누가 움직이는 소리가 들렸다. 카펫 위에서 빠르게 발을 놀리는 소리였다. 하지만 문은 열리지 않았다. 보슈는 다시 노크를 하고 기다렸다. 여자의 목소리가 들렸다.

"누구세요?"

"경찰입니다." 보슈가 말했다. "샤키를 만나러 왔습니다."

"걔는 여기 없어요."

"그럼 아가씨하고 얘기를 해봐야겠군요."

"걔가 어디 있는지 저는 몰라요."

"문부터 열어주시죠."

안에서 또 소리가 들렸다. 누가 가구에 부딪히는 것 같은 소리였다. 하지만 이번에도 문은 열리지 않았다. 뭔가가 구르는 소리가 났다. 유리 미닫이문이 열리는 소리였다. 보슈는 열쇠로 문을 열었다. 마침 어떤 남자가 뒷문을 통해 밖으로 나가서 베란다 밑의 땅바닥으로 뛰어내리는 모습이 언뜻 보였다. 남자에게 서라고 말하는 위시의 목소리가 들렸다.

보슈는 재빨리 방 안을 살펴보았다. 입구 왼편에는 붙박이장이 있고, 오른편에는 욕실이 있었지만 둘 다 비어 있었다. 붙박이장 바닥에 옷가지 몇 개가 떨어져 있을 뿐이었다. 커다란 더블베드 두 개는 맞은편 벽에 붙어 있었고, 거울이 달린 화장대도 하나 있었다. 침대 주위와 욕실로 통하는 길에는 낡아서 납작해진, 누르스름한 갈색 카펫이 깔려 있었다. 몸집이 작은 금발 여자아이가 침대보를 몸에 두른 채 두 침대 중 한 곳의 앞쪽 끝에 앉아 있었다. 한 열일곱 살쯤 되어 보였다. 옛날에는 하얀색이었겠지만 지금은 거무죽죽하게 변한 침대보를 통해 젖꼭지 윤곽이 드러났다. 방에서는 싸구려 향수와 땀 냄새가 났다.

"보슈 형사님, 그쪽은 괜찮아요?" 위시가 밖에서 소리쳤다. 미닫이문에 침대보가 커튼처럼 걸려 있어서 그녀의 모습이 보이지는 않았다.

"괜찮아요. 그쪽은요?"

"괜찮아요. 거기 뭣 좀 있어요?"

보슈는 미닫이문으로 가서 밖을 내다보았다. 위시는 양팔을 벌려 모텔 뒷벽을 짚고 있는 남자의 뒤에 서 있었다. 대략 서른 살쯤 된 것 같은 남자는 유치장에서 한 달쯤 지내다가 방금 나온 사람처럼 얼굴이 누렇게 떠 있었다. 바지 앞섶은 미처 잠그지 못해 열려 있었고, 체크무늬 셔츠도 단추가 엉망으로 잠겨 있었다. 그는 변명을 해야 하는데 변명거리가 전혀 생각이 나지 않는 사람 같은 표정으로 땅바닥만 바라보는 중이었다. 보슈는 남자가 바지 앞섶보다 셔츠 단추를 먼저 잠그려 했다는 사실에 순간적으로 충격을 받았다.

"이 사람은 깨끗해요." 위시가 말했다. "좀 숨이 찬 것 같기는 하지만."

"미성년자랑 매춘을 하려고 한 것 같으니 조사하려면 할 수도 있겠죠. 그럴 생각이 없다면 그냥 놔줘요."

보슈는 침대 위에 앉아 있는 여자아이에게 시선을 돌렸다.

"솔직히 말해. 너 나이는 몇 살이고, 저 남자한테서 얼마를 받았지? 널 잡으러 온 건 아니니까 걱정 말고 말해봐."

여자아이는 잠시 생각에 잠겼다. 보슈는 아이에게서 절대 눈을 떼지 않았다.

"열일곱 살이 거의 다 됐어요." 아이가 지루해 죽겠다는 듯 단조로운 목소리로 말했다. "저 남자는 나한테 아무것도 안 줬고요. 돈을 주겠다고는 했지만, 아직 안 줬어요."

"너희 패거리 대장이 누구야? 샤키? 그 녀석이 돈부터 먼저 받으라는 얘기 안 했어?"

"샤키가 항상 우리랑 같이 있는 건 아니에요. 그런데 아저씨는 걔 이름을 어떻게 알아요?"

"풍문으로 들었다. 지금 샤키는 어디 있지?"

"아까 말했잖아요. 몰라요."

체크무늬 셔츠의 남자가 앞문으로 들어왔다. 위시가 그 뒤를 따랐다. 남자의 손은 등 뒤에서 수갑이 채워져 있었다.

"이 사람을 집어넣을 거예요. 그러고 싶어요. 정말 역겨워요. 저 애는…."

"자기가 열여덟 살이라고 했어요." 체크무늬가 말했다.

보슈는 남자에게 다가가서 손가락으로 셔츠 깃을 젖혔다. 가슴에 날개를 펼친 파란 독수리 문신이 있었다. 발톱으로 단검과 나치의 상징인 卍자를 움켜쥔 모습이었다. 그리고 그 밑에 '한 민족'이라는 말이 적혀 있었다. 보슈는 그것이 아리안 민족을 뜻한다는 것을 알고 있었다. 감옥에서 백인 우월주의자들이 결성한 조직. 그는 셔츠 깃을 놓았다.

"출감한 지 얼마나 됐어?" 보슈가 물었다.

"이거 왜 이래요?" 체크무늬가 말했다. "헛수작 마쇼. 저 애가 거리에서 날 잡아끌었어요. 최소한 바지 앞섶은 잠그게 해줘야 되는 거 아뇨? 이런 법이 어디 있어?"

"내 돈 내놔, 나쁜 놈아." 여자아이가 말했다.

아이가 침대에서 벌떡 일어나자 침대보가 바닥으로 떨어졌지만, 아이는 알몸으로 남자의 바지 주머니를 향해 달려들었다.

"이 년 좀 떼 줘요. 떼 달라고요." 남자가 아이의 손을 피해 몸을 배배 꼬면서 소리쳤다. "이것 봤죠? 봤죠? 감옥에 갈 사람은 이 년이에요. 내가 아니라."

보슈가 끼어들어서 둘을 떼어놓은 뒤 여자아이를 침대 쪽으로 밀었다. 그리고 남자 뒤쪽으로 가서 위시에게 말했다. "열쇠 좀 주시죠."

위시가 꼼짝도 하지 않았기 때문에 보슈는 자기 주머니에서 자기 수갑 열쇠를 꺼냈다. 수갑은 열쇠 하나로 모두 열 수 있었다. 그는 수갑을 풀어준 뒤 체크무늬를 앞문 쪽으로 데려가서 문을 열고 남자를 밀어냈다. 남자는 복도에 멈춰 서서 바지 앞섶을 잠갔다. 보슈는 그 기회를 이용해서 발로 남자의 엉덩이를 밀었다. "얼른 꺼져, 어린애나 밝히는 놈아." 휘청거리며 복도를 걸어가는 남자를 향해서 보슈는 말을 이었다. "오늘 운이 좋은 줄 알아."

보슈가 안으로 들어와 보니 여자아이는 더러운 침대보로 다시 몸을 감싸고 있었다. 위시는 화가 난 표정이었다. 단순히 체크무늬 남자 때문만은 아니라는 걸 보슈도 알고 있었다. 그는 여자아이를 바라보며 말했다. "옷 입어라. 화장실에 가서 옷 입어." 아이가 꼼짝도 하지 않자 그는 다시 말했다. "얼른! 빨리 가!"

아이가 침대 옆 바닥에서 옷가지를 집어 들고 침대보를 바닥에 떨어뜨린 채 화장실로 들어간 뒤 보슈는 위시에게 시선을 돌렸다.

"다른 할 일이 너무 많아요." 그가 입을 열었다. "저 애의 진술을 듣고 그 남자의 기록을 작성하려면 오늘 오후를 다 바쳐야 했을 겁니다. 이게 큰 사건이라면 나도 녀석을 잡아넣었겠죠. 이건 중범죄도 될 수 있고, 경범죄도 될 수 있는 사건인데, 검사가 저 애를 보면 기소를 하더라도 경범죄밖에 안 될 겁니다. 그러니까 그렇게 시간을 쓸 가치가 없어요. 이쪽 세계가 원래 그래요, 위시 요원."

위시는 이글거리는 눈으로 보슈를 노려보았다. 전에 식당에서 그녀가 자리를 뜨려는 것을 막으려고 그가 손목을 잡았을 때와 똑같은 눈빛이었다.

"보슈 형사님, 난 그 일에 시간을 쏟을 가치가 있다고 판단한 거예요. 다시는 그런 짓 하지 마세요."

두 사람은 여자아이가 욕실에서 나올 때까지 그렇게 서서 눈싸움을 벌였다. 여자아이는 무릎이 찢어지고 색이 바랜 청바지와 검은 탱크톱 차림이었다. 신발은 없었다. 발톱에 빨간 매니큐어가 칠해진 것이 보였다. 여자아이는 아무 말 없이 침대에 앉았다.

"샤키를 찾아야 돼." 보슈가 말했다.

"왜요? 담배 있어요?"

보슈는 담배갑을 꺼내 흔들어서 담배 한 개비를 꺼내주었다. 성냥도 건네주자 여자아이가 직접 불을 붙였다.

"왜요?" 여자아이가 다시 물었다.

"토요일 밤 일 때문에." 위시가 무뚝뚝하게 말했다. "그 애를 체포할 생각은 없어. 괴롭힐 생각도 없고. 그냥 몇 가지 물어보기만 하면 돼."

"저는 어쩌고요?" 여자아이가 말했다.

"네가 뭐?" 위시가 말했다.

"저를 괴롭히실 거예요?"

"널 청소년과에 넘길 거냐고?" 보슈는 위시를 바라보며 그녀의 반응을 가늠해보았다. 하지만 아무런 표정도 읽을 수 없었다. 그는 말을 이었다. "아니. 네가 우릴 도와주면 그쪽에 넘기지는 않을 거야. 이름이 뭐냐? 본명을 말해."

"베티제인 펠커."

"그래, 베티제인, 샤키가 어디 있는지 모른다고? 우린 그 애를 만나서 얘기만 하면 돼."

"제가 아는 건 샤키가 일을 하고 있다는 것뿐이에요."

"그게 무슨 소리야? 어디서?"

"보이타운이요. 아마 아슨이랑 모조랑 같이 일을 하고 있을 거예요."

"걔들도 너희 패거리야?"

"네."

"보이타운 어디로 간다고 했지?"

"어딘지는 말 안 했어요. 그냥 동성애 변태들이 있는 데로 갔을 거예요. 아시잖아요."

여자아이가 정말로 더 이상 아는 것이 없는 건지, 알면서도 말을 안 하는 건지는 알 수 없었다. 보슈는 어느 쪽이든 상관없다는 것을 알고 있었다. 불심검문 보고서에서 여러 주소를 알아두었으니 샌타모니카 대로 어디쯤에서 샤키를 찾을 수 있을 터였다.

"고맙다." 보슈는 여자아이에게 이렇게 말하고 문 쪽으로 방향을 돌렸다. 그가 복도를 절반쯤 내려갔을 때 위시가 방에서 나와 화난 사람처럼 빠른 걸음으로 그의 뒤를 따랐다. 그는 그녀가 뭐라고 입을 열기 전에 사무실 옆 복도의 공중전화 앞에서 걸음을 멈췄다. 그리고 항상 가지고 다니는 작은 전화번호 수첩을 꺼내 청소년과 번호를 찾아내서 전화를 걸었다. 2분 동안 대기한 뒤에야 비로소 교환원이 자동응답전화로 연결해주었다. 보슈는 날짜와 시간, 베티제인이 있는 곳을 말하고,

가출소녀인 것 같다고 보고했다. 청소년과 사람들이 자신의 메시지를 듣는 데 며칠이 걸릴지, 그리고 베티제인을 데리러 올 때까지는 또 며칠이 걸릴지 궁금하다는 생각을 하며 그는 전화를 끊었다.

샌타모니카 대로를 따라 웨스트 할리우드까지 갔을 때도 위시는 여전히 화를 내고 있었다. 보슈는 자신의 행동을 설명하려고 했지만, 그래봤자 소용없다는 것을 깨달았다. 그래서 그냥 가만히 앉아 위시의 말에 귀를 기울였다.

"이건 신뢰의 문제예요." 위시가 말했다. "우리가 같이 일하는 기간이 앞으로 얼마가 되든 상관없어요. 앞으로도 계속 그렇게 독불장군처럼 군다면, 우리는 서로를 믿지 못하게 될 거고, 그러면 수사도 제대로 할 수 없어요."

보슈는 조수석 쪽 거울을 빤히 바라보았다. 아까 블루샤토에서부터 뒤를 따라오고 있는 차를 살필 수 있게 방향을 조정해둔 거울이었다. 이제는 그 차에 루이스와 클락이 타고 있다는 것을 확실히 알고 있었다. 그 차가 붉은 신호등 때문에 자동차 세 개를 사이에 두고 멈춰 섰을 때, 운전석에 앉은 루이스의 거대한 목과 짧은 머리를 확인했기 때문이었다. 하지만 위시에게는 미행당하고 있다는 말을 하지 않았다. 그녀가 미행을 눈치챘는지 어쨌는지는 몰라도, 어쨌든 그녀도 미행당하고 있다는 말은 하지 않았다. 다른 일에 너무 정신이 팔려서 알아차리지 못한 것 같았다. 보슈는 자신을 미행하는 차를 지켜보며 위시가 그에게 일을 한심하게 처리했다고 나무라는 소리를 열심히 들었다.

마침내 그가 말했다. "메도우스는 일요일에 발견됐습니다. 오늘은 화요일이고요. 하루하루 날이 갈수록 살인사건을 해결할 확률이 점점 줄어든다는 건 살인전담 형사들이라면 다 아는 사실입니다. 미안합니다.

아까는 열여섯 살짜리 창녀의 유혹에 넘어가 모텔까지 온 불량배 녀석을 체포하는 데 하루를 낭비하는 게 수사에 도움이 되지 않을 것 같아서 그런 겁니다. 청소년과 사람들이 와서 그 여자아이를 데려갈 때까지 굳이 기다릴 필요도 없다고 생각했고요. 청소년과에서 이미 그 여자아이를 알고 있고, 마음만 먹으면 어디 있는지도 알아낼 수 있다는 데에 내 월급을 걸라면 걸 수도 있습니다. 간단히 말해서, 거기 일을 그냥 간단히 끝내고 싶었습니다. 다른 사람들 일은 다른 사람들한테 맡겨두고 난 내 일이나 하려고요. 지금 우리가 하고 있는 일 말입니다. 여기 래그타임에서 속도를 좀 늦추세요. 불심검문 보고서에서 주소를 본 곳입니다."

"사건을 해결하고 싶은 건 저도 마찬가지예요, 보슈 형사님. 그러니까 그렇게 거드름 좀 피우지 마세요. 형사님 혼자 고귀한 임무를 수행하고 있고, 저는 그냥 졸졸 따라다니기만 하는 것 같잖아요. 이건 우리 둘이 같이 하는 일이에요. 그걸 잊지 마세요."

위시는 야외 카페 앞에서 차의 속도를 늦췄다. 유리로 상판을 깐 탁자와 하얀 철세공 의자들이 있는 자리마다 남자들이 쌍쌍이 앉아 얇게 저민 오렌지 한 조각을 잔 가장자리에 끼워놓은 아이스티를 마시고 있었다. 남자들 중 몇 명이 보슈를 바라보더니 관심 없다는 듯 고개를 돌렸다. 보슈는 식탁들을 훑어보았지만 샤키는 보이지 않았다. 카페 앞을 천천히 지나가는 차 속에서 보슈는 옆 골목을 살펴보았다. 젊은 남자 두 명이 보였지만, 샤키보다는 나이가 많았다.

보슈와 위시는 그 뒤로 20분 동안 차를 몰고 샌타모니카 거리에서 동성애자들이 주로 드나드는 술집들과 식당들 주위를 돌아다녔다. 하지만 샤키는 보이지 않았다. 보슈는 내사과 형사들의 차가 결코 한 블록 이상 떨어지지 않게 거리를 유지하면서 계속 보조를 맞춰 따라오는 것을 지켜보았다. 위시는 그 차에 대해 아무 말도 하지 않았다. 보슈는 수사관들이 설마 미행을 당하고 있을 거라고는 생각하지 않기 때문에 대개 미행을 쉽사리 알아차리지 못한다는 사실을 알고 있었다. 수사관들은 사냥감이 아니라 사냥꾼의 자리에 익숙한 사람들이었다.

루이스와 클락이 도대체 무슨 생각인지 궁금했다. 보슈가 FBI 요원과 함께 다니면서도 법을 어기거나 경찰들의 불문율을 어길 거라고 생각하는 건가? 어쩌면 저 두 사람이 남는 시간에 그냥 재주를 좀 부리려는 건지도 모른다는 생각이 들었다. 어쩌면 보슈에게 자신들의 모습을 보여주고 싶었는지도 모른다. 겁을 좀 주려고. 보슈는 위시에게 바니스 비너리라는 술집 앞에 차를 세우라고 한 뒤 차에서 뛰어내려 그 오래된 술집의 망사문 근처에 있는 공중전화로 향했다. 그는 내사과의 비공개 번호로 전화를 걸었다. 작년에 내사과의 조사를 받으면서 재택근무 명령을 받았을 때 하루에 두 번씩 그 번호로 전화를 걸어 보고해야 했기 때문에 그는 그 번호를 지금도 외우고 있었다. 내근을 맡은 여자 경찰관이 전화를 받았다.

"루이스 형사나 클락 형사 자리에 있습니까?"

"아뇨, 없는데요. 메시지를 전해드릴까요?"

"아뇨, 괜찮습니다. 아, 나는 파운즈 과장입니다. 할리우드 형사과. 혹시 두 사람이 방금 밖으로 나갔습니까? 두 사람한테 확인할 게 좀 있어서요."

"두 분이 오후 근무시간까지는 7호 상태로 알고 있는데요."

보슈는 전화를 끊었다. 4시까지는 비번이라는 얘기였다. 두 사람이 보슈에게 겁을 주려고 수작을 부리는 것이 아니라면, 이번에야말로 보슈에게 약이 잔뜩 올라서 근무가 없는 시간에 자기들끼리 보슈를 추적하는 것일 수도 있었다. 보슈는 차로 돌아와서 위시에게 사무실에 들어온 메시지가 없는지 확인했다고 말했다. 위시가 차를 몰고 다른 차들 속으로 섞여 들어가는 동안 보슈는 바니스 술집에서 반 블록쯤 떨어진 주차미터기 옆에 노란색 오토바이가 서 있는 것을 발견했다. 팬케이크 식당 앞이었다.

"저거예요." 보슈가 그쪽을 손가락으로 가리키며 말했다. "저 옆을 지나가요. 내가 번호를 볼 테니. 만약 저게 그 녀석 거라면, 저기서 기다려야 돼요."

그건 샤키의 오토바이였다. 보슈가 CRASH 파일에서 베낀 번호와 오토바이 번호판의 번호가 똑같았다. 하지만 아이의 모습은 어디서도 보이지 않았다. 위시는 그 블록을 한 바퀴 돈 뒤 아까와 똑같이 바니스 술집 앞에 차를 세웠다.

"그럼 기다려야죠." 위시가 말했다. "형사님이 목격자일 수도 있다고 생각하는 아이니까요."

"맞아요. 내 생각으로는 그래요. 하지만 우리 둘이 모두 여기서 시간을 낭비할 필요는 없으니까, 원한다면 날 여기에 내려주고 가도 됩니다. 난 술집 안으로 들어가서 맥주 피처 하나와 칠리 한 접시를 주문해 먹으면서 창문으로 지켜봐도 되니까요."

"괜찮아요. 나도 여기 있을게요."

보슈는 의자에 등을 기대며 편안히 기다리는 자세를 취했다. 그리고 담뱃갑을 꺼냈지만, 담배를 꺼내기도 전에 위시의 눈빛에 눌렸다.

"연기위험분석이라는 말 들어봤어요?" 위시가 말했다.

"연기 뭐라고요?"

"간접흡연으로 연기를 들이마시는 것 말이에요. 그게 아주 치명적이에요. 환경보호국이 지난달에 공식적으로 발표했어요. 발암성이 있대요. 그 사람들은 간접흡연을 수동적 흡연이라고 하는데, 그것 때문에 폐

암에 걸리는 사람이 1년에 3천 명이에요. 형사님은 지금 형사님 자신뿐만 아니라 저까지 죽이고 있어요. 그러니까 피우지 마세요."

보슈는 담배를 겉옷 주머니에 다시 넣었다. 두 사람은 조용히 앉아서 오토바이를 지켜보았다. 오토바이는 주차미터기에 체인으로 묶여 있었다. 보슈는 사이드미러를 몇 번 힐끔거렸지만 내사과 형사들의 차는 보이지 않았다. 그는 위시에게 들키지 않을 것 같다는 기분이 들 때 그녀도 몇 번 힐끔거렸다. 러시아워가 점점 정점을 향해 다가가면서 샌타모니카 대로에도 차들이 꾸준히 늘어났다. 위시는 거리의 일산화탄소가 들어오지 못하게 창문을 계속 닫아놓았다. 그래서 차 안이 무척 더웠다.

"왜 계속 나를 빤히 보세요?" 감시를 시작한 지 한 시간쯤 지났을 때 위시가 물었다.

"내가요? 내가 위시 요원을 보고 있는 줄도 몰랐는데요."

"봤어요. 지금도요. 여자랑 파트너로 일해본 적 있어요?"

"아뇨. 하지만 그래서 위시 요원을 보는 건 아닙니다. 만약 내가 봤다면 말이죠."

"그럼 이유가 뭐예요? 만약 나를 보고 있었다면 말이죠."

"아마 위시 요원이 어떤 사람인지 알아보고 싶어서겠죠. 이 사람이 왜 지금 여기서 이런 일을 하고 있을까, 뭐 그런 것 말입니다. 옛날부터 생각하던 건데, 아니 최소한 어디서 들은 적이 있는 것 같기는 한데, FBI의 은행 팀은 퇴물들과 골칫덩이들이 가는 곳이라더군요. 나이가 너무 많거나 머리가 너무 나빠서 컴퓨터도 쓸 줄 모르고, 서류를 통해 악당 화이트칼라의 재산추적도 할 줄 모르는 요원들 말입니다. 그런데 위시 요원이 그런 부서에 있는 거예요. 퇴물도 아니고, 아무리 봐도 골칫덩이도 아닌 것 같은데. 아무래도 아주 뛰어난 요원 같은데 말이에요, 엘리노어."

위시는 잠시 아무 말이 없었다. 그녀의 입술에 희미하게 미소가 떠오른 것 같기도 했다. 하지만 그 미소의 흔적은 이내 사라져버렸다.

"좀 애매하긴 해도 칭찬 같은데요." 위시가 말했다. "만약 칭찬이라면 고마워요. 내가 지금 이 부서를 선택한 데에는 나름대로 이유가 있어요. 여긴 내가 선택한 곳이에요. 정말로요. 우리 부서의 다른 사람들 역시 형사님이 방금 말씀하신 그런 사람들은 아니에요. 하지만 형사님 같은 경찰관들은 그런 생각을 하는 경우가 많은…."

"샤키예요." 보슈가 말했다.

금발을 레게 스타일로 땋은 소년이 팬케이크 식당과 소형 슈퍼마켓 사이의 골목에서 나왔다. 소년보다 나이가 많아 보이는 남자가 그와 함께 서 있었다. 남자는 '게이의 90년대가 돌아왔다!'고 적혀 있는 티셔츠를 입고 있었다. 보슈와 위시는 차에서 내리지 않고 두 사람을 지켜보았다. 샤키는 남자와 몇 마디 말을 주고받더니 주머니에서 뭔가를 꺼내 건네주었다. 트럼프 카드 더미처럼 보였다. 남자는 그것을 뒤적이다가 카드 두어 장을 꺼내고 나머지는 샤키에게 돌려주었다. 그리고 지폐도 한 장 주었다.

"뭘 하는 거죠?" 위시가 물었다.

"애들 사진을 사는 겁니다."

"뭐라고요?"

"아동성애자예요."

남자는 인도를 걸어갔고, 샤키는 자기 오토바이로 가서 체인을 풀려고 몸을 수그렸다.

"됐어요." 보슈가 말했다. 그리고 두 사람은 차에서 내렸다.

오늘은 이거면 충분할 거야. 샤키는 속으로 생각했다. 그는 담배에 불을 붙이고 오토바이 자물쇠의 번호를 돌리려고 좌석 위로 허리를 수그렸다. 가늘게 딴 머리 가닥들이 아래로 흘러내렸다. 어젯밤 재규어 남자의 집에서 머리에 바른 물건의 코코넛 향이 났다. 아슨이 그 남자의 코를 부러뜨려 사방이 피투성이가 된 다음이었다. 샤키는 몸을 일으켜 오토바이 체인을 허리에 감으려다가 그들이 다가오는 것을 보았다. 경찰. 너무 가까웠다. 도망치기에는 이미 늦었다. 샤키는 그들을 보지 못한 척하려고 애쓰면서 주머니에 무엇이 있는지 재빨리 머릿속으로 점검해보았다. 신용카드는 이미 팔아버렸다. 돈의 출처야 얼마든지 꾸며낼 수 있었다. 아무 문제 없을 것 같았다. 마음에 걸리는 것이 있다면, 그 동성애 변태가 줄지어 세워둔 용의자들 틈에서 자신을 골라낼 가능성뿐이었다. 그 남자가 경찰에 신고했다는 사실이 놀라웠다. 지금까지 그런 경우는 한 번도 없었다.

샤키는 다가오는 두 경찰관을 향해 미소를 지었다. 남자가 녹음기를 들어올렸다. 녹음기? 도대체 무슨 일이지? 남자가 재생 버튼을 눌렀다. 샤키는 거기서 흘러나오는 것이 자신의 목소리임을 금방 알아차렸다. 그 테이프의 내용이 뭔지도 알 수 있었다. 이건 그 재규어 남자 때문이 아니었다. 굴 속의 그 남자 때문이었다.

샤키가 말했다. "그래서요?"

"그래서…." 남자가 말했다. "네가 얘기를 좀 해줘야겠다."

"에이 참, 난 아무 상관도 없어요. 그걸 가지고 행여나… 어, 아저씨 그때 경찰서에서 나온 사람이네요. 맞아, 그다음 날 밤에 내가 아저씨를 거기서 봤어요. 설마 나더러 그 짓을 했다고 자백하라는 건 아니죠?"

"진정해, 샤키." 남자가 말했다. "네가 저지른 짓이 아니라는 건 우리도 아니까. 그냥 네가 뭘 봤는지 궁금할 뿐이야. 그 오토바이 자물쇠 다시 채워둬. 우리가 나중에 이리로 데려다줄 테니."

남자는 자신의 이름과 여자의 이름을 말했다. 보슈와 위시. 여자는 FBI라고 했다. 그 말을 듣고 나니 정말로 뭐가 뭔지 알 수 없었다. 샤키는 잠시 머뭇거리다가 허리를 숙여 오토바이에 다시 자물쇠를 채웠다.

보슈가 말했다. "그냥 경찰서까지 차를 타고 가서 너한테 몇 가지 물어보기만 하면 돼. 어쩌면 그림을 그리게 될지도 모르고."

"그림이라니요?" 샤키가 물었다.

보슈는 대답하지 않고 그냥 따라오라고 손짓하더니 저쪽의 회색 커프리스를 가리켰다. 샤키가 샤토 앞에서 본 그 자동차였다. 차를 향해 걸어가면서 보슈는 샤키의 어깨에서 손을 떼지 않았다. 샤키는 아직 보슈만큼 키가 크지 않았지만, 강단이 있어 보이는 몸매는 비슷했다. 샤키는 자주색과 노란색으로 홀치기염색을 한 셔츠를 입고 있었다. 목에는 오렌지색 줄이 달린 검은 선글라스가 걸려 있었다. 샤키는 커프리스로 다가가면서 그 선글라스를 썼다.

"자, 샤키." 보슈가 차 앞에서 말했다. "너도 절차는 알 거다. 차에 타기 전에 네 몸수색을 해야 돼. 그러면 차를 타고 가는 동안 수갑을 채울 필요가 없거든. 주머니에 든 걸 전부 보닛 위에 꺼내 놔라."

"난 용의자가 아니라면서요." 샤키가 반발했다. "이럴 필요까지는 없잖아요."

"그러니까 말했잖아. 절차라고. 나중에 다 돌려줄 거야. 사진만 빼고. 그건 돌려줄 수 없다."

샤키는 보슈와 위시를 차례로 한 번씩 바라본 뒤 닳아서 해어진 청바지 주머니에 양손을 넣었다.

"그래, 사진에 대해 이미 알고 있어." 보슈가 말했다.

샤키는 46달러 55센트, 담배 한 갑, 종이성냥, 열쇠고리에 달린 작은 종이나이프, 폴라로이드 사진 한 묶음을 자동차 보닛 위에 꺼내놓았다.

샤키를 비롯해서 같은 패거리의 아이들을 찍은 사진이었다. 다들 알몸으로 성적인 흥분상태를 다양하게 표현하고 있었다. 보슈가 그 사진들을 뒤적이는 동안 위시는 그의 어깨 너머로 한 번 흘깃 보더니 재빨리 시선을 돌렸다. 그리고 담뱃갑을 들어 그 안을 살폈다. 담배들 사이에 마리화나 한 개비가 있었다.

"그것도 우리가 보관해야겠군." 보슈가 말했다.

세 사람은 러시아워가 되기 전에 윌콕스 거리의 경찰서까지 차를 몰고 갔다. 웨스트우드의 연방청사까지 가려면 한 시간이나 걸릴 것 같아서였다. 세 사람이 형사과에 들어갔을 때는 이미 6시가 지난 시각이었다. 다들 퇴근했는지 형사과 사무실에는 인적이 없었다. 보슈는 샤키를 데리고 사방의 길이가 2.5미터인 취조실로 들어갔다. 담뱃불 자국이 가득한 작은 탁자 하나와 의자 세 개가 있었다. 벽에는 '징징거리지 말 것!'이라고 손으로 쓴 종이가 붙어 있었다. 보슈는 샤키를 슬라이더에 앉혔다. 슬라이더란, 좌석에 왁스를 듬뿍 칠해 광을 내고 앞다리 두 개의 밑동을 6밀리미터쯤 잘라낸 나무 의자였다. 잘라낸 길이가 워낙 짧아서 그 의자에 앉은 사람이 의자가 기울어졌다는 것을 알아차리기는 힘들었지만, 그래도 불편을 느낄 정도는 되었다. 만약 그 의자에 앉아 등받이에 몸을 기대고 불량스러운 자세를 취한다면, 몸이 천천히 앞으로 미끄러질 수밖에 없었다. 따라서 자신을 취조하는 경찰관을 향해 몸을 앞으로 기울이는 수밖에 없었다. 보슈는 샤키에게 그대로 있으라고 말한 뒤 위시와 전략을 짜기 위해 밖으로 나가 문을 닫았다. 하지만 위시가 문을 다시 열었다.

그녀가 말했다. "청소년을 폐쇄된 방 안에 혼자 두는 건 불법이에요."

보슈는 다시 문을 닫았다.

"애가 불평을 하는 것도 아니잖습니까." 그가 말했다. "얘기 좀 합시다. 위시 요원이 보기에는 저 애가 어떤 것 같아요? 직접 취조할 겁니까? 아니면 내가 할까요?"

"잘 모르겠어요." 위시가 말했다.

그건 '아니오'라는 뜻이었다. 목격자와의 첫 면담, 그것도 진술하기 싫어하는 목격자와의 첫 면담에는 거짓말, 감언이설, 다그치기를 잘 섞어서 사용하는 솜씨가 필요했다. 위시가 잘 모르겠다고 말한 건, 하지 않겠다는 뜻이었다.

"취조에는 형사님이 전문가라면서요." 보슈가 듣기에는 마치 비꼬는 듯한 목소리로 위시가 말했다. "자료에 그렇게 나와 있던데요. 형사님이 취조할 때 머리를 쓰는지, 근육을 쓰는지는 잘 모르겠지만요. 어쨌든 어떻게 하는지 한번 보고 싶어요."

보슈는 위시의 공격을 무시하고 그냥 고개를 끄덕였다. 그리고 주머니에서 샤키의 담배와 성냥을 꺼냈다.

"들어가서 이걸 줘요. 난 내 자리로 가서 나한테 들어온 메시지가 없는지 확인하고, 녹음기를 준비할 테니까." 하지만 담배를 바라보는 위시의 표정을 보고 보슈는 말을 덧붙였다. "취조의 첫 번째 법칙. 상대가 편안하다고 느끼게 해라. 들어가서 담배를 줘요. 싫어도 참아야 합니다."

보슈가 몸을 돌려 자기 자리로 가려는데 위시가 말했다. "형사님, 저 애는 그 사진들로 뭘 하려던 거죠?"

아, 그게 내내 마음에 걸렸던 모양이군. 보슈는 속으로 생각했다. "5년 전이라면 저런 애들은 그 남자와 함께 어디론가 가서 이런저런 짓을 했을 겁니다. 요즘은 그 대신 사진을 팔죠. 성병도 그렇고 다른 것들도 그렇고, 목숨을 빼앗아가는 것들이 워낙 많으니까 저런 애들도 이제 좀 더 똑똑하게 굴게 된 겁니다. 몸을 파는 것보다는 사진을 파는 편이 안전하죠."

위시는 취조실 문을 열고 안으로 들어갔다. 보슈는 사무실을 가로질러 자기 책상에 메시지가 남아 있는지 확인했다. 마침내 변호사가 연락을 한 모양이었다. 〈LA 타임스〉의 브레머에게서도 연락이 와 있었다. 이름은 보슈와 미리 약속한 가명이었다. 다른 사람들이 보슈의 책상을 기웃거리다가 그가 기자와 연락을 주고받는다는 사실을 발견하는 건 그다지 반가운 일이 아니었다.

보슈는 종이꽂이에 꽂혀 있는 메시지 쪽지들을 그대로 둔 채, 사무용품 캐비닛으로 가서 신분증을 이용해 자물쇠를 열었다. 그리고 90분짜리 새 카세트테이프를 꺼내 캐비닛 맨 아래 선반의 녹음기에 넣었다. 그는 녹음기를 켠 뒤 새로 넣은 예비용 테이프가 잘 돌아가는지 확인했다. 녹음 버튼을 누른 뒤 두 테이프가 모두 잘 돌아가는지도 확인했다. 그러고 나서 그는 접수대로 가서 자리를 지키고 있는 뚱뚱한 신참 경찰관에게 피자를 주문하라고 시켰다. 그리고 그에게 10달러 지폐를 주며, 피자가 오면 콜라 세 개와 함께 취조실로 가져다 달라고 부탁했다.

"토핑은 뭘로 할까요?" 어린 경찰관이 물었다.

"자넨 뭘 좋아하는데?"

"소시지와 페퍼로니요. 앤초비는 정말 싫어요."

"그럼 앤초비로 해."

보슈는 형사과로 돌아왔다. 작은 취조실에 들어가 보니 위시와 샤키는 침묵을 지키고 있었다. 그동안 그다지 대화를 나눈 것 같지 않았다. 위시는 샤키에게 아무런 느낌이 없는 것 같았다. 위시가 샤키의 오른쪽에 앉아 있었기 때문에 보슈는 왼쪽에 앉았다. 이 방에 하나뿐인 창문은 문에 난 작은 거울유리뿐이었다. 그 창문으로 밖에서 안을 들여다볼 수는 있지만, 안에서 밖을 내다볼 수는 없었다. 보슈는 처음부터 솔직하게 나가기로 마음을 정했다. 샤키는 아직 어렸지만, 지금까지 슬라이더에 앉았던 대부분의 어른들보다 더 노회할 가능성이 높았다. 만약 상대가 속임수를 쓴다고 느낀다면, 모든 질문에 단답형 대답만 할 터였다.

"샤키, 지금 이 대화를 녹음할 거다. 나중에 다시 들어보면 수사에 도움이 될 수도 있으니까." 보슈가 말했다. "아까도 말했지만, 넌 용의자가 아니야. 그러니까 여기서 무슨 말을 하든 걱정할 필요가 없어. 네가 범인이라고 자백할 생각이라면 또 몰라도."

"내 이럴 줄 알았어." 샤키가 반발했다. "결국 나한테 자백을 시키고 그걸 녹음할 생각이었죠? 젠장, 내가 이런 데 처음 오는 줄 알아요?"

"그러니까 너한테 솔직하게 다 말하는 거야. 우선 기록을 위해서 이것부터 처리하자. 난 LA 경찰국의 해리 보슈이고, 이쪽은 FBI의 엘리노어 위시 요원, 그리고 너는 에드워드 니즈, 일명 샤키야. 먼저…."

"이건 또 뭐예요? 굴 속의 그 남자가 무슨 대통령이라도 돼요? FBI가 여기 왜 있어요?"

"샤키!" 보슈가 큰 소리로 말했다. "진정해. 그냥 일종의 교환 프로그램일 뿐이야. 옛날에 네가 학교에 다닐 때 프랑스 같은 데서 교환학생으로 온 애들이 있었던 것처럼. 위시 요원이 프랑스에서 왔다고 생각하면 돼. 위시 요원은 프로들이 일하는 걸 보면서 배우는 중이니까." 보슈는 미소를 지으며 위시에게 한쪽 눈을 찡긋했다. 샤키도 그녀를 바라보며 살짝 미소를 지었다. "첫 번째 질문이다, 샤키. 본론으로 들어가기 전에 이것부터 먼저 확실히 해야지. 네가 댐의 그 남자를 죽였니?"

"아니라니까요. 내가…."

"잠깐만요, 잠깐만요." 위시가 중간에 끼어들어 보슈를 바라보았다. "잠깐 밖으로 나갈까요?"

보슈는 일어서서 밖으로 나갔다. 위시가 뒤따라 나오더니 이번에는 취조실 문을 닫았다.

"무슨 짓입니까?"

"형사님이야말로 뭘 하는 거예요? 저 애한테 피의자의 권리도 안 읽어줄 거예요? 처음부터 이렇게 엉망으로 취조하실 거예요?"

"무슨 소리를 하는 겁니까? 저 애가 저지른 짓이 아니잖아요. 저 애는 용의자가 아닙니다. 내가 그 질문을 던진 건 심문 패턴을 확립하기 위해서예요."

"저 애가 살인범이 아니라는 건 아직 확실히 몰라요. 그러니까 권리를 읽어줘야 해요."

"우리가 권리를 읽어주면, 저 애는 우리가 자기를 용의자로 본다고 생각할 겁니다. 목격자가 아니라. 그렇게 되면 벽을 상대로 얘기하는 거랑 똑같을 거예요. 아무것도 기억나지 않는다고 할 겁니다."

위시는 아무 말 없이 다시 취조실로 들어갔다. 보슈도 따라 들어가서 아까 하던 얘기를 계속했다. 피의자의 권리에 대해서는 아무 말도 하지 않았다.

"네가 굴 속의 그 남자를 죽였니, 샤키?"

"아니에요. 그냥 그 남자를 봤을 뿐이에요. 이미 죽어 있었다고요."

샤키는 이 말을 하며 오른쪽의 위시를 바라보았다. 그리고 의자에 앉은 채 허리를 똑바로 세웠다.

"알았다, 샤키." 보슈가 말했다. "그건 그렇고, 나이는 몇 살이냐? 고향은 어디고? 어디 말해 봐."

"거의 열여덟 살이에요. 그때가 되면 난 자유의 몸이죠." 샤키가 보슈를 바라보며 말했다. "엄마는 채츠워스에 살지만, 난 거기서 살기 싫어요. 이런 건 그 수첩에 이미 다 적혀 있잖아요."

"너 동성애자야, 샤키?"

"아니에요." 샤키가 보슈를 노려보며 말했다. "사진을 파는 것뿐이에요. 그게 무슨 큰일이라고. 난 그런 놈 아니에요."

"사진만 팔 뿐이다? 기회가 생기면 털기도 하지? 한 대 치고 돈을 빼앗는 거 말이야. 그런다고 누가 신고하겠어? 그렇지?"

샤키는 위시 쪽을 바라보며 한 손을 들어올렸다. "난 그런 짓 안 해요. 그 죽은 남자 얘길 하자면서요."

"맞아, 샤키." 보슈가 말했다. "그냥 네가 어떤 사람인지 파악하려고 하는 것뿐이야. 그러니까 처음부터 다 얘기해 봐. 내가 피자를 시켰다. 담배도 더 있고. 시간도 충분해."

"시간이 걸릴 일도 아니에요. 난 아무것도 못 봤다고요. 그 안에 시체가 있는 것밖에는. 앤초비를 주문한 건 아니죠?"

샤키는 위시를 바라보면서 또 몸을 똑바로 세웠다. 진실을 말할 때는 보슈를 바라보고, 진실을 감추거나 새빨간 거짓말을 할 때는 위시를 바라보는 것이 그의 패턴이었다. 사기꾼들은 항상 여자를 겨냥하지. 보슈는 속으로 생각했다.

"샤키." 보슈가 말했다. "널 실마로 데려가서 밤새 가둬두라고 할까? 내일 아침에 다시 이야기해도 되니까 말이야. 그때쯤이면 너도 기억력이 좀 더…."

"내 오토바이가 걱정돼서 그래요. 누가 훔쳐갈지도 모르잖아요."

"오토바이는 잊어버려." 보슈는 샤키가 불편하게 느낄 만큼 가까이 몸을 기울이며 말했다. "우린 네 응석을 받아줄 생각 없어, 샤키. 넌 아직 우리한테 아무 말도 안 했잖아. 얼른 털어놔. 오토바이는 그다음에 생각해보지."

"알았어요, 알았다고요. 다 말할게요."

샤키는 탁자 위의 담배로 손을 뻗었다. 보슈도 뒤로 물러나서 담배를 한 개비 꺼냈다. 상대를 향해 바싹 다가갔다가 물러나는 방법은 보슈가 이 작은 취조실에서 거의 1만 시간 가까이 경험을 쌓으며 터득한 기법이었다. 상대를 향해 다가가서, 상대가 자기만의 공간으로 생각하는 40센티미터 남짓의 공간 속으로 들어갔다가 원하는 것을 얻은 뒤 뒤로 물러나는 것. 이건 잠재의식을 이용하는 방법이었다. 경찰서 취조실에서 벌어지는 일들은 대부분 진술 내용과 아무런 상관이 없었다. 중요한 건 진술의 뉘앙스를 해석하는 것이었다. 가끔은 드러내놓고 말하지 않은 것이 더 중요할 때도 있었다. 보슈는 샤키의 담배에 먼저 불을 붙여주었다. 두 사람이 파란 연기를 내뿜자 위시가 천천히 의자에서 뒤로 몸을 기댔다.

"담배 피우겠어요, 위시 요원?" 보슈가 말했다.

위시는 고개를 저었다.

보슈는 샤키를 바라보았다. 두 사람 사이에 뭔가 통한 것 같은 분위기가 흘렀다. 샤키가 미소를 지었다. 보슈가 이제 이야기를 시작해보라는 듯 고개를 끄덕이자, 그가 입을 열었다.

"난 가끔 그리로 자러 가요." 샤키가 말했다. "모텔에 갈 돈 같은 걸 도와줄 사람을 못 찾았을 때. 아니면 우리 패거리가 있는 모텔 방에 사람이 너무 많을 때. 그럴 때는 나가야 되거든요. 그래서 그리 올라가서 굴 속에서 자요. 밤에도 대개 따뜻하니까요. 나쁘지 않아요. 어쨌든 그날도 그런 날이었어요. 그래서 그리로 올라갔는데…."

"그게 몇 시쯤이야?" 위시가 물었다.

보슈는 진정하고 질문은 이야기를 다 들은 다음에 하라는 표정으로 그녀를 바라보았다. 샤키가 이야기를 술술 풀어놓고 있기 때문이었다.

"많이 늦었을 거예요." 샤키가 대답했다. "3시나 4시쯤. 시계가 없어서 잘 몰라요. 어쨌든 그리로 올라가서 굴 속으로 들어갔는데, 죽은 남자가 있는 거예요. 그냥 거기 그렇게. 난 다시 기어 나와서 도망쳤어요. 죽은 남자랑 같이 그 안에 있을 수는 없잖아요. 아래로 내려온 다음에 911로 신고한 거예요."

샤키는 위시에게서 보슈에게로 시선을 돌렸다.

"그게 다예요." 그가 말했다. "이제 오토바이 있는 데로 데려다줄 거예요?"

아무도 대답하지 않았기 때문에 샤키는 또 담배에 불을 붙이고 의자에서 몸을 똑바로 세웠다.

"좋은 얘기구나, 에드워드. 하지만 전부 다 이야기해야지." 보슈가 말했다. "제대로 전부."

"무슨 소리예요?"

"바보 녀석이 지어낸 얘기처럼 들린다는 소리지. 알았어? 그 안에서 시체를 어떻게 봤어?"

"손전등이 있었어요." 샤키가 위시를 향해 설명하듯 말했다.

"아니지. 성냥이 있었지. 우리가 굴 속에서 성냥을 찾았거든." 보슈가 샤키의 얼굴 앞으로 거의 30센티미터 거리까지 가까이 몸을 기울였다. "샤키, 신고전화를 한 게 너라는 걸 우리가 어떻게 알아냈을 것 같아? 교환원이 그냥 네 목소리를 알아봤을까? '아, 샤키 목소리네요. 착한 애예요. 시체가 있다고 전화까지 해줬으니까요' 이러면서? 생각을 해, 샤키. 네가 네 이름을 거기 굴에다 썼잖아. 비록 절반이었지만. 반쪽짜리 페인트 통에서 네 지문도 나왔어. 우리는 네가 굴 속 중간까지 기어들어갔다는 것도 알아. 거기서 깜짝 놀라서 도망친 거잖아. 네가 흔적을 남겼다고."

샤키는 앞만 빤히 바라보았다. 시선을 약간 들어 문의 거울유리를 바라보는 것 같았다.

“넌 안에 들어가기도 전에 시체가 있다는 걸 이미 알고 있었어. 누가 굴 속으로 시체를 끌고 가는 걸 봤거든. 자, 나를 똑바로 보고 사실대로 말해.”

“난 얼굴 같은 건 못 봤어요. 너무 어두웠다고요.” 샤키가 보슈에게 말했다. 엘리노어가 숨을 내쉬었다. 보슈는 이 아이를 붙들고 있는 게 시간낭비라고 생각한다면 그만 나가보라고 그녀에게 말하고 싶었다.

“난 숨어 있었어요.” 샤키가 말했다. “왜냐하면, 처음에는 그 사람들이 날 찾으러 온 줄 알았거든요. 난 이번 일하고는 아무 상관이 없어요. 왜 날 끌어들이려고 하는 거예요?”

“사람이 죽었어, 에드워드. 그러니까 그 사람이 왜 죽었는지 알아내야지. 얼굴 따위 상관없어. 몰라도 돼. 네가 본 것만 말해. 그럼 더 이상 널 끌어들이지 않을 테니까.”

“정말이에요?”

“정말이야.”

보슈는 다시 몸을 뒤로 기대고 두 번째 담배에 불을 붙였다.

“알았어요. 그리로 올라갔는데 별로 피곤하지 않아서 페인트로 낙서를 하다가 자동차 소리를 들었어요. 젠장, 망했다, 싶었죠. 근데 이상한 건, 소리가 먼저 난 다음에 차가 보였다는 거예요. 헤드라이트가 꺼져 있었거든요. 그래서 난 얼른 도망쳐서 굴 바로 옆의 비탈길에 있는 덤불 속에 숨었어요. 아시죠? 내가 잘 때 오토바이를 숨기는 데가 바로 그 옆이거든요.”

샤키는 손짓과 고갯짓을 곁들여가며 점점 활기차게 이야기를 이어갔다. 이제는 주로 보슈를 바라보고 있었다.

“젠장, 난 그 사람들이 날 찾으러 온 줄 알았어요. 내가 그 위에서 페인트로 낙서를 하고 있다느니 어쩌느니 하면서 누가 경찰에 신고라도 했나, 했다고요. 그래서 숨은 거예요. 근데 차에서 한 사람이 내리더니 다른 사람한테 페인트 냄새가 난다고 말하는 거예요. 나중에는 그 사람들이 날 보지도 못했다는 걸 알게 됐지만요. 그 사람들이 굴 옆에 차를 세운 건 순전히 시체 때문이었어요. 그리고 차도 그냥 승용차가 아니라 지프였어요."

"번호판은 봤어?" 위시가 말했다.

"그냥 이야기하게 내버려둬요." 보슈가 그녀에게 시선을 돌리지도 않고 말했다.

"번호판은 당연히 못 봤죠. 헤드라이트도 꺼져 있고, 날도 어두웠다니까요. 어쨌든, 전부 세 명이었어요. 죽은 사람까지 합해서. 한 명이 차에서 내렸는데, 운전석 쪽이었어요. 그 사람이 뒤에서 담요인지 뭔지로 덮어둔 시체를 바로 꺼내더라고요. 지프는 뒤에도 문이 있잖아요. 거기서 시체를 바닥으로 끌어낸 거예요. 아, 진짜, 끔찍해서…. 척 봐도 진짜였어요. 진짜 시체. 그게 땅에 떨어지는 것만 봐도 알겠더라고요. 진짜 죽은 사람처럼 떨어졌다니까요. 시체 같은 소리가 났어요. 텔레비전에서 보던 거랑은 달라요. 그럴 때, '세상에, 저 사람이 시체를 끌어냈어', 이런 생각이나 들 것 같아요? 어쨌든 그 남자가 시체를 굴 속으로 끌고 갔어요. 다른 사람은 도와줄 생각도 안 하고 지프 안에 그냥 있었고요. 그래서 먼저 내린 놈이 혼자 다 했어요."

샤키는 담배를 깊이 빨아들인 뒤 양철 재떨이에 담배를 껐다. 재떨이에는 이미 재와 오래된 꽁초가 수북했다. 샤키는 코로 연기를 내뿜고는 보슈를 바라보았다. 보슈는 그에게 이야기를 계속하라고 고개만 끄덕했다. 샤키는 의자에서 또 몸을 똑바로 세웠다.

"저기, 내가 계속 보고 있었는데, 그 남자가 1분쯤 뒤에 굴에서 나왔어요. 1분 이상은 아니에요. 그 남자가 밖으로 나와서 주위를 둘러보았지만 나를 보지는 못했어요. 남자는 내가 숨어 있는 곳 근처의 덤불로 가서 가지를 하나 꺾더니 다시 굴 속으로 들어가서 한참 있었어요. 남자가 가지로 바닥을 쓰는 것 같은 소리가 나더라고요. 남자는 거기서 나온 뒤에 같이 온 남자랑 같이 가버렸어요. 아, 참, 차를 후진시키니까 후진등이 켜지더라고요. 근데 기어를 바꾸는 속도가 어찌나 빠르던지…. 그 남자가 불빛 때문에 계속 후진할 수 없다고 말하는 게 들렸어요. 자칫하면 들킬지도 모른다고요. 그래서 차가 다시 앞으로 움직였어요. 헤드라이트를 안 켜고요. 도로를 내려가서 댐을 가로질러서 호수 반대편을 빙 돌더라고요. 댐 위의 그 작은 집 앞을 지나갈 때 차가 그 집 앞의 전구를 세게 박았어요. 불이 나가는 걸 내가 봤어요. 나는 엔진 소리가 안 들릴 때까지 숨어 있다가 밖으로 나왔어요."

샤키가 잠시 이야기를 멈춘 틈에 위시가 말했다. "미안하지만 연기를 좀 빼게 문을 열어도 될까요?"

보슈는 자리에 앉은 채 팔을 뻗어 문을 열었다. 짜증스러운 기색을 숨기려 하지도 않았다. "계속해, 샤키."

"그 사람들이 사라진 뒤에 내가 굴로 가서 거기 있는 남자한테 소리를 질렀어요. 그 왜, '이봐요, 누구 없어요?'나 '아저씨 괜찮아요?' 같은 말이요. 근데 아무 대답이 없더라고요. 그래서 내 오토바이 불빛이 굴 안으로 향하게 오토바이를 바닥에 뉘어놓고 내가 안으로 조금 기어 들어갔어요. 형사님 말대로 성냥불도 켰고요. 그랬더니 그 안에 있는 남자가 보였는데 진짜로 시체 같았어요. 더 가서 확인해볼까 했는데, 어찌나 무섭던지 그냥 나왔어요. 그리고 산 아래로 내려가서 경찰에 전화한 거예요. 내가 한 짓은 그것뿐이에요. 내가 아는 것도 이게 다고요."

보슈는 샤키가 시체를 털려고 굴 속으로 절반쯤 들어갔다가 겁이 나서 나왔을 거라고 짐작했다. 그건 상관없었다. 샤키가 그걸 비밀로 해도 문제가 되지는 않았다. 보슈는 샤키가 목격한 남자가 덤불에서 가지를 꺾어 자기 발자국과 시체를 끈 자국을 지웠다는 말을 생각해보았다. 제복 경찰관들이 현장수색을 할 때 남자가 버리고 간 가지나 가지가 꺾인 덤불을 왜 발견하지 못했는지 궁금했다. 하지만 그 생각을 질질 끌지는 않았다. 이미 답을 알기 때문이었다. 적당주의. 게으름. 현장에서 경찰들이 중요한 실마리를 놓친 것이 이번이 처음도 아니고, 마지막도 아닐 터였다.

"우리가 가서 피자가 왔는지 확인하고 오마." 보슈는 이렇게 말하고 일어섰다. "2분이면 될 거야."

취조실 밖으로 나온 보슈는 화를 억누르고 위시에게 말했다. "내 잘못이에요. 저 애 이야기를 듣기 전에 어떤 식으로 일을 진행할 건지 우리가 더 자세히 상의했어야 하는 건데. 난 진술을 먼저 듣고 질문은 나중에 하는 방식이 좋습니다. 내가 잘못했어요."

"괜찮아요." 위시가 무뚝뚝하게 말했다. "어차피 저 애가 아는 것도 별로 없는 것 같은데요, 뭐."

"그럴지도 모르죠." 보슈는 잠시 생각에 잠겼다. "난 저 안에 들어가서 저 애랑 좀 더 얘기를 나눌 생각이었습니다. 몽타주 작성을 시도해볼 수도 있겠죠. 만약 저 애가 더 이상 기억하지 못한다면, 최면을 한 번 걸어볼 수도 있고요."

보슈는 자신의 마지막 말에 위시가 어떤 반응을 보일지 전혀 짐작할 수 없었다. 그냥 아무렇지도 않게 그 말을 툭 던진 뒤, 위시가 무심결에 그냥 지나치기를 바랄 뿐이었다. 캘리포니아 법원은 목격자에게 최면을 걸 경우 나중에 법원에서 그 목격자가 하는 진술을 오염된 것으로 봐야한다고 결정했다. 따라서 샤키에게 최면을 건다면, 메도우스 수사와 관련한 재판에 결코 샤키를 목격자로 내세울 수 없었다.

위시가 인상을 찌푸렸다.

"압니다." 보슈가 말했다. "그러면 저 애를 법원에 세울 수 없겠죠. 하지만 저 애가 지금 해준 얘기 정도로는 아예 재판까지 가지도 못할 겁니다. 저 애가 아는 것도 별로 없는 것 같다고 요원도 방금 말했잖아요."

"그래도 저 애를 이용할 수 있는 가능성을 완전히 막아버려야 할지 잘 모르겠어요. 아직 수사 초기 단계잖아요."

보슈는 취조실 문으로 다가가서 밖에서만 보이는 유리창으로 샤키를 바라보았다. 샤키는 새로 담배에 불을 붙여 피우고 있었다. 그가 담배를 재떨이에 내려놓고 일어서서 창문을 바라보았지만, 보슈는 거기서 밖이 보이지 않는다는 걸 분명히 알고 있었다. 샤키는 위시가 앉았던 의자와 자기 의자를 재빨리, 그리고 조용히 바꿔 놓았다. 보슈는 미소를 지으며 말했다. "똑똑한 아이예요. 최면을 걸지 않는 이상 저 애가 절대 털어놓지 않을 이야기가 있을지도 모르겠습니다. 위험을 무릅쓸 가치가 있겠어요."

"형사님이 최면을 하실 줄 아는 줄은 몰랐는데요. 형사님 서류를 보면서 내가 놓친 모양이네요."

"요원이 놓친 게 그것 말고도 많을 겁니다." 보슈는 이렇게 대꾸한 뒤 잠시 가만히 있다가 다시 입을 열었다. "아마 내가 LA 경찰국에 마지막으로 남은 최면술사 중 한 명이지 싶습니다. 대법원이 최면의 효력을 인정하지 않은 뒤로 경찰국이 최면술 훈련을 그만뒀거든요. 그나마 훈련도 딱 한 기밖에 안 받았는데 말이죠. 그때 훈련받은 사람들 중에 내가 가장 어렸습니다. 다른 형사들은 대부분 이미 퇴직했어요."

"그거야, 뭐." 위시가 말했다. "그래도 아직은 그걸 할 때가 아닌 것 같아요. 저 애를 목격자로 세우는 걸 포기할지 어떨지는 저 애랑 좀 더 이야기해보고 이틀쯤 기다린 뒤에 결정하죠."

"좋습니다. 하지만 그 이틀 동안 샤키 같은 애가 어딜 돌아다닐지 어떻게 알겠어요?"

"어머, 형사님은 수완이 좋으시잖아요. 이번에도 찾아내셨으니, 다음번에도 찾아내실 수 있겠죠."

"이번에는 요원이 한번 심문해보겠습니까?"

"아뇨, 형사님이 잘 하시던데요. 적어도 이제는 언제든 내가 생각나는 말을 하며 끼어들 수 있겠죠?"

위시는 미소를 지었다. 보슈도 마주 미소를 지었다. 두 사람은 담배 냄새와 땀 냄새가 나는 취조실로 다시 들어갔다. 위시가 부탁하지 않았는데도 보슈는 환기를 시키려고 문을 그냥 열어두었다.

"먹을 건요?" 샤키가 말했다.

"아직 안 왔어." 보슈가 말했다.

보슈와 위시는 샤키에게서 자초지종을 두 번 다시 들으면서 처음에는 나오지 않았던 세부사항들을 알아냈다. 이번에는 두 사람이 한 팀으로 움직였다. 진짜 파트너들처럼 서로만 아는 눈짓을 교환하고, 비밀스럽게 고개를 끄덕이고, 심지어 미소까지 지어가면서. 위시가 의자에서 자꾸 미끄러지는 모습이 몇 번 보슈의 눈에 띄었다. 샤키의 앳된 얼굴에 얼핏 미소가 떠오른 것 같았다. 피자가 오자 샤키는 왜 앤초비를 넣었느냐고 반발했지만, 그래도 4분의 3판과 콜라 두 개를 혼자 먹어치웠다. 보슈와 위시는 먹지 않겠다고 사양했다.

샤키는 메도우스의 시체를 싣고 온 지프가 더러웠지만 흰색이나 베이지 색이었던 것 같다고 말했다. 옆문에 스티커 같은 것이 붙어 있었지만 모양은 모르겠다는 말도 했다. 어쩌면 범인들이 수도전력국 차량처럼 위장하려고 스티커를 붙인 건지도 모르겠다고 보슈는 생각했다. 아니면 진짜 수도전력국 차량이었을 수도 있었다. 이제는 이 아이에게 반드시 최면을 걸어봐야겠다는 생각이 들었지만, 다시 그 말을 꺼내지는 않기로 했다. 위시가 스스로 마음을 바꿔서 최면을 걸 수밖에 없다는 사실을 깨달을 때까지 기다릴 생각이었다.

샤키는 일당이 시체를 굴 속으로 끌고 들어가는 동안 지프에 남아 있던 남자가 처음부터 끝까지 한 마디도 하지 않았다고 말했다. 그 남자는 운전을 맡은 남자보다 몸집이 작았다. 샤키는 호리호리한 몸매밖에 못 봤다고 말했다. 저수지 주위의 울창한 소나무 숲 위로 희미하게 비치던 달빛에 그 남자의 그림자 같은 윤곽밖에 보지 못했다는 것이다.

"그 남자는 뭘 하고 있었어?" 위시가 물었다.

"그냥 지켜보고 있었던 것 같아요. 망을 보는 것처럼. 운전할 생각은 아예 안 했어요. 무슨 책임자 같았어요."

그 남자에 비하면 운전자는 그래도 샤키가 자세히 본 편이었지만, 얼굴 생김새를 묘사하거나 여러 모양의 이목구비를 모아놓은 판으로 몽타주를 작성할 수 있을 정도는 아니었다. 운전자는 검은 머리의 백인이었다. 샤키는 안 하는 건지, 못하는 건지, 하여튼 그 이상 자세한 이야기를 하지 않았다. 운전자는 위아래 모두 짙은 색 셔츠와 바지 차림이었다. 어쩌면 아예 위아래가 붙은 옷일 수도 있었다. 샤키는 그 남자가 장비를 매다는 허리띠 같은 것을 매고 있었다고 말했다. 목수들의 앞치마 같기도 했다. 여러 가지 도구들을 넣게 되어 있는 검은 주머니들이 텅 빈 채 엉덩이 위에 늘어져서 펄럭거렸다. 보슈는 관심이 동해서 샤키에게 여러 각도에서 여러 질문을 던져봤지만 그 이상 자세한 진술을 이끌어내지는 못했다.

한 시간쯤 뒤에 모든 이야기가 끝났다. 보슈와 위시는 연기가 자욱한 방에 샤키를 남겨두고 다시 밖으로 나와 의견을 나눴다. 위시가 말했다.

"이제 우리가 할 일은 뒤에 담요를 싣고 다니는 지프를 찾는 것뿐이에요. 미세분석을 해서 머리카락 같은 걸 비교해보면 되겠죠. 캘리포니아주에 흰색이나 베이지 색 지프는 겨우 200만 대 정도밖에 안 될 거예요. 내가 BOLO를 올릴까요? 아니면 형사님이 직접 하실래요?"

"위시 요원, 두 시간 전에는 우리 손에 아무것도 없었습니다. 그런데 이제는 아주 많은 걸 알게 됐어요. 요원이 괜찮다면 내가 저 애한테 최면을 걸겠습니다. 누가 알겠습니까? 자동차 번호를 알게 될지. 아니면 운전자의 인상착의를 좀 더 자세히 알게 되거나. 어쩌면 범인들이 말한 이름이 기억나거나 문에 있다던 스티커 모양이 더 자세히 기억날지도 모르죠."

보슈는 손바닥을 위로 한 채 양손을 들어올렸다. 위시는 아까와 마찬가지로 보슈의 제안을 또 거절했다.

"아직은 안 돼요, 형사님. 내가 루크 요원과 이야기해보죠. 혹시 내일은 가능할지도 몰라요. 괜히 서둘러서 일을 처리했다가 나중에 우리 실수로 결론 나는 건 싫어요. 아시겠죠?"

보슈는 고개를 끄덕이며 양손을 아래로 내렸다.

"그럼 이제 어쩌죠?" 위시가 말했다.

"뭐, 피자도 먹여줬으니, 약속대로 아이를 데려다주고 우리도 뭘 좀 먹죠. 오버랜드에…."

"난 안 돼요." 위시가 말했다.

"…내가 아는 집이 있어요."

"오늘 밤에는 선약이 있어요. 미안합니다. 식사는 다음에 하죠."

"그러죠." 보슈는 취조실 문으로 가서 유리창으로 안을 들여다보았다. 위시에게 자신의 얼굴을 감출 수만 있다면 무엇이든 상관없었다. 위시에게 그렇게 빨리 접근하려 한 자신이 바보 같았다. 그가 말했다. "바쁘면 먼저 가도 됩니다. 내가 저 애를 어디 쉼터 같은 데 데려다줄 테니까요. 우리 둘 다 그 일에 시간을 낭비할 필요는 없습니다."

"정말 괜찮겠어요?"

"그럼요. 내가 처리하겠습니다. 순찰차를 불러서 데려다달라고 하면 돼요. 가는 길에 저 녀석 오토바이도 찾아서 싣고요. 나는 나중에 순찰차로 내 차가 있는 곳까지 가면 됩니다."

"다행이네요. 저 아이 오토바이까지 찾아서 잘 돌봐주시겠다니 말이에요."

"뭐, 이미 약속한 일이잖아요. 안 그렇습니까?"

"알아요. 그래도 저 애한테 마음이 쓰이니까 그러시는 거잖아요. 형사님이 저 애를 다루는 걸 지켜봤어요. 저 애한테서 형사님 자신의 모습을 보신 건가요?"

보슈는 유리창에서 몸을 돌려 위시를 바라보았다.

"아뇨, 그런 건 아닙니다. 저 애는 그냥 우리가 면담해야 하는 목격자였을 뿐이에요. 요원은 저 애가 지금 어린 말썽꾼이라고 생각하겠지만, 1년만 기다려보세요. 저 녀석이 열아홉 살이나 스무 살이 될 때까지. 저 녀석이 그때까지 살아남는다면 아마 괴물이 되어 있을 겁니다. 사람들을 뜯어먹고 사는 괴물. 저 녀석은 앞으로도 저 방을 숱하게 드나들 거예요. 그러다가 결국은 누굴 죽이거나, 아니면 누군가한테 죽임을 당하겠죠. 다윈의 법칙 그대로입니다. 적자생존. 저 녀석은 생존에 적합한 자질을 지니고 있어요. 그러니까 난 저 녀석한테 마음을 쓰는 게 아닙니다. 내가 저 녀석을 쉼터에 데려다주려는 건, 혹시 저 녀석을 다시 만나야 할지도 모르니까 있는 곳을 알아둘 필요가 있어서예요. 그냥 그뿐입니다."

"훌륭한 말씀이지만, 내 생각은 달라요. 형사님에 대해서는 나도 조금 알거든요. 형사님은 분명히 마음을 쓰고 있어요. 저 애한테 먹을 것도 사주고, 질문을 던질 때도…."

"이봐요, 위시 요원, 요원이 내 자료를 몇 번이나 읽었든 난 상관 안 합니다. 그런데 그것 좀 읽었다고 나를 잘 안다고 생각하는 겁니까? 그 서류에 있는 얘기는 전부 헛소리라고 이미 말했을 텐데요."

보슈는 그녀의 얼굴 앞 30센티미터 거리까지 바짝 다가서 있었다. 위시는 그의 시선을 피해 자신의 수첩을 내려다보았다. 마치 자기가 거기 적어 놓은 것이 방금 보슈가 한 말과 무슨 상관이라도 있는 것처럼.

"위시 요원, 우리가 이번 일을 같이 해낼 수는 있을 겁니다. 오늘 저 녀석을 찾아내서 이야기를 들은 것처럼 단서를 몇 개만 더 찾아내면 메도우스를 죽인 놈을 찾아낼 수도 있겠죠. 하지만 우리가 앞으로 진짜 파트너가 될 리도 없고, 서로를 잘 알게 되지도 않을 겁니다. 그러니까 서로를 잘 아는 척하지 않는 게 낫지 않을까요? 내가 어떤 사람인지도 모르면서 내 짧은 머리를 보니 남동생이 생각난다느니, 내가 요원의 남동생과 닮았다느니 하는 얘기는 하지 마세요. 서류 몇 장과 사진 몇 장만 보고는 나에 대해서 아무것도 알 수 없습니다."

위시는 수첩을 닫아 가방에 넣었다. 그러고는 마침내 시선을 들어 보슈를 바라보았다. 취조실 안에서 문을 두드리는 소리가 났다. 샤키가 거울유리로 자기 얼굴을 보고 있었다. 하지만 보슈와 위시 모두 샤키를 무시했다. 위시는 보슈를 뚫어버릴 것처럼 바라보았다.

"여자한테 저녁 식사를 같이 하자고 했다가 거절당하면 항상 이렇게 돌변하시나요?" 위시가 차분하게 물었다.

"그 일이 지금 내 얘기와 아무 상관이 없다는 건 요원도 알고 있을 겁니다."

"그래요. 나도 알아요." 위시는 자리를 뜨려다가 다시 입을 열었다. "내일 아침 9시 어때요? 내 사무실에서 다시 만나죠."

보슈는 아무 말도 하지 않았고, 위시는 문을 향해 걸어갔다. 샤키가 다시 문을 쿵쿵 두드렸기 때문에 보슈가 고개를 돌려 보니 샤키는 거울 유리를 보며 얼굴의 여드름을 짜고 있었다. 위시는 문 앞에서 뒤를 돌아보았다.

"내가 말한 건 남동생이 아니었어요." 그녀가 말했다. "오빠였어요. 그것도 아주 오래전에 본 오빠의 모습이었죠. 내가 어렸을 때 본 오빠의 모습. 오빠는 한동안 어디 가 있을 거라고 했어요. 베트남에."

보슈는 위시를 바라보지 않았다. 그럴 수 없었다. 그녀의 다음 말이 뭔지 알 것 같았다.

"그때 오빠의 모습이 지금도 기억나요." 위시가 말했다. "내가 오빠를 본 게 그때가 마지막이었으니까요. 그런데 형사님을 볼 때마다 오빠가 생각나요. 오빠는 베트남에서 끝내 돌아오지 못했어요."

위시가 밖으로 나갔다.

보슈는 마지막 남은 피자 한 조각을 먹었다. 이미 차갑게 식은 데다가 앤초비는 그가 몹시 싫어하는 음식이었지만 자신은 그런 걸 먹어도 싼 사람 같았다. 따뜻해진 콜라도 마찬가지였다. 다 먹은 뒤 그는 살인전담반 탁자에 앉아 대로 근처의 쉼터들에 계속 전화를 걸어서 자리가 빈 곳을 찾아냈다. 이것저것 묻지 않고 사람을 받아주는 곳이었다. '거리의 집'이라고 불리는 그곳 사람들은 가출 청소년들을 굳이 집으로 돌려보내려 하지 않았다. 거리보다 집이 더 형편없는 경우가 대부분이라는 것을 잘 알고 있기 때문이었다. 그들은 아이에게 안전하게 잘 수 있는 곳을 제공해준 뒤, 할리우드가 아닌 다른 곳으로 아이를 보내려고 애쓸 뿐이었다.

보슈는 경찰이라는 표시가 없는 차를 경찰서에서 빌려 샤키를 데리고 오토바이가 있는 곳으로 갔다. 오토바이가 트렁크에 들어가지 않았기 때문에 보슈는 샤키와 협상을 했다. 샤키가 오토바이를 타고 쉼터까지 가면 보슈가 그 뒤를 따라가기로. 샤키가 쉼터에 도착해서 수속을 마치고 안으로 들어간 뒤 보슈는 돈, 지갑, 담배를 돌려주었다. 하지만 폴라로이드 사진과 마리화나는 돌려주지 않았다. 그 두 가지는 쓰레기통으로 들어갔다. 샤키는 못마땅한 표정을 지으면서도 시키는 대로 했다. 보슈는 이곳 쉼터에 며칠 있으라고 샤키에게 말했다. 하지만 아침이 되자마자 아이가 도망칠 가능성이 높다는 것쯤은 이미 알고 있었다.

"이미 널 한 번 찾아냈으니까, 필요하면 또 찾아낼 수 있어." 보슈는 쉼터 밖에서 오토바이 자물쇠를 잠그고 있는 샤키에게 말했다.

"알아요, 알아요." 샤키가 말했다.

보슈의 말은 사실 알맹이 없는 협박이었다. 이번에 샤키를 찾을 수 있었던 것은, 경찰이 자신을 찾는다는 걸 샤키가 몰랐기 때문이었다. 샤키가 숨자고 작정한다면, 얘기가 달라질 것이다. 보슈는 자신의 싸구려 명함을 샤키에게 주며 혹시 뭐든 도움이 될 만한 것이 생각나면 전화하라고 말했다.

"형사님한테 도움이 되는 거요, 아니면 나한테 도움이 되는 거요?" 샤키가 물었다.

보슈는 대답하지 않고 자동차에 올라 윌콕스 거리의 경찰서로 향했다. 혹시 미행이 붙지는 않았는지 사이드미러를 바라보았지만, 따라오는 차는 보이지 않았다. 경찰서에 차를 돌려준 뒤 그는 자기 자리로 가서 FBI 자료철을 집어 들었다. 그리고 당직실로 갔다. 야간 당직이 순찰차에 연락해서 보슈를 연방청사까지 태워다 주게 했다. 순찰경관은 머리를 6밀리미터 정도로 짧게 자른 젊은이였다. 보슈는 이 친구가 열성파라고 불린다는 얘기를 풍문으로 들어 알고 있었다. 두 사람은 연방청사까지 가는 20분 동안 아무 말도 하지 않았다.

보슈는 9시에 집에 도착했다. 전화기에서 빨간 불이 깜박였지만, 메시지는 하나도 없었다. 그냥 누가 전화를 끊는 소리만 녹음되어 있을 뿐이었다. 보슈는 다저스 경기 중계를 들으려고 라디오를 켰다가 금방 꺼버렸다. 사람들이 이야기하는 소리를 더는 듣고 싶지 않았다. 그는 소니 롤린스, 프랭크 모건, 브랜포드 마살리스의 시디를 스테레오에 넣고 사람들의 목소리 대신 색소폰 연주를 들었다. 그렇게 음악을 들으며 식탁 위에 FBI 서류철을 죽 펼쳐 놓은 뒤 맥주 한 병을 땄다. 알코올과 재즈라. 그는 맥주를 삼키며 말했다. 게다가 옷을 입은 채로 잠을 자니 정말 경찰의 전형적인 모습이로군. 누가 봐도 뻔히 알 수 있겠어. 매일 그 여자가 만나는 십수 명의 다른 바보 녀석들하고 다를 게 하나도 없잖아. 그 여자 앞에서는 일 이야기만 하고, 다른 건 꿈꾸지도 마. 그는 메도우스의 파일을 열고 주의 깊게 한 장 한 장 읽었다. 아까 위시와 함께 차 안에 있을 때는 대충 훑어보기만 했던 서류들이었다.

메도우스는 보슈에게 수수께끼 같은 존재였다. 약물 중독자, 헤로인 사용자이면서 베트남에 계속 있으려고 재입대한 군인. 땅굴 임무를 더 이상 맡지 않게 된 뒤에도 그는 베트남에 남았다. 땅굴 임무를 시작한 지 2년 뒤인 1970년에 메도우스는 사이공의 미국 대사관 소속 헌병대에 배속되었다. 그 뒤로는 적과 마주칠 일이 없었지만, 그는 끝까지 그곳에 남아 있었다. 1973년의 조약과 철수 이후 메도우스는 제대를 했지만 또 베트남에 남았다. 이번에는 대사관 소속 민간인 자문 자격이었다. 다들 고국으로 돌아가고 있었지만, 메도우스는 아니었다. 그는 1975년 4월 30일, 사이공이 함락되던 날에야 비로소 그곳을 떠났다. 먼저 헬리콥터를 타고 빠져나온 그는 피난민들을 실어 나르는 비행기로 갈아타고 미국으로 왔다. 그것이 정부에서 맡은 그의 마지막 임무였다. 대규모 피난민들을 필리핀을 거쳐 미국까지 무사히 수송하는 것.

기록에 따르면, 메도우스는 돌아온 뒤 캘리포니아 남부에 살았다. 하지만 그가 할 줄 아는 일이라고는 헌병대 임무, 땅굴 안에서 살인하기, 마약 거래밖에 없었다. 서류철에는 그가 LA 경찰국에 지원한 기록도 있었지만, 경찰국이 그를 떨어뜨렸다고 되어 있었다. 마약 검사에서 떨어진 것이다. 그다음 서류는 전국 범죄정보 컴퓨터(NCIC) 자료였다. 그가 헤로인 소지 혐의로 처음 체포된 것은 1978년이었다. 그때는 집행유예로 풀려났다. 그다음 해에 그는 또 체포되었다. 이번에는 마약 소지뿐만 아니라, 판매 미수 혐의가 추가되어 있었다. 메도우스는 간청 끝에 마약 소지만으로 징역 18개월을 받았다. 그가 웨이사이드 아너 랜초에서 실제로 복역한 기간은 10개월이었다. 그 뒤로 2년 동안 그는 주삿바늘 자국을 근거로 자주 체포되었다. 유치장에서 60일 구류를 선고받을 수 있는 경범죄였다. 메도우스는 1981년까지 감옥을 들락날락한 것 같았다. 그러다가 상당히 긴 징역형을 선고받았다. 연방 범죄인 강도 미수 혐의였다. NCIC 자료 출력물에는 그것이 은행 강도였는지 밝혀져 있지 않았지만, 보슈는 이 사건이 틀림없이 FBI의 수사를 받았을 거라고 짐작했다. 기록에 따르면 메도우스는 징역 4년을 선고받고 롬폭에서 2년을 복역했다.

하지만 출감한 지 몇 달 만에 은행 강도 혐의로 또 체포되었다. 그런데 현행범으로 걸렸는지 메도우스는 유죄를 인정하고 징역 5년을 선고받았다. 원래대로라면 롬폭에서 3년간 복역한 뒤에 출감했겠지만, 복역 2년째 되던 해에 탈옥을 시도했다가 붙잡혔다. 그래서 징역 5년이 추가되었고, 교도소도 터미널 아일랜드로 바뀌었다.

메도우스는 1988년에 가석방되었다. 교도소에서 그렇게 오랜 세월을 보내다니. 보슈는 속으로 생각했다. 보슈 자신은 그런 사실을 결코 몰랐다. 메도우스의 소식을 들은 적도 없었다. 만약 소식을 들었다면 어떻게 했을까? 보슈는 잠시 생각해보았다. 감옥 생활은 전쟁보다 더 심하게 메도우스를 바꿔 놓은 것 같았다. 그는 베트남 참전군인들을 위한 수용시설에 머무르는 조건으로 가석방되었다. 찰리 컴퍼니라는 그 시설은 벤투라 북쪽의 한 농장에 있었는데, 로스앤젤레스에서 약 64킬로미터 거리였다. 메도우스는 그곳에 거의 1년 동안 있었다.

그 뒤로는 더 이상 체포기록이 없었다. 1년 전 메도우스가 전화로 보슈에게 도움을 청했던 일은 정식 절차를 거치지 않고 해결되었기 때문에 서류가 남아 있지 않았다. 그 일 외에 다른 체포기록도 없었다.

하지만 다른 서류가 한 장 더 있었다. 손으로 작성한 서류였는데, 깨끗하고 읽기 쉬운 글씨체를 보니 위시의 솜씨인 것 같았다. 위시는 사회보장 기록과 운전면허증 기록을 검색해서 찾아낸 직장 기록과 이사 기록을 이 서류에 정리해두었다. 하지만 왼편에 수직으로 죽 기록해둔 날짜들 중 빈 곳이 있었다. 메도우스가 베트남에서 돌아온 뒤 처음으로 들어간 직장은 남부 캘리포니아 수도국이었다. 그의 직책은 수도관 검사관이었다. 하지만 4개월 뒤 지각과 병가가 지나치게 잦다는 이유로 해고되었다. 그 뒤로 메도우스가 헤로인 거래를 시도했음이 틀림없었다. 1979년에 웨이사이드에서 출감할 때까지 합법적인 직장에 다닌 기록이 전혀 없기 때문이었다. 출감 뒤에 메도우스는 수도전력국에서 지하 검사관으로 일했다. 빗물배수관 담당이었다. 하지만 이번에도 남부 캘리포니아 수도국 때와 똑같은 이유로 6개월 만에 직장을 잃었다. 그 뒤로 산발적인 고용기록이 몇 건 더 있었다. 찰리 컴퍼니에서 나온 뒤에는 샌타클래리타 밸리의 금광회사에서 몇 달 동안 일했다. 그것이 전부였다.

그가 옮겨 다닌 집 주소는 거의 10여 개나 되었다. 대부분 할리우드에 있는 아파트였지만, 1979년에 체포되기 전에는 샌페드로의 주택에서 산 적도 있었다. 만약 당시 그가 마약거래를 하고 있었다면, 롱비치의 항구에서 물건을 조달했을 가능성이 높았다. 그렇다면 샌페드로에 사는 편이 편했을 것이다.

찰리 컴퍼니에서 나온 뒤로는 세풀베다의 아파트가 그의 집이었다. 찰리 컴퍼니에 관한 기록은 더 이상 없었다. 메도우스가 거기서 무엇을 했는지도 적혀 있지 않았다. 보슈는 가석방 담당관이 작성한 6개월 평가보고서 사본에서 담당관의 이름을 알아냈다. 밴나이스에서 일하는 대릴 슬레이터였다. 보슈는 그 이름을 수첩에 적었다. 찰리 컴퍼니의 주소도 옮겨 적었다. 그다음에는 체포기록, 직장기록, 주소기록, 가석방 담당관 보고서를 앞에 펼쳐 놓았다. 그리고 새 종이를 꺼내, 메도우스가 연방감옥에 수감된 1981년부터 그의 행적을 시간 순서대로 정리하기 시작했다.

이 작업을 마치고 나니 군데군데 비어 있던 부분들이 많이 메워졌다. 메도우스는 모두 합해 6년 반을 연방감옥에서 보냈다. 그리고 1988년 초에 가석방되어 찰리 컴퍼니 프로그램에 들어갔다. 거기서 10개월을 보낸 뒤 그는 세풀베다의 아파트로 거처를 옮겼다. 가석방 담당관의 보고서에 따르면, 메도우스는 샌타클래리타 밸리의 금광에서 드릴 작업을 맡는 일자리를 구했다. 1989년 2월에 가석방 기간이 끝나자 그는 가석방 담당관의 확인을 받은 다음 날 바로 그 직장을 그만두었다. 사회보장 관리국 기록에 따르면, 그 뒤로는 고용기록이 없었다. 국세청 기록에는 메도우스가 1988년 이후로 소득신고를 한 적이 없는 것으로 되어 있었다.

보슈는 부엌으로 가서 맥주 한 병을 꺼내고, 햄과 치즈로 샌드위치를 만들었다. 그리고 싱크대 옆에 서서 샌드위치와 맥주를 먹으며 자신이 알고 있는 사실들을 정리하려고 애썼다. 메도우스는 터미널 아일랜드를 걸어 나오는 순간부터 일을 저지를 계획을 짠 것 같았다. 그때까지는 거슬러 올라가지 않는다 해도, 최소한 찰리 컴퍼니를 나오면서부터 계획을 짠 것만은 틀림없는 것 같았다. 메도우스는 가석방 기간이 끝날 때까지 합법적인 직장에 다니다가 그곳을 그만두고 계획을 실행에 옮겼다. 확실했다. 그렇다면 메도우스가 교도소나 찰리 컴퍼니에서 함께 은행을 턴 일당을 만났을 가능성이 높았다. 그자들은 또한 메도우스를 죽인 범인들이기도 했다.

초인종이 울렸다. 손목시계를 확인하니 11시였다. 보슈는 문으로 가서 가운데 구멍으로 밖을 확인했다. 엘리노어 위시가 문을 똑바로 바라보고 있었다. 보슈는 뒤로 물러나 현관의 거울을 흘깃 보았다. 피곤해 보이는 검은 눈의 남자가 거울 속에서 그를 마주 바라보았다. 그는 손으로 머리를 매끈하게 빗어 넘긴 뒤 문을 열었다.

"안녕하세요?" 위시가 말했다. "휴전할까요?"

"그래요. 내가 여기 사는 건 어떻게⋯ 아뇨, 됐습니다. 들어와요."

위시는 아까와 똑같은 옷차림이었다. 아직 집에 가지 않았다는 뜻이었다. 그녀가 탁자 위의 서류들을 보았다.

"늦게까지 일하고 있었어요." 보슈가 말했다. "메도우스의 서류에서 몇 가지 검토 중이었습니다."

"그렇군요. 저, 우연히 이 근처를 지나갈 일이 있어서 그냥 잠깐 들러서, 그러니까⋯ 지금까지 좀 힘들었잖아요. 우리 둘 다. 그래서 내일부터 파트너 관계를 새롭게 시작해볼까 하고요."

"그래요." 보슈가 말했다. "아까 내가 그런 말을 해서 미안합니다…. 오빠 일도 유감이고요. 요원은 좋은 뜻으로 한 말인데 내가… 맥주나 한 잔 하고 가시죠."

보슈는 부엌으로 가서 맥주를 두 병 꺼냈다. 그리고 그녀에게 한 병을 건네준 뒤 앞장서서 미닫이문을 통해 베란다로 나갔다. 공기가 서늘했지만, 어두운 협곡 쪽에서 가끔 따뜻한 바람이 불어왔다. 엘리노어 위시는 밸리의 불빛들을 바라보았다. 유니버설 시티의 스포트라이트들이 같은 패턴으로 계속 도시를 훑고 지나갔다.

"아주 좋은 곳인데요." 위시가 말했다. "이런 집에 와본 건 처음이에요. 이걸 외팔보 집이라고 부르죠?"

"그래요."

"지진이 나면 무섭겠어요."

"쓰레기차만 지나가도 무섭죠."

"어쩌다 이런 집에서 살게 된 거예요?"

"저 아래에서 지금 스포트라이트를 비추고 있는 사람들이 나한테 돈을 좀 줬어요. 텔레비전 드라마에 내 이름을 사용하고, 나한테서 이른바 기술적인 자문을 받는 대가로. 그런데 그 돈으로 할 일이 있어야죠. 어렸을 때 밸리에 살면서 항상 이런 집에 살면 기분이 어떨지 궁금했기 때문에 그냥 이 집을 샀습니다. 이 집이 원래는 시나리오 작가가 일하던 곳이에요. 집이 꽤 작아서 침실도 하나밖에 없지만, 나한테는 충분한 것 같습니다."

위시는 난간에 몸을 기대고 비탈길 아래의 말라붙은 개울을 내려다보았다. 어두워서 거기에 있는 떡갈나무 숲이 윤곽만 희미하게 보였다. 보슈도 함께 난간에 몸을 기대고 아무 생각 없이 맥주병의 황금색 라벨을 뜯어 아래로 떨어뜨렸다. 황금색 포일이 어둠 속에서 반짝거리며 펄럭펄럭 사라져갔다.

“물어볼 게 있어요.” 보슈가 말했다. “그래서 내일 벤투라로 갔으면 합니다.”

“그 얘기는 내일 하면 안 될까요? 난 사건 때문에 온 게 아니에요. 저 서류들을 읽기 시작한 지 거의 1년이 다 돼서 이젠 좀 지겨워요.”

보슈는 고개를 끄덕이고 아무 말도 하지 않았다. 위시가 무슨 이유로 이곳에 왔든 스스로 그 이야기를 하게 내버려두어야 할 것 같았다. 얼마 뒤 그녀가 입을 열었다. “우리가 형사님한테 한 일 때문에 화가 많이 나셨을 거예요. 우리가 수사를 하면서 형사님을 조사한 것도 그렇고, 어제 일도 그렇고… 죄송합니다.”

위시는 맥주를 살짝 한 모금 마셨다. 보슈는 위시에게 컵이 필요하냐고 묻지 않았다는 사실을 깨달았다. 그는 잠시 가만히 있었다. 그녀의 말이 어두운 허공에 걸려 있는 것 같은 그 순간이 길게 느껴졌다.

“아뇨.” 마침내 보슈가 말했다. “난 화나지 않았어요. 사실, 내 기분이 어떤지 나도 잘 모르겠습니다.”

위시가 고개를 돌려 그를 바라보았다. “우리는 루크 요원이 그쪽 과장한테 전화해서 형사님을 괴롭혔을 때 형사님이 포기할 줄 알았어요. 형사님이 메도우스와 아는 사이였다지만 그건 오래전 일이잖아요. 지금도 난 그게 이해가 안 가요. 형사님은 이걸 그냥 단순한 사건으로 보지 않는 것 같아요. 왜죠? 분명히 뭔가가 있어요. 베트남에서 있었던 일인가요? 이 사건이 형사님한테 왜 그렇게 중요한 거예요?”

“아마 내 나름대로 이유가 있겠죠. 이 사건과는 아무런 관계가 없는 이유들.”

“나도 그 말을 믿어요. 하지만 내가 믿고 안 믿고는 중요하지 않아요. 내가 알고 싶은 건, 도대체 뭐가 어떻게 돌아가는 건지예요. 꼭 알아야겠어요."

"맥주는 어때요?"

"맛있어요. 말 좀 해보세요, 보슈 형사님."

보슈는 아래를 내려다보며, 맥주 라벨 조각이 어둠 속으로 사라지는 모습을 지켜보았다.

"나도 모르겠습니다." 보슈가 말했다. "사실 알기도 하고, 모르기도 해요. 아마 땅굴까지 거슬러 올라가야 할 것 같습니다. 거기서 우리가 함께 겪었던 일들. 그 친구가 내 목숨을 구해주었다거나, 내가 그 친구 목숨을 구해주었다거나, 그런 일이 아니에요. 그렇게 간단한 일이 아닙니다. 어쨌든 내가 뭔가 빚을 진 것 같은 기분이에요. 그 친구가 무슨 짓을 했든, 나중에 얼마나 망가졌든 상관없습니다. 만약 내가 작년에 그 친구를 위해서 전화 몇 통 걸어주는 걸로 끝내지 말고 더 애를 써줬다면 달라졌을지도 모르죠. 정말 모르겠습니다."

"그건 말도 안 돼요." 위시가 말했다. "작년에 형사님한테 전화를 했을 때 그 사람은 이미 이번 절도 사건에 깊이 발을 담그고 있었어요. 그때 그 사람은 형사님을 이용한 거예요. 어쩌면 시체가 된 지금도 형사님을 이용하고 있는 건지도 몰라요."

이제는 뜯어낼 라벨이 남아 있지 않았다. 보슈는 몸을 돌려 난간에 등을 기댔다. 그리고 한 손으로 주머니를 더듬어 담배 한 개비를 꺼내서 입에 물었지만 불을 붙이지는 않았다.

"메도우스." 그는 이렇게 말하고는 메도우스에 관한 기억을 떠올리며 고개를 절레절레 저었다. "메도우스는 달랐습니다…. 옛날에 우리는 모두 어둠을 무서워하는 애들에 지나지 않았어요. 그 땅굴들은 정말이지 얼마나 어두웠는지…. 하지만 메도우스는 무서워하지 않았습니다. 언제나 임무에 자원했죠. 파란 하늘을 등지고 암흑 속으로 들어가는 일에.

이건 그 친구가 땅굴 임무를 표현한 말입니다. 우린 땅굴 입구를 검은 메아리라고 불렀는데. 지옥으로 들어가는 것과 같았어요. 그 아래로 내려가면 자신의 공포가 피부로 느껴집니다. 그 아래에 내려가면 자신이 이미 죽은 것 같아요."

말을 하는 동안 두 사람 모두 서서히 몸을 돌렸기 때문에 이제는 둘이 마주 보는 자세였다. 보슈는 위시의 얼굴을 자세히 살펴보았다. 연민 같은 것이 보였다. 그것이 보슈 자신이 원한 표정이었는지는 알 수 없었다. 그런 걸 따지던 시절은 이미 오래전에 지나갔다. 하지만 자신이 원하는 것이 무엇인지는 여전히 알 수 없었다.

"우리는 모두 겁에 질린 애들이었습니다. 그래서 서로 약속을 했죠. 우리들 중 누가 땅굴로 내려갈 때마다 약속을 했어요. 땅 속에서 무슨 일이 일어나든, 우리 편을 그냥 두고 나오지 않는다는 약속. 누가 그 안에서 죽으면 시체라도 가져와야 했습니다. 놈들이 우리한테 이런저런 짓들을 하거든요. 우리 쪽에서 펼치던 심리전처럼 그게 효과가 있었습니다. 우리 모두 죽어서든 살아서든 혼자 남겨지고 싶어 하지 않았어요. 이미 죽어버리고 나면, 근사한 대리석 묘비 아래 누워 있든 기름구멍 속에 누워 있든 상관없다는 말을 언젠가 책에서 읽은 적이 있습니다. 죽은 사람은 죽은 사람이라는 거죠. 하지만 그 말을 쓴 사람은 베트남에 가본 적이 없을 겁니다. 살아 있지만 죽음이 아주 가까이 있을 때, 사람들은 자신의 마지막을 생각하게 됩니다. 그러다 보면 그게 중요해져요…. 그래서 우리는 서로 약속을 했습니다."

보슈는 이 말이 전혀 설명이 되지 못한다는 것을 알고 있었다. 그는 가서 맥주를 한 병 더 가져오겠다고 말했다. 위시는 더 마실 생각이 없다고 말했다. 보슈가 자신이 마실 맥주를 가지고 돌아오자 위시는 미소만 지을 뿐 아무 말도 하지 않았다.

"메도우스에 관한 이야기를 하나 해드리죠." 보슈가 말했다. "거기서는 정찰을 나갈 때 우리 같은 땅굴쥐 서너 명을 중대에 딸려 보냅니다. 그래서 땅굴이 발견되면 우리가 재빨리 내려가서 둘러본 뒤 필요하면 폭탄을 설치하죠."

보슈는 새로 가져온 맥주를 길게 한 모금 들이마셨다.

"그런데 어느 날, 아마 1970년이었을 겁니다, 메도우스와 내가 순찰대 뒤를 따라가고 있을 때의 일이에요. 우리가 있던 곳은 베트콩의 거점이었는데, 세상에, 완전히 땅굴 천지였습니다. 어쨌든 누앙룩이라는 마을에서 5킬로미터쯤 떨어진 곳에서 우리는 선두에 섰던 병사를 잃었습니다. 그 친구는… 미안합니다. 요원은 이런 얘기를 듣기 싫을 텐데…. 오빠 일도 있으니까 말입니다."

"그래도 듣고 싶어요."

"그 친구는 거미구멍에 있던 저격수의 총에 맞았습니다. 거미구멍은 땅굴 입구를 부르던 말이에요. 어쨌든 다른 병사가 그 저격수를 처치했고, 나와 메도우스가 땅굴로 내려가서 확인을 해야 했습니다. 우리는 아래로 내려가자마자 둘로 갈라졌죠. 땅굴망이 아주 컸거든요. 그래서 나와 메도우스가 각각 다른 방향을 확인하기로 한 겁니다. 우리는 15분 동안 수색한 뒤 20분짜리 시한폭탄을 설치하고, 그 뒤로도 폭탄을 몇 개 더 설치하면서 출발지점으로 돌아오기로 했습니다…. 그날 그 땅굴 안에서 병원을 발견했던 게 기억납니다. 풀로 짠 자리 네 개와 필요한 물건들을 담아둔 캐비닛 하나가 땅굴 한가운데에 떡 하니 앉아 있었죠. 그걸 보니, 세상에, 저 모퉁이를 돌아가면 또 뭐가 나오는 걸까, 혹시 자동차 극장까지 있는 게 아닐까, 이런 생각이 들 정도였습니다. 땅굴 속은 정말이지 굉장했어요…. 작은 제단도 하나 있었는데, 거기서 향이 타고 있었습니다. 그걸 보는 순간 놈들이 아직 근처 어딘가에 있다는 걸 알았습니다. 무서웠죠. 나는 폭탄을 제단 뒤에 숨긴 뒤 최대한 빠른 속도로 돌아가기 시작했습니다. 도중에 폭탄 두 개를 더 설치하면서. 모두 똑같은 순간에 터지게 시간을 조절했죠. 그렇게 강하지점으로 돌아왔습니다. 처음의 그 거미구멍이요. 그런데 메도우스가 없는 겁니다. 나는 거기서 몇 분 동안 메도우스를 기다렸습니다. 폭탄이 터질 시간이 시시각각 가까워지고 있는데…. C-4가 터질 때 땅굴 속에 있고 싶은 사람이 어디 있겠습니까? 땅굴들 중에는 판 지 100년이나 된 것도 있었습니다. 더 이상 어쩔 도리가 없어서 나는 밖으로 나왔습니다. 메도우스는 밖에도 없더군요."

보슈는 잠시 말을 멈추고 맥주를 좀 마시며 자신의 이야기에 대해 생각해보았다. 위시는 그를 열심히 지켜보았지만 말을 재촉하지는 않았다.

"몇 분 뒤에 내가 설치한 폭탄이 터졌고, 땅굴이 무너졌습니다. 적어도 내가 들어갔다 나온 부분은 확실히 무너졌죠. 그 안에 있던 사람들은 전부 죽어서 땅 속에 묻힌 겁니다. 우리는 연기와 흙먼지가 가라앉을 때까지 두 시간 정도 기다렸습니다. 그리고 커다란 환풍기를 가져다가 입구를 통해 안으로 바람을 불어 넣었죠. 그랬더니 정글 사방에 나 있던 다른 거미구멍들과 환기구에서 연기가 빠져나오는 게 보였습니다. 연기가 다 빠져나간 뒤에 나는 다른 병사 한 명과 함께 메도우스를 찾으러 들어갔습니다. 그 친구가 죽었다고 생각했지만 약속을 지켜야 하니까요. 무슨 일이 있어도 우리는 그 친구를 데리고 나와서 집으로 보내줄 생각이었습니다. 그런데 그 친구를 찾을 수가 없었습니다. 그날 하루 종일 찾아봤지만 보이는 것이라고는 죽은 베트콩들뿐이었습니다. 대부분 총에 맞은 흔적이 있었고, 목이 그어진 시체도 있었습니다. 그리고 모두 귀가 없었죠. 누가 베어간 겁니다. 우리가 올라왔더니 대장이 더 이상 지체할 수 없다고 말했습니다. 명령이 내려왔다고 했어요. 그래서 우리는 철수했습니다. 내가 약속을 깨뜨린 겁니다."

보슈는 어둠 속을 멍하니 바라보았다. 자신이 지금 이야기하고 있는 상황밖에 보이는 것이 없었다.

"이틀 뒤에 또 다른 중대가 누앙룩 마을에 갔습니다. 초가집 안에서 땅굴 입구가 발견됐죠. 그 중대를 따라간 땅굴쥐들이 아래로 내려갔습니다. 그리고 5분도 안 돼서 메도우스를 찾아냈죠. 메도우스가 통로에 부처처럼 앉아 있더랍니다. 탄약이 다 떨어진 상태로 횡설수설하고 있더래요. 하지만 몸은 괜찮았습니다. 그래서 땅굴쥐들이 같이 나가자고 했더니 메도우스는 싫다고 했습니다. 결국 그 친구를 묶은 뒤에 밧줄을 연결해서 밖에 있는 병사들에게 끌어내라고 하는 수밖에 없었어요. 밝은 곳으로 나온 뒤에야 사람들은 메도우스가 사람의 귀로 만든 목걸이를 걸고 있다는 걸 알았습니다. 자기 군번줄에 귀를 꿰었더랍니다."

보슈는 맥주를 다 마시고 안으로 걸어 들어갔다. 위시도 그의 뒤를 따라 부엌으로 갔다. 보슈는 맥주를 새로 꺼냈다. 위시는 반쯤 남은 맥주병을 조리대에 놓았다.

"내 얘기는 이걸로 끝입니다. 메도우스는 그런 사람이었어요. 그 일 이후로 사이공에 요양을 하러 갔지만 다시 돌아왔죠. 땅굴에서 떨어져 있을 수가 없었기 때문에. 하지만 그 일이 있은 뒤로는 결코 예전의 모습을 되찾지 못했습니다. 나한테 해준 얘기로는, 그날 땅굴에 내려간 뒤 방향을 헷갈려서 길을 잃었답니다. 그래서 계속 엉뚱한 방향으로 나아가면서 누구든 눈에 띄는 대로 죽였대요. 소문에 따르면, 그 친구 목걸이에 걸린 사람 귀가 서른세 개였답니다. 나중에 누가 나한테 이런 걸 물어본 적이 있어요. 메도우스가 죽인 베트콩 중에 한 명은 귀를 한쪽만 자른 거냐고요. 서른셋은 홀수니까요. 그래서 나는 메도우스가 전부 귀를 한쪽씩만 잘라냈다고 말해줬습니다."

위시는 고개를 절레절레 저었고, 보슈는 고개를 끄덕였다.

그가 말했다. "내가 다시 찾으러 들어갔을 때 메도우스를 찾았어야 했습니다. 내가 약속을 지키지 못했어요."

두 사람 다 가만히 서서 한동안 부엌 바닥만 내려다보았다. 보슈가 남은 맥주를 싱크대에 쏟아버렸다.

"메도우스의 기록에 관해 딱 하나만 질문하겠습니다. 그리고 더 이상 일 이야기는 안 할 거예요." 그가 말했다. "메도우스는 롬폭에서 탈옥을 시도하다 잡혀서 터미널 아일랜드로 이감됐습니다. 그때 사정에 대해 좀 아는 게 있습니까?"

"네. 땅굴을 팠다고 들었어요. 모범수라서 세탁실에서 일했대요. 가스를 이용하는 빨래 건조기에는 지하를 통해 밖으로 연결되는 환기구가 있는데, 메도우스가 그 밑을 판 거예요. 하루에 많아야 한 시간씩. 사람들 말로는 땅굴이 발견될 때까지 적어도 6개월은 판 것 같다고 했어요. 여름에 운동장에서 사용하는 스프링클러 때문에 땅이 약해져서 굴이 무너지는 바람에 발각된 거죠."

보슈는 고개를 끄덕였다. 그도 땅굴일 거라고 짐작하고 있었다.

"그 일에 두 명이 더 연루돼 있었어요." 위시가 말했다. "마약상이랑 은행강도였는데, 아직 감옥에 있어요. 그러니까 이번 사건하고는 관련이 없어요."

보슈는 또 고개를 끄덕였다.

"전 이제 그만 가봐야겠네요." 위시가 말했다. "내일 할 일이 많으니까요."

"그렇죠. 나도 물어볼 게 아주 많습니다."

"가능한 한 대답해드릴게요."

위시는 냉장고와 조리대 사이의 좁은 공간에서 보슈 바로 옆을 지나쳐 복도로 나갔다. 그녀가 지나가는 순간 보슈는 그녀의 머리카락에서 나는 향기를 맡았다. 사과향인 것 같았다. 위시가 복도의 거울 맞은편에 걸려 있는 복제화를 보고 있는 것이 눈에 들어왔다. 액자 세 개에 각각 걸려 있는 그 그림은 '기쁨의 정원'이라는 15세기 그림의 복제품이었다. 화가는 네덜란드인이었다.

"히에로니머스 보슈." 위시는 그림 속의 악몽 같은 풍경을 유심히 바라보며 말했다. "형사님 원래 이름이 그거라는 걸 알고 혹시나 했는데…."

"나랑은 아무 관계도 없는 사람입니다." 보슈가 말했다. "우리 어머니가 저 사람 그림을 좋아해서 이름을 그렇게 지었을 뿐이에요. 아마 성이 같아서였겠죠. 그 그림도 어머니가 보내준 겁니다. 그걸 보면 LA가 생각난다고 편지에 적었더군요. 광기에 들뜬 사람들도 생각난다고. 내 양부모는… 그 그림을 좋아하지 않았습니다. 하지만 나는 아주 오랫동안 그걸 보관하고 있었죠. 그리고 여기로 이사 온 날부터 거기에 걸어 두었습니다."

"형사님은 남들이 해리라고 불러주기를 원하시잖아요."

"그래요, 난 해리라는 이름이 좋습니다."

"안녕히 주무세요, 해리 형사님. 맥주 잘 마셨어요."

"잘 가요, 엘리노어 요원…. 말동무를 해줘서 고맙습니다."

4부.

5월 23일 수요일

오전 10시에 두 사람은 벤투라 프리웨이를 달리고 있었다. 샌퍼낸도 밸리 바닥을 가로질러 시외로 빠져나가는 도로였다. 운전대는 보슈가 잡았고, 차는 반대편 차선을 메운 다른 차들과는 반대로 북서쪽의 벤투라 카운티를 향하고 있었다. 그릇에 든 더러운 크림처럼 밸리에 자욱한 스모그가 뒤로 멀어졌다.

두 사람은 찰리 컴퍼니로 가는 중이었다. 작년에 FBI는 메도우스와 재소자 복지프로그램에 대해 피상적인 조사밖에 하지 않았다. 위시는 메도우스가 은행 사건이 있기 거의 1년 전에 찰리 컴퍼니에서 나왔기 때문에 별로 중요하지 않다고 생각했다고 말했다. FBI가 메도우스의 기록 사본을 요청했지만, 그와 같은 시기에 찰리 컴퍼니에 머물렀던 다른 전과자들의 이름은 확인해보지 않았다는 말도 했다. 보슈가 보기에는 그게 실수였다. 보슈는 자신이 정리한 기록을 보면, 은행 사건이 장기적인 계획의 일부임을 알 수 있다고 위시에게 말했다. 어쩌면 찰리 컴퍼니에서 처음으로 그 사건의 싹이 텄을 가능성도 있었다.

벤투라로 떠나기 전에 보슈는 메도우스의 가석방 담당관인 대릴 슬레이터에게 전화를 걸어 찰리 컴퍼니에 관해 대략적인 설명을 들었다. 슬레이터는 그곳이 채소 농장이며, 퇴역한 뒤 종교적으로 거듭 난 예비역 대령이 그곳의 주인이자 운영자라고 말해주었다. 대령이 가석방된 수감자들을 받아들이기로 캘리포니아 주 및 연방 교도소들과 계약을 맺었다는 것이다. 그가 내건 조건은, 베트남전에 참전했던 퇴역군인들만 받아들인다는 것 하나뿐이었다. 슬레이터는 그것이 그다지 어려운 조건이 아니었다고 말했다. 다른 주들과 마찬가지로 캘리포니아 주의 감옥에도 베트남전 참전 경력이 있는 수감자들이 많았다. 찰리 컴퍼니의 주인인 고든 스케일스 대령은 자신의 농장으로 오는 퇴역군인들의 죄목에는 신경을 쓰지 않았다. 그가 원하는 것은 그들을 다시 올바른 길로 돌려놓는 것뿐이었다. 농장 직원은 스케일스를 포함해서 세 명이었고, 수용인원은 한 번에 24명을 넘지 않았다. 평균 수용기간은 9개월이었다. 수용자들은 6시부터 3시까지 채소밭에서 일했으며, 휴식시간은 정오의 점심시간뿐이었다. 일이 끝난 뒤에는 한 시간 동안 '영혼의 대화'를 한 뒤 저녁을 먹고 텔레비전을 보았다. 그리고 소등 전에 또 한 시간 동안 종교와 관련된 순서가 있었다. 슬레이터는 수용자들이 다시 사회로 돌아갈 준비가 되면, 스케일스가 지역사회의 연줄을 이용해서 직장을 구해주었다고 말했다. 6년 동안 찰리 컴퍼니 수용자들의 재범율은 겨우 11퍼센트에 불과했다. 워낙 훌륭한 성과였기 때문에, 대통령이 지난 대선 때 캘리포니아 주에서 유세를 하면서 스케일스의 이름을 호의적으로 언급할 정도였다.

"대령은 영웅이에요." 슬레이터가 말했다. "전쟁 영웅이 아니라, 퇴역한 뒤에 이룩한 일 덕분에 영웅이 된 거예요. 1년에 전과자 30~40명이 그곳을 거쳐가는데 고작 10분의 1만 다시 구렁텅이에 빠진다면, 그건 진짜 엄청난 성공이죠. 스케일스는 연방과 캘리포니아 주의 가석방 위원회에 영향력을 행사할 수 있습니다. 우리 주의 교도소장들 중에도 스케일스의 말에 귀를 기울이는 사람이 절반은 돼요."

"그럼 찰리 컴퍼니에 수용할 사람을 스케일스가 직접 고른다는 뜻입니까?" 보슈가 물었다.

"고르는 건 아니겠지만, 최종승인은 할 겁니다." 슬레이터가 말했다. "하지만 스케일스의 이름이 이미 널리 알려져 있어요. 퇴역군인이 복역 중인 곳이라면 어디서나 그 사람 이름을 알고 있죠. 그래서 수감자들이 먼저 스케일스를 찾습니다. 편지도 보내고, 성경책도 보내고, 전화도 걸고, 변호사를 시켜서 연락도 해요. 스케일스의 지원을 얻으려고요."

"메도우스도 그런 방법으로 그곳에 가게 된 겁니까?"

"내가 아는 한은 그래요. 나한테 배정됐을 때 이미 결정된 거나 마찬가지였습니다. 터미널 아일랜드에 전화해서 기록을 확인해달라고 하세요. 아니면 스케일스를 만나보시거나."

보슈는 차를 몰고 달리는 동안 슬레이터와의 대화내용을 위시에게 알려주었다. 그것만 빼면, 벤투라까지 먼 길을 가는 동안 두 사람은 오랫동안 침묵을 지켰다. 보슈는 머릿속으로 지난 밤 일을 줄곧 생각했다. 위시가 자신을 찾아왔던 것. 왜 왔을까? 벤투라 카운티의 경계선을 넘은 뒤 그는 다시 사건으로 주의를 돌려, 어젯밤 기록을 보면서 떠올린 의문들 중 일부를 위시에게 물어보았다.

"놈들이 왜 중앙금고를 털지 않은 걸까요? 웨스트랜드에는 금고가 두 개 있었습니다. 안전금고 외에 현금을 넣어두는 중앙금고가 있었어요. 범죄현장 보고서에 따르면, 두 금고가 똑같이 설계되었다더군요. 안전금고가 더 크기는 하지만, 바닥은 똑같이 강화되어 있다고 했어요. 그렇다면 메도우스 일당이 중앙금고 쪽으로 땅굴을 파서 그 안에 있던 것을 훔쳐 나오는 것도 그리 어려운 일은 아니었을 겁니다. 위험을 무릅쓰고 주말 내내 그 안에 있을 필요도 없고요. 안전금고 안의 개별 상자들을 일일이 딸 필요도 없었겠죠."

"두 금고의 구조가 똑같다는 걸 범인들이 몰랐을 수도 있어요. 중앙금고를 뚫기가 더 어려울 거라고 지레짐작했을 수도 있죠."

"우리는 지금 놈들이 이 일을 시작하기 전부터 안전금고의 구조에 대해 어느 정도 알고 있었을 거라고 보고 있습니다. 그렇다면 중앙금고에 대해서도 몰랐을 리가 없어요."

"중앙금고를 미리 정찰하는 게 불가능했을 거예요. 일반인들에게 공개된 곳이 아니니까요. 아마 범인들 중 한 명이 안전금고를 대여해서 그 안에 들어가 미리 확인했을 거예요. 물론 가짜 이름을 썼겠죠. 어쨌든, 안전금고는 확인이 가능했지만, 중앙금고는 불가능했어요. 그게 이유일지도 몰라요."

보슈는 고개를 끄덕이고 다시 입을 열었다. "중앙금고에는 돈이 얼마나 있었습니까?"

"기억이 안 나는데요. 내가 드린 보고서들 어딘가에 있을 거예요. 거기 없으면, 우리 사무실에 있는 다른 자료에 있겠죠."

"어쨌든 안전금고보다는 많았죠? 놈들이 안전금고에서 꺼내간 재물이 2~3백만 달러쯤 되지만, 중앙금고에는 그보다 많은 현찰이 있었을 겁니다."

"아마 그랬을 거예요."

"그럼 내 말이 무슨 뜻인지 이제 알겠죠? 놈들이 중앙금고로 굴을 뚫었다면, 바닥에 무더기로 쌓여 있거나 가방에 들어 있는 현찰을 쉽게 훔칠 수 있었을 겁니다. 그냥 손만 뻗으면 되니까요. 훨씬 쉬웠을 거예요. 힘은 덜 들이면서 돈은 더 많이 훔칠 수 있었을 겁니다."

"그건 이미 모든 정황이 알려졌으니까 할 수 있는 얘기죠. 범인들이 은행으로 들어갈 때 과연 무엇을 얼마나 알고 있었는지 누가 알겠어요? 어쩌면 놈들은 안전금고에 재물이 더 많을 거라고 생각했는지도 모르죠. 결국 놈들이 도박을 했다가 잃은 셈이에요."

"아니면 사실은 이긴 건지도 모르죠."

위시가 그를 바라보았다.

“어쩌면 안전금고 안에 우리가 지금 전혀 모르고 있는 뭔가가 있었는지도 모릅니다. 아무도 도난신고를 하지 않은 물건. 범인들이 중앙금고를 놔두고 안전금고를 고르게 만든 물건. 중앙금고보다 안전금고를 더 가치 있게 만들어준 물건.”

“혹시 마약을 생각하시는 거라면, 그건 아니에요. 우리도 그런 생각을 했기 때문에 마약단속국(DEA)에 연락해서 탐지견을 데리고 오게 했어요. 그래서 범인들이 털어간 안전금고들을 개가 모두 훑었는데 나온 게 없어요. 전혀. 그런데 개가 범인들이 털지 않은 안전금고들 중 한 곳에서 마약을 찾아냈어요. 작은 금고 중 하나였어요.”

위시는 잠시 소리 내어 웃다가 말했다. “그래서 우리가 그 금고를 드릴로 열었더니 개가 미친 듯이 금고에 달려들어서 봉지에 든 코카인 5그램을 찾아냈어요. 은행에 코카인을 맡겨두었던 남자는 어떤 놈이 우연히 그 금고를 터는 바람에 경찰에 잡히는 신세가 됐으니 정말로 한심하죠.”

위시는 다시 웃음을 터뜨렸지만, 보슈가 보기에는 억지웃음 같았다. 이야기 자체도 그리 웃기는 것이라고 할 수 없었다. “어쨌든….” 위시가 말을 이었다. “그 남자에 대한 기소는 기각됐어요. 불법수색이라는 이유로. 우리가 영장도 없이 안전금고를 드릴로 연 것은 그 남자의 권리를 침해한 행위라는 거예요.”

보슈는 프리웨이를 벗어나 벤투라로 들어가서 북쪽으로 향했다. “그래도 마약 쪽을 생각해볼 필요가 있을 것 같습니다.” 그는 15분쯤 침묵을 지키다가 이렇게 말했다. “마약 탐지견도 가끔 실수를 저지를 수 있습니다. 만약 범인들이 가져간 마약이 제대로 포장되어 있었다면, 흔적이 전혀 남지 않을 수도 있어요. 거기 안전금고들 중 두어 곳에만 코카인이 있었어도 이런 도난사건을 저지를 가치가 있습니다."

"그럼 형사님의 다음 질문은 고객 명단에 관한 것이겠네요?" 위시가 말했다.

"맞습니다."

"우리도 그 부분을 많이 조사했어요. 고객들도 전부 조사하고, 그 사람들이 안전금고에 보관했다고 밝힌 물건들의 구매경로까지 조사했으니까요. 그래도 범인을 찾아내지는 못했지만, 아마 은행 측 보험사는 우리 덕분에 몇 백만 달러를 절약했을 거예요. 애당초 있지도 않은 물건을 잃어버렸다고 거짓으로 신고한 사람들을 찾아냈거든요."

보슈는 좌석 밑에 둔 지도를 꺼내 찰리 컴퍼니로 가는 길을 살펴보려고 주유소로 들어갔다. 위시는 FBI의 수사과정을 계속 옹호했다.

"마약단속국은 안전금고 대여자 명단에 있는 모든 사람을 조사했지만, 소득이 없었어요. 우리는 그 사람들 이름을 NCIC로도 돌려봤어요. 거기서 걸린 사람이 몇 명 있기는 하지만, 중요한 범죄도 아니고 대부분 오래된 일이었어요." 위시는 또 짧게 가짜 웃음을 웃었다. "대형 안전금고 대여자 중에 1970년대에 아동 포르노로 유죄판결을 받은 사람이 있었어요. 솔대드에서 복역했죠. 어쨌든, 은행 사건이 있은 뒤에 우리가 연락했더니 잃어버린 게 하나도 없다고 하더라고요. 최근에 자기가 금고를 비웠다면서. 하지만 원래 애들을 밝히는 놈들은 애들 사진이나 필름을 버리는 법이 없잖아요. 심지어 애들에 관한 문서조차도 보관하니까요. 게다가 도난 사건이 있기 전 두 달 동안 그자가 안전금고실에 들어갔던 기록이 전혀 없더라고요. 그래서 놈이 안전금고에 자기 수집품을 보관해두었을 거라는 결론을 내렸죠. 하지만 도난 사건과는 전혀 관계가 없었어요. 다른 사람들도 마찬가지였고요."

보슈는 지도에서 길을 찾아 주유소를 빠져나왔다. 찰리 컴퍼니가 있는 곳은 나무가 많은 시골이었다. 보슈는 아동성애자에 관한 위시의 이야기를 생각해보았다. 왠지 그 이야기가 마음에 걸렸다. 그래서 이리저리 생각을 굴려보았지만 딱히 잡히는 것이 없었다. 그는 일단 그 생각을 그냥 흘려보내고 다른 질문으로 넘어갔다.

"왜 도난품 중에 회수된 것이 전혀 없을까요? 보석이며, 채권이며, 주식이며, 그 많은 물건들 중에 다시 나타난 거라고는 팔찌 하나가 고작이죠. 도난품 중에 아무런 가치가 없는 물건들도 결코 다시 나타나지 않았습니다."

"범인들이 안전하다는 생각이 들 때까지 깔고 앉아 있는 거겠죠." 위시가 말했다. "그래서 메도우스가 죽은 거고요. 약속을 어기고 팔찌를 저당 잡혔잖아요. 다들 안전하다고 동의하기 전에. 일당들이 그 사실을 알아차렸을 거예요. 그런데 메도우스가 팔찌를 어디에 맡겼는지 말을 안 하니까 말할 때까지 고문한 거고요. 그다음에 죽였겠죠."

"그럼 내가 호출을 받고 나간 건 우연의 일치다?"

"가끔 그런 일이 있잖아요."

"다 좋은데 아귀가 안 맞는 구석이 있어요." 보슈가 말했다. "우리는 지금 메도우스가 고문을 당했다는 가정을 출발점으로 삼고 있습니다. 놈들이 원하는 정보를 메도우스가 말해주자 놈들이 그 친구 팔뚝에 약을 왕창 놓은 다음에 전당포에서 팔찌를 찾아왔다, 그렇게 보는 거죠?"

"맞아요."

"그런데 앞뒤가 안 맞아요. 전당표는 내가 갖고 있어요. 액자 뒤에 숨겨져 있던 걸 찾은 겁니다. 그렇다면 메도우스가 놈들한테 전당표를 안 줬다는 얘기예요. 그래서 놈들이 전당포에 억지로 침입해서 팔찌를 가져갈 수밖에 없었던 겁니다. 평범한 강도사건으로 위장하려고 아무 쓸모없는 다른 물건까지 가져갔고요. 메도우스가 놈들에게 전당표를 주지 않았는데, 놈들은 팔찌가 거기 있다는 걸 어떻게 알았을까요?"

"메도우스가 말해줬겠죠." 위시가 말했다.

"아닐걸요. 메도우스가 전당포 이름을 말해주면서 전당표는 끝내 숨겼다는 건 좀 이상합니다. 전당표를 숨겨봤자 그 친구한테 득이 될 것이 전혀 없잖아요. 놈들이 메도우스한테서 전당포 이름을 알아낸 거라면 전당표도 챙겼을 겁니다."

"그럼 메도우스가 놈들한테 아무것도 말해주지 않고 그냥 죽었다는 말씀이에요? 그리고 놈들은 팔찌가 있는 곳을 이미 알고 있었고요?"

"그래요. 놈들이 메도우스를 고문한 건 전당표를 얻기 위해서였습니다. 그런데 메도우스가 끝내 고집을 꺾지 않았어요. 그래서 메도우스를 죽인 뒤에 시체를 유기하고 메도우스의 집을 뒤집어엎은 겁니다. 그런데도 전당표를 못 찾았기 때문에 놈들은 하찮은 도둑처럼 전당포를 턴 거예요. 문제는… 만약 메도우스가 놈들에게 팔찌가 있는 곳을 말해주지 않았고 놈들도 전당표를 찾지 못했다면 그 전당포 이름을 도대체 어떻게 알아냈을까요?"

"지금 형사님 얘기는 전부 추측뿐이에요."

"경찰이 하는 일이 원래 추측입니다."

"글쎄요. 정확한 상황은 알 수 없죠. 놈들이 메도우스를 믿지 못해서 미행을 붙였다가 메도우스가 전당포로 들어가는 걸 봤을 수도 있어요. 그 밖에도 가능성은 아주 많아요."

"어쩌면 누군가가, 이를테면 경찰관 같은 사람이 매달 전당포에서 보내주는 보고서에서 그 팔찌를 보고 놈들한테 알려준 건지도 모르죠. 그 보고서는 카운티 내의 모든 경찰서에 배포되니까요."

"그런 식의 추측은 좀 무모한데요."

두 사람은 목적지에 도착했다. 보슈는 자갈이 깔린 진입로에서 차의 속도를 줄였다. 초록색 독수리 그림과 함께 찰리 컴퍼니라는 이름이 적혀 있는 나무 간판이 위에 매달려 있었다. 문이 열려 있었기 때문에 두 사람은 문을 지나 자갈길을 계속 달렸다. 길 양편에 진흙물이 흐르는 관개용 도랑이 뻗어 있었다. 길 오른편에서는 토마토가 자라고 있었고, 왼편에서는 후추 냄새가 났다. 길 앞쪽에 알루미늄으로 벽을 댄 커다란 헛간과 납작하게 쭉 뻗은 농가 모양의 주택이 있었다. 그 건물들 뒤로 아보카도 숲이 보였다. 보슈는 농가 앞의 둥근 주차구역으로 들어가 시동을 껐다.

깨끗하게 밀어버린 머리만큼이나 깨끗한 하얀 앞치마 차림의 남자가 주택 앞쪽의 망사문으로 다가왔다.

"스케일스 씨 계십니까?" 보슈가 물었다.

"스케일스 대령 말이요? 아니, 지금은 없소. 하지만 식사 시간이 다 됐으니, 조금 있으면 밭에서 돌아오실 거요."

그 남자는 두 사람에게 햇볕을 피해 안으로 들어오라는 말을 하지 않았다. 그래서 보슈와 위시는 다시 차 안으로 들어가 앉았다. 몇 분 뒤 먼지투성이의 하얀 픽업트럭이 나타났다. 운전석 문에 커다란 C자 안에 독수리 한 마리가 그려진 그림이 있었다. 그 차의 앞쪽에서 세 남자가 내렸고, 뒤쪽 화물칸에서 또 여섯 명이 줄줄이 내렸다. 그들은 재빨리 농가로 향했다. 30대 후반에서부터 40대 후반까지의 남자들이었다. 다들 군복 같은 초록색 바지와 땀에 흠뻑 젖은 하얀색 티셔츠 차림이었다. 머리띠나 선글라스는 전혀 보이지 않았고, 소매를 걷어 올린 사람도 없었다. 머리카락을 6밀리미터 이상 기른 사람도 보이지 않았다. 다들 백인이었지만 햇볕에 그을려서 물들인 나무처럼 갈색이었다. 트럭을 운전한 남자는 비록 똑같은 제복 차림이었지만 다른 사람들보다 적어도 열 살은 연상인 것 같았다. 그가 천천히 멈춰 서더니 다른 사람들을 먼저 들여보내고 보슈에게 다가왔다. 보슈는 그의 나이가 60대 초반쯤일 거라고 추정했다. 하지만 그의 몸은 20대 젊은이처럼 탄탄했다. 번들거리는 두피 위로 거의 보이지 않는 짧은 머리카락은 하얀색이었고, 피부는 호두 같았다. 손에는 작업용 장갑을 끼고 있었다.

"무슨 일이요?" 그가 물었다.

"스케일스 대령이십니까?" 보슈가 말했다.

"맞소. 경찰이오?"

보슈는 고개를 끄덕이고 자신과 위시를 소개했다. 스케일스는 심드렁한 표정이었다. FBI라는 말을 들었을 때도 그랬다.

"7~8개월 전에 FBI가 윌리엄 메도우스에 관해 정보를 요청한 적이 있는데, 기억하세요? 여기서 한동안 지낸 친구인데요." 위시가 물었다.

"당연히 기억하지. 당신들이 우리 애들에 대해 물어보려고 전화를 걸거나 직접 찾아왔던 걸 난 전부 기억하고 있소. 속이 상하니까 기억하는 거지. 빌리에 대해 더 알고 싶은 게 있소? 그 아이한테 무슨 일이라도 생긴 거요?"

"이제는 그런 일이 없을 겁니다." 보슈가 말했다.

"그게 대체 무슨 소리요?" 스케일스가 말했다. "죽었다는 얘기 같은데."

"모르셨습니까?" 보슈가 말했다.

"당연히 몰랐지. 어찌 된 일인지 말해보시오."

보슈가 보기에 스케일스는 진심으로 놀란 것 같았다. 슬픔이 살짝 그의 얼굴을 스치고 지나가는 것도 보였다. 메도우스의 소식에 가슴이 아픈 모양이었다.

"사흘 전에 LA에서 시체로 발견됐습니다. 살해당했어요. 작년에 그 친구가 가담했던 범죄와 관련된 것 같습니다. 그 사건에 대해서는 지난

번에 FBI가 연락했을 때 들으셨지요?"

"그 땅굴 얘기? LA의 은행 사건 말이오?" 스케일스가 물었다. "내가 아는 건 FBI한테서 들은 것밖에 없소. 그게 다야."

"그건 상관없습니다." 위시가 말했다. "저희가 알고 싶은 건 메도우스가 여기 있을 때 같이 있던 사람들에 대해서입니다. 전에도 이미 조사했던 거지만, 다시 살펴보면서 혹시라도 도움이 될 단서가 있는지 찾는 중이거든요. 협조해주시겠습니까?"

"난 항상 당신들한테 협조해요. 그래도 마음에는 안 들지. 당신들이 뭔가 잘못 알고 있다는 생각이 들 때가 절반은 되니까. 우리 애들은 대부분 여길 떠난 뒤에도 다시는 다른 길로 빠지지 않소. 기록을 보면 알 거요. 만약 메도우스가 당신들 말대로 그런 짓을 저질렀다 해도, 그런 건 드문 경우요."

"저희도 압니다." 위시가 말했다. "그리고 수용자들의 신상에 대한 비밀은 반드시 지켜드리겠습니다."

"그렇다면야… 내 사무실로 가서 알고 싶은 걸 말해보시오."

집 안으로 들어가니 예전에는 거실이었을 것으로 짐작되는 방에 긴 탁자 두 개가 있었다. 탁자 위에는 닭튀김 스테이크처럼 보이는 음식과 채소가 산더미처럼 쌓인 접시들이 있고, 스무 명쯤 되는 남자들이 그 접시들을 앞에 두고 앉아 있었다. 엘리노어 위시를 바라보는 사람은 한 명도 없었다. 다들 고개를 숙이고, 눈을 감고, 양손을 포갠 채 소리 없이 감사기도를 드리고 있었기 때문이다. 거의 모든 사람의 팔에 문신이 있었다. 기도가 끝나자 포크가 접시에 부딪히는 소리가 합창처럼 울려 퍼졌다. 그제야 남자들 몇 명이 엘리노어를 바라보며 흡족한 표정을 지었다. 아까 앞치마를 입고 문 앞까지 나왔던 남자가 지금은 부엌 문간에 서 있었다.

“대령님, 오늘 이 친구들하고 같이 식사하실 겁니까?” 그가 큰 소리로 물었다.

스케일스는 고개를 끄덕이며 말했다. “이분들하고는 몇 분밖에 안 걸릴 거야.”

그들은 복도를 내려가다가 첫 번째 문으로 들어갔다. 원래 침실이던 곳을 사무실로 개조한 방이었다. 상판이 문 크기와 맞먹는 책상 하나가 방을 가득 채우고 있었다. 스케일스는 보슈와 위시에게 책상 앞의 의자 두 개를 가리킨 뒤 책상 뒤로 돌아가 커버를 씌운 의자에 앉았다.

“법에 따라 내가 당신들한테 줘야 하는 것이 정확히 무엇인지, 그리고 말하지 않아도 되는 것이 무엇인지 나도 다 알고 있소. 하지만 난 법에 정해진 것보다 더 협조할 생각이요. 그것이 수사에 도움이 되고, 우리가 서로의 입장을 이해하게 된다면. 메도우스는… 그 아이가 결국 그렇게 될 거라고 나도 옛날부터 알고 있었던 것 같은 기분이오. 주님께 그 아이를 인도해달라고 기도를 드리기는 했지만, 그래도 알고 있었어. 난 당신들을 도울 것이오. 문명사회에서 사람이 사람을 죽이는 것은 절대 있어서는 안 되는 일이니까. 절대로.”

“대령님.” 보슈가 입을 열었다. “도움을 주신다니 감사합니다. 우선, 대령님이 여기서 무슨 일을 하시는지 저희도 잘 안다고 말씀드리고 싶습니다. 주정부와 연방정부의 관계기관들이 모두 대령님을 존경하고 응원한다는 것도 알고 있습니다. 하지만 메도우스의 죽음을 수사하다 보니 그 친구가 자신과 같은 재주를 지닌 사람들과 음모를 꾸몄을 거라는 결론에 도달해서….”

“범인들이 퇴역군인이라는 얘기로군.” 스케일스가 말을 잘랐다. 그는 책상 위의 깡통에 들어 있던 담배를 파이프에 담고 있었다.

“그럴 가능성이 있습니다. 범인들의 신원이 밝혀지지 않았기 때문에 저희 짐작이 맞는지는 모릅니다. 하지만 저희 짐작이 옳다면, 그 음모에 가담한 자들이 여기서 처음 만났을 가능성이 있습니다. 아직은 그냥 '가능성'일 뿐입니다. 따라서 대령님께 두 가지를 부탁드리겠습니다. 대령님이 보관하고 계시는 메도우스 관련기록과 메도우스가 여기 있던 10개월 동안 함께 지낸 모든 사람의 명단을 보여주십시오."

스케일스는 파이프에 담배를 꾹꾹 눌러 담느라 보슈의 말에는 신경도 쓰지 않는 것처럼 보였다. 그가 말했다. "메도우스의 기록을 보여주는 건 아무 문제가 없소. 그 아이는 이미 죽었으니까. 하지만 명단에 대해서는, 변호사한테 연락해서 보여줘도 되는지 확인해야 할 것 같소. 우리는 여기서 좋은 프로그램을 운영하고 있소. 하지만 주정부와 연방정부에서 보내주는 돈과 우리가 재배하는 채소만으로는 비용을 다 감당할 수가 없어요. 그래서 내가 여기저기 돌아다니며 모금을 하지. 우리는 시민들이나 시민단체들이 십시일반으로 모아주는 돈에 의존하고 있소. 그러니 나쁜 소문이 퍼지면 순식간에 돈줄이 말라버릴 거요. 내가 당신들을 돕는 건, 그런 위험을 무릅쓰고 하는 일이오. 게다가 새 출발을 하려고 여길 찾아오는 아이들의 믿음을 잃어버릴 위험도 있지. 메도우스와 같은 시기에 이곳에 있었던 아이들은 대부분 새로운 삶을 살고 있소. 그 애들은 이젠 범죄자가 아냐. 그런데 내가 경찰이 찾아올 때마다 그 애들 명단을 마구 내준다면, 다른 사람들 눈에 우리 프로그램이 어떻게 보이겠소?"

"스케일스 대령님, 변호사한테 이 문제를 검토시킬 시간이 없습니다." 보슈가 말했다. "저희는 지금 살인사건을 수사 중입니다. 그 정보가 꼭 필요해요. 저희가 주정부나 연방정부의 교정당국을 찾아간다면 그 정보를 얻을 수 있다는 걸 대령님도 아실 겁니다. 하지만 그 방법은 대령님이 고문 변호사와 상의하는 것보다 더 시간을 잡아먹을 가능성이 있습니다. 소환장을 발부받아서 명단을 확보하는 방법도 있지만, 그보다는 서로 협조하는 것이 최선의 방법이라고 생각했습니다. 대령님이 협조해주신다면, 저희도 편의를 봐드리겠습니다."

스케일스는 꿈쩍도 하지 않았다. 이번에도 보슈의 말을 제대로 듣지 않는 것 같았다. 그의 파이프에서 유령 같은 푸른 연기가 구불구불 피어올랐다.

"알겠소." 마침내 그가 말했다. "그럼 내가 그 자료들을 가져와야겠군." 그는 일어서서 책상 뒤의 벽에 늘어선 베이지 색 서류함으로 갔다. 그리고 서랍 하나를 열어 잠시 뒤적이다가 얄팍한 마닐라 파일을 꺼냈다. 스케일스는 보슈 앞쪽에 그 서류철을 내려놓았다. "그게 메도우스의 파일이오." 그가 말했다. "이제 이 안에 또 무슨 자료가 있는지 한번 봅시다."

스케일스는 첫 번째 서랍으로 갔다. 안에 어떤 자료가 있는지 아무런 표시가 없는 서랍이었다. 스케일스는 서랍을 열고 서류들을 뒤적이다가 서류철 하나를 꺼내 다시 자기 자리에 앉았다.

"그 서류철은 마음대로 봐도 좋소. 필요한 게 있으면 복사도 해드리지." 스케일스가 말했다. "이건 여길 거쳐 가는 아이들을 모두 기록해놓은 자료요. 메도우스가 여기서 만났을 가능성이 있는 아이들의 명단을 작성해줄 수 있어요. 생년월일과 신상정보가 필요하겠지?"

"그래주시면 고맙죠. 감사합니다." 위시가 말했다.

메도우스의 서류철을 살펴보는 데는 15분밖에 걸리지 않았다. 메도우스는 터미널 아일랜드에서 출감하기 1년 전부터 스케일스와 서신을 주고받기 시작했다. 교도소를 담당하고 있는 목사와 상담자가 메도우스를 지지해주었다. 상담자는 메도우스가 교도소에서 신입 죄수의 배치를 담당하는 사무실의 관리를 맡고 있기 때문에 알게 된 사이였다.

어떤 편지에서 메도우스는 베트남에서 땅굴에 들어갔던 이야기를 하며, 자신이 그 속의 어둠에 끌렸다고 말했다.

"다른 친구들은 대부분 그 아래로 내려가는 걸 무서워했습니다. 하지만 저는 내려가고 싶었습니다. 그때는 이유를 몰랐지만, 지금 생각해보면, 제 자신을 시험하고 있었던 것 같습니다. 하지만 제가 거기서 느낀 성취감은 가짜였습니다. 저는 공허했습니다. 애당초 전쟁이 허망한 이유로 시작된 것과 마찬가지로. 이제 저는 예수님 안에서, 예수님이 저와 함께 계시다는 것을 아는 것에서, 성취감을 느낍니다. 기회가 주어진다면, 예수님의 인도로 이번에야말로 올바른 길을 선택해서 철창을 영원히 떠날 수 있을 겁니다. 저는 공허한 삶에서 신성한 삶으로 옮겨가고 싶습니다."

"촌스럽지만 진지하긴 하네요." 위시가 말했다.

스케일스는 노란색 종이에 이곳을 거쳐 간 사람들의 이름, 생년월일, 수감번호 등을 옮겨 적다가 고개를 들었다. "그 아이는 정말로 진심이었소." 반박은 용납지 않겠다는 듯 단호한 목소리였다. "빌리 메도우스가 이곳을 떠날 때 나는 그 아이가 바깥세상으로 나갈 준비가 됐다고 믿었소. 그 녀석이 마약과 범죄에 끌리던 과거의 모습을 벗어버렸다고. 하지만 아무래도 그 녀석이 유혹에 다시 빠진 모양이오. 그래도 당신들이 여기서 단서를 찾을 수는 없을 거요. 내가 이 아이들 이름은 알려주겠지만, 그게 별로 도움이 되지는 않을 거야."

"앞으로 일이 어떻게 될지는 두고 봐야겠죠." 보슈가 말했다. 스케일스는 다시 종이로 시선을 돌렸고, 보슈는 그를 지켜보았다. 스케일스는 자신의 믿음과 수용자들에 대한 의리를 지켜야 한다는 생각에 푹 빠진 나머지 자신이 이용당했을 수도 있다는 생각을 하지 못했다. 스케일스가 좋은 사람인 것은 틀림없는 사실이었지만, 다른 사람들에게서 자신의 신념과 희망에 일치하는 부분만 보고 섣부른 판단을 내릴 가능성이 높았다. 메도우스의 경우도 마찬가지였을 것이다.

“대령님, 이런 일을 하시면서 대령님은 무엇을 얻는 겁니까?” 보슈가 물었다.

대령은 이번에는 아예 펜을 내려놓고 입에 문 파이프의 위치를 조정한 다음 책상 위에서 양손을 포갰다. “내가 무엇을 얻는지는 중요하지 않소. 주님을 위해 하는 일이니까.” 그는 다시 펜을 들었지만, 또 다른 생각이 떠오른 모양이었다. “여기 아이들은 전쟁에서 돌아왔을 때 이미 여러 면에서 망가져 있었소. 물론 다들 아는 얘기지. 영화도 있고. 하지만 이 아이들은 그런 삶을 실제로 경험한 녀석들이오. 돌아온 뒤에 곧장 감옥으로 향한 놈들이 수천 명은 될 거요. 어느 날 나는 그런 녀석들에 관한 글을 읽다가, 만약 전쟁이 벌어지지 않아서 이 녀석들이 죽 이 나라에 있었다면 어떻게 됐을까 생각하게 됐소. 오마하나 로스앤젤레스나 잭슨빌이나 뉴아이베리아 같은 곳에서 그냥 죽 살았다면 어떻게 됐을까? 그래도 감옥에 갔을까? 정신병자가 돼서 거리를 떠돌며 노숙생활을 했을까? 마약 중독자가 됐을까? 그런 녀석은 소수에 불과했을 거요. 녀석들이 망가진 건 전쟁 때문이었소.”

스케일스는 이미 불이 꺼져버린 파이프를 길게 빨아들였다. “그래서 나는 대지와 기도서 몇 권의 도움을 얻어 그 녀석들이 베트남에서 잃어버린 것을 되찾게 해주려고 애쓰고 있소. 사실 내 실력이 꽤 좋아요. 그래서 내가 이 명단을 주는 거요. 그 서류철도 보여주는 거고. 하지만 우리가 여기서 이룩한 것에 흠집을 내지는 마시오. 당신들은 여기 아이들을 당연히 수상쩍게 생각하겠지. 그건 괜찮소. 그런 직업을 갖고 있으면, 그게 건전한 반응이니까. 하지만 신중을 기해주시오. 보슈 형사, 당신도 나이가 대략 그쯤 되는 것 같은데, 거기 갔다 왔소?”

보슈가 고개를 끄덕이자 스케일스가 말했다. "그럼 당신도 알겠군." 그는 다시 명단을 쓰기 시작했다. 그리고 고개를 들지 않은 채 말을 이었다. "우리랑 같이 점심을 먹겠소? 이 일대에서 가장 신선한 채소를 먹을 수 있을 거요."

두 사람은 점심 식사를 사양하고, 자리에서 일어났다. 스케일스가 적어준 24명의 명단이 이미 보슈의 손에 들려 있었다. 보슈는 문을 향해 몸을 돌리려다가 머뭇거리더니 입을 열었다. "대령님, 아까 본 트럭 말고 농장에 또 어떤 차들이 있는지 여쭤봐도 되겠습니까?"

"물론 물어봐도 되지. 우린 숨길 것이 전혀 없으니까. 아까 그 차와 같은 픽업트럭이 두 대 더 있고, 존 디어 트랙터 두 대, 사륜구동차 한 대가 있소."

"사륜구동차는 어떤 종류입니까?"

"지프요."

"색깔은요?"

"흰색. 그런 건 왜 묻는 거요?"

"확인할 게 있어서 그럽니다. 그 지프에도 찰리 컴퍼니 로고가 측면에 붙어 있겠죠? 아까 그 픽업트럭처럼 말입니다."

"그래요. 우리 차량에는 모두 로고가 붙어 있소. 벤투라로 나갈 때마다 여기서 우리가 이룩한 성과를 자랑스레 내보이는 셈이지. 사람들에게 자기들이 먹는 채소가 어디서 재배된 것인지 알리고 싶어서 로고를 붙이기로 했소."

보슈는 자동차로 돌아와 좌석에 앉은 뒤에야 대령이 준 명단을 살펴보았다. 아는 이름은 하나도 없었지만, 스케일스가 24명 중 여덟 명의 이름 뒤에 PH라고 써 놓은 것이 눈에 띄었다.

"그게 무슨 뜻이에요?" 위시가 몸을 기울여 함께 명단을 들여다보며 물었다.

"명예 전상장이라는 뜻입니다." 보슈가 말했다. "이것도 우리더러 신중하게 처신하라는 경고인 것 같은데요."

"그 지프는 어쩌죠?" 위시가 말했다. "흰색이라면서요. 측면에 로고도 붙어 있고."

"아까 그 픽업트럭이 얼마나 더러운지 봤죠? 더러운 흰색 지프라면 베이지 색으로 보일 수도 있습니다. 그게 우리가 찾는 바로 그 지프라면 말이죠."

"저 스케일스 대령은 아닌 것 같아요. 정당한 일을 하는 사람 같은 느낌이 나요."

"정말로 그럴지도 모르죠. 범인들이 대령한테서 지프를 빌려다가 일을 저질렀을 가능성도 있어요. 하지만 정보가 더 모일 때까지는 대령을 닦달하고 싶지 않았습니다."

보슈는 차에 시동을 걸고 출입문을 향해 자갈길을 내려갔다. 그러면서 창문을 내렸다. 하늘은 물 빠진 청바지 같은 색이었고, 깨끗한 공기에서는 신선한 피망 같은 냄새가 났다. '하지만 이런 것도 지금 잠깐이지. 우린 지금 다시 고약한 구덩이 속으로 돌아가고 있잖아.' 보슈는 속으로 생각했다.

시내로 돌아오는 길에 보슈는 벤투라 프리웨이를 가로질러 말리부 협곡을 통해 남쪽의 태평양으로 향했다. 시내까지 도착하는 데 시간이 더 걸리겠지만, 깨끗한 공기에 중독된 듯 어쩔 수가 없었다. 가능한 한 오랫동안 깨끗한 공기를 마시고 싶었다.

"피해자들 명단을 좀 봐야겠습니다." 구불구불한 협곡을 통과해서 바다의 흐릿한 파란색 수면이 바라보이는 곳에 이르렀을 때 보슈가 말했다. “요원이 아까 말했던 아동성애자 말인데, 그 얘기가 왠지 마음에 걸립니다. 범인들이 왜 그자의 아동 포르노 수집품을 가져갔을까요?”

“형사님, 설마 범인들이 몇 주 동안이나 땅굴을 파고, 폭탄까지 터뜨려서 은행 금고에 침입한 게 그 아동 포르노 수집품 때문이라고 생각하는 건 아니죠?”

“당연히 아니죠. 하지만 의문이 생기기는 합니다. 놈들이 그걸 왜 가져갔을까요?”

“뭐, 그걸 갖고 싶었나 보죠. 범인들 중에도 아동성애자가 있어서 그게 마음에 들었을지도 모르고요. 누가 알겠어요?”

“아니면 그것 역시 실제 의도를 숨기려는 공작의 일환일 수도 있습니다. 자기들이 실제로 노린 건 단 한 개의 안전금고뿐이라는 걸 숨기려고 수많은 안전금고를 드릴로 뚫어서 그 안에 있던 걸 모조리 가져간 건지도 몰라요. 수십 개의 금고를 열어서 전체적인 그림을 흐릿하게 만들어버린 겁니다. 하지만 놈들이 노린 건 처음부터 단 한 개의 안전금고뿐이었어요. 전당포 도난사건과 같은 맥락이죠. 거기서도 자기들이 원한 건 오로지 팔찌뿐이었다는 사실을 숨기려고 다른 보석을 많이 가져갔잖습니까. 은행 금고에서 놈들이 원한 건, 주인이 나중에 도난신고를 할 가능성이 없는 물건이었을 겁니다. 도난신고를 했다가는 주인이 곤란해질 우려가 있는 물건. 그 아동성애자의 수집품처럼 말입니다. 그런 물건을 도난당한 사람이 뭐라고 떠들어댈 수 있겠습니까? 그 땅꿀꾼들이 노린 것도 그런 물건일 겁니다. 물론 그보다는 가치 있는 물건이겠죠. 중앙금고보다 안전금고 쪽이 더 매력적으로 보이게 만들 만큼 중요한 물건. 메도우스가 팔찌를 저당 잡혀서 일당 전체를 위험에 빠뜨렸을 때, 반드시 메도우스를 죽일 수밖에 없었을 만큼 중요한 물건이었을 겁니다.”

위시는 말이 없었다. 보슈는 그녀를 살짝 바라보았지만 선글라스를 끼고 있어서 표정을 읽을 수 없었다.

"또 마약 얘기를 하시고 싶은 모양이네요." 얼마 뒤 위시가 말했다. "마약탐지견이 마약을 찾아내지 못했다니까요. DEA도 은행 고객 명단에서 마약과 관련된 사람을 찾아내지 못했고요."

"마약일 수도 있고 아닐 수도 있습니다. 어쨌든 안전금고를 대여한 사람들을 다시 살펴볼 필요가 있어요. 내가 직접 그 명단을 살펴보고 싶습니다. 뭔가 눈에 띄는 게 있는지 직접 살펴봐야겠어요. 특히 잃어버린 물건이 없다고 말한 사람들부터 보고 싶습니다."

"내가 명단을 가져다 드리죠. 어차피 다른 단서도 없으니까요."

"스케일스가 준 이 명단을 조사해봐야죠." 보슈가 말했다. "이 사람들 사진을 샤키에게 보여줄까 합니다."

"한 번 해볼 가치는 있겠네요. 뭐, 그냥 한 번 해보는 일에 그칠 가능성이 높지만요."

"글쎄요. 내가 보기에는 샤키가 뭔가를 숨기고 있습니다. 그날 밤에 어쩌면 범인 얼굴을 봤는지도 몰라요."

"내가 최면에 대해 루크 요원에게 메모를 남겨뒀어요. 오늘이나 내일쯤 루크 요원이 우리한테 연락할 거예요."

두 사람은 만을 끼고 도는 태평양 해안고속도로로 접어들었다. 스모그가 바람에 실려 내륙으로 가버렸기 때문에 하얀 파도 너머로 캐털리나 섬이 보일 만큼 공기가 깨끗했다. 두 사람은 앨리스 식당에 들러 점심을 먹었다. 늦은 점심이라 창가에 빈자리가 있었다. 위시는 아이스티를 주문했고, 보슈는 맥주를 골랐다.

"어렸을 때 이쪽 부두로 자주 나오곤 했습니다." 보슈가 말했다. "나 같은 애들이 버스에 가득 타고 이리로 나왔죠. 그때는 저쪽 끝에 미끼

가게가 있었습니다. 내가 여기서 방어를 잡았는데….”

“애들이라면, 청소년과에서 관리하던 애들인가요?”

“그래요. 아니, 아닙니다. 그때는 공공 서비스과였어요. 그러다 몇 년 전에야 사람들이 애들만 전적으로 다루는 과가 필요하다는 사실을 마침내 깨닫고 청소년과를 만든 겁니다.”

위시는 식당 창문을 통해 부두 아래쪽을 바라보았다. 그리고 그가 방금 말해준 추억을 떠올리며 미소를 지었다. 보슈는 위시에게 어린 시절 추억의 장소가 어디냐고 물었다.

“여기저기 전부예요.” 위시가 말했다. “아버지가 군인이셨거든요. 한 군데에서 가장 오래 산 게 2년 정도였어요. 그러니 내 추억은 어떤 장소와 얽힌 게 없어요. 전부 사람들과 관련된 추억이죠.”

“오빠와는 사이가 가까웠습니까?” 보슈가 물었다.

“네. 아버지가 집을 워낙 자주 비우셨거든요. 오빠는 항상 내 옆에 있어줬어요. 군대에 징집돼서 영원히 우리 곁을 떠나기 전까지는.”

샐러드가 날라져 오자 두 사람은 가벼운 이야기를 곁들여가며 천천히 음식을 먹었다. 샐러드를 다 먹고 식사가 나오기 전에 위시가 시나브로 오빠의 이야기를 시작했다.

“오빠는 거기서 매주 편지를 보냈어요. 항상 무서워서 집으로 가고 싶다는 내용이었어요.” 위시가 말했다. “아버지나 어머니한테는 그런 얘기를 할 수 없었을 거예요. 어쨌든 우리 오빠 마이클은 군인 타입이 아니었어요. 애당초 전쟁에 나가지 말았어야 하는 건데…. 오빠가 베트남에 간 건 아버지 때문이에요. 아버지를 실망시킬 수 없어서 간 거예요. 오빠는 아버지에게 싫다고 말할 용기는 없었지만, 전쟁터에 갈 용기는 있었나봐요. 말이 안 되죠? 정말 멍청한 짓 아니에요?”

보슈는 아무 대답도 하지 않았다. 비슷한 이야기를 여러 번 들은 적이 있기 때문이었다. 사실 그의 경우도 비슷했다. 위시의 이야기는 그것으로 끝인 것 같았다. 베트남에서 오빠가 어떤 일을 겪었는지 그녀가 모르기 때문인 것 같기도 했고, 아니면 알면서도 자세히 이야기하기 싫어하는 것 같기도 했다.

얼마 뒤 그녀가 말했다. "형사님은 거기 왜 가셨어요?"

보슈는 이 질문이 나올 줄 미리 알고 있었다. 하지만 이런 질문을 받을 때마다 그는 단 한 번도 진실을 대답해줄 수 없었다. 심지어 자기 자신에게도 진실을 말할 수 없기는 마찬가지였다.

"나도 모릅니다. 선택의 여지가 없었던 것 같아요. 전에 요원이 말한 것처럼 기관을 전전하던 삶이었으니…. 대학에 갈 생각은 없었습니다. 캐나다로 도망칠 생각을 한 적도 없고요. 캐나다로 도망치느니 그냥 군인으로 베트남에 가는 편이 더 편할 것 같았습니다. 그러다 마침내 68년에 징병 추첨에서 내가 복권에 당첨된 것 같은 상황이 벌어졌습니다. 내 번호가 한참 아래쪽에 나왔거든요. 그런데 그걸 보고 나는 정말로 베트남에 가겠구나 하는 생각이 들었습니다. 그래서 내가 먼저 자원입대해서 선수를 치기로 했죠. 내가 스스로 원하는 걸 고르자 싶어서요."

"그래서요?"

보슈는 아까 위시가 그랬던 것처럼 가짜 웃음을 웃었다. "군대에 들어가서 기초훈련을 포함한 온갖 일들을 겪은 뒤 마침내 병과를 선택할 때가 됐습니다. 나는 보병을 선택했어요. 지금도 왜 그걸 선택했는지 이유를 모르겠습니다. 그 나이에는 보병이 근사해 보여서 그랬을 겁니다. 무적으로 보이거든요. 보병으로 베트남에 건너간 뒤에는 땅굴부대에 자원했습니다. 메도우스가 스케일스에게 보낸 편지에 썼던 것과 비슷한 심정이었어요. 자신을 확인하고 싶은 마음. 자기 자신도 결코 이해할 수 없는 일을 한번 해보자는 마음. 무슨 뜻인지 알겠습니까?"

"알 것 같아요." 위시가 말했다. "메도우스는 왜 그랬을까요? 그곳을 떠날 기회가 있었는데도 떠나지 않았어요. 전쟁이 끝날 때까지. 굳이 그럴 필요도 없는데 왜 거기 남아 있었을까요?"

"그때는 그런 사람이 아주 많았습니다." 보슈가 말했다. "그건 평범한 일도, 이례적인 일도 아니었던 것 같아요. 그 사람들은 그냥 거길 떠나기 싫었던 겁니다. 메도우스도 그랬고요. 어쩌면 사업상의 결정이었는지도 모르죠."

"마약 말씀이세요?"

"글쎄요, 메도우스가 거기 있는 동안 헤로인을 사용했던 건 확실합니다. 여기로 돌아온 뒤에도 헤로인을 사용하면서 팔기도 했다는 걸 요원과 나 모두 알고 있죠. 그렇다면 거기 있는 동안 헤로인을 운반하는 일에 끼어들었던 건지도 모릅니다. 그랬다면 좋은 사업을 두고 떠나기 싫었겠죠. 그런 짐작을 하게 만드는 단서들이 아주 많습니다. 땅굴에서 구출된 뒤에 메도우스는 사이공으로 옮겨졌습니다. 사이공은 그때 모두들 가고 싶어 하던 곳이었습니다. 메도우스는 헌병으로 대사관 측의 승인까지 얻었으니 누구나 부러워할 자리에 있었죠. 사이공은 죄악의 도시였습니다. 매춘부, 마리화나, 헤로인, 그런 것들이 오가는 자유시장이었어요. 수많은 사람들이 그런 일에 뛰어들었습니다. 메도우스가 헤로인을 거래했다면 돈을 꽤 만졌을 겁니다. 특히 그걸 이리로 실어 보낼 방법을 알고 있었다면 아주 짭짤했을 거예요."

위시는 접시에 놓인 붉은 도미 요리 조각들을 포크로 이리저리 밀쳤다. 그걸 먹고 싶은 생각이 없는 모양이었다.

"정말 말도 안 돼요." 위시가 말했다. "집으로 돌아오고 싶어도 그런 기회를 얻지 못한 사람들이 있는데, 메도우스는 기회를 얻었는데도 거기 머무른 거잖아요."

"거기서는 모든 게 그런 식이었습니다."

보슈는 고개를 돌려 창밖의 바다를 바라보았다. 밝은색 수영복을 입은 서퍼 네 명이 파도를 타고 있었다.

"형사님은 전쟁이 끝난 뒤에 경찰에 들어오셨어요."

"조금 방황하다가 경찰이 됐죠. 오늘 스케일스가 말한 것처럼, 내가 아는 퇴역군인들도 대부분 경찰이 되거나 아니면 교도소에 들어가는 것 같아서요."

"난 잘 모르겠어요. 형사님은 혼자 움직이시는 스타일인 것 같은데. 사립탐정처럼요. 자기가 존경하지도 않는 사람에게서 명령을 받아야 하는 직업이 아니라."

"혼자서 움직이는 사람들은 이제 없습니다. 누구나 명령을 받아 움직이죠…. 그런데 지금 이런 이야기는 전부 내 자료에 있을 텐데요. 이미 다 아는 얘기 아닙니까?"

"어떤 사람의 모든 것을 서류에 다 담을 수는 없어요. 형사님이 하신 말씀 아닌가요?"

보슈는 미소를 지었다. 웨이트리스가 식탁을 치운 뒤 그가 말했다.
"요원은 어때요? 어떻게 해서 FBI에 들어오게 된 겁니까?"

"사실 내 얘기는 아주 간단해요. 펜실베이니아 주립대에서 전공으로 범죄학, 부전공으로 회계학을 공부하고 FBI에 뽑혔거든요. 월급도 괜찮고, 여러 가지 혜택도 있고, 여자들을 많이 대우해주는 직장이에요. 저만의 독특한 이유 같은 건 없었어요."

"그럼 은행팀을 택한 이유는요? 대테러 부서나 화이트칼라 범죄를 다루는 부서가 가장 빠른 승진 코스인 줄 알았는데요. 어쩌면 마약 범죄 쪽도 거기에 포함될 수 있지만, 이쪽은 아니죠."

"화이트칼라 범죄를 5년 동안 다뤘어요. 워싱턴에도 있었죠. 승진하기에 좋은 자리잖아요. 그런데 임금님이 벌거벗었다는 걸 깨달아버렸어요. 모든 게 죽고 싶을 만큼 지루하더라고요." 위시는 미소를 지으며 고개를 저었다. "그래서 내가 정말로 되고 싶은 건 경찰이라는 사실을 깨달았어요. 그래서 경찰이 된 거예요. 거리의 범죄를 담당하는 부서에 자리가 나자마자 그리로 옮긴 거죠. 거기가 LA인데, LA는 이 나라에서 은행강도 사건의 최고 중심지잖아요. 형사님이 원하신다면, 저를 퇴물이라고 생각하셔도 상관없어요."

"그런 소리를 듣기에는 외모가 너무 뛰어납니다."

피부가 구릿빛으로 짙게 그을렸는데도, 이 말을 들은 그녀의 얼굴에 당황한 기색이 역력히 드러났다. 보슈 자신도 당황스러웠다. 그렇게 아무 생각 없이 말을 해버리다니.

"미안합니다." 그가 말했다.

"아뇨. 아뇨. 좋은 뜻으로 하신 말씀이잖아요. 감사합니다."

"그래, 결혼은 했습니까, 엘리노어?" 보슈는 이 말을 하자마자 얼굴이 붉어졌다. 다짜고짜 이런 질문을 던지면 안 되는데…. 그가 당황하는 모습을 보고 위시가 미소를 지었다.

"결혼한 적이 있긴 해요. 아주 오래전에."

보슈는 고개를 끄덕였다. "그럼 아무런… 루크 요원은 어떻습니까? 내가 보기에는 두 분이…."

"네? 말도 안 돼요."

"미안합니다."

두 사람은 함께 웃음을 터뜨렸다. 그러고는 미소와 편안한 침묵이 길게 이어졌다.

점심 식사를 마친 뒤 두 사람은 부두로 나가 예전에 보슈가 낚시를 했던 곳으로 걸어갔다. 지금은 낚시를 하는 사람이 하나도 없었다. 부두 끝에 있는 건물들 중 여러 채도 인적이 끊긴 상태였다. 한 철탑 근처의 수면 위에서 무지개가 은은한 광채를 발했다. 아까 파도타기를 하던 사람들도 지금은 보이지 않았다. 보슈는 아이들이 학교에서 공부를 할 시간이라 아직 부두에 나와 놀지 못하는 모양이라고 생각했다. 아니면 이제는 여기서 낚시를 하는 아이들이 아예 사라져버린 것일 수도 있었다. 또는 만의 바닷물이 오염돼서 물고기들이 여기까지 오지 못하는 것일 수도 있었다.

"여기 와본 게 무척 오랜만입니다." 보슈는 부두 난간에 몸을 기대며 위시에게 말했다. 그는 미끼를 다듬는 칼날 때문에 수천 개의 흉터가 생긴 나무 난간에 팔꿈치를 괴고 몸을 난간에 기댔다. "세상이란 변하게 마련이죠."

두 사람이 연방청사에 도착한 것은 오후 중반 무렵이었다. 위시는 스케일스에게서 받아온 명단 속의 이름과 죄수번호를 NCIC와 법무부 컴퓨터에 넣어 돌리는 한편, 캘리포니아 주 내의 여러 교도소에 연락해서 그들의 사진을 팩스로 보내달라고 주문했다. 보슈는 세인트루이스에 있는 미군복무기록보관소에 전화해서 제시 세인트존을 바꿔달라고 말했다. 월요일에 그와 통화한 적이 있는 바로 그 사무원이었다. 제시는 보슈가 요청한 윌리엄 메도우스의 파일을 이미 보냈다고 말했다. 보슈는 FBI가 갖고 있던 그 자료를 이미 보았다는 말은 하지 않았다. 대신 스케일스의 명단에 있는 이름들을 그쪽 컴퓨터로 검색해달라고 그녀에게 부탁했다. 그의 설득에 넘어간 그녀는 그들의 기본적인 복무기록을 그에게 불러주었다. 그 때문에 세인트루이스 시간으로 퇴근시간인 5시를 한참 넘길 때까지 자리에 붙들려 있었지만, 제시는 보슈를 돕고 싶다며 괜찮다고 말했다.

LA 시간으로 5시까지 보슈와 위시는 24장의 사진과 그들의 간략한 범죄기록 및 군복무기록을 확보했다. 하지만 눈에 확 띄는 단서가 드러나지는 않았다. 24명 중 15명은 메도우스가 베트남에 있던 시기에 역시 베트남에서 복무한 적이 있었다. 그들 중 11명은 육군이었다. 땅굴쥐는 한 명도 없었지만, 메도우스의 첫 복무기간에 제1보병사단에 함께 있었던 사람이 네 명 있었다. 그 밖에 사이공에서 헌병으로 복무한 사람도 두 명 있었다.

보슈와 위시는 제1보병사단에 있었던 네 명과 헌병이었던 두 명의 NCIC 기록을 자세히 살펴보았다. 두 헌병만 은행 강도 전과가 있었다. 보슈는 사진들을 뒤적여 그 두 명의 사진을 뽑아냈다. 그리고 그 사진들을 빤히 바라보았다. 냉담하고 무관심한 표정으로 카메라를 바라보는 두 사람의 얼굴을 바라보면 혹시 뭔가 확인할 수 있을지도 모른다는 생각이 들었다. "이 두 놈 마음에 드네요." 그가 말했다.

그들의 이름은 각각 아트 프랭클린과 진 델가도였다. 둘 다 주소지가 로스앤젤레스였다. 베트남에 있을 때는 사이공에서 각자 다른 헌병부대에 있었다. 메도우스처럼 대사관에서 근무하지는 않았지만, 그래도 사이공 시내에 있기는 했다. 둘 다 1973년에 제대했지만, 메도우스와 마찬가지로 민간인 군사자문으로 계속 베트남에 머물렀다. 전쟁이 끝난 1975년 4월까지 줄곧. 보슈가 보기에는 의문의 여지가 없었다. 이 세 사람, 즉 메도우스, 프랭클린, 델가도는 벤투라 카운티의 찰리 컴퍼니에서 만나기 전부터 서로 아는 사이였다.

1975년 이후에 미국으로 돌아온 프랭클린은 샌프란시스코에서 일련의 강도사건에 연루되어 5년간 도망자 신세였다. 그러다 1984년에 오클랜드에서 다시 은행 강도 사건에 연루돼서 FBI에 체포되어 메도우스와 같은 시기에 터미널 아일랜드에서 복역했다. 그리고 가석방된 뒤 찰리 컴퍼니에 들어갔다. 메도우스가 그곳을 떠나기 두 달 전이었다. 델가도는 FBI와 인연을 맺은 적이 전혀 없었다. LA에서 세 건의 절도를 저질러 교도소 신세를 진 뒤 1985년에 샌타애나에서 은행 강도를 시도했다. 그는 캘리포니아 주에서 벌어진 재판에서 연방 검사와 합의를 본 뒤, 솔대드에서 복역하다가 1988년에 출감해서 메도우스보다 3개월 먼저 찰리 컴퍼니에 들어갔다. 그리고 프랭클린이 찰리 컴퍼니에 온 다음 날 그곳을 떠났다.

"딱 하루예요." 위시가 말했다. "세 사람이 찰리 컴퍼니에 다 같이 있었던 기간은 딱 하루뿐이에요."

보슈는 그들의 사진과 거기에 딸린 설명을 살펴보았다. 프랭클린은 키 180센티미터, 몸무게 86킬로그램으로 덩치가 컸으며 머리카락은 검은색이었다. 델가도는 키 165센티미터, 몸무게 63킬로그램으로 호리호리했으며 머리카락은 역시 검은색이었다. 보슈는 덩치에서 큰 차이가 나는 두 사람의 사진을 빤히 바라보며, 메도우스의 시체를 버리러 온 지프에 타고 있었다던 두 사람의 인상착의를 생각했다.

"샤키를 만나러 갑시다." 얼마 뒤 그가 말했다.

그는 '거리의 집'에 전화를 걸었지만, 역시나 예상했던 답변을 들었다. 샤키가 사라졌다는 소식이었다. 보슈는 블루샤토에 전화를 걸었다. 피곤한 목소리의 노인이 전화를 받아 샤키 패거리가 정오에 방을 비웠다고 말했다. 보슈는 샤키의 어머니에게도 전화를 걸어보았지만, 그녀는 보슈가 자기 손님이 아니라는 사실을 깨닫고는 그냥 전화를 끊어버렸다. 거의 7시가 다 된 시각이었다. 보슈는 위시에게 샤키를 찾으러 다시 거리로 나가야겠다고 말했다. 위시는 자기가 운전하겠다고 나섰다. 두 사람은 그때부터 두 시간 동안 웨스트 할리우드를 돌아다녔다. 특히 샌타모니카 대로에서 많은 시간을 보냈다. 하지만 샤키도, 그의 오토바이도 보이지 않았다. 두 사람은 도중에 마주친 보안관서의 순찰차들에게도 샤키의 생김새를 설명해주었다. 하지만 역시 소용이 없었다. 두 사람은 오키독 앞의 길가에 차를 세웠다. 보슈는 샤키가 어머니 집으로 돌아갔을지도 모른다는 생각이 들었다. 샤키의 어머니가 보슈의 전화를 끊어버린 건 아들을 보호하기 위해서였을 것이다.

"채츠워스까지 한번 가볼 생각 있습니까?" 그가 물었다.

"샤키의 엄마라는 그 마녀 같은 여자를 보고 싶은 마음은 간절하지만, 난 이만 하루 일을 접을까 했는데요. 샤키는 내일 찾아도 되잖아요. 어젯밤에 먹지 못한 저녁 식사를 함께 하는 건 어때요?"

보슈는 샤키를 찾고 싶었지만, 위시와 함께 시간을 보내고 싶은 마음도 컸다. 게다가 일은 내일 해도 된다는 위시의 말이 옳았다.

"괜찮은 생각이군요." 보슈가 말했다. "어디로 갈까요?"

"우리 집이요."

엘리노어 위시는 집세 상한선이 정해진 타운하우스에 살고 있었다. 샌타모니카 해변에서 두 블록 거리인 그 집은 그녀가 다른 세입자에게서 다시 빌린 것이었다. 두 사람은 집 앞의 길가에 차를 세웠다. 위시는 안으로 들어가면서, 비록 바다가 가깝기는 하지만 진짜 바다를 보려면 침실 발코니로 나가서 난간 위로 몸을 기울여 오른쪽의 오션파크 대로를 똑바로 바라보아야 한다고 보슈에게 말해주었다. 탑처럼 높이 솟은 아파트 두 채가 해변을 가리고 있기 때문에 그렇게 몸을 기울여야 태평양을 살짝 엿볼 수 있다는 것이었다. 위시는 그렇게 몸을 기울이면 옆집 침실도 들여다볼 수 있다고 말을 덧붙였다. 그 집에는 소규모 마약상으로 변신한 전직 텔레비전 배우가 살고 있었는데, 그의 침실을 찾아오는 여자들이 항상 바뀌었다. 위시는 그 남자의 그런 모습 때문에 발코니에서 바라보는 전망도 다소 빛을 잃는 것 같다고 말했다. 그녀는 자신이 저녁 식사를 준비하는 동안 거실에 앉아 있으라며 보슈에게 자리를 권했다. "혹시 재즈를 좋아하신다면, 저쪽에 시디가 한 장 있어요. 얼마 전에 샀는데 아직 나도 시간이 없어서 들어보지 못한 음반이에요." 그녀가 말했다.

보슈는 책꽂이 옆의 선반에 놓인 스테레오로 다가가서 위시가 말한 새 음반을 집어 들었다. 롤린스의 '재즈와 사랑에 빠지다'였다. 자기 집에도 있는 음반이었기 때문에 보슈는 내심 미소를 지었다. 그녀와 자신에게 뭔가 공통점이 생긴 것 같아서 마음이 따뜻해졌다. 그는 음악을 튼 뒤 거실을 둘러보기 시작했다. 파스텔 색조의 융단 몇 개가 바닥에 깔려 있고, 가구에는 밝은색 커버가 씌워져 있었다. 하늘색 소파 앞의 유리 탁자 위에는 건축 관련 서적들과 집 꾸미기 잡지들이 펼쳐져 있었다. 출입구 옆의 벽에 걸린 액자에는 캔버스 천에 십자수로 뜬 '우리 집에 오신 것을 환영합니다'라는 문구가 적혀 있었다. 천 귀퉁이에는 EDS 1970이라는 문구가 역시 십자수로 새겨져 있었는데, 그게 무슨 뜻인지 궁금했다.

보슈는 방향을 돌려 소파 위의 벽을 바라보는 순간 엘리노어 위시와 자신의 공통점을 한 가지 더 발견했다. 검은 나무 액자에 에드워드 호퍼의 '나이트호크' 복제화가 걸려 있었던 것이다. 보슈의 집에 그 그림이 있는 것은 아니었지만, 그는 그 그림을 잘 알고 있었다. 어떤 사건에 깊이 몰두하거나 용의자를 감시할 때 가끔 그 그림을 떠올릴 정도였다. 예전에 시카고에서 그 그림의 원본을 봤을 때는 거의 한 시간 동안이나 그 앞에 서서 자세히 살펴보기도 했다. 그림 속에서 거리에 면한 식당의 카운터에 그림자처럼 조용히 혼자 앉아 있는 남자는 자기와 아주 흡사한 다른 손님을 바라보고 있다. 하지만 그 다른 손님의 옆에는 여자가 있다. 이유는 잘 모르겠지만 보슈는 그 그림에 동질감을 느꼈다. 특히 혼자 앉아 있는 그 남자가 자신 같았다. 나도 저 사람처럼 혼자야. 보슈는 속으로 생각했다. 혼자 밤거리를 돌아다니고 있어. 그런데 황량하고 어두운 색조와 그림자가 드리워진 그 그림이 이 아파트와는 어울리지 않았다. 그림 속의 어둠이 파스텔 색조의 분위기와 충돌했다. 엘리노어는 왜 저 그림을 갖고 있는 거지? 이 속에서 뭘 본 걸까?

보슈는 방의 다른 곳도 둘러보았다. 텔레비전이 없었다. 음악이 흘러나오는 스테레오와 탁자 위에 놓인 잡지들, 그리고 소파 맞은편 벽의 책꽂이에 꽂혀 있는 책들이 전부였다. 보슈는 유리 여닫이문이 달린 그 책꽂이로 다가가서 유리문 너머의 책들을 훑어보았다. 맨 위 칸에는 주로 지적인 추천도서에서부터 크럼리와 월포드 같은 작가들의 범죄소설까지 여러 책들이 꽂혀 있었다. 개중에는 그가 읽은 작품도 있었다. 그는 유리문을 열고《잠긴 문》이라는 책을 꺼냈다. 제목은 들어본 적이 있지만, 살 생각은 해본 적이 없는 책이었다. 표지를 펼치자 이것이 아주 낡은 책임을 알 수 있었다. 또한 십자수 작품에 써 있던 문자의 수수께끼도 해결할 수 있었다. 첫 번째 쪽에 '엘리노어 D. 스칼레티 - 1979'라는 말이 써 있었기 때문이다. 엘리노어가 이혼한 뒤 원래 성인 스칼레티로 돌아가지 않고 남편의 성인 위시를 그대로 쓰고 있는 모양이라는 생각이 들었다. 보슈는 그 책을 다시 꽂고 유리문을 닫았다.

아래쪽 두 칸에 있는 책들도 범죄 실화에서부터 베트남 전쟁을 역사적으로 연구한 책과 FBI 지침서에 이르기까지 다양했다. 심지어 LA 경찰국의 살인사건 수사 교과서도 한 권 꽂혀 있었다. 보슈가 이미 읽은 책들도 많았다. 그가 직접 등장하는 책도 하나 있었다. 〈LA 타임스〉의 브레머 기자가 이른바 '미용실 살인범'에 대해 쓴 책이 바로 그것이었다. 미용실 살인범인 하버드 켄덜은 샌퍼낸도 밸리에서 1년 만에 여자

7명을 죽였다. 피해자들은 모두 미용실 주인이거나 직원이었다. 켄덜은 미용실을 미리 살피고 있다가 퇴근하는 피해자를 집까지 따라서 목을 그어 죽였다. 무기는 날카롭게 간 손톱정리용 줄이었다. 당시 보슈와 파트너는 일곱 번째 피해자가 살해되기 전날 밤 미용실의 메모지에 써둔 자동차 번호를 통해 켄덜을 찾아냈다. 피해자가 그 번호를 써둔 이유는 끝내 알 수 없었다. 승합차 안에서 미용실을 감시하는 켄덜의 모습을 피해자가 미리 목격했던 것이 아닐까 짐작만 할 뿐이었다. 피해자는 혹시나 하는 마음에 자동차 번호를 적어두기는 했지만, 혼자 집으로 돌아가는 것이 위험할 거라는 생각은 미처 하지 못했다. 보슈와 파트너가 그 자동차 번호를 추적해 켄덜을 찾아내고 보니, 그는 1960년대에 오클랜드 근처에서 미용실 연쇄방화를 저지른 혐의로 폴섬에서 5년간 복역한 전력이 있었다. 그가 어렸을 때 어머니가 미용실에서 손톱관리사로 일했다는 사실도 나중에 밝혀졌다. 어머니는 어린 켄덜의 손톱을 시험대상으로 삼아 기술을 연마했는데, 정신과 의사들은 켄덜이 그때의 경험에서 벗어나지 못해 사건을 저질렀을 것이라고 생각했다. 브레머는 이 사건을 소재로 베스트셀러를 만들어냈다. 나중에 이 책을 영화화한 유니버설 영화사는 보슈와 파트너에게 이름 사용료와 자문료를 지급했다. 그리고 이 영화를 바탕으로 텔레비전 시리즈까지 만들어지자 보슈와 파트너는 두 배의 돈을 챙길 수 있었다. 파트너는 경찰을 그만두고 엔세나다로 이사했다. 보슈는 계속 경찰에 남았고, 돈은 언덕 위의 그 집을 사는 데 썼다. 그 집에서는 자신에게 돈을 준 드라마 제작사가 내려다보였다. 보슈는 그 제작사를 내려다보며 항상 똑 부러지게 설명할 수 없는 묘한 공생관계 같은 것을 느꼈다.

"이번 사건에 형사님 이름이 등장하기 전에 읽은 책이에요. 수사 때문에 그 책을 읽은 게 아니에요."

부엌에 있던 엘리노어가 적포도주 두 잔을 들고 거실에 와 있었다. 보슈는 미소를 지었다.

"요원한테 뭐라고 할 생각은 없었습니다." 그가 말했다. "게다가 이 책의 주인공은 내가 아니에요. 켄덜이 주인공이죠. 사실 우리가 범인을 잡은 것 자체가 행운이었습니다. 그런데도 사람들이 그 사건으로 책도 쓰고, 텔레비전 드라마도 만들더군요. 지금 뭘 만드는 중인지는 몰라도 냄새가 좋은데요."

"파스타 좋아하세요?"

"스파게티를 좋아합니다."

"지금 그걸 만드는 중이에요. 일요일에 소스를 잔뜩 만들었거든요. 난 다른 생각은 전혀 안 하고 부엌에서 하루를 꼬박 보내는 게 좋아요. 스트레스를 푸는 데 그만이죠. 게다가 두고두고 먹을 수도 있고요. 그러니까 지금은 소스를 데우고 국수만 삶으면 돼요."

보슈는 포도주를 한 모금 마시고는 주위를 좀 더 둘러보았다. 이 집에 들어온 뒤로 아직 앉은 적이 없는데도, 위시와 함께 있는 것이 편안했다. 그의 얼굴에 미소가 번졌다. 그는 호퍼의 그림을 가리켰다. "내가 좋아하는 그림입니다. 하지만 이 집에 걸기에는 너무 어두운 것 같은데…."

위시는 그림을 보더니 이마에 주름을 잡았다. 지금까지 그런 생각을 한 번도 해본 적이 없는 모양이었다.

"글쎄요." 그녀가 말했다. "옛날부터 저 그림이 좋았어요. 뭔가 날 사로잡는 게 있거든요. 저 여자는 남자와 함께 있으니까, 내가 저 여자한테 동질감을 느끼는 건 아니에요. 그러니까 만약에 내가 동질감을 느끼는 대상이 있다면, 커피 잔을 앞에 두고 앉아 있는 저 남자일 거예요. 혼자 외롭게 앉아서 함께 있는 두 사람을 지켜보는 남자 말이에요."

"옛날에 시카고에서 저 그림을 본 적이 있습니다." 보슈가 말했다. "원본을요. 시체를 인수하려고 갔는데, 한 시간쯤 시간이 남았거든요. 그래서 미술관에 들어갔더니 저 그림이 있었습니다. 난 한 시간 내내 저 그림만 바라보았어요. 저 그림에는 뭔가가 있습니다. 요원의 말이 맞아요. 그때 내가 정확히 무슨 사건 때문에 시카고에 갔는지, 내가 인수해 온 시체가 누구 것이었는지는 기억이 안 납니다. 하지만 저 그림은 기억나요."

두 사람은 식사를 마친 뒤에도 그대로 식탁에 앉아 거의 한 시간 동안 이야기를 나눴다. 위시는 오빠에 대해 좀 더 이야기를 들려주면서 오빠를 잃은 상실감과 분노를 극복하기가 힘들었다고 말했다. 18년이 지난 지금도 여전히 마음을 다스리는 중이라는 것이었다. 보슈는 자기도 마음을 다스리는 중이라고 말했다. 지금도 가끔 땅굴 꿈을 꾸기 때문이었다. 하지만 꿈 대신 불면증과 씨름할 때가 더 많았다. 보슈는 자신이 베트남에서 돌아왔을 때 얼마나 혼란에 빠져 있었는지 그녀에게 말해주었다. 메도우스와 그가 선택한 길 사이에는 종잇장처럼 얇은 선이 하나 있을 뿐이었다. 그가 지금과는 다른 모습이 되었을 수도 있다고 말하자 그녀는 고개를 끄덕였다. 그의 말이 사실이라는 것을 알고 있는 것 같은 표정이었다.

잠시 후 위시는 인형사 사건에 대해 물었다. 보슈가 본청 강력계에서 좌천되는 계기가 된 사건이었다. 그녀가 그 사건에 대해 물어본 것은 단순한 호기심 때문만은 아니었다. 보슈는 자신이 그녀에게 들려주는 말에 뭔가 중요한 것이 걸려 있음을 감지했다. 그녀는 그의 말을 들으며 그에 대해 나름대로 판단을 내리는 중이었다.

"기본적인 사실들은 요원도 알 겁니다." 보슈가 이야기를 시작했다. "여자들이 교살당하는 사건이 벌어졌습니다. 피해자들은 주로 매춘부들이었는데, 범인은 피해자를 죽인 뒤 그림을 그리듯 얼굴에 짙은 화장을 해주었습니다. 파우더, 빨간 립스틱, 뺨에는 짙은 볼터치, 예리하게 그린 검은색 아이라인. 매번 똑같았습니다. 시체에 목욕을 시킨 흔적이 있는 것도 마찬가지였고요. 하지만 범인이 피해자들을 인형으로 둔갑시키려 한 것 같다는 말을 한 건 우리 경찰이 아닙니다. 어떤 못된 놈이, 아마 검시관 조수인 사카이라는 녀석일 겁니다, 그 녀석이 범인이 매번 피해자의 얼굴에 화장을 해준다는 말을 흘렸습니다. 그때부터 언론이 인형사 사건이라고 떠들어대기 시작했죠. 그 이름을 처음 사용한 게 아마 채널 4였을 겁니다. 다들 그 이름을 따라 썼죠. 하지만 나는 범인이 인형사보다는 장의사에 더 가깝다고 보았습니다. 어쨌든 우리 수사는 답보상태였습니다. 피해자가 두 자리 숫자로 불어날 때까지 우리는 사건을 해결하지 못했어요. 물리적인 증거도 별로 없었습니다. 피해자들의 시체는 웨스트사이드 사방에서 발견됐습니다. 피해자 중 두어 명에게서 발견된 섬유 덕분에 범인이 가발이나 가짜 수염 같은 것으로 위장을 했을 가능성이 높다는 건 알아냈습니다. 그리고 거리에서 손님을 끌다가 사라진 매춘부 피해자들의 경우 그들이 마지막으로 호객행위를 하던 시간과 장소도 알아냈죠. 우리는 시간제로 방을 빌려주는 모텔들을 돌아다니며 탐문수사를 했지만 소득이 없었습니다. 그래서 범인이 차를 타고 지나가다가 피해자들을 골라 차에 태워서 어딘가로 데려가는 것 같다고 추정했습니다. 아마 자기 집이나 아니면, 살인 장소로 이용하는 안전한 장소로 데려가는 것 같다고…. 우리는 매춘부들이 주로 몰려 있는 거리들을 감시하기 시작했습니다. 우리가 결정적인 단서를 잡을 때까지 체포한 남자들이 300명은 될 겁니다. 어쨌든, 어느 날 새벽에 딕시 매퀸이라는 매춘부가 특별수사팀에 전화를 해서 자기가 인형사에게 붙잡혔다가 방금 도망쳐 나왔다며, 범인에 대한 정보를 주면 현상금을 받을 수 있느냐고 물었습니다. 하지만 그때 우리한테 그런 전화가 걸려오는 건 흔한 일이었습니다. 살해당한 여자가 11명이나 되다 보니, 이런저런 사람들이 난데없이 나타나서 단서 같지도 않은 걸 단서라고 들이미는 식이었어요. 다들 겁에 질려 있었으니까요."

"나도 기억나요." 위시가 말했다.

"하지만 딕시는 달랐습니다. 그날 나는 특별수사팀의 야근조로 자리를 지키고 있다가 그 전화를 받았습니다. 그래서 직접 딕시를 찾아가 이야기를 나눠봤죠. 딕시는 할리우드의 스파 거리 근처에서 그 손님을 만나 실버레이크의 어떤 아파트로 따라갔다고 말했습니다. 건물 차고 위에 지은 아파트였다고 하더군요. 딕시는 남자가 옷을 벗는 동안 화장실에 가서 손을 씻다가 세면대 밑의 수납장을 살펴봤다고 말했습니다. 아마 훔쳐갈 만한 물건이 있는지 살펴봤을 겁니다. 수납장에는 작은 병과 콤팩트, 그 밖에 여자들의 물건이 가득했습니다. 그걸 보고 딕시는 앞뒤를 맞춰봤습니다. 금방 답이 나왔죠. 이놈이 그놈이야. 틀림없어. 그래서 겁에 질려 도망치기로 했습니다. 화장실에서 나와 보니 남자는 이미 침대에 누워 있더랍니다. 딕시는 곧장 밖으로 뛰어나가 도망쳤어요. 중요한 건, 우리가 범인이 피해자 얼굴에 화장을 해준다는 얘기를 자세히 밝힌 적이 없다는 점이었습니다. 아니, 정확히 말하자면 언론에 화장 이야기를 흘린 그 나쁜 놈이 세세한 부분까지 모조리 밝힌 건 아니라고 해야겠죠. 범인이 피해자들의 물건을 가져간다는 사실을 우리는 알고 있었습니다. 시체 옆에 피해자들의 가방은 있었지만, 가방 안에 화장품은 하나도 없었거든요. 립스틱이나 콤팩트 같은 것들 말입니다. 그래서 딕시가 화장실 수납장에서 화장품을 봤다고 말했을 때 난 정신이 번쩍 들었습니다. 이 여자는 진짜다, 싶었죠. 그런데 거기서 내가 일을 망쳤습니다. 내가 딕시와 이야기를 끝낸 건 새벽 3시였습니다. 특별

수사팀 팀원들은 모두 퇴근했고, 남은 사람은 나뿐이었습니다. 곰곰이 생각해보니, 딕시가 경찰에 신고할지도 모른다고 범인이 짐작할 가능성이 있었습니다. 그래서 혼자 그리로 갔습니다. 거기가 어딘지 가르쳐 주려고 딕시가 나랑 같이 가기는 했지만, 딕시는 계속 차 안에 남아 있었습니다. 차고 위로 불빛이 보이더군요. 하이페리온 근처의 낡은 집 뒤에 있는 건물이었습니다. 나는 순찰차에 무전을 쳐서 지원을 부탁한 뒤, 기다리고 있었습니다. 그런데 놈의 그림자가 창문을 오락가락하는 게 보이는 겁니다. 아무래도 놈이 도망치려고 수납장에 들어 있는 물건들을 전부 꺼내는 것 같다는 생각이 들었습니다. 우리는 피해자 11명의 시신에서 증거물을 찾아내지 못했는데 말입니다. 범인을 확실하게 잡아넣으려면 거기 수납장에 있는 물건들이 반드시 필요했습니다. 그리고 또 한 가지 내가 생각한 건, 저놈이 딕시 대신 다른 여자를 또 잡아왔으면 어쩌나, 하는 거였습니다. 그래서 올라갔습니다. 혼자. 그 뒤의 일은 요원도 알 겁니다."

위시가 말했다. "형사님은 영장도 없이 안으로 들어가서, 놈이 베개 밑으로 손을 뻗는 걸 보고 총을 쐈죠. 나중에 조사팀에게는 응급상황이라고 판단해서 그렇게 했다고 말했고요. 형사님이 그곳에 가기 전에 놈이 밖으로 나가 다른 매춘부를 데려올 시간이 충분했으니까요. 그래서 영장 없이 안으로 들어가도 된다고 생각했다, 그리고 용의자가 총을 꺼내려 했다고 생각했기 때문에 먼저 총을 쐈다고 말했어요. 형사님은 4~6미터 거리에서 놈의 상반신에 총을 딱 한 발 쐈어요. 내가 보고서 내용을 제대로 기억하고 있는 거라면요. 하지만 인형사의 방에는 다른 여자가 없었고, 놈이 베개 밑에서 꺼내려던 건 부분가발이었죠."

"그래요, 그냥 가발을 꺼내려던 거였습니다." 보슈는 고개를 절레절레 저었다. 자기가 성급했다는 걸 이제는 알겠다는 표정이었다. "조사팀은 나한테 혐의가 없다는 결론을 내렸습니다. 우리는 놈의 가발에서 나온 털로 그때까지 발생한 살인사건 중 두 건이 놈의 소행이라는 걸 밝혀냈죠. 화장실에서 발견된 화장품은 피해자들 중 여덟 명의 물건이었고요. 의심의 여지가 없었습니다. 놈이 틀림없는 인형사였어요. 나도 혐의가 풀렸고요. 그런데 그때부터 파리가 꼬이기 시작한 겁니다. 루이스와 클락이 나서서 딕시를 닦달해서 놈이 베개 밑에 가발을 넣어두었다는 말을 나한테 미리 했다는 내용의 진술서에 서명하게 했어요. 루이스와 클락이 뭘 가지고 딕시를 몰아붙였는지 모르겠지만, 짐작은 갑니다. 내사과는 항상 나한테 각을 세웠어요. 경찰가족에 100퍼센트 충성하지 않는 사람이라면 누구든 싫어하는 놈들이니까요. 어쨌든, 정신을 차리고 보니 루이스와 클락이 나를 징계해야 한다는 결론을 내렸더군요. 날 파면하고, 딕시를 대배심에 세워서 내가 형사범으로 재판을 받게 해야 한다는 거였습니다. 마치 피 냄새를 맡고 몰려온 뚱뚱한 백상어 두 마리 같았어요."

보슈가 여기서 말을 멈추자 위시가 그 뒤를 이어받았다. "그런데 그 내사과 형사들이 상황판단을 잘못했죠. 여론이 형사님 편을 들 거라는 사실을 짐작하지 못했으니까요. 형사님은 신문을 통해 미용실 살인범과 인형사 사건을 해결한 경찰관으로 명성을 떨치고 있었어요. 형사님을 모델로 한 텔레비전 드라마가 만들어질 정도였으니까요. 그러니 형사님을 무리하게 끌어내리려 했다가는 경찰국이 오히려 망신을 당할 위험이 있었어요."

"윗선의 누군가가 손을 써서 사건이 대배심에 회부되는 것을 막았습니다." 보슈가 말했다. "내사과는 내게 정직 처분을 내린 뒤, 할리우드 경찰서 살인전담반으로 좌천시키는 선에서 만족할 수밖에 없었어요."

보슈는 빈 포도주 잔의 줄기를 손가락으로 잡고 탁자 위에서 멍하니 잔을 돌리고 있었다.

"양보를 많이 한 셈이죠." 그가 한동안 가만히 있다가 말했다. "내사과의 그 상어 두 마리는 지금도 내 주위를 빙빙 돌면서 사냥할 순간을 기다리고 있습니다."

두 사람은 한동안 조용히 앉아 있었다. 보슈는 위시가 이미 한 번 물어봤던 질문을 다시 꺼내기를 기다리고 있었다. 그 매춘부가 거짓말을 한 건가요? 하지만 그녀는 그 질문을 다시 던지지 않았다. 얼마쯤 시간이 흐른 뒤 그를 바라보며 미소만 지었다. 그는 마치 시험을 통과한 것 같은 기분이 들었다. 위시가 식탁 위의 접시들을 치우기 시작했다. 보슈도 그녀를 도와주었다. 설거지가 끝난 뒤 두 사람은 나란히 서서 같은 행주로 손을 닦으며 가볍게 입을 맞췄다. 그러고는 마치 똑같은 비밀신호를 받기라도 한 것처럼 서로에게 몸을 밀착하며 고독하고 굶주린 사람들처럼 키스를 했다.

"오늘 밤에 여기 있고 싶습니다." 보슈가 잠시 몸을 떼고 말했다.

"나도 원하는 일이에요." 위시가 말했다.

약에 취해 멍하게 반짝이는 아슨의 눈에 네온 불빛이 반사되었다. 아슨은 담배를 깊게 빨아들인 뒤 그 귀한 연기를 계속 품고 있었다. PCP(마약의 일종-옮긴이)에 담갔다가 꺼낸 담배였다. 콧구멍으로 연기를 힘차게 내뿜는 그의 얼굴에 미소가 번졌다. 그가 말했다. "미끼 노릇은 만날 네가 하네."

그는 웃음을 터뜨리더니 담배를 또 깊게 빨아들인 뒤 샤키에게 담배를 넘겨주었다. 하지만 샤키는 이미 충분히 연기를 들이마셨기 때문에 손사래를 치며 담배를 물리쳤다. 모조가 담배를 받았다.

"그래, 나도 이제 지겹다." 샤키가 말했다. "이번에는 네가 한번 해보든가."

"야, 왜 이래. 네가 그걸 제일 잘하잖아. 모조랑 나는 널 못 따라가. 게다가 우리도 우리 역할이 있잖냐. 넌 몸집이 작아서 그 변태 새끼들을 두들겨 패지 못하니까."

"뭐, 또 세븐일레븐으로 갈래?" 샤키가 말했다. "상대가 누군지도 모르고 달려드는 게 싫어서 그래. 그래서 세븐일레븐이 좋아. 상대가 우리를 고르는 게 아니라, 우리가 먹잇감을 고를 수 있잖아."

"안 돼." 모조가 단호하게 나섰다. "지난 번 그놈이 보안관한테 신고했는지도 모르잖아. 그러니까 당분간 그쪽에는 얼씬도 말아야 돼. 아마 우리가 있던 그 주차장에서 경찰들이 세븐일레븐을 감시하고 있을걸."

샤키는 모조의 말이 옳다는 것을 알고 있었다. 다만 샌타모니카에서 동성애자를 노리는 것이 진짜 범죄처럼 느껴지는 게 싫을 뿐이었다. 어쩌면 이 두 놈이 적당한 순간에 들어와 상대를 두들겨 패는 대신, 샤키 혼자 돈을 빼앗아 나오기를 바랄 수도 있었다. 두 놈이 그런 식으로 나온다면, 그는 이들과 헤어질 생각이었다.

"알았어." 샤키가 인도에서 내려서면서 말했다. "날 골탕먹이지나 마."

그는 길을 건너기 시작했다. 뒤에서 아슨이 소리쳤다. "BMW 이상이어야 돼!"

그건 나도 알아. 샤키는 속으로 이런 생각을 하며 라브리아 쪽으로 반 블록을 걸어간 뒤 문을 닫은 인쇄소 문에 몸을 기대고 섰다. 25센트만 내면 남자들만의 핍쇼를 볼 수 있는 성인용 서점인 핫로드까지는 아직 반 블록이 남아 있었다. 하지만 이 거리에서도 서점에서 나오는 사람과 눈을 마주칠 수는 있었다. 그쪽에서 이쪽을 바라보기만 한다면. 샤키가 반대편을 바라보니 어둠 속에서 담뱃불이 빛나는 것이 보였다. 아슨과 모조가 오토바이 위에 앉아 있는 지점이었다.

샤키가 그곳에 자리를 잡고 선 지 10분도 안 돼서 신형 그랜드앰 한 대가 길가에 멈춰 서더니 창문이 스르르 열렸다. 샤키는 BMW 이상이어야 한다는 원칙에 따라 그 차를 그냥 보낼 생각이었지만, 황금빛 광채를 본 순간 그 차를 향해 가까이 다가섰다. 가슴이 두근거리기 시작했다. 핸들 위에 걸쳐진 운전자의 손목이 롤렉스 프레지덴셜로 장식되어 있었다. 진품이라면, 아슨이 아는 곳에서 3천 달러에 팔 수 있는 물건이었다. 저런 물건을 차고 있는 사람이라면 집이나 지갑 속에 또 무엇이 있을지 알 수 없는 노릇이었다. 샤키는 그 남자를 바라보았다. 변태와는 거리가 먼 회사원처럼 보였다. 검은 머리, 검은 양복. 40대 중반. 그리 크지 않은 몸집. 어쩌면 샤키 혼자서 남자를 제압할 수도 있을 것 같았다. 남자가 샤키를 향해 웃어 보이며 말했다. "얘, 잘 지내니?"

"그럭저럭요. 여긴 왜 왔어요?"

"어, 글쎄. 그냥 드라이브나 할까 하고. 너도 한번 타볼래?"

"어디로 갈 건데요?"

"딱히 정해놓은 데는 없어. 우리가 갈 수 있는 데가 하나 있기는 하지. 단둘이 있을 수 있는 곳."

"100달러 있어요?"

"아니. 하지만 야간 야구연습장에 가려고 50달러를 가지고 나왔어."

"투수예요, 포수예요?"

"투수. 내 글러브도 가져왔지."

샤키는 잠시 머뭇거리다가 아까 담뱃불이 빛나던 지점을 바라보았다. 이제는 불빛이 보이지 않았다. 두 놈이 움직일 준비를 하고 있음이 분명했다. 샤키는 남자의 시계를 다시 바라보았다.

"그거 멋있네요." 그는 이렇게 말하고서 차에 올라탔다.

차는 서쪽으로 향했다. 샤키는 뒤를 돌아보고 싶은 걸 참았지만, 오토바이 엔진 소리가 들린 것 같았다. 두 놈이 뒤를 따르고 있다는 뜻이었다.

"어디로 가는 거예요?" 그가 물었다.

"어, 널 데리고 집으로 갈 수는 없어. 하지만 우리가 갈 수 있는 데를 알아. 귀찮게 하는 사람이 하나도 없는 데야."

"좋아요."

차는 플로리스에서 빨간 신호에 걸려 멈춰 섰다. 샤키는 일전의 그 남자를 떠올렸다. 지금 여기서 그 남자의 집이 가까웠다. 날이 갈수록 아슨의 힘이 세지는 것 같았다. 곧 이 일을 멈추지 않으면, 누군가를 죽이게 될 것 같았다. 샤키는 롤렉스를 찬 이 남자가 평화롭게 물건을 내주기를 바랐다. 뒤를 따르는 두 놈이 무슨 짓을 할지 알 수 없기 때문이었다. PCP에 잔뜩 취했으니 피를 볼 준비가 되어 있는 거나 마찬가지였다.

차가 갑자기 앞으로 달려나가 교차로를 통과했다. 신호등은 여전히 빨간색이었다.

"왜 그래요?" 샤키가 날카로운 목소리로 물었다.

"아무것도 아냐. 기다리는 게 싫어서."

샤키는 지금이라면 뒤를 돌아봐도 수상쩍게 보이지 않을 거라고 생각했다. 그래서 뒤를 돌아보았지만, 보이는 것이라고는 교차로에서 신호가 바뀌기를 기다리고 있는 자동차들뿐이었다. 오토바이는 전혀 보이지 않았다. 나쁜 새끼들. 그는 속으로 생각했다. 머리카락 속이 축축해지면서 두려움에 몸이 떨리기 시작했다. 차는 바니스 식당을 지나 오른쪽으로 방향을 꺾어서 선셋을 향해 오르막길을 올라갔다. 그다음에는 동쪽으로 방향을 바꿔 하이랜드로 향하다가 다시 북쪽으로 방향을 꺾었다.

"우리가 전에 만난 적이 있나?" 남자가 물었다. "네가 낯익어 보여서 말이야. 글쎄, 전에 한 번 본 것 같은데."

"아뇨, 난 절대… 만난 적은 없을 걸요."

"날 봐."

"네?" 샤키는 남자의 날카로운 목소리에 화들짝 놀랐다. "왜요?"

"날 봐. 날 알아? 전에 날 본 적 있어?"

"왜 이래요? 본 적 없다고 했잖아요."

남자는 도로를 벗어나 할리우드 보울(할리우드에 있는 원형극장 – 옮긴이)의 동편 주차장으로 들어갔다. 인적이 없었다. 남자는 아무 말도 없이 어두운 북쪽 끝으로 재빨리 차를 몰았다. 당신이 말한 조용한 곳이 여기라면, 그 손목의 롤렉스는 진짜가 아냐. 샤키는 속으로 생각했다.

"여긴 뭐예요?" 샤키가 말했다. 그는 여기서 빠져나갈 방법을 궁리 중이었다. 아슨과 모조는 약에 취해서 길을 잃어버렸음이 분명했다. 그는 빨리 도망치고 싶었다.

"극장은 문을 닫았어." 롤렉스를 찬 남자가 말했다. "하지만 나한테 분장실 열쇠가 있지. 캐훙거 아래쪽의 터널을 지나가면 그 근처에 뒤로 돌아갈 수 있는 작은 통로가 있어. 거긴 아무도 없을 거야. 내 직장이 거기니까 잘 알아."

순간적으로 샤키는 혼자서 남자를 제압할까 생각해보았지만, 불가능한 일이라는 결론을 내렸다. 기습적으로 그를 공격하지 않는 한 불가능한 일이었다. 남자는 차의 시동을 끄고 문을 열었다. 샤키도 조수석 문을 열고 내려서 텅 빈 주차장을 바라보았다. 오토바이 불빛을 찾는 중이었지만, 주차장은 온통 어둠뿐이었다. 샤키는 저쪽 편에서 남자를 공격하기로 마음을 정했다. 상황을 봐서 남자를 때리고 도망치든지, 아니면 그냥 도망치든지 할 작정이었다.

두 사람은 보행자 고속도로라고 써 있는 표지판을 향해 걸어갔다. 콘크리트로 지은 별채가 있고, 열린 문 안쪽으로 계단이 보였다. 하얀 계단을 내려가면서 롤렉스를 찬 남자가 샤키의 어깨에 손을 올리고 아버지처럼 다정하게 목덜미를 잡았다. 손목시계의 차가운 금속 띠가 샤키의 피부에 닿았다.

남자가 말했다. "우리가 서로 모르는 사이인 거 확실해, 샤키? 혹시 전에 본 적이 있는 거 아냐?"

"아니에요. 말했잖아요. 난 아저씨를 만난 적이 없어요."

터널을 절반쯤 걸어갔을 때 샤키는 자신이 남자에게 이름을 말해준 적이 없다는 사실을 깨달았다.

5부.

5월 24일 목요일

그에게는 참으로 오랜만이었다. 엘리노어의 침실에서 해리 보슈는 서툴렀다. 연습 부족으로 지나치게 어색한 남자의 모습이었다. 지금까지 첫 번째에는 대부분 그랬듯이, 이번에도 그다지 좋지 않았다. 그녀는 손과 속삭임으로 그를 이끌었다. 일이 끝난 뒤 그는 사과하고 싶은 마음이 들었지만, 실제로 사과를 하지는 않았다. 두 사람은 서로 끌어안고 선잠이 들었다. 그녀의 향기로운 머리카락이 그의 얼굴에 닿았다. 지난 밤 그가 자기 집 부엌에서 맡았던 바로 그 사과 향이었다. 보슈는 그녀에게 푹 빠져 있었기 때문에 한시도 쉬지 않고 계속 그 향기를 들이마시고 싶었다. 얼마 뒤 그가 키스를 하자 그녀가 잠에서 깼고, 두 사람은 다시 사랑을 나눴다. 이번에는 그녀가 그를 이끌 필요가 없었다. 일이 끝난 뒤 엘리노어가 그에게 속삭였다. "이 세상에 혼자가 되더라도 고독하지 않을 것 같아요?"

그는 즉시 대답하지 않았다. 그러자 그녀가 말했다. "당신은 혼자인 건가요, 아니면 고독한 건가요, 해리 보슈?"

그는 한동안 생각에 잠겼다. 그동안 그녀의 손가락이 그의 어깨에 새겨진 문신을 부드럽게 더듬었다.

"그건 나도 잘 몰라요." 마침내 보슈가 속삭였다. "사람은 원래 자신이 처한 환경에 아주 익숙해지기 마련이죠. 그런데 난 언제나 혼자였어요. 그래서 고독했던 것 같아요. 지금까지는."

두 사람은 어둠 속에서 미소를 지으며 입을 맞췄다. 그리고 얼마 뒤 그녀가 잠이 들었는지 깊고 고른 숨소리가 들렸다. 한참 뒤에 보슈는 침대에서 일어나 바지를 입고 담배를 피우러 발코니로 나갔다. 오션파크 대로에는 차가 한 대도 없었다. 바다가 가까웠기 때문에 바다의 소음이 들려왔다. 옆집에는 불이 꺼져 있었다. 다른 집들도 모두 마찬가지였다. 불이 켜져 있는 것은 가로등밖에 없었다. 거리에 늘어선 자카란다 나무에서 꽃잎이 떨어지는 것이 보였다. 길가에 주차된 자동차 지붕 위와 길 위에 꽃잎이 보라색 눈송이처럼 떨어져 있었다. 보슈는 난간에 몸을 기대고 서늘한 밤바람 속으로 연기를 내뿜었다.

그가 두 번째 담배를 피우고 있을 때 뒤에서 미닫이문이 열리는 소리가 나더니 그녀의 손이 그의 허리를 감싸 안았다.

"왜 그래요, 해리?"

"아무것도. 그냥 생각을 좀 하고 있었어요. 조심해요. 이건 발암물질이니까."

"무슨 생각을 했어요? 밤에는 주로 이런 식으로 시간을 보내는 거예요?"

보슈는 그녀의 품에 안긴 채 몸을 돌려 그녀의 이마에 입을 맞췄다. 그녀는 분홍색 실크로 만든 짤막한 로브를 입고 있었다. 보슈는 엄지손가락으로 그녀의 목덜미를 어루만졌다. "오늘 같은 밤은 거의 없어요. 그냥 잠이 잘 안 와서 나온 거요. 생각은… 그냥 이것저것 많은 생각을 했던 것 같고."

"우리에 대한 생각이에요?" 그녀가 그의 턱에 입을 맞추며 물었다.

"아마도."

"그래서요?"

보슈는 그녀의 목덜미를 어루만지던 손을 앞으로 가져와 손가락으로 그녀의 턱선을 어루만졌다.

"여기 이 흉터가 어떻게 생겼는지 궁금했소."

"아…. 그건 어렸을 때 생긴 거예요. 오빠랑 같이 자전거를 탔는데, 내가 핸들에 앉아 있었거든요. 그러고서 하이랜드 애버뉴라는 내리막길을 내려갔어요. 우리가 펜실베이니아에 살 때예요. 그런데 오빠가 핸들을 놓친 거예요. 자전거가 비틀거리기 시작하니까 난 더럭 겁이 났죠. 그런데 자전거가 정신없이 미끄러져 내려가고 있던 그 순간에 오빠가 소리를 지르더라고요. '엘리, 아무 일 없을 거야!' 아주 간단한 말이었는데, 오빠가 한 말이기 때문에 옳은 말일 것 같았어요. 그래서 턱을 베였는데도 난 울지 않았어요. 그 일을 생각하면 항상 대단하다 싶어요. 그런 순간에 오빠가 자기 걱정을 하는 대신 날 달래려고 했으니까요. 우리 오빠는 그런 사람이었어요."

보슈는 그녀의 얼굴을 만지고 있던 손을 내리고 말했다. "오늘 우리 사이에 벌어진 일이 참 좋다는 생각도 했어요."

"나도 그렇게 생각해요, 해리. 그림 속의 고독한 남자 같던 우리 두 사람에게 잘된 일이에요. 이제 침대로 가요."

두 사람은 다시 안으로 들어갔다. 보슈는 먼저 욕실로 가서 손가락을 칫솔처럼 이용해 이를 닦은 뒤 그녀가 누워 있는 이불 속으로 들어갔다. 협탁 위의 디지털시계에서 2:26이라는 숫자가 파랗게 빛나고 있었다. 보슈는 눈을 감았다.

그가 다시 눈을 떴을 때 시계의 숫자는 3:46이었다. 그리고 방 안 어디선가 기분 나쁘게 짹짹거리는 소리가 들렸다. 그는 이곳이 자기 방이 아니라는 사실을 깨달았다. 여기는 엘리노어 위시의 방이었다. 마침내 정신을 차린 그의 눈에 그녀의 실루엣이 보였다. 그녀는 침대 옆에 허리를 굽히고 서서 바닥에 쌓인 그의 옷가지를 손으로 뒤지고 있었다.

"어디 있어요?" 그녀가 말했다. "찾을 수가 없어요."

보슈는 자신의 바지를 집어서 손으로 허리띠를 더듬어 호출기를 찾아낸 뒤 재빨리 꺼버렸다. 어둠 속에서 이미 몇 번이나 해본 일이었으므로 더듬거릴 필요가 없었다.

"세상에." 위시가 말했다. "정말 짜증스러웠어요."

보슈는 침대 옆으로 발을 내리고 이불을 허리에 두른 뒤 일어나 앉았다. 그리고 하품을 하고 나서 그녀에게 불을 켜겠다고 미리 말했다. 그녀는 괜찮다고 대답했다. 불을 켜자 불빛이 다이아몬드 폭탄처럼 그의 두 눈 사이를 강타했다. 눈이 불빛에 적응하고 나니, 자기 앞에 알몸으로 서 있는 엘리노어의 모습이 보였다. 그녀는 그의 손에 들린 호출기의 디지털 화면을 내려다보고 있었다. 보슈도 덩달아 그 숫자를 보았지만 모르는 번호였다. 그는 손으로 얼굴을 한 번 쓸고는 머리카락도 쓸어내렸다. 그리고 협탁 위에 있는 전화기를 잡아당겨 무릎 위에 놓았다. 보슈는 호출기에 찍힌 번호를 누른 뒤 담배를 찾으려고 자신의 옷가지를 더듬거렸다. 하지만 담배를 찾아 입에 물기만 했을 뿐 불을 붙이지는 않았다.

엘리노어는 자신이 벌거벗었음을 깨닫고 옷을 가지러 라운지체어로 다가갔다. 옷을 입은 뒤에는 욕실로 들어가 문을 닫았다. 곧이어 물 흐르는 소리가 들렸다. 수화기 속에서 벨 소리가 한 번 울리기도 전에 누군가가 전화를 받았다. 제리 에드거였다. 그는 "여보세요"라는 말 대신 이렇게 말했다. "해리, 어디 있어?"

"집은 아니야. 무슨 일인데?"

"자네가 찾던 애 말이야, 911에 전화했던 애, 자네가 그 애를 찾아냈지?"

"그래. 하지만 우리가 지금 다시 그 애를 찾고 있어."

"우리라니… 자네랑 그 FBI 여자?"

엘리노어가 욕실에서 나와 그와 나란히 침대 가장자리에 앉았다.

"제리, 날 왜 찾은 거야?" 보슈가 물었다. 왠지 가슴이 철렁 내려앉는 일이 생긴 것 같았다.

"그 애 이름이 뭐야?"

보슈는 아직도 멍한 상태였다. 이렇게 깊이 잠들어본 것이 몇 달 만인데, 이런 식으로 잠에서 깨다니. 그는 샤키의 본명을 기억해낼 수 없었다. 엘리노어에게 묻고 싶지도 않았다. 그랬다가는 에드거가 그 소리를 듣고, 두 사람이 함께 있는 걸 알아차릴 수도 있기 때문이었다. 보슈가 엘리노어를 바라보자 그녀가 입을 열었지만, 그는 손가락으로 그녀의 입술을 막으며 고개를 저었다.

"에드워드 니즈야?" 에드거가 침묵하는 그를 향해 말했다. "그게 그 애 이름이야?"

가슴이 철렁 내려앉는 느낌은 사라졌다. 눈에 보이지 않는 주먹이 그의 갈비뼈를 치받으며 밀고 들어와 창자와 심장을 압박하는 것 같았다.

"맞아." 그가 말했다. "그 이름이야."

"그 애한테 자네 명함을 줬어?"

"그래."

"해리, 이젠 그 애를 찾을 필요 없어."

"무슨 일인지 말해 봐."

"빨리 나와서 자네가 직접 봐. 난 지금 할리우드 보울에 있어. 샤키는 캐훙거 아래의 보행자 터널에 있고. 차는 동편에 세워. 거기 차들이 많이 있으니까 어딘지 알 수 있을 거야."

할리우드 보울의 동편 주차장은 새벽 4시 30분이면 원래 텅 비어 있어야 하는 곳이었다. 하지만 보슈와 위시가 하이랜드를 따라 올라가 캐훙거 패스 입구로 향하는 순간 주차장 북쪽 끝에 경찰차와 관용 승합차들이 몰려 있는 것이 보였다. 누군가가 뜻하지 않은 사고나 폭력적인 사건으로 인해 목숨을 잃었다는 뜻이었다. 광장에 범죄현장을 뜻하는 노란색 차단 테이프가 둘러져 있었다. 보행자용 터널로 내려가는 계단의 출입을 막기 위해서였다. 보슈는 현장에 출동한 경찰관들의 이름을 클립보드에 적고 있는 제복경찰관에게 배지를 보여주고 이름을 말했다. 그리고 위시와 함께 테이프 아래로 들어가니 터널 입구에서 울려나오는 커다란 엔진 소리가 두 사람을 맞이했다. 보슈는 그것이 범죄현장에 불을 밝히려고 가져온 발전기 소리임을 알고 있었다. 계단 꼭대기에서서 그는 엘리노어를 바라보며 말했다. "여기서 기다리겠소? 우리 둘 다 내려갈 필요는 없어요."

"나도 경찰관이에요." 엘리노어가 말했다. "나도 시체를 본 적이 있다고요. 이제 내 보호자 행세를 하시게요, 보슈 형사님? 그러지 말고 이러면 어때요? 형사님이 여기서 기다리고 내가 내려가는 거예요."

그녀의 갑작스러운 태도 변화에 깜짝 놀란 보슈는 아무 말도 하지 않고 혼란스러운 표정으로 잠시 그녀를 바라보았다. 그러고는 그녀보다 몇 걸음 앞서 계단을 내려가기 시작했다. 하지만 덩치가 커다란 에드거가 터널에서 올라오는 것을 보고 걸음을 멈췄다. 보슈를 발견한 에드거가 그의 어깨 너머로 엘리노어 위시를 바라보았다.

"어이, 해리." 그가 말했다. "자네의 새 파트너이신가? 둘이 사이가 정말 좋겠는걸."

보슈는 그냥 그를 빤히 바라보기만 했다. 엘리노어는 아직 세 걸음 뒤에 있었으므로 에드거의 말을 못 들었을 가능성이 높았다.

"미안, 해리." 에드거가 터널에서 울려나오는 엔진 소리 때문에 목소리를 높여서 말했다. "주제 넘은 소리였어. 오늘 밤 일진이 나빴거든. 내 새 파트너가 누군지 자네도 봐야 돼. 98 파운드가 나한테 어떤 쓸모없는 자식을 붙여줬는지."

"난 자네가…."

"아냐. 파운드가 나한테 자동차 반에 있던 포터를 붙여줬다고. 다 망가진 알코올 중독자 녀석 말이야."

"나도 알아. 그럼 오늘은 그 친구를 어떻게 깨워서 데리고 나왔어?"

"그 친구가 잠을 안 자고 있었지. 노스할리우드의 패럿에 있는 걸 데려왔어. 그 비공개 클럽 말이야. 처음 파트너로 소개받았을 때 포터가 나한테 거기 번호를 주면서 밤이면 대개 거기 있을 거라고 했거든. 거기 경비를 맡고 있다나. 그런데 내가 파커 센터로 전화해서 그 친구가 비번일 때 어떤 일을 맡고 있는지 확인해봤더니 그쪽에는 아무런 기록이 없더라고. 그 친구가 거기서 하는 일이야 뻔하지. 술 마시는 거. 내가 전화했을 때도 완전히 뻗어 있었을걸. 바텐더 말이 허리띠에 차고 있는 호출기가 울렸는데도 그 친구는 듣지도 못했다는 거야. 해리, 지금 음주측정기를 갖다 대면 아마 0.2 정도는 나올걸."

보슈는 고개를 끄덕이며 딱 필요한 만큼 3초 동안 인상을 찌푸렸다. 그러고는 제리 에드거의 하소연을 잊어버렸다. 엘리노어가 옆으로 내려서는 것이 느껴졌다. 보슈가 에드거에게 그녀를 소개하자 두 사람은 미소를 지으며 악수를 나눴다. 보슈가 말했다. "그래, 지금 상황은 어때?"

"뭐, 시체에서 이런 게 나왔어." 에드거가 투명한 비닐봉지 하나를 들어 보였다. 폴라로이드 사진 몇 장이 그 안에 들어 있었다. 샤키의 누드 사진이었다. 경찰서에서 풀려나자마자 지체 없이 상품을 다시 만든 모양이었다. 에드거가 봉지를 뒤집자 보슈의 명함이 보였다.

"이 녀석이 보이타운에서 남창 노릇을 했던 것 같아." 에드거가 말했다. "하기야 자네가 이미 한 번 잡아들였으니, 그 정도는 알고 있겠지. 어쨌든 이 명함을 보고 이 녀석이 911에 전화한 애인지도 모르겠다는 생각이 들었어. 내려가서 보고 싶으면 얼마든지 봐도 돼. 현장 감식은 이미 끝났으니까 뭐든 만져 봐도 상관없어. 하지만 워낙 시끄러워서 생각은 제대로 할 수 없을 거야. 어떤 녀석인지 터널 안의 전구를 전부 깨버리는 바람에 발전기를 돌리고 있거든. 범인이 전구를 깬 건지, 아니면 그전부터 전구가 깨져 있었는지는 아직 모르겠어. 어쨌든 그래서 따로 불을 밝히려고 했는데, 전선이 짧아서 발전기를 이 위에다 둘 수 없더라고. 그래서 5마력짜리 발전기가 저 안에서 악을 써대고 있어."

에드거는 다시 터널로 내려가려고 몸을 돌렸지만, 보슈가 손을 뻗어 그의 어깨를 잡았다.

"제드, 이 사건을 어떻게 알게 된 거야?"

"익명의 전화가 왔어. 911 전화가 아니라서 녹음테이프도 없고, 어떤 흔적도 남은 게 없어. 할리우드 경찰서로 직접 걸려 왔거든. 남자 목소리였는데, 전화를 받은 그 뚱뚱한 익스플로러 녀석이 아는 건 그게 전부야."

에드거는 다시 지하로 내려갔다. 보슈와 위시도 그 뒤를 따랐다. 긴 통로가 오른쪽으로 휘어져 있었다. 바닥은 더러운 콘크리트였으며, 벽은 하얀 치장벽토였지만 낙서가 그 위를 빽빽하게 뒤덮고 있었다. 보울에서 교향곡을 듣고 나서 이 길을 지나갈 때만큼 도시의 현실이 실감날 때가 없지. 보슈는 속으로 생각했다. 터널은 어두웠다. 중간쯤에서 환한 빛을 받고 있는 범죄현장만이 예외였다. 그곳에 인간의 몸이 누워 있는 것이 보였다. 샤키였다. 남자들이 빛 속에 서서 작업을 하고 있었다. 보슈는 오른손 손가락으로 치장벽토 벽을 죽 훑으며 걸어갔다. 그렇게 벽에 손가락을 대고 있으면 마음이 안정되었다. 터널에서 나는 퀴퀴하고 축축한 냄새에 발전기의 배기가스 냄새와 휘발유 냄새가 섞여 있었다. 머리카락 속과 셔츠 속에 땀방울이 송골송골 맺히는 것이 느껴졌다. 호흡이 얕고 가빠졌다. 두 사람은 터널 안 6미터 지점의 발전기를 지나 다시 6미터쯤 들어갔다. 거기서 샤키가 잔인한 불빛을 받으며 터널 바닥에 누워 있었다.

아이의 머리는 터널 벽에 부자연스러운 각도로 기대져 있었다. 보슈가 기억하는 것보다 더 작고 더 어려 보였다. 반쯤 뜬 눈은 아무것도 보고 있지 않았다. 보슈가 익히 알고 있는 흐릿한 눈이었다. 샤키는 건즈 앤로지즈라는 문구가 적힌 검은 티셔츠 차림이었는데, 피 때문에 셔츠가 뻣뻣했다. 색바랜 청바지 주머니는 텅 빈 채 모조리 뒤집혀 있었다. 시체 옆구리에는 스프레이 페인트 한 통이 비닐로 된 증거물 봉투에 담겨 놓여 있었다. 아이의 머리 위 벽에는 RIP 샤키라는 말이 페인트로 적혀 있었다. 초보자가 이미 거의 다 써버린 페인트를 뿌린 것 같았다. 검은 페인트가 가느다란 선을 그리며 벽을 타고 흘러 내렸다. 선 몇 개는 샤키의 머리카락 속으로 이어져 있었다.

에드거가 발전기의 소음 때문에 큰 소리로 말했다. “보여줄까?” 보슈는 이 말이 상처를 보겠느냐는 뜻임을 금방 알아들었다. 샤키의 머리가 앞쪽으로 기울어져 있었기 때문에 목의 상처가 보이지 않았다. 보이는 것은 피뿐이었다. 보슈는 보지 않겠다고 고개를 저었다.

시체에서 약 1미터쯤 떨어진 바닥과 벽에 피가 튄 것이 눈에 띄었다. 주정뱅이 포터가 강철 고리에 묶인 핏자국 표본카드들을 뒤적이며 핏자국 모양을 비교하고 있었다. 로버지라는 감식반원은 핏자국을 사진으로 찍는 중이었다. 바닥의 핏자국은 둥근 모양이었고, 벽의 핏자국은 타원형이었다. 이 아이가 바로 이 터널 안에서 살해됐다는 것쯤은 표본카드를 보지 않아도 알 수 있었다.

“보아하니….” 포터가 특별히 누구에게라고 할 것도 없이 큰 소리로 말했다. “범인은 여기서 이 아이 뒤로 몰래 다가와 목을 긋고 저쪽 벽으로 밀친 것 같아.”

“절반만 맞았어, 포터.” 에드거가 말했다. “이런 터널에서 어떻게 남의 뒤로 몰래 접근해? 이 아이랑 같이 있던 사람들이 일을 저지른 거야. 몰래 다가온 게 아니라고, 포터.”

포터는 표본카드를 주머니에 넣고 말했다. “미안, 파트너.”

그는 더 이상 말이 없었다. 그는 몸집이 뚱뚱했으며, 진작 경찰을 떠났어야 하는데도 그냥 눌러 앉은 많은 경찰관들처럼 망가져 있었다. 포터는 지금도 34인치 허리띠를 맬 수 있었지만, 그 위로는 엄청난 뱃살이 차양처럼 드리워져 있었다. 트위드 천으로 된 겉옷 팔꿈치는 다 해져 있었고, 그의 얼굴은 밀가루로 만든 토르티야처럼 창백하고 초췌했다. 코는 주정뱅이답게 시뻘겋고, 크고, 흉했다.

보슈는 담배에 불을 붙인 뒤 타고 남은 성냥을 자기 주머니에 넣었다. 그리고 야구의 포수처럼 시체 옆에 쪼그리고 앉아 스프레이 페인트 깡통이 들어 있는 증거물 봉지를 들어올려 무게를 가늠해보았다. 페인트가 거의 꽉 차 있었다. 그가 아까부터 이미 알고 있던 일, 두려워하던 일이 확인된 셈이었다. 바로 자신이 샤키를 죽인 거나 다름없다는 것. 적어도 어떤 의미에서는 그게 사실이었다. 보슈가 샤키를 찾아냈기 때문에 샤키가 이번 사건에서 중요한 인물이 되었다. 그리고 그걸 가만히 두고 볼 수 없던 누군가가 행동에 나선 것이다. 보슈는 팔꿈치를 무릎에 고인 자세로 쪼그리고 앉아서 담배를 입에 물고 시체를 자세히 살폈다. 지금 이 모습을 잊어버리지 않게.

메도우스는 자신이 연루된 일련의 사건들 때문에 목숨을 잃었다. 하지만 샤키는 그 사건들에 발을 담근 적이 없었다. 거리에서 쓰레기처럼 살아가던 샤키가 여기서 죽은 덕분에, 장차 그의 손에 죽을 수도 있었던 누군가가 목숨을 구했을 가능성이 높았다. 그래도 샤키가 이렇게 죽은 건 부당한 일이었다. 이번 사건과 관련해서 샤키는 아무 죄가 없었다. 그렇다면 이제 상황이 걷잡을 수 없게 변해서 새로운 규칙이 생겨났다는 뜻이었다. 양편 모두에게 적용되는 규칙. 보슈가 손짓으로 샤키의 목을 가리키자, 검시관실 조사원이 시체를 벽에서 잡아당겼다. 보슈는 균형을 잡기 위해 한 손으로 바닥을 짚고 엉망이 된 목을 한참 동안 바라보았다. 아주 사소한 것 하나라도 잊고 싶지 않았다. 샤키의 머리가 스르르 뒤로 젖혀지면서 목에서 커다랗게 입을 벌린 상처가 드러났다. 보슈의 눈빛은 한 번도 흔들리지 않았다.

보슈가 마침내 시체에서 눈을 들어 보니 위시가 보이지 않았다. 그는 일어서서 에드거에게 밖으로 나가 이야기를 좀 하자고 손짓했다. 발전기 소리 때문에 고함을 질러가며 이야기를 나누고 싶지 않았다. 터널 밖으로 나오자 위시가 계단 꼭대기에 앉아 있는 것이 보였다. 보슈는 에드거와 함께 그녀의 옆을 지나가면서 손으로 그녀의 어깨를 짚었다. 그의 손길에 그녀의 어깨가 뻣뻣하게 굳는 것이 느껴졌다.

보슈는 소음이 비교적 들리지 않는 곳까지 간 뒤 옛 파트너에게 말했다. "감식반원들이 찾아낸 게 좀 있어?"

"하나도 없어." 에드거가 말했다. "만약 조폭들이 저지른 짓이라면, 내 평생 이렇게 깨끗한 현장은 처음 봐. 지문 하나 없다니까. 부분지문도 없어. 스프레이 페인트 통도 깨끗해. 무기도 없고, 아무것도 없어."

"샤키한테 패거리가 있었던 건 사실이야. 오늘까지 대로 근처의 모텔에 같이 있었지. 하지만 조직에 가입한 적은 없어." 보슈가 말했다. "자료에 다 있는 얘기야. 샤키는 사기꾼이었어. 저런 사진들을 미끼로 동성애자를 터는 놈들 있잖아."

"그러니까, 저놈이 조폭 자료철에 이름이 올라가 있기는 한데 조폭은 아니었다고?"

"맞아."

에드거는 고개를 끄덕이며 말했다. "그래도 누군가한테 조폭으로 오해를 받아서 당했을 수도 있어."

이때 위시가 두 사람에게 다가왔지만 아무 말도 하지 않았다.

"이게 조폭 사건이 아니라는 건 자네도 알잖아, 제드." 보슈가 말했다.

"내가?"

"그래. 조폭 사건이었다면, 페인트가 꽉 찬 통이 저 안에 남아 있지 않았겠지. 그런 물건을 그냥 두고 가는 조폭은 없으니까. 게다가 저기 벽에다 낙서를 남긴 놈은 솜씨가 없었어. 페인트가 흘렀잖아. 벽에다 페인트를 뿌리는 방법을 모르는 놈이 한 짓이야."

"잠깐만 이리 와 봐." 에드거가 말했다.

보슈는 위시를 바라보며 괜찮다는 뜻으로 고개를 끄덕였다. 그리고 에드거와 함께 몇 걸음 걸어가서 노란색 차단 테이프 근처에 섰다.

"저 애가 자네한테 무슨 얘기를 해준 거야? 그리고 저 녀석이 사건에 연루됐다면, 왜 풀려나서 제멋대로 돌아다니게 된 거지?" 에드거가 물었다.

보슈는 자초지종을 간단히 들려주었다. 샤키가 이번 사건의 중요인물인지는 아직 모르지만, 누군가가 샤키를 중요인물로 판단했거나 위험을 무릅쓰고 가만히 두고 보면 안 되겠다는 판단을 내린 것 같다고. 보슈는 이야기를 하면서 시선을 들어 산꼭대기를 바라보았다. 꼭대기에 높이 솟은 야자수들 위로 첫 새벽빛이 보였다. 에드거도 한 걸음 물러서서 보슈처럼 고개를 젖히고 위를 바라보았다. 하지만 하늘을 보는 것이 아니었다. 그는 눈을 감고 있었다. 얼마 뒤 그가 다시 보슈에게 시선을 돌렸다.

"해리, 이번 주말이 뭔지 알아?" 그가 말했다. "현충일 연휴야. 1년 중에 가장 화려한 사흘 연휴라고. 여름의 시작을 알리는 시기니까. 작년에 나는 현충일 연휴에 집을 네 채나 팔았어. 그래서 경찰 연봉과 거의 맞먹는 돈을 벌었지."

보슈는 에드거가 갑자기 이런 이야기를 왜 꺼내는지 알 수 없었다. "무슨 소리야?"

"무슨 소리냐면… 난 이번 사건에 궁둥이를 들이밀 생각이 없다는 거야. 작년처럼 대박을 터뜨릴 기회를 놓칠 수는 없지. 그러니까 자네가 원한다면, 내가 파운즈한테 가서 자네랑 FBI가 이번 사건을 맡고 싶어 한다고 말해줄게. 자네가 이미 수사 중인 사건과 관련된 일이니까 말이야. 나는 혹시 이 사건을 맡더라도 그냥 9시 출근, 5시 퇴근을 칼같이 지킬 거야."

"파운즈한테 뭐라고 하든 그거야 자네 맘이지, 제드. 내가 왈가왈부할 수 있는 일이 아니잖아."

보슈가 위시를 향해 발길을 돌리려는 순간 에드거가 말했다. "한 가지 더. 자네가 저 애를 찾아냈다는 걸 누가 또 알아?"

보슈는 걸음을 멈추고 위시를 바라보았다. 그리고 고개를 돌리지 않은 채 에드거에게 말했다. "우리가 그 애를 거리에서 찾아냈어. 그리고 할리우드 경찰서로 가서 심문했지. 보고서는 FBI로 보냈고. 나한테서 무슨 말을 듣고 싶은 거야, 제드?"

"아무것도." 에드거가 말했다. "하지만 말이야, 해리, 자네랑 저 FBI가 증인을 좀 더 잘 보살폈어야 하는 것 아닐까? 그랬으면 나도 시간낭비 안 하고, 저 애는 목숨을 구했을지도 몰라."

보슈와 위시는 말없이 자동차가 있는 곳으로 돌아갔다. 차에 탄 뒤 보슈가 말했다. "누가 또 알았어요?"

"그게 무슨 소리예요?" 위시가 말했다.

"저 친구가 조금 아까 저기서 물어본 말이에요. 샤키에 대해 누가 또 알았느냐고."

위시는 잠시 생각에 잠겼다가 대답했다. "우리 쪽에서는 루크 요원이 매일 요약보고서를 받아보고 있어요. 최면술에 관한 메모도 루크 요원한테 전달했고요. 요약보고서는 기록실로 넘겨지고, 거기서는 보고서를 복사해서 선임 특수요원에게 줘요. 형사님이 나한테 준 그 심문 녹음테이프는 내 책상 서랍 속에 있고요. 자물쇠로 잠가뒀어요. 아직 그 테이프를 들어본 사람은 없어요. 녹취록도 작성되지 않았고요. 그렇다면 요약보고서를 본 사람들만 샤키에 대해 알고 있었을 거예요. 그래도 그런 건 생각도 말아요. 아무도… 그럴 리가 없어요."

"어쨌든 우리가 그 애를 찾아냈고, 그 애가 중요한 인물일 수도 있다는 사실을 그쪽에서는 알고 있었어요. 요원이 보기에는 어때요? 놈들한테 내부 정보원이 있는 게 분명해요."

"그건 추측일 뿐이에요. 그리고 다른 가능성도 얼마든지 있어요. 형사님도 말했듯이, 우리는 그 애를 거리에서 찾아냈어요. 그때 누가 지켜보고 있었는지도 몰라요. 그 애 친구들이나 모텔의 그 여자애가 우리가 샤키를 찾고 있다고 소문을 냈을 가능성도 있고요."

보슈는 루이스와 클락에 대해 생각해보았다. 그 두 사람도 보슈와 위시가 샤키를 찾아내서 차에 태우는 걸 보았을 것이다. 그 두 사람은 지금 무슨 역할을 하고 있는 걸까? 어느 것도 말이 되지 않았다.

"샤키는 나쁜 놈이지만 강한 녀석이었어요." 보슈가 말했다. "그런 녀석이 아무하고나 저 터널 속으로 그냥 걸어 들어갔을 것 같아요? 내가 보기에는 선택의 여지가 없었을 거예요. 그렇다면 혹시 경찰 신분증 같은 걸 지닌 사람이었는지도 몰라요."

"아니면 돈이 많은 사람이었을 수도 있죠. 상대가 돈 많은 사람이었다면 그 애가 따라갔을 거라는 걸 형사님도 아시잖아요."

위시가 아직 차에 시동을 걸지 않았기 때문에 두 사람은 가만히 앉아서 생각에 잠겼다. 마침내 보슈가 입을 열었다. "샤키는 메시지였어요."

"네?"

"메시지요. 모르겠어요? 놈들은 샤키 옆에 내 명함을 놔뒀어요. 그리고 추적할 수 없는 전화로 경찰에 신고했고요. 놈들이 샤키를 해치운 곳은 터널 안이에요. 놈들은 이게 자기들 소행이라는 걸 우리한테 알리고 싶었던 거예요. 우리 내부에 자기들 정보원이 있다는 것도 우리한테 알릴 생각이었고요. 놈들은 지금 우릴 비웃고 있어요."

위시가 자동차에 시동을 걸었다. "어디로 갈까요?"

"FBI로."

"내부 정보원 얘기, 아무한테나 하지 말아요. 그런 얘기를 꺼냈다가 나중에 사실이 아닌 것으로 드러나면, 형사님 적들이 당장 나서서 형사님을 매장해버리려 들 거예요."

적이라. 보슈는 속으로 생각했다. 이번에는 누가 내 적이지?

"나 때문에 저 애가 죽었어요." 그가 말했다. "그러니 최소한 저 애를 죽인 놈이라도 찾아내야죠."

보슈는 대기실에서 면 커튼을 통해 퇴역군인 묘지를 바라보았다. 엘리노어 위시는 FBI 사무실들로 통하는 문의 자물쇠를 열고 있었다. 묘비들이 죽 늘어선 묘지에 낮게 깔린 안개가 아직 다 걷히지 않았기 때문에, 위에서 내려다본 묘지는 마치 수많은 관 속의 유령들이 한꺼번에 일어서 있는 것 같은 모습이었다. 묘지 북편의 산꼭대기에 검은 구덩이가 푹 파여 있는 것이 보였지만, 그 구덩이의 정체가 뭔지는 여전히 알 수 없었다. 산을 길게 파 놓은 그 구덩이는 집단 매장지 같기도 했고, 거대한 상처 같기도 했다. 속살이 드러난 흙 위에는 검은 방수포가 덮여 있었다.

"커피 좀 드실래요?" 위시가 뒤에서 말했다.

"물론이죠." 보슈는 커튼에서 떨어져 나와 위시의 뒤를 따라서 안으로 들어갔다. 사무실은 텅 비어 있었다. 두 사람은 간이주방으로 들어갔다. 보슈는 위시가 커피가루 한 봉지를 필터에 쏟고 커피메이커의 스위치를 켜는 모습을 지켜보았다. 그러고 나서 두 사람은 말없이 가만히 서서 커피메이커 아래쪽의 가열판에 놓인 유리 포트에 커피가 한 방울씩 천천히 떨어지는 모습을 지켜보았다. 보슈는 담배에 불을 붙이고는 곧 먹게 될 커피에 대해서만 생각하려고 애썼다. 위시는 손을 저어 연기를 흩어버렸지만, 그에게 담배를 끄라고 말하지는 않았다.

커피가 다 되자 보슈는 블랙으로 마셨다. 그의 몸이 마치 총에 맞은 것처럼 금방 반응했다. 그는 잔을 또 하나 채워서 두 잔을 들고 사무실로 갔다. 임시로 자신에게 배정된 자리에 도착한 그는 피우던 담배의 불꽃으로 새 담배에 불을 붙였다.

"이게 마지막 담배예요." 위시가 자신을 바라보자 그는 그녀에게 약속하듯 말했다.

위시는 파일 서랍에서 물병을 꺼내 잔에 따랐다.

"그 물은 떨어지는 법이 없는 것 같네요." 보슈가 말했다.

위시는 그 말을 무시했다. "형사님, 샤키 일 때문에 우리가 자책할 필요는 없어요. 이게 우리 잘못이라고 생각하기 시작하면, 우리가 수사과정에서 만나는 모든 사람에게 보호조치를 취해주겠다고 제의해야 할 거예요. 지금이라도 샤키 엄마를 찾아가서 증인보호 프로그램에 집어 넣을까요? 모텔에서 만난 그 여자애는 또 어떻고요? 걔도 샤키랑 아는 사이였는데요. 이런 식으로 하다 보면 한도 끝도 없어요. 샤키는 샤키였어요. 거리에서 살다보면, 거리에서 죽을 수도 있는 법이에요."

보슈는 잠시 아무 말 없이 가만히 있다가 입을 열었다. "명단을 보여줘요."

위시는 웨스트랜드 사건의 자료철을 꺼내 뒤적이다가 컴퓨터 출력물을 골라냈다. 여러 쪽 분량인 그 자료는 아코디언처럼 접혀 있었다. 위시가 그것을 보슈 앞의 책상으로 던져주었다.

"그게 원본 자료예요." 위시가 말했다. "그 은행에 안전금고를 대여한 고객의 이름이 다 있어요. 옆에 메모가 써 있는 이름도 몇 개 있는데, 아마 사건과는 별로 관계 없는 내용일 거예요. 대개 보험금을 노리고 허위로 도난신고를 한 건지 아닌지에 관한 우리 판단을 적어 놓은 거니까요."

보슈는 출력물을 펼쳤다. 긴 명단 하나와, 그보다 짧고 A부터 E까지 표시가 되어 있는 명단 다섯 개로 구성된 자료였다. 보슈가 자세한 설명을 요구하자 위시가 책상 옆으로 와서 그의 어깨 너머로 자료를 바라보았다. 그녀의 머리카락에서 사과 향이 느껴졌다.

"아, 이 긴 명단은 방금 말한 것처럼 안전금고를 대여한 모든 고객의 이름이에요. 우리가 이걸 A부터 E까지 다섯 개로 나눴어요. A는 도난 사건이 있기 전 3개월 동안 안전금고를 빌린 사람들의 명단이고, B는 도난당한 물건이 전혀 없다고 말한 사람들의 명단이에요. C는 이미 사망했거나, 주소가 바뀌었거나, 금고를 빌릴 때 신상정보를 거짓으로 기재해서 우리가 찾을 수 없었던 사람들의 명단이고요. 네 번째와 다섯 번째 명단은 처음 세 가지 명단을 비교해서 일치하는 사람들을 적은 거예요. D는 사건 이전 3개월 동안에 금고를 빌렸으면서 도난물품이 없다고 말한 사람들의 명단이고, E는 역시 3개월 동안에 금고를 빌렸지만 우리가 찾을 수 없었던 사람들의 명단이에요. 이제 아시겠죠?"

보슈는 FBI가 이렇게 명단을 나눈 이유를 알 수 있었다. FBI는 범인들이 금고실에 침투하기 전에 먼저 정찰을 했을 거라고 가정했을 것이다. 은행을 찾아와 안전금고를 빌리겠다고 말하기만 하면 금고실 안을 간단히 정찰할 수 있었다. 범인 일당 중에서 금고를 빌린 인물은 금고실에 들어갈 수 있는 합당한 권리를 얻어 은행 업무시간 중 아무 때나 금고실 안으로 들어가 살펴볼 수 있었을 것이다. 그래서 사건 이전 3개월 동안 금고를 빌린 사람들의 명단 속에 정찰을 맡은 범인의 이름이 들어 있을 가능성이 높았다.

그런데 이 정찰병은 사건이 터진 뒤 남들의 주의를 끌고 싶지 않았을 것이다. 그래서 도난물품이 없다고 신고했을 가능성이 있었다. 그렇다면 D 명단에 그의 이름이 있을 가능성이 높았다. 하지만 정찰병이 아예 아무런 신고도 하지 않았거나 금고를 빌릴 때 신상정보를 허위로 기재했다면, 그의 이름은 E 명단에 있을 것이다.

D 명단에는 이름이 일곱 개, E 명단에는 다섯 개밖에 없었다. 그리고 E 명단의 이름 중 하나에 동그라미가 쳐져 있었다. 파크 라 브리아의 프레더릭 B. 아이즐리. 터스틴에서 혼다 ATV 세 대를 산 남자와 같은 이름이었다. 다른 이름들 옆에는 그냥 확인 표시만 되어 있었다.

"기억나죠?" 위시가 말했다. "내가 저 이름이 다시 등장할 거라고 했잖아요."

보슈는 고개를 끄덕였다.

"아이즐리." 위시가 말했다. "우리가 보기에는 이 사람이 정찰병 같아요. 도난사건 9주 전에 금고를 빌렸어요. 은행 기록에는 아이즐리가 그 뒤로 7주 동안 모두 합해 네 번 금고실에 들어갔다고 되어 있어요. 그런데 도난사건 이후에는 한 번도 나타난 적이 없어요. 도난 신고도 안 했고요. 게다가 우리가 연락하려고 했더니 주소도 가짜였어요."

"인상착의는요?"

"그건 별로 쓸모가 없어요. 금고실 직원들이 해준 말이라고는 몸집이 작고, 가무잡잡하고, 어쩌면 미남이었던 것 같았다는 게 전부예요. 우리는 ATV 구매자 이름을 알아내기 전에도 이미 이자가 정찰병이었을 거라고 짐작했어요. 금고를 대여한 고객이 자기 금고를 보겠다고 하면, 직원이 고객을 데리고 들어가서 금고에 보관한 물건을 살피는 방으로 안내해요. 고객의 용무가 끝나면 직원들이 금고를 제자리에 돌려놓고, 고객은 자기 대여카드에 이니셜을 적죠. 도서관 시스템과 좀 비슷해요. 그래서 우리가 대여카드를 살피다가 FBI라는 이니셜을 발견했어요. 형사님은 우연의 일치 같은 건 안 믿죠? 우리도 마찬가지예요. 아마 누가 우릴 놀리려고 그런 이름을 생각해냈을 거예요. 나중에 터스틴에서 ATV 구매사실을 찾아내면서 우리 생각이 확인된 셈이죠."

보슈는 커피를 한 모금 마셨다.

"그래도 수사에는 별로 도움이 안 됐어요." 위시가 말했다. "이자를 찾지 못했으니까요. 도난사건 이후에 금고실의 파편더미 속에서 이자의 금고가 발견됐어요. 하지만 그 금고에서도 문에서도 지문이 나오지 않았어요. 금고실 직원들에게 전과자 사진도 몇 장 보여줬지만, 메도우스 사진도 포함해서요, 직원들은 아무도 골라내지 못했어요."

"이제 프랭클린과 델가도의 사진을 들고 가서 직원들한테 다시 물어보면 어때요? 그 둘 중에 아이즐리가 있는지 어떤지."

"네, 한번 해봐야죠. 잠깐 나갔다 올게요."

위시가 일어나서 밖으로 나가자 보슈는 다시 커피를 마시며 명단을 살폈다. 명단에 있는 모든 이름과 주소를 읽어보았지만, 딱히 떠오르는 것이 없었다. 소수의 유명 연예인과 정치가들 이름만이 눈에 들어올 뿐이었다. 보슈가 명단을 두 번째로 살펴보고 있을 때 위시가 돌아왔다. 그녀는 들고 온 종이를 그의 책상 위에 내려놓았다.

"루크 요원의 사무실을 확인해봤어요. 내가 제출한 보고서들을 이미 대부분 기록실로 넘겼더라고요. 하지만 최면술 메모는 아직 상자 속에 있었어요. 틀림없이 루크 요원이 아직 이 메모를 못 봤을 거예요. 그래서 내가 도로 가져왔어요. 어차피 이젠 쓸모없는 얘기가 돼버렸으니, 루크 요원이 안 보는 편이 낫겠다 싶어서요."

보슈는 메모를 흘깃 바라본 뒤 메모지를 접어 주머니에 넣었다.

"솔직히 말해서…." 위시가 말했다. "그 어떤 서류도 남들이 쉽게 볼 수 있는 곳에 오랫동안 놓여 있지는 않았을 거예요…. 그랬을 리가 없어요. 그리고 루크 요원은… 기술관료예요. 살인자가 아니라. 행동과학실에서 형사님에 대해 내린 평가처럼, 루크 요원도 돈 때문에 선을 넘을 사람은 아니에요."

보슈는 그녀를 바라보았다. 그녀의 마음에 드는 말을 해서 그녀를 다시 자기편으로 만들고 싶었다. 하지만 무슨 말을 해야 할지 생각이 나지 않았고, 위시가 이렇게 전에 없이 차갑게 구는 이유도 이해할 수 없었다.

"그건 이제 됐어요." 보슈는 이렇게 말하고 나서 명단을 바라보다가 말을 덧붙였다. "도난물품이 없다고 말한 이 사람들을 어디까지 확인해봤어요?"

위시는 B 명단을 내려다보았다. 보슈가 B 명단이라는 말에 동그라미를 쳐 놓은 그 자료에는 19명의 이름이 있었다.

"그 사람들 전부 전과조회를 해봤어요." 위시가 입을 열었다. "전화를 걸어서 대화도 나눠봤고, 나중에는 직접 면담도 했어요. 그 과정에서 우리 요원이 뭔가 이상하다는 느낌을 받거나 상대방이 앞뒤가 안 맞는 얘기를 하고 있다는 생각이 들면 다른 요원이 사전 통지 없이 찾아가서 후속 면담을 했어요. 첫 번째 요원의 느낌이 맞는지 다른 요원이 확인하는 과정이었죠. 나는 면담에 참가하지 않았어요. 현장에 나가서 면담을 주로 담당하는 팀이 따로 있었거든요. 만약 거기에 특히 눈길이 가는 이름이 있다면 말씀만 하세요. 내가 면담 요약본을 꺼내드릴게요."

"여기 말고 다른 명단에도 있는 베트남 사람들은 어땠어요? 베트남 이름이 전부 합해서 34개던데. 그 중 네 명은 도난물품이 없는 사람 명단에 있고, FBI가 찾지 못한 사람 명단에도 한 명 있어요."

"베트남 사람들은 왜요? 마음만 먹는다면, 중국인, 한국인, 백인, 흑인, 라틴계 전부 수상하게 보일걸요. 누구나 도둑이 될 가능성이 있으니까요."

"그렇기야 하지만, 메도우스가 베트남하고 관련돼 있으니까. 게다가 프랭클린과 델가도도 관련되었을 가능성이 있어요. 셋 다 베트남에서 헌병이었어요. 찰리 컴퍼니도 이번 일에 관련됐을 가능성이 있고. 메도우스를 용의선상에 올리고 땅굴쥐들의 군대기록을 찾아볼 때, 이 명단에 있는 베트남 사람들을 자세히 확인해보지 않았어요?"

"아뇨…. 그게, 하긴 했어요. 외국인들의 경우에는 이 나라에 들어온지 얼마나 됐는지, 불법 체류자는 아닌지 알아보려고 이민국에 조회했죠. 근데 그게 전부예요." 위시는 잠시 말이 없었다. "형사님이 무슨 생각을 하는지 알겠어요. 우리가 수사 과정에서 그걸 빠뜨린 게 실수였다는 거죠. 하지만 메도우스가 용의선상에 오른 건 사건이 나고 몇 주가 지난 뒤예요. 여기 있는 사람들을 대부분 면담하고 난 뒤였다고요. 그러니까 메도우스를 조사하면서, 이미 만난 사람들을 다시 찾아가서 메도우스와의 관련성을 찾아보려고 하지는 않았던 것 같아요. 여기 베트남 사람들 중에 혹시 사건과 관련된 사람이 있을 것 같아요?"

"나도 잘 모르겠어요. 그냥 연관성을 찾아보는 거예요. 우연의 일치 같지만 사실은 우연이 아닌 것들."

보슈는 겉옷 주머니에서 수첩을 꺼내 베트남 사람들의 이름, 생년월일, 주소를 적기 시작했다. 특히 도난물품이 없다고 신고한 사람 네 명과 FBI가 찾지 못한 한 명의 이름을 맨 위에 적었다. 그가 명단을 다 적고 수첩을 막 닫은 뒤 루크가 들어왔다. 아침에 샤워를 하고 곧장 나왔는지 머리가 아직도 젖어 있는 상태였다. 손에는 '보스'라고 써 있는 커피 머그잔이 들려 있었다. 그는 보슈와 위시를 보고는 자기 손목시계를 확인했다.

"일찍 출근한 거야?"

"우리 목격자가 시체로 발견됐어요." 위시가 말했다. 무표정한 얼굴이었다.

"세상에. 어디서? 범인은 잡혔나?"

위시는 고개를 저었다. 그러고는 쓸데없는 소리는 하지 말라고 경고하는 듯한 표정으로 보슈를 바라보았다. 루크도 그를 바라보았다.

"그게 이 사건하고 관련돼 있습니까?" 루크가 말했다. "그런 증거가 있나요?"

"그런 것 같습니다." 보슈가 말했다.

"세상에!"

"같은 말만 반복하는 겁니까?" 보슈가 말했다.

"우리가 이 사건을 LA 경찰국에서 가져와서 메도우스 수사와 같이 진행해야 할까?" 루크가 위시를 바라보며 말했다. 여기서 보슈는 결정을 내릴 권한이 없었다. 위시가 아무 말도 하지 않자 루크가 말을 덧붙였다. "우리가 그 녀석한테 신변보호를 제의했어야 하는 건가?"

보슈는 도저히 가만히 있을 수 없었다. "누구한테서 보호하려고요?"

젖은 머리카락 한 가닥이 있던 자리에서 미끄러져 루크의 이마를 가로질렀다. 그의 얼굴이 시뻘겋게 달아올랐다.

"그게 도대체 무슨 뜻입니까?"

"LA 경찰국이 그 사건을 맡았다는 걸 어떻게 알았습니까?"

"뭐라고요?"

"방금 우리가 그 사건을 LA 경찰국에서 가져와야 하느냐고 물었잖습니까? 거기서 사건을 맡았다는 걸 어떻게 알았어요? 우린 아무 말도 안 했는데."

"그냥 그럴 거라고 짐작했을 뿐입니다. 보슈 형사, 당신 말 속에 숨은 뜻이 아주 거슬리는군요. 당신도 정말 거슬리고. 나나 아니면 다른 누군가가… 그러니까 수사관들 중에서 이번 사건과 관련된 정보를 누출한 사람이 있다는 뜻이라면 오늘 내부감사를 요청하겠습니다. 하지만 지금 당장 이 자리에서 분명히 말하죠. 설사 정보가 누출됐다 해도, FBI 쪽 사람은 아닙니다."

"그럼 도대체 어디일까요? 우리가 요원한테 제출한 보고서들은 어떻습니까? 그걸 본 사람이 몇 명이나 됩니까?"

루크는 고개를 절레절레 저었다.

"이봐요, 말도 안 되는 소리는 그만해요. 당신 기분은 이해합니다만, 이제 그만 진정하고 차분히 생각을 좀 해봅시다. 당신이 그 목격자를 거리에서 붙잡아서 할리우드 경찰서로 데려가 조사한 뒤에 청소년 쉼터에 데려다줬습니다. 그리고 마지막으로, 당신이 소속된 경찰국이 당신을 미행하고 있습니다. 미안하지만, 그쪽 사람들도 당신을 못 믿는 것 아닙니까."

보슈의 얼굴이 어두워졌다. 웬지 배신을 당한 것 같았다. 위시가 말해주지 않았다면, 루크가 미행에 대해 알고 있을 리가 없었다. 위시도 루이스와 클락을 본 것이다. 그렇다면 왜 보슈 대신 루크에게 먼저 그 이야기를 한 걸까? 보슈는 위시를 바라보았지만, 그녀는 자기 책상만 내려다보고 있었다. 그는 다시 루크에게 고개를 돌렸다. 루크는 마치 목에 스프링이라도 달린 것처럼 고개를 끄덕이고 있었다.

"그래요, 첫날 위시 요원이 당신을 미행하는 자들을 알아보았습니다." 루크는 빈 사무실을 둘러보았다. 청중이 좀 더 많았으면 하고 바라는 것 같은 얼굴이었다. 그는 한쪽 발에서 다른 쪽 발로 몸무게를 옮겼다. 자기 코너에서 빨리 다음 라운드가 시작되기를 기다리며 조바심을 치는 권투선수 같았다. 그래야 점점 기운이 떨어지고 있는 상대에게 KO 펀치를 먹일 수 있을 테니까. 위시는 자기 자리에서 계속 말없이 앉아 있기만 했다. 그녀의 침대에서 그녀를 끌어안고 있던 것이 100만 년 전의 일 같았다. 루크가 말했다. "함부로 남을 비난하기 전에 당신 자신과 경찰국을 먼저 돌아봐야 하는 것 아닙니까?"

보슈는 아무 말도 하지 않았다. 그냥 자리에서 일어나 문으로 향했다.

"어디 가세요?" 위시가 소리쳤다.

보슈는 돌아서서 그녀를 잠시 바라본 뒤 다시 방향을 돌려 계속 걸었다.

루이스와 클락은 보슈의 커프리스 자동차가 연방청사 주차장을 빠져나오자마자 뒤를 따르기 시작했다. 운전대는 클락이 잡았고, 루이스는 규칙대로 감시일지에 시간을 적었다.

그가 말했다. "꽁무니에 불이라도 붙은 모양인데. 좀 더 다가가는 게 좋겠어."

보슈는 윌셔에서 서쪽으로 방향을 꺾어 405번 도로로 향하는 중이었다. 클락은 아침 출근시간이라 붐비는 도로에서 그를 놓치지 않으려고 속도를 높였다.

"나라도 유일한 목격자를 잃었다면 꽁무니에 불이 붙은 심정일걸." 클락이 말했다. "나 때문에 목격자가 죽었다면 말이야."

"무슨 소리야?"

"자네도 봤잖아. 저 친구는 그 애를 쉼터에 꽂아주고 그냥 재미나 보러 가버렸어. 그 애가 뭘 봤는지, 저 친구랑 FBI 요원한테 무슨 말을 해줬는지는 모르겠지만 누군가가 그 애를 제거해야겠다고 결심할 만큼 중요한 얘기였을 거야. 그러니까 보슈가 더 신경을 썼어야지. 애를 가둬두든지 했어야 한다고."

두 사람은 405번 도로에서 남쪽으로 향했다. 보슈는 자동차 열 대 앞에서 이제 속도가 느린 차선을 달리고 있었다. 고약한 냄새를 뿜으며 공기를 오염시키고 있는 강철 덩어리들이 프리웨이에 가득했다.

"10번 도로로 가는 것 같은데." 클락이 말했다. "샌타모니카로 갈 모양이야. 그 여자 집에 다시 가는 건지도 모르지. 칫솔을 깜박 잊고 와서 말이야. 아니면 그 여자랑 낮에 저기서 만나기로 했는지도 모르고. 내 말이 무슨 뜻인지 알겠어? 저 친구는 내버려두고 어빙이랑 얘기를 해보자는 뜻이야. 이번 목격자 사건을 걸고넘어질 수 있을 것 같아. 직무유기나 뭐 그런 걸로. 행정처분 청문회를 열 사유는 돼. 그러면 최소한 살인전담반에서는 쫓겨날걸. 해리 보슈는 살인전담반에 있을 수 없다면 짐을 싸서 떠날 사람이야. 우리가 또 한 건 하는 거지."

루이스는 파트너의 아이디어에 대해 생각해보았다. 나쁘지 않은 것 같았다. 가능한 일이기도 했다. 하지만 그는 어빙의 지시 없이 멋대로 감시를 중단하고 싶지 않았다.

"그냥 계속 따라가." 그가 말했다. "저 친구가 어디서든 차를 세우면 내가 공중전화로 어빙한테 의견을 물어볼게. 오늘 아침에 그 애 소식을 알려줄 때 어빙은 아주 흥분한 눈치였어. 일이 아주 잘 풀리고 있다고 생각하는 거지. 그러니까 지시도 없이 멋대로 움직이기는 싫어."

"그럼 마음대로 해. 그런데 어빙은 그 애가 그렇게 됐다는 걸 어떻게 그리 빨리 알아냈을까?"

"그거야 나도 모르지. 앞이나 잘 봐. 저 친구가 10번 도로로 들어가고 있어."

두 사람은 회색 커프리스를 따라 샌타모니카 프리웨이로 들어섰다. 이제 사무실이 밀집한 도시에서 멀어지는 방향이었으므로 차들이 아까보다 적었다. 하지만 보슈는 속도를 내지 않았다. 엘리노어 위시의 집으로 이어지는 클로버 필드와 링컨 출구도 그냥 지나쳤다. 그는 계속 프리웨이를 달려 터널을 지난 뒤 해안 절벽을 끼고 뻗어 있는 태평양 해안 고속도로로 나왔다. 그리고 해안을 따라 북쪽으로 향했다. 머리 위에서 해가 밝게 빛나고, 말리부의 산들은 안개 속에서 흐릿한 속삭임처럼 보였다.

"이젠 어떻게 해?" 클락이 말했다.

"글쎄. 좀 뒤로 물러나."

보슈와의 사이에 적어도 자동차 한 대를 두고 달려야 하는데, 해안도로에 차가 별로 없어서 힘들었다. 루이스는 대부분의 경찰들이 미행여부를 확인하는 법이 없다고 지금도 믿고 있었지만, 오늘 보슈에 대해서는 예외를 인정하기로 했다. 목격자가 살해당했으니, 누군가가 자신을 미행했거나 지금도 미행하고 있을 거라고 본능적으로 생각할 가능성이 있었다.

"그래, 좀 뒤로 물러나지, 뭐. 우리도 시간이 많고, 저 친구도 마찬가지니까."

그 뒤로 약 6.5킬로미터를 달리는 동안 꾸준한 속도를 유지하던 보슈는 앨리스 식당과 말리부 부두 옆의 주차장으로 들어갔다. 루이스와 클락은 그냥 지나쳤다. 그렇게 800미터를 더 간 다음 클락은 불법 유턴을 해서 되돌아갔다. 두 사람이 주차장으로 들어갔을 때, 보슈의 차는 아직 그곳에 있었지만 보슈는 보이지 않았다.

"또 이 식당이야?" 클락이 말했다. "여길 어지간히도 좋아하는 모양이네."

"지금 이 시간에는 아직 문도 안 열었어."

두 사람은 사방을 살피기 시작했다. 주차장 끝에 자동차 네 대가 더 있었는데, 지붕의 거치대를 보니 부두 남쪽에서 파도를 타고 오르락내리락하고 있는 서퍼들의 차인 것 같았다. 루이스가 마침내 보슈를 발견하고 손가락으로 가리켰다. 보슈는 부두 중간쯤을 걷고 있었다. 고개를 숙인 그의 머리카락이 바람 때문에 사방으로 흩날렸다. 루이스는 카메라를 찾으려고 두리번거리다가 카메라가 아직 트렁크 안에 있음을 깨달았다. 그는 대시보드 서랍에서 쌍안경을 꺼내 점점 작아지고 있는 보슈에게 초점을 맞췄다. 보슈는 나무로 된 산책로 끝에 이르자 난간에 팔꿈치를 괴고 몸을 기댔다.

"저 친구 지금 뭐 하고 있어?" 클락이 물었다. "나도 좀 보자."

"운전은 자네 몫, 관찰은 내 몫이야. 게다가 저 친구는 지금 아무것도 안 해. 그냥 저기 서 있을 뿐이야."

"아냐, 분명히 뭔가 하고 있을 거야."

"생각을 하고 있겠지. 됐어? …아, 담배에 불을 붙이고 있네. 이제 만족해? 뭔가 하고 있잖아…. 아냐, 잠깐만."

"왜?"

"젠장. 카메라를 갖고 나오는 건데."

"오늘 카메라는 자네 담당이잖아. 난 운전 담당이고. 무슨 일인데 그래?"

"뭔가를 떨어뜨렸어. 물속으로."

루이스는 쌍안경을 통해 보슈가 난간에 힘없이 몸을 기대는 것을 보았다. 보슈는 난간 아래의 물속을 들여다보고 있었다. 부두에 다른 사람은 전혀 보이지 않았다.

"뭘 떨어뜨렸는데? 여기서 보여?"

"저 친구가 뭘 떨어뜨렸는지 내가 어떻게 알아? 여기서는 수면이 안 보이잖아. 내가 저기까지 나가서 저 서퍼 한 명을 꼬셔가지고 보슈가 있는 쪽으로 가서 좀 살펴보라고 부탁이라도 할까? 보슈가 뭘 떨어뜨렸는지는 나도 몰라."

"왜 화는 내고 그래. 그냥 물어본 건데. 그럼, 저 친구가 떨어뜨린 물건의 색깔은 기억나?"

"하얀색인 것 같았어. 공처럼. 그런데 그게 물 위에 둥둥 떠 있는 것 같던데…."

"여기서는 수면이 안 보인다며."

"내 말은, 그 물건이 둥둥 떠가는 것처럼 가라앉았다는 뜻이야. 아마 화장지 뭉치거나 종이 뭉치였던 것 같아."

"지금은 뭘 하고 있어?"

"그냥 난간 앞에 서 있어. 계속 물속을 내려다보면서."

"양심의 위기를 맞은 건가. 저 친구가 물속으로 뛰어들기라도 하면, 우리도 이 빌어먹을 일을 홀가분하게 잊어버릴 수 있을 텐데 말이야."

클락은 자신의 시시한 농담에 스스로 킥킥 웃음을 터뜨렸다. 루이스는 그냥 가만히 있었다.

"그래, 그렇게 되면 정말 좋기도 하겠다."

"쌍안경 나한테 주고 가서 전화나 해 봐. 어빙한테 어떻게 하면 되겠느냐고 물어보라고."

루이스는 쌍안경을 넘겨주고 차에서 내렸다. 먼저 그는 트렁크로 가서 니콘 카메라를 꺼내 망원렌즈를 끼운 뒤 운전석 창문 쪽으로 가서 클락에게 주었다.

"저 친구 사진 좀 찍어. 그래야 나중에 어빙한테 보여줄 게 좀 있지."

루이스는 공중전화를 찾으러 식당 쪽으로 종종걸음을 쳤다. 그리고 3분도 채 안 돼서 다시 차로 돌아왔다. 보슈는 여전히 부두 끝에서 난간에 몸을 기대고 있었다.

"어떤 상황에서도 감시를 그만두면 안 된대." 루이스가 말했다. "우리 보고서가 거지같다는 얘기도 했어. 내용을 더 자세하게 쓰고, 사진도 더 필요하대. 저 친구 사진 좀 찍었어?"

클락은 카메라로 감시를 하느라 정신이 없는지 아무 대답이 없었다. 루이스는 쌍안경을 들고 보슈를 바라보았다. 보슈는 아까와 똑같은 자세로 꼼짝도 하지 않았다. 루이스는 이해할 수가 없었다. 도대체 뭘 하는 거지? 정말로 생각을 하는 건가? 고작 그것 때문에 일부러 여기까지 나왔단 말이야?

"망할 놈의 어빙 자식, 그럴 줄 알았어." 클락이 갑자기 카메라를 무릎에 내려놓고 파트너를 바라보며 말했다. "그래, 사진을 몇 장 찍기는 했지. 어빙을 만족시킬 만큼. 근데 저 자식은 지금 아무 짓도 안 하고 있어. 그냥 난간에 몸을 기대고 서 있을 뿐이라고."

"지금은 아냐." 루이스가 계속 쌍안경을 들여다보며 말했다. "시동 걸어. 이제부터 시작이야."

보슈는 최면술 메모를 구겨서 물속에 버린 뒤 부두를 떠났다. 더러운 바다에 던져진 꽃잎처럼 메모지는 잠시 수면 위에서 버티다가 물속으로 가라앉았다. 메도우스의 살인범을 잡고야 말겠다는 다짐이 그 어느 때보다 강해졌다. 게다가 이제는 샤키를 위해서도 정의를 실현해야 했다. 보슈는 부두의 낡은 산책로를 걸어오면서 자신을 줄곧 뒤따르던 플리머스 자동차가 식당 주차장을 빠져나가는 것을 보았다. 놈들이었다. 하지만 상관없었다. 놈들이 무엇을 보았든, 아니 자기들이 본 것을 어떻게 해석하든 보슈는 상관하지 않았다. 이제는 규칙이 바뀌었다. 보슈는 루이스와 클락에 대해서도 이미 생각해둔 계획이 있었다.

그는 10번 도로를 타고 동쪽으로 달려 시내로 들어왔다. 아까 그 검은 차가 뒤를 따르고 있는지 굳이 백미러를 확인해볼 생각은 하지도 않았다. 틀림없이 미행하고 있을 것임을 이미 알고 있기 때문이었다. 그 차에게 미행당하는 것은 오히려 그가 바라는 일이었다.

로스앤젤레스 거리에 다다른 보슈는 행정청사 앞의 주차금지구역에 차를 세웠다. 그리고 건물 안으로 들어가 3층으로 올라가서 이민국의 북적거리는 대기실을 가로질렀다. 그곳에서는 감옥과 같은 냄새가 났다. 땀과 두려움과 절망의 냄새. 권태에 지친 표정의 여자가 미닫이 창문 뒤에 앉아 〈LA 타임스〉의 낱말 맞추기 퍼즐을 풀고 있었다. 창문은 닫힌 채였다. 창턱에는 정육점 카운터의 대기표 출력기처럼 생긴 플라스틱 기계가 놓여 있었다. 잠시 후 여자가 고개를 들어 보슈를 바라보았다. 보슈는 경찰 배지를 여자를 향해 들고 있었다.

"항상 슬픔과 고독을 느끼는 남자를 뜻하는, 여섯 글자 단어를 아세요?" 여자가 창문을 열고 혹시 손톱이 망가지지 않았는지 확인하며 보슈에게 물었다.

"보슈."

"네?"

"해리 보슈 형사요. 여기 문 좀 열어줘요. 헥터 V를 만나고 싶으니까."

"먼저 절차를 밟으셔야죠." 여자가 뾰로통한 표정으로 말했다. 그리고 수화기를 들고 뭐라고 속삭이더니 보슈의 배지에 적힌 이름을 손가락으로 짚었다. 잠시 후 그녀가 전화를 끊었다.

"뒤쪽으로 오시래요." 여자가 단추를 눌러 창문 옆의 문을 열어주었다. "길은 형사님이 이미 아실 거라고 하던데요."

보슈는 자신이 일하는 사무실보다 훨씬 더 비좁은 헥터 빌러보나의 사무실에서 그와 악수를 했다.

"부탁할 게 있어. 컴퓨터를 좀 써야 돼."

"그러지, 뭐."

보슈가 헥터 V를 좋아하는 이유가 바로 이거였다. 그는 이러쿵저러쿵 이유를 묻는 법이 없었다. 지금처럼 그냥 '그러지, 뭐'라고 말할 뿐이었다. 보슈는 이민국 직원들이 하나같이 허풍을 떨며 헛소리를 늘어놓기 일쑤라고 생각했지만, 헥터는 예외였다. 헥터가 회전의자에 앉은 채 벽에 붙어 있는 책상으로 굴러 가서 컴퓨터에 자신의 암호를 입력했다. "이름을 조회하고 싶은 거지? 몇 명이야?"

보슈도 헥터에게 헛소리를 늘어놓을 생각이 없었다. 그는 아까 베낀 서른네 명의 이름을 보여주었다. 헥터가 나지막하게 휘파람을 불더니 말했다. "좋아. 조회해 보지, 뭐. 근데 이건 베트남 이름이잖아. 우리 사무실에서 담당한 사람들이 아니라면, 여기도 이 사람들 자료가 없을 거야. 내가 찾아줄 수 있는 건 이 컴퓨터에 저장된 것밖에 없어. 입국 날짜, 서류처리 결과, 국적, 컴퓨터에 있는 거라면 뭐든지 검색할 수 있지만. 자네도 알지?"

물론 보슈도 알고 있었다. 하지만 그는 대부분의 베트남 난민들이 미국에 도착한 뒤 남부 캘리포니아에 정착했다는 사실도 알고 있었다. 헥터가 두 손가락으로 명단의 이름들을 입력하기 시작했다. 그리고 20분 뒤 보슈는 컴퓨터로 뽑은 출력물을 읽고 있었다.

"뭘 찾는 거야, 해리?" 헥터가 그와 함께 자료를 살피며 말했다.

"나도 몰라. 혹시 여기에 뭔가 이상한 점 없어?"

잠시 후 보슈는 또 막다른 길이구나 하는 생각이 들었다. 헥터가 이상한 점은 하나도 없다고 말할 것 같았다. 하지만 그건 틀린 생각이었다.

"여기 이 사람은 연줄이 좀 있을 거야."

응고 반 빈이라는 이름이었다. B 명단에 들어 있었다는 점만 빼면, 보슈가 처음 보는 이름이었다. 빈은 자신의 안전금고에서 도난당한 물건이 없다고 신고한 사람 중 한 명이었다.

"연줄?"

"그런 게 좀 있어." 헥터가 말했다. "정치적인 연줄이라고 할까. 이 사람 사건 번호 맨 앞에 GL이 붙어 있잖아. 그건 워싱턴의 특수사건국에서 처리한 자료라는 뜻이야. 대개 특수사건국은 집단 난민 사건은 안 다뤄. 아주 정치적인 사건만 다루지. 이란의 샤, 필리핀의 마르코스, 러시아에서 도망친 과학자나 발레리나 같은 사람들. 나랑은 거리가 먼 사람들이지."

헥터가 고개를 끄덕이며 자료를 손가락으로 짚었다.

"여기 날짜를 보면, 모든 게 너무 빨리 진행됐잖아. 그러니까 누가 손을 썼다는 얘기야. 이 친구한테 연줄이 있었다는 얘기지. 입국 날짜를 봐. 1975년 5월 4일. 이 친구가 베트남을 떠난 지 겨우 나흘째 되던 날이야. 첫날은 마닐라에 도착한 날이고, 마지막 날은 미국에 도착한 날이라고 치면, 이 친구가 마닐라에서 입국허가를 받는 데 겨우 이틀밖에 안 걸린 거야. 마닐라에서 사람들이 배를 타고 떼 지어 몰려오던 시절인데 말이야. 누가 손을 쓰지 않는 이상, 이틀 만에 수속을 끝내는 건 불가능했어. 그렇다면 이 빈이라는 친구는 마닐라에 오기 전에 이미 승인을 받았다고 봐야 돼. 연줄이 있었으니까. 이게 그렇게 이상한 일은 아니지. 당시에는 그런 사람이 많았거든. 일이 완전히 꼬여버린 뒤에 우리가 거기서 많은 사람을 빼내 왔잖아. 그 중에는 엘리트들이 많았어. 돈이 많아서 스스로를 엘리트로 포장할 능력이 있는 사람들도 많았고."

보슈는 빈이 베트남을 떠난 날짜를 보았다. 1975년 4월 30일. 메도우스가 베트남을 영원히 떠난 바로 그날이었다. 사이공이 베트콩에게 함락된 날.

"서류처리 날짜는 또 어떻고." 헥터가 또 다른 날짜를 가리키며 말했다. "정식 서류를 받을 때까지 시간이 얼마 안 걸렸어. 5월 14일에 받았으니까. 여기 도착한 지 열흘 뒤에 비자를 받은 거야. 당시 사정을 감안하면 엄청 빠르지."

"그럼 자네가 보기에는 이 친구가 어떤 사람이었을 것 같아?"

"섣불리 말하기는 힘들어. 우리 쪽 비밀요원이었을 수도 있고, 돈이 많아서 탈출 헬리콥터에 자리를 확보한 것일 수도 있지. 그 당시 일들에 대해서는 지금도 떠도는 소문이 엄청 많아. 어떤 사람이 그때 돈을 많이 벌었다더라, 1만 달러를 내면 군대 수송기에 자리를 얻을 수 있었다더라, 그것보다 돈을 더 많이 내면 아무것도 안 묻고 무조건 비자를 내줬다더라…. 그 중에 사실로 확인된 건 하나도 없지만."

"이 친구 자료를 꺼내볼 수 있어?"

"그럼. 워싱턴이라면 가능해."

보슈는 말없이 헥터를 빤히 바라보았다. 마침내 헥터가 입을 열었다. "GL 기록은 다 거기 있어. GL로 처리된 사람들의 연줄인 사람들이 있는 데가 거기니까. 무슨 말인지 알겠어?"

보슈는 여전히 아무 말도 하지 않았다.

"화내지 마, 해리. 내가 한번 해볼게. 두어 군데 전화를 해서 좀 알아볼 테니까, 나중에 다시 들러."

보슈는 그에게 FBI 사무실의 전화번호를 가르쳐주었지만, 그곳이 FBI 사무실이라는 말은 하지 않았다. 그는 헥터와 다시 악수를 나눈 뒤 사무실을 나왔다. 1층 로비에서 그는 흐릿하게 처리한 유리문을 통해 루이스와 클락을 찾아보았다. 얼마 뒤 두 사람이 탄 검은 플리머스가 모퉁이를 돌아오는 것이 눈에 들어왔다. 두 사람은 또 그 일대를 한 바퀴 돌고 온 참이었다. 보슈는 문 밖으로 나가 자신의 차를 향해 계단을 내려갔다. 내사과 형사들의 자동차가 속도를 늦추며 도로 턱 쪽으로 방향을 돌리는 모습이 시야 가장자리에 들어왔다. 두 형사는 보슈가 차에 올라 출발하기를 기다리고 있을 터였다.

보슈는 그들이 원하는 대로 해주었다. 그 자신도 원하는 일이었기 때문에.

우드로 윌슨 드라이브는 할리우드 힐스를 시계 반대방향으로 감아 돌면서 올라가는 도로다. 군데군데 갈라진 틈과 땜질 자국이 있는 이 도로는 처음부터 끝까지 차 두 대가 조심스레 속도를 늦추지 않으면 엇갈려 지나갈 수 없을 만큼 좁다. 이 도로를 따라 산 위로 올라가다 보면 왼쪽의 주택들이 산 능선을 수직으로 기어 올라가고 있는 것처럼 보인다. 오래 전부터 탄탄하게 부를 일군 사람들이 사는 곳이다. 스페인 식 타일과 치장벽토가 이 주택들을 장식하고 있다. 오른편에는 비교적 최근에 지어진 집들이 물이 말라붙어 갈색 덤불이 자라는 개울과 데이지 꽃이 핀 협곡 위로 겁도 없이 나무로 된 방들을 쭉 뻗은 모양으로 서 있다. 죽마처럼 생긴 기둥들 위에서 균형을 잡고 있는 이 집들은 산 가장자리에 아주 위태롭게 매달려 있다. 그런 집에 사는 사람들 역시 저 아래에 자리 잡은 여러 영화사에서 언제 잘릴지 모르는 직장생활을 하고 있다. 보슈의 집은 그 오른편 주택들 중 끝에서 네 번째에 있었다.

그가 마지막 굽이를 돌자 집이 눈에 들어왔다. 그는 검은 나무로 신발상자처럼 지은 그 집을 바라보며, 혹시 뭔가 달라진 점이 있는지 찾아보았다. 마치 집의 겉모양만 보고 집 안에 뭔가 잘못된 점이 있는지 알아낼 수 있다는 듯이. 집을 살핀 뒤 백미러를 확인하니, 검은 플리머스의 앞코가 굽이길을 막 돌아오는 것이 보였다. 보슈는 자기 집 옆의 주차공간에 차를 세우고 차에서 내렸다. 그리고 자신을 미행해 온 자동차를 거들떠보지도 않고 안으로 들어갔다.

그가 부두에 간 것은 루크가 한 말에 대해 곰곰이 생각해보기 위해서였다. 그렇게 생각을 하던 도중에 그는 자신의 집 자동응답기에 그냥 수화기를 내려놓는 소리만 녹음되어 있던 것을 떠올렸다. 이제 집 안으로 들어온 그는 부엌으로 가서 자동응답기의 테이프를 다시 켰다. 맨 먼저 수화기를 내려놓는 소리가 들렸다. 화요일에 걸려온 전화였다. 그 다음에는 오늘 동 트기 전에 제리 에드거가 남긴 메시지가 있었다. 에드거가 할리우드 보울로 나오라고 보슈에게 알려주기 위해 건 전화였다. 보슈는 테이프를 되감아서 수화기 내려놓는 소리를 다시 들으며 처음 이 소리를 들었을 때 그 의미를 알아차리지 못한 자신을 소리없이 꾸짖었다. 누군가가 전화를 걸어 그의 자동응답기 메시지를 듣고, 삐 소리가 난 뒤 전화를 끊었다. 그래서 수화기 내려놓는 소리가 테이프에 녹음되었다. 자동응답기에 메시지를 남길 생각이 없는 사람이라면, 대개 자신이 부재중임을 알리는 보슈의 자동응답기 메시지를 듣자마자 전화를 끊을 것이다. 만약 보슈가 집에 있으면서도 전화를 받기 싫어서 자동응답기를 켜 놓았다고 생각하는 사람이라면, 삐 소리가 난 뒤 그의 이름을 불렀을 수도 있다. 하지만 이 사람은 메시지를 다 듣고, 삐 소리까지 들은 뒤에야 비로소 전화를 끊었다. 이유가 뭘까? 보슈는 처음에 그 점을 미처 생각지 못했지만, 이제 생각해 보니 이 전화는 송수신기가 제대로 작동하는지 시험하기 위한 것 같았다.

그는 문 옆의 벽장에서 쌍안경을 꺼내 거실 창가로 갔다. 그리고 커튼 사이의 작은 틈으로 검은 플리머스를 찾아보았다. 산길을 반 블록쯤 올라간 곳에 그 차가 있었다. 루이스와 클락이 이 집을 지나쳐 올라간 뒤 차의 방향을 돌려 산 아래쪽을 향한 채 차를 세워둔 것이다. 보슈가 다시 밖으로 나오면 곧장 미행할 수 있게. 쌍안경을 통해 운전석에 앉은 루이스가 집을 지켜보는 것이 보였다. 클락은 조수석 머리받이에 머리를 기대고 눈을 감고 있었다. 두 사람 모두 이어폰을 끼고 있는 것 같지는 않았다. 그래도 확실히 확인할 필요가 있었다. 보슈는 쌍안경에서 눈을 떼지 않은 채 앞문 쪽으로 손을 뻗어 살짝 열었다가 닫았다. 두 내사과 형사는 아무런 반응도 보이지 않았다. 클락은 여전히 눈을 감은 채였고, 루이스는 명함으로 이를 쑤시는 행동을 멈추지 않았다.

보슈는 설사 두 사람이 집 안에 도청장치를 설치했다 해도 어딘가에 있는 원격장치로 소리가 송신되는 것 같다는 결론을 내렸다. 그 편이 더 안전한 방법이었다. 소리로 작동되는 소형 녹음기가 집 바깥쪽 어딘가에 감춰져 있을 가능성이 높았다. 저 두 사람은 보슈가 차를 몰고 나갈 때까지 기다렸다가 재빨리 자기들 차에서 내려 그 녹음테이프를 새 것으로 바꿀 것이다. 그렇게 해도 보슈가 산 아래 프리웨이로 들어가기 전에 그를 따라잡을 수 있을 터였다. 보슈는 창가를 떠나 거실과 부엌을 재빨리 조사해보았다. 여러 탁자와 전기제품의 아래쪽을 살펴보았지만 도청장치는 없었다. 어차피 보슈 자신도 기대는 하지 않았다. 그런 장치를 심기에 가장 좋은 곳이 전화기라는 사실은 그도 알고 있기 때문에, 전화기는 마지막을 위해 남겨두었다. 전화기는 언제나 전원이 공급

되는 데다가, 전화 통화내용은 물론 전화기가 놓여 있는 장소 근처에서 나는 소리도 모두 잡아낼 수 있었다.

보슈는 수화기를 들고, 열쇠고리에 달려 있는 작은 종이칼로 송화구 커버를 떼어냈다. 그 안에 이상한 물건은 없었다. 보슈는 귀에 대는 부분의 커버도 마저 열었다. 거기에 그것이 있었다. 보슈는 종이칼로 조심스레 그 장치를 들어올렸다. 그 뒤에 25센트 동전 크기만 한 송신기가 자석으로 붙어 있었다. 작고, 납작하고, 둥근 모양이었다. T-9라고 불리는 이 송신기는 소리로 작동되는 물건이며, 전선 두 개가 붙어 있었다. 전선 하나는 수화기 전선 중 하나를 휘감아 전원을 끌어오는 역할을 했고, 나머지 전선 하나는 손으로 잡게 되어 있는 몸통 속으로 들어가 있었다. 보슈가 그 전선을 살살 잡아당기자 비상용 전원이 따라 나왔다. AA 건전지 한 개가 들어 있는, 작고 얄팍한 파워팩이었다. 도청장치는 전화기의 전원을 이용하고 있었지만, 전화기가 걸려 있던 벽에서 분리되는 경우에도 이 건전지 덕분에 아마 여덟 시간 정도는 전원을 공급받을 수 있을 터였다. 보슈는 그 장치를 수화기에서 떼어내 식탁에 놓았다. 이제 도청기는 건전지로 돌아가고 있었다. 보슈는 그 장치를 빤히 바라보며 어떻게 해야 할지 생각해보았다. 도청기는 경찰이 흔히 사용하는 종류였다. 4~6미터 이내의 소리를 잡아낼 수 있는 이 장치는 방 안에서 오가는 모든 대화를 포착하게 설계되어 있었다. 송신 범위는 아주 작아서 아마 기껏해야 25미터에 불과할 터였다. 그것도 건물 구조 속에 금속이 얼마나 포함되어 있느냐에 따라 달라질 수 있었다.

보슈는 다시 거실 창가로 가서 거리를 살펴보았다. 루이스와 클락은 여전히 긴장한 낌새가 없었다. 도청장치가 발각됐다는 걸 알아차린 것 같지도 않았다. 루이스는 이 쑤시개를 다 끝낸 모양이었다.

보슈는 스테레오를 켜고 웨인 쇼터의 시디를 재생했다. 그리고 부엌

옆문을 통해 주차공간으로 나갔다. 내사과 형사들에게는 보이지 않는 위치였다. 그는 처음 살펴본 곳에서 바로 녹음기를 찾아냈다. 주차공간 뒤쪽 벽에 붙은 DWP 계량기 밑의 접속 배선함 속에 있었다. 5센티미터짜리 녹음테이프가 쇼터의 색소폰 소리에 반응해서 돌아가고 있었다. 이 내그라 녹음기는 T-9와 마찬가지로 집 안으로 들어오는 전기를 이용하기 위해 전선에 연결되어 있으면서 비상용 건전지도 갖추고 있었다. 보슈는 그 장치를 떼어내 집 안으로 가지고 들어와서 식탁 위의 도청기와 나란히 놓았다.

쇼터의 '502 블루스'가 끝나가고 있었다. 보슈는 대기 의자에 앉아 담배에 불을 붙이고 도청기를 바라보며 계획을 짜보려고 했다. 그러다 손을 뻗어 녹음기의 테이프를 되감은 뒤 재생 버튼을 눌렀다. 먼저 자신이 부재중임을 알리는 그의 목소리가 나오고, 할리우드 보울 사건을 알리는 제리 에드거의 메시지가 나왔다. 그다음에 문이 열렸다 닫히는 소리가 두 번, 웨인 쇼터의 색소폰 소리가 이어졌다. 시험용 전화를 건 뒤로 녹음테이프가 최소한 두 번 새것으로 바뀌었다는 뜻이었다. 그 순간 엘리노어 위시가 그를 찾아왔던 일도 테이프에 녹음됐을 거라는 생각이 들었다. 뒤쪽 베란다에서 나눈 대화도 도청기에 잡혔을지 궁금했다. 거기서 보슈는 자신과 메도우스에 관한 이야기를 했었다. 누군가가 자신의 생활 속으로 이렇게 침범했다는 생각을 하니 점점 화가 났다. 저 검은색 플리머스에 타고 있는 두 남자가 그의 사적인 순간을 훔쳐간 것이다.

보슈는 면도를 하고, 샤워를 한 뒤 새 옷으로 갈아입었다. 황갈색 여름 정장, 분홍색 옥스퍼드 셔츠, 푸른색 넥타이였다. 옷을 다 입은 뒤 그는 거실로 가서 도청기와 녹음기를 재킷 주머니에 넣었다. 그리고 쌍안경을 들고 다시 커튼 틈새로 밖을 살폈다. 내사과 형사들의 차에서는 여전히 아무런 움직임이 없었다. 보슈는 다시 옆문으로 나가서 집을 떠받치고 있는 첫 번째 기둥의 토대인 강철 I 빔으로 내려갔다. 거기까지 가려면 집 아래쪽의 내리막길을 조심스레 내려가야 했다. 말라붙은 덤불에 금박 조각들이 흩뿌려져 있는 것이 눈에 띄었다. 엘리노어가 찾아왔을 때 그가 맥주병에서 뜯어 베란다 아래로 떨어뜨린 라벨이었다.

자신의 집 반대편으로 돌아간 그는 자신의 집처럼 강철 기둥에 의지하고 있는 옆 집 세 채의 아래쪽을 통해 산을 가로질렀다. 세 번째 집을 지난 뒤에는 능선으로 올라가 길모퉁이 너머의 도로를 내려다보았다. 그는 이제 검은 플리머스 뒤쪽에 와 있었다. 그는 바짓단에 붙은 씨앗 주머니들을 떼어낸 뒤 태평하게 도로로 걸어나갔다.

보슈는 내사과 형사들의 눈에 띄지 않고 플리머스의 조수석 문으로 다가갔다. 창문이 내려져 있었다. 그 문을 냅다 열어젖히려던 그의 귀에 코 고는 소리가 들린 것 같았다.

클락은 눈을 감은 채 입을 크게 벌리고 있었다. 보슈가 문을 열고 안으로 몸을 기울여 두 사람의 실크 넥타이를 움켜쥐었지만 반응이 없었다. 보슈는 오른발을 문틀에 대고 몸을 지탱하며 두 사람을 자기 쪽으로 끌어당겼다. 상대는 둘이었지만, 유리한 건 보슈였다. 클락은 여기가 어딘지 모르는 눈치였고, 루이스 역시 상황을 파악하지 못한 상태였다. 보슈가 넥타이를 잡고 있기 때문에, 두 사람이 저항하려고 몸부림을 치면 넥타이가 조여들면서 숨이 막히게 될 터였다. 두 사람은 마치 자진해서 끌려나오는 사람들처럼 순순히 밖으로 나와 끈에 묶인 개처럼 바닥을 질질 끌려가서 인도에서 1미터쯤 떨어진 곳의 야자수 옆에 내동댕이쳐졌다. 두 사람 모두 얼굴이 시뻘겋게 달아올라서 가쁜 숨을 몰아쉬고 있었다. 두 사람은 손으로 넥타이 매듭을 움켜쥔 채 어떻게든 숨

쉴 공간을 확보하려고 안간힘을 썼다. 보슈는 두 사람의 허리띠에서 수갑을 잡아챘다. 다시 숨을 쉴 수 있게 된 두 사람이 헉헉거리는 동안 보슈는 루이스의 왼손과 클락의 오른손을 수갑으로 묶었다. 그리고 나무 반대편으로 돌아가 루이스의 오른손에 다른 수갑을 채웠다. 하지만 클락이 보슈의 의도를 알아채고 몸을 일으켜 도망치려고 했다. 보슈는 다시 그의 넥타이를 붙잡고 세게 잡아당겼다. 클락의 머리가 앞으로 확 기울어지면서 얼굴이 야자수에 냅다 부딪혔다. 그가 순간적으로 멍해진 사이에 보슈는 그의 손목에 수갑을 채웠다. 두 내사과 형사는 야자수를 양편에서 끌어안은 자세로 수갑에 묶여 바닥을 뒹굴었다. 보슈는 두 사람의 총집에서 총을 빼낸 뒤 뒤로 물러나 숨을 골랐다. 그리고 두 사람의 총을 플리머스 앞좌석에 던져버렸다.

"넌 죽었어." 마침내 클락이 갈라진 목소리로 간신히 말했다.

두 사람은 야자수를 사이에 둔 채 간신히 몸을 일으켜 섰다. 다 큰 남자 둘이서 원을 그리며 춤을 추다가 신호에 따라 주저앉는 놀이를 하다가 들킨 것 같았다.

"동료 경찰관을 공격하다니. 두 명이나." 루이스가 말했다. "경찰관의 품위에 어긋나는 행동이야. 그것 말고도 이제는 혐의를 여섯 개 정도는 확보했어, 보슈." 그가 심하게 기침을 하는 바람에 클락의 양복에 침이 튀었다. "당장 수갑을 풀어주면 이번 일은 잊어줄 수도 있어."

"무슨 소리야? 잊긴 뭘 잊어?" 클락이 파트너에게 말했다. "저놈을 아주 박살을 내버려야지."

보슈는 주머니에서 도청기를 꺼내 두 사람이 볼 수 있게 내밀었다. "박살나는 건 내가 아닐 텐데."

루이스는 도청장치를 보고 말했다. "우리가 한 일이 아냐."

"당연히 그러시겠지." 보슈가 말했다. 그는 반대편 주머니에서 녹음기를 마저 꺼내 두 사람 앞에 내밀었다. "소리로 작동하는 내그라. 너희들이 합법이든 불법이든 일을 할 때마다 사용하는 게 이거 아냐? 우리 집 전화기 안에 있던데. 내가 어딜 가든 너희 두 멍청이가 날 쫓아다닌다는 걸 알아차리자마자 이것도 찾아냈어. 그런데 너희가 날 감시하는 걸로도 모자라 도청까지 하려고 이걸 우리 집에 설치한 게 아니라고?"

루이스도 클락도 아무 말이 없었다. 어차피 보슈도 대답을 기대한 건 아니었다. 클락의 한쪽 콧구멍 가장자리에 작은 핏방울이 맺혀 있는 것이 보였다. 우드로 윌슨 드라이브를 달려오던 자동차가 속도를 늦췄지만, 보슈가 경찰 배지를 꺼내 보여주자 그냥 가버렸다. 내사과 형사 두 사람도 그 차를 향해 도움을 요청하지 않았기 때문에 보슈는 이제 걱정하지 않아도 되겠다는 생각이 들었다. 이제는 그의 뜻대로 일이 굴러갈 것이다. 경찰국은 경찰관, 시민운동가는 물론 심지어 영화배우까지도 불법적으로 도청한 일 때문에 여론의 뭇매를 맞은 경험이 있었다. 따라서 이 두 녀석도 이걸 문제 삼지는 않을 터였다. 보슈를 박살내는 일보다 자기들 자리를 보전하는 일이 먼저일 테니까.

"도청을 해도 된다는 영장은 미리 받으셨나?"

"이봐, 보슈." 루이스가 말했다. "아까 말했잖아. 우리는…."

"아니겠지. 영장을 받으려면 범죄의 증거가 있어야 하니까. 적어도 내가 듣기로는 그렇다던데 말이야. 하지만 내사과가 항상 그렇게 세세한 규칙을 잘 지키는 건 아니지. 너희들이 나한테 공격을 당했다고 주장하면 남들 눈에 어떻게 보일 것 같아, 클락? 내가 너희들을 차에서 끌어내서 그 번쩍이는 엉덩이에 풀물을 들였다고 날 권리위원회에 회부해서 쫓겨나게 만들려고 한다면, 나도 너희 둘, 너희 상관인 어빙, 내사과, 경찰국장, 그리고 이 도시 전체를 수정헌법 4조 위반 혐의로 연방법정에 세울 거야. 불법적인 수색과 압수 혐의 말이야. 시장도 포함시켜야지. 어때?"

클락은 보슈 발치의 잔디밭에 침을 뱉었다. 그의 코에서 핏방울 하나가 하얀 셔츠 위로 떨어졌다. 그가 말했다. "그게 우리 거라는 사실을 증명할 수 없을 거야. 우리 것이 아니니까."

"보슈, 원하는 게 뭐야?" 루이스가 불쑥 말했다. 분노 때문에 아까 넥타이로 목이 졸렸을 때보다 더 검붉은 색으로 얼굴이 달아오르고 있었다. 보슈는 두 사람 주위를 천천히 걷기 시작했다. 그래서 두 사람은 그를 시야에서 놓치지 않기 위해 계속 고개를 움직이거나 야자수에 묶인 채 몸을 틀어야 했다.

"내가 원하는 게 뭐냐고? 글쎄, 난 너희들을 더할 나위 없이 경멸하지만, 사실 너희를 법정으로 끌어내는 짓은 하고 싶지 않아. 여기 길바닥에서 너희를 질질 끌고 온 걸로 충분하거든. 내가 원하는 건…."

"보슈, 정신과의사한테나 한번 가보는 게 어때?" 클락이 불쑥 말했다.

"조용히 해, 클락." 루이스가 말했다.

"너나 조용히 해." 클락이 말을 되받았다.

"사실 정말로 그쪽 검사를 받아본 적이 있어." 보슈가 말했다. "그래도 아직은 너희 머리보다 내 머리가 더 좋아. 너희는 머리를 검사받으려면 항문 전문의한테 가야 되잖아."

이 말을 할 때 보슈는 클락의 뒤편에 가까이 다가가 있었다. 그는 몇 걸음 뒤로 물러나 다시 두 사람 주위를 돌기 시작했다. "이거 알아? 나도 지난 일을 기꺼이 묻어버릴 용의가 있어. 너희가 몇 가지 질문에 대답만 해주면 돼. 그러면 우린 비기는 게 되니까, 수갑을 풀어줄게. 사실 우리 모두 경찰 가족이잖아. 안 그래?"

"질문이라니, 보슈?" 루이스가 말했다. "무슨 소리야?"

"언제부터 날 미행하기 시작했어?"

"화요일 오전부터. 네가 FBI에서 나올 때부터야." 루이스가 말했다.

"대답해주지 마." 클락이 파트너에게 말했다.

"저놈도 이미 아는 사실이잖아."

클락은 루이스를 바라보며 믿을 수 없는 소리를 들었다는 듯 고개를 절레절레 저었다.

"우리 집 전화기에 도청기를 심은 건 언제야?"

"그런 적 없어." 루이스가 말했다.

"웃기는 소리. 하지만 뭐, 그냥 넘어가지. 내가 보이타운에서 그 애를 심문하는 걸 봤지?" 이건 질문이라기보다 단언이었다. 보슈는 자신이 두 사람의 행동을 대부분 알고 있으며, 군데군데 빈틈을 메우고 싶을 뿐이라는 인상을 주고 싶었다.

"그래." 루이스가 말했다. "우리가 미행을 처음 시작한 날이야. 그때 네가 우리를 본 게 맞군. 그래서 뭐?"

루이스가 겉옷 주머니를 향해 손을 움직이는 것이 보였다. 보슈는 재빨리 그에게 다가가서 그보다 먼저 주머니에 손을 넣었다. 수갑 열쇠를 포함해서 열쇠 여러 개가 걸려 있는 열쇠고리가 그 안에 있었다. 보슈는 열쇠고리를 자동차 안으로 던졌다. 그리고 루이스의 등 뒤에서 말했다. "그 얘기를 누구한테 했어?"

"그 얘기라니?" 루이스가 말했다. "그 애 일 말이야? 아무한테도 안 했어. 아무한테도."

"매일 감시 일지를 쓰지? 사진도 찍고. 안 그래? 저 자동차 뒷좌석에 틀림없이 카메라가 있을걸. 혹시 깜박 잊고 트렁크에 그냥 놔둔 게 아니라면 말이야."

"그거야 당연하지."

보슈는 담배에 불을 붙인 뒤 다시 걷기 시작했다. "그 자료들은 누구한테 제출해?"

잠시 시간이 흐른 뒤에야 루이스가 입을 열었다. 그가 클락과 눈짓을 주고받는 것이 보였다. "첫 번째 일지와 사진 필름은 어제 제출했어. 차장의 서류함에 넣었지. 항상 그래. 차장이 그걸 봤는지 어쨌는지는 우리도 몰라. 지금까지 우리가 제출한 서류는 그게 다야. 이제 그만 이 수갑 좀 풀지, 보슈. 오가는 사람들이 이 꼴을 다 보고 있는데, 너무 창피하잖아. 수갑을 푼 뒤에도 이야기는 할 수 있어."

보슈는 두 사람 사이로 걸어 들어가서 연기를 내뿜고는, 대화가 끝날 때까지 수갑을 풀어줄 생각이 없다고 말했다. 그러고는 클락의 얼굴을 향해 몸을 기울이고 이렇게 말했다. "사본은 누구한테 제출하지?"

"감시 보고서 말이야? 사본은 없어, 보슈." 루이스가 말했다. "그건 경찰국 절차를 위반하는 짓이라고."

보슈는 기가 막히다는 듯 웃음을 터뜨리며 고개를 저었다. 이 두 사람이 경찰국 방침을 위반한 사실이나 불법적인 활동을 인정할 리가 없다는 것은 그도 알고 있었다. 그는 두 사람 곁을 떠나 자기 집을 향해 걷기 시작했다.

"잠깐만 기다려, 기다리라고, 보슈." 루이스가 소리쳤다. "보고서 사본을 너희 과장한테 줬어. 됐지? 그러니까 이리 돌아와."

보슈가 다시 돌아오자 루이스가 말을 이었다. "너희 과장이 계속 상황을 알려달라고 했어. 우린 거절할 수가 없었고. 어빙 차장도 문제 삼지 않았어. 그래서 지시대로 했을 뿐이야."

"그 보고서에 그 아이에 대해 뭐라고 썼어?"

"아무것도. 그냥 어떤 애가 있다는 게 전부야…. 어, '감시대상이 소년과 대화를 나눴음. 소년은 공식적인 심문을 위해 할리우드 경찰서로 이송.' 대충 이런 내용이지, 뭐."

"보고서에 그 애 신원을 밝혔어?"

"이름은 안 썼어. 우리도 이름을 몰랐으니까. 정말이야, 보슈. 우린 그냥 널 감시했을 뿐이야. 그뿐이라고. 이제 수갑을 풀어."

"거리의 집은? 내가 그 녀석을 그리로 데려가는 걸 지켜봤지? 그것도 보고서에 썼어?"

"그래. 일지에 썼어."

보슈는 다시 두 사람에게 가까이 다가섰다. "이제 정말 중요한 질문이야. FBI가 더 이상 불만을 제기하지 않는데, 내사과가 왜 아직도 날 감시하는 거지? FBI가 파운즈한테 전화를 걸어서 불만을 철회했어. 그때는 너희도 물러날 것처럼 굴었지. 그런데 실제로는 아니잖아. 이유가 뭐야?"

루이스가 뭐라고 말을 하려 했지만 보슈가 그를 제지했다. "이건 클락이 말해 봐. 넌 머리가 너무 빨리 돌아가, 루이스."

클락은 한 마디도 하지 않았다.

"클락, 내가 만났던 그 아이가 시체로 발견됐어. 나랑 만나서 이야기를 했다는 이유로 누군가가 그 녀석을 죽인 거야. 그런데 그 녀석이 나랑 만났다는 걸 아는 사람은 너랑 네 파트너밖에 없어. 그러니까 분명히 내가 모르는 뭔가가 있는 거야. 너희가 대답을 안 해주면, 난 모든 걸 언론에 공개해버릴 거야. 그러면 너희 둘 다 내사과의 조사를 받는 신세가 되겠지."

클락이 마침내 입을 열었다. 보슈가 두 사람에게 질문을 던지기 시작한 지 5분 만이었다. "시끄러, 새끼야."

루이스가 곧장 끼어들었다.

"이봐, 보슈. 내가 말해줄게. FBI는 널 안 믿어. 그래서 이렇게 된 거야. FBI는 널 사건 수사에 포함시키겠다면서도, 너에 대해 확신할 수 없다고 우리한테 말했어. 네가 수사에 참여하려고 힘으로 밀고 들어왔다면서 말이야. 그래서 네가 사기를 치지 않게 널 지켜보는 수밖에 없다고 했어. 그뿐이야. 그래서 우린 전면에는 나서지 말고 계속 널 지켜보라는 지시를 받은 거야. 우린 지시대로 했을 뿐이야. 이제 수갑 풀어. 이젠 숨도 가쁘고, 손목도 아프다고. 네가 이걸 얼마나 꽉 조이게 채웠는지 알아?"

보슈는 클락에게 시선을 돌렸다. "네 수갑 열쇠는 어디 있어?"

"오른쪽 앞주머니." 클락은 보슈의 시선을 피하며 아무렇지도 않은 척했다. 보슈는 그의 뒤로 돌아가서 그의 허리를 감싸듯이 양손을 뻗어 주머니에서 열쇠고리를 꺼낸 뒤 그의 귓가에서 속삭였다. "클락, 내 집에 한 번만 더 들어오면 내가 죽여버릴 거야."

보슈는 클락의 바지와 팬티를 확 잡아당겨 발목까지 내리고는 그 자리를 떴다. 그리고 열쇠고리를 자동차 안에 던져버렸다.

"야, 이 나쁜 새끼야!" 클락이 소리쳤다. "내가 널 먼저 죽여버릴 거야, 보슈."

보슈는 자신이 도청기와 내그라를 갖고 있는 한 루이스와 클락이 경찰국에 자신을 고발하지 않을 거라고 확신했다. 그랬다가는 두 사람이 더 많은 것을 잃게 될 터였다. 도청 사실이 시민들에게 알려져 스캔들이 되고 소송까지 벌어진다면, 두 사람의 미래는 그걸로 끝이었다. 보슈는 자기 차에 올라 다시 연방청사로 향했다.

샤키에 대해 알거나 알아낼 기회가 있었던 사람이 너무 많았다. 그러니 내부의 정보원을 확실히 걸러낼 방법이 없었다. 루이스와 클락은 그 아이를 직접 보고 그 정보를 어빙과 파운즈에게 넘겼다. 하지만 그 밖의 사람들이 또 누구에게 그 정보를 알려주었는지는 알 길이 없었다.

루크와 FBI 기록실 직원도 샤키에 대해 알고 있었다. 게다가 샤키가 거리에서 보슈와 함께 있는 것을 본 사람들, 또는 보슈가 샤키를 찾고 있다는 소문을 들은 사람들도 있었다. 보슈는 앞으로 상황이 전개되는 것을 두고 볼 수밖에 없다는 결론을 내렸다.

연방청사에서 FBI가 들어 있는 층의 유리 창구 뒤에 있는 빨간 머리 접수원은 그에게 기다리라고 하더니 그룹 3에 전화를 걸었다. 보슈는 얇은 커튼 사이로 다시 묘지를 확인했다. 능선에 파 놓은 구덩이 속에서 여러 사람이 일하고 있는 것이 보였다. 상처처럼 푹 파인 땅의 벽에 검은 돌로 만든 벽돌을 붙이는 중이었다. 벽돌에 반사된 햇빛이 하얀 점들처럼 날카롭게 반짝였다. 보슈는 이제야 저 사람들이 무엇을 만들려고 하는지 알 것 같았다. 등 뒤에서 문의 잠금장치가 윙 하고 열리는 소리가 나서 보슈는 뒤로 돌아 문 안으로 들어갔다. 12시 30분이었다. 사무실 안에는 엘리노어 위시밖에 없었다. 그녀는 자기 자리에 앉아서 달걀 샐러드 샌드위치를 먹고 있었다. 그가 지금까지 가 본 모든 관청 청사 카페테리아에서 팔고 있던, 삼각형 플라스틱 상자에 든 샌드위치였다. 플라스틱 물병과 종이컵도 책상 위에 놓여 있었다. 두 사람은 간단히 인사를 주고받았다. 보슈는 그녀와의 사이가 변했다는 느낌을 받았지만, 그 변화가 얼마나 큰 것인지는 알 수 없었다.

"아침부터 여기 있었어요?" 그가 물었다.

위시는 아니라고 대답했다. 프랭클린과 델가도의 사진을 가지고 웨스트랜드 내셔널 은행의 금고실 직원들을 만나봤는데, 거기 여직원 중 한 명이 프랭클린이 프레더릭 B. 아이슬리라고 확인해주었다고 했다. 그 은행에서 안전금고를 빌려 정찰병 역할을 했던 바로 그 인물이라고.

"그 정도면 충분히 영장을 받을 수 있지만, 프랭클린의 행방이 묘연해요." 위시가 말했다. "루크 요원이 운전면허 기록에 나와 있는 주소로 요원들을 두어 명 보냈어요. 델가도의 집에도요. 그 요원들한테서 조금 전에 연락이 왔는데, 둘 다 이사를 갔거나 아니면 처음부터 거기 살지 않았던 것 같대요. 잠적해버린 모양이에요."

"그럼 이제 어쩌죠?"

"모르겠어요. 루크 요원은 두 사람을 잡을 때까지 수사를 중단하자고 해요. 그러면 형사님은 살인전담반으로 돌아가야 할 거예요. 둘 중 한 명이라도 잡히면, 우리가 형사님을 다시 불러서 메도우스 살인사건에 대해 놈을 조사하게 해드릴게요."

"샤키의 살인사건도 있어요. 그것도 잊으면 안 됩니다."

"맞아요, 그것도요."

보슈는 고개를 끄덕였다. 수사는 끝났다. FBI는 이제 수사를 중단할 참이었다.

"아 참, 형사님한테 온 메시지가 있어요." 위시가 말했다. "헥터라는 사람이 전화했다고 전해달라고만 하던데요."

보슈는 위시 바로 옆의 책상에 앉아 헥터 빌러보나의 직통번호로 전화를 걸었다. 벨이 두 번 울린 뒤 헥터가 전화를 받았다.

"보슈야."

"아, FBI에서 뭘 하는 거야?" 헥터가 물었다. "자네가 준 번호로 전화를 걸었더니 그쪽에서 FBI라고 하던데."

"말하자면 얘기가 길어. 나중에 얘기해줄게. 그래, 뭣 좀 찾아냈어?"

"별로. 앞으로도 뭘 찾아낼 수 있을 것 같지 않아. 그 서류를 찾을 수가 없어. 그 빈이라는 친구 말인데, 뭣 하는 사람인지는 몰라도 연줄이 대단한 모양이야. 우리도 짐작했던 거지만. 그 친구 기록은 지금도 기밀로 분류돼 있어. 그쪽 아는 사람한테 전화해서 그 자료를 보내달라고 부탁했는데, 그 친구가 나중에 다시 전화해서 안 되겠다고 하더라고."

"그게 왜 아직도 기밀로 분류되어 있는 거야?"

"그걸 누가 알겠어? 그러니까 기밀인 거지. 아무도 그 꿍꿍이를 알아차릴 수 없게."

"어쨌든 고마워. 이젠 그 서류가 그렇게 중요하지도 않게 됐어."

"국무부 쪽에 혹시 아는 사람이 있어? 기밀에 접근할 수 있는 사람 말이야. 그러면 혹시 자료를 구할 수 있을지도 몰라. 나야 허울만 그럴듯한 통계부서 직원이니까 말이야. 아, 그런데 내가 아는 그 친구가 자기도 모르게 슬쩍 흘린 말이 하나 있어."

"그게 뭔데?"

"그게, 내가 빈의 이름을 가르쳐줬잖아. 그런데 그 친구가 나중에 나한테 전화해서 하는 말이 '미안해. 빈 대위의 기록은 기밀이야'라는 거야. 그 친구 말을 한 자도 안 틀리게 그대로 옮긴 거야. 대위라고 했어. 그러니까 빈이라는 친구는 틀림없이 군인이었을 거야. 그래서 우리 쪽에서 그 친구를 그렇게 빨리 이리로 빼내온 거야. 그 친구가 정말로 군인이었다면, 확실하게 목숨을 구한 거지."

"그래." 보슈는 헥터에게 고맙다고 인사한 뒤 전화를 끊었다.

그리고 위시에게 혹시 국무부 쪽에 아는 사람이 있느냐고 물었다. 그녀는 고개를 저었다. "군대 정보부나 CIA 쪽에도 없어요?" 보슈가 말했다. "컴퓨터 파일을 열어볼 권한이 있는 사람 말입니다."

위시는 잠시 생각을 해본 뒤 대답했다. "글쎄요, 여기 국무부 사무실에 한 명 있기는 해요. 워싱턴에 있을 때 알던 사람인데, 도대체 무슨 일이에요?"

"그 사람한테 전화해서 부탁 좀 해줄 수 있겠어요?"

"그 사람은 전화로는 이야기를 안 해요. 업무에 관한 이야기라면. 그러니까 우리가 거기까지 가야 해요."

보슈는 자리에서 일어났다. 그리고 그녀와 함께 밖으로 나와 엘리베이터를 기다리는 동안 빈의 이야기를 해주었다. 그가 군인이며, 메도우스와 같은 날 베트남을 떠났다고. 엘리베이터 문이 열리자 두 사람은 안으로 들어갔다. 위시가 7층 버튼을 눌렀다. 엘리베이터 안에는 두 사람뿐이었다.

"요원은 처음부터 알고 있었죠? 내가 미행당한다는 걸." 보슈가 말했다. "내사과 형사들한테."

"그 사람들을 봤어요."

"눈으로 보기 전에도 알고 있었을 걸요. 그렇죠?"

"그런다고 뭐가 달라지나요?"

"내 생각에는 그래요. 왜 나한테 말 안 했어요?"

위시는 한동안 말이 없었다. 엘리베이터가 멈췄다.

"나도 모르겠어요." 위시가 말했다. "미안해요. 처음에는 말을 안 한 거였는데, 나중에는 말을 하고 싶어도 못하겠더라고요. 그랬다가는 모든 게 어그러질 것 같아서요. 지금 생각하니 말을 안 했어도 결국 그렇게 된 것 같지만."

"처음에는 왜 말을 안 한 거죠, 엘리노어? 여전히 날 믿지 못해서 그런 겁니까?"

위시는 스테인리스스틸로 마감된 엘리베이터 구석만 바라보았다. "처음에는 그랬어요. 우리가 아직 형사님을 믿지 못했어요. 그렇지 않았다고 거짓말을 할 생각은 없어요."

"그럼 나중에는요?"

7층에서 문이 열렸다. 위시는 밖으로 나가면서 말했다. "형사님이 지금 여기서 일하고 계시는 게 대답 아닌가요?"

보슈는 그녀의 뒤를 따라 엘리베이터에서 내려 그녀의 팔을 잡고 멈춰 세웠다. 두 사람이 그렇게 서 있는 동안 거의 똑같이 생긴 회색 양복 차림의 두 남자가 열려 있는 엘리베이터 문 안으로 돌진해 들어갔다.

"그래요, 난 아직 여기서 일하고 있죠. 하지만 요원이 나한테 미행당한다는 사실을 말하지 않은 건 변함없어요."

"이 얘기는 나중에 하면 안 될까요?"

"문제는, 우리가 샤키와 함께 있는 걸 그 두 사람이 봤다는 거예요."

"네, 그랬겠죠."

"그런데도 내가 내부의 정보원 얘기를 할 때 요원은 아무 말도 안 했어요. 그 애에 대해 누구한테 이야기했느냐고 물었을 때. 이유가 뭐죠?"

"나도 모르겠어요."

보슈는 자신의 발을 내려다보았다. 이 세상에서 자기만 뭐가 어찌 돌아가는지 모르고 있는 것 같았다.

"내가 그 두 사람하고 이야기를 해봤어요." 그가 말했다. "우리가 그 애랑 같이 있는 걸 그냥 지켜보기만 했을 뿐이라고 하더군요. 더 이상 자세히 조사해보지는 않았다고. 자기들은 그 애 이름도 몰랐다고 했어요. 그러니까 두 사람이 제출한 보고서에는 샤키의 이름이 없었어요."

"그 사람들 말을 믿으세요?"

"전에도 믿은 적 없어요. 하지만 두 사람이 이번 일에 연루되었을 것 같지는 않아요. 그건 앞뒤가 안 맞는 일이니까. 그 두 사람은 그냥 날 노리고 있을 뿐이에요. 날 잡을 수만 있다면 무슨 짓이든 할 겁니다. 그렇다고 목격자를 처치할 정도는 아니에요. 그건 미친 짓이니까."

"어쩌면 그 두 사람이 사건에 연루된 사람에게 정보를 넘겨주고 있는데, 정작 본인들은 그 사실을 모르는 것일 수도 있어요."

보슈는 어빙과 파운즈를 다시 떠올렸다.

"그럴 가능성도 있죠. 어쨌든 중요한 건, 내부에 공범이 있다는 거예요. 어딘가 분명히 있어요. 우리 경찰 쪽일 수도 있고, 여기 FBI 쪽일 수도 있습니다. 그러니까 우리는 언행을 각별히 조심해야 해요."

그는 그녀의 눈을 똑바로 들여다보며 말했다. "날 믿어요?"

그녀는 한참 시간을 끌다가 마침내 고개를 끄덕였다. "그렇지 않고서는 지금 상황을 설명할 길이 없네요."

위시가 접수원을 만나러 간 동안 보슈는 약간 뒤로 물러나 있었다. 몇 분 뒤 젊은 여자가 닫힌 문 뒤에서 나와 두 사람에게 두어 개의 복도를 지나 자그마한 사무실로 가는 길을 알려주었다. 책상은 비어 있었다. 두 사람은 책상을 마주 보고 있는 두 개의 의자에 앉아 기다렸다.

"누굴 만나러 온 거예요?" 보슈가 속삭이는 소리로 물었다.

"내가 이 사람한테 형사님을 소개하면, 이 사람이 형사님한테 말해주고 싶은 정보를 풀어놓을 거예요." 위시가 말했다.

보슈가 그게 도대체 무슨 소리냐고 막 물으려는데, 문이 열리더니 어떤 남자가 성큼성큼 안으로 들어왔다. 나이는 쉰 살쯤 되어 보였고, 은빛으로 센 머리는 세심하게 손질되어 있었다. 파란색 재킷 속의 몸매는 탄탄했다. 남자의 회색 눈은 불을 붙인 뒤 하루쯤 지난 바비큐 숯처럼 탁하게 보였다. 그는 자리에 앉았지만 보슈를 보지 않고, 줄곧 엘리노어 위시에게만 시선을 고정시켰다.

"엘리, 다시 만나서 반갑군." 그가 말했다. "잘 지내나?"

위시는 잘 지낸다고 대답한 뒤 그와 가벼운 이야기를 몇 마디 주고받았다. 그러고 나서 보슈를 그에게 소개했다. 남자는 자리에서 일어나 책상 위로 손을 뻗어서 보슈와 악수를 나눴다.

"밥 언스트입니다. 무역개발부 차장이죠. 만나서 반갑습니다. 그럼 이건 공식적인 방문인가? 옛 친구를 만나러 들른 게 아냐?"

"네. 죄송해요. 우리가 수사 중인 사건에 도움이 좀 필요해서요."

"뭐든 말만 해, 엘리." 보슈는 언스트를 만난 지 1분밖에 안 됐는데도 그의 태도가 거슬렸다.

"수사 중인 사건과 관련된 어떤 사람의 배경조사가 필요해요." 위시가 말했다. "차장님이라면 그다지 시간을 들이지 않아도 쉽게 정보를 구해주실 수 있을 것 같아서요."

"우리는 구하기가 힘든 정보입니다." 보슈가 말을 덧붙였다. "살인사건인데, 정상적인 경로로 정보를 요청할 시간이 없습니다. 워싱턴에 연락해서 결과를 기다려야 하니까요."

"외국인입니까?"

"베트남인입니다." 보슈가 말했다.

"여기 온 게 언제죠?"

"1975년 5월 4일."

"아, 함락 직후군요. 알겠습니다. 그런데 도대체 어떤 살인사건이기에 FBI와 LA 경찰국이 함께 수사를 하는 겁니까? 게다가 그렇게 오래전에 다른 나라에서 일어났던 일까지 관련돼 있다니요."

"차장님." 위시가 입을 열었다. "제 생각에는…."

"아냐, 대답할 필요 없어." 언스트가 목소리를 높였다. "그래, 자네가 옳아. 정보를 분절화하는 편이 좋겠지."

언스트는 책상 위의 자질구레한 물건들과 책상덮개를 정리하는 시늉을 했다. 하지만 애당초 지저분하게 흩어진 건 하나도 없었다.

"언제까지 필요한 정보야?" 마침내 그가 물었다.

"당장 필요해요." 위시가 대답했다.

"여기서 기다리겠습니다." 보슈가 말했다.

"물론, 내가 아무것도 찾아내지 못할 수도 있다는 걸 알고 있겠죠? 이렇게 급하게 찾아내야 한다면 말입니다."

"물론이에요." 위시가 말했다.

"이름을 써 봐."

언스트는 책상덮개 위로 종이 한 장을 밀었다. 위시는 거기에 빈의 이름을 써서 다시 언스트에게 밀어주었다. 언스트는 그 이름을 잠시 바라보다가 종이에는 손도 대지 않고 일어섰다.

"한번 손을 써 보지." 그는 이렇게 말하고서 방을 나갔다.

보슈는 위시를 바라보았다.

"엘리라고요?"

"그 얘긴 하지 마세요. 난 누구든 그 이름으로 날 부르는 게 싫어요. 그래서 언스트 차장의 전화를 안 받는 거예요."

"지금까지는 그랬다는 얘기겠죠. 이젠 저 사람한테 신세를 졌으니 그럴 수 없잖아요."

"언스트 차장이 정보를 찾아주면 그렇죠. 그러면 형사님도 신세를 진게 돼요."

"그럼 언스트가 날 엘리라고 불러도 가만히 있어야겠군요."

위시는 이 말을 듣고도 웃지 않았다.

"그건 그렇고, 이 사람하고는 어떻게 알게 된 거예요?"

위시는 대답하지 않았다.

보슈가 말했다. "아마 언스트가 지금도 우리 얘기를 듣고 있을 겁니다."

그는 방 안을 둘러보았지만, 도청장치가 어딘가에 숨겨져 있는 것 같지는 않았다. 그는 책상 위에 검은 재떨이가 있는 것을 보고 담배를 꺼냈다.

"담배는 피우지 마세요." 위시가 말했다.

"반만 피울게요."

"언스트 차장을 처음 만난 건 우리 둘 다 워싱턴에서 일할 때예요. 무슨 일로 만나게 됐는지는 기억도 안 나요. 언스트 차장은 그때도 국무부에서 무슨 차장인가 하는 자리에 있었어요. 그때 둘이서 두어 번 술을 마신 게 다예요. 그 뒤로 얼마쯤 지나서 언스트 차장이 이리로 전출됐어요. 나중에 여기 엘리베이터에서 나를 우연히 만나서 나도 이리로 옮겨 왔다는 걸 안 뒤로 나한테 전화를 하기 시작했고요."

"처음부터 줄곧 CIA였던 거죠? 아니면 그것과 비슷한 일을 하거나."

"그랬을 거예요. 아마. 언스트 차장이 우리한테 정보를 찾아준다면, 그건 우리가 신경 쓸 일이 아니죠."

"그렇다고 봐야죠. 전쟁 때 나도 이 사람 같은 작자들을 만난 적이 있습니다. 이 사람이 오늘 우리한테 무슨 정보를 알려주든, 자기가 아는 걸 전부 말해주지는 않을 겁니다. 이런 사람들한테 정보는 돈이나 마찬가지니까요. 절대 모든 걸 내놓지 않아요. 아까 자기 입으로 말한 것처럼, 모든 걸 분절화하죠. 모든 걸 털어놓느니 차라리 요원을 죽이려고 사람을 보낼 겁니다."

"이제 이야기는 그만하면 안 될까요?"

"그러죠…. 엘리."

보슈는 담배를 피우고, 텅 빈 벽을 바라보며 시간을 때웠다. 언스트가 이곳을 진짜 사무실처럼 꾸미려고 노력한 흔적이 별로 없었다. 귀퉁이에 깃발도 없었고, 심지어 대통령 사진도 없었다. 언스트는 20분 뒤에 돌아왔다. 보슈가 반만 피우고 끄기로 하고 두 번째 담배를 피우고 있을 때였다. 언스트는 빈손으로 자기 책상을 향해 성큼성큼 걸어가면서 말했다. "보슈 형사, 담배는 안 피웠으면 좋겠는데요. 이렇게 폐쇄된 곳에서는 아주 거슬리거든요."

보슈는 책상 귀퉁이의 자그마한 검은색 재떨이에 담배를 비벼 껐다.

"죄송합니다." 그가 말했다. "재떨이가 있기에…."

"그건 재떨이가 아닙니다." 언스트가 착 가라앉은 목소리로 말했다. "밥그릇이에요. 300년이나 된. 베트남을 떠나면서 가져온 겁니다."

"그때도 무역개발부에 계셨습니까?"

"끼어들어서 미안한데요, 혹시 뭣 좀 찾으셨어요?" 위시가 끼어들었다. "그 사람에 대해서 말이에요."

언스트는 이 말을 듣고도 한참 동안 보슈를 노려보았다.

"별로 찾아낸 게 없어. 하지만 그나마 내가 찾아낸 게 도움이 될 것 같기는 해. 이 빈이라는 사람은 사이공에서 경찰로 일했어. 경감이었지(영어로는 대위와 경감이 모두 captain –옮긴이)…. 보슈 형사, 그 분쟁에 참전했습니까?"

"전쟁 말입니까? 네, 참전했습니다."

"당연히 그러셨겠지." 언스트가 말했다. "그럼 어디 말해보시오. 방금 내가 말한 걸 듣고 뭐 생각나는 거라도 있습니까?"

"별로요. 나야 주로 덤불 속에 있었으니까요. 사이공에 가도 양키 술집이나 문신 가게밖에는 본 게 없습니다. 그 친구가 경감이었다는 게 나랑 무슨 상관이라도 있는 겁니까?"

"그렇지는 않을 거요. 그러니 내가 그냥 말해드리지. 빈 경감은 경찰국의 풍기단속반을 맡고 있었습니다."

보슈는 잠시 생각을 해본 뒤 입을 열었다. "그럼 전쟁 때 모든 것이 그랬듯이, 그 친구도 부패했을 가능성이 높군요."

"글쎄요, 덤불 속에 있었다니 그쪽 체제에 대해서는 아는 게 별로 없을 텐데요. 사이공에서 일이 돌아가던 방식 말입니다." 언스트가 말했다.

"직접 말씀해주시죠. 차장님의 전문분야인 것 같은데요. 나는 그저 목숨을 부지하느라고 바빴습니다."

언스트는 이 공격을 무시했다. 뿐만 아니라 아예 보슈도 무시해버리기로 한 것 같았다. 그는 위시에게만 시선을 고정한 채 이야기를 시작했다.

"풍기단속반의 업무는 사실 아주 단순했어. 마약을 거래하거나, 매춘을 알선하거나, 도박을 하거나, 무슨 물건이든 암시장에서 거래하는 사람은 지역세를 물어야 했어. 경찰에 바치는 일종의 십일조라고나 할까. 그렇게 돈을 바치면 해당 지역 경찰이 건드리지 않았지. 아무런 방해를 받지 않고 사업을 할 수 있었다는 뜻이야. 물론 어느 정도 한계는 있었지만. 어쨌든 그러고 나면 남는 건 미국 헌병대뿐이었어. 당연히 그쪽에도 뇌물이 통했겠지. 항상 그런 소문이 떠돌아다녔으니까. 이런 체제가 몇 년 동안 이어졌어. 처음 전쟁이 시작됐을 때부터 미국이 철수할 때까지. 그러니까 사이공이 함락된 1975년 4월 30일까지였을 거야."

위시는 고개를 끄덕이고 언스트의 다음 말을 기다렸다.

"미국의 군사개입은 10년 이상 지속됐지. 그전에는 프랑스군이 있었고. 다시 말해서 아주, 아주 오랫동안 외세의 개입이 있었다는 얘기야."

"수천만이죠." 보슈가 말했다.

"수천만이라니요?"

"그 과정에서 수천만 달러가 오갔을 거라는 뜻입니다."

"그래요, 당연히 그랬을 겁니다. 그동안 오간 돈을 다 합하면 수천만 달러가 되겠죠."

"그럼 빈 경감의 역할은요?" 위시가 물었다.

"좀 기다려 봐." 언스트가 말했다. "당시 우리는 사이공 경찰국 내부의 부정부패를 총지휘하는 게 데블스 쓰리라 불리는 삼합회라는 정보를 갖고 있었어. 놈들한테 돈을 내지 않으면 사업을 할 수 없다고 했지. 아주 간단한 원칙이야. 그런데 우연의 일치인지, 아니 우연의 일치가 아닐 수도 있지만, 어쨌든 사이공 경찰국에 공교롭게도 삼합회의 사업영역과 정확히 일치하는 부문들을 맡은 경감이 세 명 있었어. 풍기단속반, 마약반, 순찰반. 우리가 수집한 정보에 따르면, 이 세 경감이 사실상 삼합회 자체였다고 하더군."

"우리가 수집한 정보라는 건, 무역개발국의 정보를 말하는 겁니까? 그런 정보는 어디서 얻은 거죠?"

언스트는 다시 책상을 정리하는 시늉을 하더니 차가운 눈으로 보슈를 노려보았다. "보슈 형사, 당신은 나한테 정보를 얻으러 온 것 아니오? 그런데 정보원까지 알고 싶다면, 사람을 잘못 찾아온 것 같소. 내 말을 믿든지 안 믿든지 그건 당신이 알아서 해요. 나하고는 상관없는 일이니까."

두 사람은 서로 눈싸움을 벌이면서 아무 말도 하지 않았다.

"그 사람들은 어떻게 됐죠?" 위시가 물었다. "삼합회 사람들 말이에요."

언스트는 보슈에게서 시선을 떼고 위시에게 말했다. "미국이 1973년에 군대를 철수시킨 뒤 삼합회의 수입원이 대부분 사라져버렸지. 하지만 책임 있는 사업체를 운영하는 사람들답게 그자들도 일이 그렇게 될 걸 미리 예측하고 대책을 마련해뒀어. 당시 우리 정보에 따르면, 그자들이 상당한 변화를 꾀했다더군. 원래는 사이공의 마약거래를 보호해주는 역할을 했는데, 1970년대 초에는 자기들이 직접 마약거래를 하는 쪽으로 옮겨갔다는 거야. 정치계와 군대의 연줄들이 동원됐지. 물론 경찰 쪽 연줄도. 그런 방식으로 놈들은 고지대에서 생산되는 갈색 헤로인 전량을 거래하는 중개인으로 자리를 굳혔어. 그 헤로인은 미국으로 반출됐지."

"하지만 그게 오래 가지는 못했죠." 보슈가 말했다.

"물론이오. 1975년 4월에 사이공이 함락되자 놈들도 거길 떠나야 했거든. 놈들이 번 돈은 엄청났소. 각자 1천500만에서 1천800만 달러를 번 것으로 추정됐지. 하지만 사이공이 호치민 시로 바뀐 이상 그 돈은 아무런 의미가 없었어요. 놈들이 살아남아서 그 부를 즐길 수 있는 처지도 아니었고. 그러니 거길 탈출하지 않으면, 북베트남군에 붙잡혀서 총살을 당할 수밖에 없는 상황이었소. 하지만 그냥 탈출하는 게 아니라, 그동안 번 돈도 가지고 나와야…."

"그래, 어떻게 탈출했습니까?" 보슈가 물었다.

"그건 더러운 돈이었소. 베트남 경찰의 경감이라면 가질 수도 없고, 가져서도 안 되는 돈. 그 돈을 취리히로 송금할 수도 있었겠지만, 이 사람들이 베트남인이라는 걸 명심해야 돼요. 혼란과 불신 속에서 태어나 자란 사람들이란 말이오. 전쟁도 겪었고. 이 사람들은 자기 나라 은행도 안 믿는 사람들이었소. 게다가 그자들이 가진 건 더 이상 돈이 아니었고."

"뭐라고요?" 위시가 어리둥절한 표정으로 물었다.

"그동안 계속 돈을 다른 걸로 바꿨다는 얘기야. 1천800만 달러라면 부피가 얼마나 되는지 알아? 아마 방 하나를 가득 채울 정도는 될걸. 그래서 놈들은 돈의 부피를 줄일 방법을 생각해냈을 거야. 어쨌든 우리 짐작으로는 그래."

"보석이군요." 보슈가 말했다.

"다이아몬드였소." 언스트가 말했다. "좋은 다이아몬드 1천800만 달러어치라면 신발상자 두 개에 충분히 넣을 수 있는 분량이라고 하더군."

"그리고 그걸 안전금고에 넣었고요." 보슈가 말했다.

"그럴 수도 있겠죠. 하지만 부탁이니, 내가 알 필요가 없는 정보는 알고 싶지 않소이다."

"빈이 그 세 경감 중 한 명이었군요." 보슈가 말했다. "다른 두 명은 누굽니까?"

"둘 중 한 명은 반 응구옌이라는 자라고 들었소. 죽은 걸로 알려져 있지. 그자는 베트남을 떠나지 못했소. 다른 두 경감이 죽였거나, 북베트남군에 잡혀서 죽었을 가능성도 있어요. 어쨌든 거길 떠나지 못한 건 확실해요. 사이공 함락 뒤에 호치민 시에 있던 우리 요원들이 확인한 사실이니까. 나머지 두 명은 거길 탈출해서 이리로 왔소. 둘 다 연줄과 돈을 동원해서 통행증을 받았을 거요. 그 점에 대해서는 나도 더 이상 말해줄 수 없어요…. 당신들이 찾아낸 빈 말고, 나머지 한 사람은 응구옌 트란이오. 그자는 빈과 함께 이리로 왔어요. 두 사람이 어디로 가서 뭘 했는지는 나도 모르오. 15년 전 일이니까. 그자들이 일단 이리로 넘어온 뒤에는 우리가 신경 쓸 필요가 없었거든."

"왜 그자들이 이리로 올 수 있게 해준 겁니까?"

"내가 언제 우리가 그랬다고 했소? 이걸 잘 알아둬요, 보슈 형사. 지금 내가 말한 정보 중의 대부분은 나중에 꿰어 맞춘 거라는 걸."

언스트는 이 말을 끝으로 일어섰다. 오늘 그가 분절화해서 들려줄 수 있는 정보는 여기까지라는 뜻이었다.

보슈는 FBI 사무실로 돌아가고 싶지 않았다. 언스트에게서 들은 정보가 마약처럼 그를 흥분시켰다. 그는 걷고 싶었다. 이야기를 나누고, 어딘가로 돌진하고 싶은 생각도 들었다. 엘리베이터에 오른 뒤 보슈는 로비 버튼을 눌렀다. 그리고 위시에게 밖으로 나가자고 말했다. FBI 사무실은 어항 같아서 어딘가 큰 방으로 가야 할 것 같다고.

어떤 수사에서든 정보는 항상 천천히 모습을 드러내는 것 같았다. 모래시계 속의 모래가 잘록한 허리 부분을 느리지만 꾸준히 통과하는 것처럼. 그러다 보면 어느 순간 모래시계 바닥에 쌓인 모래가 위쪽의 모래보다 더 많아지듯이 정보도 쌓이게 된다. 그리고 그때부터는 위쪽의 모래가 더 빠른 속도로 떨어지는 것처럼 보이다가, 나중에는 아예 폭포처럼 쏟아지기 시작한다. 지금 메도우스 사건, 은행 사건이 바로 그 시점에 와 있었다. 이번 일이 모두. 흩어져 있던 조각들이 차츰 제자리를 찾아 들어가고 있었다.

보슈와 위시는 정문 쪽 로비를 통해 밖으로 나와 잔디밭으로 갔다. 미국 국기 여덟 개와 캘리포니아 주기 한 개가 반원형으로 늘어선 깃대에 걸려 나른하게 펄럭이고 있었다. 오늘은 시위를 하는 사람들이 없었다. 날씨는 따뜻하고, 계절에 어울리지 않게 습했다.

"꼭 여기까지 나와야 해요?" 위시가 물었다. "그냥 우리 사무실로 올라가는 게 나을 것 같은데요. 전화기도 바로 옆에 있고, 커피도 마실 수 있잖아요."

"담배를 피우고 싶어서 그래요."

두 사람은 북쪽의 윌셔 대로 쪽으로 걸었다.

보슈가 말했다. "지금이 1975년이라고 생각해 봐요. 조금 있으면 사이공은 나락으로 떨어질 참입니다. 빈 경감은 자기 몫의 다이아몬드를 들고 탈출하려고 여기저기 뇌물을 써요. 누구한테 뇌물을 줬는지는 아직 모릅니다. 하지만 빈 경감이 미국까지 줄곧 VIP 대접을 받으며 왔다는 건 확실히 알아요. 대부분의 사람들은 배를 타고 탈출했는데, 그자는 비행기로 왔어요. 사이공에서 미국까지 나흘밖에 안 걸렸습니다. 미국의 민간인 자문이 동행하면서 여러 절차를 도와주기까지 했고요. 그게 메도우스입니다. 그 친구는…."

"정말 동행한 건지는 아직 확실히 몰라요." 위시가 말했다. "아직 단정할 수 없어요."

"여긴 법정이 아니에요. 난 그냥 내가 짐작하는 걸 말하는 겁니다. 알겠어요? 내 이야기가 마음에 안 들면, 나중에 요원이 원하는 대로 고쳐 말해요."

위시는 더 이상 간섭하지 않겠다는 듯 양손을 들어올렸고, 보슈는 이야기를 계속했다.

"메도우스와 빈은 그때 함께 있었습니다. 1975년에. 메도우스는 난민 경비인지 뭔지를 맡고 있어요. 어차피 그 친구 본인도 베트남에서 빠져나오는 길입니다. 옛날에 부업으로 헤로인을 팔던 시절부터 빈 경감과 아는 사이였을 수도 있고, 아니었을 수도 있어요. 아무래도 아는 사이였을 가능성이 크죠. 사실상 빈 경감 밑에서 일을 했을 가능성이 높아요. 빈 경감이 미국으로 가져가려는 물건이 뭔지 메도우스가 알고 있었는지는 잘 모르겠습니다. 적어도 짐작은 하고 있었다고 봐야겠죠."

보슈는 잠시 말을 멈추고 생각을 정리했다. 위시가 내키지 않는 표정으로 그의 이야기를 이어받았다.

"빈은 여기 온 뒤에도 은행을 불신하는 습성을 버리지 못해서 자기 돈을 은행에 맡기지 못해요. 문제는 또 있죠. 빈의 재산이 합법적인 재물이 아니라는 것. 미국으로 가져오면서 신고를 하지도 않았고, 애당초 빈이 갖고 있는 것 자체가 불법인 물건이에요. 이제 와서 신고를 할 수도 없고, 은행에 맡길 수도 없죠. 그랬다간 당국의 눈에 띄어서 해명을 해야 하는 신세가 될 테니까요. 그래서 빈은 차선책을 택했어요. 안전금고에 다이아몬드를 넣는 거예요. 그럼 이 이야기의 결론은 어떻게 되는 거죠?"

보슈는 대답하지 않았다. 그는 골똘히 생각에 잠겨 있었다. 두 사람은 윌셔에 이르렀다. 교차로 신호등에 보행 신호가 켜지자 두 사람은 다른 사람들의 흐름 속에 섞여 함께 길을 건넜다. 그리고 서쪽으로 방향을 꺾어 퇴역군인 묘지의 산울타리를 따라 걸었다. 보슈가 다시 이야기를 이어받았다.

"좋습니다. 빈은 이제 안전금고에 자기 몫의 다이아몬드를 넣었어요. 그리고 난민으로서 위대한 아메리칸드림을 시작합니다. 다만, 부자 난민이라는 게 다를 뿐이죠. 한편 메도우스는 전쟁이 끝난 뒤 귀국했지만 현실 속에 끼어들지도 못하고, 오랜 습관을 버리지도 못해서 마약을 살 돈을 마련하려고 절도를 시작합니다. 하지만 사이공에 있을 때만큼 상황이 녹록지가 않아요. 경찰에 체포돼서 한동안 복역한 뒤, 밖에 나왔다가 다시 잡혀 들어가기를 반복합니다. 그러다가 결국 은행 강도를 두어 번 저질러서 연방교도소를 들락날락하기 시작하죠."

산울타리에 틈이 나 있고, 벽돌을 깐 보행로가 이어져 있었다. 보슈는 그 길을 따라 걷다가 널찍한 묘지가 바라보이는 곳에 섰다. 비바람이 반짝반짝하게 닦아 놓은 하얀 묘비들이 바다처럼 펼쳐진 잔디밭을 배경으로 줄줄이 늘어서 있었다. 높은 산울타리가 거리의 소음을 막아주었다. 그래서 갑자기 모든 것이 아주 평화롭게 느껴졌다.

"공원 같군요." 보슈가 말했다.

"그래봤자 묘지예요." 위시가 속삭였다. "그만 나가요."

"그렇게 숨죽여 말할 필요 없어요. 한 바퀴 걸어보죠. 조용한 곳이잖아요."

위시는 잠시 머뭇거렸지만, 벽돌 길을 따라 떡갈나무 밑으로 걸어가는 보슈의 뒤를 따랐다. 나무는 제 1차 세계대전 참전군인들의 무덤 위에 그늘을 드리우고 있었다. 위시는 보슈를 따라잡은 뒤 이야기를 계속했다.

"이제 메도우스는 터미널 아일랜드에 있어요. 그러다가 찰리 컴퍼니라는 곳에 대해 듣게 되죠. 전직 군인이자 목사인 그곳 운영자와 연락이 닿아서, 그 사람의 지원으로 터미널 아일랜드에서 쉽사리 풀려나요. 그렇게 찰리 컴퍼니에 왔더니 옛날 전쟁 때부터 알던 친구 두 명이 거기 있는 거예요. 물론 우리 짐작이지만요. 델가도와 프랭클린이죠. 하지만 세 사람이 모두 동시에 찰리 컴퍼니에 있은 건 딱 하루뿐이었어요. 딱 하루. 그 하루 동안 그 세 사람이 모든 계획을 짰다는 건가요?"

"나도 몰라요." 보슈가 말했다. "가능성이 없는 건 아니지만, 그랬을 것 같지는 않아요. 어쩌면 계획을 나중에 짰는지도 모릅니다. 중요한 건, 놈들이 1975년에 사이공에서 함께 있었거나, 적어도 가까운 곳에 있었다는 점이예요. 그런 놈들이 찰리 컴퍼니에서 다시 만난 겁니다. 메도우스는 거기서 나온 뒤 진짜 의도를 숨기려고 몇 가지 직업을 전전하면서 가석방 기간을 보냅니다. 그다음에는 직장을 그만두고 잠적해버리죠."

"그래서요?"

"웨스트랜드 도난사건 때까지 그랬어요. 놈들은 은행 안으로 들어가서 안전금고들을 일일이 열어 빈의 금고를 찾아냅니다. 아니면, 빈의 금고가 어디에 있는지 놈들이 미리 알고 있었을 가능성도 있어요. 범행 계획을 짜면서 빈을 미행해 그자가 자기 몫의 다이아몬드를 어디에 숨겨뒀는지 알아냈겠죠. 그러니까 금고 대여기록에서 프레더릭 B. 아이즐리가 빈과 같은 시간에 금고를 보러 온 적이 있는지 확인할 필요가 있어요. 틀림없이 그랬을 겁니다. 빈과 동시에 안전금고실 안에 있으면서 빈의 금고가 어디 있는지 봤을 거예요. 그래서 안전금고실에 침투한 뒤 빈의 금고를 먼저 열고, 나중에 진짜 의도를 은폐하려고 다른 사람들 금고까지 열어서 그 안에 있는 걸 죄다 가져갑니다. 빈이 금고에서 자기 물건을 도난당했다고 신고할 수 없다는 걸 놈들도 알고 있었다는 게 계획의 핵심이에요. 빈의 물건은 합법적으로는 존재하지 않는 것이니까. 놈들도 그걸 알고 있었습니다. 완벽한 계획이죠. 그래서 진짜 목표를 숨기려고 다른 금고의 물건들을 전부 가져간 거예요."

"완전범죄네요." 위시가 말했다. "메도우스가 옥으로 돌고래를 새긴 팔찌를 전당포에 맡기지만 않았다면. 그래서 메도우스가 죽은 거예요. 하지만 우리가 며칠 전에 생각했던 것처럼, 왜 꼭 죽여야 했을까요? 게다가 말이 안 되는 건 하나 더 있어요. 만약 메도우스가 안전금고를 턴 일당 중 하나라면, 왜 그런 쓰레기장 같은 데서 살고 있었죠? 부자인데도 부자처럼 살지 않았잖아요."

보슈는 한동안 말없이 걷기만 했다. 그도 언스트와 이야기를 나눌 때부터 이 의문을 생각하고 있었다. 그는 메도우스가 방을 11개월 동안 빌리기로 하고, 방세를 미리 낸 것을 생각해보았다. 아직 살아 있다면, 다음 주에 방을 비워줘야 했을 것이다. 그런 생각을 하며 하얀 묘비들의 정원을 걷는 동안, 모든 조각들이 제자리를 찾아 들어가는 것 같았다. 이제 모래시계 위쪽에는 모래가 전혀 남아 있지 않았다. 마침내 보슈가 입을 열었다.

"완전범죄가 아직 절반밖에 완성되지 못했기 때문이에요. 그런데 메도우스가 팔찌를 전당포에 맡겼기 때문에, 범죄가 너무 일찍 드러나게 된 겁니다. 그래서 죽일 수밖에 없었을 거예요. 팔찌도 되찾아올 수밖에 없었고요."

위시는 걸음을 멈추고 보슈를 바라보았다. 두 사람은 제2차 세계대전 묘역 옆의 진입로에 서 있었다. 비바람에 닦인 묘비들 중 일부가 오래된 떡갈나무 뿌리에 밀려 줄에서 이탈해 있었다. 마치 치열교정 전문의의 손길을 기다리는 치아들 같았다.

"자세히 설명해보세요. 방금 말씀하신 거요." 위시가 말했다.

"놈들은 자기들이 진짜로 원하는 건 빈의 안전금고라는 사실을 감추려고 다른 금고들도 여러 개 털었죠?"

위시는 고개를 끄덕였다. 두 사람은 여전히 가만히 서 있는 상태였다.

"좋아요. 그럼 놈들이 계속 진짜 목적을 감추려면 어떻게 해야 할까요? 다른 상자들에서 훔친 물건을 모두 없애서 그것들이 다시는 어디서도 나타나지 않게 해야겠죠. 장물아비에게 넘겨서 없앤다는 얘기가 아니라, 정말로 없애버린다는 뜻입니다. 부수든지, 어디에 가라앉히든지, 영원히 땅속에 묻어버리든지, 하여튼 다시는 찾을 수 없게 만든다는 뜻. 안전금고에서 훔친 보석이나 오래된 동전이나 채권증서가 하나라도 어디선가 나타나는 순간, 경찰이 그걸 알게 될 테고, 그걸 단서로 범인들을 찾아 나설 테니까 말입니다."

"그럼 메도우스가 팔찌를 전당포에 맡겼다는 이유만으로 살해당했다는 거네요?" 위시가 말했다.

"순전히 그것 때문만이라고 할 수는 없죠. 이 모든 일의 저변에 뭔가 다른 게 또 있습니다. 만약 메도우스가 빈의 다이아몬드 중 자기 몫을 챙겼다면, 굳이 몇 천 달러짜리 팔찌를 갖고 있을 이유가 없잖아요. 왜 그런 데서 그렇게 살았을까요? 말이 안 되는 일이죠."

"무슨 말인지 모르겠어요."

"나도 모르겠습니다. 하지만 이렇게 생각해보면 어떨까요? 놈들이, 그러니까 메도우스와 그 일당이 빈뿐만 아니라 또 다른 경감인 응구옌 트란이 사는 곳도 알고 있었고, 두 사람이 쓰고 남은 다이아몬드를 어디에 감춰뒀는지도 알고 있었다면? 그럼 놈들이 털어야 할 은행도 두 곳이고, 다이아몬드도 두 곳의 안전금고에 들어 있었겠죠. 만약 놈들이 두 곳을 모두 털 계획을 세우고, 먼저 빈의 금고부터 턴 거라면 다음 차례는 트란의 금고일 겁니다."

위시는 이제 무슨 말인지 알겠다는 듯 고개를 끄덕였다. 보슈는 점점 마음이 들뜨기 시작했다.

"이런 일을 계획하는 데는 시간이 걸립니다. 전략을 짜고, 은행이 사흘 동안 줄곧 문을 닫는 시기에 맞춰 계획을 마련해야 하니까요. 진짜 절도사건처럼 보이게 안전금고를 여러 개 털려면 시간이 사흘 정도는 필요하거든요. 땅굴을 팔 시간도 필요하고요."

보슈는 담배를 피우는 걸 까맣게 잊고 있다가 이제야 알아차리고 담배 한 개비를 입에 물었지만, 불을 붙이지도 않은 채 다시 입을 열었다.

"내 말이 이해되죠?"

위시는 고개를 끄덕였다. 보슈는 담배에 불을 붙였다.

"좋습니다. 그럼 첫 번째 은행을 턴 뒤 두 번째 은행에 침입하기 전의 기간에 어떻게 행동하는 것이 최선일까요? 가만히 엎드려서 아무도 알아차리지 못하게 해야겠죠. 은폐용으로 털어온 물건들은 전부 없애버려야 합니다. 다른 안전금고에서 가져온 물건들 전부. 어느 것도 갖고 있으면 안 돼요. 빈의 안전금고에서 가져온 다이아몬드는 그냥 깔고 앉아 있어야 하고요. 아직은 그걸 장물아비에게 넘길 수 없습니다. 그랬다가는 경찰의 주의를 끌어서 두 번째 은행을 털 계획이 수포로 돌아갈 수 있으니까요. 게다가 빈도 이미 사람을 풀어서 다이아몬드를 찾고 있을 겁니다. 그동안 다이아몬드를 조금씩 팔아 현금화하는 작업을 했을 테니, 보석 장물아비들과 친할 거예요. 그러니 메도우스 일당은 빈에게도 들키지 않게 조심해야 했을 겁니다."

"그런데 메도우스가 규칙을 깬 거군요." 위시가 말했다. "물건 하나를 갖고 있었어요. 그 팔찌. 일당이 그걸 알아차리고 메도우스를 죽인 거고요. 그러고는 전당포에 침입해서 팔찌를 다시 훔쳐갔죠." 위시는 정말 엄청난 계획이라는 듯 고개를 절레절레 저었다. "메도우스가 그런 짓을 안 했다면, 지금도 완전범죄가 성립됐을 거예요."

보슈는 고개를 끄덕였다. 두 사람은 서로를 바라보며 가만히 서 있다가, 묘지 쪽으로 시선을 돌려 둘러보았다. 보슈는 담배를 바닥에 떨어뜨리고 발로 밟았다. 그리고 그와 동시에 위시와 함께 시선을 들어 산 위를 바라보았다. 베트남 참전용사 기념비의 검은 벽들이 보였다.

"저게 왜 저기 있어요?" 위시가 물었다.

"나도 몰라요. 복제품입니다. 절반 크기로 줄인. 가짜 대리석이죠. 저걸 가지고 전국을 돌아다니며 전시하는 모양입니다. 저걸 보고 싶어도 워싱턴까지 갈 수 없는 사람들을 위해서요."

위시가 갑자기 숨을 집어삼키며 보슈를 바라보았다.

"이번 월요일이 현충일이에요."

"알아요. 은행이 이틀 동안 문을 닫죠. 사흘 동안 닫는 데도 있고요. 트란을 찾아야 합니다."

위시는 연방청사 쪽으로 몸을 돌렸다. 보슈는 마지막으로 기념비를 한 번 더 바라보았다. 긴 칼집 모양의 가짜 대리석에 참전용사들의 이름을 새긴 기념비 복제품이 능선에 박혀 있었다. 회색 제복 차림의 남자가 그 앞의 보행로를 빗자루로 쓰는 중이었다. 자카란다 나무에서 떨어진 보라색 꽃들이 길에 수북이 쌓여 있었다.

보슈와 위시는 묘지를 나와 윌셔 대로를 건너 연방청사로 향할 때까지 아무 말도 하지 않았다. 그러다가 그녀가 보슈에게 질문을 던졌다. 보슈 자신도 줄곧 머릿속으로 이리저리 궁리해보았지만 아직 그럴듯한 대답을 찾지 못한 의문이었다.

"왜 지금이죠? 왜 이제야 나선 걸까요? 벌써 15년이나 흘렀는데."

"나도 모릅니다. 그냥 이제 때가 됐다 싶었는지도 모르죠. 사람들, 여러 가지 상황, 눈에 보이지 않는 요인들, 이런 것들이 가끔 한데 모일 때가 있잖습니까. 내가 보기에는 그런 것 같습니다. 모르죠. 어쩌면 메도우스가 빈에 대해 까맣게 잊고 살다가 어느 날 거리에서 그자를 보고 순식간에 계획을 떠올린 건지도요. 완전범죄 계획. 아니면 메도우스가 아니라 다른 사람이 그 계획을 짰을 수도 있습니다. 아니면 세 사람이 찰리 컴퍼니에 함께 있던 단 하루 동안 계획이 마련된 것일 수도 있고요. 정확한 답은 결코 알 수 없을 겁니다. 그냥 누가 어떻게 일을 저질렀는지만 알면 돼요."

"만약 놈들이 지금 어딘가에서, 아니 땅 밑에서 굴을 파고 있다면 놈들이 일을 저지를 때까지 시간이 이틀도 안 남았어요. 당장 사람들을 지하로 내려 보내서 놈들을 찾아야 해요."

도둑들의 땅굴 입구를 찾기 위해 시내 지하에 뻗어 있는 터널들 속으로 사람들을 내려 보내는 방법은 별로 가망이 없을 것 같았다. 위시가 전에 LA 시내 지하에만도 2천400킬로미터가 넘는 터널들이 뻗어 있다고 하지 않았던가. 한 달을 수색해도 도둑들의 땅굴을 찾지 못할 가능성이 있었다. 열쇠는 트란이었다. 그를 찾으면 은행도 찾을 수 있을 터였다. 그리고 도둑들도. 빌리 메도우스의 살인범과 샤키의 살인범도.

보슈가 말했다. "빈이 우리한테 트란의 소재를 알려줄 것 같아요?"

"그자는 금고에서 도난당한 물건이 없다고 신고했어요. 그러니 우리한테 트란에 관한 정보를 줄 사람 같지는 않은데요."

"맞아요. 내 생각에도 빈을 찾아가는 대신 우리가 직접 트란을 찾아봐야 할 것 같아요. 빈은 최후의 수단으로 남겨둡시다."

"내가 먼저 컴퓨터로 찾아볼게요."

"그래요."

FBI 컴퓨터와 거기서 접근할 수 있는 여러 컴퓨터 네트워크로도 응구옌 트란의 소재를 찾을 수 없었다. 보슈와 위시는 차량국, 이민국, 국세청, 사회보장 기록을 모두 뒤졌지만, 트란의 이름은 없었다. 로스앤젤레스 카운티 기록국의 가명 자료에도 역시 아무것도 없었다. 수도전력국 기록에도, 유권자 명부에도, 재산세 납부자 명단에도 그의 이름은 없었다. 보슈는 헥터 빌러보나에게 전화를 걸어, 트란이 빈과 같은 날 미국에 들어왔다는 것을 확인했지만, 그 이상의 기록은 찾지 못했다. 컴퓨터 화면을 세 시간 동안 줄곧 들여다보고 있던 위시가 마침내 컴퓨터를 껐다.

"아무것도 없어요." 그녀가 말했다. "가명을 쓰고 있을 거예요. 법적으로 이름을 바꾸지는 않은 채로. 적어도 이 나라에서는 안 바꿨어요. 이 자를 아는 사람이 아무도 없어요."

두 사람은 낙심해서 가만히 앉아 있었다. 보슈는 스티로폼 컵에 마지막으로 남아 있던 커피 한 모금을 마셨다. 이미 5시가 지난 시각이라 사무실에는 아무도 없었다. 루크는 수사상황을 보고받고 터널 속으로 사람을 내려 보내지 않기로 결정을 내린 뒤 퇴근해버렸다.

"LA 지하에 홍수 통제용 터널이 몇 킬로미터나 뻗어 있는지 알아?" 루크는 이렇게 말했다. "지하에 고속도로가 얼기설기 뻗어 있는 거나 같아. 이놈들이 정말로 지하에 있다 해도, 어디 있을지 어떻게 알아? 우리가 내려가 봤자 어둠 속을 헤매기나 할걸. 놈들이 유리한 입장이라 오히려 우리 쪽 사람들이 다칠 수도 있어."

보슈와 위시도 그의 말이 옳다는 걸 알고 있었다. 그래서 아무런 이의도 제기하지 않고, 트란을 찾는 작업에 매달렸다. 그런데 그것도 실패했다.

"이제 빈을 만나러 가야겠군요." 보슈가 커피를 삼킨 뒤 말했다.

"그자가 협조할 것 같아요?" 위시가 말했다. "우리가 트란을 찾으려는 걸 보고, 자기들 과거에 대해서도 알고 있다는 걸 알아차릴 텐데요. 다이아몬드 말이에요."

"그자가 어떻게 나올지는 나도 몰라요." 보슈가 말했다. "내가 내일 만나러 갈 생각입니다. 혹시 배고파요?"

"우리가 내일 만나러 가는 거겠죠." 위시가 보슈의 말을 바로잡고 미소를 지었다. "그리고, 맞아요, 배고파요. 일단 나가요."

두 사람은 샌타모니카의 브로드웨이 거리에 있는 어떤 식당에서 식사를 했다. 위시가 고른 곳이었다. 그녀의 아파트와 가까운 곳이었기 때문에 보슈는 기분이 들떠서 마음이 느긋해졌다. 나무로 만든 무대 구석에서 3인조가 연주를 하고 있었지만, 식당의 벽이 벽돌로 되어 있어서 소리가 거칠게 들렸고, 귀에 잘 들어오지도 않았다. 식사를 마친 뒤 두 사람은 에스프레소 잔을 앞에 놓고 말없이 편안하게 앉아 있었다. 두 사람 사이에 따스한 분위기가 흐르는 것 같았지만, 보슈는 그 이유를 스스로도 설명할 수 없었다. 맞은편에 앉아 있는 이 여자가 어떤 사람인지 그는 잘 몰랐다. 그 강렬한 갈색 눈을 한 번 바라보기만 해도 그걸 알 수 있었다. 그는 그 눈 속의 진심을 알고 싶었다. 두 사람은 침대에서 사랑을 나눴지만, 그가 원하는 것은 그녀와 사랑에 빠지는 것이었다. 그는 그녀를 원했다.

항상 그의 생각을 알고 있는 것처럼 보이는 그녀가 물었다. "오늘 나랑 같이 우리 집으로 갈래요?"

루이스와 클락은 식당 맞은편에서 반 블록쯤 내려간 곳에 있는 주차 빌딩의 2층에 있었다. 루이스는 차에서 내려 가드레일에 웅크리듯 몸을 기대고 카메라로 건너편을 감시하는 중이었다. 30센티미터 길이의 렌즈가 삼각대 위에서 100미터쯤 떨어진 식당 정문을 향하고 있었다. 주차요원의 단상 옆에 있는 문 위의 불빛만으로도 사진이 잘 나왔으면 좋겠다는 생각이 들었다. 루이스는 카메라에 고속촬영용 필름을 넣어두었다. 하지만 뷰파인더에서 깜박거리는 붉은 점은 사진을 찍지 말라는 표시였다. 아직 빛이 충분하지 않다는 뜻이었다. 루이스는 그래도 한번 찍어보기로 했다.

"사진이 안 나올걸." 클락이 뒤쪽에서 말했다. "너무 어둡잖아."

"내가 알아서 해. 사진을 못 찍어도 내가 못 찍는 거야. 누가 신경이나 쓰겠어?"

"어빙이 있잖아."

"내가 알 게 뭐야. 어빙이 우리더러 기록이 더 필요하다고 했잖아. 그러니까 만들어줘야지. 난 지금 어빙이 시킨 대로 하려는 것뿐이야."

"저 식당 근처로 내려가서 더 가까이…."

클락은 입을 다물고 돌아섰다. 발소리가 났기 때문이었다. 루이스는 계속 카메라에 눈을 고정시킨 채 셔터를 누를 순간을 기다리고 있었다. 발소리의 주인은 파란색 경비원 제복을 입은 남자였다.

"여기서 뭘 하시는 겁니까?" 경비원이 물었다.

클락이 그에게 경찰 배지를 보여주고 말했다. "근무 중이야."

젊은 흑인 청년인 경비원은 가까이 다가서서 경찰 신분증을 들여다보다가 잘 안 보이는지 손을 들어올려 신분증을 잡으려고 했다. 클락은 그의 손이 닿지 않는 곳으로 신분증을 홱 빼냈다.

"건드리지 마. 내 배지는 아무도 못 건드려."

"거기에는 LA 경찰국이라고 돼 있던데, 샌타모니카 경찰국에 통보는 하셨겠죠? 그쪽에서도 두 분이 여기 있는 걸 알고 있습니까?"

"그게 무슨 상관이야? 귀찮게 굴지 말고 가 봐."

클락은 돌아섰다. 하지만 경비원이 움직이지 않자, 그는 다시 돌아서서 말했다. "어이, 뭐 필요한 거라도 있어?"

"이 주차장은 제 담당구역입니다, 클락 형사님. 이 안에서는 어디에 있든 제 마음이에요."

"당장 꺼져. 아니면…."

그때 셔터 소리가 났다. 클락은 루이스를 돌아보았다. 루이스는 빙그레 웃고 있었다.

"찍었어." 루이스가 일어서면서 말했다. "둘이 움직이기 시작했어. 우리도 가자고."

루이스는 삼각대 다리를 접어서 회색 커프리스 조수석에 재빨리 집어넣었다. 검은 플리머스 대신 타고 나온 차였다.

"잘 있어." 클락이 경비원에게 이렇게 말하고는 운전석에 올라탔다.

차가 후진하기 시작하자, 경비원은 차를 피하기 위해 어쩔 수 없이 옆으로 펄쩍 뛰었다. 클락은 출구 쪽으로 차를 몰면서 백미러로 그 광경을 보고 미소를 지었다. 경비원이 무전기를 향해 뭐라고 말하는 것이 보였다.

"마음대로 떠들어 봐라, 이 자식아." 그가 말했다.

클락은 출구 계산대에 차를 세웠다. 그리고 주차표와 2달러를 계산대의 남자에게 건네주었다. 그런데 남자가 주차표와 돈을 받은 뒤에도 흑백 줄무늬가 있는 차단기를 올려주지 않았다.

"벤슨이 두 분을 여기 붙잡아두라고 했어요." 남자가 말했다.

"뭐라고? 벤슨이 도대체 누군데?" 클락이 말했다.

"경비원이죠. 여기 잠시 계시랍니다."

바로 그때 보슈와 위시의 차가 주차장 앞을 지나 4번가로 올라가는 모습이 두 형사의 눈에 동시에 들어왔다. 이러다가는 보슈와 위시를 놓칠 것 같았다. 클락은 계산대의 남자에게 경찰 배지를 보여주었다.

"우린 지금 수사 중이야. 저 차단기 당장 올려. 당장!"

"벤슨이 금방 올 거예요. 난 벤슨이 하라는 대로 해야 합니다. 안 그러면 여기서 잘려요."

"저 차단기를 안 열어도 여기서 잘릴 거야, 이 촌뜨기야." 클락이 소리쳤다.

그는 여차하면 차단기를 뚫고 튀어나갈 수도 있다는 걸 보여주기 위해 가속페달에 발을 올려 부릉부릉 소리를 냈다.

"우리가 차단기를 나무 대신 파이프로 만든 이유가 뭐 같아요? 해볼 테면 해보세요. 저 파이프에 앞 유리창이 박살이 날 테니까. 뭐든 맘대로 하세요. 어쨌든 경비원이 금방 올 겁니다."

경비원이 출구를 걸어 내려오는 모습이 백미러에 비쳤다. 클락은 화가 나서 얼굴이 점점 시뻘겋게 달아올랐다. 루이스가 자신의 팔을 잡는 것이 느껴졌다.

"진정해." 루이스가 말했다. "식당에서 나올 때 두 사람이 손을 잡고 있었어. 두 사람을 놓칠 일은 없을 거야. 틀림없이 여자 집으로 갔을걸. 1주일 동안 운전하기를 걸고 내기해도 좋아."

클락은 루이스의 손을 떨쳐버리고 길게 숨을 내쉬었다. 안색이 조금 차분해지는 것 같았다. 그가 말했다. "그런 건 상관없어. 지금 이게 진짜 마음에 안 드는 것뿐이야."

보슈는 오션파크 대로에 있는 위시의 아파트 건물 맞은편에서 주차 공간을 찾아 차를 세웠다. 하지만 차에서 내리지는 않고 가만히 앉아 있었다. 그는 위시를 바라보며, 몇 분 전의 그 빛나던 순간이 아직 계속되고 있음을 느꼈다. 하지만 이 순간이 어디로 이어질지는 알 수 없었다. 위시도 그걸 아는 모양이었다. 어쩌면 그녀 자신도 똑같은 느낌인 것 같기도 했다. 그녀가 그의 손 위에 자기 손을 올려놓고 몸을 기울여 그에게 입을 맞췄다. 그리고 속삭였다. "나랑 같이 들어가요."

보슈는 차에서 내려 조수석 쪽으로 돌아갔다. 위시는 이미 차 밖으로 나와 있었다. 보슈가 문을 닫은 뒤 두 사람은 차 앞쪽을 돌아 운전석 쪽 옆구리에 서서 도로에서 달려오던 차가 지나가기를 기다렸다. 그 차가 하이빔을 켠 상태였기 때문에 보슈는 시선을 피해 위시를 바라보았다. 그래서 하이빔이 두 사람을 향해 다가오고 있음을 그녀가 먼저 눈치챘다.

"해리?"

"왜요?"

"해리!"

보슈는 다가오는 차로 다시 시선을 돌렸다. 그 차의 불빛, 그러니까 두 개씩 나란히 자리 잡은 사각형 헤드라이트에서 나오는 네 개의 불빛이 두 사람을 압박하듯 다가왔다. 보슈는 몇 초 만에 그 차가 자기들 쪽으로 돌진하고 있다는 결론을 내렸다. 피할 시간이 없었다. 그런데 묘하게도 시간이 정지해버린 것 같았다. 보슈는 마치 슬로모션처럼 움직이면서 자기 오른편에 있는 위시에게 몸을 돌렸다. 하지만 그가 그녀를 도와줄 필요는 없었다. 두 사람은 동시에 보슈의 자동차 보닛 위로 뛰어올랐다. 그가 그녀의 몸 위로 몸을 굴려 함께 인도 쪽으로 굴렀다. 그 순간 보슈의 자동차가 심하게 흔들리면서 금속이 찢어지는 날카로운 소리가 났다. 파란색 불꽃들이 보슈의 시야 가장자리에서 소나기처럼 쏟아져 내렸다. 보슈는 도로 턱과 인도 사이의 좁은 잔디밭 위에 떨어졌다. 이제 위험은 지나갔다는 느낌이 들었다. 놀라기는 했지만, 당분간은 안전했다.

보슈는 일어서서 총을 꺼내 두 손으로 단단히 잡았다. 두 사람을 향해 돌진했던 자동차는 계속 달려가고 있었다. 벌써 동쪽으로 50미터쯤 멀어져서 점점 속도를 높이는 중이었다. 보슈는 그 차를 향해 총을 한 발 쏘았다. 총알이 뒤쪽 유리창을 맞고 튕겨나온 것 같았다. 거리가 멀어서 총알이 유리를 뚫지 못한 것이다. 위시가 옆에서 총을 두 발 발사하는 소리가 들렸지만, 역시 그 뺑소니 차량에는 피해를 입히지 못했다.

두 사람은 아무 말 없이 조수석 문으로 차에 올랐다. 보슈는 열쇠를 돌리는 동안 숨을 죽였지만, 문제 없이 시동이 걸렸다. 차가 끽 하는 소리를 내며 출발했다. 보슈는 점점 속도를 올리며 핸들을 좌우로 흔들어댔다. 서스펜션이 조금 헐거워진 것 같았다. 차가 얼마나 망가졌는지는 알 길이 없었다. 사이드미러를 보려고 했지만, 거울은 사라지고 없었다. 헤드라이트를 켜자 조수석 쪽 전구에만 불이 들어왔다.

뺑소니차는 적어도 다섯 블록쯤 앞서 있었다. 오션파크 대로 오르막길이 꼭대기에 다다른 지점으로, 그 뒤는 아래로 뚝 떨어져 시야에 들어오지 않았다. 뺑소니차가 언덕을 넘어 시야에서 사라지면서 그 차의 불빛도 사라졌다. 놈은 번디 드라이브 쪽으로 향하고 있는 것 같았다. 거기서부터 10번 도로까지는 금방이었다. 놈이 일단 10번 도로에 들어서면, 결코 놈을 잡을 수 없었다. 보슈는 무전기를 움켜쥐고 지원을 요청했다. 하지만 도망치는 차량의 생김새를 설명할 수 없어서 그 차가 도망치는 방향만 알려주었다.

"놈이 프리웨이로 가고 있어요, 해리." 위시가 소리쳤다. "다친 데는 없어요?"

"네. 요원은요? 차를 봤어요?"

"난 괜찮아요. 그냥 좀 놀랐을 뿐이에요. 차는 잘 못 봤어요. 미국 차 같아요. 어, 헤드라이트는 사각형이고요, 색깔은 몰라요. 그냥 어두운 색이에요. 색깔을 못 봤어요. 놈이 프리웨이를 타면 절대 놈을 못 잡을 거예요."

두 사람은 10번 도로와 평행으로 뻗은 오션파크에서 동쪽으로 달리고 있었다. 10번 도로까지는 북쪽으로 대략 여덟 블록 거리였다. 차가 오르막길 꼭대기에 오르자 보슈는 헤드라이트를 껐다. 언덕을 넘으니 헤드라이트를 끈 빵소니차가 불이 환하게 밝혀진 링컨 교차로를 통과하는 모습이 보였다. 그래, 번디 드라이브로 향하고 있는 게 분명했다. 링컨 교차로에서 보슈는 왼쪽으로 방향을 꺾으며 가속페달을 끝까지 밟았다. 그리고 헤드라이트를 다시 켰다. 차의 속도가 점점 올라가면서 쿵 하는 소리가 났다. 왼쪽 앞바퀴 타이어와 얼라인먼트가 손상된 모양이었다.

"어디로 가는 거예요?" 위시가 소리쳤다.

"프리웨이에 먼저 가 있을 거예요."

보슈가 이 말을 하자마자 프리웨이 입구 표시판이 나타났다. 보슈는 커다랗게 호를 그리며 오른쪽으로 방향을 꺾어 프리웨이 진입로에 올라섰다. 다행히 타이어가 버텨주었다. 차는 진입로를 질주해서 도로의 차들 속으로 들어갔다.

"놈을 어떻게 알아보죠?" 위시가 소리쳤다. 이제 타이어의 소음이 아주 커져서 쿵쿵거리는 소리가 계속 들려왔다.

"나도 몰라요. 사각형 헤드라이트를 찾아봐요."

두 사람은 1분 만에 번디 드라이브 입구에 들어섰다. 하지만 보슈는 빵소니차가 여기에 아직 도착하지 않은 건지, 아니면 이미 한참 전에 여길 지나갔는지 전혀 알 수 없었다. 자동차 한 대가 진입로를 올라와서 도로 진입 차선에 들어섰다. 흰색 외제차였다.

"저건 아닌 것 같아요." 위시가 소리쳤다.

보슈는 다시 가속페달을 끝까지 밟고 앞으로 나아갔다. 타이어의 쿵쿵 소리만큼이나 빠르게 심장이 두근거렸다. 추격전의 흥분 때문이기도 했고, 위시의 아파트 앞에서 차에 치이지 않고 아직 살아 있다는 기쁨 때문이기도 했다. 그는 10시와 2시 방향에서 핸들을 움켜쥐고 차를 재촉했다. 마치 달리는 말의 고삐를 쥐고 있는 것 같았다. 두 사람은 차가 뜸한 도로에서 시속 145킬로미터로 달리고 있었다. 두 사람 모두 지나가는 차들의 앞쪽을 바라보며 사각형 헤드라이트를 달았거나 오른쪽이 손상된 차를 찾아보았다.

30초쯤 뒤 보슈는 손마디가 하얗게 변할 정도로 핸들을 쥔 손에 힘을 주었다. 밤색 포드 자동차가 주행 차선에서 적어도 시속 110킬로미터를 넘는 속도로 달리고 있었다. 보슈는 그 차의 뒤에서 홱 방향을 꺾어 옆에 붙었다. 위시는 총을 꺼내 쥐고 있었지만, 밖에서는 보이지 않게 창문 아래로 내리고 있었다. 포드 자동차의 백인 남자 운전자는 이쪽을 거들떠보지도 않았다. 보슈가 차를 좀 더 앞쪽으로 몰자 위시가 소리쳤다. "사각형 헤드라이트예요. 두 개씩 나란히."

"그럼 이게 그 차예요?" 보슈가 들뜬 목소리로 마주 소리쳤다.

"그건… 몰라요. 오른편이 안 보여서 손상이 있는지 모르겠어요. 어쩌면 이 차일 수도 있어요. 운전자만 봐서는 전혀 모르겠어요."

보슈의 차는 이제 옆 차보다 4분의 3만큼 앞으로 나가 있었다. 보슈는 변속기 옆의 바닥에서 휴대용 경광등을 들어 창문을 통해 지붕에 휙 올려놓았다. 그가 스위치를 켜자 경광등 안에서 파란색 불빛이 빙빙 돌기 시작했다. 그는 포드 자동차를 천천히 갓길 쪽으로 몰았다. 위시가 창문 밖으로 손을 뻗어 차를 세우라는 신호를 보냈다. 운전자는 지시에 따를 생각인 것 같았다. 보슈는 브레이크를 세게 밟아 포드 자동차를 갓길로 확실히 몰아낸 뒤, 자신도 그 차의 뒤를 따라 갓길로 들어갔다. 소음 차단벽 옆에 나란히 차를 세운 보슈는 커다란 문제가 있음을 깨달았다. 하이빔을 켜도 여전히 조수석 쪽 헤드라이트에만 불이 들어온다는 것. 포드 자동차가 차단벽에 너무 가까이 붙어 있어서 보슈와 위시는 오른편에 손상이 있는지 확인할 수가 없었다. 그 차의 운전자는 어둠에 감싸인 채 자기 차 안에 앉아 있었다.

"젠장." 보슈가 말했다. "내가 괜찮다고 할 때까지는 오지 말아요. 알았죠?"

"알았어요." 위시가 말했다.

문이 잘 열리지 않아서 보슈는 체중을 실어 문을 세게 밀어야 했다. 그는 한 손에는 권총을, 다른 손에는 손전등을 들고 차에서 내렸다. 그리고 손전등 불빛으로 앞차의 운전자를 겨냥했다. 지나가는 차들의 소음이 귀를 울렸기 때문에 보슈는 운전자를 향해 고함을 질렀지만, 디젤 자동차의 경적 소리가 그 소리를 묻어버렸다. 게다가 다른 차가 쌩 하니 지나가며 일으킨 바람에 몸이 앞으로 쏠리기까지 했다. 보슈는 앞차의 운전자에게 창문으로 두 손이 보이게 내밀라고 다시 소리를 지르기 시작했다. 하지만 운전자는 아무런 반응이 없었다. 보슈는 다시 고함을 질렀다. 한참 시간이 흐른 뒤 보슈가 포드 자동차 뒤의 왼쪽 펜더 옆에서 자세를 잡자 운전자가 마침내 지시에 따랐다. 보슈는 뒤쪽 창문을 통해 손전등으로 차 안을 살펴보았다. 동승한 사람은 없었다. 그는 차 앞쪽으로 달려가서 손전등으로 운전자를 비추며 천천히 차에서 내리라고 지시했다.

"왜 이러는 거예요?" 남자가 항의했다. 몸집이 작고, 피부가 창백한 남자였다. 머리카락은 불그스름한 색이고, 콧수염은 속이 들여다보일 정도로 성겼다. 그가 차 문을 열고 양손을 든 자세로 내렸다. 그는 흰색 남방에 멜빵이 달린 베이지 색 바지를 입고 있었다. 그가 지나가는 자동차들을 바라보았다. 마치 자기가 어떤 곤경에 처해 있는지 잘 봐두라고 말하는 것 같았다.

"배지를 보여줘요." 남자가 더듬거리며 말했다. 보슈는 남자에게 달려들어 그를 돌려세운 뒤 차 옆구리로 밀어붙였다. 남자의 머리와 어깨는 지붕 위에 있었다. 보슈는 한 손으로 남자의 목을 잡아 누르고, 다른 손으로는 총을 남자의 귀에 댔다. 그리고 위시에게 이제 괜찮다고 소리쳤다.

"앞쪽을 확인해봐요."

보슈에게 눌린 남자가 신음소리를 냈다. 겁을 먹은 짐승 같은 소리였다. 남자가 덜덜 떠는 것이 느껴졌다. 목도 축축했다. 보슈는 위시를 보기 위해 남자에게서 눈을 떼는 짓은 절대로 하지 않았다. 갑자기 바로 뒤에서 위시의 목소리가 들려왔다.

"풀어주세요." 위시가 말했다. "이 사람이 아니에요. 차가 멀쩡해요. 엉뚱한 차를 잡았어요."

6부.

5월 25일 금요일

그들은 샌타모니카 경찰국, 캘리포니아 고속도로 순찰국, LA 경찰국, FBI의 조사를 받았다. 보슈는 음주운전 검사도 받았다. 검사결과는 음성이었다. 새벽 2시에 그는 웨스트 로스앤젤레스의 FBI 사무실에 완전히 녹초가 돼서 앉아 있었다. 이제 연안경비대나 국세청이 나설 차례인가 하는 생각이 들었다. 그와 위시는 세 시간 전 이곳에 도착한 뒤로 계속 따로 조사를 받았다. 그녀와 함께 있으면서 심문관들로부터 그녀를 보호해줄 수 없다는 것이 마음에 걸렸다. 하비 '98' 파운드 과장이 사무실로 들어와 보슈에게 오늘 조사는 끝났다고 말했다. 98 파운드는 화가 난 기색이 역력했다. 자다 말고 불려나왔기 때문만은 아니었다.

"어떻게 경찰이 돼가지고 자기를 치려던 자동차를 못 알아볼 수가 있어?" 그가 물었다.

보슈는 이제 이 질문에 익숙했다. 밤새 들은 질문이기 때문이었다.

"지금까지 날 조사한 모든 사람에게 말했듯이, 난 그때 좀 바빴어요. 내 목숨을 구하느라고 말입니다."

"그리고 자네가 불러 세운 그 친구 말인데…." 파운즈가 그의 말을 잘랐다. "세상에, 프리웨이 갓길에서 자네가 그자를 거칠게 다뤘다며? 그 자리를 지나간 자동차 운전자들 중에 카폰이 있는 사람들이 죄다 911에 전화해서 납치네, 살인이네 하고 신고를 했어. 그자를 세우기 전에 오른쪽을 먼저 좀 살펴봤어야지."

"그건 불가능했어요. 우리가 제출한 보고서에 다 있는 얘깁니다. 같은 얘기를 벌써 열 번은 한 것 같아요."

파운즈는 마치 아무 말도 듣지 못한 사람처럼 굴었다. "게다가 하필이면 변호사를 그렇게 세울 게 뭐야?"

"그래서요?" 보슈도 이제는 인내심이 점점 바닥을 드러내고 있었다. "우리가 그자한테 사과했습니다. 실수였다고요. 차가 똑같아 보여서 그랬다고. 만약 그자가 소송을 제기할 거라면, 상대는 FBI일 겁니다. 그쪽에 돈이 더 많으니까요. 그러니까 과장님은 걱정 마세요."

"아냐, 그자는 우리 둘 모두를 상대로 소송을 걸 거야. 벌써 그런 얘기를 하고 있다고, 젠장. 지금 상황은 농담이 아냐, 보슈."

"우리한테 잘했네, 잘못했네 하고 따질 때도 아니죠. 날 조사하러 이 방에 들어왔던 양복쟁이들은 전부 누군가가 우리를 죽이려 했을 가능성이 있다는 점에 대해서는 전혀 신경을 쓰지 않는 것 같더군요. 그저 내가 총을 쏘았을 때 거리가 얼마나 됐는지, 내 총알에 구경꾼들이 다칠 위험은 없었는지, 내가 이렇다 할 이유도 없이 그 차를 세운 이유가 뭔지에만 관심이 있었어요. 젠장. 누군가가 내 파트너와 날 죽이려 했다고요. 나한테 곤욕을 치렀다는 그 변호사한테 내가 그다지 미안한 감정을 느끼지 않더라도 좀 이해해주시죠."

파운즈는 이 말이 나올 것을 미리 대비하고 있었던 모양이었다.

"보슈, 지금까지 밝혀진 사실들만 놓고 보면, 그냥 음주운전을 하던 녀석이었을 수도 있어. 게다가 '파트너'라니? 자네는 우리가 이번 수사에 임시로 빌려준 사람이야. 언제라도 거기서 빠지게 될 수 있다고. 그런데 오늘 같은 일이 있었으니, 아마 자네를 빌려주는 것도 오늘로 끝이겠지. 자네는 이번 사건에 꼬박 닷새를 매달렸어. 그런데 루크한테 듣기로는, 건진 게 하나도 없다더군."

"음주운전이 아니었습니다, 과장님. 우리를 겨냥하고 달려들었다고요. 그리고 루크가 뭐라고 하든 상관없습니다. 무슨 일이 있어도 내가 범인을 잡을 테니까요. 과장님이 수사방해를 그만하시고 한 번만이라도 부하를 믿어준다면, 그래서 그 내사과 새끼들을 떼어준다면, 범인을 잡은 뒤에 조금이라도 공로를 인정받을 수 있을지도 모르죠."

파운즈의 눈썹이 롤러코스터처럼 급격하게 아치를 그렸다.

"그래요, 루이스와 클락에 대해 나도 알고 있습니다." 보슈가 말했다. "그자들이 과장님한테 보고서 사본을 보내준다는 것도 알아요. 우리가 잠시 이야기를 나눴다는 사실을 그자들이 과장님한테는 말하지 않았나 보죠? 우리 집 밖에서 졸고 있는 그 녀석들을 내가 잡았거든요."

표정을 보아 하니 파운즈는 그 이야기를 듣지 못했음이 분명했다. 루이스와 클락이 그냥 숨을 죽이고 엎드려 있다는 얘기였다. 그렇다면 보슈가 두 사람을 혼내줬다는 이유로 곤란해지지는 않을 것 같았다. 자신과 위시가 하마터면 차에 치일 뻔한 그 순간에 두 내사과 형사가 어디 있었는지 문득 궁금해졌다.

한편 파운즈는 한참 동안 침묵을 지켰다. 그는 보슈가 던져 놓은 미끼 주위를 헤엄치는 물고기였다. 그는 미끼 안에 낚싯바늘이 들어 있다는 것을 알면서도, 바늘에 걸리지 않고 미끼만 먹고 달아날 방법이 있을 거라고 생각하는 것 같았다. 마침내 그가 보슈에게 그동안의 수사상황을 보고하라고 지시했다. 낚싯바늘을 문 셈이었다. 보슈는 그에게 상황을 말해주었다. 파운즈는 20분 동안 보고를 들으며 한 번도 입을 열지 않았지만, 보슈는 롤러코스터처럼 움직이는 그의 눈썹을 보며 루크가 그에게 알려주지 않은 이야기가 뭔지 파악할 수 있었다.

보고가 끝난 뒤 파운즈는 보슈를 수사에서 빼겠다는 이야기를 다시 하지 않았다. 보슈는 그저 피곤할 뿐이었다. 잠을 자고 싶었지만, 파운즈는 아직 궁금한 것이 남은 모양이었다.

"FBI가 터널에 사람을 내려보낼 생각이 없다면, 우리라도 그렇게 해야 할까?" 그가 물었다.

보슈는 파운즈가 나중에 범인들이 잡히는 경우, 공을 인정받을 방법을 생각하고 있음을 알 수 있었다. 만약 그가 LA 경찰들을 터널에 들여보낸다면, 나중에 범인 체포의 공을 따질 때 FBI가 LA 경찰국을 함부로 무시할 수 없을 터였다. 또한 파운즈가 경찰국장에게서 직접 치하를 받게 될 수도 있었다.

하지만 보슈는 루크의 논리가 탄탄하고 옳다고 믿고 있었다. 공연히 터널에 내려갔다가는 도둑들과 우연히 맞닥뜨려서 오히려 목숨을 잃게 될 가능성이 있었다.

"아뇨." 보슈가 파운즈에게 말했다. "먼저 트란을 찾아내서 그자가 보물을 어디에 숨겼는지 알아내야 합니다. 어쩌면 은행이 아닐 수도 있어요."

파운즈는 이제 더 이상 들을 이야기가 없다는 듯이 자리에서 일어섰다. 그는 보슈에게 그만 가 봐도 좋다고 말했다. 그리고 문을 향해 가면서 말을 이었다. "보슈, 오늘 밤 이 사건 때문에 자네가 곤란해지는 일은 없을 거야. 내가 듣기에는 자네가 최선을 다한 것 같으니까 말이지. 그 변호사가 법석을 떨고는 있지만, 곧 잠잠해지겠지."

보슈는 아무 말도 하지 않았다.

"한 가지만 말하지." 파운즈의 말이 이어졌다. "위시 요원의 집 앞에서 그 일이 벌어졌다는 게 좀 마음에 걸려. 왠지 부적절한 일이 있었던 것처럼 보이거든. 아니지? 위시 요원을 그냥 집까지 바래다주는 중이었던 거지?"

"남들 눈에 어떻게 보이든 난 상관없습니다, 과장님." 보슈가 대답했다.

"근무시간이 이미 끝난 뒤의 일이니까요."

파운즈는 보슈를 잠시 바라보다가 고개를 절레절레 저었다. 자기가 손을 뻗었는데 보슈가 그 손을 무시해버렸다고 생각하는 것 같았다. 그는 밖으로 나갔다.

위시는 보슈가 있던 방 바로 옆의 조사실에 혼자 앉아 있었다. 눈을 감고 흉터투성이 책상에 팔꿈치를 괸 채, 양손으로 얼굴을 받치고 있었다. 보슈가 조사실 안으로 들어가자 그녀가 눈을 떴다. 그리고 미소를 지었다. 그걸 보자마자 보슈는 피로, 좌절감, 분노가 한꺼번에 사라져버렸다. 그녀의 미소는 잘못을 저질렀지만 어른들에게 혼나지 않고 무사히 곤경에서 빠져나온 아이가 함께 고생한 다른 아이에게 짓는 미소였다.

"다 끝났어요?" 그녀가 말했다.

"네. 요원은요?"

"끝난 지 한 시간도 넘었어요. 저 사람들은 형사님을 닦달하고 싶었던 모양이에요."

"항상 그렇죠. 루크 요원은 갔어요?"

"네, 재빨리 가버렸어요. 내일 두 시간마다 한 번씩 자기한테 보고하래요. 오늘 밤에 그런 일이 난 걸 보고, 자기가 이번 수사를 제대로 단속하지 못했다고 생각하는 모양이에요."

"수사뿐만 아니라 요원도 포함됐겠죠."

"맞아요. 그런 생각도 하는 것 같아요. 루크 요원이 우리가 왜 내 집 앞에 있었느냐고 묻더라고요. 그래서 형사님이 날 집까지 바래다주던 중이라고 말했어요."

보슈는 피곤한 표정으로 탁자 맞은편에 주저앉아서 담뱃갑을 손가락으로 쑤셔 마지막 하나 남은 담배를 꺼냈다. 하지만 담배를 입에 물기만 했을 뿐 불을 붙이지는 않았다.

"우리가 뭘 하려던 건지 혼자 상상하면서 좋아하든지 질투를 하든지 그거야 내 알 바 아니지만, 루크 요원은 우리를 죽이려던 사람이 누구일 거라고 생각하던가요?" 그가 물었다. "우리 쪽 사람들은 음주운전일 거라고 생각하던데요."

"루크 요원도 음주운전 얘기를 했어요. 나더러 옛 애인 중에 질투가 심한 사람이 있느냐고 묻기도 했고요. 그것만 빼면, 그 일이 이번 사건 수사와 관련되어 있을지도 모른다는 생각은 별로 안 하는 것 같아요."

"옛 애인 생각은 미처 못했네요. 그래서 루크 요원한테 뭐라고 대답했어요?"

"형사님도 루크 요원만큼이나 집요하네요." 위시가 그 눈부신 미소를 지으며 말했다. "그건 루크 요원이 상관할 일이 아니라고 대답했어요."

"잘했어요. 그럼 나는 상관해도 돼요?"

"아뇨." 위시는 보슈가 벼랑에 매달린 것 같은 심정을 몇 초 동안 더 느끼게 내버려두었다가 말을 덧붙였다. "그러니까, 질투가 심한 옛 애인 같은 건 없다고요. 이제 나갈까요?" 그녀는 손목시계를 확인했다. "네 시간 전에 우리가 있었던 곳으로 돌아가도 되겠죠?"

보슈는 엘리노어 위시의 침대에서 눈을 떴다. 미닫이 유리문에 드리워진 커튼 사이로 새벽빛이 새어 들어오기 한참 전이었다. 도저히 불면증을 이겨내지 못한 그는 결국 일어나서 아래층 욕실로 내려가 샤워를 했다. 그리고 부엌 수납장과 냉장고를 뒤져 계피와 건포도가 들어간 베이글과 달걀로 아침 식사를 준비하고 커피를 끓였다. 베이컨은 찾을 수 없었다.

위층에서 샤워기 꺼지는 소리가 나자 그는 오렌지주스 한 잔을 들고 올라갔다. 위시는 욕실 거울 앞에 서 있었다. 알몸으로 머리를 땋는 중이었다. 보슈는 그녀에게 넋을 잃고, 그녀가 세 갈래로 나눈 머리카락을 능숙한 솜씨로 땋는 모습을 지켜보았다. 그녀는 머리를 다 땋은 뒤 보슈에게서 주스 잔과 긴 키스를 받았다. 그리고 짧은 로브를 입었다. 두 사람은 식사를 하려고 아래층으로 내려갔다.

식사 후에 보슈는 부엌문을 열고 나가 담배를 피웠다.

"난 아무 일도 없었던 게 다행이라는 생각밖에 없어요." 그가 말했다.

"어젯밤 그 차 얘기예요?"

"그래요. 당신이 무사해서 다행이에요. 당신이 다쳤다면 내가 어떻게 됐을지…. 우리가 만난 지 얼마 안 된 건 나도 알지만, 그래도… 저, 신경이 쓰여요."

"나도 그래요."

샤워를 했기 때문에 몸은 깨끗했지만, 보슈의 옷은 중고차의 재떨이만큼이나 지저분했다. 얼마 뒤 그는 집에 가서 옷을 좀 갈아입어야겠다고 말했다. 위시는 사무실에 나가서 어젯밤 일의 여진을 확인해보고, 빈에 관한 자료를 최대한 찾아보겠다고 말했다. 두 사람은 윌콕스 거리에 있는 할리우드 경찰서에서 만나기로 했다. 그곳이 빈의 업체와 가장 가까울 뿐만 아니라, 보슈도 망가진 자동차를 경찰서에 반납해야 하기 때문이었다. 위시는 문까지 보슈를 따라 나왔고, 두 사람은 키스를 했다. 마치 어딘가의 회계사 사무실로 출근하는 보슈를 그녀가 배웅하는 것 같았다.

보슈가 집에 돌아와 보니, 전화기에 녹음된 메시지도 없고 누가 집에 들어왔던 흔적도 없었다. 보슈는 면도를 하고 옷을 갈아입은 뒤 니콜스 협곡을 통해 산 아래로 내려가서 윌콕스 거리로 향했다. 그가 자기 자리에 앉아 시간대별 보고서를 작성하고 있을 때, 위시가 나타났다. 10시였다. 형사과에는 사람이 가득했다. 대부분이 남자인 형사들은 하던 일을 멈추고 그녀를 살펴보았다. 그녀는 불편한 미소를 지으며 살인전담반 탁자 옆의 강철의자에 앉았다.

"무슨 잘못된 일이라도 있어요?"

"차라리 비스케일러즈를 걷는 게 나을 것 같아요." 위시가 말했다. 비스케일러즈는 시내에 있는 보안관서의 유치장이었다.

"아, 맞아요. 여기 이 친구들은 웬만한 바바리맨보다 더 훌륭하게 추파를 던질 줄 알죠. 물 한 잔 갖다줄까요?"

"아뇨. 괜찮아요. 준비됐어요?"

"그래요, 갑시다."

두 사람은 보슈가 새로 배정받은 차에 탔다. 이미 적어도 3년은 된 데다가, 주행거리도 12만 킬로미터나 되는 차였다. 경찰서 차량 담당자는 어느 해 핼러윈에 멍청하게 파이프 폭탄을 집어 들었다가 손가락 네 개가 날아가는 바람에 영원히 내근직만 하게 된 친구였는데, 보슈에게 자기도 어쩔 수 없다고 말했다. 예산 압박 때문에 신차 구입이 중단되었다는 것이다. 사실은 낡은 차를 수리하는 비용이 새 차를 사는 돈보다 더 드는데도 말이다. 보슈는 차에 시동을 걸어본 뒤 적어도 에어컨은 비교적 잘 돌아간다는 사실을 확인했다. 샌타애나 특유의 날씨가 슬슬 고개를 들기 시작한 데다가, 이번 주말에는 계절에 맞지 않게 날씨가 더울 거라는 기상예보도 나와 있었다.

위시가 사무실에서 빈의 자료를 찾아본 결과, 빈은 윌셔 근처의 버몬트 거리에 사무실을 갖고 있었다. 베트남인보다는 한국인 가게들이 많은 동네였지만, 어쨌든 두 민족이 공존하고 있었다. 위시가 최선을 다해 알아본 결과, 빈은 동양에서 싸구려 의류, 전자제품, 비디오 등을 수입해서 남캘리포니아와 멕시코에 판매하는 업체들을 여럿 거느리고 있었다. 멕시코로 여행을 갔던 미국사람들이 싸다며 사들고 오는 물건들 중 많은 것들이 사실은 여기서 팔려나간 물건인 셈이었다. 서류상으로는 빈의 사업이 비록 규모는 작아도 아주 잘되는 것 같았다. 보슈는 사업이 이렇게 잘 된다면, 빈한테 다이아몬드가 필요 없겠다는 생각이 들었다. 어쩌면 처음부터 갖고 있지 않았을지도 모르는 일이었다.

빈은 자기 사무실과 비디오 장비 할인점이 들어 있는 건물의 주인이었다. 1930년대에는 자동차 전시장으로 쓰이던 곳이지만, 빈이 이곳에 발을 딛기 훨씬 전에 이미 자동차 전시장은 문을 닫았다. 이 건물에는 강화된 콘크리트가 사용되지 않았고, 전면에 커다란 진열창도 있어서 웬만한 지진에도 금방 무너질 것 같았다. 하지만 빈처럼 베트남에서 탈출한 사람이라면, 지진의 위험은 위험이 아니라 사소한 불편에 지나지 않을 가능성이 높았다.

보슈는 빈의 건물에 들어 있는 벤즈 일렉트로닉스 맞은편 길가에 빈자리를 발견하고 차를 세운 뒤, 위시에게 빈의 조사를 맡으라고 말했다. 적어도 처음에는 그렇게 하라고. 빈이 지역경찰보다는 FBI에게 입을 열 가능성이 높다는 생각이 들어서였다. 두 사람은 빈과 가벼운 이야기를 나누다가 트란에 대해 물어보기로 계획을 짰다. 보슈는 다른 계획을 하나 더 갖고 있었지만, 위시에게는 말하지 않았다.

"은행 안전금고에 다이아몬드를 가득 넣어둔 사람이 경영하는 업체처럼 보이지는 않는데요." 차에서 내리면서 보슈가 말했다.

"은행에 '넣어두었던'이라고 말해야죠." 위시가 말했다. "게다가 그 재물을 과시할 수도 없었잖아요. 평범한 이민자처럼 굴어야 했을 거예요. 하루하루 근근이 살아가는 척하면서. 다이아몬드가 정말 있었다 해도, 그건 일종의 담보물이었어요. 여기까지 와서 미국식 성공 스토리를 만들어가기 위한 담보물. 겉으로는 맨주먹으로 일어선 것처럼 보여야 했을 거예요."

"잠깐만요." 보슈는 위시와 함께 길을 건너 반대편 인도에 접근하다가 위시를 제지했다. 그리고 오후에 자기 대신 법정에 출석해달라고 제리 에드거에게 부탁하는 걸 깜박했다고 설명했다. 그는 빈의 건물 옆 주유소에 있는 공중전화를 가리킨 뒤 그리로 뛰어갔다. 위시는 뒤에 남아 가게 진열창 안을 들여다보았다.

보슈는 에드거에게 전화를 걸었지만, 법정 출석이니 뭐니 하는 소리는 한 마디도 하지 않았다.

"제드, 부탁 하나만 할게. 아주 쉬운 거야."

에드거는 머뭇거렸다. 보슈가 예상한 대로였다.

"뭔데?"

"그렇게 말하면 안 되지. '뭐든 말해, 해리. 무슨 일이야?' 이렇게 말해야지."

"왜 이래, 우리 둘 다 감시당하고 있다는 걸 잘 알면서. 조심해야지. 부탁이 뭔지나 말해 봐. 내가 할 수 있는 일인지 보게."

"그냥 10분 뒤에 날 호출해주기만 하면 돼. 어떤 모임에서 빠져나와야 되거든. 그러니까 내 번호로 호출 좀 해줘. 내가 전화하면, 한 2분 정도 수화기를 그냥 내려놓고. 만약 내가 전화를 안 하면, 5분 뒤에 한 번 더 호출해줘. 그거면 돼."

"그것뿐이야? 호출만 하면 된다고?"

"그래. 10분 뒤에."

"알았어, 해리." 에드거가 안도한 목소리로 말했다. "어젯밤에 있었던 일 얘기 들었어. 아슬아슬했다며? 음주운전이 아니라는 얘기가 여기서 돌아다니고 있어. 조심해."

"언제나 조심하지. 샤키 일은 어떻게 됐어?"

"아무것도 없어. 자네 말대로 내가 그 녀석 패거리들을 조사해봤는데, 그 중 두 놈이 그날 밤 샤키랑 같이 있었다고 했어. 놈들이 변태들을 터는 짓을 하고 있었던 모양이야. 그런데 샤키가 어떤 차에 탄 뒤로 그 녀석을 시야에서 놓쳤다는 거야. 그 녀석 시체가 원형극장 터널 속에 있다는 전화가 경찰서로 걸려오기 두어 시간 전이야. 그러니까 그 차에 타고 있던 놈이 샤키를 해치운 것 같아."

"생김새는?"

"차 말이야? 별것 없어. 어두운 색이고, 미제 세단이래. 신차였다는군. 그게 전부야."

"헤드라이트는?"

"글쎄, 내가 자동차 그림들을 보여줬는데, 녀석들이 제각각 다른 미등을 고르더라고. 한 놈은 둥근 걸로, 다른 놈은 직사각형으로. 하지만 헤드라이트에 대해서는 둘 다…."

"사각형이었겠지. 나란히 붙은 사각형."

"맞았어. 해리, 자네랑 FBI 여자를 덮친 게 바로 그 차라고 생각하는 거야? 세상에! 우리가 힘을 합쳐야 되는 것 아냐?"

"나중에. 혹시 나중에 필요할지도 몰라. 지금은 그냥 10분 뒤에 호출이나 해줘."

"10분이라고? 알았어."

보슈는 전화를 끊고 위시에게 돌아갔다. 위시는 진열창을 통해 커다란 휴대용 스테레오를 구경하고 있었다. 두 사람은 가게 안으로 들어가서 영업사원 두 명을 떨쳐버린 뒤 상자에 포장한 캠코더들이 쌓여 있는 곳 옆을 돌아갔다. 캠코더 값이 500달러라고 적혀 있었다. 두 사람은 뒤쪽 계산대에 서 있는 여자에게 가서 빈을 만나러 왔다고 말했다. 여자가 무표정한 얼굴로 두 사람을 빤히 바라보기만 하자, 위시가 자신의 배지와 신분증을 보여주었다.

"여기서 기다리세요." 여자는 이렇게 말하고 나서 카운터 뒤편의 문 안으로 사라졌다. 문에 거울유리가 붙은 작은 창문이 있는 것을 보고 보슈는 할리우드 경찰서의 조사실을 떠올렸다. 그는 손목시계를 확인해보았다. 아직 8분이 남아 있었다.

계산대 뒤의 문에서 나타난 남자는 대략 예순 살쯤으로 보였다. 머리가 하얗게 세어 있었다. 키는 작았지만, 예전에는 몸집에 비해 힘깨나 썼을 것 같은 느낌이 들었다. 땅딸막한 몸집의 그는 조국에 있을 때보다 생활이 편해진 탓에 몸이 많이 물렁해진 것 같았다. 그는 분홍색이 살짝 가미된 은테 안경을 쓰고, 깃이 양쪽으로 열리는 셔츠와 골프 바지를 입고 있었다. 가슴 주머니는 거의 한 다스나 되는 펜과 소형 손전등의 무게 때문에 축 처져 있었다. 응고 반 빈은 철두철미하게 평범한 모습이었다.

"빈 씨? 저는 엘리노어 위시라고 해요. FBI에서 나왔습니다. 이쪽은 LA 경찰국의 보슈 형사고요. 선생님께 몇 가지 여쭤볼 것이 있습니다."

"그러시죠." 빈의 엄격한 표정에는 아무런 변화가 없었다.

"선생님이 안전금고를 대여하셨던 은행의 도난사건에 관한 질문이에요."

"잃어버린 물건이 없다고 신고했어요. 제 금고에는 감상적인 물건밖에 없었거든요."

감상적인 차원이라면 다이아몬드도 순위가 꽤 높지. 보슈는 속으로 이런 생각을 했지만 이 말을 하는 대신 빈에게 이렇게 물었다. "빈 씨, 사무실로 가서 조용히 이야기를 나누면 안 될까요?"

"그건 괜찮지만, 전 잃어버린 게 없어요. 형사님이 찾아보세요. 신고서에 있어요."

위시는 한 손을 내밀고 빈에게 앞장서라고 재촉했다. 두 사람은 빈을 따라 거울 달린 문을 지나 창고처럼 생긴 곳으로 들어갔다. 천장까지 뻗어 있는 강철 선반에 전자제품 상자들이 수백 개나 쌓여 있었다. 세 사람은 그곳을 지나 더 작은 방으로 들어갔다. 제품을 수리하거나 조립하는 곳인 것 같았다. 어떤 여자가 작업대에 앉아 수프 그릇을 입에 대고 있었다. 세 사람이 지나가는데도 여자는 고개를 들지 않았다. 방 뒤쪽에 문이 두 개 있었는데, 그 중 하나가 빈의 사무실로 통했다. 사무실은 빈이 투박한 시골뜨기 같은 치장을 벗어버리는 곳인 것 같았다. 크고 화려한 사무실 오른쪽에는 책상 하나와 의자 두 개가 있고, 왼쪽에는 L자 모양의 짙은 색 가죽 소파가 있었다. 바닥에서 소파와 맞닿아 있는 동양식 깔개에는 머리가 세 개 달린 용이 공격자세를 취한 모습이 새겨져 있었다. 소파와 마주 보는 두 벽의 선반에는 책, 스테레오, 비디오 장비가 가득했다. 보슈가 저 앞의 가게에서 본 것보다 훨씬 고급품들이었다. 이놈을 집에서 잡았어야 하는 건데. 보슈는 속으로 생각했다. 빈이 일하는 곳이 아니라 사는 곳을 보았어야 한다는 생각이 들었다.

보슈는 재빨리 사무실을 훑어보았다. 책상 위에 하얀 전화기가 있었다. 완벽했다. 회전식 다이얼이 있는 구식 골동품 전화기였다. 빈이 자기 책상을 향해 가는 것을 보고 보슈는 재빨리 입을 열었다.

"빈 씨? 이쪽 소파에 앉아도 될까요? 가능한 한 비공식적으로 하고 싶어서 말입니다. 솔직히 우리는 하루 종일 책상에 앉아서 일하거든요."

빈은 상관없다는 듯 어깨를 으쓱했다. 어디에 앉아서 이야기를 하든, 두 사람이 자기를 귀찮게 하고 있다는 사실은 변하지 않는다는 태도였다. 어깨를 으쓱하는 것은 분명히 미국식 몸짓이었다. 보슈는 또한 그가 영어에 서투른 척하는 것이 자신을 보호하기 위한 가장일 것이라고 믿었다. 빈이 L자 소파 한쪽에 앉자, 보슈와 위시는 L자의 다른 다리 쪽에 앉았다. "사무실이 좋군요." 보슈는 이렇게 말하고 나서 주위를 둘러보았다. 책상 위의 전화기 외에 다른 전화기는 눈에 띄지 않았다.

빈은 고개를 끄덕였다. 차나 커피를 권하지도, 가벼운 잡담을 건네지도 않았다. "무슨 일이죠?" 그가 한 말은 이것뿐이었다.

보슈는 위시를 바라보았다.

그녀가 말했다. "빈 씨, 전에 조사했던 것을 되짚는 중이에요. 선생님은 은행 도난사건에서 잃어버린 것이 없다고 신고하셨죠. 우리는…."

"맞아요. 잃어버린 것 없어요."

"맞아요. 안전금고 안에 뭘 보관하셨죠?"

"아무것도요."

"아무것도요?"

"서류 같은 것. 비싼 건 없어요. 이미 다 얘기한 거예요."

"네, 우리도 알아요. 다시 찾아와 귀찮게 해드려서 미안합니다. 하지만 아직 수사가 진행 중이라서 처음으로 되돌아가 우리가 혹시 놓친 게 없는지 확인을 해봐야 하거든요. 잃어버린 서류에 대해 구체적으로 자세히 말씀해주시겠어요? 어쩌면 수사에 도움이 될지도 모르니까요. 도난당한 물건들을 되찾았을 때, 소유자를 가릴 수 있다면 말이죠."

위시는 작은 수첩과 펜을 가방에서 꺼냈다. 빈은 자기 서류에 관한 설명이 어떻게 수사에 도움이 된다는 건지 도무지 모르겠다는 표정으로 두 사람을 바라보았다. 보슈가 말했다. "가끔 아주 사소한 것들이 얼마나 도움이 되는지 알면 깜짝 놀…."

보슈의 호출기가 울렸다. 보슈는 허리띠에서 호출기를 떼어내 숫자창을 바라보았다. 그리고 일어서서 마치 이 방에 처음 들어온 사람처럼 두리번거렸다. 혹시 자기가 너무 지나치게 연기를 하고 있는 건 아닌지 모르겠다는 생각이 들었다.

"빈 씨, 전화를 좀 써도 되겠습니까? 그냥 시내 전화인데요."

빈은 고개를 끄덕였다. 보슈는 책상 앞으로 걸어가서 허리를 숙여 수화기를 들었다. 그리고 호출기에 뜬 번호를 다시 확인하는 척한 뒤 에드거의 번호를 돌렸다. 그동안 그는 내내 위시와 빈에게 등을 돌린 채였다. 그는 벽에 걸린 비단 벽걸이를 감상하려는 것처럼 벽을 올려다보았다. 빈이 위시에게 자신의 안전금고에 들어 있던 이민 서류와 시민권 서류가 사라졌다고 설명하는 소리가 들렸다. 보슈는 호출기를 겉옷 주머니에 넣으면서 자기 집 전화기에 들어 있던 T-9 도청기와 작은 건전지, 그리고 주머니칼을 꺼냈다.

"보슈야. 누가 호출한 거지?" 에드거가 전화를 받자 보슈는 수화기에 대고 이렇게 말했다. 에드거가 수화기를 내려놓은 뒤 그는 계속 말을 이었다. "내가 몇 분 정도 기다려주지. 하지만 지금 면담조사 중이라고 그 친구한테 전해줘. 도대체 무슨 일인데 이렇게 부산을 떠는 거야?"

보슈는 빈이 진술하고 있는 소파에 계속 등을 돌린 채 약간 오른쪽으로 몸을 틀어 수화기를 왼쪽 귀와 어깨 사이에 끼운 것처럼 고개를 기울였다. 빈이 앉은 위치에서는 보슈의 왼쪽 귀가 보이지 않았다. 보슈는 수화기를 배 높이까지 내린 뒤, 주머니칼로 송화구 덮개를 벗겨냈다(소리를 숨기려고 일부러 헛기침을 했다). 그리고 그 안에 있던 수신기를 꺼낸 뒤 한 손으로 도청기와 건전지를 연결했다. 아까 경찰서 주차장에서 자신에게 배정된 새 차를 기다리면서 이 동작을 미리 연습해둔 터였다. 그는 수신기를 다시 송화구 안에 넣고 덮개를 끼웠다. 이번에도 소리를 감추려고 큰 소리로 기침을 했다.

"알았어." 보슈는 수화기에 대고 말했다. "여기 일이 끝나면 내가 다시 전화하겠다고 전해줘. 고마워."

그는 수화기를 내려놓으면서 주머니칼도 다시 주머니에 넣었다. 그리고 소파로 돌아왔다. 위시가 수첩에 메모를 하고 있었다. 그녀는 메모를 끝낸 뒤 보슈를 바라보았다. 그녀가 특별한 신호를 보내지 않아도, 그는 이제 이야기의 방향이 바뀌리라는 것을 알아차렸다.

"빈 씨." 위시가 말했다. "안전금고 안에 정말로 그것밖에 없었습니까?"

"그럼요. 왜 이렇게 자세히 물어요?"

"빈 씨, 우린 당신이 누군지, 이 나라에 어떻게 들어오게 됐는지 알고 있습니다. 전에 경찰관이었던 것도 알고 있어요."

"그래서요? 그게 무슨 뜻이죠?"

"우리가 아는 건 그것만이 아니…."

"우리는…." 보슈가 끼어들었다. "당신이 사이공에서 경찰관으로 일할 때 대단히 많은 돈을 벌었다는 걸 알고 있소, 빈 씨. 당신이 가끔 어떤 일을 해주고 돈 대신 다이아몬드를 받았다는 것도 알아요."

"이게 무슨 뜻이에요? 무슨 말이죠?" 빈은 위시를 바라보며 손으로 보슈를 가리켰다. 그는 언어장벽을 내세워 자기방어를 하는 중이었다. 면담이 진행될수록 그의 영어실력이 점점 줄어드는 것 같았다.

"들으신 그대로예요." 위시가 대답했다. "당신이 베트남에서 가져온 다이아몬드에 대해 알고 있어요, 빈 경감님. 당신이 그걸 안전금고에 보관했다는 것도 알아요. 애당초 거기에 도둑이 든 것도 다이아몬드 때문일 거라고 짐작하고 있습니다."

이 말을 듣고도 빈은 당황하지 않았다. 어쩌면 그도 이미 그럴 가능성을 생각해봤는지도 모를 일이었다. 그는 꿈쩍도 하지 않았다. "그렇지 않아요."

"빈 씨, 우린 당신 자료를 갖고 있어요." 보슈가 말했다. "당신에 대해 모든 걸 알고 있소. 당신이 사이공에서 무슨 일을 했는지, 이리로 건너

올 때 뭘 갖고 왔는지…. 지금은 무슨 일을 꾸미고 있는지 모르겠지만… 겉으로 보기에는 아주 합법적인 사업 같으니까. 하지만 그런 건 우리랑 상관없소. 우리가 원하는 건 그 은행을 턴 놈들을 잡는 거예요. 그런데 놈들이 그 은행을 턴 게 당신 때문이란 말이지. 놈들은 이 가게의 담보물이던 물건들뿐만 아니라 당신이 가진 모든 걸 털어갔소. 아마 당신도 이미 생각해봤을 텐데…. 혹시 옛날 파트너 응구옌 트란이 이번 일의 배후라는 생각까지 해봤는지도 모르죠. 당신이 뭘 갖고 있는지 그자가 알고 있을 뿐만 아니라, 어쩌면 그 물건이 있는 곳까지 알고 있었을 가능성도 있으니까. 터무니없는 생각은 아니지만, 우리가 보기에 그건 아닌 것 같소. 오히려 그자가 다음 과녁이라고 보고 있어요."

빈의 얼굴은 돌덩이처럼 전혀 변화가 없었다.

"빈 씨, 트란을 만나고 싶소." 보슈가 말했다. "그자가 있는 곳을 말해요."

빈은 커피탁자 상판을 통해 깔개에 그려진 세 머리 용을 내려다보았다. 그리고 양손을 무릎 위에서 한데 모은 채 고개를 저으며 말했다. "트란이 누구죠?"

위시는 보슈를 노려보며 보슈가 끼어들기 전에 자신이 빈과 형성했던 관계를 어떻게든 되돌려보려고 애썼다.

"빈 경감님, 우린 당신한테 무슨 조치를 취할 생각이 없습니다. 그저 또 다른 은행이 털리는 걸 사전에 막고 싶을 뿐이에요. 도와주시겠습니까?"

빈은 대답하지 않고 자기 손만 내려다보았다.

"이봐요, 빈, 당신이 지금 무슨 일을 벌이고 있는지 나는 몰라요." 보슈가 말했다. "우리가 뒤쫓고 있는 놈들을 찾으려고 당신도 사람을 풀어 알아보고 있는지도 모르지. 하지만 당장 손을 떼요. 그리고 트란이 어디 있는지 우리한테 말해요."

"난 모르는 사람이에요."

"당신한테는 우리가 유일한 희망이오. 우리가 반드시 트란을 만나야 해요. 당신 물건을 털어간 놈들이 또 굴을 파고 있소. 지금 이 순간에도. 우리가 이번 주말에 트란을 만나지 못한다면, 당신이나 트란이나 빈털터리가 될 거요."

빈은 여전히 돌처럼 꿈쩍도 하지 않았다. 보슈도 그럴 거라고 짐작하고 있었다. 위시가 일어섰다.

"잘 생각해보세요, 빈 씨." 그녀가 말했다.

"우리도 시간이 없지만, 그건 당신 파트너도 마찬가지요." 보슈는 위시와 함께 문 쪽으로 몸을 돌리면서 말했다.

전시장 밖으로 나온 뒤 보슈는 달려오는 차가 없는지 도로 양편을 살피고는 재빨리 길을 건너 차를 세워둔 곳으로 갔다. 위시는 화가 나서 뻣뻣한 걸음으로 천천히 길을 건넜다. 보슈는 차에 올라 뒷좌석 바닥에 둔 내그라를 집었다. 그리고 내그라를 켜서 녹음 속도를 최대로 올렸다. 오래 기다릴 필요는 없을 것 같았다. 그저 저 가게 안의 각종 전자장비들이 전파를 방해하지 않기만을 바랄 뿐이었다. 위시가 조수석에 올라타서 불평을 늘어놓기 시작했다.

"정말 대단하시네요." 그녀가 말했다. "이제 저자한테서 아무 소리도 못 들을 거예요. 저자가 트란한테 당장 전화해서…. 그게 도대체 뭐예요?"

"그냥 내가 주운 거예요. 우리 집 전화기에 놈들이 도청기를 설치했더라고요. 내사과의 전통적인 수법이죠."

"그런데 그걸 지금 저기에…." 위시가 길 건너편을 가리켰고, 보슈는 고개를 끄덕였다.

"보슈 형사님, 이게 무슨 뜻인지, 우리가 자칫 어떤 꼴을 당하게 될지 알고 하는 짓이에요? 내가 다시 들어가서 그걸…."

위시는 차 문을 열었지만, 보슈가 손을 뻗어 다시 문을 닫았다.

"그건 안 돼요. 우리가 트란을 찾을 방법은 이것뿐이에요. 우리가 어떤 식으로 대해도 어차피 빈한테서 정보를 끌어낼 가능성은 없었어요. 당신도 지금 이렇게 화를 내고 있지만, 속으로는 다 아는 사실이잖아요. 그러니까 이 방법이 아니면 아무것도 얻을 수 없어요. 빈이 트란한테 경고를 해서 우리가 그자를 결코 찾아내지 못하게 되든지, 아니면 우리가 이 도청기를 이용해서 그자를 찾든지 둘 중 하나예요. 확실히 찾는다는 보장은 없지만. 그자를 찾을 수 있을지는 아마 곧 알게 되겠죠."

위시는 똑바로 앞만 바라보며 고개를 절레절레 저었다.

"보슈 형사님, 이러다 우리 목이 날아갈 수도 있어요. 어떻게 나한테 미리 말도 안 하고 이런 짓을 할 수가 있어요?"

"바로 그 이유 때문이에요. 목이 날아가는 건 나뿐이에요. 당신은 몰랐으니까."

"내가 그걸 어떻게 증명하겠어요? 모든 게 처음부터 함정을 꾸민 것처럼 보이는데요. 내가 빈한테 계속 말을 거는 동안, 당신은 전화를 거는 척 연극을 했다고들 하겠죠."

"함정 맞아요. 하지만 당신은 몰랐잖아요. 게다가 빈과 트란은 지금 용의자가 아닙니다. 나는 두 사람을 잡아들일 증거를 수집하려는 게 아니라, 두 사람한테서 정보를 얻으려는 것뿐이에요. 그러니까 이 일을 굳이 보고서에 쓸 필요가 없어요. 저 도청기에는 등록번호가 없습니다. 내가 이미 확인해봤어요. 내사과 형사들도 멍청이가 아니니 추적이 불가능한 장비를 쓴 거예요. 그러니까 우린 걸릴 게 없어요. 당신은 깨끗해요. 걱정 말아요."

"해리, 그런다고 마음이 놓일 리가…."

내그라에 빨간 불이 들어왔다. 누군가가 빈의 전화기를 사용하고 있다는 뜻이었다. 보슈는 녹음테이프가 돌아가는지 확인했다.

"엘리노어, 당신이 결정해요." 보슈가 녹음기를 손바닥에 올려놓고 말했다. "원한다면 이걸 꺼요. 당신이 결정해요."

위시는 고개를 돌려 녹음기를 바라보다가 보슈를 바라보았다. 바로 그때 다이얼 돌아가는 소리가 멈췄다. 차 안에는 정적이 흘렀다. 빈이 전화를 건 상대방 쪽에서 벨이 울리기 시작했다. 위시는 고개를 돌렸다. 누군가가 전화를 받았다. 베트남어로 몇 마디가 오가더니 다시 정적이 흘렀다. 그리고 새로운 목소리가 나타나서 다시 대화가 시작됐다. 역시 베트남어였다. 보슈는 두 사람 중 한 명이 빈이라는 걸 목소리로 확실히 알 수 있었다. 그의 대화상대는 빈과 비슷한 나이의 남자인 것 같았다. 빈과 트란이었다. 두 사람이 다시 뭉친 것이다. 위시는 고개를 저으며 짧게 억지웃음을 웃었다.

"굉장해요, 해리. 이제 이걸 누구한테 번역해달라고 할까요? 이 일을 다른 사람한테 알리면 안 되는데. 그건 위험한 짓이잖아요."

"번역할 생각 없어요." 보슈는 수신기를 끄고 테이프를 되감았다. "수첩이랑 펜 좀 꺼내 봐요."

보슈는 녹음기 속도를 가장 느리게 조정한 뒤 재생 버튼을 눌렀다. 다이얼 돌아가는 소리가 나기 시작했다. 테이프 속도가 느렸기 때문에, 보슈는 다이얼이 숫자를 하나씩 지나치면서 딸깍거리는 소리를 셀 수 있었다. 그가 숫자를 파악하는 대로 위시에게 불러주면 위시가 수첩에 받아 적었다. 빈이 전화를 건 곳의 번호를 알아낸 것이다.

지역번호 714로 시작하는 번호였다. 오렌지카운티라는 뜻이었다. 보슈는 수신기를 다시 켰다. 빈과 정체불명의 남자는 아직도 대화를 나누는 중이었다. 보슈는 녹음기를 끄고 무전기 마이크를 집어 들었다. 그리고 교환원에게 전화번호를 알려주며 그 번호 주인의 이름과 주소를 알려달라고 말했다. 교환원이 정보를 찾는 데는 몇 분쯤 시간이 걸릴 터였다. 보슈는 기다리는 동안 차에 시동을 걸고 10번 고속도로를 향해 남쪽으로 달렸다. 교환원이 무전기로 그를 다시 불렀을 때, 그는 이미 5번 도로로 들어서서 오렌지카운티로 향하는 중이었다.

그 전화번호는 웨스트민스터에 있는 탄푸 파고다라는 업체의 것이었다. 보슈가 위시를 바라보자 그녀는 시선을 피했다.

"리틀 사이공이에요." 그가 말했다.

보슈와 위시는 빈의 가게 앞을 출발한 지 한 시간 만에 탄푸 파고다에 도착했다. 탄푸 파고다는 영어 간판이라고는 하나도 찾아볼 수 없는 볼사 애버뉴의 쇼핑센터였다. 주차장을 향해 줄줄이 늘어선 상점 여섯 곳의 전면에는 유리 진열창이 있었고, 건물 벽은 빛이 바랜 듯한 흰색 치장벽토로 장식되어 있었다. 각각의 가게들은 전자제품이나 티셔츠 등 그다지 쓸모없어 보이는 물건들을 파는 소규모 업체들이었다. 건물 양편 끝에는 각각 베트남 식당이 하나씩 자리를 잡고서 경쟁을 벌이고 있었다. 그 중 한 식당 옆에 유리문이 있었다. 전면 진열창이 없는 것으로 보아 무슨 사무실 같은 곳으로 통하는 문인 것 같았다. 보슈도 위시도 그 문에 적혀 있는 글자를 읽을 수 없었지만, 그래도 그 문이 쇼핑센터 관리사무실 입구라는 것을 금방 알아차렸다.

"저기로 들어가서 여기가 트란의 업체인지, 그자가 여기 있는지, 다른 출구는 없는지 확인해야 돼요." 보슈가 말했다.

"트란이 어떻게 생겼는지도 모르잖아요." 위시가 말했다.

보슈는 잠시 생각해보았다. 만약 트란이 여기서 본명을 쓰고 있지 않다면, 자기들이 안으로 들어가 트란이라는 이름을 대는 순간 그가 눈치를 챌 터였다.

"나한테 좋은 생각이 있어요." 위시가 말했다. "공중전화 좀 찾아보세요. 내가 사무실로 먼저 들어갈 테니까, 당신은 공중전화로 아까 테이프에서 딴 번호로 전화를 거는 거예요. 그러면 내가 안에서 전화벨이 울리는지 확인할게요. 벨소리가 들린다면, 우리가 제대로 찾아온 거죠. 내가 안에서 트란도 찾아보고, 출구도 확인할게요."

"저 안에서는 10초마다 전화벨이 쉴 새 없이 울릴 수도 있어요." 보슈가 말했다. "보일러실이나 공장에서 걸려온 전화일 수도 있죠. 벨이 울리더라도 그게 내 전화라는 걸 어떻게 알겠어요?"

위시는 잠시 말이 없었다.

"저 안에 있는 사람들은 영어를 못할 가능성이 높아요. 최소한 영어가 능숙하지는 않을 거예요." 위시가 말했다. "그러니까 누가 전화를 받든 영어로 이야기하라고 하세요. 아니면 영어를 할 줄 아는 사람을 데려오라고 하든가. 그래서 영어를 할 줄 아는 사람하고 통화가 되면, 그 사람이 눈에 띄게 반응할 만한 말을 하세요. 그러면 내가 알아볼 수 있을 거예요."

"그거야 당신이 볼 수 있는 곳에서 전화벨이 울렸을 때 얘기죠."

위시는 어깨를 으쓱했다. 눈빛을 보니 자기가 의견을 내놓을 때마다 이렇게 공격당하는 것에 질린 기색이었다. "방법은 그것밖에 없어요. 어서 가세요. 저기 전화가 있잖아요. 시간이 별로 없어요."

보슈는 차를 몰고 주차장을 나가 4분의 1블록쯤 떨어진 주류상점 앞의 공중전화로 갔다. 위시는 탄푸 파고다로 걸어서 돌아갔고, 보슈는 그녀가 사무실 문에 다다를 때까지 지켜보았다. 그러고 나서 공중전화에 동전을 넣고 아까 알아낸 전화번호를 눌렀다. 통화 중이었다. 그는 사무실 문을 다시 바라보았다. 위시는 보이지 않았다. 보슈는 다시 동전을 넣고 전화를 걸었다. 여전히 통화 중이었다. 그가 두 번이나 더 연달아 전화를 건 뒤에야 비로소 저쪽에서 벨이 울리기 시작했다. 하지만 대답하는 사람이 없어서 혹시 번호를 잘못 누른 게 아닌가 하는 생각이 들 무렵, 누군가가 전화를 받았다.

"탄푸입니다." 남자의 목소리였다. 젊은 아시아인. 20대 초반일 가능성이 높았다. 트란은 아니었다.

"탄푸?" 보슈가 물었다.

"네. 그렇습니다."

보슈는 어떻게 해야 할지 알 수 없었다. 그래서 수화기를 향해 휘파람을 불었다. 그러자 즉시 딱딱 끊어지는 거친 소리로 공격이 날아왔다. 보슈는 단 한 마디도 알아들을 수 없는 말이었다. 상대방이 수화기를 쾅 하고 내려놓았다. 보슈는 차로 돌아가서 쇼핑센터의 좁은 주차장을 향해 차를 몰았다. 그가 주차장을 천천히 돌고 있자니 위시가 어떤 남자와 함께 유리문에 나타났다. 아시아인이었다. 빈처럼 그도 머리가 하얗게 세어 있었고, 무언의 힘이 느껴졌다. 그는 위시를 위해 문을 붙잡아주며 위시의 감사인사에 고개를 끄덕였다. 그리고 위시가 걸어가는 것을 지켜보다가 안으로 사라졌다.

"해리." 위시가 차에 올라타며 말했다. "아까 전화에 대고 뭐라고 했어요?"

"한 마디도 안 했어요. 그 사무실이 맞아요?"

"네. 방금 저기서 문을 잡아준 사람이 우리의 트란 씨인 것 같아요. 좋은 사람이던데요."

"당신이 뭘 했기에 그렇게 친해진 거예요?"

"내가 부동산 쪽에서 일한다고 했어요. 내가 안에 들어가서 사장님을 좀 만나고 싶다고 했더니, 아까 그 은발신사가 뒤쪽 사무실에서 나오더라고요. 자기 이름이 지미 복이라고 했어요. 나는 일본인 투자자들을 대신해서 왔다면서, 이 쇼핑센터에 대한 투자제안에 관심이 있느냐고 물었죠. 그런데 관심이 없대요. 아주 훌륭한 영어로 이렇게 말했어요. '저는 물건을 사는 사람이지, 파는 사람이 아닙니다.' 그러고는 날 사무실 밖까지 배웅해준 거예요. 내가 보기에는 그 사람이 트란이에요. 그런 느낌이 들어요."

"그래요, 나도 봤어요." 보슈가 말했다. 그는 무전기를 들고 교환원에게 지미 복이라는 이름을 NCIC와 차량국 컴퓨터로 검색해보라고 말했다.

위시는 사무실 내부가 어떻게 생겼는지 설명했다. 중앙에 접수대가 있고, 그 뒤에 뻗어 있는 복도에는 문이 네 개 있었다. 그 중 뒤편의 문은 잠금장치가 두 개나 달린 것으로 보아 출구인 듯했다. 여자는 한 명도 없었다. 복을 제외하고도 최소한 네 명의 남자가 있었다. 그 중 두 명은 주먹으로 고용된 것 같았다. 복이 복도 중간에 있는 문에서 나오자 그 두 사람은 접수실 소파에서 벌떡 일어섰다.

보슈는 주차장을 빠져나가 그 일대를 한 바퀴 돌았다. 그리고 쇼핑센터 뒤쪽으로 뻗어 있는 골목길을 가로질렀다. 쇼핑센터에서 어느 정도 멀어진 뒤 차를 세우고 보니, 쇼핑센터 뒷문 옆에 금색 벤츠가 서 있는 것이 보였다. 문에는 잠금장치가 두 개였다.

"저게 그자의 차일 거예요." 위시가 말했다.

두 사람은 그 차를 감시하기로 했다. 보슈는 그 차 옆을 지나 골목길 끝까지 가서 쓰레기통 옆에 차를 세웠다. 그런데 쓰레기통에 식당에서 나온 쓰레기가 잔뜩 들어 있었다. 보슈는 차를 후진시켜 골목길을 완전히 빠져나왔다. 그리고 조수석에서 내다보면 두 사람 모두 벤츠 꽁무니를 볼 수 있는 위치에 차를 세웠다. 보슈는 벤츠와 동시에 위시도 바라볼 수 있었다.

"그럼 이제 기다려야겠네요." 위시가 말했다.

"그래야겠죠. 빈의 경고를 받고 그자가 뭔가 행동을 취할지 어쩔지는 알 수 없는 노릇이니까. 어쩌면 작년에 빈의 안전금고가 털린 뒤 그자가 이미 뭔가 조치를 취했을 수도 있어요. 그러면 우리는 완전히 헛수고를 하는 꼴이죠."

교환원이 무전기로 보슈를 호출했다. 지미 복은 교통단속에 걸린 적이 한 번도 없다고 했다. 주소지는 비벌리힐스이고, 전과도 없었다. 그것이 그에 관한 기록의 전부였다.

"난 가서 공중전화를 좀 걸고 올게요." 위시가 말했다. 보슈는 그녀를 바라보았다. "보고를 해야 돼요. 루크 요원한테 우리가 트란을 찾았다고 말하고, 은행 쪽에서 그자의 이름을 찾아보든지 아니면 컴퓨터로 검색해달라고 부탁할 곳이 있는지 물어볼 거예요. 혹시 트란이 어디 은행에 고객으로 등록돼 있는지 보게요. 부동산 데이터베이스로도 검색을 해보고 싶은데… 트란이 자기는 물건을 사는 사람이지 파는 사람이 아니라고 했거든요. 그자가 사는 물건이 뭔지 알고 싶어요."

"내가 필요하면 총을 한 방 쏴요." 보슈가 이렇게 말하자, 위시는 조수석 문을 열면서 미소를 지었다.

"뭐 먹을 것 좀 사올까요?" 그녀가 물었다. "저쪽 식당에서 점심으로 뭘 좀 사올까 하는데요."

"그냥 커피면 돼요." 보슈가 말했다. 그는 지난 20년 동안 베트남 음식을 입에 댄 적이 없었다. 그는 쇼핑센터 앞쪽으로 걸어가는 위시의 모습을 지켜보았다.

그 뒤로 약 10분 동안 벤츠를 감시하면서 보슈는 골목길 반대편 끝으로 차 한 대가 지나가는 것을 보았다. 그 차를 보는 순간, 경찰 세단임을 알 수 있었다. 흰색 포드 LTD였다. 휠커버 대신 싸구려 휠캡만 있어서, 차체와 똑같이 하얀색인 휠이 드러나 있었다. 거리가 너무 멀어서 차 안에 누가 타고 있는지는 알 수 없었다. 보슈는 벤츠와 백미러를 번갈아 바라보았다. LTD가 일대를 한 바퀴 돌아 다시 나타나는지 보기 위해서였다. 하지만 5분이 지나도 그 차는 다시 나타나지 않았다.

위시는 그 뒤로 10분이 더 지나서 돌아왔다. 기름이 묻은 갈색 종이봉투를 손에 들고 있었다. 그녀는 봉투 안에서 커피 한 잔과 종이 포장용기 두 개를 꺼냈다. 밥과 크랩보라고 했다. 그는 그녀의 권유를 물리치고 창문을 내렸다. 그리고 그녀가 건네준 커피를 마시며 인상을 찌푸렸다.

"사이공에서 만들어서 이리로 부친 것 같은 맛이네요." 보슈가 말했다. "루크 요원하고는 통화했어요?"

"네. 사람을 시켜서 복의 기록을 확인해보겠대요. 뭔가 나오면 호출하겠다고 했어요. 벤츠가 움직이자마자 바로 무전으로 알려달래요."

두 사람이 잡담을 나누며 금색 벤츠를 지켜보는 동안 두 시간이 금방 지나갔다. 보슈는 잠시 기분전환도 할 겸 이 일대를 한 바퀴 돌고 와야겠다고 말했다. 한자리에 가만히 앉아 있는 것이 점점 지루해졌고, 엉덩이도 얼얼해지기 시작했다. 아까 보았던 흰색 LTD를 찾아보고 싶다는 말은 하지 않았다.

"트란이 아직 안에 있는지 전화를 한번 해볼까요? 그자가 전화를 받으면 그냥 끊으면 되잖아요." 위시가 말했다.

"만약 빈이 정말로 그자한테 경고를 했다면, 그런 전화를 받고 잔뜩 겁을 먹을 수도 있어요. 그러면 정말로 무슨 일이 있나보다 하고 더 조심스러워지겠죠."

보슈는 쇼핑센터로 차를 몰고 가서 상점들 앞을 지나갔다. 특별히 이상한 점은 눈에 띄지 않았다. 그는 건물을 한 바퀴 돌아서 아까 그 자리에 다시 차를 세웠다. LTD는 보이지 않았다.

두 사람이 원래 자리로 돌아오자마자 위시의 호출기가 울렸다. 위시는 전화를 걸려고 밖으로 나갔다. 보슈는 당분간은 LTD를 잊어버리기로 하고 금색 벤츠에만 정신을 집중했다. 하지만 위시가 나간 지 20분이 지나가자 그는 불안해지기 시작했다. 오후 3시가 지난 시각이었는데, 복/트란은 예상과 달리 사무실을 떠나지 않았다. 뭔가가 이상했다. 뭐지? 보슈는 시선을 들어 쇼핑센터 전면 귀퉁이를 바라보며 위시가 치장벽토를 바른 벽 뒤에서 나타나기를 기다렸다. 그때 무슨 소리가 들렸다. 뭔가에 막힌 듯 멀게 들리는 소리였다. 소리가 두세 번 났다. 총소리인가? 위시가 생각나서 심장이 목구멍으로 튀어나올 것만 같았다. 아니, 혹시 자동차 문이 닫히는 소리였나? 보슈는 벤츠를 바라보았지만, 보이는 것이라고는 트렁크와 미등뿐이었다. 자동차 주위에 사람은 전혀 보이지 않았다. 그는 다시 쇼핑센터를 바라보았다. 위시의 모습은 어디에도 없었다. 그는 다시 벤츠를 바라보았다. 그때 브레이크등에 불이 들어오는 것이 보였다. 복이 어디론가 가려는 것이다. 보슈는 차에 시동을 걸고 건물 모퉁이까지 차를 몰았다. 뒷바퀴 밑에서 자갈이 튀었다. 건물 모퉁이에 다다르자 위시가 그를 향해 인도를 걸어오는 것이 보였다. 보슈는 경적을 울리며 서두르라는 신호를 보냈다. 위시가 급히 뛰어와서 차에 올라타는 순간 벤츠가 백미러에 나타났다. 골목길을 돌아 나와 두 사람을 향해 다가오는 중이었다.

"몸을 숙여요." 보슈는 이렇게 말하며 위시의 머리를 아래로 눌렀다.

벤츠는 두 사람 곁을 스쳐 지나가서 볼사 거리로 접어들었다. 보슈는 위시의 목을 잡고 있던 손을 놓았다. "무슨 짓이에요?" 위시가 몸을 일으키며 항의했다.

보슈는 멀어져가는 벤츠를 가리켰다. “놈들이 우리 옆으로 지나갔어요. 당신이 아까 사무실에 들어갔다 왔기 때문에, 놈들이 당신을 알아봤을 거예요. 왜 그렇게 오래 걸렸어요?”

“루크 요원을 찾느라고요. 사무실에 없더라고요.”

보슈는 차를 빼서 약 두 블록의 거리를 두고 벤츠의 뒤를 따르기 시작했다. 위시는 한참 동안 마음을 가다듬은 뒤 그에게 물었다. “그자 혼자예요?”

“나도 몰라요. 그자가 차에 타는 건 못 봤어요. 당신을 찾느라고 건물 쪽을 보고 있어서. 자동차 문 닫히는 소리가 한 번 이상 난 것 같아요. 틀림없어요.”

“하지만 차에 탄 사람 중에 트란이 있는지는 확실히 모르는 거죠?”

“맞아요. 몰라요. 하지만 늦은 시간이니까, 틀림없이 그자가 저기 있을 거예요.”

보슈는 그 순간 아주 오래 전부터 흔히 사용되던 속임수에 자신이 당했을 가능성이 있음을 깨달았다. 복이든 트란이든, 하여튼 그자가 미행을 따돌리려고 자기 부하에게 저 차를 몰고 가라고 했을 가능성이 있었다.

“어떻게 할까요? 돌아갈까요?” 그가 물었다.

위시는 아무 대답이 없다가, 그가 자신을 바라보자 이렇게 말했다. “아뇨. 그냥 밀고 나가요. 자신의 판단을 의심하지 마세요. 시간이 늦었다는 말은 맞아요. 연휴를 앞두고 오후 5시에 문을 닫는 은행이 많아요. 그러니까 저자도 움직일 수밖에 없었을 거예요. 빈한테서 경고를 받았잖아요. 트란이 저기 타고 있을 거예요.”

보슈는 기분이 나아졌다. 벤츠는 서쪽으로 방향을 꺾어 골든스테이트 프리웨이로 들어갔다가 다시 북쪽의 로스앤젤레스로 향했다. 차들이 시내를 향해 천천히 기듯이 움직였다. 금색 벤츠는 샌타모니카 프리웨이에서 서쪽으로 방향을 꺾어 5시 20분 전에 로버트슨 거리로 나갔다. 비벌리힐스로 향하고 있다는 뜻이었다. 윌셔 대로 양편에는 시내부터 바다에 이를 때까지 은행들이 죽 늘어서 있었다. 벤츠가 서쪽으로 방향을 바꾸자 보슈는 가까이 따라붙어야 할 것 같다는 생각이 들었다. 트란이 자기 집 근처의 은행에 보물을 보관해두었을 것이라는 짐작이 맞은 것 같았다. 보슈는 조금 긴장을 풀고 이제야 위시에게 주의를 돌려 루크가 전화로 뭐라고 하더냐고 물었다.

"오렌지카운티 등록부를 통해서 지미 복이 응구옌이라는 걸 확인했대요. 가명을 신청하는 절차가 있는데, 트란은 9년 전에 이름을 바꿨어요. 우리가 오렌지카운티를 확인했어야 하는 건데. 리틀 사이공에 대해서 내가 까맣게 잊어버렸어요. 그리고 만약 저 트란이라는 자가 다이아몬드를 갖고 있었다 해도, 지금쯤은 전부 써버렸을 가능성이 있어요. 부동산 기록을 보면, 트란이 아까 본 것 같은 쇼핑센터를 두 개 더 갖고 있는 걸로 돼 있거든요. 몬테레이 공원과 다이아몬드 바에 있어요."

보슈는 그래도 아직 다이아몬드가 남아 있을 가능성이 있다고 속으로 생각했다. 트란이 지금의 부동산 제국을 건설하면서 다이아몬드를 담보로 사용했을 가능성이 있기 때문이었다. 빈도 그랬다. 보슈는 벤츠에서 눈을 떼지 않았다. 러시아워가 절정에 이르러서 도로가 혼잡했기 때문에, 보슈는 혹시 벤츠를 놓칠까 봐 겨우 한 블록 거리로 다가가 있었다. 그는 벤츠의 까만 창문들이 이 부자 동네의 거리를 달리는 것을 지켜보며, 저자가 지금 다이아몬드가 있는 곳으로 가는 중일 거라고 속으로 혼잣말을 했다.

"아직 얘기가 남았어요. 제일 좋은 걸 마지막까지 남겨뒀거든요." 위시가 선언하듯 말했다. "트란 씨라고도 불리는 복 씨는 어떤 회사를 통해서 자기 재산을 관리하고 있어요. 루크 특수요원이 확인한 기록에 따르면, 그 회사 이름은 다름 아닌 다이아몬드 홀딩스예요."

두 사람은 로데오 드라이브를 지나 상업지구 한복판에 와 있었다. 윌셔 대로 양편에 늘어선 건물들이 아까보다 좀 더 위풍당당했다. 마치 그 건물들도 돈 많고 고급스러운 사람들이 자기 안에 들어 있음을 아는 것 같았다. 교통체증 때문에 군데군데에서 자동차 속도가 기어가는 수준으로 떨어졌다. 보슈는 자동차 두 대를 사이에 두고 벤츠 뒤를 따라갔다. 날이 점점 어두워지고 있어서 더 거리를 두면 차를 놓칠 것 같았다. 이제 샌타모니카 대로가 코앞이었다. 보슈는 벤츠가 센츄리 시티로 가는 것 같다고 생각했다. 손목시계를 보니 4시 50분이었다. "저자가 센츄리 시티에 있는 은행으로 가는 거라면, 시간 안에 못 갈 것 같은데요."

바로 그때 벤츠가 오른쪽으로 꺾어져서 주차장으로 들어갔다. 보슈는 천천히 길가로 다가갔고, 위시는 한 마디 말도 없이 차에서 뛰어내려 주차장으로 걸어 들어갔다. 보슈는 그다음 모퉁이에서 우회전해서 그 블록을 한 바퀴 돌았다. 사무용 건물들의 주차장에서 자동차들이 마구 쏟아져 나오면서 가끔 그의 앞을 가로막았다. 그가 간신히 처음 자리로 돌아와 보니, 위시는 아까 뛰어내렸던 그 자리에 서 있었다. 그가 차를 대자 그녀가 창문 쪽으로 허리를 숙였다.

"주차해요." 그녀는 거리 맞은편의 반 블록 아래쪽을 가리켰다. 어떤 고층건물 1층에서 거리 쪽으로 뻗어 나온 둥근 구조물이 보였다. 그 반원형 구조물의 벽은 유리로 되어 있었다. 그 거대한 유리방 안에 번쩍이는 강철 문이 보였다. 은행 금고의 문과 똑같았다. 건물 바깥의 간판에는 비벌리힐스 안전금고라고 적혀 있었다. 그는 위시를 바라보았다.

그녀는 싱글거리고 있었다.

"차에 트란이 있었어요?" 그가 물었다.

"당연하죠. 당신은 그런 실수 안 하는 사람이잖아요."

보슈는 그녀의 말에 미소로 화답했다. 그때 바로 1미터 앞에 자리가 비는 것이 보였다. 그는 차를 몰고 가서 그 자리에 세웠다.

"금고 도난사건이 또 일어날 거라고 처음 생각했을 때부터, 나는 은행에만 온통 신경을 쓰고 있었어요." 엘리노어 위시가 말했다. "알죠, 해리? 기껏해야 어쩌면 저축은행일 수도 있겠다는 정도였죠. 내가 이 앞을 1주일에 적어도 두 번을 차를 몰고 지나치는데도, 여기는 한 번도 생각을 안 했어요."

두 사람은 윌셔 대로를 걸어 내려와서 비벌리힐스 안전금고 맞은편 거리에 서 있었다. 위시는 사실 보슈의 뒤에 서서 그의 어깨 너머로 그곳을 바라보는 중이었다. 트란이든 복이든, 하여튼 그자가 이미 그녀를 보았기 때문에 여기서 그자에게 들킬 위험을 무릅쓸 수는 없었다. 거리는 주위 건물들의 유리 회전문에서 쏟아져 나온 사무원 같은 사람들로 가득했다. 연휴를 앞둔 주말이라 모두들 빨리 주차장으로 가서 5분이라도 빨리 차를 몰고 빠져나가려고 애쓰고 있었다.

"생각해보면 얘기가 딱 맞아떨어져요." 보슈가 말했다. "그자는 여기 온 뒤에도 은행을 못 믿었을 거예요. 국무부에 있는 당신 친구가 말했던 것처럼. 그래서 은행이 아닌 금고를 찾았겠죠. 그게 여기예요. 게다가 좋은 점은 그것뿐만이 아니에요. 돈만 제대로 지불한다면, 이런 곳은 신분을 확인하려 들지 않으니까요. 은행이 아니니 연방의 은행규제를 따를 필요도 없어요. 여기서는 자기 이름 대신 글자 하나나 숫자만 제시해도 안전금고를 빌릴 수 있어요."

비벌리힐스 안전금고의 외양은 은행과 전혀 다르지 않았지만, 사실은 정반대였다. 저축계좌나 가계수표 계좌 같은 건 여기에 존재하지 않았다. 여신 부서도, 창구직원도 없었다. 이곳은 전면 유리창을 통해 보이는 금고를 손님들에게 제공할 뿐이었다. 번쩍이는 강철 문이 달린 금고. 비벌리힐스 안전금고는 돈이 아니라 귀중품을 보관해주는 회사였다. 비벌리힐스 같은 동네에서 이런 회사는 아주 귀한 소비재나 다름없었다. 돈 많고 유명한 사람들이 여기에 보석을 맡겼다. 모피나 혼전계약서도 여기에 보관했다.

그 모든 것이 눈에 훤히 보이는 곳에 들어 있었다. 저 유리창 뒤에. 비벌리힐스 안전금고는 14층 규모인 J. C. 스톡빌딩의 1층을 차지하고 있었다. 1층 전면에서 반원형으로 불쑥 튀어나와 있는 유리 금고실을 제외하면, J. C. 스톡빌딩은 그다지 눈에 띄지 않는 건물이었다. 비벌리힐스 안전금고의 입구는 건물 측면인 린컨 거리에 있었다. 짧은 노란색 재킷 차림의 멕시코인들이 그곳에서 손님들의 자동차를 주차해주려고 대기 중이었다.

보슈가 위시를 내려주고 이 블록을 한 바퀴 도는 동안, 위시는 트란이 경호원 두 명과 함께 금색 벤츠에서 내려 안전금고로 걸어가는 것을 지켜보았다. 그들이 혹시 미행을 걱정했는지는 알 수 없지만, 적어도 겉으로는 아무런 내색도 하지 않았다. 한 번도 뒤를 돌아보는 법이 없었다. 경호원 한 명은 강철 서류가방을 들고 있었다.

위시가 말했다. "적어도 한 명은 가방을 들고 있었던 게 분명해요. 다른 경호원은 겉옷이 워낙 헐렁해서 잘 모르겠어요. 저게 그자인가요? 맞네요. 그자예요."

트란이 은행원들이 즐겨 입는 검푸른 색 양복 차림의 남자에게 안내를 받으며 금고실로 들어가고 있었다. 경호원 한 명이 강철 서류가방을 들고 그 뒤를 따랐다. 그 덩치 큰 경호원은 트란과 은행원 양복이 금고 안으로 사라질 때까지 눈으로 밖의 거리를 훑었다. 그리고 밖에서 기다렸다. 보슈와 위시도 밖에서 기다리며 금고를 지켜보았다. 3분쯤 뒤에 트란이 나왔다. 은행원 양복은 여자용 구두상자만 한 크기의 금속 안전 금고 상자를 들고 그 뒤를 따라 나왔다. 경호원이 맨 뒤에 섰다. 세 사람은 그 유리방을 나가 시야에서 사라졌다.

"서비스가 아주 좋은데요." 위시가 말했다. "정말 비벌리힐스다워요. 아마 금고 안에 있는 물건을 옮기려고 개인실로 가는 길일 거예요."

"루크 요원한테 연락해서 이리로 사람을 보내라고 할 수 있겠어요? 이따 트란이 여기서 나갈 때 미행하게." 보슈가 말했다. "유선으로 연락해요. 지하에서 땅굴을 파는 놈들이 우리 쪽 무전기 주파수를 도청하고 있을지도 모르니까 무전을 피해야 해요."

"그럼 우리는 여기 금고 옆에 남아 있자는 뜻인가요?" 위시가 물었다. 보슈는 고개를 끄덕였다. 위시는 잠시 생각을 해본 뒤 이렇게 말했다. "내가 루크 요원한테 전화할게요. 우리가 여길 찾아낸 걸 알면 좋아할 거예요. 이제 땅굴 조사팀을 내려 보낼 수 있겠어요."

그녀는 주위를 둘러보다가 다음 모퉁이의 버스 정류장 옆에서 공중전화를 발견하고 그쪽으로 걸어가려 했다. 하지만 보슈가 그녀의 팔을 잡았다.

"내가 안으로 들어가서 무슨 일인지 살펴볼게요. 저자들이 당신 얼굴을 안다는 걸 잊으면 안 돼요. 저자들이 여길 떠날 때까지 눈에 띄지 않게 조심해요."

"지원대가 도착하기 전에 저자들이 가버리면 어떻게 해요?"

"내가 여기 금고 앞에 남아 있을 거예요. 나한테 트란은 중요하지 않아요. 당신은 원한다면 저 차를 몰고 트란을 뒤쫓아도 좋아요."

"아뇨. 나도 여기 금고 앞에 남아 있을 거예요. 당신이랑 함께."

위시는 몸을 돌려 전화기 쪽으로 향했다. 보슈는 윌셔 대로를 건너 비벌리힐스 안전금고로 들어갔다. 무장 경비원 한 명이 손에 열쇠고리를 들고 문 쪽으로 걸어오고 있었다.

"문 닫을 시간입니다, 손님." 경비원이 말했다. 무뚝뚝하고 거들먹거리는 태도를 보니 전직 경찰관 같았다.

"1분이면 됩니다." 보슈는 걸음을 멈추지 않고 계속 걸어가며 말했다.

접수대의 값비싼 회색 카펫 위에 골동품 책상들이 놓여 있고, 거기에 금발의 젊은 남자 세 명이 앉아 있었다. 트란을 금고실로 안내했던 양복쟁이도 그 중 한 명이었다. 그는 책상 위에 놓인 서류를 살피다가 시선을 들어 보슈의 외양을 가늠해보더니 다른 두 직원 중 더 젊은 쪽에게 말했다. "그랜트 씨, 이 손님을 도와드려요."

그랜트라고 불린 젊은이는 싫은 기색이 역력한데도 자리에서 일어나 책상 앞으로 돌아나왔다. 그리고 자기가 지을 수 있는 최고의 거짓 미소를 띤 채 보슈에게 다가왔다.

"어서 오십시오, 손님." 그가 말했다. "저희 금고에 계좌를 개설하시려고요?"

보슈가 막 질문을 던지려는데, 그랜트가 한 손을 내밀며 말했다. "제임스 그랜트입니다. 무엇이든 물어보세요. 비록 시간이 얼마 없긴 하지만요. 조금 있으면 문을 닫을 시간이거든요. 주말에는 영업을 하지 않습니다."

그랜트는 겉옷 소매를 살짝 잡아당겨 손목시계를 확인했다.

"하비 파운즈요." 보슈는 그랜트의 손을 잡고 악수를 하며 말했다. "내가 아직 여기에 계좌가 없다는 걸 어떻게 알았지?"

"보안 때문이죠, 파운즈 씨. 저희는 보안을 파는 회사입니다. 그러니 저희 고객이라면 모두 얼굴을 알고 있죠. 저뿐만 아니라 여기 에이버리 씨와 버나드 씨도 마찬가지입니다." 그는 살짝 몸을 돌려 양복쟁이와 또 다른 영업사원을 향해 고갯짓을 했다. 두 사람은 엄숙한 표정으로 고개를 끄덕였다.

"주말에는 문을 안 연다고요?" 보슈는 일부러 실망한 목소리를 내려고 애썼다.

그랜트는 미소를 지었다. "네, 손님. 저희 고객들은 미리 정해준 스케줄에 따라 움직이시는 분들이라서, 주말에는 철저히 휴식을 취하십니다. 은행을 드나들거나 현금지급기를 찾아가는 일은 안 하시죠. 저희 고객들은 그보다 한 차원 높은 분들이십니다, 파운즈 씨. 저희도 마찬가지고요. 파운즈 씨도 보면 아실 겁니다."

이죽거리는 목소리였다. 하지만 옳은 말이기는 했다. 이곳은 기업들을 상대하는 법률회사처럼 번지르르했으며, 근무시간도 똑같고, 잘난 척하는 젊은 남자들이 접수대에 앉아 있는 것도 똑같았다.

보슈는 느긋하게 주위를 둘러보았다. 오른쪽에 약간 움푹 들어간 곳에는 문 여덟 개가 줄지어 늘어서 있었는데, 그 중 세 번째 문 좌우에 트란의 경호원 두 명이 서 있었다. 보슈는 그랜트에게 고개를 끄덕이며 미소를 지었다.

"그러게, 이제 보니 사방에 경비원들이 있군. 내가 원하는 게 바로 이런 거요."

"죄송합니다만, 파운즈 씨, 저분들은 저기 개인실에 들어가 계신 고객과 함께 온 분들입니다. 하지만 저희도 보안에 만전을 기하고 있으니 걱정하지 않으셔도 됩니다. 저희 금고에 계좌를 개설하시겠습니까?"

그랜트는 TV에 복음 전도사랍시고 나오는 장사꾼들보다 더 유들유들했다. 보슈는 그와 그의 태도가 모두 마음에 들지 않았다.

"내가 원하는 건 보안이오. 금고를 하나 빌릴 생각은 있지만, 그전에 보안에 대해 확인할 필요가 있어요. 외부는 물론이고 내부의 위험도 물리쳐야 하니까. 무슨 말인지 알겠소?"

"물론입니다, 파운즈 씨. 그런데 저희 서비스를 이용하는 비용이 얼마나 되는지 혹시 아십니까? 저희가 제공해드리는 보안 서비스 말입니다."

"그런 건 알지도 못하고 관심도 없소. 돈은 문제가 아냐. 내 마음의 평화가 중요한 거지. 그렇지 않소? 지난 주에 우리 옆집에, 그러니까 전직 대통령 집에서 세 집 떨어진 곳에 도둑이 들었어요. 경보 같은 건 놈들한테 아무 소용이 없었지. 놈들은 귀중품들을 가져갔소. 난 우리 집에 그런 일이 생기기 전에 뭔가 조치를 취하고 싶어요. 요즘은 도무지 안전한 곳이 없다니까."

"정말 안타까운 일이죠, 파운즈 씨." 그랜트가 말했다. 흥분한 기색을 감출 생각도 없는 모양이었다. "벨에어 쪽이 그렇게 변해가고 있는 줄은 몰랐습니다. 정말 생각 잘 하신 거예요. 이쪽으로 앉으시죠. 커피를 좀 드릴까요? 혹시 브랜디는 어떻습니까? 어차피 칵테일을 마실 시간이 다 되었으니까요. 그것 역시 은행과 달리 저희만 제공하는 서비스입니다."

그랜트는 고개를 끄덕이며 소리 없이 웃음을 터뜨렸다. 보슈가 커피나 술은 됐다고 거절하자 그랜트는 자기 자리에 앉았다. "이제 저희 서비스의 기본적인 사항들을 말씀드리겠습니다. 저희는 그 어떤 정부기관의 규제도 받지 않습니다. 선생님의 이웃 분도 그 점을 아신다면 만족하실 겁니다."

그는 보슈에게 한쪽 눈을 찡긋했다. 하지만 보슈는 이렇게 물었다. "이웃이라니?"

"전직 대통령 말씀입니다." 보슈가 고개를 끄덕이자, 그랜트는 계속 말을 이었다. "저희는 이곳은 물론 고객들의 집에 대해서도 다양한 보안서비스를 제공하고 있습니다. 필요하다면 무장 호위를 붙여드리는 서비스도 있습니다. 저희는 철저한 보안 컨설턴트로서…."

"안전금고 얘기를 해봐요." 보슈가 그의 말을 잘랐다. 트란이 저 개인실에서 나올 때가 된 것 같았기 때문에, 그 전에 금고실 안으로 들어가고 싶었다.

"아, 예, 물론이죠. 선생님이 보셨듯이, 저희 안전금고는 누구나 볼 수 있게 전시되어 있습니다. 저희가 유리 서클이라고 부르는 그곳은 저희의 보안시설 중에서도 가장 눈부시다고 할 만합니다. 누가 감히 그곳에 침입하려고 하겠습니까? 24시간 내내 사람들 눈 앞에 전시되어 있는 곳인데요. 그것도 윌셔 대로변에. 천재적인 발상 아닙니까?"

그랜트는 의기양양하게 활짝 웃었다. 그리고 상대에게서 동의를 이끌어내려는 듯 살짝 고개를 끄덕였다.

"하지만 지하에서 올라올 수도 있잖소." 보슈가 이렇게 말하자, 그랜트의 입술이 다시 일직선으로 다물어졌다.

"파운즈 씨, 제가 지금 저희 건물의 구조에 대한 보안조치를 설명할 수는 없지만, 저희 금고는 난공불락이니 안심하셔도 됩니다. 이 도시에서 바닥과 벽과 천장에 저희 것만큼 많은 콘크리트와 강철을 사용한 은행 금고실은 한 군데도 없습니다. 그것뿐만이 아닙니다. 이런 표현을 써도 되는지 모르겠지만, 저 유리 서클에서 방귀만 뀌어도 음향 감지기, 동작 감지기, 열 감지기가 작동합니다."

"내가 직접 봐도 되겠소?"

"금고실 말입니까?"

"당연히 그거지."

"물론 보여드려야죠."

그랜트는 재킷의 매무새를 가다듬은 뒤 보슈를 금고실 쪽으로 안내했다. 비벌리힐스 안전금고 사무실에서 반원형 금고실로 들어가려면 유리벽과 맨트랩을 통과해야 했다. 그랜트는 손짓으로 유리벽을 가리키며 말했다. "이중 강화유리입니다. 두 유리판 사이에 진동 감지테이프가 붙어 있기 때문에 침입이 불가능합니다. 바깥쪽 창문들도 마찬가지입니다. 간단히 말해서, 금고실은 1.6센티미터 두께의 유리 두 장으로 봉인되어 있습니다."

그랜트는 게임 전시회에서 최고의 작품을 가리키는 모델처럼 맨트랩 문 옆의 상자 같은 장치를 다시 손으로 가리켰다. 실내용 분수대만 한 크기의 그 상자 꼭대기에는 하얀 플라스틱 원이 상감되어 있었다. 그리고 그 원 안에는 쫙 펼친 손 모양이 검은 선으로 그려져 있었다.

"금고실에 들어가려면, 손님이 손 모양을 먼저 파일에 등록해야 합니다. 뼈의 구조를 보는 거죠. 제가 보여드리겠습니다."

그랜트는 검은 손 모양 위에 자기 오른손을 놓았다. 장치가 웅웅거리기 시작하더니, 기계 안쪽에서 켜진 불이 하얀 플라스틱 원을 환하게 비췄다. 빛의 막대기가 플라스틱 원과 그랜트의 손 아래쪽을 훑고 지나갔다. 복사기 같았다.

"X선입니다." 그랜트가 말했다. "지문보다 더 확실하죠. 게다가 컴퓨터로 6초 만에 처리할 수 있습니다."

6초 뒤에 기계에서 짤막하게 삐 하는 소리가 나더니 맨트랩 첫 번째 문의 전자 잠금장치가 풀렸다. "보셨죠? 여기서는 손님의 손이 곧 서명입니다, 파운즈 씨. 이름 같은 건 밝힐 필요가 없어요. 손님이 자신의 금고에 숫자 암호를 부여한 뒤, 손의 뼈 구조를 저희 파일에 등록하시면 됩니다. 그 정보를 처리하는 시간은 6초밖에 안 되고요."

뒤쪽에서 양복쟁이의 목소리가 들렸다. 아까 그랜트는 그의 이름이

에이버리라고 했었다. "아, 롱 씨, 다 끝나셨습니까?"

보슈는 살짝 뒤를 돌아보았다. 문들이 늘어선 곳에서 트란이 나오고 있었다. 이제는 그가 서류가방을 들고 있었고, 경호원 한 명은 안전금고 상자를 들고 있었다. 나머지 경호원 한 명은 나오자마자 곧바로 보슈를 바라보았다. 보슈는 다시 그랜트에게 고개를 돌리고 말했다. "이제 들어갈 수 있는 거요?"

그는 그랜트의 뒤를 따라 맨트랩 안으로 들어갔다. 등 뒤에서 문이 닫혔다. 맨트랩은 유리와 하얀 강철로 이루어져 있었으며, 크기는 공중전화 부스의 두 배쯤 되었다. 반대편 벽에 문이 또 하나 있고, 그 문 뒤에는 제복을 입은 경비원이 서 있었다.

"이건 LA 구치소의 시스템을 모방한 겁니다." 그랜트가 말했다. "저희가 방금 들어온 문이 제대로 잠기지 않는 한 저 앞의 문은 열리지 않습니다. 그뿐만 아니라 저쪽의 저 무장 경비원 모리가 눈으로 최종확인을 한 뒤에 저 문을 열어줍니다. 그러니까 전자장치와 인간이 모두 참여한 보안 시스템입니다, 파운즈 씨." 그가 모리에게 고개를 끄덕이자, 모리가 잠금장치를 열고 문을 열어주었다. 보슈와 그랜트는 금고실 안으로 걸어 들어갔다. 보슈는 자신이 벨에어에 사는 사람처럼 가장해서 그랜트의 욕심을 자극함으로써 이 정교한 보안장치를 통과하는 데 방금 성공했음을 굳이 말하지 않았다.

"여기가 금고실입니다." 그랜트가 붙임성 좋은 집주인처럼 한 손을 내밀어 금고실을 가리켰다.

금고실은 보슈가 상상했던 것보다 컸다. 폭이 넓지는 않았지만, J. C. 스톡 빌딩 안쪽으로 길게 뻗어 있었다. 양편 벽을 따라 안전금고들이 죽 늘어서 있고, 한가운데에는 강철 구조물이 있었다. 두 사람은 왼쪽 회랑을 걸어 내려가기 시작했다. 그랜트는 중앙의 금고들은 저장공간이 더 넓다고 설명했다. 그냥 보기에도 벽에 붙어 있는 금고들보다 중앙 금고의 문이 훨씬 더 컸다. 개중에는 사람이 걸어서 들어가도 될 만큼 문이 큰 것도 있었다. 그랜트는 보슈가 그 커다란 금고들을 빤히 바라보는 것을 보고 미소를 지었다.

"모피용입니다." 그가 말했다. "밍크 의류 말입니다. 저희는 값비싼 모피, 드레스 등을 아주 훌륭하게 보관해드리고 있습니다. 비벌리힐스의 숙녀분들께서는 그런 옷들이 필요한 계절이 지나면, 비수기 동안 여기에 그 옷들을 보관하십니다. 그러면 보험료를 엄청나게 절약할 수 있으니까요. 마음의 평화를 얻는 건 말할 필요도 없고요."

보슈는 그랜트가 늘어놓는 말들을 건성으로 흘려버리고, 트란이 에이버리를 이끌고 금고실 안으로 들어오는 모습을 지켜보았다. 트란은 여전히 그 서류가방을 들고 있었다. 그의 손목에 반짝거리는 강철 띠가 가늘게 둘러져 있는 것이 눈에 띄었다. 그가 손목과 서류가방을 수갑으로 묶어 놓았다는 뜻이었다. 보슈의 가슴이 두방망이질치기 시작했다. 에이버리가 나서서 237번이라고 적힌 문을 열더니 안전금고 상자를 그 안에 넣었다. 그리고 문을 다시 닫은 뒤 두 개의 잠금장치 중 하나를 열쇠로 잠갔다. 트란이 앞으로 나서서 나머지 잠금장치에 자신의 열쇠를 넣고 돌렸다. 그가 에이버리에게 고개를 끄덕였고, 두 사람은 함께 밖으로 나갔다. 트란은 금고실 안에 있는 동안 단 한 번도 보슈를 바라보지 않았다.

트란이 사라지자 보슈는 이제 금고실을 충분히 보았다며 밖으로 나갔다. 그는 이중 유리벽으로 가서 윌셔 대로를 내다보며 트란을 지켜보았다. 트란은 덩치 큰 경호원 두 명을 양옆에 거느리고 아까 벤츠를 세워둔 주차장으로 향하는 중이었다. 그들을 미행하는 사람이 하나도 없었다. 보슈는 주위를 둘러보았지만, 위시가 보이지 않았다.

"무슨 문제라도 있습니까, 파운즈 씨?" 그랜트가 뒤에서 물었다.

"그래요." 보슈는 겉옷 주머니에서 배지를 꺼내, 등 뒤에 서 있는 그랜트가 볼 수 있게 어깨 너머로 들어올렸다. "당장 여기 관리자를 불러와요. 그리고 이젠 날 파운즈 씨라고 부르지 마시오."

·

루이스는 24시간 영업을 하는 달링스라는 식당 앞의 공중전화 앞에서 있었다. 비벌리힐스 안전금고에서 모퉁이를 돌아 대략 한 블록쯤 떨어진 곳이었다. 메리 그로소 경관이 그의 전화를 받아 어빙 차장을 바꿔드리겠다고 말한 게 1분도 더 전이었다. 어빙이 무전도 아니고 유선통신으로 한 시간마다 보고를 하라고 했으면, 최소한 전화라도 즉시 받아야 하는 것 아니냐는 생각이 들었다. 루이스는 수화기를 다른 쪽 귀로 옮겨 대고, 이를 쑤실 물건을 찾으려고 겉옷 주머니를 뒤졌다. 손목이 주머니에 쓸릴 때마다 아팠다. 하지만 보슈에게 붙들려 수갑을 찼던 걸 생각하면 화만 날 뿐이었기 때문에 그는 지금 조사 중인 일에만 정신을 집중하려고 애썼다. 지금 뭐가 어떻게 돌아가는 건지, 저 FBI 여자와 보슈가 무슨 꿍꿍이를 꾸미고 있는 건지는 전혀 알 수 없었지만 어빙은 어디선가 일이 벌어졌음이 틀림없다고 확신하고 있었다. 클락도 마찬가지였다. 루이스는 공중전화 앞에 선 채로, 만약 두 사람의 생각이 옳다면 나중에 보슈를 체포할 때 자기가 직접 그의 손목에 수갑을 채우겠다고 속으로 다짐했다.

눈빛이 무섭고 머리가 하얗게 센 부랑자가 루이스가 사용하고 있는 공중전화 옆의 또 다른 공중전화로 다가가 동전이 나오는 구멍을 확인해보았다. 구멍에는 아무것도 없었다. 부랑자는 루이스가 사용 중인 전화기의 동전 구멍을 향해서도 손가락을 뻗었지만, 루이스가 그 손가락을 쳐냈다.

"여기 뭐가 있든, 그건 내 거야." 루이스가 말했다.

부랑자는 전혀 굴하지 않았다. "25센트 있어? 나 뭣 좀 먹게."

"꺼져." 루이스가 말했다.

"뭐?" 누군가가 말했다.

"뭐?" 루이스는 이렇게 말하고 나서야, 그 목소리가 수화기 속에서 흘러나온다는 사실을 깨달았다. 어빙이었다. "아, 차장님께 한 말이 아닙니다. 차장님이… 저, 전화를 받으신 줄 몰랐습니다. 여기 좀 귀찮은 녀석이 있어서요. 제가…."

"시민들을 상대할 때 그런 식으로 말해?"

루이스는 바지 주머니에서 1달러 지폐를 한 장 꺼내 백발의 부랑자에게 주고 훠이훠이 쫓아버렸다.

"루이스 형사, 내 말 듣고 있는 거야?"

"예, 차장님. 죄송합니다. 여기 상황을 처리하느라고요. 보고를 드리려고 전화를 걸었습니다. 중요한 일이 있었거든요."

루이스는 어빙이 이 마지막 말을 듣고 조금 전 자신의 부주의한 말을 잊어주었으면 좋겠다고 생각했다.

어빙이 말했다. "그럼 말해 봐. 지금도 보슈를 감시하고 있는 거지?"

루이스는 안도감을 느끼며 급히 숨을 내쉬었다.

"예." 그가 말했다. "제가 보고를 드리는 동안 클락 형사가 계속 감시하고 있습니다."

"좋아. 그럼 보고해 봐. 금요일 저녁이니 나도 너무 늦지 않게 집에 가고 싶다고."

루이스는 보슈가 오렌지카운티에서 비벌리힐스 안전금고까지 금색 벤츠의 뒤를 따라온 것에 대해 15분 동안 어빙에게 보고했다. 그는 비벌리힐스 안전금고에서 미행이 끝났으며, 금색 벤츠가 처음부터 이곳으로 올 작정이었던 것 같다고 말했다.

“그럼 지금은 뭘 하고 있어? 보슈랑 그 FBI 여자 말이야.”

“아직 그 안에 있습니다. 거기 책임자랑 면담하고 있는 것 같습니다. 뭔가 일이 있는 게 분명합니다. 처음에는 금색 벤츠가 어디로 가는지 모르는 기색이더니, 일단 여기 도착한 뒤에는 뭔가 알겠다는 표정이었습니다.”

“알다니 뭘?”

“그게 문제입니다. 저희는 아직 모르거든요. 그 두 사람이 무슨 꿍꿍이인지. 두 사람이 미행했던 남자가 여기에 뭔가를 맡긴 모양입니다. 여기 건물 전면 유리벽 속에 커다란 금고가 있거든요.”

“그래, 거기가 어딘지 나도 알아.”

어빙은 한참 동안 말이 없었다. 루이스는 이미 보고를 마쳤으므로, 어빙을 방해하면 안 된다는 것을 알고 있었다. 그는 보슈에게 수갑을 채워 잔뜩 늘어선 텔레비전 카메라 앞을 걸어가는 공상을 하기 시작했다. 그때 어빙이 헛기침을 하는 소리가 들렸다.

“나도 두 사람의 계획이 뭔지는 몰라.” 어빙이 말했다. “하지만 계속 감시하도록 해. 만약 두 사람이 오늘 밤에 집으로 돌아가지 않는다면, 너희들도 마찬가지야. 알았어?”

“예, 차장님.”

“만약 두 사람이 벤츠에 더 이상 신경을 쓰지 않는다면, 두 사람이 처음부터 찾고 싶었던 건 바로 그 금고라고 봐야지. 두 사람은 금고를 감시하기 시작할 거야. 그리고 너희들도 두 사람을 계속 감시해야 하고.”

“예, 차장님.” 루이스는 이렇게 대답하면서도 여전히 공상에 빠져 있었다.

어빙은 10분 동안 여러 가지 지시를 내리면서 비벌리힐스 안전금고와 보슈의 연관성에 대해 나름대로 가설을 늘어놓았다. 루이스는 메모지와 펜을 꺼내 재빨리 메모를 했다. 이 일방적인 대화를 끝낸 뒤 어빙은 루이스에게 자기 집 전화번호를 가르쳐주었다. "나한테 먼저 승인을 받기 전에는 함부로 움직이지 마. 이 번호로 언제든 전화해. 밤이든 낮이든. 알았어?"

"예, 차장님." 루이스는 급박한 목소리로 말했다.

어빙은 더 이상 한 마디도 없이 전화를 끊었다.

보슈는 그랜트나 다른 영업사원들에게 어찌 된 일인지 설명해주지 않은 채 위시가 도착할 때까지 접수대 근처에서 기다렸다. 영업사원들은 각자 화려한 책상 뒤에 서서 어안이 벙벙한 표정을 하고 있었다. 마침내 문 앞에 나타난 위시는 문이 잠겨 있는 것을 발견하고 손으로 문을 두드리며 배지를 들어보였다. 경비원이 문을 열어주자 그녀는 접수대 쪽으로 걸어왔다.

에이버리라는 영업사원이 뭔가 말을 하려고 입을 여는 것을 보고 보슈가 말했다. "이쪽은 FBI의 엘리노어 위시 요원입니다. 내 일행이에요. 우리가 조용히 할 얘기가 있기 때문에 여기 고객들이 이용하는 개인실을 썼으면 좋겠는데…. 딱 1분이면 됩니다. 만약 여기 책임자가 있다면, 우리가 이야기를 마치고 나오는 즉시 그 책임자를 좀 만나야겠습니다."

아직도 혼란에서 벗어나지 못한 그랜트가 아무 말 없이 개인실 중 두 번째 문을 가리켰다. 보슈는 세 번째 문으로 들어갔다. 위시도 뒤따라 들어왔다. 그는 영업사원들이 보지 못하게 문을 닫고 잠갔다.

"그래, 뭣 좀 알아낸 게 있어요? 저 사람들한테 뭐라고 해야 할지 모르겠어요." 그는 이렇게 속삭이면서 방 안에 있는 책상과 의자 두 개를 둘러보았다. 혹시라도 트란이 실수로 놓고 간 것이 있는지 찾아보기 위해서였다. 하지만 아무것도 없었다. 그는 마호가니 책상의 서랍들을 열어보았다. 펜과 연필, 봉투, 고급 종이 한 뭉치뿐이었다. 문과 마주 보고 있는 벽에 탁자가 하나 있고, 그 위에 팩스가 있었지만 전원은 들어와 있지 않았다.

"여기서 지켜보면서 기다리는 수밖에 없어요." 위시가 아주 빠른 말투로 말했다. "루크 요원이 터널에 내려 보낼 팀을 짜고 있대요. 그 사람들이 안에 들어가서 살펴볼 거예요. 하지만 저 아래에 정확히 뭐가 있는지 확인해야 하니까 먼저 수도전력국에 연락할 거예요. 그쪽 사람들이라면 굴을 파기에 가장 좋은 장소가 어딘지 알아낼 수 있을 테니까 거기서부터 조사하면 돼요. 해리, 정말로 여기가 범인들의 목표라고 생각해요?"

그는 고개를 끄덕였다. 웃음을 짓고 싶었지만, 그러지는 않았다. 그녀의 흥분에 보슈도 덩달아 마음이 들떴다.

"트란한테 미행을 제대로 붙였어요?" 그가 물었다. "아, 참, 여기 사람들은 트란을 롱 씨로 알고 있어요."

문을 두드리는 소리가 나더니 누군가가 말했다. "실례합니다. 실례합니다." 보슈와 위시는 그 목소리를 무시했다.

"트란이었다가, 복이었다가, 이제는 롱이네요." 위시가 말했다. "미행에 대해서는 나도 모르겠어요. 루크 요원이 애는 써보겠다고 했는데…. 내가 자동차 번호와 주차된 장소를 알려줬어요. 루크 요원이 어떻게 했는지는 나중에 알게 되겠죠. 우리랑 같이 감시할 팀도 보내겠다고 했어요. 이따 8시에 길 건너편의 주차장에서 감시팀 회의가 있을 거예요. 여기 사람들은 뭐래요?"

"아직 어떻게 된 일인지 말 안 했어요."

또 노크소리가 들렸다. 아까보다 소리가 컸다.

"그럼 이제 여기 책임자를 만나봅시다."

비벌리힐스 안전금고의 소유주 겸 최고경영자는 알고 보니 에이버리의 아버지인 마틴 B. 에이버리 3세였다. 그는 자기 고객들과 같은 부류의 사람이었으며, 그 사실을 모두에게 알리고 싶어 했다. 그는 개인실이 있는 복도 맨 끝에 자기 사무실을 갖고 있었다. 그의 책상 뒤에는 그가 그저 부자들을 등쳐서 먹고 사는 사기꾼만은 아니라는 사실을 보여주는 사진들이 즐비하게 놓여 있었다. 그는 그 부자들 중 한 명이었다. 그가 전직 대통령 두어 명과 함께 찍은 사진, 영화계 거물들과 찍은 사진, 영국 왕족과 찍은 사진이 눈에 띄었다. 그가 영국 왕세자와 함께 폴로 복장을 완전히 갖춰 입고 찍은 사진도 있었다. 비록 에이버리 3세는 허리가 지나치게 두툼하고 턱살이 너무 늘어져서 말을 타고 달리기가 힘들어 보였지만 말이다.

그는 보슈와 위시에게서 상황에 대한 간략한 설명을 듣자마자 회의적인 표정을 지었다. 그는 자기 금고가 난공불락이라고 말했다. 보슈와 위시는 고객들한테 늘어놓는 그런 자랑은 그만두라면서, 금고의 설계도와 운영계획서를 보여달라고 말했다. 에이버리 3세는 60달러짜리 책상덮개를 뒤집었다. 그러자 책상덮개 뒤쪽에 테이프로 붙여둔 금고 설계도가 나타났다. 에이버리 3세와 저 바깥의 자신만만한 영업사원들이 금고에 대해 설명하면서 사실을 부풀렸음이 명백해졌다. 금고의 가장 바깥쪽 표피는 2.5센티미터 두께의 강철이었고, 그다음에는 철근을 보강한 콘크리트가 30센티미터 두께로 자리 잡고 있었으며, 그다음에는 또 2.5센티미터 두께의 강철이 있었다. 바닥과 천장은 이보다 더 두꺼워서, 60센티미터 두께의 콘크리트 장벽이 더 있었다. 모든 금고실이 그렇듯이, 무엇보다 인상적인 것은 두꺼운 강철 문이었지만, 그것은 그냥 보여주기 위한 장식에 불과했다. 손의 뼈 구조를 찍는 X선 장치나 맨트랩과 마찬가지였다. 보슈는 땅굴 도둑들이 정말로 저 아래에서 굴을 파고 있다면, 별다른 어려움 없이 금고실 안으로 올라올 수 있을 것임을 금방 알 수 있었다.

에이버리 3세는 지난 이틀 동안 밤마다 금고실 경보가 울렸다고 말했다. 목요일 밤에는 경보가 두 번이나 울렸다. 그때마다 비벌리힐스 경찰이 그의 집으로 전화를 걸어 알려주었고, 그는 아들인 에이버리 4세에게 전화를 걸어 사무실로 나가서 경찰을 맞이하라고 지시했다. 에이버리 4세는 경찰관들과 함께 사무실로 들어가 수상한 흔적이 없음을 확인하고 경보를 재설정했다.

"우리 사무실 밑 하수도에 누가 있을지도 모른다는 생각은 전혀 안 했소." 에이버리 3세가 말했다. 마치 하수도라는 단어는 자기 같은 사람에게 전혀 어울리지 않는 천박한 단어라고 생각하는 것 같은 말투였다. "믿을 수가 없군, 믿을 수가 없어."

보슈는 금고의 운영방식과 보안장치에 대해 좀 더 자세히 물어보았다. 에이버리 3세는 그것이 얼마나 중요한 사실인지도 모른 채, 전통적인 은행 금고실과 달리 자기 금고실에서는 일정한 시간이 되면 무조건 잠금장치가 작동하게 되어 있다고 말했다. 그냥 평범한 사실을 진술하는 것 같은 말투였다. 잠금장치가 작동하는 시간을 해제하려면 에이버리 3세 자신이 컴퓨터에 암호를 입력해야 했다. 따라서 그는 금고실 문을 언제든 열 수 있었다.

"고객들의 요구에 언제나 응해야 하기 때문이오." 그가 설명했다. "비벌리힐스의 숙녀 분이 일요일에 전화를 해서 자선무도회 때문에 티아라가 필요하다고 하면, 내가 그 티아라를 꺼내줄 수 있어야 하지 않겠소? 우리가 판매하는 것이 바로 그런 서비스이니까 말이오."

"그럼 모든 고객들이 그 주말 서비스에 대해 알고 있나요?" 위시가 물었다.

“그럴 리가 있나.” 에이버리 3세가 말했다. “소수의 엄선된 고객들만 알고 있소. 그런 서비스에 꽤 무거운 요금을 매기거든. 금고실 문을 열고 물건을 꺼내려면 경비원을 호출해야 하니까 말이오.”

“잠금장치 설정을 해제하고 문을 여는 데는 시간이 얼마나 걸립니까?” 보슈가 물었다.

“별로 오래 걸리지 않아요. 내가 금고실 문 옆의 숫자판에 암호를 입력하면 몇 초 만에 설정이 해제되니까. 그다음에는 잠금장치 암호를 입력하고, 문에 달린 바퀴를 돌려서 열면 돼요. 30초쯤? 아니면 1분쯤? 그보다 좀 덜 걸리는 것 같기도 하고….”

보슈는 너무 느리다는 생각이 들었다. 트란의 금고는 금고실 앞쪽과 가까운 곳에 있었다. 도둑들이 작업하는 곳도 그곳일 터였다. 따라서 밖에서 문이 열린다면, 도둑들도 그 광경을 보고 소리도 들을 수 있을 것이다. 이쪽에서 놈들을 기습할 수 없다는 뜻이었다.

한 시간 뒤, 보슈와 위시는 다시 차로 돌아와 앉아 있었다. 그 사이 비벌리힐스 안전금고에서 동쪽으로 반 블록쯤 떨어진 주차장의 2층으로 차를 옮겨놓기는 했다. 윌셔 대로를 사이에 두고 비벌리힐스 안전금고와 마주 보는 위치였기 때문에, 금고실이 훤히 보였다. 보슈와 위시는 에이버리 3세의 사무실을 나와 지금의 자리에 차를 세우고 감시 채비를 갖춘 뒤, 에이버리 4세와 그랜트가 스테인리스스틸로 만든 거대한 금고실 문을 닫는 것을 지켜보았다. 그들은 문에 달린 바퀴 손잡이를 돌려서 문을 닫은 뒤, 컴퓨터 숫자판에 암호를 입력해서 잠금장치를 작동시켰다. 그다음에는 사무실 불이 꺼졌다. 유리방의 불만 예외였다. 유리방은 그들이 제공하는 보안서비스의 상징으로서 항상 환하게 불이 켜져 있었다.

"놈들이 오늘 밤에 뚫고 올라올까요?" 위시가 물었다.

"그거야 모르죠. 메도우스가 없으니, 사람이 한 명 줄었을 거예요. 그러니 어쩌면 작업이 예정보다 늦었을지도 모르죠."

두 사람은 에이버리 3세에게 일단 집으로 가되, 언제든 나올 수 있게 대기하라고 말했다. 에이버리 3세는 그러겠다고 했지만, 보슈와 위시의 말처럼 정말로 사건이 일어날 거라고는 여전히 믿지 않는 눈치였다.

"우리가 놈들을 지하에서 끌어내야 할 거예요." 보슈는 마치 운전을 할 때처럼 양손으로 핸들을 잡은 채 말했다. "저 문을 여는 속도가 너무 느리니까."

보슈는 아무 생각 없이 윌셔 대로 왼쪽을 바라보았다. 경찰 로고를 단 하얀 LTD가 한 블록 떨어진 길가에 서 있었다. 소화전 옆에 서 있는 그 차 안에는 두 사람이 타고 있었다. 보슈의 길동무들이 여전히 그를 따라다닌다는 뜻이었다.

보슈와 위시는 주차장 2층에서 차 옆에 서 있었다. 한 시간이 넘도록 주차장이 텅 비어 있었는데도, 그 칙칙한 콘크리트 건물에서는 배기가스와 브레이크 타는 냄새가 났다. 보슈는 아무리 생각해도 브레이크 냄새가 자기 차에서 나는 것 같았다. 리틀 사이공에서 가다 서다를 반복한 탓에 차에 무리가 간 모양이었다. 지금 두 사람이 서 있는 곳에서는 윌셔 대로 건너편에서 서쪽으로 반 블록 내려간 비벌리힐스 안전금고의 금고실을 볼 수 있었다. 윌셔 대로를 따라 서쪽으로 더 내려간 곳에서는 하늘이 분홍색으로 물들고, 석양이 짙은 오렌지색으로 변해 있었다. 시내에 불빛들이 켜지고, 도로의 차들도 점점 줄어들었다. 보슈는 윌셔 대로를 따라 동쪽을 바라보았다. 하얀 LTD가 길가에 서 있는 것이 보였다. 코팅을 한 유리창 뒤로 그 안에 타고 있는 사람들의 그림자도 보였다.

8시가 되자 자동차 세 대가 줄지어 주차장 2층으로 올라와서 보슈와 위시가 서 있는 벽쪽을 향해 텅 빈 주차공간을 가로질렀다. 세 대의 자동차 중 맨 뒤의 것은 비벌리힐스 순찰차였다.

"놈들이 여기 고층건물들 어디에 파수병을 세워놨다면, 그놈이 이 자동차 퍼레이드를 보고 일당을 땅굴에서 끌어내겠는데요." 보슈가 말했다.

루크와 남자 네 명이 아무런 표시도 없는 두 대의 자동차에서 내렸다. 그 중 세 명은 양복을 보니 FBI 요원인 듯했다. 마지막 네 번째 남자의 양복은 조금 낡은 편이었고, 주머니는 보슈의 것처럼 헐렁하게 늘어져 있었다. 그는 튜브처럼 돌돌 만 마분지를 들고 있었다. 위시가 말했던 DWP 감독관인 것 같았다. 순찰차에서는 비벌리힐스 경찰서의 제복 경찰관 세 명이 내렸다. 그 중 한 명은 옷깃에 경감 계급장을 달고 있었다. 그도 돌돌 만 종이를 들고 있었다.

다들 보슈의 자동차 옆에 모여서 엔진 덮개를 회의 탁자로 삼아 이야기를 시작했다. 루크가 재빨리 사람들을 소개했다. 비벌리힐스 경찰관 세 명이 나온 것은 이번 작전이 자기들 관할구역에서 벌어지기 때문이었다. 루크는 부서간 공조라고 설명했다. 비벌리힐스 안전금고가 지역 경찰국의 보안회사 담당부서에 설계도를 제출해두었기 때문에, 그 경찰관 세 명이 작전에 도움이 되는 것도 사실이었다. 루크는 그들이 회의를 지켜보기만 하다가, 나중에 지원이 필요해지면 나설 것이라고 말했다. FBI 요원들인 핸런과 후크는 보슈, 위시와 함께 철야 감시를 할 예정이었다. 루크는 적어도 두 군데에서 비벌리힐스 안전금고를 지켜봐야 한다고 말했다. 나머지 한 명의 FBI 요원은 SWAT 조정관이었다. 그리고 마지막 남은 한 명은 DWP의 지하시설 감독관인 에드 기어슨이었다.

"자, 이제 전투계획을 짜봅시다." 소개를 끝낸 뒤 루크가 말했다. 그는 기어슨에게 묻지도 않고 돌돌 만 마분지를 그의 손에서 그냥 빼냈다. "이건 DWP가 갖고 있는 이 일대의 지도입니다. 모든 수도관, 터널, 배수관 등이 전부 나와 있어요. 이걸 보면 저 아래에 무엇이 있는지 정확히 알 수 있습니다."

그는 회색 바탕에 번진 것 같은 푸른 선들이 그려진 지도를 엔진덮개 위에 펼쳤다. 비벌리힐스 경찰관 세 명이 손으로 귀퉁이를 잡아 고정시켰다. 주차장 안이 점점 어두워지고 있었기 때문에 SWAT 조정관 헬러 요원이 펜라이트를 비췄다. 빛이 놀라울 정도로 넓고 밝았다. 루크는 셔츠 주머니에서 펜을 꺼내 망원경처럼 잡아 빼서 포인터로 이용했다.

"자, 지금 우리는… 그렇지…." 그가 원하는 지점을 찾기 전에, 기어슨이 빛 속으로 팔을 뻗어 지도를 손가락으로 짚었다. 루크는 펜 포인터를 그곳으로 이동시켰다. "그래요, 바로 여깁니다." 그는 이렇게 말하고 나서, 날 함부로 건드리지 말라고 말하는 것 같은 표정으로 기어슨을 바라보았다. 낡은 재킷을 입은 기어슨의 어깨가 살짝 처지는 것 같았다.

차 주위에 늘어선 사람들이 모두 엔진덮개를 향해 몸을 기울이고 지도 위의 그 지점을 자세히 들여다보았다. "비벌리힐스 안전금고가 여기예요." 루크가 말했다. "금고실의 실제 위치는 여깁니다. 청사진 좀 볼까요, 오로즈코 경감님?"

어깨가 넓고 엉덩이가 좁아서 몸이 뒤집힌 피라미드처럼 생긴 오로즈코가 DWP의 지도 위에 자기가 가져온 청사진을 펼쳤다. 에이버리 3세가 아까 보슈와 위시에게 보여주었던 도면의 사본이었다.

"금고실 면적은 대략 280평방미터입니다." 오로즈코가 손으로 금고를 짚으며 말했다. "양편에 작은 개인용 금고들이 있고, 중간에 보관함들이 따로 서 있습니다. 만약 놈들이 이 아래에 있다면, 여기 두 개의 통로를 따라 어디든 바닥을 뚫고 올라올 수 있습니다. 그러니까 놈들이 올라올 수 있는 곳의 길이가 대략 18미터쯤 됩니다."

"알겠습니다, 경감님." 루크가 말했다. "이제 DWP 지도를 다시 봐야 하니까 청사진을 들어주시겠습니까? 놈들이 뚫고 올라올 수 있는 지점은 바로 여깁니다." 루크는 노란색 형광펜으로 금고실 바닥을 따라 선을 그렸다. "이걸 기준으로 삼으면, 이곳과 가장 가까운 지하 시설물이 어디 있는지 볼 수 있습니다. 어떻습니까, 기어슨 씨?"

기어슨은 엔진덮개 위로 조금 더 허리를 숙이고 지도를 열심히 들여다보았다. 보슈도 함께 허리를 숙였다. 지도 위의 굵은 선들은 동서로 뻗은 주요 빗물 배수관인 것 같았다. 땅굴 도둑들이 원하는 곳이 바로 그런 곳이었다. 그 배수관들은 지상의 주요 도로들과 위치가 일치했다. 윌셔, 올림픽, 피코. 기어슨이 윌셔 배수관을 가리키며, 그것이 지하 9미터 지점에 설치되어 있고 트럭이 지나가도 될 만큼 크다고 말했다. 그리고 손가락으로 윌셔 배수관을 동쪽으로 짚어 나가 열 블록 떨어진 로버트슨까지 갔다. 그곳에는 남북으로 뻗은 대형 배수관이 있었다. 그는 그 교차로에서 남쪽으로 1.5킬로미터 정도만 가면, 샌타모니카 프리웨이와 나란히 뻗어 있는 지상 배수로가 나온다고 말했다. 배수관 입구는 주차장 문만큼이나 크고, 출입을 막는 장치라고는 맹꽁이자물쇠가 달린 창살문 하나뿐이었다.

"아마 놈들은 이리로 들어갔을 겁니다." 기어슨이 말했다. "지상에서 거리를 따라 움직일 때랑 같아요. 로버트슨 배수로를 따라 윌셔까지 가는 겁니다. 거기서 왼쪽으로 꺾으면, 방금 노란색으로 그은 선 바로 옆이에요. 금고 말입니다. 하지만 놈들이 윌셔 배수관에서 땅굴을 파 들어갔을 것 같지는 않습니다."

"그래요?" 루크가 말했다. "왜요?"

"너무 번잡하거든요." 기어슨이 자동차 주위에 늘어서서 자신을 바라보고 있는 아홉 명의 사람들을 향해 말했다. "이런 대규모 배수관에는 우리 DWP 직원들이 항상 내려가 있습니다. 어디가 갈라지거나 막히지는 않았는지 확인해야 하니까요. 월셔는 여기 동서로 뻗은 배수관들 중에서도 가장 큽니다. 그러니 누가 여기 벽에 구멍을 뚫었다면, 우리가 알아차렸을 겁니다."

"만약 놈들이 구멍을 가렸다면요?"

"1년쯤 전에 시내에서 일어난 그 도난사건 때처럼 그런 것 아니냐는 말씀이죠? 글쎄요, 그런 방법이 다시 통할 수도 있겠죠. 여기 말고 다른 곳이라면요. 하지만 월셔 배수관에서는 발견될 가능성이 높습니다. 우리가 이제는 특별히 그런 걸 주의 깊게 살피거든요. 그리고 방금 말했듯이, 월셔 배수관을 오가는 사람이 워낙 많습니다."

다들 곰곰이 생각에 잠겼기 때문에 잠시 침묵이 흘렀다. 그들이 타고 온 자동차들에서 엔진이 식으면서 탁탁 소리가 났다.

"그럼 놈들이 금고로 들어가려고 어디를 팠을 것 같습니까, 기어슨 씨?" 마침내 루크가 말했다.

"저 아래쪽의 길들은 사방으로 이어져 있습니다. 우리도 저 아래에서 일할 때 가끔 이런 가능성을 생각해요. 여기서 완전범죄가 가능할까 하는 생각 말입니다. 나도 생각을 해봤습니다. 특히 지난 번 사건을 신문에서 봤을 때 그랬죠. 만약 놈들의 목표가 정말로 이 금고라면, 방금 내가 말한 대로 할 겁니다. 로버트슨을 타고 들어와서 월셔 관으로 갈아타는 거죠. 그다음에는 사람들의 눈을 피하려고 연결관으로 들어갔을 겁니다. 연결관은 폭이 1~1.5미터쯤 되고, 둥글어요. 장비를 옮기거나 작업을 할 공간이 충분합니다. 연결관은 주요 배수관들을 거리마다 뻗어 있는 작은 배수관과 연결해줄 뿐만 아니라, 이 길을 따라 서 있는 건물들의 상하수도나 전기설비와도 연결되어 있습니다."

그는 다시 빛 속으로 손을 뻗어 지도 위의 작은 선들을 가리켰다.

"놈들이 길을 제대로 잡았다면…." 그가 말했다. "프리웨이 옆에 있는 출입문으로 들어와서 장비를 몰고 월셔 배수관까지 간 다음 목표지점으로 향했을 겁니다. 거기서 짐을 내려서 연결관에 숨겼겠죠. 그리고 차량을 다시 밖으로 빼냈을 겁니다. 그다음에는 도보로 들어가 연결관에서 작업을 시작합니다. 놈들이 거기서 5~6주 동안 작업을 해도 우리 직원들이 그쪽에는 아예 나타나지 않을 수도 있어요. 그럴 이유가 없으니까요."

보슈는 기어슨이 말한 방법이 너무 간단하다는 생각을 떨쳐버릴 수 없었다.

"여기 다른 배수관들은 어떻습니까?" 그는 지도 위에서 올림픽 거리와 피코 거리를 가리키며 물었다. 이 두 거리의 배수관에서 금고가 있는 북쪽으로 작은 연결관들이 그물처럼 뻗어 있었다. "이 관들을 이용해서 금고실 뒤로 접근하는 방법도 있을 텐데요."

기어슨은 손가락으로 아랫입술을 긁으며 말했다. "맞습니다. 그 길도 있어요. 하지만 월셔 배수관에서 연결관을 넘어갈 때만큼 금고에 가까이 다가갈 수 없다는 게 문젭니다. 무슨 말인지 아시죠? 이쪽에서는 30미터만 파면 되는데, 뭣 하러 그쪽에서 100미터짜리 굴을 파겠습니까?"

기어슨은 이렇게 좌중을 이끄는 것, 특히 실크 양복과 경찰 제복을 차려입고 둘러 서 있는 사람들보다 자신이 더 많은 것을 안다는 사실이 마음에 들었다. 한바탕 연설을 끝낸 그는 발꿈치 쪽으로 체중을 옮겼다. 흡족한 표정이었다. 보슈는 기어슨의 말이 아주 세세한 부분까지도 맞을 가능성이 높다는 것을 알 수 있었다.

"파낸 흙은 어쩌죠?" 보슈가 기어슨에게 물었다. "놈들은 흙과 돌과 콘크리트를 파서 굴을 만들고 있어요. 그럼 그것들을 어디에 버릴까요? 어떻게?"

"보슈 형사, 기어슨 씨는 수사관이 아닙니다." 루크가 말했다. "기어슨 씨가 그렇게 자세히 알 것 같지는…."

"쉽죠." 기어슨이 말했다. "윌셔나 로버트슨 같은 주요 배수관의 바닥은 중앙을 향해 3도쯤 기울어져 있습니다. 그리고 중앙에는 항상 물이 흘러요. 가뭄이 들었을 때도 거의 예외가 없습니다. 지상에서 비가 오지 않아도, 배수관에는 물이 흐른다는 뜻이에요. 수량이 얼마나 많은지 보면 깜짝 놀랄 겁니다. 그 물은 저수지에서 흘러나온 것이거나 상업 폐수예요. 소방관들이 사용한 물도 있고요. 소방관들이 불을 끄느라고 뿌린 물이 어디로 갈 것 같습니까? 그러니까 내 말은, 바닥에 흐르는 물의 양이 어느 정도 수준만 되면 그걸 이용해서 흙이든 뭐든 운반할 수 있다는 겁니다."

"몇 톤이나 될 텐데요." 핸런이 처음으로 입을 열었다.

"그래도 한꺼번에 몇 톤이 나오는 건 아니잖습니까. 굴을 파는 데 시간이 아주 오래 걸렸다면서요. 그러니까 그동안 조금씩 흙을 흘려보내면 물이 알아서 처리해줄 겁니다. 만약 놈들이 연결관에서 작업을 하고 있다면, 그리로 물을 끌어들여서 대형 배수관으로 흘려보내는 방법을 강구해야 하겠죠. 나라면 그 일대의 소화전을 확인해보겠습니다. 혹시 거기서 물이 새거나 누가 소화전을 열었다는 신고가 들어온 게 있다면, 놈들의 짓이라고 보면 됩니다."

제복경찰관 한 명이 오로즈코의 귓가에 뭐라고 속삭였다. 오로즈코는 엔진덮개 위로 허리를 기울이며 지도 위로 손가락을 뻗어 파란 선을 쿡쿡 찔렀다. "이틀 전 밤에 여기 소화전을 누가 망가뜨렸습니다."

"누가 소화전을 열었어요." 오로즈코에게 귓속말을 했던 경찰관이 말했다. "볼트 절단기로 뚜껑에 부착된 사슬을 끊은 뒤 뚜껑을 가져갔습니다. 소방서에서 새 뚜껑을 들고 출동한 건 한 시간 뒤였고요."

"그럼 물이 아주 많이 흘렀겠는데요." 기어슨이 말했다. "그 정도면 파낸 흙을 일부 처리할 수 있었을 겁니다."

그는 보슈를 바라보며 빙긋 웃었다. 보슈도 미소를 지었다. 이렇게 퍼즐 조각들이 맞아 들어가기 시작하는 것이 마음에 들었다.

"그 전에, 그러니까, 어디 보자, 토요일 밤이군요. 그날 방화 사건이 있었습니다." 오로즈코가 말했다. "린컨 근처의 스톡 건물 뒤에 있는 작은 가게에서요."

기어슨은 오로즈코가 청사진 위에서 가리키고 있는 그 가게 위치를 확인했다. 그리고 소화전 위치를 손가락으로 짚었다. "이 두 군데서 나온 물이 여기 세 군데로 들어갔을 겁니다. 여기, 여기, 여기." 그가 회색 지도 위에서 손을 능숙하게 움직이며 말했다. "여기 두 개는 이쪽 관으로 빠지고, 나머지 한 개는 여기로 빠지죠."

수사관들은 두 개의 배수관을 바라보았다. 하나는 윌셔 대로와 평행으로 뻗어서 J. C. 스톡 건물 뒤를 지나갔고, 다른 하나는 윌셔 대로를 향해 수직으로 뻗어서 역시 그 건물 옆을 지나갔다.

"둘 중 어느 곳을 이용하더라도, 여전히 30미터쯤 굴을 파야 하는 거죠?" 위시가 말했다.

"그게 최소길이입니다." 기어슨이 말했다. "직선으로 굴을 팠을 때의 길이. 하지만 도중에 다른 설비들이 지나가는 관을 만나거나 암반에 부딪혀서 방향을 약간 틀었을 수도 있어요. 저 아래에 있는 어떤 터널도 똑바로 직선으로 뻗어 있지는 않을 겁니다."

SWAT 조정관이 루크의 소매단을 잡아당겼다. 루크는 그와 함께 조금 떨어진 곳으로 가서 작은 소리로 이야기를 나눴다. 보슈는 위시를 바라보며 나직하게 말했다. "저 사람들, 안으로 안 들어갈 거예요."

"무슨 소리예요?"

"여긴 베트남이 아니에요. 아무도 저 아래로 내려갈 필요가 없어요. 프랭클린과 델가도 일당이 저 아래 배수관에 있다면, 어느 누구도 놈들에게 들키지 않고 안전하게 터널 안으로 들어갈 수 없어요. 놈들이 전적으로 유리해요. 우리 쪽 사람들이 들어가는 걸 놈들이 금방 눈치챌 거예요."

위시는 보슈의 얼굴을 유심히 살펴보기만 할 뿐, 아무 말도 하지 않았다.

"안으로 들어가는 건 좋은 방법이 아니에요." 보슈가 말했다. "놈들이 무장했다는 건 우리도 이미 알고 있고, 일종의 함정 같은 것이 설치되어 있을 가능성도 높아요. 놈들은 이미 사람을 죽인 적이 있어요."

루크는 자동차 주위에 모여 있는 사람들에게 돌아와 기어슨에게 수사관들과 이야기할 것이 있으니 FBI 자동차 안에서 기다리라고 말했다. 기어슨은 고개를 숙인 채 자동차로 걸어갔다. 이제 자신이 이 일에서 제외되었음을 알고 실망한 모양이었다.

"우린 놈들의 뒤를 쫓아 터널로 들어가지 않을 겁니다." 기어슨이 자동차 문을 닫은 뒤 루크가 말했다. "너무 위험해요. 놈들은 무기를 갖고 있습니다. 폭탄도 있고요. 우리 쪽에서 기습을 가할 수도 없습니다. 우리 쪽에서 사상자가 많이 날 겁니다…. 그래서 놈들을 잡을 함정을 만들기로 했습니다. 놈들이 일을 진행하게 내버려둔 채로, 놈들이 올라올 지점에서 기다리다가 안전하게 체포하는 겁니다. 그러면 놈들을 기습하는 게 가능해요. 오늘 밤에 SWAT이 월셔 배수관을 정찰할 겁니다.

기어슨 씨에게서 DWP 제복을 좀 지원받아서 놈들이 들어간 지점을 찾아볼 거예요. 그러고 나서 가장 좋은 지점에 자리를 잡고 놈들을 기다리는 겁니다. 우리 입장에서 가장 안전한 지점을 고르는 겁니다."

잠깐 침묵이 흘렀다. 침묵을 깨는 것이라고는 거리에서 간간이 들리는 경적소리뿐이었다. 마침내 오로즈코가 반대하고 나섰다.

"잠깐, 내 말 좀 들어봐요." 그는 다들 자기를 바라볼 때까지 기다렸다. 하지만 루크는 오로즈코를 전혀 바라보지 않았다.

"설마 가만히 뒷짐을 지고 서서 놈들이 금고실 안으로 침입하게 내버려두자는 얘기는 아니겠죠?" 오로즈코가 말했다. "놈들이 안으로 들어가서 안전금고 수백 개를 털어서 나오기를 기다리자는 겁니까? 비벌리힐스 주민들의 재산을 지키는 게 내 의무입니다. 그리고 저 회사 고객 중 아마 90퍼센트가 비벌리힐스 주민들일 테고요. 난 그 방법을 따를 수 없습니다."

루크는 펜 포인터를 다시 접어서 겉옷의 안주머니에 넣고 입을 열었다. 여전히 오로즈코에게는 시선을 주지 않은 채였다.

"오로즈코, 당신이 반대했다는 사실을 기록에 남기지. 하지만 우리는 지금 당신한테 우리 방법을 따라달라고 부탁하는 게 아냐." 보슈는 루크가 오로즈코를 직함으로 부르지 않았을 뿐만 아니라, 아예 예의를 지키려는 시늉도 하지 않는다는 것을 알아차렸다.

"이건 연방 작전이야." 루크가 말을 이었다. "당신이 여기 있는 건 순전히 직업상의 예의 때문이고. 게다가 만약 내 생각이 옳다면, 놈들은 저 안에서 안전금고를 딱 하나만 열 거야. 만약 그 안이 비어 있다면 아예 작전을 취소하고 금고실에서 나오겠지."

오로즈코는 무슨 소리인지 모르겠다는 표정이 역력했다. 이번 수사에 대해 자세한 내용을 듣지 못했음이 분명했다. 보슈는 루크에게 그렇게 당하고 있는 그가 가여워졌다.

"지금 우리가 모든 얘기를 다 해줄 수는 없어." 루크가 말했다. "하지만 놈들이 겨냥하는 안전금고는 하나뿐이야. 그리고 지금은 그게 비어 있다고 믿을 만한 근거가 있고. 놈들이 금고실 안으로 들어가서 그 안전금고를 열었다가 그 안이 빈 것을 보면, 서둘러 철수할 거야. 그러니까 지금 우리가 할 일은 그때를 대비하는 거야."

보슈는 루크의 가설에 의문이 들었다. 도둑들이 그냥 철수할까? 아니면 엉뚱한 안전금고를 열었다고 생각하고 트란의 다이아몬드를 찾으려고 다른 금고들을 계속 열까? 아니면 굴을 판 보상을 받으려고 다른 금고들에서 귀중품을 훔칠까? 보슈는 어느 쪽이 정답인지 알 수 없었다. 적어도 루크만큼 확신할 수 없음은 분명했다. 하지만 다시 생각해 보니, 루크가 오로즈코를 이번 일에서 제외시키려고 일부러 그렇게 행동하는 것 같기도 했다.

"놈들이 그냥 철수하지 않을 수도 있습니다." 보슈가 말했다. "놈들이 다른 금고들을 계속 털면 어떻게 할 겁니까?"

"그럼 이번 주말이 아주 길어지겠죠." 루크가 말했다. "놈들이 일을 다 끝내고 나올 때까지 기다려야 할 테니까."

"어느 쪽이든, 그랬다가는 저 회사가 문을 닫아야 할 거요." 오로즈코가 스톡 빌딩 쪽을 가리키며 말했다. "누가 저 커다란 유리창 뒤에 있는 금고실 바닥에 구멍을 뚫고 침입했다는 소문이 퍼지면, 사람들이 저 회사를 믿겠소? 아무도 저기에 물건을 맡기려고 하지 않을걸."

루크는 그냥 그를 노려보기만 했다. 오로즈코의 지적은 쇠귀에 경 읽기였다.

"놈들이 금고실 안에 들어갔다 나온 뒤에 체포할 수 있다면, 아예 들어가기 전에 잡으면 될 것 아니오?" 오로즈코가 말했다. "지금 사이렌을 울리고 소란을 피우든지, 아니면 아예 저 앞에 순찰차를 세워 놓든지….
우리가 놈들의 계획을 알고 미리 와 있다는 걸 알려요. 그럼 놈들이 감히 금고실에 침입하지 못할 테니. 우리가 놈들을 잡으면 저 회사가 살 것이고, 놈들을 못 잡아도 저 회사는 살 거요. 나중에 다시 놈들을 잡을 수도 있고."

"경감님." 루크가 말했다. 다시 처음처럼 사람 좋은 척하는 말투였다. "우리가 여기 있다는 걸 놈들에게 알리면, 우리가 유일하게 갖고 있는 이점, 그러니까 놈들을 기습할 수 있는 기회를 날려버리는 게 됩니다. 그러면 저 아래 터널은 물론이고 어쩌면 여기 거리에서까지 총격전이 벌어질지 몰라요. 놈들이야 총격전에서 누가 다치든, 죽든 신경도 안 쓸 겁니다. 무고한 시민들은 물론 자기 자신들까지 포함해서요. 그러면 나중에 우리가 어떤 기업 하나를 살리자고 일을 그런 식으로 처리했다는 걸 시민들에게 어떻게 납득시킬 수 있겠습니까? 아니, 우리 자신한테도 납득시키기 힘들 겁니다."

루크는 자신의 말이 효과를 발휘할 시간을 좀 두었다가 다시 말을 이었다. "난 이번 작전에서 안전을 핑계로 어물쩍 넘어갈 생각이 없습니다. 그럴 수가 없어요. 저 아래 땅속에 있는 놈들은 그냥 겁만 주는 게 아니라, 사람을 죽이는 놈들입니다. 이미 우리가 아는 것만도 두 명이 죽었어요. 그 중 한 명은 목격자였습니다. 이번 주에만 두 건이나 살인을 저지른 거예요. 그러니 저놈들을 놓치면 절대 안 됩니다. 절대로."

오로즈코는 엔진덮개 위로 몸을 숙여 자기가 가져온 청사진을 둘둘 말았다. 그리고 거기에 고무줄을 끼우면서 말했다. "여러분, 실수하지 않는 게 좋을 거요. 당신들이 실수하면, 나와 우리 경찰국은 오늘 회의에서 오간 말을 하나도 남김 없이 발표하고, 우리가 문제를 지적했다는 점도 밝힐 테니까. 잘들 있어요."

그는 몸을 돌려 순찰차로 되돌아갔다. 제복경찰관 두 명은 경감이 명령하지 않았는데도 그 뒤를 따랐다. 다른 사람들은 그저 그들을 지켜보기만 했다. 순찰차가 주차장 출구로 사라진 뒤 루크가 말했다. "다들 저 사람 말을 들었죠? 오늘 일을 망치면 안 됩니다. 혹시 뭐 할 말 있는 사람 있어요?"

"지금 금고실 안에 사람을 투입해서 놈들이 올라오기를 기다리는 건 어떻습니까?" 보슈가 말했다. 미리 생각해두었던 아이디어가 아니라, 그냥 생각이 나는 대로 내뱉은 말이었다.

"안 됩니다." SWAT 조정관이 말했다. "지금 금고실 안에 사람을 투입하면, 그 사람들은 막다른 길에 몰리게 돼요. 다른 대안이 없단 말입니다. 거기서 나올 길도 없고요. 그런 일에 내 부하들을 보낼 수는 없습니다."

"놈들이 폭탄을 터뜨리면 부상을 당할 수도 있어요." 루크가 말을 덧붙였다. "놈들이 언제 어디로 올라올지도 알 수 없고."

보슈는 고개를 끄덕였다. 두 사람 말이 옳았다.

"일단 놈들이 올라왔다는 걸 파악한 뒤에 우리가 금고실 문을 열고 들어가면 안 될까요?" 요원들 중 한 명이 말했다. 보슈는 그의 이름이 핸런이었는지 후크였는지 기억이 나지 않았다.

"맞아요. 금고실 문의 시간 잠금장치를 해제하는 방법이 있어요." 위시가 말했다. "그러려면 저 회사 주인인 에이버리를 불러내야 할 거예요."

"에이버리의 설명대로라면, 시간이 너무 오래 걸립니다." 보슈가 말했다. "너무 느려요. 에이버리가 시간 잠금장치를 해제하고 문을 열 수는 있지만, 문 무게가 2톤이나 됩니다. 아무리 빨라도 문이 제 무게로 저절로 열리는 데 30초는 걸릴 거예요. 그보다 덜 걸릴 수도 있겠지만, 안에 있는 놈들이 우리보다 먼저 기선을 제압할 겁니다. 놈들을 찾으려고 터널로 내려갈 때랑 똑같은 위험이 있어요."

"섬광탄은 어떨까요?" 요원 중 한 명이 말했다. "금고실 문을 조금만 열고 섬광 수류탄을 던져 넣은 다음에 우리가 들어가서 잡으면 될 것 같은데요."

루크와 SWAT 조정관이 동시에 고개를 저었다.

"두 가지 이유가 있어." SWAT 조정관이 말했다. "우리 생각대로 놈들이 터널에 폭탄을 설치한다면, 섬광탄 때문에 폭탄이 터질 거야. 그러면 여기 윌셔 대로가 대략 10미터쯤 내려앉겠지. 그런 일을 벌일 수는 없잖아? 우리가 보고서를 얼마나 작성해야 할지 생각해 봐."

나름대로 농담 삼아 한 말이었지만 아무도 웃지 않자 SWAT 조정관은 말을 계속했다. "둘째, 금고실이 있는 곳은 유리방이야. 그러니까 우리가 저기 들어가는 순간 아주 불리해진다고. 만약 놈들이 파수를 세워 두었다면, 우린 죽은 목숨이야. 놈들이 폭탄을 터뜨릴 때는 서로 무전을 자제할 것 같지만, 만약 우리 생각이 틀렸다면 파수를 보던 놈이 우리가 나타난 걸 일당에게 알릴 거야. 그러면 우리가 섬광탄을 던져 넣을 때 놈들도 미리 준비하고 있다가 우리한테 뭔가를 던질지도 모르지."

루크가 여기에 자신의 생각을 덧붙였다. "망을 보는 놈까지 생각할 것도 없어. 우리가 저 유리방에 SWAT 팀을 투입하면, 놈들은 안에서 텔레비전으로 그걸 볼 수 있어. LA의 모든 방송국이 카메라를 들고 이리로 몰려올 테고, 도로에는 샌타모니카까지 차가 꽉 막혀서 움직이지 않을 테니까. 무슨 서커스 공연처럼 엄청난 구경거리가 될걸. 그러니까 그런 생각은 하지도 마. SWAT는 기어슨의 의견대로 미리 정찰을 해서 프리웨이 옆의 출구를 봉쇄할 거야. 우리가 거기서 미리 기다리고 있다가, 우리 방식대로 놈들을 잡을 거라고. 알았어?"

SWAT 조정관은 고개를 끄덕였고, 루크는 계속 말을 이었다. "우선 오늘 밤부터 저 금고실에 24시간 감시를 세울 겁니다. 위시 요원과 보슈 형사는 저 건물에서 금고가 있는 쪽에 잠복해요. 핸런과 후크는 출입문을 볼 수 있게 린컨 거리에 잠복하고. 두 팀 모두 혹시 이상한 낌새가 보이거나 무슨 소리가 나면 즉시 나한테 알려요. 그러면 내가 SWAT 팀을 대기시킬 테니까. 가능하면 무전 대신 유선통신을 사용해야 합니다. 놈들이 우리 주파수를 감청하고 있을 수도 있으니까. 잠복을 하다가 무전을 사용할 일이 생길 때를 대비해서 미리 암호를 만들어두어야 할 겁니다."

"경보가 울리면 어쩝니까?" 보슈가 물었다. "이번 주에만 벌써 세 번이 울렸다고 하던데."

루크는 잠시 생각해보다가 입을 열었다. "평소대로 처리하세요. 점장이든 에이버리든 하여튼 호출을 받고 달려온 사람을 문 앞에서 만나 경보를 재설정하고, 그 사람을 돌려보내는 겁니다. 나는 오로즈코한테 다시 연락해서 만약 경보가 울리면 순찰차를 보내라고 하겠습니다. 그래도 일을 처리하는 건 우립니다."

"아마 에이버리가 호출을 받고 나올 거예요." 위시가 말했다. "그런데 여기서 어떤 일이 벌어질 가능성이 있는지 우리가 이미 에이버리한테 얘기해줬기 때문에, 만약 에이버리가 금고실 문을 열고 살펴보고 싶어하면 어쩌죠?"

"못하게 해야지. 간단하잖아. 금고실 주인은 그 친구지만, 자칫하면 목숨이 위험할 수도 있어. 그러니까 막아야지."

루크는 둘러선 사람들을 차례로 바라보았다. 다들 더 이상 질문이 없는 모양이었다.

"그럼 그만 끝내지. 앞으로 90분 내로 다들 자기 위치에 자리를 잡도록 해. 그 정도면 식사를 하고, 화장실을 갔다 오고, 커피까지 마실 시간으로 충분할 거야. 위시, 자정과 06시에 나한테 상황보고를 해. 유선으로. 알았나?"

"네."

루크와 SWAT 조정관은 기어슨이 기다리고 있는 자동차에 올라타고 주차장 출구로 빠져나갔다. 보슈, 위시, 핸런, 후크는 무전으로 통신할 때 사용할 암호를 정했다. 우선 감시 구역 안의 거리 이름들을 시내의 거리 이름으로 바꿨다. 혹시 누가 무전을 엿듣더라도, 비벌리힐스의 윌셔와 린컨 거리가 아니라 시내의 브로드웨이와 1번가에서 잠복근무를 하는 사람들이 상황을 보고하는 것으로 착각하게 만들기 위해서였다. 비벌리힐스 안전금고를 지칭하는 암호는 전당포였다. 이렇게 암호를 정한 뒤, 그들은 각자 조별로 헤어져서 볼일을 보고, 잠복근무를 시작하는 시점에 서로의 위치를 확인하기로 했다. 핸런과 후크의 자동차가 주차장 출구 쪽으로 향하는 동안, 이번 작전의 계획이 마련된 뒤 처음으로 위시와 단둘이 남게 된 보슈는 그녀에게 어떻게 생각하느냐고 물었다.

"잘 모르겠어요. 놈들이 일단 금고실로 들어갔다가 멋대로 아래로 내려가게 내버려두는 게 마음에 들지 않아요. SWAT 팀이 정말로 모든 길목을 차단할 수 있을지도 궁금하고요."

"그건 두고 보면 알겠죠."

자동차 한 대가 주차장 입구로 올라와서 두 사람을 향해 달려왔다. 불빛에 순간적으로 눈이 보이지 않게 된 보슈는 전날 밤 자신들에게 달려들었던 자동차를 떠올렸다. 하지만 그 차는 휙 방향을 돌리더니 멈춰 섰다. 핸런과 후크였다. 조수석 창문이 내려가고, 후크가 두툼한 마닐라 봉투를 창밖으로 내밀었다.

"우편물 배달이에요." 후크가 말했다. "이걸 그쪽한테 전해주는 걸 깜박했어요. 그쪽 경찰서 사람이 오늘 우리 사무실에 두고 갔어요. 그쪽이 기다리던 물건인데, 경찰서에 들를 시간이 없는지 아직 가져가지 않았다고 하면서요."

보슈는 봉투를 받아 몸에서 멀리 떨어지게 들었다. 후크가 그의 불편한 표정을 보고 말을 이었다.

"에드거라는 사람이 두고 갔어요. 흑인인데, 옛날에 그쪽이랑 파트너였다고 하더라고요. 그게 우편함에 이틀 전부터 놓여 있었는데, 자기가 보기에는 중요한 물건인 것 같았대요. 그래서 누구한테 집을 보여주려고 웨스트우드로 가는 길에 우리 사무실에 들르기로 했다던데…. 그쪽이 듣기에 그럴 듯한 얘기예요?"

보슈가 고개를 끄덕이자, 핸런과 후크는 다시 차를 몰고 가버렸다. 무거운 봉투는 아직 봉인을 뜯지 않은 상태였고, 보낸 사람 주소는 세인트루이스의 미군복무기록보관소였다. 그는 봉투의 끝을 찢어서 안을 들여다보았다. 두툼한 서류가 들어 있었다.

"그게 뭐예요?" 위시가 물었다.

"메도우스의 기록이에요. 내가 이걸 요청한 걸 잊고 있었어요. 월요일에 요청한 건데…. FBI가 수사하고 있다는 걸 알기 전에. 어쨌든, 이미 다 본 자료니까…."

그는 열린 창문을 통해 자동차 뒷좌석으로 봉투를 던져 넣었다.

"배고파요?" 위시가 그에게 물었다.

"최소한 커피라도 한 잔 마시고 싶어요."

"내가 좋은 데를 알아요."

보슈는 김이 피어오르는 블랙커피를 플라스틱 컵으로 마시고 있었다. 센추리 시티 뒤쪽의 피코 거리에 있는 이탈리아 식당에서 나올 때 가져온 커피였다. 그는 이제 금고실 맞은편의 주차 건물 2층으로 돌아와 자동차 안에 앉아 있었다. 위시가 루크에게 전화로 자정 보고를 마친 뒤 차 문을 열고 올라탔다.

"지프를 찾았대요."

"어디서요?"

"루크 요원 말로는, SWAT 팀이 차로 월셔 배수관을 정찰했는데, 침입 흔적이나 땅굴 입구는 전혀 없었대요. 기어슨의 말이 맞은 모양이에요. 놈들이 작은 지선으로 숨어든 거죠. 어쨌든, SWAT 팀은 정찰을 마친 뒤에 함정을 설치하려고 프리웨이 옆의 배수구 도랑으로 갔어요. 거기서 터널 출구 세 곳에 인력을 배치하다가 우연히 지프를 발견했대요. 루크 요원 말로는, 프리웨이 옆에 카풀 주차장이 있는데, 거기 베이지색 지프가 서 있더래요. 덮개가 덮인 트레일러가 붙어 있는 상태로. 놈들의 자동차예요. 트레일러 안에 파란색 ATV 세 대가 있었거든요."

"루크 요원이 영장을 받는답니까?"

"네. 지금 사람을 시켜서 영장을 발부해줄 판사를 찾는 중이에요. 그러니까 영장을 곧 받겠죠. 하지만 작전이 끝날 때까지는 가까이 가지 않을 작정이에요. 혹시 놈들 중 한 놈이 ATV를 가지러 나올지도 모르니까요. 아니면 이미 한 놈이 밖으로 나와서 차를 향해 오고 있는 중이거나."

보슈는 고개를 끄덕이며 커피를 한 모금 마셨다. 현명한 방법이었다. 그는 담배를 끄지 않은 채 재떨이에 올려둔 것을 기억해내고, 담배를 들어 열린 창밖으로 던졌다.

위시가 마치 그의 생각을 눈치채기라도 한 것처럼 말을 이었다. "루크 요원은 지프의 뒷자리에 담요 같은 건 보이지 않는다고 말했어요. 만약 그 지프가 놈들이 메도우스의 시체를 저수지로 운반할 때 사용한 차라면, 아직 그 안에 증거가 될 섬유가 남아 있을 거예요."

"샤키가 말한 자동차 문의 로고는 어때요?"

"로고는 없대요. 하지만 놈들이 거기에 지프를 세우면서 원래 붙어 있던 로고를 떼어냈을 수도 있어요."

"그래요." 보슈는 잠시 생각에 잠겼다가 다시 말을 이었다. "모든 게 너무 잘 맞아 떨어지는 것 같아서 좀 꺼림칙하지 않아요?"

"그래야 되나요?"

보슈는 어깨를 으쓱하고 윌셔 대로를 바라보았다. 소화전 앞의 길가에는 아무것도 없었다. 저녁을 먹고 온 뒤로 보슈는 하얀 LTD를 보지 못했다. 그는 그 차가 내사과의 것이라고 확신했다. 하지만 루이스와 클락이 아직 주위에 있는지, 아니면 집으로 돌아갔는지는 알 수 없었다.

"해리, 원래 수사를 잘하면 이렇게 모든 게 맞아 떨어지게 돼 있잖아요." 위시가 말했다. "전체적으로 봤을 때, 아직은 범인에 대해 오리무중이지만, 그래도 우리가 어느 정도 주도권을 쥐게 된 것 같기는 해요. 지난 사흘 보다는 훨씬 전망이 밝아졌잖아요. 그래서 이제야 마침내 몇 가지 사실들이 제자리를 찾아 들어가기 시작했는데, 왜 걱정을 하겠어요?"

"사흘 전에는 샤키가 아직 살아 있었어요."

"그걸 당신 탓으로 돌리고 싶다면, 스스로 선택한 일 때문에 목숨을 잃은 다른 사람들까지 전부 당신 탓으로 돌리지 그래요? 당신이 그런 현실을 바꿔놓을 수는 없어요. 순교자처럼 굴 필요도 없고요."

"선택한 일이라니, 무슨 소리예요? 샤키는 아무것도 선택하지 않았어요."

"아뇨, 선택했어요. 거리의 삶을 선택했을 때, 자기가 거리에서 죽을 수도 있다는 걸 알고 있었어요."

"설마 진심으로 그렇게 생각하는 건 아니죠? 샤키는 아직 어린애였어요."

"하지만 현실이 그렇잖아요. 우리가 이런 일을 하면서 얻을 수 있는 최고의 결과는 이기는 것도 아니고, 지는 것도 아니고, 비기는 거예요. 이기는 사람이 있으면, 지는 사람도 있는 법이에요. 그러니 착한 사람들이 이기는 경우가 최소한 절반은 돼서 전체적으로 비기는 결과가 나오기를 바랄 수밖에 없어요. 우리가 하는 일이 그래요, 해리."

보슈는 마지막 남은 커피를 다 마셨다. 그리고 한동안 아무 말 없이 앉아 있었다. 유리방 한가운데에 옥좌처럼 놓여 있는 금고가 훤히 바라다보였다. 사방에서 훤히 보이는 곳에서 천장의 밝은 불빛을 받아 빛나고 있는 금고는 온 세상을 향해 "날 가져가요"라고 말하는 것 같았다. 실제로 지금 그럴 생각을 하고 있는 놈이 있지. 우린 그놈이 하는 짓을 내버려둘 작정이고. 보슈는 속으로 생각했다.

위시가 무전기를 들고 전송 버튼을 두 번 누른 뒤 말했다. "브로드웨이 1이 1번가에게, 내 말이 들립니까?"

"들립니다, 브로드웨이. 무슨 일입니까?" 후크의 목소리가 대답했다. 지직거리는 소리가 심했다. 무선 전파가 주위의 고층건물들에 수없이 부딪혀 굴절되기 때문이었다.

"그냥 확인하는 거예요. 그쪽 상황은 어때요?"

"우린 전당포 정문 남쪽에 있어요. 시야는 확실한데, 아무 일도 없습니다."

"우린 동쪽이에요. 혹시…." 위시는 마이크를 끄고 보슈를 바라보았다. "금고실 암호를 정하는 걸 깜박했네요. 무슨 좋은 생각 없어요?"

보슈는 고개를 저었지만, 이내 이렇게 말했다. "색소폰. 전당포 진열창에 색소폰들이 매달려 있는 걸 본 적이 있어요. 악기가 아주 많던데요."

위시는 다시 마이크를 켰다. "미안해요, 1번가. 기술적인 문제가 좀 있어서요. 우린 전당포 동쪽에 있고, 진열창 안의 피아노가 잘 보여요.

안에서는 아무 움직임이 없어요."

"졸지 마세요."

"당연하죠. 이상."

보슈는 미소를 지으며 고개를 저었다.

"왜요?" 위시가 말했다. "왜 웃어요?"

"전당포에서 악기를 많이 보기는 했지만, 피아노라니. 전당포로 피아노를 가져가는 사람이 어디 있겠어요? 그걸 옮기려면 트럭이 필요할 텐데. 아무래도 우리 정체가 드러난 것 같네요."

보슈는 무전기 마이크를 집어 들었지만, 전송 버튼을 누르지 않고 말했다. "어, 1번가, 확인 바랍니다. 진열창에 있는 건 피아노가 아니라 아코디언이에요. 우리가 잘못 말했습니다."

위시는 그의 어깨를 한 대 때리며 피아노 얘기는 잊어버리라고 말했다. 그리고 두 사람은 편안한 침묵 속으로 빠져들었다. 잠복근무는 대부분의 형사들에게 아주 지겨운 일이었다. 하지만 15년간 형사 생활을 하면서, 보슈는 단 한 번도 잠복근무를 싫어한 적이 없었다. 좋은 파트너와 함께 잠복근무를 할 때는 오히려 그 시간이 즐겁기까지 했다. 좋은 파트너란 말이 통하는 상대가 아니라, 말을 하지 않아도 편안한 상대를 뜻했다. 보슈는 이번 사건에 대해 생각하며, 금고실 앞을 지나가는 자동차들을 지켜보았다. 그런 이번 사건과 관련해서 일어난 일들을 처음부터 지금까지 시간 순서대로 차근차근 짚어보았다. 각각의 일들이 일어난 현장을 다시 생각해보고, 자신이 사람들과 주고받은 대화도 떠올렸다. 이렇게 사건의 경과를 되짚어보는 것이 다음 행보를 결정하는 데 도움이 될 때가 많았다. 이제 그는 금방 빠질 것처럼 덜렁거리는 이를 혀로 찔러대듯이, 어젯밤의 뺑소니 미수사건을 머릿속으로 이리저리 굴려보고 있었다. 이유가 뭘까? 우리가 알고 있는 정보 중에 무엇이 그렇게 위험한 걸까? 경찰관과 연방요원을 죽이려 드는 건 멍청한 짓이었다. 그런데 왜 그런 일을 하려고 한 걸까? 그는 이런 생각을 하다가, 자신이 어젯밤 위시와 함께 있었던 것을 떠올렸다. 상관들의 온갖 질문에 시달리며 조사를 받은 뒤라 위시는 겁을 먹고 있었다. 보슈 자신보다 더 많이. 침대에서 그녀를 안을 때, 그는 마치 겁에 질린 짐승을 달래는 것 같은 기분이었다. 그녀는 자신을 안고 쓰다듬는 그의 목덜미에 숨결을 토해냈다. 두 사람은 사랑을 나누지 않았다. 그냥 서로 안고 있었을 뿐이었다. 그런데 왠지 그것이 더 친밀한 행위 같았다.

"어젯밤 일을 생각하는 거예요?" 위시가 물었다.

"어떻게 알았어요?"

"그냥 추측이죠. 어때요?"

"글쎄요, 아주 좋았던 것 같아요. 우리가…."

"어젯밤 우리를 죽이려고 했던 놈에 대해 물은 거예요."

"아, 글쎄요, 나도 전혀 모르겠어요. 난 그 뒤의 일을 생각하고 있었어요."

"아…. 저기, 그러고 보니 고맙다는 말을 안 했네요, 해리. 아무런 보상도 바라지 않고 그렇게 내 곁에 있어줬는데…."

"오히려 내가 고마워해야죠."

"당신은 자상한 사람이에요."

두 사람은 다시 자기만의 생각 속으로 빠져 들어갔다. 보슈는 문을 향해 몸을 기울이고 차창에 머리를 기댄 채, 금고실에서 거의 눈을 떼지 않았다. 윌셔 대로에는 차들이 많지 않았지만, 그래도 흐름이 꾸준히 이어졌다. 샌타모니카 대로나 로데오 드라이브 일대의 클럽으로 가는 사람들, 또는 거기서 오는 사람들의 차였다. 근처의 아카데미 홀에서 시사회 같은 것도 열린 모양이었다. 보슈가 보기에는 오늘 밤에 LA의 리무진이란 리무진이 죄다 윌셔로 몰려온 것 같았다. 갖가지 색깔과 모양의 긴 차들이 차례로 지나갔다. 움직임이 어찌나 매끈한지, 마치 물 위를 둥둥 떠가는 것 같았다. 아름다웠다. 그리고 검게 칠한 창문들은 호기심을 자극했다. 선글라스를 쓴 이국적인 여인처럼. 보슈는 리무진이야말로 이 도시만을 위해서 만들어진 차 같다고 생각했다.

"메도우스의 장례식은 치러졌나요?"

보슈는 이 질문을 듣고 깜짝 놀랐다. 위시가 과연 무슨 생각을 하다가 이 질문을 하게 됐는지 궁금했다. "아뇨." 그가 대답했다. "월요일에 퇴역군인 묘지에서 장례식이 있을 거예요."

"현충일에 장례식을 하겠네요. 잘 어울리는 일 같기도 하고…. 메도우스가 범죄를 저질렀는데도, 그 신성한 땅에 묻힐 자격은 아직 살아있나 보죠?"

"베트남에서 복무했으니까요. 그래서 그 친구를 위한 자리가 이미 마련되어 있어요. 아마 내 자리도 거기 있을 겁니다. 그런데 장례식 얘기는 왜요?"

"나도 모르겠어요. 그냥 생각이 났어요. 장례식에 갈 거예요?"

"그때도 여기 앉아서 금고실을 감시해야 하는 상황이 아니라면요."

"가면 좋을 거예요. 당신한테는 메도우스가 의미 있는 인물이었잖아요. 적어도 과거의 어느 시점에는."

보슈는 아무런 대꾸도 하지 않았다. 하지만 위시는 계속 말을 이었다. "해리, 검은 메아리에 대해서 말해 봐요. 얼마 전에 말한 그거요. 그게 무슨 뜻이에요?"

보슈는 처음으로 금고실에서 시선을 떼어 위시를 바라보았다. 그녀의 얼굴은 어둠 속에 묻혀 있었지만, 지나가는 자동차의 불빛이 순간적으로 차 안을 밝혀준 덕분에 그는 자신을 바라보는 그녀의 눈을 볼 수 있었다. 그는 금고실로 다시 시선을 돌렸다.

"말할 것도 별로 없어요. 그냥 우리가 손에 잡히지 않는 것 중에 하나를 부르던 말이니까."

"손에 잡히지 않는 거요?"

"그걸 지칭하는 이름이 없어서 우리도 그냥 그렇게 부른 겁니다. 땅굴 속에 혼자 내려갈 때 느껴지는 축축한 공허감, 어둠 같은 것들. 마치 자기가 죽어서 어둠 속에 묻힌 것 같은 느낌. 아직 살아 있는데도 말이죠. 그래서 사람들은 겁에 질렸어요. 자기 숨소리가 어둠 속에서 메아리치는 것 같은 게, 그 소리에 자기 위치가 드러날 것만 같은 기분. 글쎄요, 설명하기가 힘들어요. 그냥… 검은 메아리예요."

위시는 자신과 보슈 사이로 잠시 시간이 흐르게 가만히 있다가 입을 열었다. "난 당신이 장례식에 가는 게 좋은 일 같아요."

"무슨 문제라도 있어요?"

"무슨 소리예요?"

"내가 한 말, 지금 당신의 말투. 어젯밤 이후로 당신 행동이 좀 이상해요. 마치 뭔가가… 아니, 괜한 소리를 한 것 같네요."

"나도 잘 모르겠어요, 해리. 어젯밤에 흥분이 가라앉은 뒤에 엄청 겁이 났던 것 같아요. 그래서 이것저것 생각을 하게 됐어요."

보슈는 고개를 끄덕이기만 할 뿐 아무 말도 하지 않았다. 옛날에 베트남 삼각지대에서 있었던 일이 떠올랐다. 저격수에게 당해서 많은 사상자를 낸 부대가 우연히 땅굴단지 입구를 발견했다. 보슈, 메도우스, 그리고 자비스와 핸러핸이라는 또 다른 땅굴쥐들이 그 근처에 낙하산으로 투입돼 땅굴 입구로 안내되었다. 거기서 그들이 가장 먼저 한 일은 섬광탄 두 개를 구멍 속으로 던져 넣은 것이었다. 빨간색과 파란색 섬광탄을 각각 하나씩 던져 넣은 그들은 거대한 환풍기로 연기를 날려

보냈다. 정글 속에 또 다른 땅굴 입구가 있는지 확인하기 위해서였다. 이내 사방 200미터 이내의 지역에서 연기가 리본처럼 구불구불 솟아오르는 곳이 20여 곳이나 발견되었다. 저격수들이 자리를 잡고 총을 쏘는 자리로 이용하거나, 땅굴을 드나들 때 이용하는 거미구멍들이었다. 구멍이 어찌나 많은지 정글 전체가 연기 때문에 보라색으로 변할 지경이었다. 메도우스는 마약에 취한 상태라서, 항상 가지고 다니던 휴대용 녹음기에 카세트테이프를 넣고 땅굴 안을 향해 지미 헨드릭스의 '보랏빛 안개'를 쾅쾅 틀어댔다. 전쟁과 관련해서, 자주 꾸는 그 꿈을 제외하면, 보슈가 가장 선명하게 기억하는 일 중의 하나였다.

그 뒤로는 도무지 로큰롤을 좋아할 수 없었다. 그 쿵쾅거리는 음악을 들으면 전쟁이 너무나 생생하게 떠올랐다.

"전쟁기념비를 보러 간 적 있어요?" 위시가 물었다.

어떤 전쟁의 기념비인지는 굳이 말하지 않아도 알 수 있었다. 워싱턴에 있는 그것일 테니까. 하지만 연방청사 옆의 묘지에 사람들이 세우고 있던 검은색 복제품이 곧 생각났다.

"아뇨." 보슈는 한참 만에 말했다. "본 적 없어요."

정글에서 연기가 가시고 헨드릭스의 노래가 끝난 뒤, 보슈를 포함한 네 사람은 땅굴 속으로 들어갔다. 처음 땅굴을 발견한 부대의 병사들은 배낭을 깔고 앉아 식사를 하며 기다렸다. 한 시간 뒤, 보슈와 메도우스만이 지상으로 돌아왔다. 메도우스는 베트콩의 머리가죽 세 개를 들고 있었다. 그는 지상의 병사들에게 그 머리가죽을 들어 보이며 큰 소리로 외쳤다. "나는 검은 메아리 속에서 제일 못된 피의 형제다." 이렇게 해서 그 이름이 만들어졌다. 자비스와 핸러핸은 나중에 땅굴 속에서 발견되었다. 죽창 함정에 빠져 죽어 있었다.

위시가 말했다. "워싱턴에 살 때 거기 가본 적이 있어요. 1982년에 그 기념비가 봉헌될 때는 도저히 갈 수 없었는데, 세월이 많이 흐른 뒤에 마침내 용기를 냈죠. 거기서 오빠의 이름을 보고 싶었어요. 그러면 마음이 좀 정리될지도 모른다 싶었거든요. 오빠 일 말이에요."

"그래서 도움이 됐어요?"

"아뇨. 더 심해졌어요. 그걸 보니까 화가 나더라고요. 오빠를 죽인 놈들한테 죗값을 치르게 해야 할 것 같아서요. 이게 말이 되는 소리인지는 잘 모르겠지만…. 그렇게 하고 싶었어요."

또 침묵이 차 안을 채웠다. 보슈는 컵에 커피를 다시 따랐다. 카페인 때문에 신경이 곤두서기 시작하는 것이 느껴졌지만, 멈출 수가 없었다. 커피에 중독되어 있었기 때문에. 술에 취한 사람 두 명이 휘청거리며 거리를 걸어와서 금고실 유리 앞에 멈춰 서는 것이 보였다. 둘 중 한 남자가 마치 거대한 금고실 문의 크기를 가늠해보려는 것처럼 양손을 내밀었다. 그러고 얼마 뒤 두 사람은 다시 가던 길을 갔다. 보슈는 위시가 오빠 때문에 느꼈을 분노를 생각해보았다. 그녀는 자신의 무력함을 한탄하기도 했을 것이다. 보슈는 자신의 분노에 대해서도 생각해보았다. 그도 위시와 같은 감정을 경험한 적이 있었다. 분노의 정도도 다르고, 상황을 바라보는 시각도 그녀와는 달랐겠지만. 전쟁과 어떤 식으로든 접촉한 사람들은 그런 감정을 조금씩 경험했다. 보슈는 지금도 그 감정을 완전히 처리하지 못했다. 아니, 그걸 처리하고 싶은 생각이 있는지도 확실치 않았다. 분노와 슬픔이 완전한 공허감보다는 그래도 나았다. 메도우스가 느낀 게 그거였을까? 공허감? 그래서 이 직장, 저 직장을 전전하고 계속 마약에서 벗어나지 못하다가 결국 이 마지막 임무에서 기력이 다해 쓰러진 걸까? 보슈는 메도우스의 장례식에 가기로 마음을 정했다. 그 정도는 해줘야 할 것 같았다.

"지난 번에 나한테 해준 얘기 있죠? 그 인형사 얘기 말이에요." 위시가 말했다.

"그 얘기는 왜요?"

"내사과에서 당신이 그 범인을 고의로 죽였다는 혐의를 씌우려고 했다면서요."

"그래요. 그랬죠. 하지만 증거가 없었기 때문에, 결국 절차 위반으로 정직처분을 내리는 데서 그쳤어요."

"내사과 사람들 판단이 옳았다 해도, 사실은 틀린 거라는 말을 하고 싶었어요. 내 기준으로 보면, 당신이 정의를 실천한 거니까요. 그런 놈들이 결국 어떻게 되는지 알잖아요. 밤의 스토커만 해도 그래요. 절대 사형당하지 않을 거예요. 아니, 사형을 당하더라도 20년 뒤에나 그렇게 될 걸요."

보슈는 마음이 불편해졌다. 그가 인형사 사건과 관련해서 자신의 행동과 동기를 생각해 보는 것은 항상 혼자 있을 때였다. 그 일을 소리 내서 말한 적은 한 번도 없었다. 위시가 이야기를 어떤 방향으로 이끌고 갈 생각인지도 알 수 없었다.

위시가 말했다. "내사과 쪽 주장이 맞았다 해도, 당신은 절대 인정하지 않았을 거예요. 하지만 내가 보기에는 당신이 의식적으로든 무의식적으로든 마음의 결정을 내린 것 같아요. 놈에게 희생당한 모든 여자들을 대신해서 정의를 실천하기로요. 어쩌면 어머니를 위한 결정이었을 수도 있어요."

보슈는 깜짝 놀라서 위시를 바라보았다. 그녀에게 어머니에 대해 어떻게 알게 되었으며, 왜 인형사 사건과 어머니가 관련되어 있다는 생각을 하게 되었는지 묻고 싶었다. 하지만 그는 자신의 자료철을 다시 떠올렸다. 그 자료철 어딘가에 그런 이야기가 있는 모양이었다. 경찰에 지원할 때 그는 자신이나 일가친척 중에 범죄에 희생된 사람이 있는지 묻는 서류를 작성해야 했다. 그는 어머니가 할리우드 대로 옆의 한 골목에서 교살당한 시체로 발견되는 바람에 열한 살 때 고아가 되었다고 썼다. 어머니의 직업이 무엇이었는지는 굳이 쓸 필요도 없었다. 어머니가 발견된 장소와 범죄의 성격에 충분한 정보가 들어 있었다.

보슈는 충격을 털어버리고 위시에게 무슨 말을 하고 싶은 거냐고 물었다.

"그런 건 없어요." 그녀가 말했다. "난 그냥… 그 사실을 존중해요. 내가 그 자리에 있었어도 같은 행동을 하고 싶었을 거예요, 아마. 나도 당신만큼 용기를 낼 수 있으면 좋겠어요."

보슈는 그녀를 바라보았다. 어둠이 두 사람의 얼굴을 모두 가려주고 있었다. 많이 늦은 시각이라 도로를 지나가며 헤드라이트 불빛으로 두 사람의 얼굴을 밝혀주는 자동차도 없었다.

"교대로 잠을 자야 할 테니, 먼저 자고 싶으면 자요." 보슈가 말했다. "난 커피를 너무 많이 마셨어요."

위시는 대답하지 않았다. 보슈는 트렁크에 넣어둔 담요를 꺼내주겠다고 말했지만, 위시가 거절했다.

"J. 에드거 후버가 정의에 대해 뭐라고 했는지 들어본 적 있어요?" 위시가 물었다.

"아마 많은 말을 했겠죠. 하지만 지금 딱히 기억나는 건 없어요."

"정의는 법과 질서에 부수적으로 수반되는 것이라고 했어요. 내가 보기에는 옳은 말 같아요."

위시는 이 말을 끝으로 조용해졌다. 얼마 뒤 그녀의 숨소리가 고르고 깊어졌다. 오랜만에 한 번씩 차가 도로를 지나갈 때면 그는 헤드라이트 불빛이 훑고 지나가는 그녀의 얼굴을 바라보았다. 그녀는 양손에 머리를 기대고 아이처럼 잤다. 보슈는 창문을 살짝 열고 담배에 불을 붙였다. 그렇게 담배를 피우면서 자기가 그녀와 사랑에 빠질 수 있을지, 아니 사랑에 빠질 것인지, 그리고 그녀도 같은 감정을 느낄 것인지 생각해보았다. 짜릿한 흥분과 불안이 동시에 느껴졌다.

7부.

5월 26일 토요일

먼동이 트면서 거리가 회색으로 뿌옇게 밝아지자 약한 빛이 차 안을 가득 채웠다. 아침이 밝아오면서 가볍게 내리기 시작한 가랑비가 거리를 적셨고, 비벌리힐스 안전금고 유리벽의 아래쪽 절반에는 물방울이 맺혔다. 보슈가 기억하는 한 몇 달 만에 처음 내리는 비였다. 위시는 잠을 잤고 보슈는 금고실을 감시했다. 크롬과 강철로 마감된 금고실 위에는 아직도 불이 밝혀져 있었다. 6시가 넘은 시각이었지만, 보슈는 루크에게 확인전화를 해야 한다는 사실을 깜박하고 위시를 깨우지 않았다. 사실 그는 교대로 잠을 자기로 했으면서도 밤새 그녀를 깨우지 않았다. 그런데도 한 번도 피곤하다는 생각이 들지 않았다. 새벽 3시 30분에 후크가 혹시 졸고 있지는 않은지 확인하기 위해 무전으로 이쪽을 호출했다. 그 뒤로는 두 사람을 방해하는 사람이 없었고, 금고실 쪽에도 아무런 움직임이 보이지 않았다. 보슈는 밤새도록 엘리노어 위시와 금고실을 번갈아 생각했다.

그는 대시보드에 놓아둔 컵을 들어 차갑게 식은 커피라도 한 모금 남아 있는지 확인해보았지만, 컵은 비어 있었다. 그는 빈 컵을 등받이 너머로 뒤쪽 바닥에 던졌다. 그런데 그 과정에서 세인트루이스에서 온 소포가 눈에 띄었다. 그는 뒷좌석에 던져두었던 그 마닐라봉투를 가져와서 두툼한 서류 뭉치를 꺼내 한가로이 훑어보았다. 몇 초마다 한 번씩 시선을 들어 금고실을 바라보는 것도 잊지 않았다.

메도우스의 복무 기록 중 대부분은 그가 이미 본 것이었다. 하지만 위시가 주었던 FBI 자료에서 보지 못한 정보가 몇 가지 있음이 금방 눈에 띄었다. 지금 이 서류가 더 완전한 자료라는 얘기였다. 이 서류에는 메도우스의 징집 통보서에서 복사한 사진과 신체검사결과가 포함되어 있었다. 사이공에서 보내온 의료기록도 있었다. 사이공에서 메도우스는 매독 치료를 두 번 받았고, 급성 스트레스 반응으로 치료를 받은 적도 한 번 있었다.

보슈는 서류를 죽 넘기다가 눈이라는 루이지애나 하원의원이 보낸 두 쪽짜리 편지 사본에서 손을 멈췄다. 호기심이 동한 그는 편지를 읽기 시작했다. 1973년으로 날짜가 적혀 있는 이 편지는 당시 사이공의 대사관에서 근무하던 메도우스 앞으로 되어 있었다. 하원의원은 하원의 공식 인장이 찍힌 이 편지에서 자신이 최근 현황파악을 위해 사이공을 방문했을 때 메도우스가 친절하게 도와준 것에 감사한다고 썼다. 낯선 나라에서 뉴아이베리아 출신의 동향 사람을 만나게 되어 기뻤다는 말도 있었다. 보슈는 두 사람이 만난 것이 과연 우연이었을지 궁금해졌다. 메도우스가 하원의원의 경호 업무를 맡게 된 것은 아마도 출신지역 때문이었을 것이다. 그래야 하원의원이 호감을 느껴서 워싱턴에 돌아간 뒤 동남아시아에서 근무하는 사람들의 능력과 사기에 대해 좋은 평가를 하게 될 테니까 말이다. 세상에 우연 같은 건 없는 법이었다.

편지의 두 번째 페이지에서 하원의원은 메도우스가 훌륭한 복무기록을 남긴 것을 축하하고, 메도우스의 상관에게서도 그에 관해 호의적인 보고를 들었다고 말했다. 보슈는 계속 편지를 읽었다. 하원의원이 사이공에 머무르는 동안 대사관 호텔에 누군가가 불법으로 침입하려는 것을 메도우스를 비롯해 여러 사람이 저지한 이야기, 루크 중위라는 사람이 하원의원의 보좌관에게 메도우스의 영웅적인 행동을 자세히 설명해준 이야기가 있었다. 보슈의 심장 아래쪽이 파들파들 떨리기 시작했다. 마치 심장에서 피가 모조리 빠져나가고 있는 것 같았다. 하원의원은 고향에 대한 가벼운 이야기로 편지를 끝맺은 뒤, 흐르는 듯한 필체로 큼직하게 서명을 했다. 그리고 왼쪽 아래 가장자리에 다음의 내용이 타이핑되어 있었다.

cc: 워싱턴 D.C. 미 육군 기록부, 베트남 사이공 미국 대사관
존 H. 루크 중위, 데일리 아이베리안 뉴스부장

보슈는 이 두 번째 페이지를 한참 동안 빤히 바라보았다. 움직이지도 않고, 숨도 쉬지 않았다. 속이 뒤집히는 것 같아서 그는 손으로 이마를 훔쳤다. 그리고 루크의 중간이름이나 이니셜을 들어본 적이 있는지 생각해보았다. 기억이 나지 않았다. 하지만 그건 중요하지 않았다. 의심의 여지가 없었다. 이것은 결코 우연의 일치가 아니었다.

위시의 호출기가 울리는 바람에 두 사람 모두 총에 맞은 것처럼 화들짝 놀랐다. 위시는 앞으로 몸을 숙여 가방을 뒤진 끝에 호출기를 찾아내서 소리를 껐다.

"세상에, 지금 몇 시예요?" 위시가 여전히 잠에서 덜 깬 표정으로 물었다.

보슈는 6시 20분이라고 말해주었다. 그때야 비로소 이미 20분 전에 루크에게 유선전화로 보고를 했어야 한다는 사실을 깨달았다. 보슈는 편지를 서류 더미 속에 슬그머니 집어넣은 뒤, 서류를 다시 봉투에 넣었다. 그리고 봉투째 뒷좌석으로 던졌다.

"전화를 걸어야겠어요." 위시가 말했다.

"그 전에 정신 좀 차려요." 보슈가 재빨리 말했다. "전화는 내가 걸 테니. 어차피 화장실에도 가야 하니까요. 오는 길에 커피랑 물도 좀 사오죠."

보슈는 위시가 뭐라고 하기 전에 재빨리 문을 열고 차에서 내렸다. 위시가 말했다. "해리, 왜 안 깨웠어요?"

"나도 몰라요. 전화번호가 어떻게 돼요?"

"내가 전화해야 돼요."

"내가 할게요. 번호나 말해줘요."

보슈는 위시에게서 번호를 들은 뒤 길모퉁이를 돌아 근처의 달링스라는 24시간 식당으로 갔다. 가는 동안 내내 머리가 멍했다. 그는 태양과 함께 밖으로 나온 거지들을 무시하면서, 놈들의 내부 공모자가 정말로 루크인지 생각을 해보려고 애썼다. 루크는 지금 뭘 하고 있을까? 아직 뭔가 빠진 부분이 있는 것 같았지만, 그게 뭔지 알 수 없었다. 만약 루크가 내부 공범이라면, 왜 금고실 앞에서 잠복근무를 하는 걸 허용했을까? 자기 일당이 잡히기를 바랐던 걸까? 식당 앞에 공중전화들이 늘어서 있는 것이 보였다.

"늦었어." 벨이 한 번 다 울리기도 전에 루크가 전화를 받아서 한 말이었다.

"깜박 잊었습니다."

"보슈 형사? 위시 요원은 어디 있습니까? 원래 위시 요원이 전화를 해야 하잖아요."

"걱정 마세요, 루크 요원. 금고실을 잘 감시하고 있으니까. 지금 그쪽은 뭘 하고 있습니까?"

"사무실로 돌아가기 전에 두 사람한테 보고를 들으려고 기다리고 있었습니다. 둘 다 잠이라도 든 겁니까, 뭡니까? 도대체 뭐예요?"

"아무것도 아닙니다. 하긴 이쪽에 아무 일도 없다는 건 그쪽에서도 이미 알고 있겠죠. 안 그래요?"

잠시 침묵이 흘렀다. 그동안 늙은 거지가 다가와 보슈에게 돈을 구걸했다. 보슈는 손을 거지의 가슴에 대고 그를 단호하게 밀어냈다.

"아직 듣고 있습니까, 루크 요원?" 보슈가 수화기를 향해 말했다.

"그게 도대체 무슨 뜻입니까? 당신들이 예정대로 보고를 안 하는데, 그쪽 상황을 내가 어떻게 알아요? 게다가 당신 말에는 항상 뭔가 다른 뜻이 깔려 있는 것 같은데, 난 무슨 뜻인지 이해를 못하겠습니다."

"한 가지만 물어봅시다. 터널 출구 쪽에 정말로 사람들을 배치했습니까? 혹시 아까 보여준 청사진이며 포인터며 SWAT 조정관은 전부 쇼였던 것 아닙니까?"

"위시를 바꿔줘요. 도대체 무슨 소리인지 모르겠네."

"미안하지만 위시 요원은 지금 여기까지 올 수 없습니다."

"보슈 형사, 거기서 철수하세요. 아무래도 상태가 이상한 것 같으니까. 밤새 거기서 지키고 있었으니…. 그래요, 새로운 사람들을 그쪽에 배치해야겠습니다. 그리고 당신네 과장한테 전화를 걸어서…."

"요원은 메도우스와 아는 사이였습니다."

"뭐라고요?"

"아는 사이였습니다. 메도우스와. 내가 메도우스의 자료를 갖고 있습니다. '완전한' 자료. 당신이 나한테 주라며 위시 요원에게 준 편집 버전 말고. 사이공의 대사관에서 당신은 메도우스의 상관이었습니다. 나도 이제 알아요."

또 침묵이 흘렀다. 잠시 후 루크가 말했다. "내 부하는 한두 명이 아니었습니다, 보슈 형사. 내가 그 친구들을 다 알 수는 없어요."

보슈는 고개를 저었다.

"빈약한 변명입니다, 루크 중위. 아주 빈약해요. 그냥 인정하는 것보다 더 나빠요. 나중에 봅시다."

보슈는 전화를 끊고 달링스 안으로 들어가 커피 두 잔과 생수 두 병을 주문했다. 그는 계산대 옆에 서서 주문한 것을 기다리며 창밖을 내다보았다. 머릿속에는 루크에 관한 생각밖에 없었다.

식당의 여자 종업원이 보슈가 주문한 커피와 생수를 마분지 상자에 넣어 계산대로 돌아왔다. 보슈는 돈을 치르고, 종업원에게 팁을 준 뒤 다시 공중전화가 있는 밖으로 나갔다.

그는 다시 루크에게 전화를 걸었다. 루크가 아직 전화기 옆에 있는지, 아니면 다른 곳으로 갔는지 확인하겠다는 것 외에 다른 계획은 없었다. 벨이 10번이나 울려도 받는 사람이 없자 그는 전화를 끊었다. 그리고 LA 경찰국 교환센터에 전화를 걸어 교환원에게 FBI가 윌셔 일대나 비벌리힐스 근처에 SWAT 팀을 요청했는지, 혹시 지원이 필요하지는 않은지 FBI 교환센터에 물어봐달라고 부탁했다. 교환원의 답을 기다리는 동안 그는 루크의 머릿속을 짐작해보려고 애썼다. 그러면서 그는 커피 잔의 뚜껑을 열고 커피를 한 모금 마셨다.

교환원이 다시 수화기 저편에 나타나서 FBI가 윌셔 일대에 SWAT 감시팀을 내보냈다고 확인해주었다. 지원 요청은 없었다고 했다. 보슈는 고맙다고 인사하고 전화를 끊었다. 루크가 무슨 생각을 하고 있는지 이제 알 것 같았다. 조만간 금고실로 도둑이 침입하는 일은 없을 것 같았다. 금고실 주위에 FBI와 경찰이 설치해둔 함정은 말 그대로 함정일 뿐이었다. 그리고 금고실은 미끼였다. 보슈는 자신이 트란을 금고실까지 미행한 뒤 그냥 제 갈 길로 가게 내버려둔 것을 떠올렸다. 루크가 다이아몬드를 들고 있는 그를 덮칠 수 있게 자신이 밀어낸 셈이었다. 보슈가 루크의 손바닥 안에서 놀아난 꼴이었다.

보슈가 차로 돌아와 보니, 위시가 메도우스의 자료를 훑어보고 있었다. 아직 하원의원의 편지가 있는 부분까지는 가지 않은 것 같았다.

"왜 이렇게 오래 걸렸어요?" 위시가 쾌활하게 물었다.

"루크 요원이 이것저것 많이도 물어서 말이죠." 그는 메도우스의 자료를 그녀의 손에서 집어 들면서 말했다. "당신한테 보여주고 싶은 게 있어요. 당신이 전에 나한테 보여준 메도우스 자료는 누구한테서 받은 거예요?"

"나도 몰라요. 루크 요원이 어디서 구한 거예요. 왜요?"

보슈는 문제의 편지를 찾아내서 아무 말 없이 그녀에게 건네주었다.

"이게 뭐예요? 1973년?"

"읽어봐요. 이건 메도우스의 자료예요. 내가 세인트루이스에 부탁해서 받은 것. 루크 요원이 준 자료에는 이런 편지가 없었어요. 루크 요원이 없애버린 겁니다. 읽어보면, 당신도 이유를 알 수 있을 거예요."

보슈는 금고실 문을 흘깃 바라보았다. 아무런 움직임도 없었다. 예상대로였다. 그는 다시 시선을 돌려 편지를 읽는 위시를 지켜보았다. 그녀는 두 장의 편지를 훑어보며 한쪽 눈썹을 올렸다. 아직 이름을 보지는 못한 것 같았다.

"이런, 메도우스가 무슨 영웅이라도 되는 것 같네요. 하지만 왜…." 마침내 두 번째 종이 맨 끝에 시선이 다다른 그녀가 눈을 휘둥그렇게 떴다. "존 루크 중위."

"이런, 그 전에도 그 이름이 나와요."

보슈는 메도우스의 상관으로 루크를 지목한 문장을 손가락으로 가리켰다.

"내부 공범이에요. 이제 우리가 어떻게 하면 좋겠어요?"

"모르겠어요. 이거 확실한 거예요? 이것만 가지고는 아무것도 증명할 수 없어요."

"만약 이게 우연의 일치일 뿐이라면, 루크 요원이 먼저 메도우스랑 아는 사이였다고 말하고 상황을 정리했어야 옳아요. 나처럼. 하지만 그렇게 하지 않았다는 건, 자신과 메도우스의 관계를 알리고 싶지 않았다는 뜻입니다. 아까 통화를 하면서 내가 물어봤는데 거짓말을 하더군요. 루크 요원은 우리한테 이 자료가 있는 걸 몰랐으니까요."

"그럼 이젠 당신이 이 사실을 아는 걸 루크 요원도 아는 거예요?"

"그래요. 내가 정확히 어디까지 아는지는 잘 모르겠지만. 내가 전화를 끊어버렸으니까. 이제 문제는 우리가 어떻게 할 것인가 하는 점이에요. 우리가 여기 있는 건 시간낭비일 가능성이 높아요. 이번 작전은 처음부터 끝까지 연극에 불과했어요. 저 금고실로 누가 침입하는 일은 일어나지 않을 겁니다. 트란이 다이아몬드를 꺼내서 여길 떠난 뒤에 트란을 덮쳤겠죠. 우리가 트란을 범인들 손에 곧바로 넘겨준 거예요."

그 순간 보슈는 하얀 LTD가 루이스와 클락의 차가 아니라 도둑 일당의 차였을 가능성이 있음을 깨달았다. 놈들이 보슈와 위시를 미행해서 트란을 찾아낸 것이다.

"잠깐만요." 위시가 말했다. "글쎄요. 그럼 1주일 내내 경보가 자꾸 울린 건요? 소화전이랑 방화사건은요? 그런 걸 보면 틀림없이 우리 생각이 맞는 거예요."

"글쎄요. 지금은 말이 되는 게 하나도 없어요. 어쩌면 루크가 자기 부하들을 이끌고 함정을 작동시키려 하는 것일 수도 있고, 일을 저지를 생각일 수도 있어요."

두 사람 모두 저 앞의 금고실을 빤히 바라보았다. 빗줄기는 아까보다 약해졌고, 해는 완전히 떠서 금고실의 강철 문을 달구고 있었다. 마침내 위시가 말했다.

"도움을 좀 청해야 할 것 같아요. 저쪽 편에 핸런과 후크도 있고, SWAT도 있잖아요. 그것도 전부 루크 요원의 연극이 아니라면요."

보슈는 자신이 SWAT 팀의 배치상황을 알아본 결과 그들이 실제로 배치되어 있었다고 말해주었다.

"그럼 루크 요원은 지금 뭘 하고 있는 거예요?" 위시가 물었다.

"사방을 찔러보고 있겠죠."

두 사람은 몇 분 동안 궁리한 끝에 비벌리힐스 경찰국의 오로즈코에게 전화를 걸기로 했다. 그 전에 먼저 위시가 핸런과 후크를 확인했다. 보슈는 두 사람이 제 역할을 해주기를 바라고 있었다.

"잠든 거 아니죠?" 위시가 무전기를 향해 말했다.

"아니에요. 간신히 깨어 있는 거지만. 지난 번 오클랜드 지진 때 고가도로에서 차 안에 갇혀 있던 남자가 된 기분이에요. 무슨 일이에요?"

"아무 일도 없어요. 그냥 확인하는 거예요. 정문 쪽은 어때요?"

"밤새 노크하는 놈도 없었어요."

위시는 무전을 끝냈다. 잠시 침묵이 흐른 뒤 보슈는 오로즈코에게 전화를 하러 가려고 자동차 문을 열려다가 다시 그녀를 돌아보았다.

"그 사람이 죽은 건 알죠?" 그가 말했다.

"죽다니, 누가요?"

"고가도로에서 갇혀 있던 사람."

바로 그때 쿵 하는 소리와 함께 차가 가볍게 흔들렸다. 아니, 소리라기보다는 진동이나 충격에 더 가까웠다. 지진이 시작될 때와 비슷했다. 하지만 진동은 한 번으로 끝이었다. 그리고 1~2초쯤 지난 뒤 경보가 울렸다. 비벌리힐스 안전금고에서 경보가 크고 선명하게 울려댔다. 보슈는 허리를 곧추 세우고 금고실을 뚫어지게 바라보았다. 누가 침입한 것 같은 낌새는 전혀 없었다. 바로 그때 무전기에서 지직거리는 소리와 함께 핸런의 목소리가 들려왔다.

"경보가 울려요. 이럴 때 계획은 뭐죠?"

처음에는 보슈도 위시도 무전에 답하지 않았다. 두 사람 모두 말문이 막혀서 금고실만 빤히 바라보았다. 루크가 자기 일당을 함정으로 끌어들인 것이다. 아니면 그렇게 보이도록 꾸민 것이거나.

"개자식." 보슈가 말했다. "놈들이 들어왔어요."

보슈가 말했다. "핸런과 후크한테 명령이 내려올 때까지 침착하게 있으라고 해요."

"명령은 누가 내리는데요?" 위시가 물었다.

보슈는 대답하지 않았다. 그는 금고실 안에서 무슨 일이 벌어지고 있을지 생각 중이었다. 루크는 자기 일당을 왜 함정 안으로 끌어들인 걸까?

"아마 다이아몬드는 이미 여기 없고, 우리가 여기서 감시 중이라는 사실을 일당한테 미리 알려줄 기회가 없었을 거예요." 그가 말했다. "24시간 전만 해도 이 회사에 대해서도, 놈들의 속셈에 대해서도 우리는 모르고 있었으니까. 우리가 여길 알아냈을 때는 이미 루크가 일당한테 상황을 알리기에 때가 너무 늦어버렸을지도 모르죠. 일당이 땅굴 속으로 너무 깊이 들어가 있었을 거예요."

"그래서 그냥 계획대로 일을 벌인 거군요." 위시가 말했다.

"놈들은 트란의 안전금고를 가장 먼저 열 거예요. 놈들이 미리 조사를 잘 해서 어떤 게 트란의 금고인지 알고 있다면 말이지만. 어쨌든 금고를 열어 봤자 안은 텅 비어 있을 테고, 놈들은 이제 어떻게 할까 궁리하겠죠. 도망칠까? 아니면 이만한 노력을 기울였으니 다른 금고들을 열어서 노력의 대가를 챙길까?"

"내 생각엔 도망칠 것 같아요." 위시가 말했다. "놈들이 트란의 금고에 다이아몬드가 없는 걸 보면, 뭔가 낌새가 이상하다 싶어서 냅다 도망칠 것 같아요."

"그럼 우리한테 시간이 별로 없어요. 내 생각에 놈들은 금고실 안으로 필요한 장비를 가져와서 준비태세를 갖추겠지만, 우리가 경보를 재설정하고 물러나기 전에는 안전금고를 열지 않을 거예요. 우리가 경보를 재설정하는 작업을 좀 더디게 진행할 수는 있지만, 너무 꾸물거리면 놈들이 의심을 품고 도망칠지도 몰라요. 터널 속에서 수사관들을 만날지도 모른다고 마음의 준비를 하고서 말이에요."

보슈는 차에서 내려 위시를 바라보았다.

"두 사람한테 무전으로 그대로 있으라고 해요. 그 다음에는 SWAT 팀에 연락해서 금고실 안에 놈들이 들어온 것 같다고 알려요."

"왜 루크 요원 대신 내가 연락하는지 궁금해할 텐데요."

"뭐든 핑계를 생각해 봐요. 루크가 어디 있는지 모르겠다고 해요."

"그런데 어디 가세요?"

"경보를 듣고 달려온 순찰경관을 만나러 가요. 그 사람들을 시켜서 오로즈코를 불러내게 할 겁니다."

보슈는 문을 쾅 닫고 주차장 출구를 걸어 내려갔다. 위시는 보슈의 말대로 무전을 쳤다.

보슈는 비벌리힐스 안전금고로 다가가면서 배지가 든 지갑을 꺼내 거꾸로 접은 뒤 겉옷 가슴주머니에 꽂았다. 그리고 유리방 모퉁이를 돌아 정문 계단으로 뛰어갔다. 마침 비벌리힐스 경찰국의 순찰차 한 대가 경광등을 번쩍이며 멈춰 서고 있었다. 하지만 사이렌을 울리지는 않았다. 순찰경관 두 명이 차에서 내려 문에 달린 파이프 꽂이에서 PVC 파이프를 꺼내 허리의 고리에 걸었다. 보슈는 신분을 밝히고, 자기가 왜 여기 있는지 설명한 다음, 가능한 한 빨리 오로즈코 경감에게 말을 전해달라고 부탁했다. 경관 한 명이 이 안전금고의 관리자인 에이버리라는 자가 경보를 재설정하기 위해 호출을 받고 달려오는 중이라고 말했다. 경관들은 이번 주에만 이런 일이 벌써 세 번째라면서, 이러다가 그 에이버리라는 사람과 친해질 것 같다고 말했다. 그들은 또한 출동할 때마다 시간에 구애받지 말고 오로즈코의 집으로 보고하라는 지시를 이미 받았다는 말도 했다.

"이 경보가 거짓경보가 아니라는 말씀입니까?" 오나가라는 경관이 말했다.

"아직은 확실치 않아요." 보슈가 말했다. "하지만 일단은 거짓경보로 처리할 생각이오. 관리인이 오거든 그 사람이랑 같이 경보를 재설정해요. 그리고 각자 제 갈 길을 가는 거지. 알겠소? 그냥 편안히 해요, 편안히. 평소처럼."

"그거야 쉽죠." 오나가 말고 다른 경찰관이 말했다. 주머니 위의 구릿빛 이름표에는 존스턴이라는 이름이 새겨져 있었다. 그는 허리띠에 매단 야경봉을 붙잡고 오로즈코에게 연락하기 위해 순찰차로 뛰어갔다.

"저기 에이버리 씨가 오네요." 오나가가 말했다.

하얀 캐딜락 한 대가 순찰차 뒤의 길가에 물 흐르듯이 부드럽게 멈췄다. 에이버리 3세가 분홍색 셔츠와 체크무늬 바지 차림으로 차에서 내려 다가왔다. 그는 보슈를 알아보고 알은 척을 했다.

"놈들이 침입했소?"

"에이버리 씨, 안에서 무슨 일이 벌어지고 있는 것 같기는 한데, 아직은 정확히 모릅니다. 이제 확인해 봐야죠. 에이버리 씨는 사무실을 열고, 평소처럼 한 바퀴 둘러보세요. 지난번에 경보가 울렸을 때처럼 말입니다. 그다음에 경보를 재설정하고 문을 잠그면 됩니다."

"그게 다요? 혹시라도…."

"에이버리 씨, 지난번처럼 문을 잠근 뒤에 그냥 차를 몰고 떠나면 됩니다. 집에 돌아가려는 것처럼 말이에요. 하지만 모퉁이를 돈 다음에 달링스에 들어가 커피를 한 잔 하고 계세요. 내가 나중에 들러서 상황을 알려주든지, 아니면 사람을 보내겠습니다. 긴장하지 말고 마음을 편하게 먹으세요. 무슨 일이 벌어져도 우리가 다 처리할 수 있습니다. 지금 다른 수사관들이 상황을 확인하고 있지만, 겉으로는 또 거짓경보로 치부하는 것처럼 굴 겁니다."

"알겠소." 에이버리는 주머니에서 열쇠고리를 꺼내 정문으로 걸어가서 잠금장치를 열었다. "그건 그렇고, 지금 울리는 건 금고실 경보가 아니오. 외부 경보지. 금고실 창문이 진동하면 울리는 건데…. 틀림없어요. 소리가 다르거든."

땅꿀꾼들이 금고실 경보를 해제하긴 했지만, 외부 경보가 별도의 시스템이라는 생각은 미처 하지 못한 모양이었다.

오나가와 에이버리가 먼저 안으로 들어갔고, 보슈가 그 뒤를 따랐다. 그는 입구에 서서 혹시 연기가 나는 곳이 있는지 찾아보았지만, 연기는 보이지 않았다. 화약 냄새도 나지 않았다. 그때 존스턴이 안으로 들어왔다. 보슈는 그가 경보 소리 때문에 커다란 소리로 말을 할까 봐 미리 손가락을 입술에 대고 조용히 하라는 시늉을 했다. 존스턴은 고개를 끄덕이더니 보슈의 귓가에 손을 대고 오로즈코가 아무리 늦어도 20분 안에는 도착할 거라고 말해주었다. 오로즈코의 집은 저 위쪽 밸리에 있었다. 보슈는 고개를 끄덕이며 오로즈코가 너무 늦지 않았으면 좋겠다고 생각했다.

경보가 꺼지고, 에이버리와 오나가가 에이버리의 사무실에서 로비로 나왔다. 존스턴과 보슈는 로비에서 기다리고 있었다. 오나가가 보슈를 보고 고개를 저었다. 수상한 낌새가 없다는 뜻이었다.

"보통 이럴 때 금고실을 확인합니까?" 보슈가 물었다.

"한 번 둘러보기는 하죠." 에이버리는 이렇게 말하고 나서 X선 기계로 갔다. 그리고 기계를 켠 뒤, 예열에 50초가 걸린다고 설명했다. 일행은 그 시간 동안 아무 말 없이 가만히 있었다. 마침내 에이버리가 판독기에 손을 얹었다. 판독기가 뼈 구조를 확인한 뒤, 맨트랩의 첫 번째 문 잠금장치가 딸깍 하고 열렸다.

"금고실 안에 다른 직원이 없기 때문에, 내가 두 번째 문의 잠금장치도 해제해야 하오." 에이버리가 말했다. "그러니 안으로 들어간 뒤에 내가 암호를 입력하는 걸 보지 말아주시길."

네 사람은 자그마한 맨트랩 안으로 들어갔다. 에이버리는 두 번째 문의 잠금장치에 숫자들을 입력했다. 문이 열리자 그들은 유리방 안으로 들어갔다. 강철과 유리 외에는 아무것도 없었다. 보슈는 금고 문 가까이에 서서 귀를 기울여 보았지만, 아무 소리도 들리지 않았다. 그는 유리벽으로 다가가 윌셔 대로를 바라보았다. 위시가 주차장 2층에서 차 안에 앉아 있는 것이 보였다. 보슈는 에이버리에게 주의를 돌렸다. 에이버리는 자기도 창밖을 내다보려는 것처럼 보슈의 옆으로 다가왔지만, 밖을 내다보지는 않고 음모를 꾸미는 사람처럼 보슈를 향해 바짝 다가섰다.

"내가 금고실을 열 수 있다는 걸 잊지 마시오." 그가 낮은 목소리로 속삭였다.

보슈는 그를 바라보며 고개를 저었다. "아뇨, 그러고 싶지는 않습니다. 너무 위험해요. 그만 여기서 나가죠."

에이버리는 어리둥절한 표정이었지만, 보슈는 그냥 자리를 떴다. 5분 뒤 그들은 비벌리힐스 안전금고에서 나와 문을 잠갔다. 경찰관 두 명은 순찰차를 몰고 떠났고, 에이버리도 자리를 떴다. 보슈는 주차장으로 다시 걸어갔다. 거리가 아까보다 북적거렸다. 거리의 소음도 들려오기 시작했다. 주차장에도 자동차들이 늘어나면서 배기가스의 악취가 심해졌다. 보슈가 차에 오른 뒤 위시는 핸런, 후크, SWAT 팀이 제자리에서 대기 중이라고 말했다. 그는 오로즈코가 오는 중이라고 위시에게 말해주었다.

보슈는 굴 속의 도둑들이 언제쯤이면 안심하고 금고를 따기 시작할지 궁금했다. 오로즈코가 올 때까지는 아직 10분이 더 남아 있었다. 긴 시간이었다.

"오로즈코가 온 다음에는 어떻게 하죠?" 위시가 말했다.

"자기 구역이니까 그 사람한테 맡겨야죠." 보슈가 말했다. "우린 상황 설명만 해주고, 그 사람 지시에 따르면 돼요. 여기 작전이 엉망이 돼서 도대체 누굴 믿어야 할지 모르겠다고 말해주는 겁니다. 최소한 작전 책임자 한 사람만은 정말 믿을 수 없게 됐다고."

두 사람은 1~2분 동안 말없이 앉아 있었다. 보슈가 담배를 피웠지만, 위시는 아무런 잔소리도 하지 않았다. 뭐가 뭔지 모르겠다는 표정으로 생각에 빠져 있는 것 같았다. 두 사람 모두 대략 30초마다 불안한 표정으로 손목시계를 확인했다.

루이스는 하얀 캐딜락이 윌셔를 벗어나 북쪽으로 향할 때까지 침착하게 미행했다. 마침내 비벌리힐스 안전금고에서 보이지 않는 곳에 이르자 그는 자동차 바닥에서 파란색 비상등을 들어 대시보드에 놓고 불을 켰다. 하지만 캐딜락은 이미 달링스 앞의 길가에 멈춰 서고 있었다. 루이스는 차에서 내려 그 차로 다가갔다. 에이버리도 차에서 내려 걸어오던 중이었기 때문에 두 사람은 중간에서 마주쳤다.

"무슨 일이오, 경관?" 에이버리가 말했다.

"형사입니다." 루이스는 배지를 보여주며 말했다. "LA 경찰국 내사과예요. 몇 가지 여쭤볼 것이 있습니다. 우리는 지금 해리 보슈 형사에 대해 조사 중입니다. 선생님께서 방금 비벌리힐스 안전금고에서 만나 이야기를 나눈 사람 말입니다."

"우리라니 누굴 말하는 거요?"

"제 파트너는 윌셔 대로에 남아서 선생님의 회사를 지키고 있습니다. 제 차에서 저와 잠시 이야기를 나누시겠습니까? 뭔가 일이 진행되고 있는 것 같은데, 제가 알아야겠습니다."

"그 보슈 형사 말인데…. 잠깐, 당신이 정말 형사인 줄 내가 어떻게 알겠소?"

"그럼 그 친구가 형사라는 건 어떻게 아십니까? 우리는 1주일 전부터 보슈 형사를 감시하고 있습니다. 그자가 모종의 일을 하고 있는 건 확실한데, 그 일이 불법은 아닐망정 경찰국을 난처하게 만들 가능성이 있습니다. 지금으로서는 그 일이 뭔지 확실히 모르지만 말입니다. 그래서 선생님과 이야기를 나누고 싶은 겁니다. 제 차에 타시겠습니까?"

에이버리는 내사과 자동차를 향해 조심스레 두 걸음을 떼더니 '에라, 모르겠다' 하고 결단을 내리는 것 같았다. 그는 재빨리 조수석 쪽으로 다가가서 차에 올랐다. 그러고 나서 자신이 비벌리힐스 안전금고의 소유주라고 밝힌 뒤, 루이스에게 보슈와 위시에게서 들은 이야기를 간략하게 말해주었다. 루이스는 아무 말 없이 이야기를 듣고 나서 차에서 내리면서 말했다. "여기서 기다리십시오. 곧 돌아오겠습니다."

그는 재빨리 윌셔로 걸어가더니 모퉁이에 멈춰 서서 잠시 누구를 찾는 듯 두리번거렸다. 그러고는 일부러 손목시계를 확인하는 척했다. 그는 자동차로 돌아와서 다시 운전석에 올라탔다. 윌셔 대로에서는 클락이 어떤 상점의 움푹 들어간 입구에 서서 금고실을 지켜보고 있다가 루이스의 신호를 알아보고 짐짓 태평한 표정으로 천천히 자동차를 향해 걸어갔다.

클락이 뒷좌석에 올라타자 루이스가 말했다. "여기 에이버리 씨 말로는 보슈가 달링스에 가서 기다리라고 했대. 금고실 안에 누가 침입했을 가능성이 있다면서 말이야. 지하로 올라왔을 거라고."

"보슈가 자기는 뭘 할 생각인지 말해주던가요?" 클락이 물었다.

"한 마디도 없었소." 에이버리가 말했다.

다들 아무 말 없이 생각에 잠겼다. 루이스는 뭐가 뭔지 알 수 없었다. 만약 보슈가 부패경찰이라면, 과연 무엇을 할 생각인 걸까? 좀 더 이 문제를 생각해 본 결과 그는 만약 보슈가 금고를 털려는 일당과 한패라면 지금 일을 해내는 데 딱 맞는 위치에 있음을 깨달았다. 그는 밖에서 상황을 맡고 있기 때문에 원한다면 작전을 엉망으로 만들 수 있었다. 그가 경찰 인력을 엉뚱한 곳으로 보내버리면, 금고에 침입한 그의 일당은 무사히 도망칠 수 있을 터였다.

"놈이 지금 모든 사람을 손아귀에 틀어쥐고 있어." 루이스가 말했다. 차 안에 함께 있는 두 사람에게 하는 말이라기보다는 혼잣말에 가까웠다.

"누구, 보슈?" 클락이 물었다.

"놈이 도둑 일당이야. 우리는 그저 지켜보는 것밖에 할 수 없고. 우리는 저 금고실에 들어갈 수도 없고, 어디가 어딘지도 모르면서 무작정 지하로 들어갈 수도 없잖아. 놈은 이미 SWAT 팀을 프리웨이 아래쪽에 묶어두었어. SWAT 팀은 거기서 도둑들이 나타나기를 기다리고 있지만, 아무도 안 나타날걸, 젠장."

"잠깐만, 잠깐만." 에이버리가 말했다. "금고실 말인데, 당신들도 그 안에 들어갈 수 있소."

루이스는 자리에 앉은 채 몸을 완전히 90도로 돌려서 에이버리를 바라보았다. 에이버리는 비벌리힐스 안전금고는 은행이 아니기 때문에 연방의 금융규정들이 적용되지 않으며, 자신이 금고실 문을 열 수 있는 컴퓨터 암호를 알고 있다고 설명했다.

"이것도 보슈한테 말해주었습니까?" 루이스가 물었다.

"어제, 오늘 두 번이나 말했소."

"그자가 그 사실을 미리 알고 있는 것 같던가요?"

"아니. 내 말을 듣고 깜짝 놀라는 것 같았소. 금고실 문을 여는 데 시간이 얼마나 걸리는지, 내가 정확히 뭘 어떻게 해야 하는지 등에 관해서 아주 자세히 묻더군. 그리고 오늘 경보가 울릴 때 내가 문을 열어야 하느냐고 물었더니, 아니라고, 그냥 밖으로 나가자고 했소."

"젠장." 루이스가 흥분한 목소리로 말했다. "어빙한테 연락해야겠어."

그는 차에서 내려 달링스 앞의 공중전화로 뛰었다. 어빙의 집에서는 전화를 받는 사람이 없었다. 루이스는 사무실로도 전화를 걸어 보았지만, 사무실에는 당직 경관뿐이었다. 그는 경관에게 이 공중전화 번호로 어빙을 호출하라고 말한 뒤, 전화기 앞을 서성거리며 5분을 기다렸다. 시간이 자꾸 흐르는 것이 걱정스러웠다. 하지만 전화벨은 도무지 울릴 기미가 없었다. 그는 그 옆의 공중전화로 다시 당직 경관에게 전화를 걸어 어빙을 호출했느냐고 확인했다. 당직 경관은 그렇다고 대답했다. 루이스는 더 이상 기다릴 수 없다는 결론을 내리고 스스로 행동에 나서기로 했다. 그러면 궁극적으로 자신이 영웅이 될 터였다. 그는 자동차로 돌아왔다.

"어빙이 뭐래?" 클락이 물었다.

"우리가 금고로 들어가자." 루이스는 이렇게 말하고 나서 차에 시동을 걸었다.

경찰 무전기가 두 번 지직거리더니 핸런의 목소리가 들려왔다.

"브로드웨이, 여기 1번가에 손님이 왔어요."

보슈는 무전기를 움켜쥐었다.

"거기 상황은 어때요? 브로드웨이 쪽에는 아직 아무런 움직임이 없습니다."

"백인 남자 세 명이 우리 쪽에서 안으로 들어가고 있어요. 열쇠를 이용해서. 한 사람은 아까 그쪽이랑 같이 있던 남자인 것 같은데…. 나이가 좀 많고, 체크무늬 바지를 입었어요."

에이버리였다. 보슈는 마이크를 입에 대고 머뭇거렸다. 무슨 말을 해야 할지 알 수 없었다. "이제 어쩌죠?" 그는 위시에게 말했다. 보슈와 마찬가지로 위시도 금고실 쪽을 빤히 바라보고 있었지만, 사람의 모습은 보이지 않았다. 그녀는 아무 말도 하지 않았다.

"1번가." 보슈가 마이크를 향해 말했다. "혹시 차량을 보지 못했습니까?"

"못 봤습니다." 핸런의 목소리가 대답했다. "우리 쪽 골목길에서 걸어 나왔어요. 그쪽에 차를 주차한 모양입니다. 우리가 살펴볼까요?"

"아뇨, 잠시 그대로 있어요."

"이제 놈들이 안으로 들어가서 우리 시야를 벗어났습니다. 의견 좀 내봐요."

보슈는 위시를 바라보며 눈썹을 치켜 올렸다. 도대체 누가 금고를 찾아온 걸까?

"에이버리랑 같이 온 사람들의 인상착의를 물어봐요." 위시가 말했다.

보슈는 그 말대로 했다.

"백인 남자예요." 핸런이 설명을 시작했다. "둘 다 양복 차림인데, 낡고 구김이 갔습니다. 하얀 와이셔츠. 둘 다 30대 초반인데, 한 명은 빨간 머리에 땅딸막한 몸집이에요. 키는 172센티미터, 몸무게는 80킬로그램쯤. 다른 한 명은 짙은 갈색 머리에 더 날씬해요. 잘은 모르겠지만 경찰

같습니다."

"경찰이라고요?" 위시가 말했다.

"루이스와 클락이에요. 틀림없습니다."

"그 사람들이 여긴 왜 나타난 거예요?"

보슈도 알 수 없는 일이었다. 위시가 그에게서 무전기를 가져갔다.

"1번가?"

무전기가 지직거렸다.

"양복 차림의 그 두 사람은 로스앤젤레스 경찰관으로 짐작돼요. 대기하세요."

"저기 보이네요." 보슈가 말했다. 햇볕이 이글거리는 금고실 안으로 세 사람이 들어오는 중이었다. 보슈는 대시보드 서랍을 열고 쌍안경을 꺼냈다.

"저 사람들 뭘 하는 거죠?" 그가 쌍안경의 초점을 맞추는 동안 위시가 물었다.

"에이버리가 금고실 옆의 숫자판 앞에 서 있어요. 저 망할 놈의 금고를 열 모양이에요."

쌍안경을 통해 에이버리가 컴퓨터 숫자판 앞에서 물러나 금고실의 바퀴 손잡이 쪽으로 가는 것이 보였다. 루이스가 살짝 몸을 돌려 주차장 쪽을 흘깃 바라보았다. 저놈이 지금 살짝 웃고 있는 건가? 아무래도 그런 것 같았다. 루이스가 팔 밑의 총집에서 권총을 꺼내는 것이 보였다. 클락도 무기를 꺼냈다. 에이버리는 바퀴를 돌리기 시작했다. 타이태닉 호의 키를 돌리는 선장 같았다.

"저 멍청한 자식들. 금고실을 열고 있어요!"

보슈는 차에서 뛰어내려 주차장 출구로 달려가기 시작했다. 그러면서 그는 총을 꺼내 들었다. 윌셔 대로를 살펴보니 간헐적으로 지나가는 자동차들 사이로 틈이 보였다. 그는 뛰어서 길을 건넜다. 위시가 곧바로 뒤를 따랐다.

금고실까지는 아직 약 25미터나 남아 있었다. 보슈는 이미 때가 늦었음을 알 수 있었다. 에이버리는 이제 바퀴를 돌리고 있지 않았다. 그는 온 힘을 다해서 금고실 문을 잡아당기는 중이었다. 문이 천천히 열리기 시작했다. 뒤에서 위시의 목소리가 들렸다.

"안 돼요!" 위시가 소리쳤다. "에이버리, 안 돼요!"

하지만 이중 유리벽 때문에 금고실에서는 아무 소리도 들리지 않을 터였다. 에이버리는 그녀의 목소리를 들을 수 없었고, 루이스와 클락은 설사 그녀의 목소리를 들었다 해도 행동을 멈출 사람들이 아니었다.

그다음에 일어난 일은 마치 영화 같았다. 소리를 줄여 놓은 텔레비전으로 보는 옛날 영화. 금고실 문이 천천히 열리면서 그 안의 암흑이 점점 넓어지는 모습은 왠지 현실 같지 않았다. 어쩌면 물속에서 일어나는 일 같기도 했다. 슬로모션으로 진행되는 그 일을 막을 길은 없었다. 보슈는 자신이 가려는 방향과는 반대방향으로 움직이는 자동보도 위에서 있는 것 같았다. 그래서 아무리 열심히 달려도 목적지에 조금도 가까워지지 않는 것 같았다. 그는 금고실 문에서 눈을 떼지 않았다. 금고 안의 어둠이 점점 넓어졌다. 루이스의 몸이 보슈의 시야 바로 앞으로 움직여 금고실로 향했다. 그러고는 곧장 눈에 보이지 않는 힘에 경련하듯 뒤쪽으로 밀려났다. 그의 양손이 하늘로 올라가고, 총은 천장에 부딪혔다가 소리 없이 바닥으로 떨어졌다. 그가 금고에서 뒤로 물러나는 동안 그의 등과 머리가 찢어지듯 벌어지면서 피와 뇌수가 뒤쪽의 유리벽에 흩뿌려졌다. 루이스는 금고실 문에서 뒤쪽으로 내팽개쳐지고 있었다. 금고실 안의 어둠 속에서 불을 뿜는 총구가 보였다. 곧이어 이중 유리창에 거미줄 같은 금이 갔다. 소리 없는 총알들이 유리창을 강타한 탓이었다. 루이스는 뒷걸음질을 치다가 약해진 유리창에 부딪혀 와장창 소리를 내며 약 1미터 아래의 길바닥으로 떨어졌다.

이제 금고실 문이 반쯤 열려 있었기 때문에, 총을 든 범인이 더 자유로이 총을 쏠 수 있었다. 기관총의 불꽃이 무방비 상태로 입을 떡 벌리고 서 있는 클락을 향했다. 이제는 밖에서도 총소리가 들렸다. 클락은 펄쩍 뛰어 총알을 피하려고 했지만 소용없는 짓이었다. 그도 총알의 힘에 밀려 뒤로 내동댕이쳐졌다. 그의 몸이 에이버리에게 부딪혔고, 두 사람은 광택을 낸 대리석 바닥에 한 덩어리로 쓰러졌다.

금고실 안에서 쏟아져 나오던 총알세례가 끝났다.

보슈는 유리벽이 깨진 틈으로 뛰어 올라가 유리파편이 깔린 대리석 위를 가슴으로 미끄러졌다. 그러면서 금고실 안쪽을 들여다보았다. 어떤 남자가 바닥을 통해 아래로 내려가는 것이 언뜻 보였다. 그 남자의 움직임 때문에 금고실 안에 자욱한 연기와 콘크리트 가루가 소용돌이쳤다. 남자는 마술사처럼 그 안개 속으로 그냥 사라져버렸다. 그리고 그보다 더 안쪽의 어둠 속에서 또 다른 남자가 시야에 나타났다. 남자는 자신을 보호하기 위해 M－16 라이플을 좌우로 휘두르며 옆걸음질로 바닥의 구멍을 향해 움직였다. 보슈는 그가 아트 프랭클린임을 알아보았다. 찰리 컴퍼니 출신 일당 중 한 명.

M－16의 검은 총구가 자기 쪽을 향하자 보슈는 차가운 바닥에 손목을 대고 양손으로 총을 겨누며 발사했다. 프랭클린도 동시에 총을 쏘았다. 그의 총알이 높은 곳을 향했기 때문에 보슈 뒤쪽에서 또 유리가 산산조각 나는 소리가 들렸다. 보슈는 금고실 안을 향해 총알 두 발을 더 쏘았다. 한 발이 강철 문에 핑 하고 부딪히는 소리가 들렸다. 다른 한 발은 프랭클린의 가슴 오른쪽 위에 박혀, 그를 바닥에 쓰러뜨렸다. 하지만 그는 순식간에 몸을 굴려 머리부터 먼저 구멍 속으로 떨어졌다. 보슈는

혹시 누가 또 나타날까 봐 계속 금고실 문을 총으로 겨눴다. 하지만 아무도 나타나지 않았다. 왼쪽의 바닥에 쓰러진 클락과 에이버리가 컥컥거리며 신음하는 소리만 들릴 뿐이었다. 보슈는 몸을 일으켰지만, 금고실 문에서 총구를 떼지는 않았다. 그때 위시가 깨진 유리벽을 통해 안으로 들어왔다. 베레타 권총을 손에 들고 있었다. 보슈와 위시는 저격수처럼 몸을 낮춘 채 금고실 문 양편에서 금고실로 접근했다. 문 오른쪽 강철 벽의 숫자판 옆에 불을 켜는 스위치가 있었다. 보슈가 스위치를 누르자 금고실 내부가 빛으로 가득 찼다. 보슈는 위시에게 먼저 들어가라고 고갯짓을 했다. 그리고 그녀의 뒤를 따라 안으로 들어갔다. 안은 비어 있었다.

보슈는 밖으로 나와 재빨리 클락과 에이버리에게 갔다. 두 사람은 여전히 바닥에 쓰러져 엉켜 있었다. 에이버리는 "오, 하느님, 오, 하느님"을 연발했다. 클락은 양손으로 자기 목을 꽉 쥐고 숨을 헐떡이고 있었다. 얼굴이 어찌나 시뻘겋게 달아올랐는지, 보슈는 순간적으로 그가 스스로 자기 목을 조르는 것 같다고 생각했다. 클락은 에이버리의 허리께에 가로로 누워 있었고, 두 사람 모두 클락의 피로 범벅이 되어 있었다.

"엘리노어." 보슈가 소리쳤다. "지원병력과 구급차를 불러요. SWAT 팀한테 놈들이 그리 가는 중이라고 알리고. 적어도 두 명이에요. 자동무기로 무장했어요."

보슈는 클락을 에이버리에게서 떼어내 그의 재킷 어깨를 양편에서 붙들고 옆으로 끌었다. 클락은 목 아래쪽에 총을 맞은 상태였다. 그의 손가락 사이로 피가 새어나왔고, 입가에는 연한 핏빛이 도는 작은 거품들이 있었다. 흉강에 피가 찼다는 뜻이었다. 그는 몸을 부들부들 떨면서 쇼크 상태로 들어가고 있었다. 이미 죽어가는 중이었다. 보슈는 에이버리에게 시선을 돌렸다. 그의 가슴과 목에 피가 묻어 있고, 뺨에는 갈색이 도는 노란색의 젖은 스펀지 조각 같은 것이 묻어 있었다. 루이스의 뇌수였다.

"에이버리 씨, 총에 맞았어요?"

"네, 어… 어, 어, 그러니까… 잘 모르겠소." 에이버리는 목이 졸린 것 같은 목소리로 간신히 말했다.

보슈는 그의 옆에 쪼그리고 앉아 그의 몸과 피투성이 옷을 재빨리 살펴보았다. 총에 맞지는 않은 것 같았다. 보슈는 에이버리에게 그렇게 말해주고 나서 조금 전까지 이중 유리벽이 있던 곳으로 다가가 인도 위에 누워 있는 루이스를 내려다보았다. 그는 이미 죽어 있었다. 총알자국들이 둥그스름한 호를 그리며 그의 몸 아래쪽에서 위쪽으로 바늘땀처럼 나 있었다. 오른쪽 엉덩이, 배, 왼쪽 가슴, 왼쪽 이마의 한가운데에 총알의 사입구가 보였다. 루이스는 유리창에 부딪히기도 전에 이미 죽었을 것이다. 그는 눈을 크게 뜨고 허공을 노려보고 있었다.

위시가 로비 쪽에서 들어왔다.

"지원병력이 오고 있어요." 그녀가 말했다.

그녀는 얼굴이 빨갛게 달아오르고, 거의 에이버리만큼이나 힘들게 숨을 몰아쉬고 있었다. 자기 눈동자의 움직임도 제대로 통제하기 힘든지, 시선이 사방을 향하고 있었다.

"지원병력이 오면…." 보슈가 말했다. "저 아래 터널 속에 우리 편 수사관이 한 명 있다고 말해요. SWAT 팀한테도 똑같이 말하고요."

"그게 무슨 소리예요?"

"내가 아래로 내려갈 거예요. 내가 한 놈을 맞히긴 했는데, 상처가 얼마나 심한지는 모르겠어요. 프랭클린이었어요. 다른 한 놈은 그보다 먼저 내려갔어요. 델가도예요. 우리 편한테 내가 저 아래에 있다고 알려요. 내가 양복을 입고 있다고. 내가 뒤쫓는 두 놈은 검은색 작업복 차림이었어요."

그는 총을 열어 다 쓴 탄피 세 개를 꺼낸 뒤 주머니에서 총알을 꺼내 다시 장전했다. 멀리서 사이렌 소리가 들렸다. 날카롭게 두드리는 소리가 들려서 유리벽을 통해 내다보니 핸런이 권총 손잡이 끝으로 유리 정문을 두드리고 있었다. 그쪽은 금고실 유리벽이 박살난 것이 보이지 않는 위치였다. 보슈는 그에게 이쪽으로 돌아오라고 손짓했다.

"잠깐만요." 위시가 말했다. "그럴 수는 없어요. 해리, 놈들은 자동 무기를 갖고 있어요. 그러니까 지원병력이 올 때까지 기다렸다가 계획을 짜요."

보슈는 금고실 문으로 다가가며 말했다. "놈들은 이미 우리보다 한참 먼저 출발했어요. 그러니까 내가 가야 해요. 내가 저 아래에 있다고 반드시 사람들한테 알려줘요."

보슈는 위시의 앞을 지나 금고실로 들어가면서 전등 스위치를 눌렀다. 그리고 놈들이 폭파한 구멍 아래쪽을 내려다보았다. 바닥까지의 거리는 대략 2.5미터쯤 되었다. 깨진 콘크리트와 철근 조각들이 바닥에 있었다. 그 콘크리트 더미 속에 핏자국과 손전등이 보였다.

빛이 너무 많았다. 놈들이 저 아래에서 그를 기다리고 있다면, 그는 죽은 목숨이었다. 그는 다시 밖으로 나와서 금고실 문 뒤로 돌아가 어깨로 그 거대한 강철 문을 천천히 밀기 시작했다.

이제 여러 개의 사이렌 소리가 점점 가까워지고 있었다. 거리를 내다보니, 구급차 한 대와 경찰차 두 대가 윌셔 대로를 달려오고 있었다. 아무런 표시도 없는 평범한 승용차가 건물 앞에서 끽 하고 서더니 후크가 권총을 빼든 채 뛰어내렸다. 금고실 문은 반쯤 닫힌 뒤에야 비로소 제 무게로 움직이기 시작했다. 보슈는 문 뒤로 돌아가서 다시 금고실 안으로 들어갔다. 그리고 구멍 옆에 섰다. 문이 천천히 닫히면서 빛이 점점 희미해졌다. 그는 자신이 이런 순간에 이런 자세를 취한 적이 전에도 아주 많았음을 깨달았다. 무엇보다 짜릿하면서도 무서운 순간은 항상 이렇게 경계선이나 입구 앞에 서 있을 때였다. 구멍 속으로 떨어지는 순간이 그에게는 가장 위험했다. 프랭클린이나 델가도가 저 아래에서 그를 기다리고 있다면, 그 순간에 그를 잡은 거나 마찬가지였다.

"해리." 위시가 그를 부르는 소리가 들렸다. 금고실 문이 이제 종잇장처럼 얇은 틈새만 남기고 거의 닫혔는데, 그녀의 목소리가 어떻게 안까지 뚫고 들어왔는지 알 수 없었다. "해리, 조심해요. 놈들 일당이 더 있을 수도 있어요."

그녀의 목소리가 강철 금고실 안에 메아리쳤다. 보슈는 구멍 안을 내려다보며 마음을 다잡았다. 금고실 문이 철컹 하고 닫히고 사방이 암흑에 잠기는 순간, 그는 뛰어내렸다.

콘크리트 더미 위에 떨어지자마자 보슈는 자세를 낮추고 검은 어둠을 향해 총을 한 발 쏜 다음 터널 바닥에 몸을 던져 납작 엎드렸다. 전쟁 때 배운 요령이었다. 놈들이 쏘기 전에 내가 먼저 쏜다. 하지만 그를 기다리는 사람은 없었다. 응사하는 사람도 없었다. 머리 위의 금고실과 그 밖에서 대리석 바닥 위를 뛰어다니는 발소리들이 멀게 들려오는 것을 제외하면 아무 소리도 들리지 않았다. 그는 자기가 먼저 총을 쏠 것이라고 위시에게 미리 말하지 않았음을 깨달았다.

그는 라이터를 몸에서 멀리 떨어지게 쥐고 불을 켰다. 이것도 전쟁 때 배운 요령이었다. 그는 손전등을 집어 들어 불을 켜서 주위를 둘러보았다. 자신이 총을 쏜 곳이 막다른 길임을 알 수 있었다. 도둑들이 판 땅굴은 반대 방향으로 이어져 있었다. 지난 밤에 청사진을 보며 짐작했던 것처럼 동쪽이 아니라 서쪽이었다. 그렇다면 놈들은 어젯밤에 기어슨이 추측한 것처럼 빗물 배수관에서 들어온 게 아니라는 뜻이었다. 윌셔 대로 쪽이 아니라, 남쪽의 올림픽 대로나 피코 대로, 또는 북쪽의 샌타모니카 대로에서 들어온 것 같았다. 보슈는 루크가 기어슨과 모든 요원들을 교묘하게 조종해서 엉뚱한 길로 이끌었음을 깨달았다. 그 어느 것도 어젯밤 그들이 계획하거나 짐작한 대로 진행되지 않을 것이다. 보슈 혼자서 상황을 헤쳐나가야 했다. 그는 땅굴의 검은 목구멍을 향해 손전등을 비췄다. 땅굴은 아래로 기울어지다가 다시 위로 올라갔다. 그래서 가시거리가 대략 9미터밖에 되지 않았다. 땅굴은 서쪽으로 뻗어 있지만, SWAT 팀은 남쪽과 동쪽에서 기다리고 있었다. 그쪽에는 아무도 나타나지 않을 것이다.

보슈는 손전등을 오른쪽으로 돌려 자기 몸에서 멀리 떨어지게 쥐고 통로를 천천히 기어 내려가기 시작했다. 굴의 높이는 대략 1미터를 넘지 않는 것 같았고, 폭도 비슷했다. 그는 기면서 땅을 짚는 손에 총을 쥐고 천천히 움직였다. 공기 중에 화약 냄새가 배어 있었고, 손전등 불빛에 푸르스름한 연기가 드러났다. 보라색 안개. 보슈는 더위와 두려움 때문에 땀을 비 오듯 흘리고 있었다. 3미터마다 그는 움직임을 멈추고 재킷 소매로 눈에 들어간 땀을 닦아냈다. 자기 뒤를 따라 들어올 사람들에게 자신이 양복을 입고 있다고 말하라고 했기 때문에, 재킷을 벗지는 않았다. 아군의 총에 맞아 죽고 싶지는 않았다.

땅굴이 꺾이는 방향이 대략 50미터 간격으로 왼쪽, 오른쪽으로 바뀌었기 때문에 보슈는 방향이 점점 헷갈리기 시작했다. 한 번은 땅굴이 어떤 파이프라인 밑으로 뻗어 있기도 했다. 가끔 자동차 소리가 우르릉하고 들려올 때면, 땅굴이 숨을 쉬는 것 같았다. 9미터마다 벽에 파 놓은 구멍 속에 양초가 타고 있었다. 보슈는 터널 바닥의 모래와 콘크리트 조각들 속에 침입자를 잡기 위한 철선이 있는지 찾아보았지만, 핏자국만 찾아냈을 뿐이었다.

그렇게 천천히 몇 분 동안 움직인 그는 손전등을 끄고 무릎을 꿇고 앉아서 휴식을 취하며 가쁜 숨소리를 다스리려고 애썼다. 하지만 아무리 애를 써도 허파 속으로 공기가 충분히 들어가지 않는 것 같았다. 그는 잠시 눈을 감았다가 떴다. 앞쪽의 꺾어진 지점에서 희미한 불빛이 보였다. 양초 불빛이라고 보기에는 빛이 너무 안정적이었다. 보슈는 손전등을 켜지 않은 채 천천히 움직이기 시작했다. 마침내 꺾어진 모퉁이를 돌자 굴이 넓어졌다. 굴 속에 만들어진 방이었다. 똑바로 일어서도 될 만큼 천장이 높고, 땅굴을 파는 동안 아예 눌러 살아도 될 만큼 넓어 보였다.

불빛은 이 지하 방 구석에 놓인 아이스박스 위의 석유 랜턴에서 나오고 있었다. 침낭 두 개와 휴대용 가스스토브도 있었다. 화학약품을 이용하는 휴대용 변기도 보였다. 방독면 두 개, 음식과 장비가 든 배낭 두 개, 쓰레기가 가득 든 비닐봉지들도 있었다. 위시는 놈들이 웨스트랜드 금고실로 통하는 땅굴을 팔 때 이미 이런 방을 이용했을 거라고 추측한 적이 있었다. 보슈는 놈들의 장비를 바라보며 일당이 더 있을지도 모른다던 위시의 말을 떠올렸다. 그녀의 생각이 틀린 것 같았다. 무슨 물건이든 2인분뿐이었다.

땅굴은 이 방의 뒤편으로 계속 이어져 있었다. 그쪽 땅굴의 폭 역시 1미터쯤 되었다. 보슈는 뒤에서 불빛을 받지 않으려고 랜턴을 끈 뒤 반대편 땅굴로 기어 들어갔다. 이쪽 벽에는 양초가 전혀 없었다. 보슈는 가끔 손전등을 켜서 위치를 확인한 다음 다시 어둠 속에서 짧은 거리를 기어갔다. 움직임을 멈추고 숨을 죽인 채 귀를 기울일 때도 있었다. 자동차 소리가 아까보다 더 멀게 들리는 것 같더니, 이내 아무 소리도 들리지 않게 되었다. 방에서부터 15미터쯤 땅굴을 기어 왔을 때, 그는 막

다른 길에 부딪혔지만 바닥에서 둥근 선을 발견했다. 흙을 덮어 위장해 둔 둥근 합판이었다. 20년 전이라면 이걸 쥐구멍이라고 했을 것이다. 보슈는 뒤로 물러나서 자세를 낮추고 그 원을 자세히 살펴보았다. 함정인 것 같지는 않았다. 사실 함정이 있을 거라고 생각하지도 않았다. 만약 범인들이 입구에 모종의 장치를 해놓았다 해도, 그건 들어오는 자를 막기 위한 것이지 나가는 자를 막기 위한 장치는 아닐 터였다. 따라서 폭발물이 설치되어 있다면 이쪽 편에 있을 가능성이 높았다. 그래도 보슈는 열쇠고리에 달린 칼을 꺼내서 조심스레 원 가장자리를 훑어본 뒤 합판을 1~2센티미터쯤 들어올렸다. 그리고 손전등으로 그 틈을 비춰보았다. 합판 아래쪽에 전선이나 다른 물건이 부착되지는 않은 것 같았다. 보슈는 합판을 획 뒤집었다. 총소리 같은 건 나지 않았다. 그는 구멍 가장자리로 기어갔다. 그 아래쪽에 또 땅굴이 있었다. 보슈는 손전등을 든 팔을 구멍 아래로 내밀고 손전등을 켰다. 그리고 불빛을 한 바퀴 돌리며 총알이 날아올 것에 대비했다. 하지만 이번에도 총격은 없었다. 아래쪽 땅굴은 완벽한 원형이었다. 매끈한 콘크리트 표면에는 물풀이 자라고 있었고, 둥그런 바닥에는 물이 졸졸 흐르고 있었다. 빗물 배수관이었다.

보슈는 구멍을 통해 아래로 뛰어내렸다. 하지만 발이 닿자마자 미끄러운 바닥 때문에 벌러덩 쓰러지고 말았다. 그는 몸을 일으키며 손전등으로 검은 침전물 속에 혹시 범인들의 흔적이 남지 않았는지 찾기 시작했다. 핏자국은 없었지만, 미끄러지지 않으려고 신발로 바닥을 긁은 것 같은 자국이 물풀 속에 나 있었다. 그 긁힌 자국의 방향은 물이 흐르는 방향과 같았다. 보슈도 그쪽으로 향했다.

그는 이미 방향감각을 잃어버렸지만, 아무래도 북쪽으로 향하고 있는 것 같았다. 그는 손전등을 끄고 천천히 6미터를 전진한 뒤 다시 손전등을 켰다. 불빛에 자신이 흔적을 제대로 따라왔음이 드러났다. 둥글게 휘어진 배수관 벽의 3시 방향에 피 묻은 손바닥 자국이 찍혀 있었다. 그리고 그보다 60센티미터쯤 내려간 곳의 5시 방향에서 손바닥 자국이 또 발견되었다. 프랭클린이 계속 피를 흘린 탓에 힘이 급속히 빠지고 있는 모양이었다. 그가 여기서 걸음을 멈추고 상처를 확인했음이 분명했다. 그렇다면 아직 그리 멀리 가지 못했을 터였다.

보슈는 숨소리를 죽이려고 애쓰면서 천천히 앞으로 나아갔다. 배수관에서는 젖은 수건 같은 냄새가 났고, 공기는 피부에 엷은 수막이 생길 만큼 축축했다. 우르릉거리는 자동차 소리가 근처 어딘가에서 들려왔다. 사이렌 소리도 있었다. 계속 물이 졸졸 흘러가게 하려고 배수관을 완만한 내리막길로 만들어놓은 것 같았다. 그가 점점 더 지하로 내려가고 있다는 뜻이었다. 무릎이 까져서 계속 피가 흐르고 있었기 때문에 미끄러져 넘어지면서 무릎이 바닥에 닿자 까진 곳이 쓰라렸다.

대략 30미터쯤 이동한 뒤 보슈는 걸음을 멈추고 다시 손전등을 켰다. 여전히 손전등을 몸에서 멀리 떨어지게 들고, 다른 손으로는 총을 겨눈 자세였다. 둥그런 벽에 또 피가 묻어 있었다. 손전등을 끄자, 저 앞쪽의 어둠 속에 약간의 변화가 눈에 띄었다. 희부연 여명 같은 빛이 있었다. 배수관이 거기서 끝나거나, 아니면 희미한 불빛이 들어오는 다른 통로와 이어져 있는 모양이었다. 그 순간 보슈는 물소리가 들려온다는 것을 깨달았다. 지금 자기 무릎 사이로 졸졸 흐르는 물과 비교하면 아주 많은 양의 물이 흐르는 소리였다. 앞쪽에 강 같은 수로가 있는 모양이었다.

보슈는 소리를 내지 않고 천천히 그 희미한 불빛을 향해 다가갔다. 그가 웅크리고 있는 배수관은 긴 통로의 측면에 난 샛길이었다. 지류인 셈이었다. 커다란 통로를 따라 은빛을 띤 검은 물이 흘렀다. 지하 운하였다. 그냥 보기만 해서는 수심이 7~8센티미터인지 1미터인지 알 길이 없었다.

보슈는 가장자리에 쪼그리고 앉아 물 흐르는 소리 외에 다른 소리가 있는지 먼저 귀를 기울여보았다. 아무 소리도 들리지 않자 그는 천천히 상체를 뻗어 통로 저편을 바라보았다. 물은 그의 왼쪽에서 흐르고 있었다. 그가 먼저 왼쪽을 바라보자 콘크리트 터널이 오른쪽을 향해 완만하게 꺾어져 있는 것이 흐릿하게 보였다. 천장에 일정한 간격을 두고 나 있는 구멍에서 어둑한 불빛이 들어오고 있었다. 약 10미터 위의 맨홀 뚜껑에 나 있는 구멍들에서 들어오는 빛 같았다. 에드 기어슨의 말을 빌리자면, 여기는 주요 배수로 중 하나였다. 이 터널이 어느 거리를 따라 뻗어 있는지는 알 수 없지만, 이젠 그런 것이 중요하지도 않았다. 어차피 지금 보슈에게는 참고할 수 있는 청사진도 없었다.

보슈는 물이 내려오는 쪽으로 고개를 돌렸다가 즉시 거북처럼 샛길 속으로 고개를 감췄다. 터널 벽을 배경으로 검은 형체가 있었다. 어둠 속에서 빛나는 오렌지색 눈 두 개가 보슈를 똑바로 바라보고 있었다.

보슈는 꼬박 1분 동안 꼼짝도 하지 않고, 숨도 거의 쉬지 않았다. 땀방울이 눈을 찔러댔다. 그는 눈을 감았지만 검은 물이 흐르는 소리 외에는 아무 소리도 들리지 않았다. 보슈는 다시 천천히 샛길 가장자리로 돌아가서 그 검은 형체를 보았다. 그 형체는 꼼짝도 하지 않고 그대로 있었다. 어둠 속에서 사진을 찍으면서 플래시를 터뜨렸을 때처럼 빨갛게 빛나는 두 눈이 보슈를 마주 쏘아보았다. 보슈는 모퉁이 너머로 손전등을 천천히 내밀어 스위치를 켰다. 프랭클린이 벽에 몸을 기대고 늘어져 있는 것이 보였다. 그는 M-16 총을 가슴에 둘러메고 있었지만, 양손은 아래로 떨어져 물속에 잠겨 있었다. 총구도 역시 물속에 잠긴 상태였다. 프랭클린은 가면을 쓰고 있는 것 같았지만, 보슈는 몇 초가 지난 뒤에야 그것이 가면이 아니라는 사실을 깨달았다. 그가 쓰고 있는 것은 야간 투시경이었다.

"프랭클린, 다 끝났다." 보슈가 소리쳤다. "난 경찰이다. 이만 포기해."

프랭클린에게서는 아무런 대답이 없었다. 어차피 보슈도 대답을 기대하지는 않았다. 보슈는 커다란 터널 위아래를 한 번 더 훑어본 뒤 물속으로 뛰어내렸다. 물은 겨우 발목을 적실 정도였다. 그는 꼼짝도 하지 않는 검은 형체를 향해 총과 손전등을 겨눴지만, 총이 필요할 것 같지는 않았다. 프랭클린은 이미 죽어 있었다. 가슴 상처에서 아직도 피가 배어나와 검은 티셔츠 앞섶을 따라 흘러내리고 있었다. 피는 물속으로 섞여 들어가 물살에 휩쓸렸다. 보슈는 프랭클린의 목에서 맥박을 확인해보았다. 맥박이 없었다. 보슈는 총을 총집에 넣고, M－16을 시체의 머리 위로 벗겨냈다. 야간 투시경도 벗겨서 자신이 썼다.

그는 통로의 이편저편을 한 번씩 살펴보았다. 마치 낡은 흑백텔레비전을 보고 있는 것 같았다. 하지만 그의 시야에 나타난 흰색과 검은색에는 황갈색이 살짝 섞여 있었다. 익숙해지려면 시간이 좀 걸릴 것 같았지만, 투시경 덕분에 앞이 더 잘 보였기 때문에 그는 투시경을 벗지 않았다.

보슈는 다음 차례로 프랭클린의 검은 작업복 바지 허벅지에 있는 주머니들을 확인해보았다. 물에 흠뻑 젖은 담뱃갑과 성냥이 있었다. 여분의 탄창도 하나 나왔다. 보슈는 탄창을 상의 주머니에 넣었다. 프랭클린의 주머니에는 접은 종이도 한 장 있었지만, 물에 젖은 탓에 파란 잉크가 번져 있었다. 보슈가 조심스레 종이를 펼쳐 보니, 손으로 그린 지도였다. 어디가 어딘지 알아볼 수 있는 이름은 하나도 보이지 않고, 파란 선들이 번진 자국만 있을 뿐이었다. 중심부 근처에 그려진 사각형은 금고실을 뜻하는 것 같았다. 그렇다면 파란 선들은 빗물 배수관을 뜻할 터였다. 보슈는 지도의 방향을 이쪽저쪽으로 바꿔 보았지만, 선들이 그려진 모양이 낯설기만 했다. 사각형 앞쪽을 따라 그려진 선이 가장 굵었다. 윌셔 대로나 올림픽 대로인 것 같았다. 그 길과 직각으로 교차하는 선들은 로버트슨, 오허니, 렉스포드 등의 거리들이었다. 종이 측면으로 그물눈 같은 선들이 더 이어져 있고, 그다음에는 둥근 원 위에 X자가 그려져 있었다. 출구라는 뜻이었다.

보슈는 이 지도가 자신에게는 소용이 없다는 결론을 내렸다. 지금 자기가 있는 곳이 어딘지, 어느 방향으로 가고 있는지 모르기 때문이었다. 그는 지도를 물 위로 떨어뜨린 뒤 지도가 물을 따라 떠내려가는 것을 지켜보았다. 그리고 그 순간 물의 흐름을 따라가기로 마음을 정했다. 어차피 다른 선택의 기준도 없으니 어느 쪽을 택하든 매일반이었다.

보슈는 물을 튀기며 물의 흐름을 따라 서쪽이라고 짐작되는 방향으로 움직였다. 검은 물이 벽에 부딪히며 살짝 오렌지색으로 물든 소용돌이를 일으켰다. 물이 발목까지 올라와서 신발에 가득 찼기 때문에 걷기가 힘들고 걸음걸이가 불안정해졌다.

루크의 솜씨가 참 뛰어나다는 생각이 들었다. 지프와 ATV가 프리웨이 쪽에서 발견된 것은 중요하지 않았다. 그건 모두 미끼에 불과했다. 루크 일당은 누가 봐도 뻔한 방법을 쓴 것처럼 미끼를 내걸고는, 실제로는 정반대로 행동했다. 루크는 전날 밤 작전계획을 짤 때 교묘한 말솜씨로 모두들 자신의 말을 믿게 만들었다. 프리웨이 쪽에서 기다리고 있는 SWAT 팀은 끝내 아무도 만나지 못할 터였다.

보슈는 터널 안에서 사람이 지나간 흔적을 찾아보았지만, 아무것도 보이지 않았다. 물이 모든 흔적을 가져가버린 탓이었다. 벽에 페인트로 그려놓은 표시도 있고 심지어 불량배들이 그려놓은 낙서도 있었지만, 그것들 모두 몇 년 전부터 그 자리에 있던 것일 수도 있었다. 보슈는 그것들을 모두 살펴보았지만 일종의 신호나 방향지시처럼 보이는 것은 없었다. 이번에는 핸젤과 그레텔이 빵부스러기를 남기지 않은 모양이었다.

자동차 소리가 점점 커지고 있었다. 주위도 더 환해졌다. 보슈가 야간 투시경의 렌즈를 위로 올리자 대략 30미터마다 맨홀과 하수구에서 푸르스름한 빛이 흐릿하게 들어오는 것이 보였다. 얼마 뒤 그는 지하 교차로에 이르렀다. 그가 따라온 물길이 다른 수로를 흐르는 물과 부딪혀 거품을 일으켰다. 보슈는 벽을 따라 살금살금 움직여서 천천히 모퉁이 뒤쪽을 살폈다. 아무도 보이지 않았다. 사람 소리도 들리지 않았다. 어느 쪽으로 가야 할지 도무지 감을 잡을 수 없었다. 델가도가 앞에 뻗어 있는 세 개의 길 중 어느 길을 택했을지 짐작하기가 어려웠다. 보슈는 오른쪽 길을 따라가기로 했다. 그 길이 SWAT 팀에게서 가장 멀어지는 길인 것 같아서였다.

그가 새 터널로 들어가 겨우 세 발짝을 떼었을 때, 앞에서 커다랗게 속삭이는 소리가 들렸다.

"아티, 걸을 수 있겠어? 얼른, 서둘러, 아티!"

보슈는 그대로 얼어붙었다. 바로 20미터쯤 앞에서 나는 소리였다. 하지만 사람의 모습은 전혀 보이지 않았다. 보슈 자신이 매복에 걸리지 않은 것은 얼굴에 쓰고 있는 야간 투시경 덕분임을 알 수 있었다. 하지만 상대의 착각이 오래 가지는 않을 터였다. 그가 가까이 다가가면, 델가도는 그가 프랭클린이 아님을 알아차릴 것이다.

"아티!" 상대방이 갈라진 목소리로 다시 소리쳤다. "어서 와!"

"알았어." 보슈는 속삭이듯 말하고 나서 한 걸음을 앞으로 내디뎠다. 하지만 자신의 속임수가 효과가 없었음을 본능적으로 알 수 있었다. 델가도는 사실을 알아차릴 것이다. 보슈는 앞으로 몸을 날리며 M-16을 치켜들었다.

앞쪽과 왼쪽에서 어지러운 움직임이 보이고, 총구가 불을 뿜었다. 콘크리트 터널 안이라 총소리에 귀가 멀 지경이었다. 보슈는 총알이 다 떨어질 때까지 손가락을 방아쇠에서 떼지 않고 응사했다. 귀가 윙윙 울렸지만, 델가도든 누구든 저 앞에 있던 사람 역시 총격을 멈췄음을 알 수 있었다. 상대가 새 탄창을 찰칵 하고 끼우는 소리가 들리더니, 마른 바닥을 달리는 소리가 들려왔다. 델가도가 도망치고 있었다. 저 앞쪽의 또 다른 터널 안으로. 보슈는 벌떡 일어나서 그의 뒤를 따르며 총에서 빈 탄창을 꺼내고 여분의 탄창을 끼워 넣었다.

25미터쯤 달리자 지류가 나타났다. 지름이 대략 1.5미터쯤 되는 관이었는데, 보슈가 그 안으로 들어가려면 한 걸음 위로 올라서야 했다. 바닥에는 검은 물풀이 자라고 있었지만, 물은 흐르지 않았다. 더러운 침전물 속에 빈 M-16 탄창이 버려져 있었다.

보슈가 길을 제대로 잡은 모양이었다. 하지만 이제는 델가도의 발소리가 들리지 않았다. 보슈는 서둘러 새로운 터널 안으로 들어갔다. 터널은 살짝 위로 기울어져 있었다. 대략 30초 만에 그는 환한 교차점에 도달했다. 방처럼 생긴 그 공간 위로 9미터 높이에는 창살로 덮인 배수구가 있었다. 터널은 방 건너편으로 계속 이어졌다. 보슈는 그 길을 따라갈 수밖에 없었다. 이번 터널은 완만한 내리막길이었다. 50미터쯤 나아가니 길이 더 커다란 통로와 이어지는 것이 보였다. 주요 배수관이었다. 저 앞쪽에서 물 흐르는 소리가 들렸다.

보슈는 자신의 속도가 너무 빨라서 멈추려 해도 멈출 수가 없다는 사실을 너무 늦게야 알아차렸다. 중심을 잃고 넘어져서 길이 갈라지는 곳을 향해 물풀 위를 미끄러지면서 그는 자신이 델가도를 추격하다가 함정에 빠지게 되었음을 분명히 깨달았다. 미끄러지는 것을 멈추려고 발꿈치로 검은 침전물을 굳게 디뎌보았지만 아무 소용이 없었다. 그는 균형을 잡으려고 양팔을 허우적거리며 발부터 먼저 커다란 배수관으로 떨어졌다.

이상한 일이었지만, 그는 총알이 오른쪽 어깨를 찢으며 들어오는 걸 느낀 뒤에야 비로소 총성을 들었다. 누가 밧줄에 갈고리를 달아 위에서 던져서 그의 오른쪽 어깨에 박은 뒤, 뒤쪽에서 세게 잡아당겨 그를 쓰러뜨린 것 같았다.

보슈는 권총을 놓치고 쓰러졌다. 대략 3미터쯤 아래로 떨어진 것 같은 느낌이었지만, 물론 그건 그냥 느낌일 뿐이었다. 물이 5센티미터 깊이로 차 있는 터널 바닥이 그의 뒤통수를 벽처럼 후려쳤다. 고글은 어디론가 날아가버렸고, 보슈는 자기 몸 위에서 날아다니는 불꽃과 벽에 부딪혔다 튀어나오는 총알들을 묘하게 한가롭고 초연한 심정으로 지켜보았다.

그렇게 몇 시간 동안이나 정신을 잃고 있었던 것 같았지만, 정신을 차린 뒤 그는 그 순간이 겨우 몇 초에 불과했음을 금방 깨달았다. 총성이 아직도 터널 안에 메아리치고 있었다. 화약 냄새가 나고, 달려가는 발소리가 다시 들렸다. 발소리가 그에게서 멀어지고 있는 것 같았다. 그건 그의 희망사항이기도 했다.

보슈는 몸을 굴려 어두운 물속으로 들어가 M-16과 고글을 찾으려고 양손으로 사방을 뒤졌다. 하지만 얼마 뒤 포기하고 자기 총을 꺼내려고 했다. 총집이 비어 있었다. 그는 똑바로 앉아서 벽에 몸을 기댔다. 오른손에 감각이 없었다. 총알에 맞은 어깨 관절에서부터 감각이 죽어버린 손에 이르기까지 둔중한 통증이 느껴졌다. 셔츠 속에서 가슴과 팔을 타고 피가 흐르는 것도 느껴졌다. 하반신 주위에서 소용돌이치는 서늘한 물과 따뜻한 피가 대조적이었다.

보슈는 자신이 숨을 몰아쉬고 있음을 깨닫고, 호흡을 가다듬으려고 애썼다. 몸이 점점 쇼크 상태로 빠져들어가고 있었다. 그가 할 수 있는 일이 하나도 없었다.

그에게서 멀어져가던 발소리가 멈췄다. 보슈는 숨을 죽이고 귀를 기울였다. 놈이 왜 멈춰 섰을까? 이젠 마음을 놓은 걸까? 보슈는 다리로 바닥을 훑으며 여전히 총을 찾는 중이었다. 하지만 발에 걸리는 것이 하나도 없었다. 사방이 너무 어두워서 총이 어디로 떨어졌는지도 알 수 없었다. 언제 없어졌는지 손전등도 없었다.

그때 사람의 목소리가 들렸다. 너무 멀리서 나는 소리라 알아들을 수는 없었지만, 누군가가 이야기를 하고 있음은 분명했다. 잠시 후 또 다른 사람의 목소리가 났다. 남자가 두 명이라는 얘기였다. 보슈는 두 사람의 대화를 들어보려고 했지만 무슨 소리인지 알아들을 수가 없었다. 두 번째 남자의 목소리가 갑자기 날카로워지더니 총성이 울렸다. 그리고 잠시 후 총성이 한 번 더 났다. '두 총성 사이의 시간이 너무 길어.' 보슈는 속으로 생각했다. M-16이 아니라는 얘기였다.

이 사실이 어떤 의미를 지니는지 그가 한참 생각하고 있는데, 다시 물속을 움직이는 발소리가 들렸다. 그리고 얼마 뒤, 그 발소리가 어둠 속에서 그를 향해 다가오고 있음이 분명해졌다.

보슈를 향해 물속을 걸어오는 발소리에는 서두르는 기색이 전혀 없었다. 느긋하고, 간격이 일정하고, 차분했다. 결혼식장에 입장하는 신부의 발걸음처럼. 보슈는 벽에 늘어지듯 몸을 기대고 앉은 채로 다시 다리로 미끌미끌한 바닥을 훑었다. 혹시 이번에는 총이 걸리지 않을까 하는 생각에서였다. 하지만 총은 없었다. 보슈는 총에 맞아 약해졌을 뿐만 아니라, 무방비상태였다. 팔의 통증도 아까보다 조금 강해져서 팔 전체가 욱신거렸다. 오른손은 여전히 감각이 없었고, 왼손은 어깨 상처를 감싸고 있었다. 몸이 쇼크 상태로 들어가면서 온몸이 심하게 떨렸다. 틀림없이 곧 의식을 잃고 쓰러져서 다시는 깨어나지 못할 것 같았다.

이제 터널 속에서 보슈 자신을 향해 움직이는 자그마한 불빛이 보였다. 보슈는 입을 떡 벌린 채 그 불빛을 뚫어져라 바라보았다. 이미 일부 근육이 제멋대로 늘어지기 시작했다. 잠시 후 철벅거리는 발소리가 보슈 앞에서 멈추고, 불빛은 마치 태양처럼 그의 얼굴 위를 비췄다. 펜라이트의 불빛인데도 지금의 보슈에게는 너무 밝았다. 그래서 불빛 뒤에 무엇이 있는지 전혀 보이지 않았다. 하지만 상관없었다. 그 불빛 뒤에 누구의 얼굴이 있는지, 누구의 손이 그 불빛을 쥐고 있는지, 그 사람이 무슨 생각을 하고 있는지 이미 알기 때문이었다.

"궁금한 게 있어." 보슈가 갈라진 목소리로 속삭이듯 말했다. 자기 목이 그렇게까지 갈라져 있을 줄은 미처 예상치 못한 일이었다. "그거랑 어제 쓴 포인터가 한 세트야?"

루크가 불빛을 바닥으로 낮췄다. 보슈가 주위를 둘러보니 M-16과 그의 권총이 반대편 벽 앞의 물속에 나란히 놓여 있었다. 너무 멀어서 손이 닿지 않는 거리였다. 검은색 점프슈트의 바짓단을 고무 부츠 속에 집어넣은 차림인 루크의 손에도 M-16이 있었다. 총구가 보슈를 향하고 있었다.

"당신이 델가도를 죽였군." 보슈가 말했다. 질문이 아니라 완전한 단정이었다.

루크는 아무 말도 하지 않고 총을 고쳐 쥐었다.

"이제 경찰관을 죽일 건가? 그럴 생각이야?"

"내가 여기서 빠져나갈 길이 그것뿐이거든. 델가도가 이걸로 당신을 먼저 죽인 것처럼 보여야 하니까." 루크는 M-16을 들어올렸다. "그 다음에 내가 델가도를 죽인 걸로 하면, 난 영웅이 되지."

보슈는 위시에 대해 뭔가 말을 해야 할지 어떨지 판단이 서지 않았다. 말을 했다가는 위시가 위험에 빠지겠지만, 그 덕분에 그가 목숨을 구하게 될 수도 있었다.

"웃기지 마, 루크." 마침내 보슈가 말했다. "위시 요원이 다 알아. 내가 말해줬거든. 메도우스의 서류철에 편지가 하나 있었어. 그걸로 당신에 대해 알게 됐지. 지금쯤 위시 요원이 저 위에 있는 사람들한테 다 말했을걸. 그러니까 그만 포기하고 날 도와주기나 해. 당신이 날 여기서 데리고 나가면 당신한테 이로울 거야. 난 지금 쇼크 상태야."

확실치는 않았지만, 루크의 표정, 아니 눈빛이 살짝 변한 것 같았다. 루크는 여전히 두 눈을 뜨고 있었지만, 앞을 보지 않는 것 같았다. 자신의 내면에만 완전히 집중하고 있는 것 같은 눈이었다. 잠시 후 그의 눈빛이 다시 살아나더니, 그가 연민이라고는 전혀 없이 경멸만이 가득한 표정으로 보슈를 바라보았다. 보슈는 침전물 속에 발꿈치를 박고 벽에 몸을 기댄 채 일어나려고 했다. 하지만 몇 센티미터 움직이기도 전에 루크가 몸을 숙여 그를 다시 밀어 앉혔다.

"닥치고 가만히 있어. 내가 널 여기서 데리고 나갈 것 같아? 우리가 너 때문에 손해를 본 게 500만 달러는 될걸. 어쩌면 600만일 수도 있어. 트란이 그 상자에 갖고 나간 물건 말이야. 틀림없이 그 정도는 될 거야. 나야 이젠 결코 정확히 알 수 없게 됐지만. 너 때문에 우리의 완전범죄가 엉망이 됐어. 너는 여기서 못 나가."

보슈의 고개가 앞으로 툭 꺾어지면서 턱이 가슴에 닿았다. 눈동자는 위로 말려 올라갔다. 자꾸 졸음이 왔지만, 보슈는 자지 않으려고 안간힘을 썼다. 그의 입에서는 신음소리만 흘러나왔다.

"우리 계획에서 우리가 운에 맡긴 요소는 오로지 너뿐이었어. 그런데 어떻게 됐나 봐. 혹시나 했던 일은 어김없이 일어나지. 우리한테는 네가 망할 놈의 머피의 법칙이었어."

보슈는 간신히 눈을 들어 루크를 바라보았다. 지금의 그에게는 너무나 힘든 일이었다. 다치지 않은 왼팔이 어깨 상처에서 스르르 떨어졌다. 이제는 팔을 들 힘이 없었다.

"무슨…." 그가 힘겹게 말했다. "무, 무슨… 뜻이야? …운이라니?"

"우연의 일치 말이야. 네가 메도우스의 시체가 발견됐다는 신고 전화를 받을 가능성. 우리 계획에 그건 들어 있지 않았어. 네가 그 전화를 받을 가능성이 얼마나 됐을까? 우리가 메도우스를 가져다 놓은 굴은 예전에 그 녀석이 약에 취해서 쓰러져 잔 적이 있는 곳이야. 그래서 한 이틀 동안은 녀석의 시체가 발견되지 않을지도 모른다고 생각했지. 그리고 지문으로 신원이 밝혀지는 데 또 2, 3일이 걸릴 테고. 녀석은 결국 약물 과용으로 처리될 거라고 생각했어. 이미 전과가 있으니 안 될 것도 없잖아. 그런데 어떻게 됐어? 그 어린 녀석이 곧바로 시체가 있다고 신고해버렸지." 루크는 고개를 절레절레 저었다. 괴로운 표정이었다. "게다가 그 전화를 받은 사람은 또 누구야? 그 망할 놈의 시체랑 아는 사이였던 인간이잖아. 그 인간이 시체를 보자마자 신원을 알아내버렸어. 망할 놈의 베트남 땅굴에서 같이 있었던 친구라고. 어떻게 일이 그렇게 풀렸는지 나도 믿을 수가 없을 정도야. 네가 모든 걸 망쳤어, 보슈. 이젠 너의 그 한심한 목숨까지도…. 이봐, 내 말 듣고 있어?"

보슈는 자신의 머리가 들어올려지는 것을 느꼈다. 턱 밑에 총구가 닿았다.

"내 말 듣고 있냐고." 루크가 다시 말했다. 그러고는 총구로 보슈의 오른쪽 어깨를 쑤셨다. 통증이 충격파처럼 팔과 가슴을 타고 하반신까지 내려갔다. 보슈는 신음하며 헉 하고 숨을 들이쉬었다. 그러고는 왼손을 천천히 들어 올려 총을 향해 뻗었다. 하지만 거리가 충분하지 않았다. 그의 손에 잡힌 것은 허공뿐이었다. 그는 토기를 누르려고 침을 꿀꺽 삼켰다. 축축한 머리카락 속에 땀방울이 맺혔다.

"몸이 많이 안 좋은 모양인데." 루크가 말했다. "내가 손을 안 대도 될 것 같아. 우리 델가도가 널 제대로 맞힌 것 같은데."

통증 덕분에 보슈는 다시 정신을 차렸다. 통증이 맥박처럼 그의 몸을 훑고 지나가면서 그의 정신을 깨웠다. 하지만 그 효과가 길지 않아서 금방 다시 머릿속이 흐릿해지기 시작했다. 루크는 여전히 그를 향해 허리를 숙인 채였다. 보슈가 시선을 들어 보니 루크의 가슴과 허리에 천 조각들이 늘어져 있는 것이 보였다. 주머니였다. 루크가 점프슈트를 뒤집어 입은 것이다. 보슈의 머릿속에서 뭔가가 찰칵 하고 맞아 들어갔다. 저수지 굴 속으로 시체를 끌고 들어간 남자의 허리에서 빈 도구벨트를 보았다던 샤키의 말이 생각났다. 그 사람이 바로 루크였다. 그날 밤에도 점프슈트를 이렇게 뒤집어 입은 것이다. 등에 FBI라는 말이 적혀 있기 때문에. 이건 지금은 쓸데 없는 정보였지만, 보슈는 수수께끼가 하나 풀렸다는 사실이 그냥 기뻤다.

"왜 웃는 거야, 시체 주제에?" 루크가 물었다.

"시끄러."

루크가 발을 들어 보슈의 어깨를 찼다. 하지만 보슈는 이미 대비하고 있었기 때문에 왼손으로 그의 발꿈치를 붙잡아 위로 밀어버렸다. 그 바람에 루크의 다른 발이 미끄러운 물풀 위에서 미끄러졌다. 루크는 첨벙 소리를 내며 벌렁 드러누웠다. 하지만 보슈의 바람과는 달리 총을 떨어뜨리지 않았다. 이제 끝이었다. 더 이상 방법이 없었다. 보슈는 안 될 줄 알면서도 총을 붙잡아 보려고 했지만, 루크가 그의 손가락을 총구에서 쉽게 떼어내 그를 벽으로 밀쳐버렸다. 보슈는 한쪽 옆으로 몸을 기울이고 물속에 속을 게워냈다. 어깨에서 다시 피가 나기 시작해서 팔을 따라 흘러내리는 것이 느껴졌다. 이제 그의 도박은 끝났다. 더 이상 방법이 없었다.

루크가 일어섰다. 그는 보슈에게 다가오더니 그의 이마에 총구를 갖다 댔다. "메도우스 녀석은 만날 검은 메아리가 어쩌고 하면서 떠들어댔어. 헛소리 같으니. 자, 이제 네 차례야. 이걸로 끝이야."

"왜 죽은 거지?" 보슈가 속삭이듯 물었다. "메도우스 말이야. 왜?"

루크는 뒤로 물러나서 터널 좌우를 살핀 뒤 입을 열었다.

"이미 알잖아. 그 녀석은 거기서도 꼴통이었고, 여기서도 꼴통이었어. 결국 그래서 죽은 거야." 루크는 머릿속으로 기억을 더듬는 듯하더니 생각하기도 싫다는 듯 고개를 절레절레 저었다. "그놈만 빼고는 모든 게 완벽했어. 그놈이 팔찌를 몰래 감춘 거야. 금과 옥으로 만든 그 돌고래 팔찌."

루크는 터널의 어둠 속을 빤히 바라보았다. 아쉬운 표정이 얼굴을 스쳤다. "그것뿐이었는데…." 그가 말했다. "우리 계획이 성공하려면, 다들 우리가 성공할 거라고 철석같이 믿어야 했어. 그런데 메도우스는, 젠장… 안 그런 거야."

그는 고개를 절레절레 저었다. 죽은 메도우스한테 아직도 화가 나는 모양이었다. 그가 조용해진 그 순간에 보슈는 저 멀리 어디선가 발소리가 나는 것 같았다. 정말로 발소리가 난 건지, 아니면 발소리가 났으면 좋겠다는 마음에 착각한 건지는 알 수 없었다. 그는 물속에서 왼다리를 움직였다. 루크가 놀라서 방아쇠를 당길 정도는 아니었지만, 발소리를 가릴 만큼 물을 첨벙거릴 정도는 되었다.

"놈이 팔찌를 감췄다." 보슈가 말했다. "그게 다야?"

"그걸로 충분해." 루크가 성난 목소리로 말했다. "아무것도 시장에 나오면 안 된다고. 모르겠어? 그게 이번 계획의 백미였단 말이야. 아무것도 시장에 안 나오는 거. 우린 모든 걸 없애버릴 생각이었어. 다이아몬드만 남기고. 다이아몬드도 우리가 양쪽 일을 다 끝마칠 때까지는 갖고 있을 예정이었어. 그런데 그 멍청한 놈이 두 번째 일이 끝날 때까지 참지 못하고 싸구려 팔찌를 감춰뒀다가 약을 사려고 전당포에 맡긴 거야. 전당포 보고서에서 내가 그걸 발견했어. 그래, 웨스트랜드 일을 마친 다음에 우리가 LA 경찰국에 월간 전당포 목록을 보내달라고 했어. 우리도 확인을 해야겠다면서. 당신네 경찰국에서 전당포를 담당한 친구는 그 팔찌를 못 알아봤는데 나만 알아본 건, 내가 그 팔찌를 찾고 있었기 때문이야. 전당포 담당자들이 목록에서 살펴야 하는 건 한두 가지가 아니지. 나는 그것 하나만 찾으려고 했고. 우리 중에 누가 그걸 감췄다는 건 내가 이미 알고 있었어. 은행 금고실에서 도난당했다고 신고된 물건들 중에서 우리 수중에 없는 게 많기는 했지만, 그건 다 보험금을 타보려는 사기꾼들 수작이었지. 하지만 그 팔찌는 진짜였어. 그걸 잃어버린 노부인이… 울고 있었거든. 그 팔찌에 얽힌 남편과의 사연하며, 온갖 감상적인 얘기들…. 내가 그 부인을 직접 면담했어. 그래서 거짓말이 아니라는 걸 알았던 거야. 우리 일당 중에 누가 그 팔찌를 감췄다는 것도 알게 된 거고."

보슈는 루크가 계속 떠들게 해야겠다고 생각했다. 저놈이 계속 떠들면, 나는 여기서 걸어 나갈 수 있다. 걸어 나갈 수 있다. 누가 오고 있다. 내 팔이 욱신거린다. 그는 망상에 빠져 웃음을 터뜨렸다가, 그 서슬에 다시 토했다. 루크는 전혀 신경 쓰지 않고 말을 계속했다.

"난 처음부터 메도우스를 의심했어. 사람이 한 번 중독되면… 어떻게 되는지 너도 알지? 그래서 팔찌가 목록에 나타났을 때, 내가 제일 먼저 찾아간 게 그놈이었어."

루크는 이 말을 끝으로 잠잠해졌다. 보슈는 다리로 다시 물소리를 냈다. 물이 따뜻해진 것 같았다. 하지만 옆구리를 타고 흐르는 피는 차가웠다.

마침내 루크가 다시 입을 열었다. "그거 알아? 내가 지금 너한테 입을 맞춰야 하는지 아니면 죽여야 하는지 잘 모르겠어, 보슈. 너 때문에 우리가 수백만 달러를 손해 봤는데, 어쨌든 일당 중 세 명이 죽어버렸으니 은행에서 가져온 것 중에서 내 몫이 늘어났거든. 다 따져보면 난 아마 손해 본 게 전혀 없을걸."

보슈는 더 이상 깨어 있을 수 없을 것 같았다. 피곤하고 무기력해서 자포자기의 심정이었다. 긴장감은 전부 사라져버렸다. 이제는 손을 들어 찢어진 어깨를 때려도 전혀 아프지 않았다. 다시 아까처럼 정신을 차릴 수 없었다. 그는 다리 주위에서 서서히 움직이는 물만 멍하니 바라보았다. 물은 따뜻하고, 자기 몸은 차가운 것 같았다. 그대로 누워서 물을 담요처럼 끌어당겨 덮고 싶었다. 그 물속에서 잠들고 싶었다. 하지만 어디선가 그에게 조금만 더 버티라고 말하는 사람이 있었다. 그는 목을 움켜쥐고 있던 클락을 떠올렸다. 피. 그는 루크의 손에 들린 불빛을 바라보며 한 번 더 기운을 냈다.

"왜 이제야?" 그는 속삭이는 듯한 목소리로 물었다. "세월이 흘렀는데. 트란과 빈. 왜 이제야?"

"나도 몰라, 보슈. 그냥 가끔 뭔가가 저절로 나타날 때가 있잖아. 핼리 혜성처럼. 그게 72년 만에 한 번씩 찾아온다나, 뭐 그렇지? 우리도 그랬어. 그 두 놈이 다이아몬드를 이리로 가져오는 걸 내가 도왔지. 내가 전부 손을 써줬어. 그 대가로 후한 보수를 받았고, 그 뒤로는 한 번도 다른 생각을 한 적이 없어. 그런데 그 오래전에 뿌려진 씨앗이 어느 날 싹을 틔운 거야. 누구든 가져가는 사람이 임자인 것 같아서 우리가 가져간 거라고. 내가 가져갔어! 그게 내 대답이야."

흡족한 미소가 루크의 얼굴을 스치고 지나갔다. 그는 보슈의 얼굴 앞에 다시 총구를 들이댔다. 보슈가 할 수 있는 일이라고는 가만히 그를 바라보는 것뿐이었다.

"이제 시간이 없어, 보슈."

루크는 양손으로 총을 단단히 쥐고 발을 어깨너비로 벌렸다. 그 마지막 순간에 보슈는 눈을 감았다. 그리고 물 외에는 모든 것을 머릿속에서 몰아냈다. 물이 아주 따뜻했다. 담요처럼. 총성 두 발이 들렸다. 콘크리트 터널에 총소리가 천둥처럼 메아리쳤다. 보슈는 힘들게 눈을 떴다. 루크가 양손을 허공에 올린 채 반대편 벽에 기대어 있는 것이 보였다. 한 손에는 M－16, 다른 손에는 펜라이트가 들려 있었다. 총이 그의 손에서 떨어져 시끄러운 소리를 내며 물속으로 들어갔다. 펜라이트도 그 뒤를 따랐다. 아직 불이 켜진 전구가 수면을 들락날락했다. 펜라이트가 물살에 실려 천천히 떠가면서 터널 천장과 벽에 소용돌이무늬가 생겨났다.

루크는 한 마디도 하지 않았다. 그는 오른편을 빤히 바라보면서 천천히 벽을 따라 늘어지듯 주저앉았다. 오른편은 총소리가 들려온 방향이었다. 루크의 움직임을 따라 벽에 핏자국이 남았다. 희미한 불빛 속에서 그의 얼굴에 떠오른 놀라움과 눈빛에 깃든 결의가 보였다. 그는 이내 보슈와 마찬가지로 벽에 등을 기댄 채 앉아 있는 자세가 되었다. 물이 그의 다리 주위를 움직이고, 죽어버린 눈은 이제 어느 것도 바라보지 않았다.

보슈의 시야도 흐려졌다. 그는 물어보고 싶은 것이 있었지만, 머릿속에서 말이 만들어지지 않았다. 터널 안에 또 다른 불빛이 있었다. 사람의 목소리도 들리는 것 같았다. 어떤 여자의 목소리가 이제 괜찮다고 말하고 있었다. 엘리노어 위시의 얼굴이 흐릿하게 보이다 말다 하는 것 같았다. 그러다 모든 것이 칠흑 같은 어둠 속으로 사라졌다. 그가 마지막으로 본 것은 어둠뿐이었다.

8부.

5월 27일 일요일

보슈는 정글에 있는 꿈을 꾸었다. 메도우스도 있었다. 자신의 앨범에 있던 다른 병사들도 모두 있었다. 그들은 나뭇잎으로 위장한 참호 바닥에서 구멍을 둘러싸고 서 있었다. 머리 위 허공에는 저 멀리 하늘을 가리고 있는 울창한 나뭇잎까지 온통 회색 안개가 걸려 있었다. 바람 한 점 없고, 따뜻한 날씨였다. 보슈는 카메라로 동료 땅굴쥐들의 사진을 찍었다. 메도우스가 땅속으로 들어갈 예정이라고 했다. 푸른 하늘 밑에서 검은 어둠 속으로. 메도우스가 카메라를 통해 보슈를 바라보며 말했다. "약속을 잊지 마, 히에로니무스."

"히에로니머스라니까." 보슈가 말했다(Rhymes with anonymous, 원어 표기는 Hieronymus이지만 작품 속 해리 보슈는 계속 anonymous의 발음을 고집함. 이에 번역본에서는 히에로니무스가 아닌 히에로머스로 일괄 표기함-편집자 주).

그가 가지 말라고 말하기도 전에 메도우스는 구멍 속으로 뛰어들어 사라져버렸다. 보슈는 구멍가로 달려가서 아래를 내려다보았지만 아무것도 보이지 않았다. 칠흑 같은 어둠뿐이었다. 얼굴들이 시야에 들어왔다가 다시 어둠 속으로 사라졌다. 메도우스, 루크, 루이스, 클락의 얼굴이었다. 뒤에서 누군가의 목소리가 들렸다. 아는 목소리인데 얼굴이 떠오르지 않았다.

"해리, 정신 차려. 할 말이 있다고."

보슈의 어깨가 심하게 아파오기 시작했다. 팔꿈치부터 목까지 온통 웅신거렸다. 누군가가 그의 왼손을 가볍게 툭툭 치고 있었다. 보슈는 눈을 떴다. 제리 에드거가 있었다.

"그래, 그래야지." 에드거가 말했다. "시간이 별로 없어. 문을 지키는 녀석 말로는 놈들이 지금이라도 들이닥칠지 모른대. 게다가 자기는 이제 교대시간이 다 됐다고 했어. 높은 사람들이 자네를 찾아오기 전에 내가 자네랑 먼저 할 얘기가 있어서 온 거야. 마음 같아서는 어제 오고 싶었는데, 양복쟁이들이 너무 많아서…. 게다가 자네가 거의 하루 종일 의식이 없다는 얘기도 들었고."

보슈는 그냥 에드거를 빤히 바라보기만 했다.

"이런 일이 생기면 항상 기억나는 게 하나도 없다고 하는 게 최선이래." 에드거가 말했다. "놈들이 자기들 원하는 대로 알아서 정황을 꿰맞추게 해. 어차피 총을 맞았으니까, 자네가 기억이 안 난다고 해도 누가 거짓말이라고 몰아붙일 수는 없을 거야. 몸에 심한 상처가 생기면, 머리도 작동을 멈추는 법이니까 말이야. 내가 어디서 읽었어."

이제 보슈는 자신이 병원 입원실에 누워 있음을 깨닫고 주위를 둘러보기 시작했다. 꽃병 대여섯 개가 눈에 띄었고, 방 안에서 나는 달콤한 향내는 기분이 나쁠 정도로 지독했다. 보슈의 가슴과 허리에는 움직임을 막는 끈이 묶여 있었다.

"여긴 MLK야. 저, 의사들 말로는 깨끗이 나을 거래. 팔은 아직 좀 더 손을 봐야 하지만." 에드거가 목소리를 낮춰 속삭였다. "난 몰래 들어왔어. 간호사들이 교대시간인가 봐. 문 앞에 경찰관이 있는데, 윌셔 순찰대에서 온 녀석이야. 그 녀석이 날 들여보내줬어. 내가 부동산 일을 한다는 얘기를 어디서 들었는지, 자기도 집을 팔아야 한다는 거야. 그래서 내가 여기서 자네랑 5분만 이야기하게 해주면, 내가 그 친구 집을 좋은 조건으로 팔아주겠다고 했어."

보슈는 여전히 아무 말도 하지 않았다. 과연 자기가 말을 할 수 있을지도 확실치 않았다. 자신의 몸이 구름 위를 둥둥 떠다니는 것 같았다. 에드거의 말에 정신을 집중하기가 힘들었다. 좋은 조건이라니 무슨 뜻이지? 나는 왜 마틴 루서 킹-드루 메디컬센터에 있는 거야? 그가 기억하기로 자신은 비벌리힐스에 있었다. 터널 속에. 그렇다면 UCLA 병원이나 시더스 병원이 더 가까웠을 것이다.

"어쨌든…." 에드거가 계속 말을 이었다. "양복쟁이들이 들어와서 자네를 잡아먹으려고 들기 전에 자네한테 상황을 알려주려고 내가 온 거야. 루크는 죽었어. 루이스도 죽었고, 클락은 안 좋아. 기계 덕분에 연명하고 있어. 장기기증 때문에 그 친구를 살려뒀을 뿐이래. 장기를 누구한테 떼어 줄 건지 전부 결정되면 기계를 끌 거야. 그 못된 놈의 심장이며 눈 같은 걸 이식받는 사람은 기분이 어떨지 몰라. 어쨌든, 아까 말했듯이, 자네는 이번 일에서 무사히 빠져나올 수 있을 거야. 일단 팔이 그렇게 됐으니, 80퍼센트는 받을 수 있겠지. 무조건. 근무 중에 일어난 일이잖아. 그건 따 놓은 당상이야."

그는 보슈에게 미소를 지었지만, 보슈는 무표정한 얼굴로 그를 바라보기만 했다. 그러다 마침내 뭐라고 입을 열려고 했지만, 목구멍이 바짝 말라서 목소리가 갈라졌다.

"MLK?"

목소리가 조금 약했지만, 그만하면 괜찮았다. 에드거는 침대 옆 탁자의 물병에서 물을 한 잔 따라서 보슈에게 건네주었다. 보슈는 물을 마시기 위해 몸을 묶은 끈을 풀고 일어나 앉으려고 했지만, 금방 토기가 몰려왔다. 에드거는 눈치채지 못했다.

"여긴 총, 칼로 다친 사람들이 오는 데야. 조폭들이 차를 타고 지나가며 총질을 해대는 사건이 나면, 부상자들을 데려오는 데가 바로 여기라고. 총상 환자한테는 여기만큼 좋은 데가 없어. 적어도 UCLA의 여피 의사들보다는 나아. 여기는 군의관들을 훈련시키는 데거든. 전쟁터에서 입는 부상을 치료하는 법을 가르친단 말이야. 그래서 자네를 헬리콥터에 태워서 이리로 데려왔어."

"지금 몇 시야?"

"7시 조금 넘었어. 일요일 아침. 하루를 꼬박 누워 있었던 거지."

보슈는 위시를 떠올렸다. 마지막 순간에 터널 안에 나타났던 사람이 그녀일까? 뭐가 어떻게 된 거지? 에드거는 그의 마음을 읽은 모양이었다. 요즘은 누구나 다 그의 마음을 읽는 것 같았다.

"자네 파트너 아가씨는 괜찮아. 자네랑 그 아가씨가 지금 완전 영웅이 됐지."

영웅이라. 보슈는 잠시 생각에 잠겼다. 에드거가 말했다. "난 이제 그만 가봐야 돼. 내가 자네를 먼저 만난 걸 그 사람들이 알면, 난 뉴턴으로 밀려날 거야."

보슈는 고개를 끄덕였다. 대부분의 경찰관들은 뉴턴 경찰서로 가는 걸 꺼리지 않았다. 사격장이라는 별명이 있는 뉴턴에서는 쉬지 않고 일이 터졌다. 하지만 제리 에드거는 경찰이라기보다 부동산 중개인이었다.

"누가 오는데?"

"만날 오는 사람들이겠지. 내사과. 경찰관이 관련된 총격사건을 조사하는 팀. FBI도 나섰고, 비벌리힐스 경찰서도 나섰어. 저 아래에서 무슨 일이 벌어진 건지 다들 아직 확실히 모르는 것 같아. 상황을 말해줄 사람이라고는 자네랑 위시뿐이지. 그러니까 아마 자네들 두 사람 얘기가 일치하는지 확인하려고 들 거야. 그래서 내가 자네한테 아무것도 기억 안 난다고 말하라고 하는 거고. 자네는 총에 맞았잖아. 부상당한 경찰관이라고. 임무 수행 중에. 그러니까 당시 상황을 기억하지 못하는 건 자네 권리야."

"자네는 상황에 대해 뭘 얼마나 아는데?"

"경찰국이 아무 말도 안 해줘서 몰라. 돌아다니는 얘기도 없어. 내가 소식을 듣고 현장에 나갔더니 파운즈가 벌써 와 있더라고. 그런데 날 보고는 돌아가라고 하는 거야. 망할 놈의 98 같으니. 나한테 한 마디도 안 해줬어. 그러니 나야 신문에 난 얘기밖에 모르지. 언제나 신문이 떠들어대는 헛소리. 어젯밤 TV 뉴스를 보니까 그 친구들도 아무것도 모르더라고. 오늘 아침에 나온 〈LA 타임스〉 기사도 비슷하고. 경찰국이랑 FBI가 모든 사람을 용감한 병사로 만들기로 의기투합한 모양이야."

"모든 사람?"

"그래. 루크, 루이스, 클락, 전부 임무 수행 중에 쓰러졌다는 거지."

"위시가 그렇게 진술한 거야?"

"아니. 그 여자 이름은 기사에 안 나왔어. 그러니까, 말이 인용되지 않았다고. 아마 조사가 끝날 때까지 그 여자를 감춰둘 생각인 것 같아."

"공식적인 발표 내용은 뭐야?"

"〈LA 타임스〉 기사에는 루이스, 클락, 그리고 자네가 FBI 감시팀의 일원으로 금고실에 가 있었다고 경찰국이 발표한 걸로 돼 있어. 나야 그게 거짓말인 걸 알지. 그 광대 같은 녀석들이 작전 지역으로 다가오는 걸 자네가 가만 뒀을 리가 없으니까. 게다가 그 녀석들은 내사과 소속이잖아. 내가 보기에는 〈LA 타임스〉도 뭔가 구린 냄새가 난다고 생각하는 것 같아. 자네랑 아는 사이인 그 브레머라는 친구가 어제 나한테 전화해서 뭐 들은 얘기가 없냐고 묻더라고. 나야 아무 말도 안 했지. 이번 사건으로 내 이름이 신문에 나면, 난 뉴턴보다 더한 데로 밀려날 거야. 그런 데가 있는지는 모르겠지만."

"그래." 보슈는 에드거에게서 시선을 돌렸다. 그리고 곧바로 기분이 우울해졌다. 팔이 아까보다 훨씬 더 심하게 욱신거리는 것 같았다.

"이봐, 해리." 에드거가 30초쯤 가만히 있다가 말했다. "이제 난 가봐야 돼. 그자들이 언제 올지는 모르지만, 반드시 올 거야. 몸조심하고, 내가 말한 대로 해. 기억상실증 행세를 하라고. 그러고는 임무수행 중 80퍼센트 장애를 입었다는 판정을 받아서 그냥 내빼는 거야."

에드거는 손가락으로 자신의 관자놀이를 가리키며 고개를 끄덕였다. 보슈가 멍하니 고개를 마주 끄덕여주자 에드거는 방을 나갔다. 문 밖의 의자에 제복 경찰관이 앉아 있는 것이 보였다.

얼마 뒤 보슈는 침대 난간에 부착된 전화기를 집어 들었다. 하지만 신호음이 들리지 않아서 간호사 호출 벨을 눌렀다. 몇 분 뒤 간호사가 들어와서 LA 경찰국의 지시로 전화선을 차단했다고 말해주었다. 보슈는 신문을 가져다 달라고 했지만, 간호사는 고개를 저었다. 이유는 같았다.

보슈는 더욱 더 침울해졌다. LA 경찰국과 FBI가 터널 안에서 벌어진 일 때문에 언론을 대하는 데 심한 곤란을 겪고 있다는 건 그도 알고 있었다. 하지만 아무리 생각해도 그 사건을 은폐할 길은 없었다. 관련된 기관이 너무 많고, 관련자도 너무 많았다. 그러니 결코 비밀을 지킬 수 없을 것이다. 그걸 은폐하려 하다니, 다들 정말로 그렇게 멍청한 걸까?

보슈는 가슴에 묶인 끈을 느슨하게 풀고 일어나 앉으려고 했다. 어지럼증이 몰려오고, 팔도 비명을 질러댔다. 구역질을 참을 수가 없어서 침대 옆 탁자의 스테인리스 그릇을 향해 손을 뻗었다. 하지만 토기가 가라앉았다. 전날 아침 터널 안에서 루크와 함께 있을 때의 기억이 하나둘씩 되살아나기 시작했다. 루크의 말이 조각조각 기억났다. 보슈는 자기가 이미 알고 있던 것과 루크의 말을 듣고 새로 알게 된 사실들을 꿰어 맞추려고 했다. 그러다 보니 다이아몬드의 행방이 궁금해졌다. 놈들이 웨스트랜드 은행에서 훔쳐서 숨겨둔 다이아몬드. 그게 발견됐을까?

어디서? 그는 이번 사건의 치밀한 범죄계획에는 감탄하고 있었지만, 그 계획을 짠 루크에게는 결코 감탄할 수 없었다.

구름이 해를 가리는 것처럼 피로가 자신의 몸을 점령하는 것이 느껴졌다. 그는 다시 털썩 드러누웠다. 스르르 잠이 들기 직전에 그가 마지막으로 떠올린 것은 루크가 터널 안에서 했던 말이었다. 메도우스, 프랭클링, 델가도가 죽었기 때문에 자기 몫이 커졌다는 말. 그 순간 보슈는 그 말의 진정한 의미를 깨달았다. 하지만 그는 메도우스가 뛰어들었던, 정글의 그 검은 구멍 속으로 스르르 미끄러지는 중이었다.

문병객을 위해 마련된 의자에 앉은 사람은 800달러짜리 줄무늬 양복 차림이었다. 커프스단추는 금이었고, 새끼손가락에 낀 반지는 얼룩마노였다. 하지만 그가 정체를 감추려고 일부러 그렇게 차려입은 건 아니었다.

"내사과, 맞죠?" 보슈는 이렇게 묻고 나서 하품을 했다. "꿈을 꾸다 깨어보니 악몽이 기다리고 있었군."

남자는 화들짝 놀랐다. 보슈가 눈을 뜨는 걸 미처 보지 못한 탓이었다. 그는 벌떡 일어나서 한 마디 말도 없이 병실을 나갔다. 보슈는 다시 하품을 한 뒤 시계를 찾으려고 두리번거렸다. 시계는 없었다. 그는 다시 가슴 벨트를 풀고 일어나 앉으려고 했다. 이번에는 상태가 훨씬 좋았다. 현기증이 몰려오지도 않고, 속이 메스껍지도 않았다. 그는 창틀과 책상 위의 꽃들을 바라보았다. 자기가 자는 동안 꽃이 더 늘어난 것 같기도 했다. 혹시 위시가 가져온 꽃도 있는지 궁금했다. 혹시 위시가 그를 보려고 잠깐 들렀던 게 아닐까? 아니, 윗사람들이 그걸 허락했을 것 같지 않았다.

1분쯤 지난 뒤 줄무늬 양복이 녹음기를 들고 다시 들어왔다. 다른 양복쟁이 네 명이 그 뒤를 줄줄이 따르고 있었다. 그 중 한 명은 LA 경찰국의 경찰관 총격사건 팀의 빌 헤일리 팀장이고, 다른 한 명은 내사과의 어빈 어빙 차장이었다. 나머지 두 명은 FBI에서 나온 사람들인 것 같았다.

"이렇게 많은 양복쟁이들이 날 기다리는 걸 알았다면, 자명종을 맞춰뒀을 텐데요." 보슈가 말했다. "그런데 여기 사람들이 나한테 자명종도 안 주고, 전화선도 차단해버리고, TV나 신문도 안 줘서 말이죠."

"보슈, 내가 누군지는 알겠지." 어빙이 이렇게 말하고 나서 손으로 다른 사람들을 가리켰다. "헤일리도 알 거고. 이쪽은 스톤 요원과 폴섬 요원이야. FBI."

어빙은 줄무늬 양복을 바라보며 침대 옆 탁자를 고갯짓으로 가리켰다. 줄무늬 양복이 앞으로 나서서 녹음기를 탁자에 놓고, 녹음 버튼에 손가락을 댄 자세로 어빙을 돌아보았다. 보슈가 그를 바라보며 말했다. "댁은 소개할 필요도 없는 사람이오?"

줄무늬 양복은 그를 무시했다. 다른 사람들도 마찬가지였다.

"보슈, 일을 빨리 마치고 싶군. 자네 특유의 유머도 사양이야." 어빙이 말했다. 그는 우람한 턱 근육에 힘을 주더니 줄무늬 양복에게 고개를 끄덕였다. 녹음기가 돌아가기 시작했다. 어빙은 건조한 목소리로 날짜, 요일, 시각을 말했다. 오전 11시 30분이었다. 보슈가 겨우 몇 시간밖에 자지 못했다는 뜻이었다. 하지만 아까 에드거가 찾아왔을 때보다 한결 힘이 나는 것 같았다.

어빙은 방 안에 있는 사람들의 이름을 차례로 말했다. 이번에는 줄무늬 양복의 이름도 빼먹지 않았다. 클리포드 갤빈 주니어. 주니어만 빼면, 경찰국에 있는 수많은 차장들 중 한 명의 이름과 같았다. 이 주니어라는 친구는 어빙의 보호와 훈련을 받으며 출세가도를 달리고 있는 것 같았다.

"중요한 것부터 시작하지." 어빙이 말했다. "보슈 형사, 먼저 자네가 이번 수사에 참여한 순간부터 하나도 빼먹지 말고 자세히 이야기해봐."

"한 이틀쯤 걸려도 됩니까?"

어빙이 녹음기로 다가가 일시정지 버튼을 눌렀다.

"보슈, 자네가 똑똑하다는 건 우리 모두 알고 있지만 오늘은 그런 소리를 들을 생각이 없어. 내가 테이프를 멈추는 건 이번 한 번뿐이야. 한 번 더 이런 일이 생긴다면, 자네는 화요일 아침까지 배지를 반납해야 할 거야. 원래는 내일까지 반납해야겠지만, 내일이 휴일이라서 말이야. 게다가 근무 중 부상자가 받는 연금은 아예 생각도 말아야겠지. 자네가 아무것도 못 받게 내가 손을 쓸 거니까."

어빙은 퇴직하는 경찰관이 배지를 가져가는 걸 금하는 경찰국의 관행을 이야기하고 있었다. 경찰국장도 시의회도 전직 경찰관이 배지를 들고 시내를 돌아다니는 걸 좋아하지 않았다. 경찰 배지를 앞세운 불법 수색, 무전취식…. 이런 스캔들이 일어날 것은 불을 보듯 뻔한 일이었다. 그래서 퇴직하면서 배지를 가져가고 싶어하는 경찰관에게는 투명한 합성수지 안에 배지를 넣어주었다. 한 면의 길이가 대략 30센티미터쯤 되는 정사각형이라 주머니에 넣기에는 너무 컸다. 게다가 거기에는 배지뿐만 아니라 장식용 시계도 함께 달려 있었다.

어빙이 고개를 끄덕이자 주니어가 다시 녹음 버튼을 눌렀다. 보슈는 전에 그랬던 것처럼 이번에도 자초지종을 모조리 털어놓았다. 그가 말을 멈춘 것은 주니어가 테이프를 뒤집을 때뿐이었다. 양복쟁이들이 가끔 그에게 질문을 던지기도 했지만, 대개는 그가 말을 계속하게 내버려두었다. 어빙은 보슈에게 말리부 부두에서 바다로 던진 게 무엇이냐고 물었다. 보슈는 처음에는 그게 무슨 소리인지 알아듣지 못했다. 메모를 하는 사람은 하나도 없었다. 다들 그냥 그를 지켜보기만 했다. 한 시간 반 만에 그의 이야기가 끝났다. 어빙이 주니어를 바라보며 고개를 끄덕였다. 주니어가 테이프를 멈췄다.

더 이상 질문이 나오지 않자, 이번에는 보슈가 질문을 던졌다.

"루크의 집에서는 뭐가 좀 나왔습니까?"

"그건 자네가 상관할 일이 아니야." 어빙이 말했다.

"상관이 없긴 왜 없습니까? 살인사건 수사와 관련된 일인데요. 루크가 살인범이었습니다. 그자가 나한테 시인했어요."

"자네가 수사하던 사건은 다른 사람이 맡았어."

보슈는 아무 말도 하지 않았다. 분노가 목구멍을 비집고 치밀어 올랐다. 방 안을 둘러보니 다른 사람들은 모두 그와 눈을 마주치지 않으려고 했다. 주니어도 마찬가지였다.

어빙이 말했다. "이제부터 나는 동료 경찰관이 임무 수행 중에 목숨을 잃었다고 떠들러 가야 돼. 하지만 그 전에 사실을 확실히 파악해야겠어. 그 사실들을 뒷받침하는 증거가 있는지도 확인해야 하고. 훌륭한 경찰관들에 대해 공연히 이런저런 소문이 돌면 곤란하잖아?"

보슈는 더 이상 참을 수 없었다.

"당신 뜻대로 할 수 있을 것 같아요? 당신이 보낸 그 두 얼간이는 어쩌고요? 그 인간들이 왜 그 자리에 있었는지 어떻게 설명할 겁니까? 처음에는 그놈들이 내 전화기에 도청장치를 심더니, 나중에는 잠복근무 현장에 멍청하게 들어와서는 총에 맞다니. 그런데 그놈들을 영웅으로 만들고 싶다고요? 이게 무슨 농담인 줄 알아요?"

"보슈 형사, 두 사람이 거기 있었던 이유는 이미 해명했어. 자네가 걱정할 일도 아니고. 경찰국이나 연방수사국의 공식발표를 반박하는 것 역시 자네 역할은 아냐. 이건 명령이야. 만약 자네가 이번 일과 관련해서 언론에 뭐라고 떠벌이기만 하면, 로스앤젤레스 경찰국 형사로서는 마지막이 될 거야."

이제는 보슈가 그들을 차마 바라볼 수 없었다. 그는 탁자에 놓인 꽃들을 빤히 바라보며 말했다. "그럼 왜 내 진술을 녹음하는 겁니까? 이렇게 양복쟁이들을 잔뜩 데려온 이유는 또 뭐고요? 진실을 알고 싶지 않다면 이럴 이유가 없잖아요?"

"우린 진실을 원해. 우리가 대외적으로 발표하기로 한 이야기와 진실을 혼동하면 안 되지. 하지만 대중이 보지 않는 곳에서 우리가 자네의 수사를 완결해서 적절한 조치를 취할 거라고 내가 보장하고, 연방수사국이 보장할 거야."

"정말 한심한 얘기군요."

"그건 자네도 마찬가지야. 자네도." 어빙은 침대 위로 허리를 숙여 시큼한 입 냄새가 느껴질 만큼 보슈에게 얼굴을 가까이 들이댔다. "지금은 자네가 자신의 미래를 직접 결정할 수 있는 드문 순간이야, 보슈 형사. 자네가 제대로만 해낸다면, 본청 강력계로 돌아갈 수 있을지도 모르지. 아니면 여기 수화기를 들고…. 그래, 내가 간호사한테 말해서 전화를 연결하라고 할 거야. 그 전화기로 그 신문사인지 뭔지 하는 곳에 있는 친구한테 전화를 해도 돼. 그랬다가는 그쪽 친구들한테 전직 살인전담반 형사가 할 만한 일을 구해달라고 부탁해야 하는 신세가 되겠지만."

이 말을 끝으로 어빙 일행은 방을 나갔다. 병실에는 분노한 보슈만 혼자 남았다. 그는 일어나 앉아서 다치지 않은 팔로 침대 옆 탁자의 데이지 꽃병을 후려치려고 했다. 그런데 바로 그때 문이 열리더니 어빙이 다시 들어왔다. 혼자였다. 녹음기도 없었다.

"보슈 형사, 이건 비공식적인 일이야. 다른 친구들한테는 내가 자네한테 이걸 주는 걸 깜박했다고 말해뒀어."

그는 겉옷 주머니에서 카드를 한 장 꺼내서 창틀에 똑바로 세웠다. 카드 앞면에 제복 단추를 배꼽까지 열어둔 풍만한 여자 경찰관 그림이 있었다. 여자는 더 이상 기다릴 수 없다는 표정으로 야경봉을 손바닥에 탁탁 두드리고 있었다. 그녀의 입에서 뻗어 나온 말풍선에는 '빨리 회복하지 않으면…'이라고 적혀 있었다. 보슈가 그다음 말을 알아내려면 카드 안쪽을 읽어봐야 할 것 같았다.

"사실은 깜박한 게 아냐. 그냥 자네랑 단둘이 할 얘기가 있어서 그런 거지." 어빙은 보슈가 고개를 끄덕일 때까지 침대 발치에 가만히 서 있었다. "자네는 실력이 좋은 형사야. 그건 누구나 알지. 하지만 그렇다고 해서 자네가 훌륭한 경찰관이라는 뜻은 아냐. 자넨 경찰 가족의 일원이 되는 걸 거부하고 있잖아. 그건 좋지 않아. 어쨌든 난 경찰국을 보호해야 돼. 나한테는 그게 세상에서 가장 중요한 일이야. 그런데 그 일을 해내는 최선의 방법 중 하나가 바로 여론을 조종하는 거야. 모든 사람이 좋아할 얘기를 하는 거지. 그러니까 경찰국을 보호하기 위해 듣기 좋은 소리를 적은 보도자료를 내고, 시장과 텔레비전 카메라와 온갖 고관들을 불러서 죽은 경찰관들을 위한 거창한 장례식을 치러야 한다면 그렇게 해야지. 멍청한 경찰관 두 명이 실수를 저질렀다는 사실보다는 경찰국을 보호하는 게 더 중요하니까. 연방수사국도 마찬가지야. 그 친구들은 혹시라도 루크 때문에 공개적으로 자책을 해야 하는 일이 생긴다면, 자네를 먼저 박살내려고 들 거야. 그러니까 자네가 다른 사람들하고 잘 지내려면 대세를 따라야 돼. 그게 제일 중요한 법칙이야."

"헛소리 마세요."

"헛소리라니. 자네도 속으로는 다 아는 얘기잖아. 하나만 물어보지. 루이스와 클락이 인형사 총격사건 수사에서 빠진 이유가 뭐였을 것 같아? 누가 그 두 사람을 불러들였을 것 같아?"

보슈가 아무 말도 하지 않자, 어빙은 고개를 끄덕였다. "이제 알겠지? 그때 우린 결단을 내려야 했어. 우리 형사 한 명이 결국 형사범으로 기소되게 할 건지, 아니면 조용히 좌천시키는 선에서 끝낼 건지." 어빙은 여운을 남긴 채 잠시 가만히 있다가 말을 이었다. "하나 더 있어. 루이스와 클락이 지난 주에 날 찾아와서 자네한테 무슨 일을 당했는지 말하더군. 나무에 수갑으로 묶었다면서? 너무 잔인했어. 그런데 그 두 놈은 미식축구 팀하고 미팅을 한 고등학교 치어리더처럼 좋아하더라고. 이제 확실히 자네를 잡아넣을 수 있게 됐다면서 곧장 서류를 제출하려고 했어. 그놈들은…."

"그 녀석들이 제 약점을 잡았다지만, 저도 그 친구들 약점을 잡고 있었습니다."

"아냐. 내가 지금 그 얘기를 하려는 거야. 그놈들이 전화기에 도청장치가 있었다는 얘기를 하더군. 자네한테서 들었다면서. 자네는 그놈들이 도청장치를 설치한 줄 알았겠지만, 아냐. 내가 확인해봤어. 그러니까 그놈들이 자네를 확실히 잡은 거야."

"그럼 누가…." 보슈는 말을 멈췄다. 이미 답을 알고 있기 때문이었다.

"내가 그놈들한테 며칠만 참으라고 했어. 무슨 일이 벌어지는지 일단 지켜보라고. 뭔가 일이 벌어지고 있는 것 같으니까. 그 두 놈은 자네 일이라면 항상 내 말도 잘 안 들었어. 그래서 내 명령을 어기고 그 에이버리라는 친구를 설득해서 금고실로 간 거야. 결국 그 대가를 치렀지."

"그럼 FBI는 어때요? 그쪽에서는 도청장치에 대해 뭐라고 합니까?"

"나야 모르지. 물어보지도 않을 거고. 내가 물어보더라도, 그쪽에서는 금시초문이라고 할 텐데. 자네도 알잖아."

보슈는 고개를 끄덕였다. 이제 어빙과 함께 있기가 싫어졌다. 떠올리고 싶지 않은 생각이 그의 머릿속으로 밀고 들어오고 있었다. 그는 어빙에게서 창문으로 시선을 돌렸다. 어빙은 무슨 행동을 하기 전에 경찰국을 먼저 생각하라고 한 번 더 말한 뒤 방을 나갔다. 어빙이 정말로 가버렸음이 확실해지자 보슈는 왼팔을 채찍처럼 휘둘러서 데이지 꽃병을 방구석으로 팽개쳐버렸다. 플라스틱 꽃병이라 깨지지는 않았다. 물과 꽃이 바닥에 흩어졌을 뿐이었다. 갤빈 주니어의 족제비 같은 얼굴이 잠시 안을 들여다보더니 다시 사라졌다. 그는 아무 말도 하지 않았지만, 보슈는 내사과 소속인 갤빈 주니어가 복도에 배치되어 있음을 확인할 수 있었다. 보슈를 보호하려는 걸까? 아니면 경찰국을 보호하려고? 어느 쪽인지는 알 수 없었다. 이젠 어느 것도 확신할 수 없었다.

보슈는 병원 식사에 손도 대지 않은 채 쟁반을 밀쳤다. 쟁반에는 그레이비소스를 뿌린 칠면조 고기, 옥수수, 참마, 원래는 부드러워야 하지만 딱딱하게 굳어버린 롤빵, 크림을 바른 딸기 쇼트케이크가 있었다.

"그걸 먹으면 여기서 절대 못 나갈지도 몰라요."

보슈는 시선을 들었다. 위시였다. 그녀가 열린 문간에 서서 미소를 짓고 있었다. 그도 마주 미소를 지었다. 자기도 모르게 저절로 미소가 지어졌다.

"나도 알아요."

"몸은 좀 어때요, 해리?"

"괜찮아요. 괜찮아질 거예요. 앞으로 턱걸이는 못하게 될지도 못하지만, 그걸로 죽지는 않을 테니까. 당신은 어때요, 엘리노어?"

"나도 괜찮아요." 그녀의 미소가 그의 마음을 녹였다. "오늘 많이 시달렸어요?"

"그럼요. 아주 녹신녹신하게 밟혔죠. 우리 훌륭한 경찰국에서도 가장 뛰어난 사람들과 당신 친구들 두어 명이 와서 아침 내내 날 달아맸어요. 의자는 이쪽 편에 있어요."

위시는 침대를 빙 둘러 반대편으로 왔지만, 의자 옆에 그냥 선 채로 주위를 둘러보더니 이마를 살짝 찌푸렸다. 마치 이 방을 전부터 잘 알고 있기 때문에, 지금 뭔가가 잘못되어 있는 걸 알아차린 사람 같았다.

"나도 당했어요. 어젯밤에. 자기들이 당신이랑 얘기를 나누기 전에는 내가 당신을 만나러 오는 것도 안 된다고 하더라고요. 명령이라면서. 우리가 미리 말을 맞출까 봐 그랬겠죠. 그래도 우리 얘기가 제법 맞아 떨어졌나봐요. 적어도 오늘 그 사람들이 당신과 이야기를 나눈 뒤에 내가 여기 오는 걸 막지는 않았으니까요. 이제 다 끝났다고 하던데요."

"다이아몬드는 찾았대요?"

"그런 얘긴 못 들었어요. 하기야 이제는 나한테 자세한 이야기를 해주지 않으니까요. 오늘 그 사건에 두 팀을 할당했는데, 난 제외됐어요. 사건이 가라앉고, 총격팀 수사가 끝날 때까지는 내근이래요. 수사팀은 아마 아직도 루크의 집을 수색하고 있을걸요."

"트란과 빈은 어때요? 협조하고 있어요?"

"아뇨. 한 마디도 안 하고 있어요. 심문에 참여했던 친구한테서 들은 얘기예요. 다이아몬드에 대해서는 아무것도 모른다고 잡아떼더래요. 아마 자기들 나름대로 사람을 모으고 있겠죠. 자기들도 보물사냥에 나서려고."

"그 보물이 어디 있을 것 같아요?"

"그거야 모르죠. 이번 일은 정말이지 처음부터 끝까지 굉장해요. 이젠 뭐가 어떻게 돌아가는 건지 나도 모르겠어요."

이건 보슈에 대한 감정 역시 잘 모르겠다는 뜻이었다. 그는 아무 말도 하지 않았다. 그렇게 얼마가 지나자 침묵이 불편해졌다.

"어떻게 된 거예요, 엘리노어? 어빙 말로는 루이스와 클락이 중간에 에이버리를 가로챘다고 하던데. 내가 아는 건 그게 전부예요. 어떻게 된 건지 모르겠어요."

"우리가 밤새 금고실을 감시하는 걸 그 사람들이 지켜봤어요. 그러다가 우리가 범인들을 위해 파수를 보고 있다는 생각을 하게 된 모양이에요. 그 사람들처럼 상대가 부패했다는 가정에서부터 출발하면, 누구나 같은 결론에 이르게 될지도 모르죠. 어쨌든 그래서 당신이 에이버리와 제복 경찰관 두 명을 돌려보내는 것을 보고 당신의 속셈을 다 파악했다고 생각한 거예요. 그 사람들은 달링스에서 에이버리를 만났고, 에이버리는 당신이 전날에도 찾아 왔다는 얘기, 1주일 내내 경보가 울렸다는 얘기를 해줬어요. 당신이 금고실 문을 열지 않으려고 했다는 얘기도 흘렸고요."

"두 사람은 그 얘기를 듣고 에이버리한테 '그럼 당신이 금고실을 열 수 있다는 뜻이냐?'고 물었겠군요. 그래서 에이버리랑 같이 몰래 금고실로 돌아왔고요."

"맞아요. 자기들이 영웅이 될 줄 알았겠죠. 부패한 경찰과 도둑놈을 한꺼번에 잡게 될 테니까요. 계획이야 좋았지만, 결국 대가를 치렀잖아요."

"멍청한 자식들."

"멍청한 자식들."

다시 침묵이 흘렀다. 하지만 위시는 침묵이 자리를 잡게 가만히 내버려두지 않았다.

"그냥 당신이 어떻게 하고 있나 보러 온 거예요."

보슈는 고개를 끄덕였다.

"그리고… 그리고 할 말이…."

이제 나오는군. 보슈는 속으로 생각했다. 작별인사.

"…사표를 내기로 했어요. FBI를 그만둘 거예요."

"그럼… 앞으로 뭘 하려고요?"

"몰라요. 어쨌든 여길 그만둘 거예요, 해리. 돈이 조금 있으니까 한동안 여행이나 좀 하면서 내가 하고 싶은 일이 뭔지 찾아봐야죠."

"엘리노어, 왜요?"

"글쎄요…. 나도 설명하기 힘들어요. 하지만 지금까지 있었던 그 모든 일… 내 직업이 지겨워졌어요. 게다가 그런 일이 있었는데 사무실로 돌아가서 다시 일을 할 수 있을 것 같지 않아요."

"그럼 나중에 LA로 돌아올 거예요?"

위시는 자기 손을 내려다보다가 다시 방을 한 번 둘러보았다.

"모르겠어요. 해리, 미안해요. 마치… 뭐랄까, 지금은 머릿속이 아주 혼란스러워요."

"왜요?"

"모르겠어요. 우리 일에 대해서도 그렇고, 이번에 있었던 일도 그렇고, 모든 게 그래요."

침묵이 다시 방 안을 가득 채웠다. 침묵의 무게가 너무 커서 보슈는 간호사나 아니면 하다못해 갤빈 주니어라도 방 안으로 고개를 내밀고 안부를 물어봐주었으면 좋겠다는 생각이 들었다. 담배 생각도 간절했다. 그는 담배가 생각난 것이 오늘 처음임을 깨달았다. 위시는 이제 자기 발을 내려다보고 있었다. 보슈는 손도 대지 않은 음식을 바라보다가 롤빵을 들어 야구공처럼 위로 던졌다 받기를 반복했다. 얼마 뒤 위시의 시선이 세 번째로 방 안을 둘러보았다. 그녀가 뭘 찾고 있는 건지는 몰라도, 원하는 것이 눈에 띄지 않는 것 같은 표정이었다.

"내가 보낸 꽃, 못 받았어요?"

"꽃이요?"

"네. 데이지를 보냈는데. 당신 집 아래쪽 언덕에도 데이지가 있잖아요. 그런데 데이지가 안 보이네요."

데이지라. 보슈는 자신이 아까 벽으로 날려버린 꽃병을 떠올렸다. 망할 놈의 담배는 도대체 어디 있는 거야. 그는 고함이라도 지르고 싶은 심정이었다.

"아마 나중에 오겠죠. 여기서는 배달이 하루에 한 번뿐이거든요."

위시는 미간을 찌푸렸다.

보슈가 말했다. "우리가 두 번째 금고실을 찾아낼 걸 루크가 미리 알고 처음부터 지켜보고 있었다면, 트란이 금고실로 들어가서 맡긴 물건을 찾아 나오는 걸 우리가 지켜보고 있다는 걸 루크가 다 알고 있었다면, 왜 자기 일당을 미리 빼내지 않았을까요? 이번 일에서 가장 마음에 걸리는 게 그 점이에요. 루크는 왜 작전을 계속 진행했을까요?"

위시는 천천히 고개를 저었다. "모르죠. 어쩌면… 글쎄요, 나도 생각을 해봤는데, 어쩌면 자기 일당이 우리한테 당하기를 바랐던 건지도 몰라요. 자기 일당이 어떤 사람들인지 알고 있었으니까, 그 사람들이 총격전 와중에 죽으면 자기가 웨스트랜드 금고에서 가져온 다이아몬드를 몽땅 차지할 수 있을 거라고 생각했겠죠."

"그렇긴 한데, 내가 오늘 하루 종일 기억을 더듬어봤어요. 우리가 거기 지하에 있을 때 있었던 일에 대해서. 기억이 점점 돌아오고 있거든요. 그런데 루크는 다이아몬드를 몽땅 차지할 거라는 말을 하지 않았어요. 메도우스를 포함해서 세 명이 죽었기 때문에 자기 몫이 커졌다는 말을 했을 뿐이에요. 여전히 '몫'이라는 단어를 썼다고요. 아직도 그걸 누군가와 나눠 가져야 하는 것처럼."

위시는 눈썹을 올렸다. "그럴지도 모르죠. 하지만 그냥 표현을 그렇게 했을 수도 있어요, 해리."

"그럴지도 모르죠."

"이제 가봐야겠어요. 앞으로 여기 얼마나 더 있어야 한대요?"

"아직 아무 말도 못 들었어요. 하지만 내일 내가 그냥 나가겠다고 할 거예요. 퇴역군인 묘지에서 열리는 메도우스의 장례식에 갈까 해요."

"현충일에 열리는 장례식이라. 딱 어울리는 것 같네요."

"나랑 같이 갈래요?"

"으음, 아뇨. 난 이제 메도우스 씨 일에는 전혀 관여하고 싶지 않아요…. 하지만 내일 출근은 할 거예요. 책상도 치우고, 내가 맡은 사건들에 관한 현황 보고서도 써서 다른 요원들한테 넘겨줘야 하니까요. 마음이 내키면 들르세요. 예전처럼 신선한 커피를 만들어드릴게요. 하지만 병원에서 당신을 그렇게 빨리 퇴원시키지는 않을 걸요. 총상을 입은 환자잖아요. 당신은 쉬어야 돼요. 상처가 어느 정도 치유될 때까지."

"그렇죠." 보슈가 말했다. 방금 그녀의 말이 작별인사라는 것을 그는 알고 있었다.

"그럼 그만 갈게요. 혹시 또 보게 되면 봐요."

위시는 허리를 숙여 보슈에게 작별인사로 입을 맞췄다. 두 사람 사이의 모든 일이 끝났음을 알리는 작별의 키스였다. 그는 그녀가 거의 문까지 다 갔을 때야 비로소 눈을 떴다.

"마지막으로 한 가지만 물을게요." 보슈가 말했다. 위시는 문 앞에서 돌아서서 보슈를 바라보았다. "날 어떻게 찾았어요, 엘리노어? 터널 안에서 루크와 같이 있을 때 말이에요."

위시는 잠시 머뭇거리며 또 눈썹을 올렸다.

"글쎄요, 난 핸런과 같이 내려갔어요. 그리고 범인들이 손으로 판 굴을 벗어난 뒤에 핸런과 갈라졌죠. 첫 번째 주요 배수관에서 핸런과 내가 각각 양편으로 갈라진 거예요. 그런데 내가 운이 좋았던 모양이에요.

핏자국을 찾아냈거든요. 그걸 따라가니까 프랭클린이 죽어 있더라고요. 그다음에는 운이 좀 따랐어요. 총소리와 사람 목소리가 들렸거든요. 루크가 주로 말을 하고 있는 것 같았어요. 그래서 그 목소리를 따라간 거예요. 그런데 그게 왜 지금 궁금해진 거예요?"

"모르겠어요. 이제야 정신이 좀 든다고나 할까. 당신이 내 목숨을 구했어요."

두 사람은 서로를 바라보았다. 위시의 손이 문손잡이를 잡고 있었다. 문이 살짝 열려 있어서 위시 뒤쪽으로 갤빈 주니어가 아직 자리를 지키고 있는 것이 보였다. 그는 복도에 놓인 의자에 앉아 있었다.

"그저 고맙다는 말 밖에는 할 말이 없어요."

위시는 그런 말은 말라는 듯이 조용히 하라는 시늉을 했다.

"그런 말은 안 해도 돼요."

"그만두지 말아요."

살짝 열려 있던 문틈이 사라졌다. 갤빈 주니어의 모습도 사라졌다. 위시가 말없이 문 앞에 서 있었다.

"떠나지 말아요."

"떠나야 돼요. 나중에 봐요, 해리."

이번에는 위시가 문을 활짝 열었다.

"잘 있어요." 그녀는 이렇게 말하고 나서 나가버렸다.

보슈는 30분이 넘도록 병실 침대에서 꼼짝도 하지 않았다. 그는 두 사람에 대해 생각하고 있었다. 엘리노어 위시와 존 루크. 그는 한참 동안 눈을 감은 채 루크가 검은 물속으로 풀썩 쓰러지면서 지은 표정을 생각해보았다. 그런 상황이라면 나라도 놀랐겠지. 보슈는 속으로 생각했다. 하지만 그 표정에는 뭔가가 더 있었다. 그런데 그게 뭔지 콕 집어

낼 수가 없었다. 뭔가 알겠다는 표정과 결의가 섞여 있었다고나 할까….
이제 자기가 죽을 거라는 사실을 알게 된 표정이 아니라, 비밀을 알게
된 것 같은 표정이었다.

얼마 뒤 보슈는 일어나서 침대 옆으로 내려가 조심스레 몇 걸음 걸어
보았다. 몸에는 아직 힘이 없었지만, 36시간 동안 줄곧 잠을 잔 탓에 좀
이 쑤셔서 견딜 수가 없었다. 차츰 다리에 힘이 돌아오고, 어깨도 새로
운 자세에 익숙해졌다. 물론 아직도 살짝 아프기는 했다. 보슈는 침대
옆을 따라 오락가락 서성거리기 시작했다. 그는 지금 연한 연두색 환자
복 차림이었다. 등이 터진 덧옷 같은 환자복은 아니었다. 그걸 입고 있
었다면, 깨어났을 때 창피해서 자존심이 상했을 것이다. 보슈는 맨발로
방 안을 타박타박 돌아다니다가 간간이 걸음을 멈추고, 꽃과 함께 온
카드들을 읽었다. 꽃병 중에는 경찰관 조합에서 보낸 것도 있었다. 그
밖의 꽃들은 그와 아는 사이지만 그다지 가깝지는 않은 경찰관 두어
명, 옛날 파트너의 미망인, 조합이 지정해준 변호사, 엔세나다에 사는
또 다른 옛 파트너가 보낸 것이었다.

보슈는 이제 문으로 향했다. 문을 살짝 열어 보니 갤빈 주니어가 여
전히 복도에 앉아 경찰장비 카탈로그를 보고 있었다. 보슈는 문을 활짝
열었다. 갤빈이 고개를 홱 들면서 카탈로그를 닫아 발치의 서류가방에
넣었다. 그는 아무 말도 하지 않았다.

"클리포드, 내가 이렇게 불러도 되겠지? 자네는 여기서 뭘 하는 건
가? 내가 위험에 빠지기라도 한 건가?"

젊은이는 아무 말도 하지 않았다. 보슈는 복도를 이쪽저쪽 훑어보았
지만, 15미터쯤 떨어진 간호사 대기실과 병실 사이에는 아무도 없었다.
자신의 병실 문을 보니 313이라는 숫자가 붙어 있었다.

"형사님, 어서 방으로 들어가시죠." 갤빈이 마침내 말했다. "제가 여기

있는 건 기자들의 출입을 막기 위해서입니다. 차장님은 기자들이 형사님을 만나 인터뷰를 하려고 시도할 가능성이 높다고 보시거든요. 그걸 막는 게 제 임무입니다. 아무도 형사님을 방해하지 못하게 막는 거요."

"기자들이 자네 몰래…." 보슈는 아무도 엿듣는 사람이 없는지 확인하려고 일부러 과장되게 복도 이쪽저쪽을 살폈다. "나한테 전화를 하는 방법도 있잖나?"

갤빈은 큰소리로 한숨을 내쉬고는 보슈에게서 시선을 떼지 않은 채 말했다. "간호사들이 들어오는 전화를 걸러내고 있습니다. 가족의 전화만 연결해줄 거예요. 그런데 제가 듣기로 형사님한테는 가족이 없다니까, 전화가 전혀 연결되지 않는 겁니다."

"그럼 FBI의 그 여자 요원은 어떻게 내 방에 들어온 거야?"

"어빙 차장님이 허락하셨습니다. 이제 방으로 돌아가세요."

"그래야지."

보슈는 침대에 앉아 머릿속으로 이번 사건을 다시 한 번 훑어보려고 애썼다. 하지만 생각하면 할수록 이렇게 병실 침대에 앉아 있는 것이 시간낭비라는 생각이 들어서 점점 조급해질 뿐이었다. 자기가 뭔가 실마리를 붙잡은 것 같았다. 이번 사건의 숨은 논리를 파악할 수 있는 돌파구 같은 것. 형사가 할 일은 증거를 따라가면서 모든 증거를 자세히 조사한 뒤 착실하게 수집하는 거였다. 하지만 그렇게 수집한 증거로 사건을 해결할 때도 있고, 그렇지 못할 때도 있었다. 지금 보슈의 증거물 바구니는 가득 차 있었지만, 아무래도 빠진 조각이 있는 것 같았다. 내가 뭘 빠뜨린 거지? 마지막에 루크가 뭐라고 했더라? 아니, 말보다는 그 의미가 중요해. 얼굴에 떠오른 표정. 놀라움이었어. 그런데 무엇에 놀란 거지? 총에 맞아 놀란 건가? 아니면 총알이 날아온 방향 때문에 놀란 건가? 아니면 총을 쏜 사람 때문에? 둘 다일수도 있다는 생각이 들었다. 그런데 그게 도대체 무슨 의미지?

메도우스, 프랭클린, 델가도가 죽었기 때문에 자기 몫이 커졌다던 루크의 말이 계속 마음에 걸렸다. 보슈는 루크의 입장이 되어서 생각해보려고 했다. 만약 일당이 모두 죽어서 처음에 은행에서 훔친 물건을 혼자 독차지할 수 있는 상황이 되었다면, 그는 "내 몫이 커졌다"고 말할까, 아니면 "그냥 전부 내 것이 됐다"고 말할까? 보슈의 육감은 후자를 가리키고 있었다. 전자를 선택했다면, 아직도 물건을 나눠야 할 사람이 남아 있다는 뜻이었다.

보슈는 자신이 행동에 나서야 한다는 결론을 내렸다. 우선 이 방에서 나가야 했다. 그가 지금 연금 상태인 것은 아니지만, 밖으로 나가면 갤빈이 쫓아올 것이고, 어빙에게도 보고가 들어갈 터였다. 전화기를 확인해 보니, 어빙이 약속한 대로 전화기가 제대로 작동하고 있었다. 간호사들이 걸려오는 전화를 걸러내는지는 몰라도, 보슈가 전화를 거는 데는 아무런 제약도 없다는 뜻이었다.

보슈는 일어나서 벽장을 열어 보았다. 그의 옷가지가 거기 있었다. 전부는 아니었지만. 신발, 양말, 바지가 다였다. 바지는 무릎 부분에 긁힌 흔적이 있었지만, 병원 측이 깨끗이 세탁해서 다림질까지 해둔 것 같았다. 재킷과 셔츠는 응급실에서 처치를 할 때 가위로 잘라서 버렸거나, 아니면 증거물로 간수되었을 것이다. 보슈는 벽장의 옷을 입고, 환자복 상의의 끝자락을 바지 안으로 집어넣었다. 바보 같은 모습이었지만, 밖에서 옷가지를 구할 때까지는 그럭저럭 버틸 수 있을 것 같았다.

가슴 앞으로 팔을 올려보았더니, 어깨의 통증이 아주 미약하게 느껴졌다. 그는 허리띠를 어깨에 둘러서 팔을 걸치기로 했다. 하지만 그랬다가는 병원을 나가기도 전에 사람들 눈에 띌 것 같아서 다시 바지에 허리띠를 끼웠다. 협탁 서랍을 확인해 보니 지갑과 배지가 있었다. 하지만 총은 없었다.

준비가 끝나자 그는 전화기를 들고 교환원을 불러내서 3층 간호사 대기실을 대달라고 말했다. 어떤 여자가 전화를 받자 보슈는 어빈 어빙 차장이라고 신분을 밝혔다. "복도 아래쪽 의자에 앉아 있는 갤빈 형사더러 와서 전화를 좀 받으라고 하시죠. 할 말이 있습니다."

보슈는 침대 위에 수화기를 내려놓고, 조용히 문으로 걸어가 살짝 문을 열었다. 갤빈이 의자에 앉아 다시 카탈로그를 읽고 있는 것이 보였다. 간호사가 전화를 받으라고 외치자 갤빈은 일어섰다. 보슈는 10초쯤 기다린 뒤 복도 아래쪽을 살폈다. 갤빈은 아직 간호사 대기실 쪽으로 걸어가는 중이었다. 보슈는 복도로 나와 반대방향으로 조용히 걸어가기 시작했다.

10미터쯤 걸어가니 복도가 갈라졌다. 보슈는 왼쪽 길을 택했다. '직원용'이라고 적힌 엘리베이터가 나오자 그는 버튼을 눌렀다. 스테인리스스틸에 나뭇결무늬를 붙인 엘리베이터는 앞뒤로 문이 있었고, 적어도 침대 두 개는 넉넉히 들어갈 수 있을 만큼 컸다. 보슈가 1층 버튼을 누르자 문이 닫혔다. 총상 치료는 이제 이걸로 끝이었다.

엘리베이터는 보슈를 응급실로 데려다주었다. 그는 응급실을 통과해서 밤의 거리로 나갔다. 택시를 타고 할리우드 경찰서로 가는 길에 그는 은행 앞에 잠시 차를 세우고 현금지급기에서 돈을 찾았다. 잡화점에도 들러서 싸구려 셔츠와 담배 한 보루, 라이터를 샀다. 아직 성냥을 켤 수 없기 때문이었다. 소독용 솜과 붕대, 팔을 걸 수 있는 끈도 샀다. 끈은 짙은 남색이었다. 장례식에 아주 잘 어울릴 것 같았다.

보슈는 윌콕스 거리의 경찰서 앞에서 택시운전사에게 셈을 치르고 정문을 통해 안으로 들어갔다. 접수대에서 누가 그를 알아보거나 말을 걸까 봐 걱정할 필요는 없을 것 같았다. 접수대에는 보슈가 처음 보는 신참과 전에 샤키에게 피자를 가져다 준 여드름 청년이 있었다. 보슈는 배지를 들어 보이고는 한 마디 말도 없이 접수대를 지나쳤다. 형사과는 불이 꺼져 있었다. 사람도 없었다. 일요일 밤에는 아무리 할리우드 경찰서라 해도 이럴 때가 많았다. 살인전담반 탁자에서 보슈가 항상 앉는 자리에는 탁상용 스탠드가 붙어 있었다. 보슈 자신이 붙여둔 것이었다. 그는 천장의 불을 켜는 대신 그 스탠드를 켰다. 저 아래쪽 당직실에 있는 순찰경관들의 관심을 끌고 싶지 않아서였다. 지금은 다른 사람들의 질문에 대답하고 싶은 기분이 아니었다. 제복경찰관이 좋은 뜻으로 묻는 질문이라 해도 마찬가지였다.

그는 먼저 방 뒤쪽으로 가서 커피메이커를 켰다. 그러고는 취조실로 가서 셔츠를 갈아입었다. 병원 셔츠를 벗는 순간 어깨가 타는 듯이 아파오면서 가슴과 팔까지 순식간에 통증이 번져나갔다. 그는 의자에 앉아 혹시 피가 새어나오지 않는지 붕대를 살폈다. 핏자국은 없었다. 그는 조심스레 새 셔츠를 입었다. 옷을 벗을 때보다 통증이 훨씬 덜했다. 셔츠는 엑스라지 크기였다. 왼쪽 가슴에 산, 해, 바다 풍경을 묘사한 작은 그림이 있고, '천사들의 도시'라는 문구가 적혀 있었다. 하지만 보슈가 팔을 걸 끈을 둘러메자 그림이 가려졌다. 그는 끈을 조절해서 팔이 가슴에 단단히 고정되게 했다.

옷을 갈아입고 나와 보니 커피가 다 만들어져 있었다. 보슈는 김이 피어오르는 컵을 들고 살인전담반 탁자로 가서 담배에 불을 붙인 뒤, 파일 서랍에서 메도우스 사건 기록부와 관련 자료들을 꺼냈다. 하지만 어디서부터 시작해야 할지, 자기가 찾아봐야 하는 것이 무엇인지 알 수 없었다. 그는 서류 더미를 바라보다가 먼저 처음부터 끝까지 읽어보기로 했다. 혹시 뭔가 이상한 점이 눈에 띌지도 모른다는 생각이 들었다.

그는 지금 무엇이든 눈에 띄는 것을 찾고 있었다. 전에는 미처 보지 못한 이름이든, 누군가의 진술에서 앞뒤가 어긋나는 부분이든 전에는 중요하지 않은 일로 치부하고 넘겼지만 지금은 다르게 보일 수 있는 것이라면 무엇이든 좋았다.

보슈는 자신이 작성한 보고서들을 재빨리 훑어보았다. 거기 적혀 있는 정보는 지금도 그의 머릿속에 들어 있기 때문에 자세히 읽을 필요가 없었다. 그다음으로 그는 메도우스의 복무기록을 다시 읽었다. 여기 있는 것은 FBI가 준 편집본이었다. 세인트루이스에서 보내준 자세한 기록은 어떻게 됐는지 알 수 없었다. 전날 아침 금고실로 뛰어갈 때 그는 그 자료를 차 안에 그냥 놓아두었었다. 그러고 보니 그 차가 어떻게 됐는지도 알 수 없었다.

보슈는 복무기록에 푹 빠져 있었다. 그가 맨 뒤의 사소한 서류들을 읽고 있을 때, 천장의 불이 들어오더니 페더슨이라는 늙은 경찰관이 들어왔다. 그는 손에 체포 보고서를 들고 타자기가 늘어서 있는 쪽으로 곧장 향했기 때문에 자리에 앉은 뒤에야 보슈가 방 안에 있는 것을 알아차렸다. 담배 냄새와 커피 냄새 때문에 주위를 둘러보다가 팔걸이를 한 보슈를 발견한 것이다.

"해리, 몸은 좀 어때? 병원에서 빨리 퇴원시켰네. 소문에는 진짜 장난 아니게 다쳤다고 하던데."

"그냥 좀 긁힌 거야, 페즈. 자네가 토요일 밤마다 잡아들이는 그 여장남자들한테 손톱으로 긁힌 것만도 못해. 적어도 총상이라면 에이즈 걱정은 안 해도 되잖아."

"누가 아니래." 페더슨은 자기도 모르게 목을 문질렀다. 에이즈 바이러스에 감염된 여장남자 매춘부에게 할퀸 상처가 있는 곳이었다. 그는 2년 동안 3개월에 한 번씩 에이즈 검사를 받으며 식은땀을 흘렸지만,

병에 걸리지 않은 것으로 판명되었다. 이 동네에서는 그 이야기가 악몽 같은 전설이 되어 떠돌아다니고 있었다. 그 뒤로 경찰서 유치장에 들어오는 여장남자와 매춘부의 숫자가 절반으로 떨어진 것도 십중팔구 그 사건 때문일 터였다. 이제는 살인사건이 아닌 한, 그들을 체포하고 싶어하는 사람이 하나도 없었다.

"어쨌든…." 페더슨이 말했다. "일이 그렇게 돼서 유감이야, 해리. 총에 맞은 경찰관이 조금 전에 갔다는 얘길 들었어. 경찰관 둘에 FBI 한 명이 쓰러지다니. 자네도 팔이 엉망이 되고 말이야. 아마 이 동네 사건으로는 기록일걸. 내가 커피 한 잔 마셔도 돼?"

보슈는 그러라는 뜻으로 커피메이커를 가리켰다. 클락이 죽었다는 소리는 금시초문이었다. 하지만 지금도 그 두 내사과 형사가 안됐다는 생각은 들지 않았다. 자신이 한심하다는 생각이 들었다. 심장이 완전히 굳어버린 모양이었다. 그는 이제 누구에게도 연민을 느끼지 않았다. 엉뚱하게 뛰어들었다가 목숨을 잃은 두 멍청이에 대해서도 마찬가지였다.

"여기 사람들은 자세한 얘기를 안 해주지만…." 페더슨이 커피를 따르며 말했다. "난 신문에서 그 친구들 이름을 보고 '어이쿠, 내가 아는 사람들이잖아' 했어. 루이스와 클락이라면 내사과 형사들이잖아. 은행사건 담당이 아니라. 사람들은 그 둘을 위대한 탐험가라고 하더군. 항상 누군가를 망가뜨릴 정보를 찾으려고 여기저기 파고 돌아다닌다면서. 그놈들이 그런 사람이라는 건 모르는 사람이 없을걸. 텔레비전이랑 〈LA 타임스〉 기자들만 빼고 말이야. 어쨌든 확실히 궁금하기는 해. 그 두 놈이 거기서 뭘 하고 있었던 건지."

보슈는 그런 미끼에 걸려들 사람이 아니었다. 페더슨과 다른 경찰관들은 비벌리힐스 안전금고에서 무슨 일이 있었는지 궁금하다면 다른 사람에게 물어보아야 할 것이다. 그러고 보니 페더슨이 정말로 체포 보고서를 타자기로 작성하러 들어온 건지도 의심스러웠다. 혹시 접수대의 신참이 보슈가 사무실에 와 있다는 말을 퍼뜨린 게 아닐까? 그래서 이 늙은 경찰관이 정보를 빼내려고 파견된 거라면?

페더슨의 머리는 분필보다 더 하얀색이어서 늙은 경찰관으로 치부되었지만, 사실 보슈보다 겨우 몇 살 많을 뿐이었다. 페더슨은 20년 동안 밤마다 자신의 담당구역인 할리우드 대로를 도보나 차로 돌아다니면서 순찰했다. 그러니 머리가 그렇게 일찍 세어버린 것도 무리가 아니었다. 보슈는 페더슨을 좋아했다. 그는 거리에서 일어나는 일들에 관한 정보 창고였다. 할리우드 대로에서 살인사건이 일어나면 보슈는 대개 페더슨에게 정보를 부탁했다. 그러면 페더슨은 거의 항상 정보원들에게서 필요한 정보를 얻어주었다.

"그래, 이상하긴 하지." 보슈가 말했다. 그러고는 아무 말도 덧붙이지 않았다.

"총격전 보고서를 쓰는 거야?" 페더슨이 타자기 앞에 자리를 잡고 앉은 뒤 물었다. 보슈가 대답을 하지 않자 그는 말을 덧붙였다. "담배 더 있어?"

보슈는 담배 한 갑을 통째로 들고 가서 타자기 위에 놓고, 페더슨에게 그냥 가지라고 말했다. 페더슨은 무슨 말인지 알아들은 모양이었다. 개인적인 감정이 있는 것은 아니지만, 총격전에 대해, 그것도 내사과 형사들에 대해서는 보슈가 아무 말도 해줄 생각이 없다는 뜻이었다.

페더슨은 타자기로 일을 시작했고, 보슈는 다시 자리로 돌아가 기록을 읽었다. 하지만 기록을 다 읽었는데도 머릿속의 전구에는 단 한 번도 반짝 불이 들어오지 않았다. 그는 탁탁거리는 타자기 소리를 들으며 가만히 앉아 담배를 피우면서 이제 어떻게 해야 할지 생각해보았다. 할 수 있는 일이 아무것도 없었다. 벽이 앞을 가로막고 있는 느낌이었다.

그는 집으로 전화를 걸어 자동응답기를 확인해보기로 했다. 하지만 수화기를 들었다가 다시 놓았다. 혹시라도 이 사무실 전화기가 다른 선과 연결되어 있을 가능성이 있기 때문이었다. 그는 제리 에드거의 자리로 가서 그의 전화를 사용했다. 자동응답기가 돌아가자 그는 암호를 입력하고 10여 개의 메시지를 들었다. 처음 아홉 개는 경찰관들과 옛 친구들이 쾌유를 빈다며 남긴 것이었다. 가장 최근 것인 마지막 세 개는 각각 그를 치료하던 의사, 어빙, 파운즈가 남긴 것이었다.

“보슈 씨, 닥터 맥케나입니다. 병원을 그렇게 나가신 건 정말이지 무모한 일입니다. 그러다가 몸이 더 상할 수도 있어요. 이 메시지를 듣는다면, 반드시 병원으로 돌아오시기 바랍니다. 지금도 침대를 비워두고 있습니다. 돌아오시지 않으면, 저로서는 더 이상 보슈 씨를 치료할 수도 없고 제 환자로 간주할 수도 없습니다. 부탁입니다.”

어빙과 파운즈는 보슈의 건강에 대해 그다지 걱정하지 않았다.

어빙의 메시지는 이랬다. “자네가 지금 어디서 뭘 하는지는 모르겠지만, 그저 병원 음식이 싫어서 나간 거라면 좋겠군. 내가 한 말을 잘 생각해 봐, 보슈 형사. 우리 둘 다 곤란해질 실수는 하지 말라고.”

어빙은 자신이 누군지 밝히지 않았지만, 사실 그럴 필요도 없었다. 파운즈도 마찬가지였다. 마지막으로 녹음된 그의 메시지는 어빙의 것과 대동소이했다.

“보슈, 이걸 듣는 즉시 우리 집으로 전화해. 자네가 병원을 나갔다고 들었는데, 나랑 얘기를 좀 해야겠어. 토요일의 총격사건과 관련해서 자네는 수사를 할 수 없어. 알겠나? 수사를 할 수 없어. 나한테 전화해.”

보슈는 수화기를 내려놓았다. 이 세 사람 중 누구에게도 전화를 걸 생각은 없었다. 아직은 아니었다. 에드거의 자리에 앉아 있는 그의 눈에 메모지 철이 보였다. 베로니카 니즈라는 이름이 적혀 있었다. 샤키의 어머니 이름이었다. 전화번호도 있었다. 에드거가 아들의 죽음을 알리려고 그녀에게 전화를 건 모양이었다. 보슈는 그녀가 덜떨어진 손님 전화인 줄 알고 전화를 받았다가 제리 에드거에게서 아들이 죽었다는 소식을 듣는 모습을 상상해보았다.

샤키를 생각하다 보니, 샤키를 조사했던 일이 떠올랐다. 그때 녹음한 테이프의 녹취록을 아직 작성하지 못한 상태였다. 그는 그 테이프를 들어보기로 하고, 자기 자리로 돌아갔다. 그리고 서랍에서 녹음기를 꺼냈다. 그런데 테이프가 없었다. 그걸 위시에게 주었음을 떠올린 그는 비품 캐비닛으로 가서 그때의 대화 내용이 예비용 테이프에 아직 남아 있을지 생각해보았다. 예비용 테이프는 끝까지 다 돌아가고 나면 자동으로 되감겨서 처음부터 새로운 내용을 녹음하기 시작했다. 따라서 화요일에 그가 샤키를 만난 이후 조사실에서 녹음기가 돌아간 횟수가 몇 번인가에 따라 샤키와의 면담 내용이 예비용 테이프에 남아 있을 수도 있고 아닐 수도 있었다.

보슈는 녹음기에서 테이프를 꺼내 자기 자리로 돌아왔다. 그리고 테이프를 휴대용 녹음기에 넣은 뒤 이어폰을 꽂고 테이프를 처음 시작부분까지 되감았다. 그는 테이프를 몇 초 듣다가 10초쯤 빨리감기를 반복하며 자신의 목소리나 샤키의 목소리나 위시의 목소리를 찾았다. 몇 분 뒤 테이프 후반부에서 마침내 샤키와의 대화가 흘러나왔다.

그는 대화가 시작되는 시점까지 테이프를 돌리려 했지만, 되감기를 너무 많이 하는 바람에 다른 조사 내용을 30초쯤 들은 뒤에야 비로소 샤키의 목소리를 들을 수 있었다.

"뭘 봐요?"

"글쎄." 위시의 목소리였다. "너랑 나랑 아는 사이인가 싶어서. 네가 낯이 익거든. 내가 널 빤히 보고 있는 줄은 몰랐어."

"무슨 말이에요? 내가 왜 아줌마랑 아는 사이여야 하는데요? 난 연방 쪽 일은 저지른 적이 없다고요. 나는…."

"됐어. 그냥 네가 낯익어 보여서 그래. 네가 날 알아보려나 싶었거든. 그냥 보슈 형사가 들어올 때까지 기다리자."

"그러죠, 뭐. 좋아요."

그러고는 침묵이 이어졌다. 보슈는 이게 무슨 대화인지 알 수 없었다. 그러다 자기가 조사실로 들어가기 전에 오간 대화라는 사실을 깨달았다.

위시가 거기서 뭘 하고 있었던 걸까? 테이프에서 침묵이 끝나고 보슈 자신의 목소리가 나왔다.

"샤키, 지금 이 대화를 녹음할 거다. 나중에 다시 들어보면 수사에 도움이 될 수도 있으니까. 아까도 말했지만, 넌 용의자가 아니야. 그러니까…."

보슈는 테이프를 멈추고 되감아서 아까 샤키와 위시가 나눈 대화를 듣고 또 들었다. 매번 누가 주먹으로 심장을 치는 것 같았다. 손바닥에 땀이 나서 녹음기 버튼을 누르는 손가락이 자꾸만 미끄러졌다. 마침내 그는 이어폰을 빼서 탁자 위로 던져버렸다.

"젠장." 그가 말했다.

페더슨이 타이핑을 멈추고 그를 바라보았다.

9부.

5월 28일 월요일
현충일

보슈가 웨스트우드의 퇴역군인 묘지에 도착한 것은 자정이 막 지난 시각이었다.

그는 경찰서 주차장에서 새 차를 빌려서 엘리노어 위시의 아파트 옆을 지나 이곳으로 왔다. 아파트에는 불이 하나도 들어와 있지 않았다. 그는 자기를 차버린 여자친구를 감시하는 10대가 된 것 같은 기분이었다. 차 안에는 혼자뿐이었는데도 창피했다. 아파트에 불이 켜져 있었다면, 자신이 어떻게 했을지 알 수 없었다. 그는 차를 돌려 동쪽의 묘지로 향하면서 위시를 생각했다. 그녀는 일과 사랑에서 모두 동시에 그를 배신했다.

그는 위시가 샤키에게 자신을 알아보겠느냐고 물은 건, 메도우스의 시체를 저수지로 가져간 지프에 그녀가 타고 있었기 때문이라는 가정을 출발점으로 삼았다. 위시는 조사실에서 샤키가 자신을 알아보는지 살피고 있었다. 그런데 샤키는 그녀를 알아보지 못하고, 보슈가 방으로 들어온 뒤 자기가 본 두 사람이 모두 남자였던 것 같다고 말했다. 샤키는 또 둘 중에 몸집이 작은 남자가 지프의 조수석에 계속 앉아 있었으며, 시체를 옮기는 일을 전혀 도와주지 않았다고 말했다. 아무래도 샤키는 이 착각 덕분에 잠시나마 목숨을 부지할 수 있었던 것 같았다. 하지만 결국 샤키가 죽음을 맞은 것은 보슈 자신이 그에게 최면을 시행하겠다고 제안했기 때문이었다. 위시에게서 그 이야기를 들은 루크가 그런 위험을 무릅쓸 수 없다는 판단을 내렸을 것이다.

그다음으로 생각해야 할 것은 동기였다. 돈이 궁극적인 동기이기는 했지만, 보슈는 위시가 순전히 돈 때문에 그랬다고는 볼 수 없었다. 뭔가가 더 있었다. 이 일에 관련된 다른 사람들, 즉 메도우스, 프랭클린, 델가도, 루크는 모두 베트남 참전이라는 공동의 유대를 갖고 있었을 뿐만 아니라, 범죄의 과녁인 빈과 트란과도 직접 아는 사이였다. 그럼 위시는 어떤 위치였을까? 보슈는 베트남에서 죽었다던 그녀의 오빠를 떠올렸다. 그 오빠가 연결고리였을까? 보슈는 그녀에게서 오빠의 이름이 마이클이라고 들은 것을 떠올렸다. 하지만 그녀는 오빠가 어디서 어떻게 죽었는지는 말해주지 않았다. 보슈가 그녀의 말을 막은 탓이었다. 위시가 정말로 오빠 얘기를 하고 싶어 했던 것 같은데, 그녀의 말을 막은 것이 후회스러웠다. 위시는 워싱턴에서 기념비를 본 뒤 자신이 변했다고 말했다. 그게 무슨 뜻이었을까? 그 기념비에서 그녀가 미처 모르던 사실을 발견한 걸까?

보슈는 세풀베다 대로에서 묘지 쪽으로 들어가 자갈을 깐 진입로를 가로막고 있는 커다란 검은색 문으로 다가갔다. 보슈는 차에서 내려 문 앞까지 가보았지만, 문은 사슬과 맹꽁이자물쇠로 잠겨 있었다. 문의 검은 쇠창살 사이로 안을 들여다보니, 약 30미터쯤 떨어진 곳에 돌 벽돌로 지은 작은 집이 보였다. 커튼을 친 창문에서 텔레비전의 푸르스름한 빛이 흘러나오고 있었다. 보슈는 차로 돌아가서 사이렌을 켰다. 마침내 커튼 뒤에 불이 켜졌다. 묘지 관리인이 밖으로 나와 손전등을 들고 문으로 걸어오는 동안 보슈는 배지를 꺼내 보여주었다. 관리인은 짙은 색 바지에 하늘색 셔츠를 입고, 그 위에 양철 배지를 달고 있었다.

"경찰이오?" 그가 물었다.

보슈는 아니라고 말하고 싶었지만 참았다. "LA 경찰국이오. 문 좀 열어줘요."

관리인은 손전등으로 배지와 신분증을 비췄다. 남자의 얼굴에 난 하얀 수염이 불빛에 드러났다. 버번 냄새와 땀 냄새도 살짝 느껴졌다.

"무슨 일인데요?"

"살인사건을 수사하는 중이오. 성함이…."

"케스터. 살인사건이라고요? 여긴 죽은 사람들이 아주 많지만, 전부 해결된 사건이라고 해도 될 텐데요."

"케스터 씨, 지금 자세히 설명할 시간이 없어요. 그냥 베트남 전쟁 기념비만 한 번 훑어보면 됩니다. 이번 연휴기간 동안 여기 전시돼 있는 그 복제품 말이오."

"팔은 왜 그래요? 파트너는 또 어디 있고? 원래 둘씩 다니는 거 아니오?"

"다쳤어요, 케스터 씨. 내 파트너는 다른 데서 수사를 하고 있고요. 저 작은 방에서 텔레비전을 너무 많이 본 모양이오. 그런 건 텔레비전에나 나오는 얘기예요."

보슈는 마지막 말을 할 때 미소를 지었지만, 이 늙은 경비원과 실랑이를 벌이는 일에 벌써 짜증이 나기 시작했다. 케스터가 돌아서서 관리실을 보더니 다시 보슈에게 시선을 돌렸다.

"텔레비전 불빛을 봤군. 그 정도는 나도 알지. 저, 여긴 연방 재산이라서 무작정 열어줘도 되는 건지…."

"이봐요, 케스터, 당신 같은 공무원들은 트루먼 대통령 시절부터 해고된 적이 없어요. 하지만 이렇게 나를 애먹인다면, 나도 당신이 고생 좀 하게 만들어 주지. 화요일 아침에 출근하자마자 당신이 근무 중에 술을 마셨다고 고발할 거요. 그러니 어서 열어요. 문만 열어주면 더 이상 귀찮게 안 할 테니. 그냥 기념비만 한 번 보면 돼요."

보슈는 사슬을 흔들어댔다. 케스터는 멍한 눈으로 자물쇠를 바라보다가 허리띠에서 열쇠고리를 꺼내 문을 열었다.

"미안합니다." 보슈가 말했다.

"어쨌든 이건 옳은 일이 아니오." 케스터가 성난 목소리로 말했다. "저 검은 돌덩이가 살인사건하고 도대체 무슨 관계랍니까?"

"아주 관계가 많을 수도 있죠." 보슈는 자기 차로 돌아가려다가 다시 돌아섰다. 기념비에 대해 어디선가 읽은 것이 기억났기 때문이었다. "어떤 책에서 읽었는데, 저 기념비에 이름이 있다면서요? 거기서 이름을 찾아볼 수 있다고…. 저 기념비에도 이름이 있소?"

케스터는 어리둥절한 표정이었다. "책 같은 건 잘 모르겠고, 내가 아는 거라고는 미국 공원국 사람들이 저걸 이리 갖고 와서 세웠다는 것뿐이오. 불도저를 갖고 와서 땅을 고릅디다. 관람 시간에는 옆에 지키는 사람도 있어요. 책에 대해서는 그 친구한테 물어봐요. 하지만 그 친구가 어디 있는지는 묻지 마쇼. 난 그 친구 이름도 모르니까. 여기 얼마나 있을 거요? 문을 계속 열어둬야 하는 거요?"

"잠그는 게 좋을 거요. 내가 나갈 때 당신을 부를 테니까."

보슈는 차를 몰고 문을 통과해서 언덕 근처의 자갈이 깔린 주차장으로 올라갔다. 능선에 상처처럼 움푹 파인 곳에서 기념비가 검게 반짝이는 것이 눈에 들어왔다. 불빛도, 인적도 없었다. 보슈는 자동차 좌석에 있던 손전등을 들고 비탈길을 올라갔다.

그는 먼저 기념비의 크기가 얼마나 되는지 보려고 손전등으로 주위를 한 바퀴 비춰보았다. 기념비의 길이는 대략 18미터쯤 되는 것 같았고, 양쪽 끝이 점점 가늘어지는 형태였다. 보슈는 기념비에 새겨진 이름들을 읽을 수 있을 만큼 가까이 다가갔다. 갑자기 예상치 못했던 감정이 그를 압도했다. 두려움이었다. 그는 자신이 이 이름들을 보고 싶어

하지 않는다는 것을 깨달았다. 그가 아는 사람들의 이름이 너무 많이 있을 것 같았다. 게다가 전혀 예상치 못했던 이름들까지 발견하게 될 가능성도 있었다. 이름이 여기 새겨져 있는지 그가 미처 몰랐던 사람들. 보슈는 손전등으로 주위를 훑어보다가 나무로 만든 연단을 발견했다. 교회에서 성경을 놓아두는 대처럼 살짝 기울어진 연단 상판 아래쪽에 책을 붙잡아주는 턱이 있었다. 하지만 가까이 다가가 보니 연단 위에는 아무것도 없었다. 공원국 사람들이 인명부를 안전하게 보관하려고 가져간 모양이었다. 보슈는 돌아서서 다시 기념비를 바라보았다. 저쪽의 반대편 끝이 점점 가늘어져서 어둠 속으로 사라진 것 같았다. 담배를 확인해 보니 한 갑이 거의 통째로 남아 있었다. 사실 보슈 본인도 여기에 오면 이렇게 될 수밖에 없으리라는 걸 미리 예상하고 있었다. 여기 적혀 있는 이름들을 일일이 읽을 수밖에 없다는 것. 여기에 오기 전부터 이미 알고 있었다. 그는 담배에 불을 붙인 뒤 기념비의 첫 번째 패널을 손전등으로 비췄다.

네 시간이 흐른 뒤 그는 처음으로 아는 사람의 이름을 발견했다. 마이클 스칼레티는 아니었다. 대리어스 콜먼. 보슈가 제1보병사단에 있을 때 알던 청년이었다. 보슈가 실제로 알고 지냈던 사람 중에서 폭탄에 몸이 날아간 첫 번째 친구. 다들 그를 케이크라고 불렀다. 팔에 칼로 케이크라고 새긴 문신이 있기 때문이었다. 그는 스물두 살짜리 중위가 삼각지대 공습 때 엉뚱한 좌표를 불러주는 바람에 아군의 폭탄에 맞아 죽었다.

보슈는 기념비로 손을 뻗어 죽은 병사의 이름을 손가락으로 어루만졌다. 텔레비전과 영화에서 사람들이 그렇게 하는 걸 본 적이 있었다. 케이크가 마리화나 궐련을 귀 뒤에 끼우고 배낭 위에 걸터앉아 깡통에 담긴 초콜릿 케이크를 먹던 모습이 떠올랐다. 케이크는 항상 다른 사람들의 케이크를 얻으려고 물물교환을 했다. 마리화나가 초콜릿을 먹고 싶다는 욕구를 강화시킨 탓이었다.

보슈는 계속해서 다른 이름들을 읽었다. 중간에 담배에 불을 붙일 때만 잠시 쉬었다. 이름을 모조리 읽을 때까지 거의 네 시간이 더 흐르는 동안 그는 자기가 알고 지냈던 병사들, 그리고 죽었다는 사실을 이미 알고 있던 병사들의 이름을 30여 개 더 찾아냈다. 예상치 못했던 이름은 없었다. 그러니 그 점에 관한 한 그의 걱정은 기우였던 셈이다. 하지만 그는 다른 것 때문에 절망을 느꼈다. 기념비의 가짜 대리석 패널들 사이에 제복을 입은 남자의 작은 사진 한 장이 끼워져 있었다. 그 남자는 세상을 향해 당당하고 자랑스럽게 활짝 웃는 표정이었다. 하지만 이제 그의 이름은 이 기념비에 적혀 있었다. 보슈는 사진을 꺼내서 뒤집었다. 뒷면에는 이렇게 적혀 있었다. "조지, 네 미소가 그립구나. 사랑한다. 엄마와 테리가."

보슈는 사진을 패널 사이의 틈새에 조심스레 다시 끼웠다. 아주 개인적인 순간을 엿보는 침입자가 된 것 같은 기분이었다. 조지는 그와 일면식도 없던 사이지만, 그를 생각하다 보니 점점 슬퍼졌다. 이유가 뭔지는 본인도 알 수 없었다. 얼마 뒤 그는 다른 패널로 옮겨갔다.

맨 마지막 패널의 이름들까지 58,132명의 이름을 모두 읽었지만, 그가 찾는 이름은 없었다. 마이클 스칼레티. 예상대로였다. 보슈는 하늘을 올려다보았다. 동쪽 하늘이 점점 오렌지색으로 변하는 중이었다. 북서쪽에서 가벼운 산들바람이 불어왔다. 남쪽에는 묘지의 나무들 위로 연방청사가 거대한 검은색 묘비처럼 우뚝 서 있었다. 보슈는 어떻게 해야 할지 알 수 없었다. 자기가 왜 여기에 와 있는지, 자신이 알아낸 것을 어떻게 생각해야 할지 알 수 없었다. 마이클 스칼레티는 아직 살아 있는 걸까? 아니, 그가 정말로 세상에 존재하기는 했던 걸까? 기념비를 보러 갔었다는 위시의 이야기는 정말이지 진실 같았다. 그렇다면 이걸 도대체 어떻게 해석해야 할까? 손전등 불빛이 점점 흐려지고 있었다. 그는 손전등을 껐다.

보슈는 묘지 안에 차를 세워둔 채 두어 시간 눈을 붙였다. 깨어 보니 해가 하늘에 높이 떠 있었다. 그는 묘지 잔디밭이 온통 깃발들로 뒤덮여 있다는 사실을 처음으로 깨달았다. 모든 무덤에 나무 막대에 작은 비닐 깃발을 매단, 올드 글로리 깃발이 꽂혀 있었다. 보슈는 차에 시동을 걸고 좁은 도로를 따라 천천히 움직이며 메도우스가 묻힐 자리를 찾아보았다.

그 자리를 찾기는 어렵지 않았다. 묘지 북동쪽으로 휘어져 들어가는 여러 갈래의 길 중 한 곳에 마이크로파 안테나가 달린 승합차 네 대가 서 있었다. 주위에 다른 자동차들도 보였다. 언론사 기자들이 와 있다는 얘기였다. 보슈는 텔레비전 카메라와 기자들이 이렇게 몰려올 거라고는 생각하지 못했다. 하지만 일단 몰려 있는 사람들을 보자 연휴 기간 중에는 기삿거리가 그다지 많지 않다는 사실이 떠올랐다. 게다가 언론이 땅굴 사건이라고 부르는 그 은행 사건은 여전히 큰 뉴스였다. 그러니 피에 굶주린 뱀파이어처럼 기자들도 저녁 뉴스에 쓸 새 화면에 굶주려 있을 터였다.

보슈는 차에서 내리지 않기로 했다. 메도우스의 회색 관을 앞에 두고 치러진 짧은 의식을 네 대의 카메라가 촬영했다. 아마도 시내의 빈민구제시설 소속인 듯싶은 추레한 목사가 의식을 주재했다. 진정한 의미의 추도객은 한 명도 없었다. 해외전쟁참전용사회(VFW)에서 나온 직업적인 추도객 몇 명뿐이었다. 의장대원 세 명이 차려 자세로 서 있는 것이 보였다.

의식이 끝나고 목사가 발로 브레이크 페달을 밀자 관이 천천히 아래로 내려갔다. 카메라들이 이 장면을 찍으려고 가까이 몰려들었다. 장례식이 모두 끝난 뒤 기자들은 제각기 다른 방향으로 뿔뿔이 흩어져서 자신의 보도 장면을 촬영했다. 그들은 무덤 주위에 반원형으로 흩어져 있었다. 그래야 각각의 기자가 마치 장례식을 독점보도하는 것처럼 보일 터였다. 보슈는 전에 자기 면전에 마이크를 들이밀었던 기자들 몇 명을 알아보았다. 그리고 자신이 직업적인 추도객이라고 생각했던 사람 중 한 명이 사실은 브레머였다는 사실도 알게 되었다. 브레머는 자동차들이 늘어선 길을 향해 가고 있었다. 보슈는 브레머가 자기 차 옆으로 올 때까지 기다렸다가 창문을 내리고 그를 불렀다.

"해리, 병원에 있는 줄 알았는데."

"그냥 여기에 와 봐야 할 것 같아서. 그런데 이렇게 많이들 몰려올 줄은 몰랐어. 좋은 기삿거리가 없는 거야?"

"날 저놈들하고 똑같이 보지 마. 저놈들은 개떼야."

"뭐?"

"텔레비전 기자들이잖아. 저렇게 개떼같이 몰려다니니까 그렇게 불러. 그나저나, 자네는 여기 왜 온 거야? 병원에 한동안 있을 줄 알았더니."

"도망쳤어. 차에 타지 그래." 보슈는 손으로 텔레비전 기자들을 가리키며 말했다. "저 친구들이 날 보면 이리 달려와서 우리를 짓밟아버릴지도 몰라."

브레머는 조수석 쪽으로 돌아와서 차에 올라탔다. 보슈는 묘지의 서쪽으로 차를 몰다가 널찍하게 퍼진 떡갈나무 그늘에 세웠다. 베트남전 기념비가 보이는 자리였다. 기념비 주위에 여러 사람이 몰려 있었다. 대부분 혼자 온 남자였다. 그들은 검은 기념비를 조용히 바라보았다. 옛날에 군대에서 입던 작업복 상의를 소매를 잘라 입고 나온 사람도 두어 명 보였다.

"이번 사건에 대해서 신문이나 텔레비전을 본 적 있어?" 브레머가 물었다.

"아직 못 봤어. 그래도 보도 내용이 뭔지는 들었어."

"그래서?"

"헛소리야. 전부는 아닐망정 대부분은."

"어떻게 된 일인데?"

"내가 나중에 곤란해지면 안 돼."

브레머는 고개를 끄덕였다. 두 사람은 오래전부터 알고 지낸 사이였다. 따라서 보슈가 굳이 브레머에게 다짐을 받을 필요도 없었고, 브레머 역시 비보도용 발언이니 배경 설명이니 익명 인용이니 해가며 일일이 설명할 필요도 없었다. 두 사람 사이에는 그동안의 관계를 바탕으로 한 신뢰가 쌓여 있었다.

"세 가지를 확인해 봐." 보슈가 말했다. "아무도 루이스와 클락에 대해 묻지 않는데, 그 친구들은 내 감시팀 소속이 아니었어. 내사과의 어빙 부하들이었거든. 그러니까 일단 그걸 확인한 다음에는, 그 친구들이 거기서 뭘 하고 있었는지 설명하라고 몰아붙여."

"그 친구들이 거기서 뭘 하고 있었는데?"

"그건 다른 데서 알아봐. 경찰국에 나 말고 다른 취재원들이 있잖아."

브레머는 길고 좁은 스프링 수첩에 메모를 하고 있었다. 척 보기만 해도 기자의 것인지 알 수 있는 물건. 그는 메모를 하며 연신 고개를 끄덕였다.

"둘째, 루크의 장례식에 대해 알아봐. 아마 캘리포니아 주가 아니라 어디 다른 데서 열릴 거야. 여기 기자들이 귀찮아서 가지 않을 만큼 먼 곳. 그리로 기자를 보내. 카메라를 들려서. 아마 추도객이 전혀 없을 거야. 오늘 장례식처럼. 그것만 봐도 감이 올걸."

브레머는 수첩에서 시선을 들었다. "영웅의 장례식이 아니란 말이야? 루크가 범인들과 한패였거나, 아니면 작전을 망쳤다는 얘기야? 세상에, FBI는… 거기에 우리 기자들까지도… 그 친구를 존 웨인의 화신처럼 만들고 있는데?"

"그래, 자네들이 죽은 그 친구한테 새 삶을 줬지. 그러니까 그걸 다시 빼앗을 수도 있잖아."

보슈는 말없이 브레머를 잠시 바라보며 어디까지 말해주어야 할지 생각해보았다. 자신이 안전하려면 어디까지 말해야 할까? 순간적으로 너무 화가 치밀어서 나중 일이야 어찌 되든 브레머에게 자신이 아는 것을 모두 말해버리고 싶은 생각이 들었지만 그러지는 않았다. 자제력을 되찾은 덕분이었다.

"세 번째는 뭐야?" 브레머가 물었다.

"메도우스, 루크, 프랭클린, 델가도의 복무기록을 구해. 그거면 자네도 어찌 된 일인지 알게 될 거야. 네 사람 모두 베트남에 있었어. 같은 시기, 같은 부대. 이번 일은 그때부터 시작된 거야. 거기까지 취재한 뒤에 나한테 연락해. 그럼 내가 부족한 부분을 채워줄 테니."

이 말을 마치자마자 보슈는 경찰국과 FBI가 연출하고 있는 연극에 갑자기 진저리가 났다. 샤키가 머리에 떠올랐다. 목이 기분 나쁜 각도로 꺾어진 채 쓰러져 있던 아이. 흘러내린 피. 사람들은 별일 아닌 것처럼 그 피를 닦아버릴 것이다.

"한 가지 더 있어." 그가 말했다. "아이가 하나 있었어."

샤키 이야기를 마친 뒤 보슈는 차를 몰아 브레머를 그의 차가 있는 곳으로 데려다주었다. 텔레비전 기자들은 이미 모두 물러간 뒤였고, 어떤 남자가 장비를 운전해서 메도우스의 무덤에 흙을 퍼 넣고 있었다.

근처에서는 또 다른 남자가 삽에 몸을 기댄 채 그 광경을 지켜보았다.

"자네 기사가 나가면 난 새 일자리를 찾아봐야 할 거야." 보슈가 인부들을 바라보며 말했다.

"자네 이름은 기사에 안 나올 테니 걱정 마. 게다가 내가 복무기록을 구하면, 그것만으로도 충분히 증거가 될걸. 다른 건 내가 경찰국 홍보 담당자들을 구슬려서 인정하게 만들 수 있을 거야. 그 사람들 입에서 나온 얘기처럼 꾸미는 거지. 그리고 기사 맨 끝에 '해리 보슈 형사는 코멘트를 거절했다'고 쓸 거야. 어때?"

"그래도 자네 기사가 나가면 난 새 일자리를 찾아봐야 할 거야."

브레머는 한참 동안 보슈를 가만히 바라보기만 했다.

"무덤에 가 볼 거야?"

"어쩌면. 자네가 간 뒤에."

"지금 갈 거야." 브레머는 문을 열고 차에서 내린 뒤 다시 차 안을 향해 허리를 숙였다. "고마워, 해리. 이거 아주 좋은 기사가 될 거야. 다들 화들짝 놀랄걸."

보슈는 브레머를 바라보며 슬픈 표정으로 고개를 저었다. "아냐, 안 그럴 거야."

브레머는 이상한 표정으로 보슈를 빤히 바라보았다. 보슈는 얼른 가보라는 듯 손사래를 쳤다. 브레머는 자동차 문을 닫고 자기 차로 갔다. 보슈는 브레머에 대해 환상 같은 걸 품고 있지 않았다. 브레머는 진정한 분노나 국민을 위한 감시견이라는 역할 때문에 움직이는 사람이 아니었다. 그가 원하는 것은 다른 기자들이 전혀 손을 대지 못한 기삿거리뿐이었다. 그뿐만 아니라, 아마도 그 기사에서 파생될 책, 텔레비전 영화, 자기 주머니에 들어올 돈, 자부심을 한껏 부풀려주는 명성까지 이미 생각하고 있을 터였다. 그것이 브레머를 움직이는 힘이었다. 진정한 분노 때문에 브레머에게 이야기를 들려준 보슈와는 달랐다. 보슈는 이 사실을 받아들였다. 원래 세상이 그런 법이니까.

"사람들은 절대 놀라지 않아." 그는 혼잣말을 했다.

그는 인부들이 작업을 마칠 때까지 계속 지켜보았다. 그러고는 얼마 뒤에 차에서 내려 무덤으로 다가갔다. 부드러운 오렌지색 땅에 꽂힌 깃발 바로 옆에 작은 꽃다발이 하나 있었다. VFW가 가져온 꽃이었다. 보슈는 이 광경을 빤히 바라보았다. 지금 자신이 어떤 감정을 느껴야 하는 건지 알 수 없었다. 혹시 감상적인 애정이나 후회 같은 걸 느껴야 하나? 메도우스는 이번에야말로 영원히 땅에 묻혔다. 하지만 보슈는 아무런 감정이 느껴지지 않았다. 얼마 뒤 그는 무덤에서 시선을 들어 연방청사 쪽을 바라보았다. 그리고 그 방향으로 걷기 시작했다. 정의를 위해 무덤에서 일어난 유령이 된 기분이었다. 아니, 그냥 복수를 위해 일어선 것 같기도 했다.

문의 버저를 누른 사람이 보슈인 것을 알고 엘리노어 위시가 놀랐는지는 몰라도, 겉으로는 아무런 내색도 하지 않았다. 1층 경비원은 보슈가 배지를 보여주자 손짓으로 엘리베이터를 가리켰다. 오늘은 휴일이라 접수원도 없었기 때문에 그는 야간 버저를 누를 수밖에 없었다. 위시가 문을 열어주었다. 그녀는 색바랜 청바지에 하얀 블라우스 차림이었다. 허리띠에는 총이 없었다.

"오실지도 모른다고 생각했어요, 해리. 장례식에 다녀오는 거예요?"

보슈는 고개만 끄덕였을 뿐, 그녀가 붙들고 있는 문 쪽으로 움직일 생각은 전혀 하지 않았다. 위시는 그를 한참 동안 바라보았다. 눈썹이 아치처럼 휘어져서 의문이 담긴 그녀 특유의 사랑스러운 표정을 만들었다.

"안으로 들어오실 거예요, 아니면 하루 종일 그렇게 서 계실 거예요?"

"당신이랑 산책이나 갈까 생각 중이었소. 단둘이 이야기를 좀 하게."

"그럼 카드열쇠를 가져올게요. 나중에 다시 들어와야 하니까요." 위시는 안으로 들어가려다가 걸음을 멈췄다. "아마 아직 못 들으신 것 같은데, 아직 발표하지 않은 사실이니까요, 다이아몬드가 발견됐어요."

"뭐라고요?"

"맞아요. 루크의 행적을 추적해서 헌팅턴 비치에 있는 공영 라커를 찾아냈어요. 어딘가에서 영수증을 찾아냈대요. 그래서 오늘 아침에 법원 명령서를 발부받아서 조금 전에 그걸 열었어요. 나는 계속 무전기로 오가는 말을 듣고 있었는데, 다이아몬드가 수백 개나 된대요. 감정사를 불러야 할 것 같다고 하던데요. 우리가 옳았어요, 해리. 다이아몬드 말이에요. 당신이 옳았어요. 게다가 다이아몬드 말고 다른 물건도 모두 찾았어요. 또 다른 라커에서요. 루크가 아직 없애버리지 않은 모양이에요. 안전금고 주인들이 물건을 돌려받을 수 있게 된 거죠. 곧 기자회견이 열릴 거예요. 하지만 그 라커를 누가 빌렸는지는 안 밝힐 걸요."

보슈는 그냥 고개를 끄덕였다. 위시는 안쪽으로 사라졌다. 보슈는 정처 없이 방황하는 사람처럼 엘리베이터로 가서 버튼을 누른 뒤 위시를 기다렸다. 위시가 가방을 들고 나왔다. 그걸 보니 보슈 자신에게는 총이 없다는 사실이 떠올랐다. 하지만 이내 순간적으로나마 자신이 그걸 걱정했다는 사실에 내심 당혹스러웠다. 내려가는 동안 두 사람은 아무 말도 하지 않았다. 건물을 벗어나 윌셔 대로를 향해 걸을 때까지도 역시 침묵을 지켰다. 보슈는 다이아몬드를 찾은 것에 무슨 의미가 있는지 생각하면서 말을 골랐다. 위시는 보슈가 입을 열기를 기다리면서 침묵을 불편해하는 눈치였다.

"그 파란색 팔걸이 마음에 들어요." 마침내 위시가 말했다. "몸은 좀 어때요? 병원에서 이렇게 빨리 퇴원시키다니, 놀랐어요."

"내가 그냥 나온 거예요. 몸은 괜찮소." 보슈는 걸음을 멈추고 담배를 입에 물었다. 로비의 자동판매기에서 새로 담배 한 갑을 사온 참이었다. 그는 라이터로 담배에 불을 붙였다.

"저기…." 위시가 말했다. "지금이라면 그걸 끊기에 딱 좋은 시기인지도 몰라요. 새 출발을 하는 거예요."

보슈는 위시의 말을 무시하고 연기를 깊이 빨아들였다.

"엘리노어, 오빠 얘기를 좀 해봐요."

"오빠요? 옛날에 말했잖아요."

"알아요. 그래도 다시 듣고 싶소. 오빠가 어떻게 된 건지, 당신이 워싱턴의 기념비를 찾아갔을 때 무슨 일이 있었던 건지. 그때 당신이 변했다고 말했는데, 그 기념비가 왜 당신을 바꿔 놓은 거요?"

두 사람은 윌셔에 다다랐다. 보슈는 건너편을 가리킨 뒤 위시와 함께 묘지를 향해 길을 건넜다. "내 차가 저기 있어요. 내가 차로 청사까지 데려다 주겠소."

"난 묘지가 싫어요. 이미 말했잖아요."

"그거야 누구나 마찬가지지."

두 사람은 산울타리의 구멍을 지나 안으로 들어갔다. 도로의 자동차 소리가 한결 줄어들었다. 두 사람 앞에는 초록색 잔디밭과 하얀 묘비와 미국 국기들이 한없이 펼쳐져 있었다.

"오빠 얘기는 다른 사람들의 얘기와 똑같아요." 위시가 말했다. "거기에 갔다가 돌아오지 못했다는 점에서. 그게 전부예요. 나중에 기념비를 찾아갔을 때, 글쎄요, 아주 여러 가지 감정들이 마음을 가득 채웠어요."

"화가 나던가요?"

"네. 그것도 있었죠."

"분노도?"

"그것도 있었던 것 같아요. 잘 모르겠어요. 아주 개인적인 감정이었으니까요. 그런데 왜 그러세요, 해리? 그게 도대체… 무슨 상관이 있는 거예요?"

두 사람은 줄줄이 늘어선 하얀 묘비들과 나란히 뻗은 자갈 진입로에 서 있었다. 보슈가 모조 기념비 쪽으로 그녀를 이끌었다.

"아버지가 직업군인라고 했죠? 오빠 얘기를 자세히 들었소?"

"아버지가 들으셨어요. 하지만 아버지도 어머니도 나한테는 절대 아무 얘기도 안 해주셨어요. 그러니까, 자세한 사항에 대해서는요. 그냥 오빠가 곧 집으로 돌아올 거라고만 하셨어요. 오빠한테서 곧 돌아갈 거라는 편지도 왔고요. 그런데 그다음 주인가, 부모님한테서 오빠가 죽었다는 소식을 들었어요. 오빠가 집에 못 오게 됐다고. 해리, 이상하게 굴지 마세요…. 왜 이러시는 거예요? 영문을 모르겠어요."

"아니, 잘 알 거요, 엘리노어."

위시는 걸음을 멈추고 땅바닥만 바라보았다. 그녀의 안색이 조금 창백해지는 것이 보였다. 표정도 체념의 표정으로 바뀌었다. 아주 미세한 변화였지만 분명히 보였다. 보슈가 살인사건 피해자의 가족에게 피해자가 죽었음을 통보하려고 찾아갔을 때 피해자의 어머니나 아내의 얼굴에 나타나는 표정변화와 비슷했다. 누군가가 죽었다는 소식은 굳이 말하지 않아도 직감으로 알아차릴 수 있는 법이다. 피해자의 어머니나 아내는 문을 여는 순간 사실을 알아차렸다. 위시도 보슈에게 자신의 비밀이 들통 났다는 것을 그냥 알아차린 모양이었다. 그녀는 시선을 들어 먼 곳을 바라보며 그를 외면했다. 언덕 위에서 햇빛을 받아 검게 반짝이는 기념비에 그녀의 시선이 멎었다.

"저거죠? 저걸 보여주려고 날 이리로 데려온 거죠?"

"오빠의 이름이 어디 있는지 당신한테 가르쳐달라고 부탁할 수도 있겠지만, 당신 오빠 이름이 저기 없다는 건 우리 둘 다 이미 알고 있으니까…."

"그래요…. 저기 없어요."

위시는 기념비를 본 순간부터 못 박힌 듯 꼼짝도 하지 않았다. 그녀의 얼굴에 어려 있던 단단한 저항과 반항의 기운은 이제 없었다. 그녀의 비밀이 밖으로 나오기를 원하고 있었다.

"그럼, 이제 말해봐요." 보슈가 말했다.

"오빠가 있었던 건 사실이에요. 오빠가 죽은 것도 사실이고요. 난 당신한테 거짓말을 하지 않았어요, 해리. 오빠가 거기서 죽었다고 콕 집어서 얘기한 적이 없으니까요. 그냥 오빠가 다시는 돌아오지 않았다고 말했죠. 그건 사실이에요. 하지만 오빠는 여기 LA에서 죽었어요. 집으로 돌아오던 중에. 1973년이에요."

위시는 기억 속으로 빠져드는 듯하더니 다시 현실로 돌아왔다.

"놀라운 일이에요. 전쟁에서 살아남았는데, 집까지 돌아오는 길을 버티지 못하다니. 말이 안 되잖아요. 오빠는 워싱턴으로 돌아오는 길에 LA에서 이틀 동안 머물렀어요. 워싱턴에서 우리는 영웅인 오빠를 환영할 준비를 하고 있었고요. 안전하고 훌륭한 일자리도 기다리고 있었어요. 아버지의 주선으로 국방부에서 일하게 되어 있었거든요. 그런데 할리우드의 사창가에서 오빠가 발견된 거예요. 팔에 주사바늘이 꽂힌 채로. 헤로인이었어요."

위시는 보슈의 얼굴로 눈을 돌렸다가 다시 시선을 피했다.

"겉으로 드러난 모습은 그랬는데, 실상은 달랐어요. 약물과용으로 결론이 내려졌지만, 오빠는 살해당한 거예요. 얼마 전에 메도우스가 살해당한 것처럼. 하지만 오빠의 사건은 간단하게 처리됐어요. 아마 메도우스도 자칫하면 그렇게 처리됐겠죠."

보슈는 위시가 울음을 터뜨릴지도 모른다는 생각이 들었다. 그녀에게서 이야기를 계속 들으려면 그녀가 감정에 빠지지 않게 해야 했다.

"그게 무슨 소리에요, 엘리노어? 그 사건이 메도우스랑 무슨 상관이 있다는 거요?"

"아무 상관도 없어요." 위시는 보슈와 함께 걸어온 길을 돌아보았다.

이건 거짓말이었다. 보슈는 뭔가가 있다는 것을 분명히 알고 있었다. 이번 일이 처음부터 끝까지 그녀를 중심으로 돌아갔다는 무서운 생각이 들었다. 그는 그녀가 병실로 보내준 데이지를 생각했다. 그녀의 아파트에서 함께 들었던 음악을 생각했다. 터널 안에서 그녀가 그를 찾아낸 것도 생각했다. 우연의 일치가 너무 많았다.

"그렇지 않아." 보슈가 말했다. "그건 모두 당신 계획의 일부였으니까."

"아니에요, 해리."

"엘리노어, 우리 집 아래쪽 언덕에 데이지가 자란다는 걸 어떻게 알았소?"

"내가 봤어요. 거기에 갔을…."

"당신이 날 찾아온 건 밤이었소. 현관 베란다 아래쪽이 전혀 보이지 않았을 거야." 그는 그녀가 자신의 말에 담긴 의미를 깨닫게 잠시 가만히 있었다. "당신은 그전에 이미 우리 집에 왔던 거요, 엘리노어. 내가 샤키를 쉼터로 데려가고 있을 때. 그러고는 밤늦게 다시 찾아온 거지. 그건 날 찾아온 게 아니라, 일종의 시험이었소. 그냥 끊어버린 그 전화처럼. 그 전화를 건 사람도 당신이었소. 내 전화기에 도청장치를 설치한 사람이 바로 당신이니까. 처음부터 끝까지… 왜 그냥 나한테 말하지 않았소?"

위시는 그를 바라보지 않은 채 고개를 끄덕였다. 그는 그녀에게서 눈을 뗄 수 없었다. 위시가 마음을 가다듬고 입을 열었다.

"자기 삶의 중심이 되는 존재, 내 존재의 씨앗이나 다름없는 그런 존재를 가져본 적 있어요? 누구나 가슴 한가운데에 결코 바뀌지 않는 진실 하나씩을 품고 있어요. 나한테는 오빠가 그런 존재였어요. 오빠와 오빠의 희생. 그렇게 생각한 덕분에 난 오빠의 죽음을 이겨낼 수 있었죠. 오빠를 실제보다 훨씬 더 대단한 사람으로 만든 덕분에. 오빠를 영웅으로 만든 거예요. 나는 그 씨앗을 열심히 보살폈어요. 그 씨앗을 단단한 껍질로 싸고, 물을 주듯이 숭배를 바쳤죠. 그 씨앗은 자라면서 내 마음 속에서 점점 큰 자리를 차지했고요. 나중에는 나무가 되어서 내 삶에 그늘이 되어줬어요. 그런데 어느 날 갑자기 그 나무가 사라져버린 거예요. 진실이 거짓이었기 때문에. 나무가 산산조각 나버렸어요, 해리. 이젠 그늘 하나 없이 눈이 멀 것 같은 햇볕만 쨍쨍 내리쬘 뿐이었어요."

위시는 잠시 침묵을 지켰다. 보슈는 그녀를 유심히 살펴보았다. 갑자기 그녀가 금방이라도 깨질 것처럼 보여서 당장 의자가 있는 곳으로 그녀를 데려가 앉히고 싶었다. 그녀는 한 손으로 팔꿈치를 오목하게 받치고 다른 손을 입술로 가져갔다. 보슈는 그제야 그녀의 말이 무슨 의미인지 알 것 같았다.

"사실을 몰랐던 거로군." 보슈가 말했다. "부모님이… 아무도 당신한테 진실을 말해주지 않았어."

위시는 고개를 끄덕였다. "어렸을 때부터 나는 어머니, 아버지의 말씀처럼 오빠가 영웅이라고 생각하며 자랐어요. 부모님이 날 보호해주신 거죠. 그래서 거짓말을 한 거예요. 어느 날 기념비가 만들어지고 거기에 모든 사람의 이름이 새겨질 거라는 사실을 부모님이 어떻게 미리 알 수 있었겠어요…. 그런데 거기 오빠 이름은 없었어요."

위시는 말을 멈췄다. 하지만 이번에는 보슈도 그녀가 스스로 말을 다시 시작할 때까지 기다렸다.

"몇 년 전에 나는 기념비를 보러 갔어요. 처음에는 누가 실수를 한 줄 알았죠. 거기에 이름 색인이 있는 책이 있어서 그걸 뒤져봤는데, 오빠 이름이 없더라고요. 마이클 스칼레티가 없었다고요. 나는 공원 관리자들한테 고함을 질러댔어요. '어떻게 이런 식으로 이름을 빼먹을 수 있어요?' 그러고는 그날 하루 종일 기념비에 적힌 이름들을 읽었어요. 전부 다. 공원 관리자들한테 그 사람들이 뭘 잘못했는지 보여주려고요. 그런데… 오빠 이름은 거기에도 없었어요. 나는… 거의 15년 동안 단 한 가지 사실을 진실이라고 믿고 그걸 삶의 중심으로 삼았는데… 사실은 내 안에서 자라던 게 씨앗이 아니라 암 덩어리였다는 걸 알게 되면 기분이 어떨 것 같아요?"

보슈는 그녀의 뺨에 흐른 눈물을 손바닥으로 닦았다. 그리고 그녀에게 얼굴을 가까이 기울였다.

"그래서 어떻게 했소, 엘리노어?"

그녀가 입술에 대고 있던 주먹을 더욱 세게 쥐었다. 손마디가 시체처럼 핏기를 잃었다. 보슈는 통행로 저 아래쪽에 벤치가 있는 것을 발견하고, 그녀의 어깨를 잡고 그쪽으로 이끌었다.

"이번 일 말인데…." 보슈는 그녀와 함께 벤치에 앉은 뒤 말을 시작했다. "난 이해가 안 가요, 엘리노어. 이번 일이. 당신은… 당신은 일종의 복수를 하고 싶어서…."

"정의예요. 복수가 아니라. 복수가 아니에요."

"그게 무슨 차이가 있소?"

위시는 대답하지 않았다.

"당신이 어떻게 했는지 얘기해봐요."

"부모님한테 따졌어요. 그랬더니 그제야 LA 사건에 대해 이야기해주더라고요. 나는 오빠한테서 받은 물건을 모두 뒤져서 편지를 찾아냈어요. 오빠가 마지막으로 보낸 편지요. 부모님 집에 있는 내 물건들 속에 그 편지가 있었는데, 내가 그동안 잊고 지냈던 거예요. 이게 그 편지예요."

위시는 가방을 열어서 지갑을 꺼냈다. 가방 속에 총 손잡이가 보였다. 위시는 지갑을 열어서 두 번 접은 종이를 꺼냈다. 공책처럼 줄이 쳐진 종이였다. 위시는 조심스레 종이를 펴서 보슈에게 읽어보라고 내밀었다. 보슈는 종이에 손을 대지는 않았다.

엘리,

여기 있을 날이 이제 정말 얼마 남지 않았기 때문에 벌써 껍질이 부드러운 게살 요리의 맛이 느껴지는 것 같다. 2주 정도 뒤에 집으로 돌아갈 거야. 먼저 로스앤젤레스에 들러서 돈을 좀 벌 일이 있거든. 하하! 나한테 계획이 하나 있단다(하지만 OM한테는 말하지 마). LA에 '외교적인' 짐 하나를 떨어뜨려주면 되는 일이야. 하지만 더 좋은 결과를 내는 방법이 있을 것 같기도 해. 내가 돌아가면 우리 같이 포코노스에 갈까? 내가 '전쟁 기계'를 위해 다시 일하러 가기 전에 말이야. 내가 하는 일에 대해 네가 어떻게 생각하는지는 알지만, OM의 말을 거역할 수는 없어. 그냥 좀 두고 보자. 한 가지 확실한 건, 여길 떠나게 돼서 아주 기쁘다는 거야. 나는 여기 덤불 속에서 6주를 보낸 뒤에 사이공으로 휴가를 나왔어. 그리고 덤불로 다시 돌아가고 싶지 않아서, 여기서 이질 치료를 받고 있지(이게 뭔지 궁금하면 OM한테 물어봐! 하하). 여기 시내의 식당에 가서 음식을 먹기만 하면 그 증상이 생기니까 편해. 어쨌든, 이제 그만 줄여야겠다. 지금은 안전하게 잘 있고, 곧 집으로 돌아갈 거야. 그러니까 게잡이 덫을 창고에서 꺼내 놔.

사랑하는 마이클이

위시는 편지를 조심스레 접어 지갑에 넣었다.

"OM?" 보슈가 물었다.

"아버지요."

"아."

그녀는 다시 평정을 되찾았다. 보슈가 그녀를 처음 만난 날 보았던 강인한 표정이 그녀의 얼굴에 나타났다. 그녀는 그의 얼굴에서 가슴으로, 그리고 파란색 팔걸이를 한 팔로 시선을 옮겼다.

"몸에 녹음기를 묶지는 않았어요, 엘리노어." 보슈가 말했다. "그냥 나 혼자 온 거요. 내가 진실을 알고 싶어서."

"그래서 살펴본 게 아니에요." 위시가 말했다. "녹음기를 달고 오지는 않을 거라는 건 이미 알고 있었어요. 그냥 당신 팔을 본 거예요, 해리. 지금 이런 상황에서도 아직 나를 믿는 마음이 남아 있다면, 내 말을 믿어줘요. 원래 누굴 해칠 생각은 전혀 없었어요. 전혀… 모두들 가진 걸 잃게 되겠지만, 그게 전부였어요. 그날, 기념비에 가서 아무리 찾아 봐도 오빠의 이름을 찾지 못한 그날 이후로, 나는 국무부의 언스트를 이용하고, 국방부의 아버지를 이용하고, 그 밖에도 이용할 수 있는 건 다 이용해서 오빠에 대해 알아봤어요."

위시는 보슈의 눈에서 뭔가를 찾으려는 것 같았지만, 보슈는 자신의 생각을 숨기려고 애썼다.

"그래서요?"

"언스트가 우리한테 해준 얘기가 맞아요. 전쟁이 끝날 무렵, 그 세 경감, 그 3인조가 미국으로 헤로인을 운반하는 데 적극적으로 동참하고 있었어요. 대사관에서 근무하던 루크와 그 부하들이 운반 통로 중 하나였죠. 헌병대 말이에요. 메도우스, 델가도, 프랭클린이 거기 포함되어 있었어요. 그 세 사람은 사이공의 술집에서 단기 체류자들을 찾아내 제의를 했어요. 봉인된 외교 행낭을 들고 세관을 통과해주면 수천 달러를 주겠다고. 절대 어려운 일이 아니라고 했죠. 루크 일당은 그렇게 포섭한 사람에게 임시 특사 자격을 얻어주고, 비행기에 태웠어요. LA에 가면 그 행낭을 기다리는 사람이 있을 거라면서. 오빠도 그 제의를 받아들였어요…. 하지만 다른 계획이 있었죠. 자기가 운반하는 물건이 뭔지는 천재가 아니라도 금방 알 수 있었을 거예요. 그래서 이리로 건너온 다음에 다른 사람과 더 좋은 조건으로 거래를 할 수 있을 거라고 생각한 모양이에요. 오빠가 얼마나 깊이 생각을 해봤는지, 일을 얼마나 세심하게 꾸몄는지는 나도 몰라요. 그리고 그건 중요하지도 않아요. 어차피 놈들이 오빠를 찾아내서 죽였으니까요."

"놈들?"

"정확히 누가 했는지는 나도 몰라요. 경감들을 위해서 일하던 사람들이겠죠. 루크를 위해서 일하는 사람들이기도 하고. 아주 완벽한 계획이었어요. 군대와 가족을 비롯해서 거의 모든 사람이 그냥 조용히 묻어두고 싶어 할 상황을 만들어서 오빠를 죽였으니까요. 그래서 다들 재빨리 사건을 정리해버렸어요."

보슈는 그녀와 나란히 앉아 그녀의 이야기를 끝까지 들었다. 그녀가 마음속의 악마를 풀어놓듯이 이야기를 다 마칠 때까지 그는 한 마디도 하지 않았다.

그녀는 자기가 가장 먼저 찾아낸 사람이 루크였다고 말했다. 루크가 FBI에 근무하는 것을 알고 그녀는 경악을 금치 못했다. 그녀는 자신의 연줄을 동원해서 워싱턴에서 루크의 팀으로 발령받았다. 그녀가 오빠와는 다른 성을 썼기 때문에 루크는 그녀의 정체를 알아차리지 못했다. 그 뒤로는 메도우스, 프랭클린, 델가도를 감옥에서 쉽게 찾아낼 수 있었다. 그들은 도망치고 싶어도 도망칠 수 없는 처지였다.

"루크가 열쇠였어요." 위시가 말했다. "나는 루크에게 작업을 시작했죠. 내가 짠 계획으로 루크를 유혹했다고 해도 될 거예요."

보슈는 안에서 뭔가가 떨어져나가는 것을 느꼈다. 그녀에게 마지막으로 품고 있던 감정이었다.

"나는 뭔가 한 건 하고 싶다는 뜻을 은근하지만 분명히 밝혔어요. 오래전부터 부패해 있던 사람이라 내 말에 덥석 달려들 거라는 걸 이미 알고 있었거든요. 게다가 루크는 욕심이 많았어요. 어느 날 밤 루크가 나한테 다이아몬드 얘기를 해주더라고요. 자기가 그 두 사람을 도와서 다이아몬드가 가득 든 상자들을 사이공에서 빼돌렸다고. 트란과 빈에 대한 얘기였어요. 그때부터는 아주 쉽게 계획을 짤 수 있었어요. 루크가 나머지 세 사람을 끌어들인 뒤에, 익명으로 여기저기 압력을 좀 넣어서 세 사람이 조기에 석방돼서 찰리 컴퍼니에 들어가게 했어요. 우리가 짠 계획은 아주 완벽했어요. 루크는 실제로 그 계획을 자기가 짰다고 믿었죠. 그래서 계획이 더 완벽해진 거예요. 일이 다 끝난 뒤에는 내가 다이아몬드를 들고 사라질 작정이었으니까. 빈과 트란은 평생 모은 재산을 다 잃게 되고, 루크를 비롯한 네 사람은 평생 최고의 건수를 맛만 보고 빼앗기는 거예요. 하지만 죄인들을 제외한 다른 사람한테 피해를 입힐 생각은 전혀 없었어요…. 어쩌다 보니 일이 그렇게 된 거예요."

"메도우스가 팔찌를 가져간 게 문제였지." 보슈가 말했다.

"맞아요. 그게 문제였어요. LA 경찰국에서 넘어온 전당물 목록에서 내가 그걸 발견했어요. 그 목록은 항상 작성되는 거지만, 나는 당황했죠. 그 목록이 우리 카운티의 강도사건 담당자들에게 모두 발송되니까요. 그래서 누군가가 그 팔찌를 알아보고 메도우스를 잡아들이면, 메도우스가 다 불어버릴 것 같았어요. 루크한테 얘기했더니, 루크도 당황했죠. 루크는 세 사람이 두 번째 터널을 거의 다 팔 때까지 기다렸다가, 프랭클린이랑 델가도와 함께 메도우스를 찾아가 따졌어요. 난 같이 가지 않았고요."

그녀의 시선이 어딘가 먼 곳을 응시하고 있었다. 이제 그녀의 목소리에는 감정이 전혀 없었다. 처음부터 끝까지 단조롭기 그지없었다. 굳이 보슈가 그녀의 말을 재촉할 필요는 없었다. 이야기가 저절로 술술 풀려나왔다.

"난 같이 가지 않았어요." 위시가 다시 말했다. "그런데 루크가 전화를 해서, 전당표를 찾지도 못했는데 메도우스가 죽어버렸다고 하더라고요. 루크는 약물과용처럼 보이게 만들겠다고 했어요. 그러고는 그 나쁜 자식이 전에도 그 일을 해본 적이 있는 사람을 안다는 말까지 하는 거예요. 그 사람들이 아주 오래전에 그런 일을 저지르고도 잡히지 않았다면서. 이제 알겠어요? 루크는 우리 오빠 일을 얘기한 거예요. 그 말을 듣고 나는 옳은 일을 하고 있다는 확신을 얻었어요…. 어쨌든, 루크는 나한테 도와달라고 했어요. 자기들이 메도우스의 집을 뒤졌는데 전당표를 못 찾았대요. 그렇다면 델가도와 프랭클린이 전당포에 침입해서 팔찌를 되찾아 오는 방법밖에 없었어요. 루크는 나한테 메도우스를 처리하는 걸 도와달라고 했어요. 시체 말이에요. 시체를 어떻게 처리해야 할지 모르겠다고 하더라고요."

위시는 메도우스의 기록을 보고 그가 저수지를 배회하다가 체포된 적이 있다는 것을 알았다고 말했다. 그녀는 그곳에 시체를 버리는 게 좋겠다고 루크를 금방 설득할 수 있었다.

"하지만 저수지가 할리우드 경찰서 관할이라는 것도 알고 있었기 때문에, 당신이 직접 신고전화를 받지는 않더라도 최소한 사건에 대한 얘기는 들을 수 있을 것이고, 메도우스의 신원이 밝혀진 다음에는 십중팔구 흥미를 갖게 될 거라고 생각했어요. 당신과 메도우스의 관계에 대해 미리 알고 있었거든요. 이젠 내가 루크를 마음대로 통제할 수 없다는 것도 알고 있었고요. 그러니까 당신은 일종의 안전판이었어요. 혹시 내가 계획을 접고 사건을 터뜨려야 할 때를 대비한 안전판. 루크가 또 무사히 도망치는 걸 가만히 두고 볼 수는 없었으니까요."

위시는 눈으로 묘비들을 훑더니 멍한 표정으로 손을 들어 올렸다가 무릎 위로 떨어뜨렸다. 작은 체념의 몸짓이었다.

"우리가 시체를 지프에 싣고 담요로 덮은 뒤에 루크가 마지막으로 집 안을 한 번 더 살펴보러 안으로 들어갔어요. 난 밖에 있었고요. 자동차 뒷좌석에 타이어아이언이 있기에, 그걸 들고 손가락을 쳤어요. 메도우스의 손가락 말이에요. 누구든 이걸 살인이라고 봐주기를 바라고 그런 거예요. 그때 났던 소리가 지금도 생생하게 기억나요. 뼈가 부러지는 소리. 그 소리가 어찌나 컸는지 루크가 들으면 어쩌나 하고…."

"샤키는 어떻게 된 거요?" 보슈가 물었다.

"샤키." 위시는 뭔가를 기원하는 듯한 목소리로 말했다. 마치 생전 처음으로 그 이름을 발음하려고 애쓰는 것 같았다.

"면담이 끝난 뒤에 내가 루크한테 샤키는 댐에서 우리 얼굴을 못 봤다고 말했어요. 심지어 지프 안에 있던 나를 남자로 보기까지 했다고 말했죠. 그런데 내가 실수를 했어요. 최면 얘기를 언급한 거예요. 나는 내가 당신을 제지했기 때문에 당신이 내 동의 없이는 그 일을 진행시키지 않을 거라고 믿었어요. 하지만 루크는 아니었죠. 그래서 샤키한테 그런 짓을 한 거예요. 우리가 연락을 받고 그리로 출동해서 샤키를 보았을 때, 나는…."

위시는 말을 끝맺지 않았지만, 보슈는 모든 걸 알고 싶었다.

"당신은?"

"나중에 루크한테 그 일을 따지면서, 모든 계획을 접어야겠다고 말했어요. 루크가 무고한 사람을 죽이면서 멋대로 굴고 있기 때문에 더 이상은 안 되겠다고. 루크는 이제 와서 멈출 길은 없다고 했어요. 프랭클린과 델가도가 굴 속에 있어서 연락이 안 된다는 거예요. C-4를 가지고 들어가면서 무전기를 꺼버렸기 때문에. C-4가 워낙 불안정하니까. 루크는 이제 와서 일을 접으려면 더 많은 사람이 피를 흘릴 수밖에 없다고 말했어요. 그러고 나서 그다음 날 밤에 당신과 내가 차에 치일 뻔한 거예요. 루크였어요. 틀림없어요."

위시는 그날 이후로 루크와 자신이 서로를 믿어야 할지 의심해야 할지를 놓고 무언의 게임을 벌였다고 말했다. 비벌리힐스 안전금고 절도 계획은 예정대로 진행되었고, 루크는 보슈를 비롯한 모든 사람을 설득해서 범인들을 쫓아 지하로 들어가는 것을 막았다. 프랭클린과 델가도가 계획대로 끝까지 일을 진행해야 했기 때문이다. 트란의 안전금고에 다이아몬드가 전혀 남아 있지 않다 해도 어쩔 수 없었다. 루크 본인이 지하로 들어가 두 사람에게 미리 경고를 해주는 것 역시 위험이 컸다.

위시가 보슈의 뒤를 따라 터널 안으로 들어와 루크를 죽였을 때, 둘 사이의 게임이 마침내 끝났다. 루크는 검은 물속으로 미끄러지듯 쓰러지면서 그녀를 뚫어져라 바라보았다.

"이게 전부예요." 위시가 조용히 말했다.

"내 자동차가 저쪽에 있소." 보슈는 벤치에서 일어나면서 말했다. "내가 청사까지 데려다주지."

차는 길가에 서 있었다. 보슈는 위시가 차에 오르기 전에, 아직 흙을 덮은 지 얼마 안 된 메도우스의 무덤에 잠깐 시선을 주는 것을 눈치챘다. 메도우스의 관이 땅속으로 들어갈 때 그녀가 연방청사에서 그 광경을 지켜보고 있었는지 궁금했다. 보슈는 출구를 향해 차를 몰면서 그녀에게 말했다. "왜 그냥 잊어버리지 못한 거요? 당신 오빠가 겪은 일은 이미 다 지난 일인데. 왜 그냥 잊어버리지 못한 거요?"

"내가 속으로 그 생각을 얼마나 많이 했는지 모를 거예요. 그런데 그때마다 답을 찾지 못했어요. 지금도 여전히 모르겠어요."

윌셔 대로에서 빨간 신호등에 차가 서 있는 동안 보슈는 이제 어떻게 해야 할지 생각해보았다. 그런데 이번에도 위시는 그의 마음을 읽고, 그의 갈등을 눈치챈 모양이었다.

"이제 날 체포할 건가요, 해리? 당신 주장을 증명하려면 힘들지도 몰라요. 관련자가 전부 죽었으니까요. 어쩌면 당신도 일당처럼 보일 수 있어요. 그런 위험을 무릅쓸 거예요?"

보슈는 아무 말도 하지 않았다. 신호등이 바뀌자 그는 연방청사로 차를 몰아 깃발 정원 근처의 길가에 세웠다.

위시가 말했다. "이게 당신한테 혹시 무슨 의미가 있을지는 잘 모르겠지만, 당신과 나 사이에 있었던 일은 계획의 일부가 아니었어요. 내 말이 사실인지 아닌지 당신이 결코 확신하지 못하리라는 건 알지만 그래도 말하고 싶…."

"그만." 보슈가 말했다. "그 일에 대해서는 한 마디도 하지 말아요."

두 사람 사이에 불편한 침묵이 잠시 흘렀다.

"여기서 그냥 날 놓아줄 거예요?"

"내가 보기에는 당신이 자수하는 것이 가장 좋을 것 같소, 엘리노어. 먼저 변호사를 구한 뒤에 자수해요. 살인사건하고는 아무 관계가 없다는 말도 하고, 오빠 얘기도 해요. 그 사람들도 이성적인 사람들이니까 이 사건을 크게 떠들고 싶어 하지 않을 거요. 스캔들을 피하고 싶어서. 검사도 당신이 살인이 아닌 다른 혐의에 대해 유죄를 인정하는 선에서 타협할 거예요. FBI도 장단을 맞춰줄 거고."

"내가 자수하지 않으면요? 당신이 그 사람들한테 알릴 건가요?"

"아니, 당신 말처럼 나도 이 일에 너무 깊숙이 관련돼 있소. 그 사람들은 절대 내 말을 그대로 받아들이지 않을 거요."

보슈는 오랫동안 생각에 잠겼다. 지금부터 하려는 말이 정말로 진심에서 우러난 것인지 확인하기 전에는 섣불리 입 밖에 내고 싶지 않았다. 자기가 정말로 그 말을 실천에 옮길 수 있을지도 생각해보아야 했다.

"난 그 사람들한테 알리지 않을 거요…. 하지만 며칠 안에 당신이 자수했다는 소식이 들리지 않으면, 빈한테 알릴 거요. 트란한테도 알리고. 그자들한테는 내 주장이 맞다는 걸 증명할 필요가 없지. 적당한 사실들을 제시해서 그자들이 내 말을 믿게 만들기만 하면 돼요. 그럼 그자들이 어떻게 할 것 같소? 그자들은 나더러 도대체 무슨 뚱딴지같은 소리를 하는 거냐면서 당장 나가라고 할 거요. 그러고 나서 당신을 쫓겠지. 당신이 오빠를 위해 구하려고 했던 정의를 그자들도 당신에게서 구하려 들 거요, 엘리노어."

"정말 그렇게 하겠다고요, 해리?"

"그러겠다고 했잖소. 당신한테 이틀간 말미를 주겠소."

위시는 그를 바라보았다. 고통스러운 표정을 짓고 있는 그녀의 얼굴이 그에게 이유를 묻고 있었다.

보슈가 말했다. "누군가가 샤키에 대해 책임을 져야 해요."

위시는 몸을 돌려 문손잡이에 손을 대고 차창 뒤의 깃발들을 바라보았다. 깃발들은 샌타애나의 산들바람에 펄럭이고 있었다. 그녀는 그렇게 그에게 등을 돌린 채로 말했다. "내가 당신을 잘못 본 모양이네요."

"인형사 사건을 얘기하는 거라면, 맞소. 날 잘못 봤어요."

위시는 자동차 문을 열면서 힘없는 미소를 띤 표정으로 그를 돌아보았다. 그리고 재빨리 몸을 기울여 그의 뺨에 입을 맞췄다. "잘 가요, 해리 보슈."

그녀는 차에서 내려 바람 속에 서서 차 안의 그를 들여다보았다. 그리고 잠시 머뭇거리다가 문을 닫았다. 보슈는 차를 몰고 떠나면서 백미러를 흘깃 바라보았다. 그녀가 여전히 길가에 서 있는 것이 보였다. 그녀는 하수구에 뭘 떨어뜨린 사람처럼 바닥을 내려다보며 서 있었다. 그 모습을 마지막으로 그는 다시 뒤돌아보지 않았다.

에필로그

현충일 다음 날 아침에 해리 보슈는 MLK로 돌아갔다. 의사는 그를 심하게 나무랐다. 적어도 보슈가 보기에는 그가 집에서 직접 감은 붕대를 찢어버리고 식염수로 상처를 씻어내면서 변태적인 쾌감을 느끼는 것 같았다. 식염수 때문에 상처가 따끔거렸다. 보슈는 이틀 동안 침대에 누워 있다가 바퀴 침대를 타고 수술실로 실려가 총알 때문에 찢어져서 뼈와 분리되어버린 근육을 다시 붙이는 수술을 받았다.

수술을 한 지 이틀째 되던 날, 간호조무사가 소일거리로 읽으라며 하루 전의 〈로스앤젤레스 타임스〉를 가져다주었다. 1면에 브레머의 기사가 있고, 뉴욕 주 시러큐즈의 한 묘지에서 관 하나를 달랑 앞에 두고 서 있는 사제의 사진이 함께 실려 있었다. FBI의 존 루크 특수요원의 관이었다. 보슈는 그 사진을 보며 메도우스의 장례식은 그나마 추도객이 많은 편이었다는 생각이 들었다. 비록 묘지를 찾아온 사람들이 대부분 기자들이었다 해도 말이다. 보슈는 브레머의 기사를 몇 문단쯤 훑어보다가 그냥 종이를 넘겼다. 그 기사는 위시에 관한 것이 아니었다. 그는 스포츠 면에 시선을 주었다.

그다음 날 그를 찾아온 사람이 있었다. 하비 파운즈 과장. 그는 보슈에게 몸이 다 나으면 할리우드 경찰서 살인전담반으로 나오라고 말했다. 자기도 보슈도 이 문제에 대해서는 선택의 여지가 없다면서. 파커센터 6층에서 내려온 명령이라고 했다. 파운즈가 할 말은 대략 그것이 전부인 듯했다. 그는 신문에 실린 기사에 대해서는 한 마디도 하지 않았다. 보슈는 다시 출근하라는 파운즈의 말에 미소를 띠며 고개를 끄덕였다. 자신의 속마음을 드러내고 싶지 않았다.

"물론, 자네가 여기서 퇴원한 뒤에 경찰국 신체검사를 통과해야겠지." 파운즈가 말을 덧붙였다.

"물론 그렇겠죠." 보슈가 말했다.

"이봐, 보슈, 어떤 경찰관들은 오히려 장애판정을 바라기도 해. 급료의 80퍼센트를 받으며 은퇴하고 싶은 거지. 민간부문에서 일자리를 구하면 괜찮게 살 수도 있고. 자네도 자격은 충분하니까 말이야."

아, 이 말을 하려고 날 찾아온 거로군. 보슈는 속으로 생각했다.

"경찰국이 나한테 원하는 게 그겁니까?" 그가 물었다. "과장님이 전령으로 온 거예요?"

"그럴 리가 있나. 경찰국은 자네가 원하는 대로 해줄 거야, 해리. 난 그저 지금 상황에서 자네한테 어떤 게 유리한지 살펴보는 것뿐이고. 한번 생각해볼 필요가 있잖아. 사립탐정 시장이 점점 커지고 있다던데. 요즘은 사람들이 서로를 믿지 못해서 그런 거겠지. 다들 결혼상대자의 뒷조사를 몰래 하고 있거든. 건강상태, 경제상태, 이성편력 같은 걸 완벽히 조사한다고."

"그런 건 나한테 어울리는 일이 아닌 것 같은데요."

"그럼 살인전담반으로 돌아올 건가?"

"신체검사를 통과하는 즉시 가죠."

그다음 날 또 다른 사람이 그를 찾아왔다. 그가 예상하던 사람이었다. 검찰청 소속의 차베즈라는 여검사. 그녀는 샤키가 살해당한 날의 일들에 대해 물어보았다. 엘리노어 위시가 자수했다는 뜻이었다.

보슈는 검사에게 위시와 함께 있었다며, 그녀의 알리바이를 확인해주었다. 차베즈는 형량거래를 하기 전에 반드시 확인해야 할 것 같아서 찾아왔다고 말했다. 그녀는 사건에 대해 몇 가지 질문을 더 던진 뒤 자리에서 일어섰다.

"위시는 이제 어떻게 되는 겁니까?" 보슈가 물었다.

"그 얘기는 함부로 할 수 없어요."

"비공식적으로도 안 됩니까?"

"비공식적으로 말하자면, 위시가 복역을 하기는 해야겠죠. 하지만 길지는 않을 겁니다. 지금 분위기로는 이 일을 아주 조용히 해결하는 게 맞거든요. 위시가 자수를 한 데다가 변호사도 실력 있는 사람이고, 또 위시가 살인사건에 직접적으로 연루된 것 같지는 않아요. 굳이 말하자면, 위시는 아주 운 좋게 빠져나갈 수 있을 겁니다. 유죄를 인정한 뒤 테하차피 교도소에서 복역하겠죠. 아무리 길게 잡아도 30개월이면 될 거예요."

보슈는 고개를 끄덕였다.

그는 그다음 날 퇴원했다. 그는 경찰청에 6주 동안 휴가를 신청해서 건강을 회복한 뒤 할리우드 경찰서로 복귀할 예정이었다. 우드로 윌슨 거리의 집에 있는 우편함에는 노란색 종이가 한 장 꽂혀 있었다. 소포가 왔음을 알리는 통지서였다. 그는 그것을 우체국으로 가져가서 갈색 종이로 싼 널찍하고 납작한 소포를 받았다. 집에 돌아와서 풀어보니 엘리노어 위시가 보낸 물건이었다. 소포에 이름이 적혀 있지는 않았지만, 그는 그냥 알 수 있었다. 그는 갈색 포장지와 거품 모양의 비닐을 뜯어냈다. 액자에 넣은 호퍼의 〈나이트호크〉 복제화가 나왔다. 그녀와 처음으로 함께 밤을 보낸 날 그녀의 소파 위에 걸려 있던 그 그림이었다.

보슈는 출입문 앞의 복도에 그 그림을 걸어두고, 밖에 나갔다가 돌아올 때 가끔 걸음을 멈추고 그림을 유심히 살펴보았다. 특히 피곤한 날 그럴 때가 많았다. 그 그림은 볼 때마다 항상 매혹적이었다. 그는 그 그림을 보면서 엘리노어 위시와의 추억을 떠올렸다. 그림 속의 어둠. 황량한 고독. 혼자 앉아서 그림자를 향해 얼굴을 돌린 남자. 내가 바로 저 남자야. 해리 보슈는 그림을 볼 때마다 이런 생각을 했다.

〈끝〉

감사의 말

나를 도와준 다음의 사람들에게 감사한다.

나의 대리인인 필립 스피처와 편집을 맡아준 퍼트리샤 멀케이는 이 책의 가능성을 믿고 열정적으로 열심히 일해주었다.

지난 세월 동안 내게 경찰관의 업무와 삶에 대해 알려준 많은 경찰관들에게도 감사한다. 또한 《쿠치의 굴》이라는 책을 통해 베트남 전쟁 때 땅굴쥐들의 실화를 들려준 톰 맹골드와 존 페니케이트에게도 감사한다.

마지막으로 나를 격려하고 언제나 지지해준 가족들과 친구들에게 감사하고 싶다. 무엇보다도 나를 믿어주고 영감을 불어넣어준 아내 린다에게 큰 신세를 졌다.

마이클 코넬리

블랙 에코

1판 1쇄 인쇄 2010년 7월 2일
1판 5쇄 발행 2014년 8월 25일
2판 1쇄 인쇄 2015년 1월 22일
2판 2쇄 발행 2023년 8월 3일

지은이 마이클 코넬리
옮긴이 김승욱

발행인 양원석
편집장 김건희
영업마케팅 조아라, 정다은, 이지원

펴낸 곳 ㈜알에이치코리아
주소 서울시 금천구 가산디지털2로 53, 20층(가산동, 한라시그마밸리)
편집문의 02-6443-8902 **도서문의** 02-6443-8800
홈페이지 http://rhk.co.kr
등록 2004년 1월 15일 제2-3726호

ISBN 978-89-255-5670-3 (04840)
978-89-255-5518-8 (set)